AtV

Alexander Lohner studierte Philosophie, Theologie und Sozialpsychologie. Nach der Promotion habilitierte er sich mit einer medizinethischen Arbeit. Er unterrichtet als Privatdozent und Lehrbeauftragter an verschiedenen Universitäten in Deutschland. »Die Jüdin von Trient« ist sein erster Roman.

Trient im Jahr 1475: Seit Generationen leben Juden und Christen in der oberitalienischen Stadt, die vom kunstsinnigen Fürstbischof Hinderbach regiert wird, friedlich nebeneinander. Ein jeder geht seinem Tagwerk nach, die Färber und Gerber im Schatten des prächtigen Domes ebenso wie die Händler und Hausfrauen der kleinen jüdischen Gemeinde, die sich am Sabbat in der bescheidenen Synagoge zusammenfindet. Nur Brunetta, die junge und schöne Frau des Samuel, will ihrem Gott allein gegenübertreten, um ihm ihr Leid zu klagen: Denn sie teilt das Schicksal der Rachel; nach sieben Ehejahren hat sie ihrem Mann noch immer kein Kind geschenkt. Anders ergeht es ihrer christlichen Nachbarin Maria, deren kleiner Sohn Simon das ganze Viertel beglückt – bis er in der Karwoche spurlos verschwindet. Als der fanatische Franziskanerprediger Bernardino da Feltre in der Stadt eintrifft und gegen die Juden hetzt, ist der Friede endgültig gestört, und eine Zeit des Hasses bricht an. Als man dann auch noch den Leichnam des kleinen Jungen in Samuels Haus findet, verdächtigt man die jüdischen Mitbürger des Ritualmordes.

Alexander Lohner

Die Jüdin von Trient

Historischer Roman

Aufbau Taschenbuch Verlag

ISBN 3-7466-2025-2

1. Auflage 2004

Umschlaggestaltung Simone Leitenberger
unter Verwendung des Gemäldes »Destiny«
von John William Waterhouse, The Bridgeman Art Library
Druck und Binden Druckerei C. H. Beck, Nördlingen
Printed in Germany

www.aufbau-taschenbuch.de

I.

Die Christenheit schrieb den 18. Juli im Jahre des Herrn 1473.

Es war eine gespaltene Christenheit, seitdem sich im Jahre 1054 Rom und der Patriarch von Konstantinopel gegenseitig mit dem Bannfluch belegt hatten und ein unheilbarer Riß die morgenländische byzantinische Kirche und die abendländische lateinische Kirche trennte. Über die westliche lateinische Kirche regierte seit zwei Jahren Papst Sixtus IV., ein Franziskaner auf dem Throne des heiligen Petrus. Der mächtigste weltliche Herrscher der westlichen Christenheit war der schwerblütige, fast sechzigjährige Friedrich III. aus dem Hause Habsburg, seit seiner Krönung im Jahre 1452 Kaiser des Heiligen Römischen Reichs.

Seine Macht reichte weit ins Italienische hinein. Zwar hatte Kaiser Konrad II. die Stadt Trient, die am oberen Lauf der Etsch in einem fruchtbaren, von den Alpen eingeschlossenen Tal lag, und die angrenzenden Ortschaften im Jahre 1027 zum eigenständigen Fürstentum erhoben und den Bischof der Stadt zum weltlichen Oberhaupt erklärt, doch diese Einrichtung eines loyalen reichsunmittelbaren Fürstentums im Alpengrenzgebiet sollte in erster Linie – wenn nötig – den Durchzug nach Italien sichern.

Die unmittelbaren Lehensherren Trients waren die Grafen von Tirol, die als Herzöge Österreichs dynastisch mit dem Kaiserhaus verbunden waren. Zugleich war das Trienter Tal die Sprach- und Kulturgrenze zwischen der deutschsprachigen und der italienischsprechenden Bevölkerung. Und so gab es in der rund achttausend Seelen zählenden Stadt neben der italienischen Mehrheit eine deutsche Minderheit, die ungefähr ein Viertel der Bevölkerung ausmachte.

Den weitgespannten Himmel über Trient berührten diese kulturellen und politischen Gegebenheiten nicht. Die Natur folgte streng ihren eigenen Gesetzen und schickte entsprechend den Jahreszeiten Hitze, Trockenheit, Schnee, Wind oder Regen übers Land. Und so wehte an jenem 18. Juli auf den Feldern und Wiesen außerhalb der Stadtmauern Trients der heiße Atem des Sommers. In der Stadt aber staute sich die Hitze zwischen den hohen Häuserwänden.

Nordöstlich des Domes lag das Viertel der Armen. Durch diesen Stadtteil zog sich die schmale Gasse, welche vom Volk Calle degli Tintori oder Färbergasse genannt wurde, weil neben Gerbern und Schmieden vor allem Färber hier ihre Werkstätten und Läden angesiedelt hatten. Die Gerüche der Stadt, der Farben, des gegerbten Leders, des Gemüses, das die Frauen auf ihrem Herd kochten, der Tiere und des Feuers vermischten sich in dieser kleinen Straße zu einem neuen, verwirrenden Geruch. Die Färber spannten ihre bunten Tücher quer über die Gasse, die an eine mit bunten Mosaiken besetzte Schmuckkassette erinnerte. Das laute Feilschen der Händler und ihrer Kunden drang aus den Läden, wurde von wütenden Ausrufen unterbrochen und kehrte wieder zur gewöhnlichen Lautstärke zurück.

Halbnackte Kinder spielten auf der Straße und tobten zwischen den Händlern herum. Die Färber walkten und kneteten in massiven hölzernen Bottichen ihre Stoffe. Ein großes Schmiedefeuer leuchtete und beschien die nackten Arme der Schmiedegesellen, die mit voller Kraft auf ihren Amboß einhämmerten.

Die Gebäude der Straße waren zwei Stockwerke hoch. Die Erdgeschoßräume dienten zumeist als Werkstätten und Verkaufsläden. Einige Häuser boten Zugang zu düsteren Innenhöfen, andere hatten kleine hölzerne Balkone, die über schmale morsche Treppen erreicht werden konnten.

Am Ende der Färbergasse, in der Kontrade des alten Marktes, standen dicht aneinandergedrängt drei Häuser, die von den Bürgern Trients nur die Judenhäuser genannt wurden. In ihnen lebten die Familien der beiden jüdischen Händler Samuel und Angelus sowie die des Arztes Tobias. Im Hause des Samuel befand sich auch die Synagoge der kleinen jüdischen Gemeinde. Oft konnte man am Vorabend des Sonnabends und am Sonnabend selbst auf der Straße den feierlichen Gesang der Juden hören, die in ihrer Synagoge Gottesdienst feierten. Über die Gottesdienste und religiösen Gebräuche der Juden wußten die Christen nicht viel. Einmal hatte die mosaische Gemeinde offensichtlich eine neue Schriftrolle mit ihren heiligen Bekenntnissen erworben, und die jüdischen Männer hatten sie unter dunklen Gesängen in ihre Synagoge getragen. Dabei hatten sich die Hebräer schleppend, ja beinahe schaukelnd fortbewegt, was den Christen ein wenig absonderlich vorgekommen war. Bei dieser Zeremonie hatten die jüdischen Männer nicht nur ihre üblichen ledernen Gebetsriemen angelegt, sondern sie hatten sich außerdem gestreifte Gebetsschals mit Quasten über die Schultern geworfen. Der Sinn und die Bedeutung dieser Riten und Handlungen war den Christen freilich unbekannt. Ebenso der Grund, warum die Juden am Vorabend ihres Sabbats brennende siebenarmige Leuchter auf ihre Tische stellten, wie die vorwitzigen Burschen zu berichten wußten, die immer wieder – dem Verbot ihrer Eltern zum Trotz – neugierig durch das Fenster in die Häuser der Hebräer spähten.

So lebten Christen und Juden zwar friedlich, aber ohne intensivere Kontakte wie in zwei getrennten Welten nebeneinanderher. Immerhin war den meisten bekannt, daß im Hause des Samuel außer ihm und seiner Frau auch sein Sohn Israel wohnte, der wie sein Vater als reisender Händler arbeitete. Israel war mit einer Frau namens Anna verheiratet und schon selbst Vater zweier noch sehr kleiner Kinder. Samuel war Witwer und hatte vor einigen Jahren zum zweitenmal geheiratet, eine noch sehr junge und schöne

Frau namens Brunetta, mit der er aber keine Kinder hatte. Außerdem lebte in dieser Familie noch ein Oheim des Samuel, Moses, genannt der Alte. Er war der Rabbiner der kleinen Gemeinde, und wenn sich die Christen darunter auch wenig vorstellen konnten, mutmaßte man doch, daß das wohl so etwas Ähnliches wie ein Priester sei, da die Juden ihm in der Öffentlichkeit ebenso ehrfürchtig die Hand küßten, wie die Christen es mit ihren Geistlichen taten.

Die Frau des Moses war schon lange gestorben. Im Haus wohnte aber noch sein Sohn Mohar, der ebenfalls verheiratet war, nämlich mit Bella, und einen bereits dreißigjährigen Sohn namens Bonaventura hatte. Es gab noch einen zweiten Bonaventura im Haushalt Samuels, den Koch, und endlich den Diener Vitalis.

Das Haus des Samuel war das größte der drei jüdischen Häuser. Im zweiten, etwas kleineren Haus lebte die Familie des Tobias; im dritten, dem bescheidensten Gebäude, die Familie des Angelus. Darüber hinaus verkehrten in den Häusern aller drei Familien häufig jüdische Gäste, die aus verschiedenen Orten kamen und gerne die Gastfreundschaft der mosaischen Gemeinde Trients in Anspruch nahmen. Über diese auswärtigen Juden wurde unter den Christen getuschelt. Viele von ihnen sahen mit ihren langen Bärten und dunklen Augen unter den buschigen Brauen recht unheimlich aus, und während die Juden Trients sich nicht wesentlich anders kleideten als die Christen der Stadt auch, waren einige dieser auswärtigen Juden in bodenlange dunkle Kaftane gehüllt, was sie noch fremdartiger erscheinen ließ.

Langsam schwand der Tag zwischen den heißen Mauern der Stadt, und die Menschen legten sich, erschöpft von den Mühen des Tages, zur Nachtruhe. Nur in einem der Häuser der Färbergasse wollte das Licht nicht verlöschen. Es war das Haus des jungen Ehepaares Andreas und Maria. Andreas verdiente den kargen Lebensunterhalt für sich und seine junge Frau recht mühsam durch das Gerberhandwerk.

Trotz ihrer knappen Mittel, die Familienzuwachs kaum zuzulassen schienen, freuten sich beide auf die bevorstehende Geburt ihres ersten Kindes.

Mit den bekannten Anzeichen – einem merkwürdigen Ziehen im Unterleib, Schwere in den Beinen und einer heißen Röte im Gesicht – hatte sich Maria bereits zu Bett begeben. Sie war nervös und unruhig angesichts des bevorstehenden Ereignisses. Sie spürte, daß das Kind sehr bald – vielleicht schon in dieser Nacht oder am nächsten Morgen – zur Welt kommen würde. Unerwarteterweise fiel sie aber doch recht bald in einen traumbelebten, unruhigen Schlaf. Ihr Mann wachte unterdessen im Wohnraum des Hauses. Nervös lief er im Zimmer auf und ab. An Schlaf brauchte er gar nicht zu denken. Inbrünstig bestürmte er den Himmel, daß alles gutgehen möge bei der bevorstehenden Geburt seines ersten Kindes.

Am nächsten Tag, dem 19. Juli, war es Maria vom Morgen an übel und flau. Ein Ziehen im Bauch, das sich in gewissen gleichmäßigen Abständen einstellte, quälte sie. Waren das die Wehen, die den Geburtsvorgang einleiteten? fragte sie sich. Nach einer Stunde jedoch stellte sie fest, daß dieses eigenartige Ziehen nun erstaunlicherweise schwächer wurde und in größeren Abständen erfolgte. Aber als Maria sich aus ihrem Bett erhob, wurden die Wehen durch das schmerzhafte Herumgehen erneut heftiger, so daß sie nun alle vier bis fünf Minuten kamen. Die Schwangere war sich nun sicher, daß es soweit war. So ließ sie ihre drei Jahre ältere Schwester rufen, die am Ende der Straße wohnte und schon zwei Geburten hinter sich hatte.

Ihre Schwester half ihr, alles für die Niederkunft des Kindes vorzubereiten – frische Wäsche, Handtücher und Windeln, eine Wanne mit Wasser. Andreas hingegen war zu nichts zu gebrauchen. Aufgeregt rannte er, der die ganze Nacht kein Auge zugemacht hatte, im Haus herum, wenn er nicht hilflos dastand und zum wiederholten Male seine – gutgemeinte, aber im Augenblick überflüssige – Hilfe anbot. In immer kürzer werdenden Abständen krampfte sich etwas in Maria zusammen. Gegen Mittag packte es sie immer stärker. Schließlich bat sie ihren Mann, die Hebamme zu holen. Kaum war er aus dem Haus, mußte sich die Schwangere wieder ins Bett legen. Ausgestreckt auf ihrem Lager und den Schmerzwellen ausgeliefert, wartete sie voller Bangen auf das Erscheinen der Hebamme, die jeder, der sie kannte, ihres resoluten und manchmal derben Auftretens und Benehmens wegen die herbe Paula nannte. Paula war eine überaus erfolgreiche Geburtshelferin, die dafür bekannt war, Entbindungen schnell und ohne allzu große Qualen auszuführen. Außerdem eilte ihr der Ruf voraus, daß sie die verschiedenen Frauenleiden mit einer Geschicklichkeit kurierte, die andere Vertreterinnen ihrer Zunft in den Schatten stellte. Dieser Gedanke beruhigte Maria im Augenblick sehr. Man sagte Paula allerdings noch etwas anderes nach: Sie würde – so raunten sich Freundinnen hinter vorgehaltener Hand zu – der einen oder anderen Evastochter auf deren Bitten hin schon mal ein Kraut in die Hand drücken, das weniger empfänglich machte, oder gar mit Giften und Spülungen die empfangene Leibesfrucht abtreiben. Doch Maria dachte jetzt nicht an diese Gerüchte. Die Pausen zwischen den Krämpfen waren inzwischen so knapp, daß sie kaum mehr Luft schnappen konnte. Das Ziehen in ihrem Unterleib wurde immer stärker. Andreas kam atemlos zurück und teilte seiner Frau mit, daß er vorausgeeilt sei und die Hebamme jeden Augenblick das Haus beträte. Sorgenvoll kniete er sich neben dem Bett seiner Frau nieder und ergriff ihre heiße Hand. Doch die starke schwielige Rechte ihres Mannes, die ihr sonst so vertraut war, bot Maria dieses Mal keinen Trost, und so stieß sie sie weg. Kurz darauf betrat die herbe Paula das Zimmer und verscheuchte – die Leidende kaum beachtend – zuerst einmal Andreas mit barschen Worten aus dem ehelichen Schlafzimmer.

»Gebären ist Weibersache!« knurrte sie. Dann setzte sie in aller Ruhe einen Kessel mit heißem Wasser für das erste

Bad auf, sortierte Windeln und Handtücher und besah sich interessiert das winzige Kinderjäckchen aus weißer Wolle. Als Marias Schwester sie bat, doch nach der Gebärenden zu sehen, drehte sie sich nicht einmal um.

»So schnell geht's nicht«, brummte sie und fummelte weiter an den Bändern des Kleidchens herum. Schließlich gluckste sie hörbar, krempelte die Ärmel hoch, stellte sich vor das Bett der stöhnenden Frau, legte ihr die Hand an die Stirn und fühlte ihren Puls. »*Jetzt* geht's allmählich los ...«, erklärte sie resolut. Dann befahl sie Maria rüde, wie sie zu sitzen, zu atmen und zu pressen habe. Mühsam und schwerfällig erhob sich die Schwangere aus ihrem Kissen, indem sie sich mit Hilfe ihrer Schwester mit einer Hand auf die Matratze und mit der anderen auf die Bettkante stützte. So saß sie da, in einem kurzen, an den Schultern ausgeschnittenen Hemd, das nur knapp über die Schenkel reichte und sich dennoch über den gewölbten Bauch spannte und die großen Brüste zusammendrückte.

»Atmet mit mir zusammen«, befahl die Hebamme. »Atmet mit mir ... Ja, so ... gut so ... gut ... macht weiter so ... Ihr macht das sehr gut ... entspannt Euch ... laßt es zu ... überlaßt Euch den Wellen ...«

Maria versuchte zu gehorchen, sie bemühte sich, im Rhythmus zu pressen, den ihr die Hebamme befahl, indem diese nun mit vollen Backen die Luft geräuschvoll herausstieß. Langsam und mühselig krochen die Minuten dahin. Die Wehen wurden nun für eine gute Stunde sanfter und gleichmäßiger, wie leichte Wellen auf dem Wasser. Maria wurde allmählich ganz benommen und fühlte sich in weite Ferne versetzt. Doch von einem Moment zum anderen wurden die Wehen wieder heftiger, reißender, übermannte die Gebärende eine neue Schmerzenswelle. Die Schmerzen schienen nun nicht mehr nur in ihrem unteren Rücken zu bohren, sondern den ganzen Körper zu ergreifen. Maria atmete schnell und heftig, da die Wehen nun in Abständen von weniger als zwei Minuten kamen. Ihr wurde schwindlig,

Handflächen und Finger schienen von Nadeln zerstochen zu werden, und Maria spürte, wie sich von ihrem Mund her ein taubes Gefühl über ihr Gesicht ausbreitete. Plötzlich bäumte sich die Gebärende in Schmerzen auf, ihre Fingernägel bohrten sich in die Faust ihrer Schwester, die Finger ihrer anderen Hand verkrallten sich im Bettlaken. Ihr Gesicht war jetzt ganz rot angelaufen. Heißer Schweiß brach ihr aus den Poren, den ihr die Schwester mitleidvoll von der Stirne wischte. Dennoch preßte Maria mutig wohl einige dutzendmal.

Nach etwa einer weiteren halben Stunde stieß sie das Kind aus sich heraus, ein glitschiges, mit Blut und gelblichem Talg überzogenes Wesen. Die Hebamme durchtrennte geschickt die Nabelschnur, die sie zuvor mit einer Schnur abgebunden hatte, dann packte sie das Kind an den Füßen und ließ es mit dem Kopf nach unten baumeln. Dabei schlug sie ihm einige Male recht unsanft auf das Hinterteil. Das Gesichtchen des kleinen lebendigen Bündels aus Fleisch, Haut und Schleim wurde dunkelrot, fast blau. Schließlich drang ein quäkender Schrei aus ihm hervor. Paula wickelte das Kind in die bereitgelegten weißen Tücher und rieb es ab. Dann tauchte sie es in das warme Wasser, dabei drückte sie mit ihren knorrigen Fingern die Gliedmaßen des Neugeborenen, hob die Augenlider und legte ihre Hände um das Köpfchen, als sei es eine Melone, dessen Gewicht und Umfang sie behutsam prüfen wollte. Maria beobachtete das Tun erschöpft, aber mit größter Aufmerksamkeit, obwohl sie durch ihre vor Anstrengung geröteten und geschwollenen Augen alles nur wie in einem Nebel wahrnahm. Zudem verschleierten die Freudentränen, die ihr in Strömen die Wangen hinunterliefen, die Sicht.

»Das Kind ist gesund und kräftig«, verkündete die Hebamme schließlich.

»Wie wunderbar! Gott sei Dank!« seufzte Maria mit tränenerstickter Stimme, »die Madonna hat meine Gebete erhört!«

Glücklich schloß sie ihr Kind in die Arme. Wie klein und wie winzig seine Händchen waren. Maria konnte sich gar nicht satt sehen an seinem purpurroten Gesichtchen und den schrumpeligen rosafarbenen Fingern. Schnell überprüften ihre sanften Hände, ob dem Kind auch wirklich keine Gliedmaßen fehlten. Jetzt erst stellte sie fest, daß sie einem Knaben das Leben geschenkt hatte. Nun fiel ihr auch der Vater des Kindes wieder ein. So bat Maria die Hebamme: »Ach bitte, holt mir doch meinen Mann herein, damit auch er unseren Sohn sehen kann!«

»Das wäre ja noch schöner!« schimpfte Paula los, »ein Mannsbild hat in der Wöchnerinnenstube nichts verloren! Ihr Frauen seid doch alle gleich, wollt immer sofort eure Männer dabeihaben nach der Niederkunft! Obwohl ihr ganz allein die Schmerzen und Mühen der Geburt auszuhalten hattet, während die meisten Männer unterdessen in der Stube oder gar im Wirtshaus schon mal auf das Ereignis anstoßen!«

»Ach bitte ...«, flehte Maria.

»Na ja, meinetwegen!« grunzte die Geburtshelferin und wickelte den neuen Erdenbürger in ein großes weißes Tuch und stapfte hinaus, wo der Vater des Kindes schon unruhig wartete.

»Alles vorbei!« sagte sie und hielt Andreas das fest verpackte Bündel hin: »Es ist ein Junge! Kräftig und gesund!«

Neugierig streckte Andreas die Hand nach dem Bündel aus, worauf die Hebamme das Kind sofort wieder an sich drückte.

»Ihr Männer dürft so einen kleinen Wurm noch nicht halten!« schimpfte sie. »Das könnt ihr gar nicht! Überlaßt das uns Frauen! Ihr brecht ihm noch die zarten Glieder mit euren großen Händen! Nur anschauen ist erlaubt! Hier!«

Sie zog eine Stoffalte zur Seite, um dem glücklichen Vater einen Moment lang das kleine krebsrote Menschengesicht in dem Stoffbündel zu zeigen, ehe sie es wieder zudeckte.

»So, das reicht!« sagte sie barsch, »sonst erkältet sich das Würmchen noch! Ich bringe das Kind jetzt wieder hinein zu seiner Mutter. Und Ihr laßt Eure Frau jetzt erst einmal ein paar Stunden schlafen, bevor Ihr zu ihr geht!«

Sagte es, drehte sich um und ließ den stolzen Vater stehen. Dieser kniete sich vor dem kleinen Bild der Madonna im Wohnraum nieder, bekreuzigte sich und begann überglücklich einen Rosenkranz zu beten: »Gegrüßt seiest du, Maria, voll der Gnade, der Herr ist mit dir! Du bist gebenedeit unter den Weibern, und gebenedeit ist die Frucht deines Leibes, Jesus ... Jesus, den du, o Jungfrau, zu Bethlehem geboren hast ...«

Zwei Tage waren vergangen: Es war ein Sonnabend, kurz nach Mittag. Die Stadt litt noch immer unter der großen Hitze. Der Luftzug aus dem Gebirge brachte nur wenig Erleichterung. Die jüdische Gemeinde feierte ihren Sabbat. Gerade hatten sie alle zusammen im Hause des Samuel frohgelaunt das Feiertagsmahl eingenommen. Dann hatten sich die Männer in die Synagoge begeben, wo sie nun das Mincha-Gebet sprachen, Psalmen rezitierten und gemeinsam Abschnitte aus der Tora und den Propheten lasen, die Rabbi Moses ihnen auslegte. Auch die Frauen und Kinder hatten sich in ihre Zimmer zurückgezogen, um ihre Gebete zu sprechen.

Brunetta allerdings, die junge Frau des Samuel, wollte sich zunächst noch ein wenig die Beine vertreten. Sie liebte es, zu Gott in seiner wunderbaren Natur zu beten. Zwar würde sie heute nicht genug Zeit haben, um die Stadtmauern Trients hinter sich zu lassen und zur Etsch hinunterzugehen – wie sie es so gerne tat –, aber sie wollte doch wenigstens ein Stückchen durch die Straßen und Gassen der Stadt schlendern. Die meisten Bürger hielten noch ihre Mittagspause. Folglich würde sie nahezu allein sein bei ihrem Gang und die Ruhe haben, nach der sie sich sehnte. Brunetta schlang ein dunkelblaues Tuch um ihre Haare, verließ das

Haus und ging in Richtung der St.-Petrus-Kirche. Die Kirche war erst ein Jahr zuvor eingeweiht worden. Bischof Hinderbach, der Fürstbischof der Stadt, hatte sie für den deutschsprachigen Teil der Bevölkerung Trients errichten lassen. Die Kirche war in erstaunlich kurzer Zeit erbaut worden. Brunetta hatte oft vor den weißen Marmorblöcken gestanden und sich mit ihren Freundinnen darüber unterhalten, wie groß die Kirche wohl werden würde. Das Gebäude war jeden Tag um zwei Steinreihen gewachsen, und auch die Säulen, die seine Fassade stützten, waren schnell emporgestiegen. Die Christen durften ihre Gotteshäuser nach Lust und Laune bauen: als pompöse und stattliche Kathedralen und Kirchen oder als filigrane und liebliche Kapellen, die wie wertvolle Kleinode sofort ins Auge stachen. Die mosaischen Gebetshäuser dagegen hatten sich bescheiden und unauffällig an die Wohnhäuser der jüdischen Gläubigen zu schmiegen. Am liebsten war es den Christen, wenn die Synagogen – wie in Trient – ganz in die Häuser der Juden integriert und von außen als solche kaum zu erkennen waren.

An diesem Nachmittag lag der Kirchplatz still im Licht der mittäglichen Sonne. Brunetta beobachtete voller Mitleid ein Pferd, das sich abmühte, einen vierrädrigen Holzkarren durch den schmutzigen Kies zu ziehen. Ein breitschultriger Bauer, der neben dem Karren lief, trieb das arme Pferd unbarmherzig an. Die Jüdin war so von Mitgefühl für das geschundene Wesen erfüllt, daß sie zunächst gar nicht die kleine Prozession bemerkte, die sich auf die St.-Petrus-Kirche zubewegte. Brunetta erkannte ihre Nachbarn Andreas und Maria. Eigentlich war ihr das Ehepaar nur vom Sehen vertraut. Brunetta konnte sich nicht erinnern, mit Maria je mehr als ein paar höfliche Worte – über das Wetter oder die Brotpreise etwa – gewechselt zu haben. Offensichtlich wurde der Sohn des Ehepaares, von dessen Geburt Brunetta gehört hatte, zur Taufe getragen. Ein paar Bekannte und Nachbarn aus der Färbergasse begleiteten das Elternpaar. Brunetta drückte sich bescheiden in eine Häuserecke und beobachtete die Feierschar. Die junge Mutter ging in einem dunkelblauen Kleid in gemessenen Schritten auf die Kirche zu. Stolz trug sie ihr Söhnchen auf dem Arm. Um das braune gewellte Haar, das ihr bis zur Schulter fiel, hatte sie ein gelbes Tuch geschlungen. Wie schön sie war! Es lag etwas Zärtliches in ihrem Gesicht, das Brunetta nie zuvor wahrgenommen hatte.

Sie folgte ihren Nachbarn mit den Blicken. Sobald die Taufgemeinde die Kirche betreten hatte, näherte sie sich ebenfalls dem Gotteshaus. Es war ihr als Jüdin nicht erlaubt, eine Kirche zu betreten. Doch da Kinder sie seit ihrer Mädchenzeit faszinierten, überwand sie Bedenken und Furcht. So wagte sie sich an die große hölzerne Tür heran, öffnete sie ein wenig und spähte neugierig hinein. Maria schlug gerade das Tauftuch auf, und man sah den Knaben nun, fest eingebunden in seine weißen Windeln. Die Kleinen taten ihr immer leid, wenn sie so eng gewickelt waren, daß sie sich kaum rühren konnten, aber Brunetta wußte, daß die Gliedmaßen eines Säuglings sehr zart waren und daher so lange wie möglich eingebunden bleiben mußten, damit sie kräftiger wurden und sich nicht verbogen. Sie selbst würde es wohl nicht anders halten, sobald sie endlich ihr erstes Kind in den Armen hielt.

Die Zeremonie begann. Der Priester, der ein kostbar besticktes goldenes Meßgewand trug, geleitete die Eltern und ihre Freunde zum Taufbecken. Dort sprach er mit erhobenen Armen lange Gebete aus einem großen Buch, das ihm ein bleichwangiger Knabe in einem bodenlangen roten Kleid hinhielt. Mehrmals schlug der Priester dabei das Kreuzzeichen über der Mutter und dem Säugling. Diesem schien das überhaupt nicht zu gefallen. Wie war es möglich, daß ein kleines Kind so laut schreien konnte? Man sah von dem Knaben nichts außer seinem Mund. Er spuckte das geweihte Salz aus und schrie empört, als er an Stirn und Brust mit dem heiligen Öl gesalbt wurde. Als der Priester ihm schließlich das Taufwasser über die zarten blonden Härchen goß, brüllte er wie ein Ertrinkender. Der Priester sprach noch eine Reihe von Gebeten und Segen. Dann schien er den Anwesenden einige fromme Lehren zu erteilen. Obgleich sie den Sinn und die Bedeutung der Handlung nicht verstand, mußte Brunetta lächeln, als der Vater des Täuflings dem Priester eine weiße Kerze übergab, die dieser unter Gebeten an einer weit größeren, auf dem Altar flackernden Kerze entzündete und sie der jungen Mutter reichte. Stolz hielt Maria das brennende Licht bis zum Ende der Tauffeier in ihrer Rechten, während sie ihr Kind, das allmählich zu weinen aufgehört hatte und eingeschlafen war, auf dem linken Arm wiegte.

Obwohl sie von ihrem Platz aus kein Wort verstehen konnte, beobachtete Brunetta die Zeremonie mit großer Spannung bis zum Schluß. Als die Eltern des Täuflings und ihre Begleiter sich nach einem letzten Segen des Priesters der Kirchentür zuwandten, schloß Brunetta diese unbemerkt und eilte davon. In der Mitte des Kirchplatzes blieb sie stehen und blickte zurück. Gerade kam das junge Elternpaar mit den Freunden und Nachbarn aus dem Gotteshaus. Stolz wiegte Maria ihr Kind, das immer noch schlief. Bescheiden näherte sich Brunetta der ihr beinahe fremden Frau.

»Ich gratuliere Euch zu Eurem kleinen Sohn«, sagte sie leise. Maria blickte ihre jüdische Nachbarin erstaunt an.

»Ich danke Euch«, erwiderte sie rasch. Instinktiv drückte sie ihr Kind enger an ihre Brust und ging schnell weiter. Ihr Mann Andreas blickte Brunetta ein wenig verlegen an, öffnete bedauernd die Arme und zuckte mit den Schultern. Dann folgte er seiner Frau und stellte sie zur Rede.

»Unsere Nachbarin bemüht sich, freundlich zu sein, und du weist sie so kalt ab«, sagte er. »Es gibt keinen Grund, sie so zu verletzen. Bitte zeige ihr doch kurz unseren Sohn, wenn sie uns so liebenswürdig zu unserem Stammhalter gratuliert. Bei jedem anderen würdest du das doch auch machen.«

Maria warf ihrem Mann einen empörten Blick zu. »So kurz nach der Taufe bringt es dem Kind sicher Unglück, wenn man es von einer Ungläubigen ansehen oder gar berühren läßt«, sagte sie leise, aber bestimmt.

»Rede keinen abergläubischen Unsinn!« erwiderte Andreas. »Geh zurück zu ihr – schau: Sie steht noch da und blickt ganz traurig und enttäuscht.«

Maria gehorchte nur widerwillig. Sie drehte sich um, ging drei Schritte zurück und schlug, vor Brunetta stehend, für einige wenige Sekunden die Tuchfalte zurück, die das Kind vor der prallen Mittagssonne schützte. Brunetta sah das rosafarbene Gesicht des Säuglings. Sie lächelte, sagte aber nichts. Bescheiden senkte sie den Kopf; sie wagte es nicht, ihrer Nachbarin ins Gesicht zu sehen, die ihr den Sohn nur so zögernd und ungern gezeigt hatte.

Maria drehte sich um und ließ Brunetta ohne ein Wort des Abschieds stehen. Mißmutig trat sie wieder neben ihren Mann, der die kurze Szene einige Schritte abseits beobachtet hatte. Sie warf ihm einen schwer zu deutenden Blick zu. Ihr Andreas war ein guter Mann, aber von Juden hatte er so gut wie keine Ahnung. Maria wußte, daß schon ihre Eltern vorsichtig mit den Hebräern umgegangen waren, obgleich sie gelegentlich mit dem Vater von Brunettas Ehemann Samuel und später mit diesem selbst zu tun gehabt hatten, weil diese als Händler hin und wieder ins Haus gekommen waren, um ihre Waren feilzubieten. Die Juden mochten friedlich und anständig in dieser Stadt leben und hin und wieder mit den Christen zusammenarbeiten, aber man konnte ihnen nicht blind trauen. Das Verhalten, das ihr Mann an den Tag legte, war so ungewöhnlich naiv, daß jeder, der mehr Verstand als Eitelkeit besaß, nur staunen konnte.

Als Andreas und Maria mit den Freunden in die Färbergasse zurückkehrten, hatten sich dort vor dem Hause des jungen Ehepaares bereits einige weitere Nachbarn in ihrer Sonntagskleidung eingefunden, um die Eltern und den Täufling herzlich zu begrüßen. Andreas nahm seiner Frau das Kind aus dem Arm und hob es empor. »Ein neu getaufter Christenmensch!« rief er. »Die Teufel sind ausgefahren, und die Engel freuen sich!« Alle sahen nun das kleine Gesicht des Säuglings, das vor Schreck feuerrot angelaufen war. Noch bevor das Kind zu weinen beginnen konnte, legte Andreas es wieder in den Arm seiner Mutter, wo es sich schnell beruhigte, und lud alle Anwesenden in sein Haus ein. Bald drängten sich Freunde und Nachbarn in der engen Wohnstube und genossen den guten Wein und das süße Gebäck, die großzügig angeboten wurden. Das junge Elternpaar verbarg die Armut hinter einer Fassade des Stolzes und der Gastfreundschaft, und bei frohen Anlässen fehlte es nie an Wein und allerlei Schmackhaftem. Nicht zuletzt deshalb trafen nach und nach fast alle Bewohner der Färbergasse im Hause des jungen Elternpaares ein und gratulierten zur Geburt und Taufe des kleinen Stammhalters. Andreas gab nun auch den Namen bekannt, den das Kind soeben in der heiligen Taufe empfangen hatte:

»Er heißt Simon!« erklärte der stolze Vater.

»Simon? Warum habt Ihr eurem Kind einen solch jüdischen Namen gegeben? Hättet ihr ihn nicht nach einem unserer katholischen Heiligen nennen können, zum Beispiel nach einem unserer Stadtpatrone?« fragte jemand.

»Mein Vater hat Simon geheißen, wie einige von euch ja wohl noch wissen«, verteidigte sich Andreas etwas verärgert. »Simon ist ein sehr schöner Name!«

»Ein Judenname ist es trotzdem!« sagte nun einer mit deutlich abschätziger Betonung. Maria sah, daß es ihr Nachbar Zanesius war, den alle aufgrund seines Herkunftslandes Schweizer nannten.

Ist der also auch gekommen, dachte sie, und hat auch seine Frau mitgebracht!

Maria konnte sich ihre Abneigung gegen ihren Nachbarn nicht erklären, denn Zanesius hatte ihr nie das geringste zu-

leide getan, aber irgendwie war sein Gesicht unsympathisch und machte ihr angst.
Brunetta hatte nach der Begegnung mit ihren Nachbarn kehrtgemacht und war nach Hause zurückgegangen. Eine seltsame Schwermut hatte sie überfallen. Als sie vor ihrem Haus stand und soeben die Mesusa am rechten Türpfosten berühren wollte, öffnete sich die Tür, und Tobias, der Arzt ihrer kleinen Gemeinde, trat heraus. Sein Gesicht wirkte stets wie aus Bronze gegossen, und seine dunkel funkelnden Augen gaben ihm etwas Stolzes und zugleich Anziehendes. Die strenge schwarze Kleidung, welche er zu tragen pflegte, paßte gut zu seinem glänzenden schwarzen Haar und den langen dunklen Wimpern.

Tobias war als Arzt weithin bekannt und geachtet. Es waren ihm als Mediziner Freiheiten erlaubt, die den anderen Juden nicht zugestanden wurden. So durfte er an den hohen christlichen Feiertagen das Haus verlassen, um Patienten zu besuchen – den anderen Juden war es an diesen Tagen streng verboten, sich auf der Straße zu zeigen. Diese besonderen Vorrechte hätte Tobias sicher nicht in Anspruch nehmen können, wäre er nicht so talentiert gewesen. Sein Ruf als Arzt reichte weit über die Stadtgrenzen Trients hinaus. Er wurde oft in die umliegenden Ortschaften, ja sogar manchmal in das rund zwanzig Meilen entfernt liegende Rovereto gerufen. Selbst Priester und Adlige zögerten nicht, sich von ihm untersuchen und behandeln zu lassen. Tobias versagte aber auch den armen und einfachen Leuten der Stadt seine Hilfe nicht. Sein fachkundiges Urteil war ebenso bei seinen christlichen Kollegen gefragt, obwohl der Erfolg des jüdischen Arztes bei einigen von ihnen auch Neid und Mißgunst weckte.

Trotz seiner vielen Arbeit und häufigen Patientenbesuche kümmerte sich Tobias liebevoll um seine Familie. Er war zum zweitenmal verheiratet. Seine Frau Sara hatte aus ihrer ersten Ehe eine nunmehr vierzehnjährige Tochter namens Nochella mitgebracht, während Tobias aus seiner ersten

Ehe drei Söhne im Alter von zehn, neun und acht Jahren hatte: Hachim, Jofla und David. Zur Erziehung seiner Söhne hatte Tobias seit einigen Monaten einen aus Franken stammenden Hauslehrer eingestellt, der Moses hieß und schon ganz selbstverständlich zur Familie gehörte. Nicht weniger liebevoll in die Familie des Tobias eingebunden war der Küchengehilfe Salomon, obwohl er schwachsinnig war.

Tobias lächelte Brunetta freundlich an. »Warst du spazieren, Liebe?« Seine dunklen Augen blitzten vor Interesse und Zuneigung.

Die Gefragte nickte. Tobias bemerkte, daß sie etwas bedrückte. Ein Blick in ihr schmerzhaft verschlossenes Gesicht und die traurigen moosgrünen Augen verriet es.

»Was ist mit dir?« fragte er besorgt und berührte leicht ihre linke Schulter.

»Es ist nichts ...«, erwiderte Brunetta und versuchte zu lächeln. Nach einigem Zögern ergänzte sie: »Ich habe den neugeborenen Sohn unserer Nachbarn Andreas und Maria gesehen. Sie kamen gerade von seiner Taufe ...«

Nun verstand Tobias. »Ist es ein hübsches Kind?« fragte er sanft.

»Ja, sehr hübsch ...«, antwortete Brunetta. Dann ging sie schnell ins Haus, ohne Tobias noch einmal ins Gesicht zu blicken. Er sollte die Tränen nicht sehen, die ihr in die Augen stiegen.

Sie schloß die Eingangstür hinter sich und lauschte. Im Haus war es ruhig. Schnell stieg sie die Treppe zu ihrer Wohnung im ersten Stock hoch. Samuel und sie bewohnten drei Zimmer, daneben verfügte die Wohnung über einen Flur und eine Abstellkammer, die – wie die Küche – von allen Bewohnern des Hauses benutzt wurde. Außerdem befanden sich im ersten Stock die aus drei Zimmern bestehende Wohnung von Samuels Sohn Israel und seiner Familie sowie das Zimmer, in dem Bonaventura, der Koch, und der Diener Vitalis schliefen. Man betrat es durch einen Korridor, der um die Zimmer herum in die Küche führte. Das Fenster der

Küche wiederum ging in den kleinen düsteren Innengarten hinaus, den die drei Häuser der jüdischen Gemeinde umschlossen. Im zweiten Stockwerk lagen vier Zimmer. Zwei der Räume bewohnte Mohar mit seiner Frau Bella. In einem Zimmer schlief ihr Sohn Bonaventura, im anderen wohnte Rabbi Moses. Die Synagoge war im Erdgeschoß des Hauses untergebracht.

Gerade als Brunetta die Tür zu ihrer Wohnung öffnen wollte, kam ihr ihr Stiefsohn Israel entgegen. Seine dunklen, ein wenig schräg stehenden Augen verengten sich über den ausgeprägten Wangenknochen schalkhaft zu einem schmalen Spalt. »Liebe Stiefmutter, hattest du einen schönen, erholsamen Spaziergang?« fragte er fröhlich. Doch als er das bemühte Lächeln sah, mit dem die Angesprochene seinen Gruß erwiderte, fragte er besorgt: »Geht es dir nicht gut?«

»Doch, doch«, erwiderte Brunetta. »Es ist alles in Ordnung. Ich bin nur müde von der Hitze und werde mich ein wenig hinlegen.«

Dann nickte sie Israel mit einer beruhigenden Geste zu, betrat ihre Wohnung und schloß die Tür hinter sich. Die Wohnung war leer. Ihr Mann war offensichtlich noch in der Synagoge und betete. Brunetta ging in das Schlafzimmer, stickige Hitze schlug ihr entgegen. Es war eine einfache Stube mit einem Ehebett, einem Schrank, einer kleinen Truhe und einem niedrigen Tisch mit zwei Stühlen. Über einem der Stühle hingen eines ihrer Kleider und eine Hose Samuels, und als sie das sah, schnürte sich ihr das Herz zusammen. Die junge Frau blickte aus dem Fenster. Den größten Teil des Blickfelds nahm die beruhigende Weite und Tiefe des Himmels ein, hinter dem Gott und seine Engel wohnten; der Himmel stand auch dann noch, wenn aller Schmerz der Welt vergangen sein würde.

Brunetta legte sich seufzend auf ihr Bett. Immer wieder hatte sie darüber nachgedacht, ob diese Traurigkeit und Schwere, die sie in letzter Zeit häufig überfielen und auf ihrer

Seele lasteten, nicht durch ihre Kinderlosigkeit verursacht waren – denn ohne Zweifel hatte der Anblick des kleinen Knaben vorhin ihre plötzliche Schwermut ausgelöst. Nun waren sie schon sieben Jahre verheiratet, und immer noch waren sie ohne Nachwuchs. Zunächst war das Problem nicht allzu vordringlich gewesen. Brunetta fühlte sich glücklich in ihrer trauten Zweisamkeit. Fast noch ein junges Mädchen – sie hatte mit achtzehn Lenzen geheiratet –, war sie in den ersten Jahren ihrer Ehe der sicheren Meinung, die Liebesgemeinschaft zwischen Mann und Frau müsse zwangsläufig zur Entstehung neuen Lebens führen. Also hatte sie sich zunächst nicht allzu viele Gedanken gemacht, aber mit der Zeit fragte Brunetta ihren Mann immer häufiger, wie es denn komme, daß sie noch immer nicht schwanger sei. Samuel, der sie offensichtlich nicht beunruhigen wollte, erwiderte stets, das habe doch noch Zeit, sie wollten die schönen Monate oder vielleicht Jahre genießen, die sie noch allein für sich hätten. Aber die junge Frau spürte, daß auch ihn die Kinderlosigkeit belastete. Sicher, Samuel hatte aus seiner ersten Ehe bereits einen erwachsenen Sohn und nunmehr auch zwei Enkelsöhne im Säuglingsalter, aber Brunetta wußte, daß sich ihr Mann sehnlichst ein weiteres eigenes Kind wünschte. Samuel war nur zu zartfühlend, um ihr seine Traurigkeit oder Sorge zu zeigen.

Die anderen Frauen der jüdischen Gemeinde sprachen stets vom Mutterglück, von den Mutterängsten und dem Mutterkummer. Brunetta aber kannte all das nicht. Manchmal fiel es ihr schwer, den Freundinnen unter die Augen zu treten. Denn nicht selten war es Brunetta, als ließen diese ihre Blicke unerbittlich forschend über ihren Körper gleiten. Aber keine Fülle und Rundung ihres Körpers gab zu der Hoffnung Anlaß, daß sie ein Kind unter ihrem Herzen trug.

Eines Tages war die herbe Paula zu Brunetta gekommen und hatte sie gründlich untersucht, ihren Körper überall betastet und die Farbe ihrer Zunge und ihrer Augäpfel kontrolliert.

Dabei hatte die Hebamme um ihren Hals mehrere hellrote Korallenhalsbänder getragen, die angeblich bei Unfruchtbarkeit und bei schweren Geburten segensreich wirken sollten. Am Ende der umständlichen Inspektion hatte sie der jungen Frau versichert, daß bei ihr alles in Ordnung sei: Sie sei kerngesund, ihr Becken sei breit genug, vielen gesunden Knaben und Mädchen das Leben zu schenken. Paula hatte Brunetta zudem Badekuren mit der Essenz eines wirksamen Krautes verschrieben – des Frauenmantels.

»Gott hat jedem Baum und jeder Pflanze ein Kennzeichen gegeben, das kundtut, gegen welche Krankheiten sie helfen«, hatte die Hebamme erläutert, »die Wurzel der Schwarz- oder Beinwurz beispielsweise sieht aus wie ein menschlicher Fuß, um anzuzeigen, daß ein Sud, gekocht aus dieser Wurzel, Hilfe bringt bei allerlei Fußkrankheiten. Und so sehen die Blätter des Frauenmantels eben auch aus, wie sie heißen, um anzuzeigen, daß sie den Weibsleuten bei mancherlei Gebrechen Hilfe und Linderung verschaffen.«

Brunetta hatte die Kräuter nicht ohne Zweifel entgegengenommen und tatsächlich mehrere Wochen lang täglich einen aus ihnen hergestellten Sud in ihr Badewasser gegossen. Der Sud roch bitter. Vielleicht, dachte Brunetta daher, steckte doch eine Heilkraft darin. Nach einigen Monaten stellte sie die sinnlose Prozedur freilich wieder ein.

Ein Räuspern weckte Brunetta. Im Halbdunkel des Zimmers erkannte sie das bärtige Gesicht ihres Mannes.

»Samuel?« fragte sie und rieb sich verwundert die Augen. »Wieso ist es so dunkel? Bin ich eingeschlafen? Wie spät ist es?«

»Es ist fast neun Uhr, mein Täubchen«, erwiderte Samuel.

Brunetta erschrak und war nun hellwach. »Habe ich den ganzen Nachmittag und den halben Abend geschlafen? Wieso hat mich keiner geweckt?«

»Ich war gegen drei Uhr nachmittags hier oben und fand dich schlafend«, antwortete Samuel, »und ich ließ dich schlafen, denn ich dachte, daß dir das guttäte, bei all der Arbeit, die du die ganze Woche über hast.«

»Aber neun Uhr! Um Gottes willen! Dann habe ich ja das Abendgebet und die Habdalah verschlafen! Und das am Sabbat!«

»Na, das wird mal nicht so schlimm sein mit dem Abendgebet«, brummte Samuel, »der liebe Gott wird es dir schon verzeihen.«

Brunetta richtete sich nun ganz auf. »Ich befürchte, ich habe zu viel geschlafen. Jetzt ist Zeit zum Schlafengehen, und ich fühle mich hellwach und ausgeruht.«

»Soll ich dir noch ein wenig Gesellschaft leisten, bis du wieder schön müde geworden bist?«

»Nein, mein Lieber! Du gehst jetzt ins Bett! Morgen ist Sonntag. Da besuchst du doch immer unsere besten Kunden in der Stadt, weil die Christen an diesem Tag Ruhe und Muße haben, unsere Waren genau zu beschauen und zu prüfen.« Brunetta erhob sich behend und fuhr mit den Füßen rasch in ihre Schuhe. »Ich werde ein wenig in die Synagoge gehen, um zu beten. Das ist nur recht und billig, wenn ich unsere Sabbatabendandacht versäumt habe. Außerdem ...«, die Frau versuchte ihre Worte möglichst leichtfertig klingen zu lassen, »und außerdem habe ich auch ein bestimmtes Anliegen ...«

Mit einem zärtlichen Gutenachtkuß verabschiedete Brunetta sich von ihrem Mann und stieg die Treppe hinunter, die zur Eingangstür der Synagoge führte. Rabbi Moses wollte die Tür gerade von außen verschließen.

Der Rabbi war ein bescheidener, sanftmütiger, etwas unbeholfener Mann. Er war klein von Statur und wirkte gebrechlich. Brunetta mochte sein schmales Gesicht mit den vorstehenden Backenknochen, das immer blaß und sehr ernst aussah und wie in einem Spiegel seine durch innere Kämpfe und dauernde Sorge gequälte Seele reflektierte. Selbst Samuel hatte ihn seit seiner Kindheit als Greis in Erinnerung. Schon in relativ jungen Jahren hatte sich sein

Haar weiß gefärbt, und er ging – solange Samuel denken konnte – in der Haltung eines alten Mannes. Dieser rührende, sanfte Mensch mit den dunklen leuchtenden Augen, der alle Tiere und kleinen Kinder liebte, der manchmal in Zerstreutheit sein Haus verließ und auf der Straße vergaß, warum er es verlassen hatte, war wirklich das Herz und der Mittelpunkt der kleinen mosaischen Gemeinde.

Brunetta bat den Rabbi, ihr die Tür zu der Synagoge noch ein wenig offenzulassen.

»Was willst du denn jetzt in der Synagoge, zu dieser späten Stunde, mein liebes Kind?« fragte Moses. Dabei blickten seine dunklen Augen die junge Frau voller Zärtlichkeit an.

»Ich will zu Gott unserem Vater beten. Ein schweres Leid drückt mich nieder ... Nur ein halbes Stündchen ...«

»Nun gut, meine liebe Tochter. Aber was ist es denn für ein Leid, das dich so niederdrückt?«

Brunetta senkte den Kopf. Tränen stiegen ihr in die Augen. »Das Schicksal der Rachel«, flüsterte sie unter Tränen.

Rabbi Moses drückte die Weinende sanft an sich und küßte ihr die Stirn. Sein schmales faltiges Gesicht entflammte sich dabei ein wenig.

»Dann bete ...«, flüsterte er und öffnete der Frau die Eingangstür zum kleinen Gotteshaus.

Nachdem die Tür hinter ihr geschlossen war, ließ Brunetta ihren Blick durch die dunkle Synagoge schweifen. Alle Juden hatten hier ihren Platz. Die Mitglieder der Familie des Angelus auf der linken Seite am Eingang, die von der Familie des Tobias auf der rechten Seite und ihre eigene Familie, die Familie des Samuel, an der dem Eingang entgegengesetzten. Die Zugereisten und Gäste nahmen meist unter dem Fenster auf der Seite gegen Abend Platz. Die Frauen verfolgten die heiligen Zeremonien normalerweise, wie das im jüdischen Gottesdienst so üblich war, nicht im Hauptraum des Gebetshauses, sondern in der ihm vorgelagerten Kammer, der sogenannten Frauensynagoge. Wenn am Sabbat die Thora aus dem Aron Hakodesch, dem Thoraschrein, erhoben wurde, traten die Frauen aus ihrer Kammer an die Tür, um die heilige Thorarolle zu sehen und durch sie gesegnet zu werden.

An diesem Abend aber blieb die junge Frau in der Männersynagoge. Sie kniete sich zu Füßen des Thoraschreins nieder und betete. Unter Tränen flehte sie, daß ihr ein Kind geschenkt werde. Brunetta sprach zu Gott von den schmerzenden Worten ihrer Freundinnen, wann sie denn guter Hoffnung würde, und daß zu lange Kinderlosigkeit oder gar ständige Unfruchtbarkeit ein Fluch und Unheil wären, weil der Messias noch nicht geboren sei und nur durch eine Jüdin auf die Erde kommen könne. Brunetta vermochte es angesichts ihrer Kinderlosigkeit nicht, in solch großen Dimensionen zu denken. Aber sie erzählte Gott von ihrer Furcht, unfruchtbar zu sein, und von dem Wunsch ihres Mannes nach einem weiteren Sohn oder einer Tochter. Brunetta wußte nur zu gut, daß Samuel sich noch mehr über ein Mädchen freuen würde, und sie versprach mit erstickter Stimme, ihr Kind nach bestem Wissen und Gewissen zu einem gottesfürchtigen Menschen zu erziehen, wenn ihr nur die Gnade der Mutterschaft geschenkt würde.

»Laß mich nicht länger Rachel, die Unfruchtbare, sein, sondern Lea, die Gesegnete«, flehte die Unglückliche und schlug ihre Stirn auf den Stein zu Füßen des Thoraschreins. »Ich habe meines Wissens nichts Unrechtes getan, keine unreine Speise genossen, kein Gesetz übertreten. Aber wenn ich es doch getan habe und du mich dafür zu Recht strafst, dann vergib mir, mein Schöpfer und Gott, ich bitte dich von ganzem Herzen.«

Allmählich wurde Brunetta ruhiger. Und schließlich war es ihr, als würde das Antlitz Gottes auf sie herabsehen, wie er seit Tausenden von Jahren im Glück und im Leid auf die Kinder seines erwählten Volkes herabgesehen hatte.

»Herr der Heerscharen, sieh das Elend deiner Magd an, gedenke deiner Magd, vergiß sie nicht! Laß mich ein Kind tragen, das die Freude meines Alters sein wird, und nimm meine ewige Dankbarkeit dafür.«

Als Brunetta schließlich ganz erschöpft war von dem heißen Flehen und den Tränen, erhob sie sich und verließ die Synagoge. Vor der Tür saß Rabbi Moses im Dämmerlicht der untergehenden Sonne, die Hände sorgenvoll im Schoß ringend. Offensichtlich hatte er auf sie gewartet, um ihr etwas Tröstliches sagen zu können.

»Wird Gott meine Gebete erhören, Rabbi?« fragte Brunetta traurig.

Der alte Mann blickte die junge Frau an, und ein Ausdruck tiefen Mitleids trat in seine Augen.

»Nicht doch, meine liebe Tochter! Hab Mut und faß Vertrauen«, sagte er, »mir ist, als spräche eine innere Stimme zu mir, daß Gott dein Flehen erhören wird. Geh jetzt zu deinem Mann und werde ruhig. Der Gott unserer Väter ist barmherzig und liebt die Kinder seines Volkes. Denke daran, wie er die Gebete der Sara und der Hanna erhört hat, die nach langer Unfruchtbarkeit Mütter geworden sind.«

Brunettas Schwermut hielt auch in den kommenden Wochen an. An einigen Tagen war es grauer in ihrer Seele, an anderen freundlicher, doch eine gewisse Melancholie wollte nie ganz weichen. Jede Nacht träumte sie die gleichen Träume – Bilder von leeren Wiegen und unbenutztem Kinderspielzeug –, Träume, die, so fühlte Brunetta, durch den Anblick des kleinen Sohnes ihrer christlichen Nachbarn Andreas und Maria ausgelöst worden waren.

Eines Tages im September, es war ein Montag, stand Brunetta sehr früh auf. Es war erst halb sechs Uhr. Ihr Mann war nicht zu Hause. Er besuchte einige Kunden außerhalb Trients, außerdem mußte er bei verschiedenen Schuldnern, denen er Geld geliehen hatte, Rückstände eintreiben. Brunetta wußte, daß dies zu den unangenehmsten Aufgaben eines Geldverleihers gehörte und Samuel sich dabei oft böse judenfeindliche Beschimpfungen gefallen lassen mußte. Um sich ein wenig von den Sorgen um ihren Mann abzulenken, wollte die junge Frau die einsamen Morgenstunden nutzen und außerhalb der Stadt am Ufer der Etsch spazierengehen. Weißer Nebel hing niedrig zwischen den Bergen, hinter denen es zu dämmern begann. Der Boden war feucht und gab unter ihren Schuhen nach. Brunetta schlenderte zu der Stelle, an der die Frauen Trients gewöhnlich ihre Wäsche wuschen und walkten. Ihr selbst war es als Jüdin verboten, hier ihre Wäsche zu reinigen. Brunetta hatte die Zeit des Sonnenaufgangs für ihren Spaziergang hierher gewählt, weil zu dieser frühen Stunde bestimmt noch niemand zu sehen war. Die junge Frau setzte sich auf einen moosbewachsenen Baumstumpf, zog die Knie an und schlang die Arme um die Beine. Verträumt blickte sie auf das klare, ruhig dahinfließende Wasser des Flusses, in dem sich die ersten scheuen Sonnenstrahlen brachen. Sie lauschte den in der Ferne krächzenden Raben, hörte die Frösche quaken, die nahe dem Ufer durch das Schilfgras schwammen, und nahm die Kühle des Morgens in sich auf, die wie ein Hauch ihre Wange berührte. Brunettas Blick wanderte weiter hinaus. Auf der anderen Seite des Flusses, auf den Weinhängen, lag ein rötlicher Schimmer. Die Reben standen, man konnte es nun gut erkennen, im vollen Saft, und auch die Farben der Felder und Obstplantagen, durch die sich die Etsch schlängelte, verhießen eine reiche Ernte.

Die junge Frau liebte es, die am Morgen erwachende Natur zu beobachten. Außerdem dachte sie an ihren Mann, der in seinem Rock aus grobem Stoff und seinem alten schwarzen Mantel irgendwo da draußen auf den Landstraßen umherreiste, die das weite Land durchzogen und die Märkte der Städte und Dörfer miteinander verbanden – Städte und Dörfer mit vertrauten und phantastischen Namen – Namen, die wie geheimnisvolle Formeln über Samuels Lippen kamen, wenn er ihr von seinen Unternehmungen erzählte, und die ihr die einsame Wohnstube in die große Welt verwandelten. Hatte sich Samuel wohl in der

Kühle der Morgenstunde den Kopf gut bedeckt? Schmerzten ihn gerade seine neuen Schuhe? So in Gedanken versunken, verging für die junge Frau eine Stunde wie im Fluge. Die Sonne war nun aufgegangen. Ein alter Bauer führte seine magere Kuh auf die Weide. Ihr Schwanz vertrieb müde die lästigen Fliegen, die sie umschwirrten. Weiter draußen weidete eine Herde Schafe an den grünen Hängen. Brunetta hörte das vertraute helle Bimmeln ihrer kleinen Glocken. Und in der Ferne ragten die nunmehr vom Nebel befreiten Alpen empor, ein Gebilde aus dunklen kargen Felsen, die gen Himmel strebten.

Brunetta erhob sich, breitete die Arme aus und sog ihre Lungen voll. Mit gespreizten Armen drehte sie sich mehrmals um die eigene Achse, bis ihr schwindlig wurde.

Überall in der Färbergasse herrschte reges Treiben, als Brunetta die Straße entlangging. Wartende Kunden drängten sich bereits vor den Werkstätten und Geschäften. Und während hier ein Schmied erst sein Feuer entfachte, sprühten in einer anderen Werkstatt bereits die Funken wie rote Nadeln und glühten die Eisen. Frauen trugen Krüge und Kannen zum Brunnen, Kinder hüpften keck über den Wassergraben, der sich durch die schmale Gasse zog. Der Morgen dieses späten Septembertages begann wie jeder Tag. Kaum jemand beachtete die Jüdin, die mit zügigen Schritten ihrem Haus zustrebte.

Als Brunetta am Haus des Ehepaares Andreas und Maria vorbeiging, saß die junge Mutter mit ihrem Sohn auf dem Schoß vor der Tür. Offensichtlich hatte sie den Säugling gerade gestillt. Brunetta nickte ihr freundlich und bescheiden zu. Sie hatte die Nachbarin seit jener Begegnung am Tauftag nicht mehr gesehen.

Zu ihrem Erstaunen erwiderte Maria den Gruß mit einem strahlenden Lächeln, und mit einer aufmunternden Kopfbewegung bedeutete sie Brunetta näherzutreten.

»Frau Nachbarin«, sagte sie – und der mütterliche Stolz

ihrer Stimme war nicht zu überhören –, »seht doch, wie groß mein Kind schon ist für seine zwei Monate!«

Und dabei hob sie den wegen der Morgenfrische warm eingepackten Säugling leicht empor. Man sah zunächst nichts von dem Kind, denn es war mit einer weißen Decke so eingehüllt, daß nur eine kleine blonde Locke hervorlugte. Brunetta trat hinzu und schob die Decke vorsichtig zur Seite. Mit großen Augen sah der Knabe sie an. Er steckte in einem leinenen Wickelsack. Das hellblaue Stoffkäppchen war zur Seite gerutscht, und feine blonde Löckchen umringelten sein Gesicht. Brunetta war wie verzaubert.

»Euer Sohn ist wunderschön«, stammelte sie. Das Lob entlockte der Nachbarin ein weiteres liebenswürdiges Lächeln. Als Maria jedoch aus dem Augenwinkel bemerkte, daß sie jemand vom gegenüberliegenden Haus beobachtete, zuckten ihre Lippen beunruhigt. Plötzlich, als wäre ihr die aus Mutterstolz geborene, ungewohnte Freundlichkeit gegenüber der sonst wenig beachteten Jüdin unangenehm, stand sie auf. Sie verabschiedete sich und verschwand mit dem Hinweis auf das noch zu bereitende Frühstück in ihrem Haus. Tief gerührt vom Anblick des Kindes setzte Brunetta ihren Weg fort.

Die drei Häuser der jüdischen Familien waren so dicht aneinander gebaut, daß man sie nicht einzeln, sehr wohl aber zusammen umrunden konnte, da die nächststehenden Häuser der christlichen Nachbarn zu allen Seiten rund dreißig Fuß entfernt waren. Brunetta schlenderte gerne um die drei Häuser ihrer kleinen Gemeinde, sei es, um dabei ein Schutz- und Segensgebet zu sprechen oder um der einen oder anderen Freundin, die gerade am Fenster stehen mochte, einen lieben Gruß zuzurufen.

Diesmal blieb Brunetta versonnen und nachdenklich vor dem Haus des Angelus stehen. Das Haus war das niedrigste und bescheidenste der drei Gebäude, da es nur aus einem Stockwerk bestand. Hier wohnten Angelus, seine Frau

Dulceta, seine unverheiratete Schwester Bona und seine betagte Mutter, die ebenfalls Brunetta hieß. Außerdem lebte noch der Diener Isaak bei der Familie.

»Ich muß mit Samuel sprechen«, flüsterte Brunetta vor sich hin, als sie sah, wieviel grauer Putz von der Fassade des ärmlichen Hauses gefallen war. »So geht das nicht weiter. Angelus kann von seinem knappen Verdienst offensichtlich die Instandhaltung seines Hauses nicht alleine bestreiten. Wir müssen alle zusammenlegen. Aber wie das machen, ohne Angelus' Stolz zu verletzen?«

Brunetta wußte, daß die Angelegenheit heikel war. Da die Mutter des Angelus schon über achtzig Jahre alt, bettlägerig und krank war, unternahm Angelus, der wie Samuel und ihr Stiefsohn Israel als Händler arbeitete, keine auswärtigen Unternehmungen mehr, um seine Mutter keine Nacht alleine lassen zu müssen. So war er auf die wenigen Kunden angewiesen, die er in der Stadt hatte. Außerdem hatte Angelus – im Unterschied zu Brunettas Mann und ihrem Stiefsohn – keine Erlaubnis, als Geldverleiher zu arbeiten, was seine Verdienstmöglichkeiten noch einmal sehr einschränkte. Angelus verbrachte zudem viel Zeit mit der Pflege seiner Mutter, da er seiner Frau, die ebenfalls oft krank war und manchmal tagelang das Schlafzimmer nicht verließ, die Pflege der Schwiegermutter nicht zumuten wollte. Das gleiche galt für seine Schwester Bona, die schwermütig war. Bona war nie verheiratet gewesen, wohl weil ihr Äußeres nicht so geraten war, daß es Männerherzen in Wallung brachte. Ihre Gestalt war knochig und mager und zeigte so gut wie keinerlei weibliche Rundungen. Das war schon so, erzählte man sich, als sie ein Mädchen war, und blieb auch so, als sie älter wurde. Nun war sie wie ihr Bruder und ihre Schwägerin fast fünfzig, und im Laufe der Jahre hatte sich ihre Seele verfinstert. Sie lächelte nie, und auf eine eigenartige Weise wirkte ihr Gesicht stets wie das eines neugeborenen Fohlens, das nur ungern die Augen geöffnet hatte.

Brunetta bedauerte sehr, daß es ihr nie gelungen war, mit Bona in einen engeren Kontakt zu treten. Als sie ihren Weg fortsetzte, um einen zweiten Rundgang um die drei Häuser zu machen, dachte sie darüber nach, welche der Frauen ihrer Gemeinde ihr eigentlich am nächsten stand.

Da war natürlich zunächst einmal die fast gleichaltrige Frau ihres Stiefsohns Israel, die schöne Anna. Brunetta bewunderte vor allem ihre herrlichen langen kupferroten Haare. Obwohl Anna recht kurz hintereinander zwei Söhnen das Leben geschenkt hatte und daher nicht mehr so viel Zeit für Brunetta erübrigen konnte, setzten sich die beiden Frauen doch, so oft es ging, gerne zu einer guten Tasse Tee zusammen. Dabei unterhielten sie sich auch häufig über ihre beiden Männer. Brunetta wunderte sich immer wieder, wie unterschiedlich Vater und Sohn waren. Außenstehende mußten ohnehin den Eindruck haben, daß sich die beiden ununterbrochen stritten. Tatsächlich hatten sie recht unterschiedliche Vorstellungen davon, wie man mit Kunden umzugehen hatte, vor allem mit säumigen Schuldnern. Israel konnte sehr aufbrausend sein und hatte so gar nichts von Samuels Sanftmut und Geduld geerbt. Auch der Fleiß des Vaters steckte ihm nicht im Blut, was ebenfalls des öfteren zu Auseinandersetzungen führte. In Wirklichkeit liebten sich Vater und Sohn aber von Herzen, und jeder Streit wurde auch recht bald mit einer herzlichen Versöhnung beendet.

Eine gute Freundin war auch Bella, die Schwiegertochter von Rabbi Moses. Sie sah wie eine Frau vom Lande aus – rundlich und rotwangig. Meist trug sie ein Kleid aus grobem grauem Wollstoff, und ihre schütteren grauen Haare lugten unter einem schwarzen Kopftuch hervor. Trotz ihrer mütterlichen Erscheinung und ihrer fast sechzig Jahre hatte Bella doch etwas Energisches, fast zu Hitziges in ihrem Wesen. Sie war wenig zimperlich und sagte allen resolut ihre Meinung – auch den Männern –, wobei sich ihr üppiger Busen nicht selten vor Erregung hob und senkte.

Und dann war da noch Sara, die Frau des Arztes Tobias. Ganz im Unterschied zu ihrem Mann wirkte sie zumeist schweigsam und schüchtern. Brunetta konnte sich nicht erinnern, daß sie je Schmuck getragen hatte. Ihrer leiblichen Tochter Nochella und ihren drei Stiefsöhnen war sie eine liebe und fürsorgliche Mutter. Doch um mit ihnen zu lernen, fehlte ihr nicht nur die Schulbildung, sondern vor allem auch die Geduld. Dafür hatte Tobias den Hauslehrer Moses eingestellt. Außerdem beschäftigte sich Sara viel lieber mit ihren unzähligen Steinkrügen mit Eingemachtem, Senfgemüse, Krautsalat, Dill, eingelegten Kräutern und Roter Bete, die sie in meterhohen Regalen überall in Haus und Keller lagerte. Brunetta bewunderte ihre hausfraulichen Fähigkeiten und fragte die Freundin oft um Rat.

In ihre Wohnung zurückgekehrt, arbeitete Brunetta den ganzen Tag fleißig in der Küche, denn sie wollte ihrem Mann, den sie für den späten Nachmittag zurückerwartete, ein besonders gutes Abendmahl bereiten. Samuel war diesmal fast eine Woche weg gewesen. Unter anderem hatte er Kunden im zwanzig Meilen entfernten Arco besucht. Brunetta haßte die häufigen Handelsreisen ihres Mannes. Die Tage und Wochen seiner Abwesenheit waren für sie immer sehr schwer. Abschied kannte nur den Trost des Wiedersehens, und sie sehnte sich immer so sehr nach seiner Rückkehr und nach seiner Nähe, daß sie manchmal glaubte, das Herz müsse ihr zerspringen. Dann stellte sie sich schnell vor, wie ihr Mann, mit seinen Waren auf dem Rücken, landauf, landab wanderte oder auf dem kleinen Esel durch die Wälder ritt und nachts am Lagerfeuer saß. Und es tröstete sie der Gedanke, daß sie den gleichen Sonnenaufgang bewunderten und dem Herrn für dieselben Sterne dankten, trotz der vielen Meilen, die sie trennten.

Der Nachmittag neigte sich seinem Ende zu, als Samuel nach Hause kam. Strahlend lief ihm seine Frau auf der Treppe entgegen. Übermütig vor Freude schleuderte sie ihre Schuhe von den Füßen und ließ ihre Schürze auf die Treppenstufen fallen. Mit der anderen Hand löste sie das Tuch, das ihre Haare umschloß, und ließ es ebenso auf den Boden gleiten. Sie trug nun nur noch ihr bequemes Hauskleid, das sie für die Rückkehr ihres Mannes angezogen hatte, weil sie wußte, wie sehr er dieses Gewand an ihr liebte. Eigentlich war es nur ein langer sonnengelber Leinenkittel, der bis zum Boden reichte. Als einzige Verzierung schmückte eine breite gestickte Bordüre aus blutroter Farbe die Kanten. In der Taille gegürtet, betonte es den schlanken hohen Wuchs Brunettas. Als sie sich mit einem Jauchzen in die offenen Arme Samuels fallen ließ, umwallten die langen dunklen Haare ihr zartes Gesicht, das im Licht der herbstlichen Abendsonne elfenbeinfarben schimmerte. Dabei kräuselten sich ihre Lippen zu einem Kuß. Samuel drückte seine Frau fest an sich und küßte sie leidenschaftlich. Dabei spielte er zärtlich mit ihren zu dem Kleid passenden Ohrgehängen aus roten Korallen.

Dann betrachtete er sorgsam Brunettas Gesicht, das er in seinen großen Händen hielt; suchte darin nach Spuren des Vorwurfs, zu lange fort gewesen zu sein – wie berechtigt wäre jede Enttäuschung und jede Anklage gewesen –, aber Samuel sah nur eine junge Frau, die glücklich war, ihn wieder bei sich zu haben.

Draußen vor dem Haus begann der Packesel zu schreien. Samuel ließ Brunetta mit einem Seufzer los, tätschelte noch einmal ihren Arm, drehte sich um und stapfte vor das Haus. Dort stand der Esel, noch bepackt mit einem Bündel, unter dem er fast verschwand. Schaum tropfte ihm von Maul und Nüstern. Samuel ging neben ihm in die Hocke und nahm das ganze Bündel auf den Rücken, stemmte es empor, trug es die Stufen hoch in die Küche und setzte es neben dem Herdfeuer ab. Dann ging er noch einmal hinaus, um den Esel in den kleinen Stall neben dem Haus zu bringen und ihn dort mit Wasser und Heu zu versorgen. Als Samuel wieder die Küche betrat, fuhr er sich mit beiden Händen über das verschwitzte, staubverkrustete Gesicht. Langsam zog er die Schuhe aus, um sie von den Kieseln der Landstraße zu leeren. Endlich ließ er sich mit großer Mattigkeit auf den Stuhl fallen; er zog ihn zum Tisch, stützte seine Ellbogen auf und seufzte wie jemand, der mit allem einverstanden und zufrieden war. Über dem Feuer hingen mehrere eiserne Kessel, aus denen ein Duft von Zwiebeln und Gewürzen aufstieg, den der hungrige Samuel begierig einatmete. Brunetta holte einen hölzernen Napf und füllte ihm eine große Portion Gemüse hinein. Lächelnd drückte sie ihrem Mann ein großes Stück Brot in die Hand und drängte ihn liebevoll zum Essen. Samuel aß mit großem Appetit, wobei er seiner Frau mehrmals zärtlich über den Arm strich.

Nach dem Essen nahm Samuel auf der Sitzbank am Kamin Platz und zündete sich seine Pfeife an. Kurz darauf setzte sich Brunetta neben ihn und begann ihre langen Haare zu kämmen. Samuel beobachtete die Bewegungen seiner Liebsten. Jeden Strich des Kamms verfolgte er genau und wandte den Blick nicht ab. Er liebte diese abendliche Szene über alles. Seine breiten, schwieligen Hände spielten zärtlich-verschämt mit einer ihrer dunklen Strähnen. Als sie fertig war mit dem Bürsten ihrer schönen schwarzen Haare, schlang Brunetta diese hurtig mit einem Band zusammen und lehnte ihren Kopf an die Schulter ihres Mannes. Draußen vor dem Fenster begann es zu regnen. In der lauen, abendlichen Stille verbreitete das Murmeln des Regens die vertraute Stimmung der Geborgenheit, und sie empfanden zutiefst die Innigkeit ihres beiderseitigen Schweigens. Brunetta tastete nach seiner Hand, umschlang sie mit ihren Fingern, streckte sich leicht und seufzte leise.

»Soll ich dir von meiner Reise erzählen?« fragte Samuel seine Frau. Ein weiteres sehnsüchtiges Seufzen war die Antwort. Und so schilderte er ihr die Häuser, Straßen und Plätze der Städte und Dörfer, die er gesehen hatte – und er beobachtete seine Frau dabei, wie sie begierig jede Einzelheit in sich aufnahm, damit sie noch lange, nachdem er wieder weggefahren war, ihre einsamen Abende damit verkürzen konnte. Brunetta liebte alle Reiseerinnerungen ihres Mannes. Aber am liebsten hörte sie es, wenn er ihr von Venedig erzählte. Immer wieder versuchte Samuel ihr von anderen Städten und Orten zu berichten, die er durchstreift hatte, aber seine Frau wollte meistens nur von der Lagunenstadt hören, vor allem von den nachtschwarzen Kanälen, die süßherb nach Algen rochen. Venedig war die Stadt ihrer Sehnsucht. Eine Stadt aus Licht und Finsternis, aus strahlendweißen Häusern und dunklen Innenhöfen. Die brennende Hitze, das blendende Licht, der fröhliche Lärm, das bunte Gewühl der Menschen, die vielfältigen Düfte, die aus den Küchen der Häuser drangen – Brunetta ließ in ihrer Phantasie ein bilderreiches Panorama Revue passieren. Als wäre sie in Venedig geboren, spazierte sie im Geist durch die Straßen und Gassen der Stadt. Deutlich standen die Bilder vor ihr: anmutige Gärten, schmucke Innenhöfe mit plätschernden Brunnen, vornehme Paläste mit bunten Säulen, große sonnenbeschienene Plätze. Aber auch Samuel stellte es sich gerne vor, mit seiner Frau durch die geheimnisvollen Gassen Venedigs zu schlendern. Er malte sich aus, wie sie die breiten Eingangstreppen der herrschaftlichen Häuser hinaufeilte und ihr schönes Haar hinter ihr herwehte. Geheimnisvoll öffneten sich dann die Tore der Villen und Paläste, und staunend durchschritten sie zu zweit die riesigen Räume, die mit teuren Teppichen, bunten Gemälden, goldglitzernden Möbeln und teuren Majolikatischen angefüllt waren. Einen lichtdurchfluteten Raum betretend, fanden sie einen Tisch mit geschmolzenem und mundgeblasenem Muraner Glas vor: Flaschen und Schalen, Vasen, Becher und Krüglein in zartem Rosa, von Türkis schimmerndem Grün, meeresfarbenem Blau und feuerflammendem Rot. Und Samuel träumte, Brunetta führte in diesem Augenblick ein flaches saphirblaues Glas an ihre Lippen und tränke einen Schluck von einer wohlschmeckenden Flüssigkeit. Im Hintergrund glaubte er durch ein geöffnetes Fenster die Schiffe und Gondeln zu sehen, die Venedigs Kanäle durchzogen.

Samuel schüttelte sich leicht und war wieder in der eher grauen Wirklichkeit Trients. Ja, er fand es immer bedrükkend, wenn er sich wieder auf eine Reise begab und seine junge Frau zurücklassen mußte. Sicher, sie hatten ein hübsches Haus, und die Ordnung, die allzeit darin herrschte, und jedes blankpolierte Brett des Fußbodens verrieten, mit welcher Liebe und mit welchem Eifer Brunetta dieses Haus pflegte und wie wohl sie sich offensichtlich darin fühlte. Und doch ... Wie gerne hätte er seinem Täubchen ein klein wenig von der Welt gezeigt. Es war nichts für eine junge Frau, tagaus, tagein immer nur dieselben Häuser und Gassen zu sehen, zumal für eine Seele, die ohnehin schon viel zu ernst und schwermütig war. Wie wunderbar wäre es, könnten sie gemeinsam durch die prächtigen Straßen Venedigs schlendern, vielleicht ein schönes Kleid kaufen und ein passendes neues Tuch für ihr Haar. Aber die viele Arbeit und der unermüdliche Ärger, die Samuel auf seinen Handelsreisen bewältigen mußte, ließen einen solchen Ausflug im Moment ebensowenig zu wie ihre knappen materiellen Mittel. Aber vielleicht ... vielleicht würde eine solche Venedig-Reise doch einmal möglich sein.

»Laß uns zu Bett gehen!« unterbrach Brunetta die grüblerischen Gedanken ihres Mannes. »Geh schon mal vor, ich mache hier alles für die Nacht fertig.«

Sie erhob sich und ordnete das Kaminfeuer. Dabei erfüllte sie die alten Riten, die ihr in der Kindheit beigebracht worden waren: Sie zeichnete ein Pentagramm in die Asche, um dann einen Balken quer über die Kochstelle zu legen, um alles Böse zu bannen. Schließlich ging sie in das Schlafzimmer. Samuel lag bereits im Bett. Schnell entkleidete sich Brunetta und zog ihr Nachtgewand über. Hurtig schlüpfte sie unter die Decke und schmiegte sich eng an ihren Mann. »Halt mich, Samuel«, kam es flüsternd über ihre Lippen. Sie blickte ihn an, ihre Arme umfaßten seinen Kopf, sie fühlte seine zarten Härchen im Nacken, sah seinen Mund, der sich ihr sehnsüchtig näherte. Sein Bart kitzelte ein wenig. Dann fühlte sie seine Lippen auf den ihren, weich und glatt wie Samt und doch auch männlich, stark und begehrend. Sie fühlte das wilde Klopfen seines Herzens an ihrer Brust. Samuel schlang die Arme um die Taille seiner Frau, zog sie noch fester an sich und streichelte sanft über ihre wohlgeformten, langen Beine. Seine Lippen berührten ihre Wange, glitten bis zu den Vertiefungen an ihrem Hals und schließlich zu ihren glatten, milchig schimmernden Brüsten. Brunetta glaubte, daß ihr ganzer Körper schmelze, dahinflösse – bis eine Woge des Verlangens sie mit sich fortriß.

Zwei Wochen waren vergangen. Samuel war wieder einmal für ein paar Tage unterwegs. Brunetta wollte sich an diesem Tage ein wenig schonen. Sie erwartete ihre Monatsregel, ein Geschehen, das bei ihr häufig mit Bauchschmerzen und einer gewissen Mattigkeit verbunden war. So blieb sie zu Hause und vermied die Begegnung mit anderen Menschen – zumal ihr die jüdische Tradition ein solches Verhalten für die Zeit ihrer Blutungen vorschrieb, wie Brunetta sehr genau wußte. Schon das heilige Buch der Bibel, welches die Christen das dritte Buch des Moses nannten und von dem die Juden als dem Buch Wajikra sprachen, lehrte, daß die Monatsregel eine Frau mehrere Tage unrein mache. Wer sie berührt, wird unrein. Alles, worauf sie sich in diesem Zustand legt oder setzt, ist unrein. Wer ihr Lager berührt, muß seine Kleider waschen und sich baden. So stand es geschrieben.

Doch ihre Menstruation stellte sich nicht ein. Auch am nächsten und übernächsten Tag geschah nichts. Zunächst wollte Brunetta es nicht glauben, doch dann blitzte ein beseligender Gedanke durch ihren Kopf: ein Kind. Sie bekam ein Kind! Wie lang hatte sie sich danach gesehnt, und nun wurde ihr Traum wahr! Jetzt konnte die werdende Mutter nichts mehr halten. Voller Freude lief sie durch die drei Häuser ihrer jüdischen Gemeinde und erzählte jedem von dem wunderbaren Ereignis. Die Freude war bei allen groß. Sara riß ihre dunkelblauen Augen weit auf, als Brunetta ihr die Neuigkeit mitteilte, entblößte ihre weißen Zähne zu einem schelmischen Lächeln und sagte: »Da hast du uns so lange Zeit Sorgen bereitet, weil wir schon befürchtet haben, du wärest unfruchtbar ... In Wahrheit – gib es zu – wolltest du dir nur einige ruhige und angenehme Jahre gönnen und dir die Lasten und Pflichten einer Mutter noch ein wenig vom Halse halten ...« Dabei zeigte Sara auf einen Berg Schmutzwäsche, den sie noch zu bewältigen hatte. Doch Brunetta schüttelte nur den Kopf, drehte sich hüftschwingend um und lief lachend davon, Bella von ihrem Glück zu erzählen. Und die mütterliche Freundin umarmte sie und tanzte mit ihr vor Freude durch das ganze Zimmer.

Am meisten jedoch schien sich Rabbi Moses über die Schwangerschaft Brunettas zu freuen. Seine greisen Augen strahlten wie die eines Kindes. Mitfühlend ergriff der alte Mann die Hand Brunettas und erklärte ihr mit einfachen Worten: »Gott ist Liebe. Er hat deine Gebete erhört und wird deinen Glauben und dein Vertrauen auf ihn mit einem wunderbaren Kind segnen!« Mehr konnte der Rabbiner nicht sagen, weil Tränen der Rührung und der Freude seine zitternde Stimme erstickten.

Die folgenden Tage waren wunderbar. Die werdende Mutter öffnete ihre Seele dem kleinen Wesen, das in ihrem Bauch heranwuchs und darauf wartete, geboren zu werden. Sie malte sich aus, wie es sein würde, ihr Kind in ihren Armen zu halten, um es zu waschen, zu stillen und in den Schlaf zu wiegen. Immer wieder übte sie die kleinen Handgriffe und Tätigkeiten der Mutterschaft, wie man den Säugling in trockne Windeln wickelt, ihn badet und ankleidet. Brunetta würde nun die Aufgaben einer Mutter und Frau haben; erst jetzt wurde sie ein richtiger Mensch, war aufgenommen in die Schar der Evastöchter. Bisher hatte sie gewissermaßen als ein bloßes Naturwesen existiert, wie die

Blume auf dem Felde, der Fisch im Bach, der Schmetterling im Wind; trotz ihrer Ehe war sie mehr zu den Kindern gezählt und nicht eigentlich als Frau betrachtet worden. Aber nun war das anders. Sie betrat einen neuen Abschnitt des Lebens und bekam ein neues Selbst. Brunetta ging häufig durch die Räume ihrer Wohnung. So wie ihre eigene Mutter damals das Haus ihrer Familie wie ein Heiligtum rein und gut erhalten hatte mit ihren Gebeten und ihrem Beispiel, so würde nun sie die Räume dieses Hauses in die Stuben verwandeln, in der Kinder und einmal Kindeskinder Zuflucht und Geborgenheit finden würden. Schon jetzt hauchte die unsichtbare Gestalt in ihrem Bauch der Wohnung neues Leben ein.

An dem Nachmittag, für den Samuel von seiner Reise zurückerwartet wurde, fanden sich alle Mitglieder der jüdischen Gemeinde in seinem Haus ein, um den werdenden Vater zu begrüßen.

Brunetta stand am Fenster und erwartete ungeduldig die Ankunft ihres Mannes. Da endlich bog das hölzerne Gefährt um die Ecke. Die junge Frau rannte die Treppe hinunter. Die Freunde und Nachbarn folgten ihr. Auf der Straße streckte Brunetta ihre Arme weit aus, lief auf Samuel zu und schmiegte sich in seinen weiten dunkelbraunen Mantel, und alle Freunde hörten sie jauchzen.

»Ich war Hanna, arm, dürr und unfruchtbar, ich war traurig und innerlich tot, aber nun hat mich der Herr des Lebens gesegnet, er hat Leben in mir erweckt, und ich werde Mutter sein wie alle glücklichen Frauen!«

Samuel strahlte vor Glück. »Wie?« rief er, »du bekommst ein Kind? Wir bekommen ein Kind?«

Er drückte seine Frau zärtlich an sich. Ohne alles Widerstreben gab sie nach, ihre schlanken Arme hoben sich und umschlossen liebevoll seinen Hals. Sie legte ihre Wange eng an seine. »Und wie lange haben wir darauf warten müssen!« sagte sie. Ihre kleinen grünen Augen wurden feucht.

»Nicht so lange!« antwortete Samuel, beugte sich zu ihr nieder und küßte sie zärtlich auf den Mund, ohne sich dafür vor den Nachbarn zu genieren. Als Brunetta sich endlich von ihm löste, seufzte sie. Große Tränen drangen aus ihren Augen. »Zu lange!« flüsterte sie, »viel zu lange!« Ihre Stimme erstickte bei der Erinnerung. Noch einmal nahm Samuel seine Frau fest in den Arm und barg zärtlich seinen Kopf an ihrer Schulter.

Alle Freunde und Nachbarn scharten sich um sie, segneten und beglückwünschten sie. Und alle sangen dreimal, viermal: »Danket dem Herrn, denn er ist gut, und ewig währet seine Güte. Preiset den Herrn der Cherubim.«

Schnell erhellte sich Brunettas tränennasses Gesicht wieder. Jubelnd fiel sie in den Gesang mit ein. Ihre schöne Stimme klang so rein und kräftig wie noch nie.

Die Tage und Wochen vergingen. Noch war das neue Leben ungreifbar, unberührbar und unsichtbar. Aber es veränderte schon das Leben seiner Mutter. Sie wurde träge und schwerfällig; das Kleine verschaffte sich Respekt. Brunetta konnte die Küche kaum mehr betreten, weil der Geruch von Essen ihr den Magen umdrehte. Doch was waren diese kleinen Unpäßlichkeiten schon gegen die Freuden, welche eine Schwangerschaft mit sich brachte? Die junge Frau sang nun oft allein vor sich hin bei ihren alltäglichen Verrichtungen im Haus und im Garten. Oder sie sprach mit dem Kind in ihrem Leib, das vor ihr schwieg oder mit wenigen, nicht hörbaren Worten antworten mochte.

Eines Abends wurde es Brunetta sehr übel. Ein sonderbarer Schmerz durchzog ihren Unterleib. Samuel war in großer Sorge und ließ sofort nach der Hebamme rufen. Brunetta wollte es zunächst nicht, gab aber schließlich nach. Sie legte sich auf ihr Bett, die Hände über ihren Bauch gefaltet; sie wurde fast wahnsinnig bei dem Gedanken, ihr Kind zu verlieren.

Die Hebamme, die herbe Paula, kam und untersuchte die werdende Mutter. Schließlich meinte sie zuversichtlich: »Das wird schon gutgehen! Man weiß zwar nie – aber Ihr seid gesund. Faßt Mut! Das Zusammenspiel der planetarischen Kräfte ist zur Zeit sehr günstig und schafft beste Voraussetzungen für eine glückliche Schwangerschaft. Macht Euch daher keine Sorgen! Es wird eine gute Geburt geben!«

Dann zog sie eine kleine braune Wurzel aus ihrer Schürze.

»Was ist das?« fragte Brunetta.

»Das ist eine Alraune«, antwortete Paula und hielt sie ihr vors Gesicht. »Sieht sie nicht aus wie ein kleiner Mensch?« fragte sie, »daher heilt sie auch bei allerlei Beschwerden, und alle Glieder des menschlichen Leibes kräftigt sie.«

Die Schwangere mußte sich Mühe geben, an diesem unförmigen Ding etwas Menschenähnliches zu erkennen. Eine Wurzel mit zwei Spitzen, die man mit etwas Phantasie für Beine halten, und zwei kleine Triebe an der Seite, die man für Arme ansehen mochte. An dem oberen Ende einige winzige Ausbuchtungen, in denen man mit viel gutem Willen Augen, Nase und Mund erkennen konnte. Aber Brunetta erinnerte sich, daß auch ihre Großmutter an die wunderbaren Kräfte der Alraune geglaubt hatte, und so erlaubte sie der schwarz gekleideten Hebamme – wenn auch sehr ungern –, ihren Körper an verschiedenen Stellen mit der Wurzel zu berühren.

Brunetta war froh, als die herbe Paula wieder gegangen war; die Gerüchte über diese Frau waren ihr unheimlich. Die Schwangere blieb im Bett liegen, konnte aber nicht schlafen. Ihr Mann hatte sich im Wohnraum niedergelegt, da die Hebamme ihm für diese Nacht das eheliche Schlafzimmer untersagt hatte. Er sollte seine Frau nicht stören, sie bräuchte vor allem Ruhe, hatte sie erklärt, und Männer hätten in heiklen Situationen oftmals eine negative Ausstrahlung, welche die werdende Mutter belasten könnte.

Gegen Mitternacht stand Brunetta auf und zündete eine Kerze an. Sie versuchte zu beten. Plötzlich durchlief ein leichtes Zittern ihren ganzen Körper. Sie begann zu taumeln – beinahe wäre die Kerze ihren Händen entglitten. Mit ihrer zitternden Rechten stellte Brunetta das Licht auf den Tisch und blies es aus. Schließlich legte sie sich wieder in ihr Bett, versuchte ruhig und gleichmäßig zu atmen, wie es die Hebamme sie gelehrt hatte, und legte beide Hände über ihren Bauch. Nach kurzer Zeit fiel sie in einen unruhigen Schlaf. Schwere Alpträume quälten sie. Brunetta sah eine schwarzgekleidete Frau neben ihrem Bette stehen, die ganz deutlich ein kleines Kind in ihren Armen hielt. Die Frau sah wie die Hebamme aus, und plötzlich wurde Brunetta klar, daß es *ihr* Kind war, das die Frau in ihren Armen hielt, um es wegzuschleppen. Brunetta wollte auf sie losstürzen, um ihr den Säugling wieder zu entreißen. Ihre Beine aber waren wie gelähmt, so daß sie nicht aufstehen konnte. Immerhin bekam sie das Kind zu fassen, mit aller Kraft umklammerte sie es und versuchte es der Frau zu entreißen. Aber diese hielt das Kleine gepackt und zog es zurück. Es entstand ein hitziger Kampf um den Säugling, sie zogen ihn hin und her, und Brunetta bekam das verzweifelte Gefühl, daß sie nur noch eine kurze Zeit über das Kind Macht hatte und daß die schwarze Gestalt mit ihm davoneilen würde, wenn sie es innerhalb dieser Zeit nicht für immer ihren Händen entwinden konnte. Plötzlich schien es ihr, daß ihr Bett sich ruckartig nach rechts bewegte. Brunetta hatte gar keine Zeit, sich zu fragen, wie das geschah, denn ihr Lager hatte sich nun schon bedrohlich zur Seite geneigt. Sie glaubte, daß diese Frau es sei, die ihre Bettstatt stieß, damit sie in das tiefe schwarze Loch falle, das sich plötzlich vor ihren Augen auftat. Eine fürchterliche Todesangst überfiel Brunetta. Sie begann zu schreien. Das war ihre Rettung. Sie erwachte und sah das sorgenvolle Gesicht ihres Mannes vor sich.

Noch immer voller Furcht, neigte Brunetta ihren Kopf zur Seite. Die schwarze Gestalt war verschwunden. Doch in diesem Augenblick durchzuckte ein Stich wie von vielen spitzen Nadeln ihren Unterleib. Voller Schmerz verdrehte sie die Augen, die gerötet waren vor Angst. Sie klammerte sich an Samuel, preßte ihre feuchte Wange an sein Gesicht und flehte ihn an, bei ihr zu bleiben und ihr zu helfen. Ihre Bauchmuskeln krampften sich kurz hintereinander mehrmals zusammen, so daß sie ihren Oberkörper krümmen mußte. Samuel griff ihr behutsam unter die Achseln und hob sie hoch. Erst jetzt sah er bestürzt, daß das Nachthemd seiner Frau an der Stelle, wo es ihre Schenkel bedeckte, blutdurchtränkt war.

Tage und Wochen vergingen. Brunettas Gemütszustand änderte sich nicht. Sie wollte niemanden sehen, war auch wortkarg und abweisend zu ihrem Mann. Die schweren Vorhänge des Zimmers blieben tagsüber zugezogen, so daß kaum Licht hereindringen konnte. Alles Gelächter auf der Straße, vor allem abends, wenn man es – auch bei geschlossenen Türen und Fenstern – deutlich hörte, alle Fröhlichkeit empfand sie als peinigend. Meist saß sie am Küchentisch, nagte an ihren Fingernägeln und starrte stumm vor sich hin. Samuel machte sich große Sorgen um seine Frau, aber er wußte nicht, wie er ihr helfen konnte. Auf keinen Fall wollte er die angespannten Empfindungen Brunettas in zu brüsker Weise verletzen, aber mußte er ihr nicht mit aller Zartheit, aber auch mit allem Ernst zu verstehen geben, daß das Leben weiterging?

Doch von einem Tag auf den anderen fand die Trauernde wieder aus ihrer bleiernen Melancholie heraus. Eines Morgens wurden ihr die Ruhe und die Stille plötzlich unerträglich. Brunetta hatte Frauen gesehen, die in der Trauer um eine Fehlgeburt oder ein zu früh verstorbenes Kind wochen- und monatelang allein am Fenster saßen und die Blumen betrachteten oder die Vögel beobachteten, wie sie ihre Nester bauten und ihre Brut fütterten. Dann, unvermittelt, standen sie auf und begannen wieder ihr altes Leben zu führen. Die Stille und Zurückgezogenheit, so begriff Brunetta, hatten anfangs auch ihren Schmerz gelindert und ihre verwundete Seele genesen lassen. Doch auf die Dauer ähnelte die Ruhe zu sehr dem Tod, und so erhob sie sich und beschloß, ihre gewohnte Hausarbeit wiederaufzunehmen. So entwickelte sie einen besonderen Tatendrang: Sie buk Brot, schrubbte den Boden ihrer Wohnung, begann Möbel zu verrücken, nähte fleißig allerlei Kleidungsstücke. An einem Nachmittag kam Bella zu ihr. Sie betrat die Küche und warf einen raschen Blick auf den Tisch, auf dem das noch warme Brot lag. In der Ecke stapelte sich die gerade gefertigte Wäsche. Bella schüttelte den Kopf und sagte entschieden: »Sehr schön hast du das gemacht, liebes Kind. Aber du hättest auf mich warten sollen, dann hätte ich dir geholfen. Du sollst dich doch nicht so anstrengen, jetzt nach deiner Fehlgeburt Ich werde die Hausarbeit zu Ende bringen.«

Dabei zurrte sie ihr schwarzes Kopftuch fest, um ihrer Entschlossenheit Nachdruck zu verleihen. Schon wollte sie zur Tat schreiten, als Brunetta ihr mit einer entschiedenen Geste Einhalt gebot.

»Das Arbeiten ist gesund und tut mir gut, und ich arbeite gern«, sagte sie patzig. Sie war kein Kind mehr, auch wenn sie noch keine Mutter war.

II.

Die ersten grünen Schimmer des Frühlings überzogen die braunen Äcker und Fluren. Die knospenden Äste der Bäume regten sich leise in der Morgenluft. Ein freundlicher Märztag erwachte, einzelne Stimmen der fast noch schläfrigen Vögel gaben ihm schon den heiteren Liedergruß. Wenige Stunden später sangen die Kinder in der kleinen Färbergasse fröhliche Weisen. Mehr als ein Jahr war vergangen. Die Farbbottiche der Gerber verströmten den typischen herben Geruch, ja es schien, als entlockte die frische Frühlingsluft den Farben wieder die Düfte ihrer Bestandteile, das Aroma von Flechten, Krapp und Waid und vor allem den unverwechselbaren Geruch der Schminkwurz.

Brunetta hatte sich mit Rabbi Moses und ihrer mütterlichen Freundin Bella zum Spazierengehen verabredet. Sie wollte gerade die Treppe zur Wohnung des Rabbiners emporsteigen, als ihr dieser, bei Bella untergehakt, entgegenkam. Brunetta ergriff seine Rechte und küßte ihm den Handrücken. Zu dritt verließen sie das Haus, und binnen kurzem hatten sie die Stadtmauern Trients hinter sich gelassen. Brunetta war eine leidenschaftliche Spaziergängerin. Sie sprang über Pfützen und Gräben, ohne sich darum zu kümmern, wie schmutzig oder naß ihre Strümpfe und ihr Kleid dabei wurden. Sie liebte die Natur. Gerne lauschte sie den leisen Melodien des Waldes, dem Rieseln der Quellen auf den Steinen, den Schreien der Vögel. Diese Liebe zur Natur hatte sie von ihrer Großmutter geerbt, die eine einfache und gütige Frau gewesen war. Zärtlich liebte sie die Tiere und lehrte ihre Enkelin, sie ebenso zu lieben und zu achten. Sie hatte ihr die großen Zyklen der Natur nähergebracht, in der jedes Lebewesen seinen Platz einnimmt, eingeordnet in das große Ganze, die immerpulsierende Harmonie. Sie hatte die Enkelin auf das Geheimnis der Erde hingewiesen, aus der alles hervorgeht und in die alles wieder zurückkehrt, was lebt. Der Gedanke, daß Leben immer wieder Leben hervorbringt, hatte Brunetta in den Monaten nach ihrer Fehlgeburt getröstet und ihre Hoffnung, daß sie doch noch Mutter werden könnte, aufrechterhalten.

Brunetta und Bella erreichten, Rabbi Moses in ihrer Mitte, die Etsch. Brunetta lehnte sich gegen einen weißen Felsstein, um die Sonne auf ihrem Gesicht zu spüren. Es erstaunte sie, daß die Sonne nach dem kalten Winter, den sie durchgemacht hatten, so mild und freundlich und gleichzeitig so kräftig scheinen konnte, daß der Felsen hinter ihrem Rücken warm strahlte. Das zarte junge Gras und die Blumen zu ihren Füßen wiegten sich im Licht. Der ruhig vor sich hin strömende Fluß vor ihr glitzerte in den Farben des Regenbogens. Ein leichter Wind wehte ihr durchs Haar und trug den Geruch von Schilfgras und feuchtem Holz zu ihr herüber. Brunetta deutete auf das Wasser, die Blicke der anderen folgten ihrem Fingerzeig. Drei Möwen waren vom mit Schilfgras bedeckten Ufer aufgeflogen. Ihre kleinen weißen Körper schwangen sich durch den Schatten der Bäume in das goldene Licht der vormittäglichen Sonne. Mit leichten Flügelschlägen stiegen sie in die Luft empor. In großer Höhe, von wo aus ihr scharfes Auge alles sehen konnte, was sich zu Wasser und am Ufer regte, zogen sie ihre Kreise. Die Wasserfläche schillerte in allen Farben, und in der Mitte, wo die Strömung am stärksten war und das Wasser sich kräuselte, blendete das faszinierende Licht- und Farbenspiel geradezu.

»Ich hätte Lust, ein wenig durch das Wasser zu waten!« schwärmte Brunetta plötzlich.

»Du wirst doch wohl nicht in das kalte Wasser springen wollen?« entgegnete Bella entsetzt.

Ohne sie anzusehen, lächelte Brunetta, bückte sich und

hob einen Stein auf, um ihn geschickt über die Wasseroberfläche zu schleudern. Er sprang fünfmal auf, ehe er glucksend unterging.

»Warum nicht?« sagte Brunetta. »Ich bin mir sicher, daß das Wasser nicht so kalt ist, wenn man sich erst einmal daran gewöhnt hat!«

»Du bist verrückt!« entgegnete Bella. »Du wirst dich erkälten!«

Doch die Gewarnte lachte nur heiter auf und zog sich Schuhe und Strümpfe aus.

»Nicht, Kind ...«, mahnte Bella abermals.

Ohne einen Augenblick innezuhalten, zog Brunetta, die Bella immer wieder aufforderte nachzukommen, ihr langes Kleid hoch und stieg barfüßig ins Wasser. Einige Meter vom Ufer entfernt blieb sie stehen. Sie sah die Wonne der Bäume, sich dem brausenden Spiel des Windes hinzugeben, und die Seligkeit der Vögel, sich in das Auf und Ab der Luft zu schmiegen. Sie genoß den Fluß des Windes wie des Wassers mit jeder Faser ihres Körpers. Die Augen geschlossen, widerstand sie dem Wind und summte ihm eine fröhliche Melodie entgegen, weil er ihr das Kopftuch nicht vom Kopf reißen konnte. Sie sog alles um sich herum wie ein unentbehrliches Lebenselixier in sich ein. Es sollte sie jung, gesund und fruchtbar erhalten.

Nach einigen Minuten stieg Brunetta wieder aus dem Wasser, und schon sahen Bella und Moses sie an einer kleinen Böschung kauern, wo sie Märzenbecher pflückte und sie zu einem kleinen Strauß zusammenfügte.

»Wäre ich etwas jünger, ich würde mich in Brunetta verlieben«, flüsterte Rabbi Moses Bella zu. »Aber in meinem Alter ... Ich bin doch schon ein Greis. Mit einem Bein im Grab ...« Der Rabbi lächelte verschmitzt. »Wer ist denn nicht in diese schöne Evastochter verliebt? Wer sie erblickt, den ergreift ihr Liebreiz, der verfällt ihrem Zauber! Das Herz steht einem still, wenn man sie gehen, reden, arbeiten sieht, so lieblich ist sie. Und ihr Lachen, wenn sie etwas Heiteres erzählt und dabei den Kopf in den Nacken wirft und das Haar aus der Stirn schüttelt! Schöner als die Königin von Saba! Um sie recht zu beschreiben, bedarf es der Sprache der Verliebten. Und welch schöne Kinder Brunetta einmal haben wird ...« Der Rabbiner verstummte mit einemmal, und tiefe Traurigkeit verdüsterte sein Antlitz.

Brunetta kehrte zu den Wartenden zurück. Doch als sie weitergehen wollten, fiel ihnen auf, daß der lange Weg Rabbi Moses erschöpft hatte, denn trotz der Stütze zweier Schultern war sein Gang etwas unsicher.

»Ich werde mit dem Rabbi nach Hause gehen«, sagte Bella, »du, liebes Kind, bleib ruhig hier. Dich zieht es ja offensichtlich noch nicht in die Stadt zurück!«

»Aber nein!« erwiderte Brunetta, »ich helfe dir und komme auch mit zurück in die Stadt.«

»Bleib hier, mein liebes Kind«, meinte nun auch der Rabbi warmherzig, »Bella schafft das schon! Noch muß man mich ja nicht tragen ...«

Brunetta fiel dem Rabbi lachend um den Hals, und mit einem Nicken gab sie ihnen zu verstehen, daß sie noch verweilen würde. Langsam gingen Bella und der Rabbiner in die Stadt zurück, während die Frau des Samuel sich auf einen Baumstumpf setzte und die Frühlingsluft durch ihre Nase einsog. Sie wurde ganz ruhig. Eine seltene Sensibilität für das Mysterium des Lebens hatte sie erfaßt. Auch das kleinste und allerkleinste Leben trat jetzt mit schärfster Deutlichkeit hervor, jeder Grashalm, jede Blüte, jeder Käfer, der seine Körnchen sammelte. Gespannt starrte die junge Frau auf eine Kolonie hin und her eilender Ameisen. Die einen rannten dicht aneinandergereiht dahin, andere verschwanden in einem Erdspalt, wieder andere tauchten ohne erkennbaren Grund daraus hervor und hasteten in alle Richtungen davon. Eine große Ameise krabbelte auf einen Stein. Sie schleppte ein kleines Blatt mit sich. Auf halbem Weg fiel die Ameise wieder herunter. Einen Augenblick lang blieb sie still liegen: ein winziger schimmernder grüner Krümel. Dann richtete sie sich wieder auf, erklomm mit ihrer Last ein zartes Gräslein und stakste auf diesem über den Rand des Steines. Schließlich hatte sie mit einiger Anstrengung den Stein erklommen. Auf seiner Spitze verharrte sie ruhig, als wollte sie sich zum Lohn ein wenig in der Sonne ausruhen.

»Gut gemacht, Ameise!« flüsterte Brunetta und erinnerte sich just in dem Moment eines Zaubers, den ihr die Großmutter beigebracht hatte. War man krank oder wußte man jemanden, der krank oder gebrechlich war, so konnte man das Leiden auf eine Ameise, die etwas mit sich schleppt, übertragen, damit sie dies Leiden fortträgt. Also hauchte die Frau zart über die Ameise, dachte an ihren altersschwachen Rabbiner und sagte: »Rabbi Moses' Last auf dich, und deine Last auf den Rabbi!«

Im selben Augenblick dachte Brunetta jedoch: Vielleicht hat schon ein anderer in derselben Weise seine Krankheit auf diese Ameise übertragen, und ich ziehe jetzt das Gebrechen des anderen auf den Rabbi herab? Daher sprach sie schnell: »Des Rabbis und deine Last auf dich, liebe Ameise!« Doch die Ameise war schon unter einem Blatt verschwunden. Hoffentlich bringt das jetzt kein Unglück, grübelte die junge Frau sorgenvoll. Sie erhob sich und blickte auf den Fluß. Der Wind streifte durch das Schilf und kräuselte das grüne Wasser des sonst so träge fließenden Gewässers. Ein paar Enten kamen aus dem Schilf und schwammen an die Stelle des Ufers, wo die Frauen das Wasser zu schöpfen und ihre Wäsche zu waschen pflegten. Es war ein friedlicher Anblick; doch Brunetta genoß ihn offensichtlich nicht allein, denn unversehens tauchte ein kleiner Junge in ihrem Gesichtsfeld auf. Es war Simon, der kaum zwei Jahre alte Sohn ihrer Nachbarn. Auch er hatte die Enten entdeckt und lief mit lautem Jauchzen auf sie zu. Er war nur mit einem weiten blauen Kilt bekleidet, an den kleinen nackten Füßen trug er weiße Sandalen. Seine Beine bewegten sich unsicher auf den hellen Kieselsteinen, dennoch eilte er auf die Enten zu. Er hielt den Kopf mühsam aufrecht, und bei jedem Sprung flog eine Locke seines langen blonden Haares vom Gesicht weg und fiel wieder auf seine schmale weiße Stirn zurück. Nun sah Brunetta auch seine Mutter Maria. Lachend ging diese ruhigen Schrittes hinter ihrem Söhnchen her. Sie war wunderschön – eine glückliche Mutter. Sie trug ein rotes Kleid aus gewebtem Tuch, dazu einen emaillierten Gürtel, um den Hals eine Kette aus roten Holzperlen und bunte Armreifen an den Handgelenken. Darüber hatte sie eine wollene schwarze Stola geworfen. Ihr Haar hatte sie mit drei Kämmen hochgesteckt und mit drei gelben Blumen geschmückt. Maria sah ihre Nachbarin, nahm ihren Sohn und trug den sanft Protestierenden zu Brunetta hin.

»Guten Tag, Frau Nachbarin«, sagte Maria und setzte sich neben Brunetta. Diese nickte lächelnd und betrachtete Simon. Seine großen Augen waren blau wie der Himmel und strahlten klar und entzückend. Die Brauen darüber waren von goldenem Blond. Sein Näschen war noch ganz formlos, mit großen runden Nüstern, sein Goschchen groß und eindrucksvoll, mit schönen und voll geschwungenen Lippen. Maria gab ihrem Sohn einen leichten Klaps auf das Hinterteil und ließ ihn wieder laufen. Mit ungeschickten Schritten tippelte der Kleine auf das Flußufer zu. Während sich der Knabe mit den Blumen und Entenfedern vergnügte, die überall herumlagen, saßen Maria und ihre Nachbarin zusammen und redeten über die kleinen und großen Ereignisse in ihrer Stadt. Brunetta wunderte sich insgeheim, wieso ihre Nachbarin ihr, der Jüdin gegenüber, plötzlich so ungewohnt freundlich war. Aber wenn sie daran dachte, wie ungern und zögernd die junge Mutter ihr am Tauftag ihres Sohnes den kleinen Simon gezeigt hatte, war Brunetta viel zu glücklich über den unerklärlichen Sinneswandel, als daß sie lange über dessen Gründe nachgrübeln mochte.

Nach einigen Minuten kam Simon wieder zu seiner Mutter zurück und schlief in ihren Armen ein. Maria nickte lächelnd und legte das Kind in die Arme Brunettas. Nichts war bezaubernder als der Schlaf eines Kindes. Brunetta hielt den kleinen und doch so kostbaren Körper, der sich dicht an sie schmiegte, im Gleichgewicht. Zärtlich rieb sie ihr Kinn an den blonden Locken und schlang ihre Arme fester um den Jungen, damit der kleine runde Kopf in seiner seligen Schlaftrunkenheit sich noch enger an ihre Brust kuschelte. Der kleine Körper duftete nach Zucker und Milch. Eine zärtliche und zugleich schmerzliche Empfindung ergriff Brunetta. Sie dachte an ihr verlorenes Kind, und ihre Augen füllten sich mit Tränen. Doch ihre Nachbarin schien davon nichts zu merken. Mit gedämpfter Stimme unterhielten sich die beiden Frauen weiter.

Nach ungefähr zwanzig Minuten erwachte Simon wieder. Er lächelte Brunetta an. Sie gab dem Jungen einen Kuß und wollte ihn in die Arme seiner Mutter zurücklegen, doch er wollte sie nicht loslassen. Seine Zärtlichkeit schnürte Brunetta das Herz zusammen. Sie ermahnte ihn freundlich: »Geh jetzt wieder zu Mama. Sei ein braver Junge.« Ohne Widerrede ließ er sich nun in die Arme seiner Mutter legen.

Nach einer Weile begaben sich die beiden Frauen in die Stadt zurück. Vor Marias Haus verabschiedeten sie sich aufs freundlichste.

Am Abend versammelten sich die drei Familien der jüdischen Gemeinde in der Synagoge zur Andacht. Die Juden feierten Erew Jomtow, den Vorabend des Sabbats. Nachdem die Familien getrennt in ihren Wohnungen den Kerzensegen gesprochen, die Kinder gesegnet, das Schalom alechem gesungen und schließlich beim Mahl vom Kidduschbecher getrunken hatten, brach die Zeit des Plauderns und Geschichtenerzählens an. Alle fanden sich in der Stube von Samuels Wohnung ein und taten sich gütlich an süßem Gebäck und verdünntem Wein. Bei ihren Zusammenkünften am Freitagabend wurde auch musiziert. Brunetta spielte sehr gut die Flöte, und Samuel beherrschte die Laute. Außerdem war ihr Sopran herrlich anzuhören, und es gab noch einige andere in ihrer Gemeinde, die über eine gute Stimme oder ausreichend musikalische Begabung verfügten, um zu einem genußvollen gemeinsamen Abend beizutragen. Allmählich verstummten Gesang, Gespräche und Lachen wie ein langsam versiegendes Rinnsal, und aufmerksame Erwartung lag in der Luft, als Brunetta sich erhob. Sie war auch eine beliebte Märchenerzählerin, die Ausdruck und Stimme verändern und die Gestalten ihrer Erzählungen so trefflich und anschaulich spielen konnte, daß jedermann gebannt und aufmerksam lauschte. Die Geschichten waren ganz unterschiedlicher Art; sie handelten von traurigen Prinzessinnen, die unter der Mißgunst böser Königinnen litten, von buckligen Zwergen, die höhnisch lachend von Turmzinnen sprangen, von Zauberern, Raben, Kröten und verwunschenen Seen. Sie erzählten von Tieren und Blumen, von den Eigenheiten geheimnisvoller Orte und seltsamer Geschöpfe im Walde und in den Bergen, von bösen Kreaturen und guten Wesen, freundlichen und unfreundlichen, grausamen und gütigen, und von Geheimnissen, verborgen in den Tiefen des Meeres. Brunetta gab sich alle Mühe, die unheimlichsten Phantasien zu produzieren, die tragischsten Gestalten und wundersamsten Gegenden zu erfinden. Alle amüsierten sich auf das beste.

»Was ist Brunetta doch für ein Schatz«, erneuerte Rabbi Moses schalkhaft sein Kompliment vom Vormittag. »Wäre ich jünger, ich würde mich in sie verlieben. Aber jetzt bin ich ein alter Mann ...« Und augenzwinkernd fügte er hinzu: »Aber wie ihr seht, bin ich noch rüstig und gedenke, noch ein paar Jährchen zu leben ...«

Alle lachten und stießen mit dem Rabbiner auf sein Wohl und ein langes Leben an.

»Wie macht man das eigentlich, so alt zu werden?« fragte Israel. »Gibt es dafür ein Rezept?«

»Ich war eigentlich immer mehr oder weniger kränklich«, sinnierte der Rabbiner. »Aber offensichtlich kann man dabei achtzig Jahre alt werden. Man muß nur jeden Morgen wieder von seinem Bett aufstehen. Manche Gelehrte sagen, es sei Bestimmung, andere, daß man selbst etwas dafür tun kann. Ich bin noch nicht dahintergekommen, wer von ihnen recht hat und ob das Lebensende vorherbestimmt ist oder nicht. Ich jedenfalls habe nichts Besonderes getan, um so alt zu werden. Es ist nicht meine Art, mit dem Tod zu kämpfen wie Jakob mit dem Engel. Dieses lange Leben wurde mir einfach geschenkt.«

Brunetta lächelte den Rabbi an. Wie fröhlich er heute war, wie liebenswürdig kindlich.

Aber sie kannte auch seine anderen Seiten. Denn manchmal stieg das Grauen aus den Tiefen seiner Seele. Dann wurde er von Gesichten verfolgt – ein zweiter Prophet Daniel, der die Greuel der Verwüstungen schaut. In solchen Stunden plagten ihn apokalyptische Visionen, Bilder von großen Katastrophen und dem Leid und Sterben beim Untergang vieler Länder und Impressionen von der Stille und Öde, die danach folgt: Er sah gewaltige Beben, gefolgt von krampfartigen Erschütterungen, das plötzliche Zusammenstürzen von Kirchen und Häusern, das Hereinbrechen gewaltiger Wassermassen, die sich in mächtigen Wogen aus den Tiefen der Meere erhoben. Er konnte sich nicht helfen, er sah all dies einfach: brennende Dörfer, verwundete Tier- und Menschenleiber, verzweifelte Mütter, Kinder, die zwischen den Trümmern eingestürzter Häuser herumirrten.

Nach solchen Visionen blieb der alte Rabbi tagelang in sich versunken, saß nur da, starrte vor sich hin und murmelte Gebete. Wie im Fieberwahn verharrte er unbeweglich, mit trockenen Lippen und brennenden Augen, und gab sich den furchtbaren Bildern hin, die gegen seinen Willen in seiner Seele aufstiegen. Dann wieder lief er verwirrt im Zimmer auf und ab, stöhnte und brach in herzzerreißendes Weinen aus. Er aß nichts und trank kaum etwas. Nach zwei, drei Tagen endeten diese geheimnisvollen Zustände, und der Rabbi wurde der einfache, liebenswürdige Mann, der er sonst war. Einige Mitglieder der jüdischen Gemeinde Trients mutmaßten insgeheim, daß ihr Rabbiner in seinen Visionen die Strafgerichte und Katastrophen sah, die dem Kommen des Messias vorausgehen sollten. Einige spekulierten auch, daß er vielleicht sogar den Zeitpunkt der Ankunft des verheißenen Retters des jüdischen Volkes kennen würde. Niemand wagte allerdings, den Rabbi direkt danach zu fragen. Bis zu jenem Abend …

Tobias, der Arzt, neigte sich zu Rabbi Moses und fragte ihn – wie nebenbei –, was es mit seinen Visionen und Gesichten auf sich habe und was diese – seiner Meinung nach – bedeuteten und ankündigten. Alle verstummten und blickten gespannt auf ihren Rabbiner. Moses zögerte zu antworten. Schließlich sagte er: »Ich habe manchmal Gesichte. Das ist wahr. Ich verstehe sie selbst nicht, kann sie nicht deuten. Vielleicht sind sie so unklar und unverständlich, weil die Zeit für ihre Erfüllung noch nicht reif ist. Aber es sind bedrohliche Bilder, Bilder des Schreckens und des Grauens.« Nach einer Weile fügte er leise hinzu: »Vielleicht sind diese Bilder aber auch nur Ausdruck der Angst, die tief in meiner Seele nistet. Angst um euch, meine lieben Kinder, Angst um die Juden dieser Stadt, die Juden überall auf der Welt. Hoffentlich stehen wir nicht am Anfang neuer Verfolgungen.«

»Aber hier in Trient haben wir doch nichts zu befürchten!« erwiderte Brunetta heftig. »Die Christen dieser Stadt behandeln uns doch gut, fast wie ihresgleichen.« Unwillkürlich mußte sie an das respektvolle Gespräch mit ihrer Nachbarin denken. »Sicher, hin und wieder kommt etwas vor, hier und da fällt ein böses, über uns Juden und unsere Religion spottendes Wort, manchmal folgen einem finstere Blicke«, grübelte sie, »aber ich glaube wirklich nicht, daß unsere christlichen Mitbürger uns hassen oder gar verletzen könnten …«

»Mögest du recht haben und recht behalten!« erwiderte der Rabbi leise und sah Brunetta mit ernsten Augen an.

»Es gibt Leute«, fuhr Tobias vorsichtig fort, »die meinen, deine Visionen beinhalteten jene Katastrophen und Erschütterungen, die den Beginn des messianischen Friedensreiches, die Herrschaft des geweissagten Gesalbten, des Königs der Könige, vorbereiten.«

Der Rabbiner warf Tobias einen strengen Blick zu. »Das glaube ich nicht«, sagte er sehr energisch, »behauptet nicht so etwas! Ich weiß nicht, was meine Schauungen bedeuten. Nie habe ich gesagt, daß sie mit dem Kommen des Messias, des Sohnes unseres Königs David, zusammenhängen. Ich bin nur ein einfacher alter Mann. Nie würde Gott mir armem Sünder hierüber etwas offenbaren. Behauptet so etwas nicht! Um Gottes willen! Ich weiß keineswegs, ob die Ankunft des Messias kurz bevorsteht oder ob wir noch länger warten müssen!«

Brunetta spürte die große Erregung des Rabbiners. Um von seinen Schauungen abzulenken, sagte sie wie beiläufig: »Die Christen glauben, der von den Propheten unseres Volkes verheißene Messias sei schon lange gekommen. Wie können sie das denken? Die ganze Welt würde doch frohlocken, in Frieden leben und Gottes heiligen Namen preisen!«

»Was die Christen glauben, ist lächerlich!« erwiderte Moses heftig. »Der Messias würde nicht in einem kalten, schmutzigen Stall erscheinen, vielmehr wird Gott seinen Gesalbten mit Legionen von Engeln zur Erde senden, goldene Posaunen werden die Festungsmauern und Wälle der Städte erzittern lassen. Seine Macht und seine Herrlichkeit werden die Mächtigen vom Thron stürzen.«

»Meinst du, lieber Rabbi«, fragte Brunetta nachdenklich, »daß Gott den Messias nur zu uns Juden und zu unserem Heil senden wird? Ich glaube, Gott liebt auch die Christen und alle Menschen, die nicht zu unserem Volke gehören. Auch zu diesen wird der Gesalbte sprechen, auch für sie wird er dasein. Ein Licht zur Erleuchtung der Heiden – so steht es geschrieben.«

»Ja, Brunetta, du hast recht!« erwiderte der Rabbiner. »Gott liebt alle Menschen, und auch der Messias wird für alle Menschen kommen. Daß er aber schon gekommen sei, wie die Christen glauben, ist unsinnig. Der Messias soll nach Gottes hochheiligem Willen nicht in Niedrigkeit, Armut und im geheimen geboren werden, denn sein Thron, so sagen die Propheten und so bezeugt es die Schrift, wird auf Zion stehen, und Er, der König der Könige, auf dem Throne seines Vaters David, wird nicht als der Geringste unter den Geringsten geboren werden ... Und vor allem ...«, die Stimme des Rabbiners zitterte nun hörbar, »vor allem wird Er nicht eines so kläglichen Todes sterben ... den Tod des Verbrechers. Das würde Gott nie zulassen! Gott ist mit den Gerechten und errettet sie vor dem Tod der Schande!«

Und dann begann Rabbi Moses von der großen Geschichte ihres Volkes zu erzählen, wie oft der Allmächtige es wunderbar vor seinen Feinden gerettet hatte und wie herrlich er es regiert hatte mit den glorreichen Königen Saul, David und Salomo. Moses erzählte nicht nur anschaulich und farbenfroh, wenn er von den Segnungen sprach, welche das jüdische Volk von Abraham bis zum heutigen Tag umgeben hatten, sondern er legte seine ganze Seele hinein und seine letzte Hoffnung auf Gott. Plötzlich jedoch hielt er in seinem Redefluß inne und starrte stumm vor sich hin. Dann seufzte er nach einer Weile und sagte leise: »Wie lange noch wollen wir Juden uns aufhalten in goldgerahmten Erinnerungen oder unser Leben in die glückliche Zukunft verschicken, da der Messias kommt? Die Erinnerung betrügt uns ebenso um das Heute wie eine Zukunft, die wir uns prächtig ausmalen. Wir weben um vergangene Zeiten Schmuckgirlanden der Erinnerung und trauern längst Vergangenem nach. Und dann spüren wir den Stachel, der uns nicht ruhig werden läßt im Gegenwärtigen, und so fühlen wir uns nirgendwo wirklich zu Hause. Aber vor allem: Birgt dieser in die Vergangenheit gerichtete Blick nicht das Risiko in sich, daß wir die schleichenden Gefahren der Gegenwart übersehen?«

Alle Anwesenden schauten sich an. Die Worte des Rabbis waren ihnen unheimlich.

Die Stille zerreißend, läutete plötzlich die Glocke der Eingangstür. Samuel ging die Treppe hinunter und öffnete. Ein junger Mann stand in der Dunkelheit vor ihm.

»Schalom! Mein Name ist David Pfefferkorn«, sagte der

Unbekannte zögernd und bescheiden, »ich bin ein herumziehender Handwerker und Tagelöhner und gerade auf dem Weg nach Vicenza, wo es Arbeit geben soll. Und nun wollte ich fragen, ob es möglich wäre, daß ich hier den Sabbat über eine Schlafstatt bekommen könnte. Am Sonntag zöge ich dann weiter.«

Samuel lächelte und bat den Fremden hereinzukommen. Im Licht konnte er ihn besser sehen. Der Jüngling mochte ungefähr Mitte Zwanzig sein, ein hageres, dunkelhaariges Kerlchen, nur Sehnen, Haut und Knochen. Auf seine unregelmäßigen Züge malte das Licht eigenartige Schatten, welche die Unschönheit dieses blassen Gesichts noch unterstrichen. Samuel geleitete den jungen Mann nach oben in die Wohnung, wo er von allen Anwesenden herzlich begrüßt wurde.

Die Juden Trients waren nicht sehr wohlhabend, aber Gastfreundschaft gegenüber Glaubensbrüdern war für sie eine Selbstverständlichkeit. David setzte sich. Man schenkte ihm ein Glas Wein ein, und der junge Mann begann in knappen Worten seine Geschichte zu erzählen.

Er hatte für ein paar Wochen eine Anstellung als Knecht bei einem Bauern im Südtirolerischen gehabt. Zunächst ging alles gut. Doch nach drei Wochen war auf dem Hof eine Kuh gestorben, und der Bauer hatte nun ihn – den Juden – verdächtigt, die Kuh verhext zu haben. Und so hatte ihn sein Dienstherr mitten in der Nacht aus dem Haus geworfen, ohne ihm den Lohn für die letzte Woche auszuzahlen.

»Aber ich habe noch Glück gehabt«, meine David, »in ähnlichen Fällen haben wir Juden die abergläubischen Gerüchte der Christen oft mit dem Leben bezahlt.«

»Stirbt dem Bauer eine Kuh oder ist ihm die Ernte verdorben, gibt es Hagel und Ungewitter, oder verschwindet irgendwo ein Kind – immer heißt es, der Jude hat es getan ...«, sinnierte Moses.

»Aber sag, David«, fragte nun Tobias, »wo kommst du denn ursprünglich her? Hast du keine Eltern mehr?«

»Meine Eltern sind tot. Sie starben, als ich noch nicht ein Jahr alt war. Ich stamme aus dem Schlesischen. Meine Eltern sind bei den Pogromen in Langenwiese im Jahre 1453 nach christlicher Zeitrechnung umgekommen.«

Alle Anwesenden erstarrten. Langenwiese! Jeder Jude kannte die traurige Geschichte von Langenwiese in Schlesien. Die dortigen Glaubensbrüder waren dem Vorwurf der Hostienschändung zum Opfer gefallen. Der christliche Aberglaube, Juden würden durch alle möglichen Machenschaften versuchen, in den Besitz konsekrierter Hostien zu kommen, die sie dann zerstachen, zertraten, kochten und verbrannten, war sehr alt, und viele Glaubensbrüder hatte diese Lüge schon das Leben gekostet.

Es ließ sich nicht mehr genau feststellen, wann diese unselige Beschuldigung zum erstenmal erhoben wurde, aber sie war sicherlich bereits im Gefolge der Kreuzzüge aufgetaucht. So wußte die jüdische Geschichtsschreibung schon für das Jahr 1247 nach christlicher Zeitrechnung von einer durch das Hostienmärchen ausgelösten grausamen Judenverfolgung im Brandenburgischen zu berichten, und 1250 ereignete sich dann dasselbe in Paris. 1298 entfesselte ein Landedelmann namens Rindfleisch aus dem gleichen Grund in Bayern einen blutigen Judensturm, der sich ausweitete und unzähligen Juden den Tod brachte. Auch das Blutbad von Deggendorf in Bayern im Jahre 1337, das ebenfalls auf den Vorwurf des Hostienfrevels zurückging, rief eine grausame Verfolgungswelle hervor, die auf viele andere Fürstentümer und Länder übergriff. In den folgenden Jahrzehnten war es so immer wieder zu neuen Anfeindungen gekommen.

Im Jahre 1453 ereigneten sich dann die furchtbaren Vorgänge in Langenwiese. Obwohl alle Anwesenden die Ereignisse kannten, lauschten sie erschüttert den Worten ihres Rabbiners:

»Zur Zeit, da der Franziskanermönch Johann Capistranus – ein wüster Judenhasser – die deutschen und slawischen Länder predigend durchzog und in Breslau weilte, wo er die Juden der Hostienschändung bezichtigte, wurden aus der Kirche von Langenwiese mehrere geweihte Hostien geraubt. Der Dieb war schnell gefaßt – es war ein Christ. Der katholische Glaube an die wirkliche Gegenwart ihres Gottes in der konsekrierten Oblate befördert bei den Christen mancherlei unsinnige Mißbräuche. Abergläubische Christen benutzen die Hostien zu diversen magischen Praktiken.«

»Was habe ich bei meinen Krankenbesuchen in christlichen Familien nicht alles zu hören bekommen«, bestätigte Tobias. »Einige Christen vergraben das geweihte Brot in ihrem Stall, damit das Vieh gedeiht. Andere legen es in ihre Geldtruhen, um materielle Not abzuwenden, wieder andere verstecken es in ihren Dachspeichern, um gegen Blitz und Ungewitter gefeit zu sein.«

»Im Langenwieser Fall«, fuhr Rabbi Moses fort, »mochte der Dieb ähnliche Motive gehabt haben. Er leugnete auch gar nicht, die Hostien geraubt zu haben – um sein Leben zu retten, behauptete er allerdings, er sei von den Juden der Stadt bestochen worden, ihnen gegen geringen Judaslohn die konsekrierte Hostie zur Verspottung zu übergeben. Der Dieb konnte natürlich angeben, an welchem Ort die Oblaten verborgen waren, da er sie offensichtlich selbst dort versteckt hatte, und so führte er die Untersuchungsrichter in ein Gehölz bei Langenwiese, wo die Hostien auch gefunden wurden.«

»Trotz dieses klaren Sachverhaltes«, ergänzte Tobias, »behauptete der angeklagte Christ weiterhin, die Juden hätten, nachdem sie ihren Christushaß gestillt und die mißhandelten Hostien in ein Linnen gehüllt hätten, diese aus Angst vor der Entdeckung durch die weltliche Gerechtigkeit an dieser Stelle verborgen. Rasch verbreitete sich die Kunde in der ganzen Umgebung.«

»Der Ortsgeistliche von Langenwiese zog in feierlicher Prozession mit Kreuz und Fahne hinaus ins Gehölz, hob das Tuch mit den Hostien aus der Erde und trug es unter Glockengeläute in die Kirche. Bald kamen Prozessionen von nah und fern, um Gott für alle Entweihungen und Sakrilegien, welche die Christusmörder ihm im Altarsakrament zugefügt hätten, Abbitte zu leisten.«

»Die Langenwieser Juden aber«, sagte nun Samuel mit trauriger Stimme, Rabbi Moses ablösend, »wurden verhaftet und, obwohl sie selbst unter grausamster Folter ihre Unschuld schworen, zum Tode verurteilt und verbrannt: Männer, Frauen und Kinder. Nur einige wenige unserer Glaubensbrüder konnten sich rechtzeitig durch Flucht retten.«

»Eine von den wenigen, die sich retten konnten, war meine Amme«, erzählte David. »Meine Mutter war krank und hatte selbst nicht die Kraft zu fliehen. Auch mein Vater blieb in der Stadt zurück, um meine Mutter nicht allein lassen zu müssen. Meine Amme brachte mich schließlich in die Frankfurter Gegend zu entfernten Verwandten meiner Mutter, wo ich aufgewachsen bin und bis zu meinem achtzehnten Lebensjahr gelebt habe.«

»Niemand von den Christen«, ergänzte Rabbi Moses nach einer Weile, »hat sich bei dem ganzen Treiben damals auch nur die Frage gestellt, was denn die Juden bewogen haben könnte, so zu handeln, da wir Juden doch gar nicht an die Gegenwart Gottes in ihren geweihten Hostien glauben. Der Herr der Heerscharen thront über dem Erdkreis, wie könnte Er – den die Himmel der Himmel nicht zu fassen vermögen – in einem kleinen Stück Brot Platz finden? Wie könnten wir Juden demnach in der Hostie jemals etwas anderes sehen als eine gewöhnliche Oblate, wodurch die Vorwürfe der Christen gegen uns vollkommen sinn- und gegenstandslos werden?«

»Aber es ging ja auch damals in Langenwiese – wie anderswo – nur darum, einen bequemen Vorwand zu finden, die Juden zu berauben und ihr Hab und Gut zu konfiszieren«, sagte Tobias mit bitterer Miene.

»Außerdem«, ergänzte Rabbi Moses, »brachten die einsetzenden Pilgerströme keinen unbeträchtlichen Geldsegen. Der Zuzug der Wallfahrer war besonders an gewissen Feiertagen gewaltig. Seit der Apostolische Nuntius für Polen und Schlesien den Wallfahrtsort anerkannt hat, reißen die Prozessionen nicht mehr ab.«

Tobias schüttelte traurig den Kopf: »Und so tragen jedes Jahr Hunderttausende von Pilgern das lächerliche Märchen vom jüdischen Hostienfrevel – und damit Haß, Feindseligkeit und tödliches Mißtrauen gegen uns – in die ganze Christenheit hinaus.«

Alle Anwesenden schwiegen und gedachten ihrer Märtyrer.

Um die traurige Stimmung zu brechen und alle wieder ein wenig aufzuheitern, beugte Samuel sich zu dem neben ihm sitzenden David und meinte: »Wir werden darauf achten müssen, etwas Fleisch auf diese Rippen zu kriegen.« Dabei stieß er dem jungen Mann sanft in die Seite. »Du brauchst jemanden, der sich um dich kümmert wie eine gute Ehefrau ...«

»Das bräuchte ich wirklich«, antwortete David schüchtern und blickte an seinem fast schattenhaften Körper hinab. »Ich hatte nicht viel zu essen die letzte Zeit, und wenn, dann nur schlechte Kost.«

Samuel lächelte seine Frau an. »Geh und schneid ihm erst einmal ein ordentliches Stück Brot ab, und gib ihm eine schöne Portion von dem guten Gemüse dazu. Der hat auch das Seinige ausgestanden und weiß in seinen jungen Jahren schon, was es heißt, in dieser Welt ein Jude zu sein!«

Brunetta lächelte und tat, wie ihr geheißen. Sie ging in die Küche, um die warmgestellten Reste des Abendessens zu holen. Nach kurzer Zeit kam sie mit einem großen Topf zurück, füllte dem Gast mit einem langen Holzlöffel einen tiefen Teller, brockte ihm Brot dazu und goß aus einer Kanne frisches Wasser in den Becher. In kurzer Zeit hatte sie zusätzlich noch Birnen, Äpfel und getrocknete Pflaumen aufgetischt. Der junge Gast sprach kurz ein hebräisches

Tischgebet und aß mit großem Appetit. Alle betrachteten ihn mit echter Zuneigung. Der jüdische Glaube war in diesem jungen Mann offensichtlich nicht ausgerottet; weder Feuer noch Schwert noch rohe Gewalt und Lügen hatten ihn vernichten und ausmerzen können. Auch der alte Rabbiner staunte über so viel unversehrten Lebenswillen, wie er sich in diesem jungen Mann verkörperte.

Während sich David das Essen gut schmecken ließ, lugte er mehrmals schüchtern zu Nochella, der Stieftochter des Tobias, hinüber. Brunetta bemerkte es und mußte lächeln. David hat recht, dachte sie bei sich. Daß ihr das noch nicht richtig aufgefallen war: Nochella war nicht mehr das kleine Mädchen, das sie noch vor zwei Jahren gewesen war, sie war eine ausgesprochen schöne junge Frau geworden, ein wenig größer als Brunetta selbst, mit hellen Haaren, die ihr in einem Zopf über die Schulter hingen. Sie trug an diesem Abend eine Halskette mit großen roten Holzperlen und silberne Ringe um die Handgelenke; ihr Kleid war aus gelber Wolle. Etwas Geheimnisvolles umgab dieses Mädchen und trennte sie auf eigentümliche Weise von der restlichen Welt. Sie war still und in sich gekehrt und wirkte doch vollkommen. Nie konnte man etwas Tadelnswertes an ihr entdecken, sie sagte immer die Wahrheit, sie war ernst und bescheiden. Sie schien alle Menschen zu lieben und war zu jedermann freundlich. Sie erledigte alles, was ihr oblag, doch redete sie nicht davon. Ein Engel – das war das Wort, das einem unwiderstehlich ins Bewußtsein trat, wenn man sie sah. Auch Nochella hatte die Blicke Davids bemerkt. Sie errötete und schlug die Augen nieder.

Als David seine Mahlzeit beendet hatte, legte Rabbi Moses ihm und allen Anwesenden seine greisen Hände auf den Kopf und sprach ein hebräisches Abendgebet. Schließlich begaben sich alle in ihre Wohnungen. Samuel plauderte noch ein paar freundliche Worte mit David, während Vitalis, der Diener, ihm ein Nachtlager in dem Zimmer bereitete, das er mit Bonaventura bewohnte.

Am nächsten Tag, es war der Sabbat, ging Brunetta vor dem Mittagessen mit David ein wenig spazieren, um ihm die Stadt zu zeigen. Plötzlich wurden sie – sie hatten soeben den großen Domplatz erreicht – durch lautes Rufen und Jubelschreie verwirrt. Aufgeregte Bürger rannten an ihnen vorbei und stießen sie fast zu Boden. Dort, wo das Gedränge am dichtesten war, hörten sie laute Rufe: »Lang lebe der Bischof!« Neugierig drängten Brunetta und David sich durch die Menge und sahen den Mann, dem die Rufe galten: Es war der Fürstbischof der Stadt Trient, erkennbar an der violetten Soutane, der gleichfalls violetten Mozzetta und dem kreisrunden Bischofshut mit der überbreiten Krempe und den seitlich herabbaumelnden grünen Quasten. Vor der Brust hing ihm an grüner, golddurchwirkter Schnur das massive Bischofskreuz, das mit Smaragden und Amethysten verziert war. Bischof Hinderbach wurde von einigen Geistlichen und Seminaristen begleitet, die ihm Platz schafften.

Der Fürstbischof war eine eindrucksvolle Erscheinung – obwohl er von eher kleiner Statur war. Für Brunetta stellte er den Inbegriff des Reichtums, der Macht und der Gelehrsamkeit dar. Sie sah, wie er mit beeindruckenden Gesten zu den Umstehenden sprach, manchem Mann die Hand drückte, die Kinder und Mütter segnete und allen zulächelte. Brunetta flüsterte David zu, er habe jetzt unverhofft die seltene Gelegenheit, einen großen und in ganz Europa wegen seiner Bildung bekannten Humanisten zu sehen. Bischof Hinderbach sei ein sehr bedeutender Mann, ein großer Dichter, ein Denker und Fürst zugleich, hoch angesehen in allen Ländern der christlichen Welt.

Seit Hinderbach, der im hessischen Rauschenberg das Licht der Welt erblickt hatte, als Fürstbischof in Trient residierte, kamen in der einst wenig bedeutenden Stadt die Gebildeten, die besten und berühmtesten Dichter, Denker und Künstler zusammen. Sie kamen nicht nur, um sich auszutauschen und über das neue Zeitalter des Geistes nachzudenken, welches sie angebrochen wähnten. Viele kamen auch, um die neuen Bauwerke zu bewundern, die der kunstsinnige Bischof hatte errichten lassen. Gleich nach seinem Amtsantritt vor rund zehn Jahren hatte er damit begonnen, das bischöfliche Schloß zu erweitern und andere Bauten zu renovieren und zu verschönern. Zahlreiche neue Gebäude bezeugten seine Tatkraft und seinen Schönheitssinn. Insofern verwunderte es nicht, daß Trients großer Bischof in den Gesängen und Gedichten befreundeter Poeten nicht nur wegen seiner Bildung und Gelehrsamkeit, sondern auch wegen seines feinen Geschmacks und seiner Kunstliebe gerühmt wurde. Die Stimme des Volkes freilich schrieb ihm auch andere Attribute zu. Es schien, daß sich eine Persönlichkeit wie Bischof Hinderbach eben nicht mit einigen engumgrenzten Adjektiven beschreiben ließ. Für die einen war er eitel und selbstgefällig, für die anderen großzügig und um das Wohl seiner Untertanen und seiner Stadt bemüht. Wahrscheinlich war er sowohl das eine als auch das andere, je nachdem, wie man die Sache betrachtete. Ohne Zweifel: Er liebte die Pracht. Das bischöfliche Meßgewand, das er zur Fronleichnamsprozession trug, war mit über siebenhundert Perlen bestickt. Er hatte für die Gottesdienste im Dom die Zahl der Ministranten verdreifachen und die Zahl der Kantoren verdoppeln lassen. Er liebte es, den Dom im Lichte Hunderter von Kerzen erstrahlen zu lassen, wenn er selbst das Pontifikalamt zelebrierte. Natürlich kostete das alles Geld. Den Wünschen der Juden war Bischof Hinderbach daher stets zugänglich gewesen, weil er immer Gold brauchte für seine Pläne. Sie hatten ihm das Recht zur Renovierung und Erweiterung ihrer Synagoge abgekauft, sie hatten ihm einen Verzicht auf die Judenmission abgehandelt, sie hatten für nicht wenig Geld erreicht, daß Tobias, der Arzt, auch an den Tagen das Haus zu Patientenbesuchen verlassen durfte, an denen das Juden gewöhnlich verboten war, nämlich in der christlichen Kar- und Osterwoche, zu Weihnachten und an anderen kirchlichen Festtagen. Außerdem war es den Juden in Trient nicht vorgeschrieben, sich als solche kenntlich zu machen, wie es in anderen Städten und Fürstentümern der Fall war, wo die männlichen Juden auf der Straße eine merkwürdige Mütze oder den spitz zulaufenden, sogenannten Judenhut zu tragen hatten und auch die Frauen sich ein gelbes Abzeichen an die Kleidung heften mußten.

Die Bauern, die aus den umliegenden Gehöften zum Markt in die Stadt gekommen waren, schauten gebannt und voll Verehrung auf den berühmten hohen Herrn, die Frauen und Mädchen starrten ihn an wie eine wundertätige Heiligenstatue in der Kirche. Plötzlich bemerkte Brunetta ihre Nachbarin Maria, wie sie sich durch die Menschenmenge drängte. Sie hatte ihren Sohn auf dem Arm und strebte zum Bischof. Als sie sich zu ihm durchgekämpft hatte, machte sie vor ihm einen artigen Knicks und bat ihn um seinen Segen für ihr Kind, und Hinderbach erteilte diesen mit gnädigem Lächeln.

Als er schließlich weiterging, schleifte der Saum seiner faltenreichen Soutane über den Boden. Die jungen Seminaristen folgten ihm schweigend.

Am Sonntagmorgen verabschiedete sich David auf das herzlichste von seinen neuen Freunden. Alle hatten ihn liebgewonnen. Besonders schätzten sie seine Bescheidenheit. Auf die kleinste Gefälligkeit bedankte er sich so eifrig, daß man sich einreden konnte, ein außergewöhnlich großes und verdienstliches Werk getan zu haben. David wußte, daß er sich nun beeilen mußte, um rechtzeitig nach Vicenza zu kommen. In genau einer Woche feierten die Christen mit dem Palmsonntag den Beginn der Karwoche. An diesen Tagen war es einem Juden aber in den meisten Städten und Landstrichen Italiens per Gesetz verboten, das Haus zu verlassen.

III.

Gehorsam war Pater Raphael aus dem Orden des heiligen Dominikus zu seinem Herrn geeilt.

»Pater Raphael«, begann Hinderbach, nachdem ihm sein Sekretär den Bischofsring geküßt hatte, »nächsten Sonnabend wird Bernardino da Feltre unserer Stadt einen Besuch abstatten, um unserer Bevölkerung am Vortag des Palmsonntags eine Bußpredigt zu halten.«

»Bernardino da Feltre? Ich höre den Namen nicht zum erstenmal, verbinde aber nur Ungenaues damit. Wer ist dieser Mann?« wollte Pater Raphael wissen.

»Bernardino da Feltre ist ein für seine Heiligkeit und apostolische Arbeit weithin gerühmter Prediger des Franziskanerordens«, erklärte Bischof Hinderbach. »Trotz seines relativ jungen Alters hat er sich schon sehr verdient gemacht. Er stammt aus dem edlen Geschlecht der Tomitani und wurde 1439 in Feltre bei Treviso geboren. Von Jugend an aufgrund seines Fleißes und Talents zu großen Hoffnungen Anlaß gebend, hat er in Pavia zunächst die Rechte studiert. Doch dann wurde er durch den tragischen Tod zweier von ihm sehr geschätzter Professoren und die mitreißenden Bußpredigten des seligen Jacob von der Mark bewegt, in den Orden des heiligen Franziskus einzutreten. Von diesem bekam er den Auftrag, Volksmissionen abzuhalten und in allen Städten und Orten Nord- und Mittelitaliens zu predigen, was er seitdem mit großem Eifer und Erfolg tut. Ferner läßt er sich nie eine Gelegenheit entgehen, zwei weitere selbstauferlegte Pflichten zu erfüllen: Nämlich gegen die Juden zu predigen und Geld zu sammeln für seine Monti di Pietà.«

»Monti di Pietà?«

»Das sind Leihanstalten, bei welchen sich die Armen für geringe Zinsen Geld borgen können«, erklärte der Bischof. »Auf diese Weise versucht Bernardino da Feltre den jüdischen Wucherern das Wasser abzugraben und der Verelendung der armen Volksschichten entgegenzuwirken.«

»Er nimmt Zinsen?« fragte der Sekretär verblüfft. »Aber das ist doch durch die Heilige Schrift, die kirchliche Tradition und das Kirchenrecht verboten!«

»Das ist richtig«, erwiderte Hinderbach, »aus diesem Grunde ist Bernardino da Feltre auch nicht ganz unumstritten. So unbezweifelbar vielfältig seine Fähigkeiten sind, so zwiespältig ist auch sein Ruf bei denen, die ihn und sein Wirken kennen; die weitaus meisten halten ihn für einen Heiligen, einige gar für einen Heiligen, wie kaum einer im Kalender zu finden ist, da er den Feinden Christi – den Juden – den Kampf angesagt hat; einige andere aber bezichtigen ihn der Ketzerei und Häresie, da die Kirche, wie Ihr richtig bemerkt habt, die Einrichtung von Banken und das Zinsnehmen verboten hat. Unumstritten aber ist, daß er sehr viel zur religiösen, sittlichen und sozialen Reform Italiens getan hat. Sein Wort ist wie ein flammendes Schwert. Auf der Kanzel reißt er das Tor zur Hölle auf, daß das Volk erschaudernd einen Blick in einen Abgrund voll Feuersglut und Pestilenz werfen kann. Da kann man dann hören, wie er von den Juden nicht anders spricht als wie von leibhaftigen Teufeln und pferdefüßigen Unholden. In jeder Stadt, in der Bernardino da Feltre gepredigt hat, haben die Hebräer fortan ein hartes Leben. Dank seiner rhetorischen Fähigkeiten konnte er bereits viele seiner schärfsten jüdischen Konkurrenten im Kreditgeschäft aus dem Felde schlagen.«

Hinderbach lachte schallend. Schließlich sagte er zu seinem Sekretär: »Veranlaßt alles Nötige. Die bevorstehende Predigt muß in ganz Trient und auch in den umliegenden Städten und Ortschaften bekannt gemacht werden. Verständigt auch unseren Stadtrichter, Giovanni de Salis, und den

Stadthauptmann Trients, Jacob von Spaur. Weitere Anweisungen werde ich später geben.«

Mit einer tiefen Verbeugung verließ der Sekretär den Fürstbischof, während letzterer an das Fenster trat und auf seine Stadt hinuntersah. Friedlich, ja geradezu beschaulich lag sie da.

Im Augustinerkloster Trients brütete unterdessen ein junger Pater in seiner Zelle über seinen Büchern. Ob Pater Paolo da Novara ein schöner Mann war – darüber gingen die Meinungen auseinander: Seine Augenbrauen waren scharf gezeichnet, die Stirn hoch, die Backenknochen etwas vorstechend, die Nase gerade, lang und dünn. Der Mund war mittelgroß und fast sinnlich geschwungen, aber durch die ein wenig vorgeschobene Unterlippe von leicht tragischem und traurigem Ausdruck. Gewiß: Sein Antlitz hätte schön sein können mit einem anderen Ausdruck, aber seine Züge wirkten meist so gequält, daß es oft keine Freude war, ihm ins Gesicht zu sehen. Sein Blick war dunkel, elegisch, ja wehmütig und schmerzlich. War der Pater unter Menschen, blieb sein Blick zerstreut und flackernd meist an nichts länger als ein, zwei Sekunden haften, die braunen Augäpfel wanderten unaufhörlich hin und her wie auf der Suche nach etwas, das sie nicht fanden. Das schwarze Haar war oft zerzaust und gab dem Pater ein leicht verwegenes Aussehen, verwirrend und anziehend zugleich.

Paolo da Novara wußte nicht, woran es lag, aber an diesem Vormittag konnte er sich nur schlecht auf seine Arbeit konzentrieren. Immer wieder schweiften seine Gedanken ab, verirrten und vermischten sich mit Erinnerungen an seine Kinder- und Jugendzeit: Er stammte aus einem Trienter Patriziergeschlecht. Seine Eltern waren gestorben, als er ein Kind von sieben Jahren war. Nach ihrem Tode stellte sich heraus, daß der ganze Familienbesitz aufgebraucht war. Der kleine Donato – so sein Taufnahme – stand vollkommen mittellos da. Die guten Augustinerpatres erbarmten sich seiner und nahmen ihn in ihrem Kloster zu Trient auf, wo er wohnte und zur Schule ging. Der Knabe schlich meist mit kleinen, vorsichtigen Schritten durch die Gänge des Klosters, hielt Augen und Stimme gesenkt und war verzaubert von der geheimnisvollen Aura des Hauses. Er liebte die Stille des Klosters. Hier hörte man nicht das Geschrei der Marktweiber, nicht den Lärm der Handwerker, keine Sporen klirrten, keine Rosse wieherten; nur die Litaneien der frommen Gottesmänner und das leise Klingen der Silberglöckchen zur heiligen Messe wehten durch die Hallen. Ehrfürchtig lauschte der Knabe dem Gesang der heiligen Männer, der die hohen Räume und Gänge des Klosters erfüllte. Zu bestimmten Zeiten verstummte der Gesang, und Donato fragte sich dann immer, ob die Mönche in ihrer Verzückung vielleicht in einen der sieben Himmel entrückt worden waren. Die unscheinbarsten Dinge, die sich im Kloster befanden, waren für Donato geheiligt und geheimnisvoll. Sogar der sternenübersäte Himmel, der sich über dem heiligen Ort wölbte, erinnerte ihn an den Mantel der heiligen Jungfrau Maria. Beim Chorgesang der Mönche zur Vesper, der in den Schlafsaal der Knaben hinüberdrang, schlüpfte er glücklich in sein Bett, und beim Gesang der feierlichen Laudes verließ er sein Lager am Morgen und war stets ganz Ohr, so wunderbar lieb und ernst klang ihm die Melodie in der Seele. Donato empfand diese Ausstrahlung der Geborgenheit, die von den Brüdern ausging, von Kindesbeinen an als eine unverdiente Gnade. Oft küßte er den guten Priestern mit den innigsten Empfindungen des Dankes die Hand.

Vor allem Bruder Valentino, der Pförtner, erschien dem Knaben von Gott berührt. Er stellte für ihn in seiner Strenge und Askese das Bild eines Erwählten dar. Aus seiner Zelle hörte er ihn bisweilen mit feuriger Leidenschaft Gebete sprechen, sah ihn in der Kapelle lange Zeit vor dem Tabernakel knien.

Bruder Valentino erzählte dem kleinen Donato oft mit Inbrunst von den alten Überlieferungen der Stadt Trient.

Auf diese Weise speicherten sich viele wundersame Geschichten im Gedächtnis des Kindes. Der alte Mönch unterrichtete den Knaben bei ihren Gängen durch den Dom und erklärte ihm alle Details, er entzifferte auf seine eigene Weise die Inschriften und bezeichnete wortreich die Orte der verschiedenen Ereignisse.

So erfuhr Donato von der schrecklichen Pest, die in der Kindheit des Mönchs in der Stadt gewütet hatte.

»Die Straßen waren menschenleer. Niemand wagte sich hinaus«, erzählte der alte Pförtner, »überall standen Särge. Es gab so viele Tote zu beerdigen, daß man kaum damit fertig wurde. Die Tischler konnten die Särge nicht so schnell zimmern, wie sie benötigt wurden. So hat man die Leichen einfach, in große Tücher gewickelt, zur Stadt hinausgetragen und in tiefe Gräber geworfen. Auf diesen Totenfeldern standen überall riesige Rauchbecken, die einen impertinenten Gestank verbreiteten.«

Nachdem Bruder Valentino solchermaßen die Pest in den furchtbarsten Farben geschildert hatte, beugte er sich zu dem kleinen Jungen herab und fragte ihn: »Weißt du, wer schuld hatte an dieser furchtbaren und todbringenden Pest?«

Der Knabe schüttelte den Kopf.

»Das waren die Juden, die Feinde der Menschen von Anbeginn«, erklärte Valentino, »die Juden haben diese Pest über das Land gebracht, indem sie die Brunnen vergifteten.«

Von den Juden erzählte der Mönch oft, daß sie allerlei Untaten verrichteten. Sie würden Gott und der allerseligsten Jungfrau spotten und danach trachten, den Christen mit allerlei Tücke zu schaden. Ihre Ärzte – so erzählte Valentino – verabreichten den Christen giftige Medizin, ihre Geldverleiher ließen die Armen bluten. Die Hebräer würden Kruzifixe und Heiligenfiguren verhöhnen, ja sogar die heiligen Hostien aus den Tabernakeln der Kirchen stehlen und sie mit Ahlen und Spitzen durchstechen, um dem darin verborgenen Jesuskinde weh zu tun. Eine Geschichte jagte dem kleinen Jungen immer besondere Angst ein: Die Juden, so erklärte der Pförtner mit allerlei schaudervollen Details, fingen kleine Christenkinder, um ihnen unter Qualen das Blut zu entziehen. Dieses Blut mengten sie dann unter den Teig, aus dem sie ihre Osterbrote buken.

Als Donato zehn Jahre alt war, starb Bruder Valentino, und langsam verblaßten seine furchterregenden Erzählungen in der Seele des Knaben. Das Leben im Kloster ging weiter. Im Unterricht lehrten die Ordensmänner ihn und die anderen Kinder, mit Schilf- und Vogelfedern auf hölzerne Tafeln lateinisch zu schreiben, sie unterrichteten sie in Algebra und Geschichte, und sie brachten ihnen die Dogmen und Mysterien des katholischen Glaubens bei.

Sosehr Donato die Priester und Mönche des Klosters liebte und sich bei ihnen geborgen fühlte, so schwer fiel ihm der Umgang mit den anderen Knaben, die im Kloster lebten. Donato war schüchtern. Das spürten die Kinder und wußten nicht recht, wie sie mit ihm umgehen sollten. So fühlte sich Donato mehr zu den Erwachsenen als zu seinen Altersgenossen hingezogen. Wohl war in ihm hin und wieder ein Gefühl der Sympathie und der Freundschaft aufgestiegen, aber es erreichte die Gefährten nicht. Erst eine spontane kameradschaftliche Berührung hätten sie als Zuwendung verstanden, als überraschende Herzlichkeit angenommen. Doch in ihm sperrte sich etwas dagegen, sie zu umarmen, mit ihnen zu balgen, mit ihnen ausgelassen und fröhlich zu sein. Wollte er einem der Kameraden freundschaftlich den Arm um die Schulter legen oder auch nur anerkennend auf den Rücken klopfen, zögerte schon seine Hand und hielt inne in der Bewegung. Überwand er – selten genug war es der Fall – Schüchternheit, Furcht und Befangenheit, wurde die Spontaneität zur Geste, linkisch und kalt, irritierte sie die anderen mehr, als sie ihn mit ihnen verband. Versuchten die Kinder hin und wieder ihn im Scherz zu haschen, lachte er wohl dazu, wurde aber verlegen und wußte nicht, wie er sich verhalten sollte. Donato schämte sich oft dieser Unbeholfenheit. Auf der anderen Seite fand er seine Gefährten aber auch nicht selten furchtbar unreif und lächerlich. Wenn er sie abends im großen Schlafsaal in ihren Betten liegen sah, mit ihren unsinnigen Gesprächen und ihren albernen Spielchen befaßt, dann empfand er oft einen eigenartigen Ekel, eine seltsame Abneigung gegen ihre dummen Gesichter. Ihr lautes und meist so unmotiviertes Lachen – es war für ihn nicht nachvollziehbar: Was und wie sie dachten, worüber sie so heftig und ungezähmt grölen mußten. Und so blieb er in ihrer fröhlichen Schar immer der Außenseiter.

Die Jahre vergingen. Donato wuchs zum Jüngling heran, und im Laufe der Zeit erfaßte ihn die Atmosphäre starker Religiosität und zog ihn mit in den Rausch von Gebeten, Fastenzeiten und Verzückungen. Es war gerade um die älteren Brüder ein solcher Friede, eine solche innere Gelassenheit und Glückseligkeit, daß für Donato kein anderes Dasein erstrebenswert erscheinen wollte. Sein Schicksal als Mönch war förmlich vorherbestimmt. Er wurde Novize – einer der ernstesten und frömmsten. Von nun an hieß er Paolo. Seit ewigen Zeiten war es die Meinung der Kirche, daß für einen Mönch ein Name, den seine Oberen wählten, sinnreicher sei als der, der ihm bei der Geburt gegeben wurde. Die Kirche brachte auf diese Weise zum Ausdruck, daß der Gottesmann auf alle Zugehörigkeit zu Land, Stadt und Familie verzichtete, um Gott und der Kirche mit voller Hingabe zu dienen. Nach fünf Jahren der Anwartschaft legte Bruder Paolo seine ewigen Gelübde ab, und wieder einige Jahre später wurde er zum Priester geweiht. Da sich die Menschenfurcht seiner Kindheit in den Jahren nur wenig gelegt hatte, setzten seine Oberen Paolo nicht für die Seelsorge ein, vielmehr bestimmten sie ihn für die wissenschaftliche Laufbahn. Denn Paolo war ein geachteter Historiker, der für seine Forschungen über die kirchliche und säkulare Frühgeschichte Trients bereits weit über die Grenzen der Stadt hinaus hohes Lob hatte erringen können. Er hatte eine gelehrte und vielgelesene Abhandlung über den heiligen Vigil, den ersten Bischof und Schutzpatron Trients, und über die Heiligen Sisinnius, Martyrius und Alexander, die in Trient hochverehrten Märtyrer aus der frühchristlichen Zeit, verfaßt. Auch leitete er archäologische Ausgrabungen in der Unterkirche des im Jahre 1145 eingeweihten Doms.

Paolo liebte die Bischofskirche seiner Heimatstadt. Dieses Gotteshaus bot für den Historiker ebensoviel Sehenswertes wie für den Kunstliebhaber in ihm. Durch eine geniale und komplizierte Anordnung der verschiedenen Fenster im Dom, die das Tageslicht bald voll, bald gedämpft, bald von ganz oben, bald mehr von der Seite einfallen ließ, wurden wirkungsvolle Lichteffekte erzeugt. So tauchte die durch das dunkle Gebälk brechende Wintersonne das Dominnere in ein anderes Lichterspiel, als es etwa die Sommermorgensonne tat. Manchmal hielt der Pater, wenn er an einem der vielen Altäre des Doms die Messe las, in den heiligen Zeremonien inne, um seinen Blick mit hellem Entzücken und staunendem Wohlgefallen durch den Raum schweifen zu lassen. Meist flogen einige Tauben gurrend durch den großen Dom. Offensichtlich hatten sie in seinen riesigen Kuppeln ihre Nester gebaut, ohne Scheu vor den Menschen, als wüßten sie, daß sie an diesem Ort keine Angst haben mußten.

Es war diese geheimnisvolle Aura des Trienter Doms, die Paolo den priesterlichen Dienst so angenehm machte und bewirkte, daß er die Messe häufig hier und nicht in der Kirche seines Klosters las.

Sommer und Winter gingen ins Land. Paolo da Novara war inzwischen dreiunddreißig Jahre alt geworden. Sein Leben war ausgefüllt mit seinen historischen Forschungen. Außerdem unterrichtete er seine jungen Mitbrüder sowie die

Schüler der Klosterschule in Latein und Geschichte. Hin und wieder durchbrach das eine oder andere besondere Ereignis – eine Adelshochzeit, eine feierliche Primiz, das Fest eines der Stadtpatrone oder eine religiöse Prozession – das Einerlei ihrer kleinen Stadt und damit auch die Routine seines arbeitsamen Lebens.

Eines dieser besonderen Ereignisse war die Audienz gewesen, die Bischof Hinderbach im Jahre 1471, kurz nach dem fünfjährigen Jubiläum seiner Amtseinführung als Fürstbischof Trients, den Patres und Brüdern des Augustinerklosters seiner Stadt gewährt hatte. Pater Paolo erinnerte sich gut daran, wie sie sich unter der brütenden Sommersonne zum bischöflichen Schloß hinaufgeschleppt hatten. Er erinnerte sich an das luxuriös ausgestattete Arbeits- und Audienzzimmer des Bischofs; an den langen Tisch, auf dem Stöße von Büchern lagen, Berge von Papier, ein großes Siegel, ein schweres goldenes Kruzifix, ein Messingfernrohr, ein kleines kupfernes Tintenfaß – und er entsann sich der Worte, mit denen der gelehrte und berühmte Bischof mit ihnen sprach. Was er ihnen zu sagen hatte, war gebildet und brillant, gewürzt mit Zitaten griechischer und lateinischer Philosophen und Dichter, Reflexionen über das menschliche Wesen und die Aufgabe des guten Seelenhirten, wie aus einem Lehrbuch rezitiert, so daß die sechzig Minuten währende Audienz von Anfang an glatt und geschmeidig, allerdings auch eigenartig unpersönlich verlief. Pater Paolo fragte sich damals ernsthaft, ob Bischof Hinderbach wirklich Interesse an den Problemen der einfachen Priester seiner Stadt und ihren pastoralen Aufgaben hatte. Ihm selbst hörte der Bischof allerdings längere Zeit mit Aufmerksamkeit zu, als Paolo ihm einige Ergebnisse aus seinen Forschungsarbeiten erläuterte. Wie jeder wußte, interessierte sich Hinderbach sehr für die Geschichte seiner Bischofsstadt. Auch später forderte der Bischof von Pater Paolo immer wieder schriftliche Berichte über seine historischen Arbeiten an. In der Regel bekam der Pater auf diese Studien nie eine Antwort, nur hin und wieder sandte der Bischof eine kurze schriftliche Empfangsbestätigung. Zu einem Zusammentreffen oder gar einem längeren Gespräch war es in der Folgezeit nie mehr gekommen.

Es war allgemein bekannt, daß Bischof Hinderbach nicht sehr glücklich war, als er vor nunmehr zehn Jahren das damals recht unbedeutende Bistum Trient übernommen hatte. Als Historiker waren Pater Paolo die Schwierigkeiten wohl bewußt, die sich für einen Deutschen als Bischof der Stadt ergaben, schließlich war das Bistum Trient größtenteils von einer italienischsprechenden Bevölkerung bewohnt. Dennoch hatten sich aufgrund des starken Einwirkens seitens des Tiroler Landesfürsten, aber auch aufgrund des kulturellen Schnittpunktes zwischen dem deutsch- und italienischsprachigen Raum eher nördliche Gepflogenheiten, Stile und Sitten eingebürgert. Diese politischen und geistigen Einflüsse hatten zur Folge, daß der Bischofsstuhl von Trient in den letzten Jahrhunderten meistens mit deutschen Klerikern besetzt worden war – nicht immer zur Zufriedenheit der italienischen Bevölkerung, denn dieser Umstand brachte es mit sich, daß auch die wichtigsten geistlichen und weltlichen Ämter in der Regel an Deutsche vergeben wurden. Und so war auch Hinderbach zum Bischof von Trient bestellt worden, nachdem er zuvor in Wien sein Studium mit einem Magister Artium abgeschlossen und später seinen Doktor der Rechte nachgeholt hatte. Die Nachricht von seiner Wahl zum Bischof von Trient hatte ihn in Rom erreicht, als er dort diplomatische Dienste für Kaiser Friedrich III. versah. Nur ungern hatte er sich gefügt, ohne Zweifel hätte er lieber ein bedeutenderes und reicheres Bistum übernommen. Auffallend war von Anfang an, mit welch besonderem Eifer Hinderbach um gesellschaftliche und kirchliche Anerkennung kämpfte. Er ließ deshalb nicht nur das bischöfliche Schloß verschiedentlich renovieren und umbauen, sondern entfaltete überhaupt eine rege Bautätigkeit in Trient und Umgebung. Als Humanist mit vielfältigen Beziehungen zu Gelehrten und Fürsten des ganzen Deutschen Reichs, die er im Laufe seines Lebens an verschiedenen deutschen Universitäten und Höfen geknüpft hatte, setzte sich der Fürstbischof auch besonders für den Ausbau der eigenen Bibliothek ein. Seit seinem Aufenthalt als kaiserlicher Diplomat in Rom an Glanz und Luxus gewöhnt, versuchte er offensichtlich, die Armut und geringe Bedeutung Trients durch künstlerische und politische Anstrengungen aufzuwerten – entgegen seinen finanziellen Möglichkeiten. Denn schon nach den ersten Renovierungsarbeiten an der bischöflichen Schloßburg hatte sich ein beträchtlicher Schuldenberg angehäuft. Man sprach damals von rund 20000 Florin – eine unglaublich hohe Summe. Darüber hinaus versuchte Hinderbach, das Bistum Trient durch eine Reihe von wiederentdeckten alten Reliquien ins Augenmerk der Kleriker zu rücken. Kaum in Trient angelangt, ließ er die Reliquien des Schutzpatrons der Diözese, des heiligen Vigil, in einen neuen, kostbaren Schrein legen. Und erst vor drei Jahren hatte man in Sanzeno im Nonstal die Asche der Märtyrer von Anaunia entdeckt. Auch in diesem Fall ließ der Bischof die Reliquien neu einfassen und eine schöne, aber kostspielige Kirche zu Ehren dieser beiden Heiligen errichten.

Das Mittagsläuten unterbrach die grüblerischen Gedanken Pater Paolos. Er erhob sich von seinen Büchern und begab sich in den großen Speisesaal des Klosters, wo sich seine Mitbrüder zum Mittagessen einfanden. Nachdem die Mönche ihre Tischgebete gesprochen und in aller Stille – nur unterbrochen von geistlichen Lesungen – ihr Mahl zu sich genommen hatten, hatte der Abt des Klosters eine wichtige Mitteilung zu machen: »Bernardino da Feltre, der berühmte Prediger aus dem Orden der Franziskaner, kommt in fünf Tagen nach Trient, um im Dom zu predigen! Eine große Ehre und gewiß ein gewaltiges spirituelles Erlebnis!«

»Der Begründer der Monti di Pietà?« fragte Pater Paolo da Novara.

»Was sind die Monti di Pietà?« wollte ein alter Pater wissen, der zur Rechten Pater Paolos saß.

»Kirchliche Leihanstalten zugunsten der ärmsten Bevölkerung«, erklärte der Abt, der die Worte gehört hatte, und er ergänzte: »Bernardino da Feltre ist aber nicht nur der Begründer und Förderer dieser segensreichen Einrichtungen! Er ist außerdem ein wortgewaltiger Bußprediger. In Bergamo, Brescia, Treviso und Vicenza lagen ihm die Sünder zu Hunderten reumütig zu Füßen!«

»Aber in Florenz hat man ihn verjagt!« erwiderte Pater Paolo. »Dort war er unumwunden beschuldigt worden, nicht gerade ein guter Christ und ein unverbesserlicher Feind der Juden zu sein!«

»Was redet Ihr da, Pater Paolo?« entgegnete der Abt, sichtlich verärgert. »Diese Florentiner sind doch alle bestochen durch das Geld der Hebräer! Bernardino da Feltre kein guter Christ? Das ist doch zum Lachen! Ein Heiliger ist er! Und seine Judengegnerschaft ist nichts anderes als die Kehrseite seiner großen Liebe zu den Armen, die unter dem Wucher der Juden zu leiden haben! Außerdem hegt Bernardino da Feltre nicht nur gegen die Juden einen Groll, sondern gegen alle Reichen und Wohlhabenden, die sich auf Kosten der Armen mästen! Diesen Groll auf die Reichen empfindet er mit jeder Faser seines Leibes: Er richtet sich gegen alle, die in prächtigen Häusern residieren; die ganze Gesellschaft, die über die Piazzas der Städte flaniert, sich gegenseitig Besuche abstattet, Lustbarkeiten genießt und der die Probleme der Armen und Hilfsbedürftigen ziemlich gleichgültig sind. Während Bernardino da Feltre, der übrigens selbst aus wohlhabendem Hause stammt, mit Angehörigen höheren Standes recht unterkühlt und respektlos umzugehen pflegt, legt er im Umgang mit dem einfachen Volk ein liebenswürdiges Benehmen an den Tag – nie scheint er so fröhlich und ungezwungen wie beim Zusammensein mit Kindern, mit denen er scherzen und lachen kann, denen er gerne Heiligenbildchen mitbringt und Obst oder Zuckerwaren schenkt.

Und wenn er Almosen verteilt, sieht man ein wirkliches Mitgefühl in seinem Gesicht, während er in Begleitung einiger seiner Mitbrüder Münzen in die Menge von Bettlern und Krüppeln wirft, die ihn flehend und lärmend umringen. Bernardino da Feltre kein guter Christ? Jeder, der solches sagt, weiß nicht, was er redet, oder er ist ein unmoralisches Subjekt!«

Die Stimme des Abtes war immer lauter geworden.

»Wie verträgt sich diese Liebe zu den Armen denn mit seinem extremen Judenhaß?« fragte Pater Paolo mutig, obwohl er geradezu physisch spürte, wie sehr sein Abt diesen Franziskanerprediger verehrte.

»Lieber Pater Paolo«, erwiderte der Abt ironisch, »seit wann seid Ihr so ein ausgemachter Judenfreund? Aber ich will Eure Frage beantworten: In einer Predigt zu Crema hat der ehrwürdige Bernardino da Feltre selbst diesen Zusammenhang einmal in eine einfache Formel gebracht: ›Der Wucher der Juden ist so übergroß, daß die Armen erwürgt werden‹, sagte er damals, ›und ich, der ich das Brot der Armen esse, sollte schweigen, da ich ihre Ausraubung sehe?‹«

Der Abt schwieg eine Weile, dann beugte er sich zu Paolo und fragte gedehnt: »Beantwortet das Eure Frage zur Genüge, Pater?«

Der solchermaßen Gerügte nickte und schwieg. Im stillen nahm er sich vor, unter keinen Umständen die Predigt des Franziskanermönchs zu verpassen.

IV.

Fünf Tage später – es war der Vormittag des Sonnabends – ließ Hinderbach die wichtigsten Geistlichen und Amtsträger der Stadt zu sich rufen, um gemeinsam mit ihnen auf die Ankunft des großen Bußpredigers zu warten. Nicht lange danach wurde Bernardino da Feltre gemeldet. Unter den ehrfürchtigen Verneigungen der anwesenden Priester betrat der berühmte Mann die bischöfliche Residenz. Er kreuzte die Hände über der Brust, verbeugte sich leicht und warf Hinderbach unter seinen buschigen schwarzen Augenbrauen einen schnellen, prüfenden Blick zu.

»Gott schenke Euch Frieden«, begrüßte er den Bischof.

Hinderbach erwiderte den Gruß. Der Bußprediger war von hoher Statur und ungewöhnlich dünn. Der Fürstbischof wunderte sich, wie ein so mager aussehender Mann eine solche Leidenschaft, Energie und Rednergabe und vor allem ein solches Charisma entwickeln konnte, wie man es Bernardino da Feltre nachsagte. Wie alt sollte dieser Mann sein? Erst sechsunddreißig? Er sah wesentlich älter aus. Fast wie ein Greis. Seine spärlichen Haare waren schlohweiß. Seine dunklen Augen blickten streng und durchdringend.

»Es ist mir eine große Ehre, hochwürdigster Herr Bischof, in Eurer Stadt predigen zu dürfen«, sagte der Franziskanermönch. »Meine Predigt möge zur Hebung der Sitten dienen, christliche Nächstenliebe, Zucht und Moral stärken. Vor allem aber soll sie die Christen dieser Stadt vor den ärgsten Feinden Gottes und der Menschenseelen warnen und die Pläne und Ränke jener Kreaturen aufdecken, die mit menschenähnlichem Gesicht und mit ach so harmlos und friedlich wirkendem Gebaren der Christen Unglück und Verderben planen. An zu vielen Orten Italiens wirken die Mörder Christi noch immer ungestört und haben Einfluß. Aber ihre Macht nimmt – Gott sei gepriesen – schon merklich ab.«

»Dank Euch, Pater Bernardino, dank Euch«, erwiderte der Bischof. »Es ist mir eine Ehre, das anzuerkennen und zu bestätigen. Ihr zieht von Stadt zu Stadt und sprecht zu den Menschen, um sie vor den Ränken der Juden zu warnen und um Eure Monti di Pietà zu gründen, und wenn Ihr auch den reißenden Wolf noch nicht völlig besiegen konntet, so habt Ihr doch zumindest die Herde gewarnt und viele der hilflosen Schafe in Sicherheit gebracht.«

»Ja, so ist es!« bestätigte Bernardino da Feltre. »Aber die ganze Sache ist auch recht kostspielig! Meine Monti di Pietà verschlingen bis jetzt noch mehr Geld, als sie einbringen. Ich bin daher auf Spenden und Unterstützung angewiesen. Im Vergleich zu den Zinsimperien der Juden ist mein Unternehmen ein kleiner Fisch. Ich wünschte, die Fürsten und die hohen Geistlichen würden mein Werk mehr unterstützen. Ich meine, nicht nur mit ihren guten Wünschen und Ratschlägen, sondern auch mit barer Münze ...«

Bernardino da Feltre kniff die Lider zusammen, um den Fürstbischof zu fixieren. Dieser hörte die Spitze, ging aber darauf nicht direkt ein:

»Ich erlaube Euch gerne, hier in der Stadt zu predigen und für Euer Werk Geld zu sammeln. Allerdings muß ich Euch auf etwas hinweisen: Die Abneigung, die man in den meisten Städten der christlichen Welt zu Recht und instinktiv gegen die Juden empfindet, gibt es in dieser – etwas rückständigen und naiven – Stadt kaum. Der Trienter ist in seiner angeborenen Tumbheit der Ansicht: ›Ein anständiger Mensch kann man in beiden Religionen sein – in der jüdischen wie in der christlichen‹, und so ist es ihm ziemlich egal, ob sein Nachbar, Arzt, Handwerker oder Kunde, ein Christ oder ein Jude ist. Außerdem gibt es in unserer Stadt nur drei jüdische Familien mit etwas über zwanzig Personen.«

»Eine einzige jüdische Familie, ja ein einziger Jude kann eine Stadt ins Verderben führen«, erwiderte Bernardino da Feltre heftig. »Es ist ein Kreuz! Warum will denn niemand die Gefahr sehen? Warum erkennt keiner den geschickten Plan, den die Juden in ihren schleimigen Schlupflöchern ausgebrütet haben? Über uns regiert ein Kaiser, der ein Freund der Hebräer ist. Er weiß wenig vom Wirtschaften und vom Handel. Auf die hinterlistige Empfehlung jüdischer Berater – die überall sitzen, denn Ämter und Posten bekommt, wer am meisten zahlt – führt er unsinnige Kriege und feiert kostspielige Feste und Bankette. Benötigt er dann Geld, schafft er eine neue Währung, zieht die guten Münzen ein, um minderwertige daraus zu prägen, und schöpft das übrige Gold in die eigenen Truhen. Solche Maßnahmen rauben den einfachen Leuten die Möglichkeit, Geld zu sparen, denn durch jede neue königliche Anordnung verliert das Geld wieder seinen Wert. Auf diese Weise treibt man die wenig begüterten Bauern und Handwerker in die Arme der Wucherjuden. Zu den regelmäßigen Steuern kommen eine Vielzahl außerordentlicher Abgaben, wenn die Kinder des Grundbesitzers Hochzeit feiern oder der Adlige ein kleines Scharmützel mit dem Nachbarfürsten ausfechten muß. Und da solche Dinge oft mehr kosten, als die Bauern ernten und erwirtschaften können, verschreiben sich auch die Adligen den Juden und haben Wucherzinsen zu zahlen. Und dann treiben sie ihre Bauern noch mehr zur Arbeit an und holen die letzten Ersparnisse aus den Säckeln ihrer Bürger. Um ihre Fürstentümer vor der finanziellen Katastrophe und dem drohenden Abgrund zu retten, treiben die Adligen ihre Bauern und Bürger dann in blutige Schlachten und Kriege, um mit den vermuteten Schätzen des Nachbarstaates die eigene Misere überwinden zu können. Und so kommen Leid, Verderben und Tod über die christlichen Länder, und wo der Friede Christi herrschen sollte, regierten der Haß und der Zorn des jüdischen Rachegottes.«

»Unterstützt der Papst Euren Kampf gegen die Juden?«

»Der Papst ...«, es lag fast etwas Verächtliches in Bernardino da Feltres Stimme, »sosehr der Papst meine Bußpredigten gutheißt, auch meine Monti di Pietà lobt, sosehr verurteilt er mein scharfes Vorgehen gegen die Juden. Er hält an der Tradition seiner Vorgänger fest und betrachtet sich als deren Anwalt und Beschützer. Wer sich nicht wehrt, vergeht, kann ich da nur sagen ...« Der Franziskaner kniff die Augen zusammen: »Wenn der Papst im fernen Rom die Christen ihren jüdischen Feinden preisgibt, dann heißt es eben, sich selbst zu wehren. Das ist seit langem meine Meinung. Doch brauche ich die Unterstützung der Bischöfe und Fürsten, in deren Bistümern und Ländereien ich predige und wirke. Nur ... oft zögern diese noch, mich tatkräftig zu unterstützen. Lethargie und Gleichgültigkeit überall! Und doch ist jede Leihanstalt, die ich gründe, wie eine Widerstandsvereinigung, eine Zelle des Kampfes und der Freiheit. Und jede Stadt, in der ich über und gegen die Juden predige, ist wie ein gerüstetes Kampfheer gegen diese Feinde Christi und der Kirche. Langsam, langsam geht die Saat auf, und überall regt und reckt sich unter der einfachen Bevölkerung heftig der Wille, das jüdische Joch abzuwerfen, und an manchem Ort macht den Hebräern dieser neue Geist der Freiheit und des Kampfes bereits zu schaffen.«

Bernardino da Feltre verstummte. »Genug geredet!« meinte er schließlich. »Um drei Uhr beginnt meine Predigt im Dom. Ich möchte mich bis dahin zurückziehen, um zu beten. Ihr überlaßt mir doch sicher eine Eurer Schloßkapellen, hochwürdigster Herr Bischof?«

»Wollt Ihr nicht mit uns zu Mittag speisen?« fragte Hinderbach verblüfft.

Bernardino da Feltre verstand es bemerkenswert, seinen Blick so schneidend und schwer wie ein Beil auf einen herabfallen zu lassen. »Sonnabends faste ich prinzipiell zu Ehren der heiligen Jungfrau«, erwiderte er mit eisiger Stimme, »außerdem befinden wir uns in der Fastenzeit, Herr Bischof ...« Mit diesen Worten drehte er sich um und verließ den Raum.

Die Kunde, der berühmte Bernardino da Feltre sei in der Stadt und würde im Dom predigen, lockte die Menschen in Massen an. Alle wollten den Mönch sehen und mit eigenen Ohren hören. Vor den Stadttoren stauten sich die Karren der Bauern aus den umliegenden Gehöften. Scharen von Männern und Frauen drängten zum Dom. Ein ganzes Aufgebot bischöflicher Soldaten mußte Raum schaffen, Pferde stampften unruhig, und je näher man dem Domplatz kam, desto lebhafter wurde der Andrang. Es war unmöglich, daß alle Menschen im Dom Platz fanden. Eine große Menschenmenge hatte sich vor den Toren des mächtigen Gotteshauses angesammelt. Pater Paolo stand mittendrin und sah, wie sich Bernardino da Feltre, umgeben von den Franziskanern und den anderen Bettelbrüdern der Trienter Klöster und Konvente, zu den Eingangstoren des Doms durchkämpfte. Sein Erscheinen löste einen kleinen Tumult aus.

»Seht! Seht!« ging ein Rufen von einem zum anderen. Alles drängte, raunte, stieß sich, wies auf ihn, jeder reckte den Hals, um den berühmten, lebenden Heiligen zu sehen.

»Da ist er!« rief eine Frau in der Menge hysterisch. »Da ist er! Der selige Mann! Der Wundertäter! Seht doch seine asketische Gestalt, sein strenges Gesicht! Der heilige Franziskus ist zu uns zurückgekehrt!« Sie bekreuzigten sich. »Seht ihr das Licht, das ihn umgibt? Ich sage euch, er hat einen milden Schein ums Haupt!«

Eine Bauersfrau mit einem enormen Leibesumfang stürzte auf Bernardino da Feltre zu, warf sich theatralisch vor ihm auf die Knie, bedeckte seine Rechte mit Küssen und flehte ihn an, er möge für ihr Kind beten, das krank zu Hause läge. Der Mönch machte eine Geste mit der Hand, die sowohl ein flüchtiger Segen sein als auch Abwehr signalisieren mochte.

Brunetta hatte sich in Begleitung Annas, der Frau ihres Stiefsohns Israel, an den äußersten Rand des Spektakels getraut. Von ferne wenigstens wollte sie den Mann sehen, von dem Samuel und alle anderen Juden mit solchem Ingrimm sprachen. Brunetta war das Mißtrauen, ja der Groll nicht weniger Christen gegen die Juden immer ein Rätsel gewesen. Sie wollte zeit ihres Lebens verstehen, wie es kommen konnte, daß Menschen, die mit ihnen denselben Gott verehrten, so haßerfüllt sein konnten. Wie konnte ein Mensch, zumal wenn er sein Leben ganz Gott geweiht hatte, so in Abneigung zu dem Volk entflammen, aus dem sein größtes Ideal – Jesus von Nazareth, genannt Christus – hervorgegangen war? Vielleicht würde ihr der Anblick Bernardino da Feltres eine Antwort auf ihre Fragen geben? Brunetta sah zunächst nur die Mönche des Franziskanerordens in ihren braunen Kutten. Die Jüdin wußte, daß sie das Gelübde abgelegt hatten, ihr Leben in Armut, Keuschheit und Gehorsam zu führen. Die groben Gewänder, die sie trugen, symbolisierten ihren Verzicht auf die Genüsse und Freuden der Welt. Die Tonsur versinnbildlichte die Verminderung des Abstandes zwischen dem Himmel und der Erde. Die an ihren Gürteln hängenden Rosenkränze waren das Zeichen für das Gebet und die Meditation, außerdem dienten sie dazu, die Dämonen zu vertreiben. Die Nacktheit ihrer Füße verstärkte ihre Bußfertigkeit, und sie lebten hauptsächlich von Almosen, weil Franziskus, der Begründer ihrer Gemeinschaft, das so vorgelebt und gepredigt hatte. All diese Dinge waren Brunetta sympathisch. Selbst das Ideal der Keuschheit begriff sie. Da die Christen glaubten, daß der Messias schon gekommen sei, hatte die menschliche Fruchtbarkeit für sie ihren tiefsten und heiligsten Zweck – dem Messias die Wege zu bereiten – verloren. Wie konnte aus diesem Streben nach Bescheidenheit, Verzicht und nach Askese soviel Haß und Mißtrauen entstehen?

In diesem Augenblick fiel Brunettas Blick auf die Gestalt des Mannes, dem die Aufmerksamkeit der Menge galt. Irgend etwas sagte ihr, daß dieser Mann, den sie noch nie in ihrem Leben gesehen hatte, eine Bedrohung nicht nur für die

Juden allgemein, sondern ganz unmittelbar für sie und die Ihren war. Dabei konnte Brunetta das Gesicht des Mönchs nicht richtig erkennen, da er eine Kapuze trug; nur schemenhaft war eine große Hakennase erahnbar, die wie der Schnabel eines Raubvogels wirkte, und ein langer grauer Bart. Seltsamerweise glaubte Brunetta die Augen des Mönchs im Schatten seiner Kapuze erkennen zu können – Augen, die wie die Pupillen einer Schlange blitzten. Wie betäubt starrte sie dem Mann nach, bis das Dunkel des Doms ihn verschluckte.

»Brunetta, laß uns nach Hause gehen«, sagte Anna und zupfte sie am Arm, »mir ist das hier alles unheimlich. Wir haben hier nichts verloren.«

Die Angesprochene nickte. Gemeinsam gingen sie in das Haus zurück, das sie nun eine Woche – bis zum Ende der christlichen Karwoche – nicht mehr verlassen durften.

In der Zwischenzeit drängten sich die Bettelbrüder durch die im Dom dicht zusammenstehende Menschenmenge, um Bernardino da Feltre, nicht eben behutsam, den Weg zur Kanzel zu bahnen. Dunkle Flecken, als wäre es geronnenes Blut, sah man auf dem Rücken seines Habits; es waren dies – so raunten sich die Menschen zu – die Spuren von den Geißelhieben, mit denen er sein Fleisch vor dem Kruzifix schonungslos zu peinigen pflegte.

Der Bußprediger bestieg langsam die Kanzel. Noch immer war er eingehüllt in den Umhang, dessen Kapuze sein Gesicht bedeckte. Er rührte sich nicht, aber man konnte ein Glitzern der Augen im Schatten der Kapuze erkennen. Der Franziskanermönch schien seine Zuhörer zu mustern. Plötzlich warf er die Kapuze zurück, und ein ehrfürchtiges Murmeln ging durch die Reihen seiner Zuhörer. Seine Augen waren es, die sie fesselten und ihnen das Blut in den Adern erstarren ließen. Der Franziskanermönch begann seine Predigt.

Mit einigen Schwierigkeiten war Pater Paolo derweil von

draußen in den Dom vorgedrungen. Die Menschen lauschten so gebannt, waren so begierig auf jedes Wort des berühmten Mönches, daß es Paolo trotz der Menschenmassen gelang – er tat so, als suchte er jemanden, und die priesterliche Kutte bewirkte das übrige –, sich bis zum Mittelschiff des Doms durchzukämpfen.

Nie hatte der Pater jemanden so predigen hören. Bernardino da Feltres Stimme klang energisch und kräftig. Nicht eine Spur von Sanftmut war in ihr; sie war voller Feuer und hitziger Gewalt. Ein Bild stand dem Pater vor Augen, das Bild eines Falken, der in den Himmel hinaufstößt, um sich alsbald auf seine Beute herabzustürzen. Der Franziskaner verglich die Juden mit höllischen Schwarmgeistern, die Satan entkommen sein mußten und nun zum Verderben der Seelen in der Welt herumschweiften. Er warf ihnen in dramatischen Gesten ihre Verbrechen einzeln vor, von der Kreuzigung Christi angefangen bis zu all den Untaten, die sie seitdem den Christen angetan hätten. Er belegte sie mit vielerlei Verwünschungen und forderte sie auf, ihrem falschen Glauben abzuschwören, in der heiligen Taufe Christus anzuerkennen, oder schleunigst das Land zu verlassen, anderenfalls solle sie Satan, ihr geistiger Vater, in seinem Höllenfeuer rösten, daß ihnen Hören und Sehen vergehe. Und das Leid, das sie über die Christenheit gebracht, sollten sie büßen vor dem Richterstuhl des allmächtigen Gottes, und ihr Zinswucher, mit dem sie die Armen bluten ließen, sollte ihnen vergolten werden mit blutigem Zins und Zinseszins und Zinsen von den Zinseszinsen in alle Ewigkeit.

Mit harten Worten geißelte Bernardino da Feltre die Fürsten und Prälaten der christlichen Länder, daß sie die abgrundtiefe Boshaftigkeit und Heuchelei der Hebräer nicht durchschauten, die verbrecherischen Unternehmungen der Christusmörder übersähen oder duldeten, daß jüdische Händler und Geldverleiher selbst aus den Ärmsten noch die letzten Münzen herauspreßten, während die Juden in

Saus und Braus leben könnten. Die Stimme erhebend, rief der Franziskanermönch:

»Gebt ihnen den kleinen Finger, und sie nehmen nicht nur die Hand, sondern den ganzen Arm! Je gütiger und großzügiger ihr dieser Ausgeburt der Hölle begegnet, um so böser zahlen sie es euch heim. Vor keinem Verbrechen schrecken die Hebräer zurück, um den Auserwählten Gottes zu schaden! Ihr laßt es stillschweigend zu, daß die Christusmörder mit ihrem Zinswucher an sich reißen und verschlingen, was den Armen, den Witwen und Waisen gehört! Empfangt ihr etwa auch die Räuber eurer Ernte oder die Diebe, die in euer Haus einbrechen, mit offenen Armen? Warum seid ihr dann so freundlich und tolerant zu diesen Ausbeutern der Armen, Witwen und Waisen? Ist das christlich? Ihnen die schändlichen Reichtümer, die sie auf fluchwürdige Weise erbeutet haben, wieder zu nehmen, das wäre viel mehr ein Werk der Gerechtigkeit und Liebe gegenüber den Armen, die sie betrogen und bestohlen haben! Mögen doch alle katholischen Fürsten dahin wirken, daß den Juden ihr durch List und Trug ergatterter Reichtum wieder entrissen und den Notleidenden zurückgegeben werde!«

Der Franziskanermönch redete sich immer mehr in Rage. Er schrie jetzt so laut, daß es den Zuhörern in den Ohren schmerzte:

»O du verstocktes Menschenherz, du blindes Auge, du taubes Ohr, du tumbes, verblendetes Gemüt, was weißt du von der Bosheit des jüdischen Geschlechts? Ich habe einen Mann gekannt, der so naiv und blind war wie ihr. Auch er sagte, die Juden seien Menschen wie wir, und hielt freundlichen Umgang mit ihnen. Ich habe gesehen, wie die Hebräer ihn umgarnten und ihm schmeichelten und dabei auf sein Hab und Gut spähten. Ich habe es mit eigenen Augen beobachtet! Er ging ihnen auf den Leim, lieh sich von ihnen Geld. Es kam, wie es kommen mußte. Ich habe ihn einige Jahre später auf dem Sterbebett wiedergesehen. Arm und mittellos, ist er erbärmlich verreckt. Schaut auf die Wunden unseres Herrn Jesus Christus, die Zeugen seiner Schmerzen! Ihr Heuchler, ihr Todsünder, ihr Verräter Gottes, schaut auf seine Wunden! Ihr Pharisäer, ihr bequemen Memmen, die ihr euch den Wanst vollfreßt, einhellig und nachbarschaftlich mit den elenden Juden in den Tag hineinlebt, dem Gemauschel der Mörder Christi lauscht, herzlich mit ihnen lacht und ihnen so eure Seele verkauft – schaut auf Seine Wunden! Habt ihr auch welche an eurem vollgefressenen Leib? Hat euch Christi grausames Sterben das Herz zerrissen?«

Plötzlich machte Bernardino da Feltre mit einigen schnellen Handgriffen seinen Oberkörper frei, drehte den erschrockenen Zuhörern seinen nackten Rücken zu, so daß alle seine Narben und Striemen sehen konnten. Es war keiner unter den gebannt Lauschenden, dem dieser erschütternde Anblick nicht einen eisigen Schauer durch den Leib gejagt hätte. Inmitten dieser Totenstille erhob der Franziskaner erneut seine Stimme, und jedes seiner Worte drang wie ein glühender Pfeil in die Seelen der Menschen.

»Solche – und noch tiefere und schmerzlichere – Wunden trug unser Gott und Erlöser Jesus Christus, den die Juden ermordet haben. Und den ihr alle getötet habt! Nicht mit Schlägen, Kreuz und Nägeln, wie die gottlosen Juden, aber durch eure Sünden. Und täglich tötet ihr ihn durch eure Gleichgültigkeit und euren Verrat! Ja, Verrat ist es, wenn ihr heute die in eurer Mitte duldet, die unseren Gott gekreuzigt haben. Weil er seine Kinder liebte, weil er versucht hat, sie von der Macht des Satans und seiner Helfer, den verworfenen Juden, den Feinden der Menschlichkeit und der Menschenseelen, zu befreien, mußte Christus den grausamen Kreuzestod erleiden! Sein Herz brach, und ihr habt ihn verraten und verratet ihn weiterhin! Laßt euer Herz erweichen! Kehrt um! Noch ist es nicht zu spät! Die Hebräer führen unsere christliche Kultur und eure Seelen in den Abgrund. Hört auf mich! Hört auf Christus! Kehrt zurück zu seiner Lehre, seinem Beispiel, zu Christenstolz, Kampfgeist und Heldenmut! Habt keinen Umgang mehr mit denen, die euch ausbeuten mit ihrem Zinswucher, deren Gier sich nicht nur auf euer Hab und Gut richtet, sondern auch auf eure Seele und das Blut eurer Kinder. Beugt euer Haupt nicht mehr länger vor den Feinden Gottes, sondern wehrt euch gegen ihre Pläne und Ränke. Nie mehr sollen die verdammten Hebräer sich mästen am Geld, Gut und Blut der Christen! Die Juden sind die Vorläufer des Antichristen, der von einer Jüdin geboren werden wird, um seiner Herrschaft über die Welt den Weg zu bereiten. Sicher: Christus ist mächtiger als sein Gegenspieler und seine Helfer, die Juden. Doch er hat Geduld und wartet, bis seine Zeit des Sieges und des Gerichts gekommen ist. Ich aber eile ihm voraus und beginne bereits jetzt den Kampf gegen diese erklärten Feinde Christi. Und von euch will der Heiland, daß auch ihr aus freiem Willen diesen Kampf aufnehmt. Er hat es uns aufgetragen. Er will, daß ihr euch lossagt von Feigheit und Trotz und dieses jüdische Höllengezücht ausmerzt aus eurer Mitte! Die Hebräer stehen im Dienst der finstersten Macht. Der Teufel beherrscht sie alle. Die Hörner auf seiner Stirn und die Krallen an seinen Pranken und Klauen haben sich tief eingegraben in ihre Seelen und Herzen, deren Spuren und Narben sie mit sich tragen werden für alle Zeiten. Unsere Hoffnung aber ist der allmächtige Gott. Unser Glaube, unsere Hoffnung, ja, unsere Gewißheit ist, daß die Finsternis auf der Erde vom Licht besiegt wird!«

Schwer atmend, unterbrach Bernardino da Feltre den Strom seiner Worte, stützte sich auf der Kanzel auf, die Augen starr auf die Zuhörer gerichtet. Seine ganze Wut gegen die Juden war nun in seinen Augen konzentriert.

»Als Satan in der Ferne den Berg Golgota gewahrte«, der Franziskaner kreischte nun heiser, »den Berg Golgota mit dem Kreuz unseres Erlösers, das wie ein Siegeszeichen in den Himmel ragte, da begriff er, daß seine Kraft gebrochen und er der Besiegte war, und er machte sich davon, zog seinen Pferdefuß nach und überließ seinem göttlichen Gegner für alle Zeiten die Seelen der Heidenvölker. Das Volk aber, das Christus verstoßen und gekreuzigt hatte, das wußte er als seine ihm von Gott überlassene Beute.«

Plötzlich wurde Bernardino da Feltre sehr blaß. Er holte tief Atem und schaute über die in der Kirche Versammelten mit starrem Blick in die Ferne. Es schien, als habe der Mönch eine Vision. Alle verharrten in angespannter Erwartung. Die Aufregung trieb Pater Paolo die Tränen in die Augen, und es dauerte einige Augenblicke, ehe er sich wieder darauf konzentrieren konnte, was der Bußprediger sagte.

»Oh, ihr Ungläubigen«, hatte er soeben gerufen, »noch ehe diese heilige Woche der Leiden und des Todes unseres Herrn Jesus Christus vorüber ist, werden euch die Juden eurer Stadt einen Beweis für ihre Menschenfreundlichkeit und Harmlosigkeit geben.«

Pater Paolo erfaßte den Sinn dieser Worte nicht. Er blickte um sich. Die Menschen sahen sich verständnislos an und zuckten mit den Achseln. Aber eine eigenartige Spannung, eine sonderbare Erregung hatte alle ergriffen. Der Franziskanermönch trat nun vor den Hochaltar. Das Licht der Kerzen umstrahlte ihn geheimnisvoll. Der Mönch erhob seine Hände und schleuderte den Mächten des Bösen seinen Bannspruch entgegen. Und dieser Bannspruch war ein zwingendes, kräftiges Gebet und hatte Macht über sämtliche böse Geister und ihre Helfershelfer, die Juden. Denn es waren die geheiligten Termini der Kirche, geheimnisvolle Formulierungen und Formeln, die der heilige Mann auf lateinisch murmelte, und dieses Murmeln barg in sich die Worte, die das fremde Volk aus der Steppe des fernen Palästina verfluchte, und enthielt den Schrei der Juden vor Pontius Pilatus »Kreuziget ihn!« und das heiße Bittgebet, daß das Blut Jesu wahrlich über diese Feinde der Kirche und ihre Kinder und Kindeskinder als Blut der Rache und der Vergeltung komme.

Bernardino da Feltre verstummte. Er hüllte sich in seinen dicken braunen Wollmantel und zog die Kapuze über den

Kopf. Jetzt sah man wieder kaum mehr als die durchdringenden dunklen Augen, die aus dem Schatten der Kapuze hervorblickten. Als er in Richtung Sakristei schritt, setzte sich alles in Bewegung und umdrängte den Mönch. Dieser hatte Mühe, sich der einfachen Weiber und sogar einiger vornehmer Damen zu erwehren, die ihm in religiöser Inbrunst den Saum des Gewandes, Strick und Kapuze küßten.

Mit dem Strom der Menge verließ Pater Paolo den Dom. Langsam und nachdenklich ging er zu seinem Kloster zurück. Er beneidete den Franziskanerpater um seine Begeisterungsfähigkeit und seinen Eifer. Er kannte keine Zwiespältigkeit, wie sie ihm selbst so zu eigen war. In voller Kraft identifizierte Bernardino da Feltre sich mit seiner Sache, der sozialen und religiösen Mission, der Frucht einer tiefen und lebendigen Lebenserfahrung. Würde ihm selbst jemals eine solche Fülle beschert sein? Doch diese Umwandlung schien Paolo nicht sehr wahrscheinlich. Aber warum sollte er es nicht wenigstens versuchen? Es mußte etwas Besseres geben in der Welt als seine Zweifel und seine grüblerische Haltung.

Während Pater Paolo, solchermaßen in Gedanken versunken, in sein Kloster zurückging, stürzte Maria, die Frau des Gerbers Andreas, von Panik erfaßt, aus dem Dom und eilte durch die Straßen und Gassen. Durch die Predigt Bernardino da Feltres erregt, war sie mit einemmal von dem Gedanken besessen, ihr Kind – das sie allein zu Hause gelassen hatte – sei in Gefahr durch die Juden. Wie freundlich die Jüdin Brunetta immer zu ihrem Kind gewesen war, verdächtig freundlich, fand Maria plötzlich. Schimpften die Hebräer die Christen nicht, Tiere zu sein, denen sie das Recht auf Leben absprachen, wie es der heilige Pater soeben ausgeführt hatte? Ihre unmenschliche Angst trieb Maria an, so daß ihr Andreas kaum folgen konnte. Endlich erreichte sie ihre kleine Straße. Ohne nach links oder rechts zu sehen, eilte sie direkt auf ihr Haus zu. Maria lief die hölzerne

Treppe hinauf, zwei Stufen auf einmal nehmend, und stürzte in die elterliche Schlafkammer, in dem das Bett ihres kleinen Simonino stand. Andreas folgte seiner Frau auf dem Fuß. Als auch er das Schlafzimmer betrat, stand sie bereits neben der holzgeschnitzten Wiege und legte rasch den Finger auf die Lippen, um ihm anzudeuten, daß ihr Kind schlafe. Erleichterung durchströmte Andreas, er ging auf das Bett zu und warf einen liebevollen Blick hinein. Das Gesicht seines Sohnes war friedvoll und unbekümmert. Ein paar Strähnchen blonden Haares hingen ihm in die Stirn, und er hatte seine winzige Hand, zur Faust geballt, an sein Mündchen gedrückt. Maria deckte ihren Sohn vorsichtig zu, und Andreas legte seine Rechte sanft auf die Schulter seiner Frau.

»Sieh, wie friedlich und ruhig er schläft«, meinte er, »du hast dir ohne Grund Sorgen gemacht! Wir kennen unsere jüdischen Nachbarn doch seit vielen Jahren. Vielleicht begehen andere Juden furchtbare Verbrechen – aber doch nicht unsere Juden, die Juden unserer Stadt!«

»Ja, du hast recht«, flüsterte Maria, und ihre Stimme wirkte immer noch ein wenig angsterfüllt, »aber vor einigen Tagen ist ein fremder Jude in die Stadt gekommen, und da hegte ich plötzlich einen unbestimmten Verdacht ... Und der heilige Mönch hat doch prophezeit, daß noch in dieser Karwoche ein schreckliches Verbrechen geschehen wird – begangen von Juden ...«

»Psst«, flüsterte Andreas und drückte das Gesicht Marias an seine Brust, ehe er sie sanft zur Türe schob. »Du hast ein paar anstrengende Stunden hinter dir. Erst das lange Warten vor dem Dom und dann noch diese Predigt! Du bist nun verständlicherweise ein wenig überreizt. Ich denke, wir sollten uns ein andermal darüber unterhalten. Laß uns jetzt erst einmal etwas essen, dann sehen wir weiter.«

Fünf Tage später – es war der 23. März 1475 – erwachte Maria sehr früh am Morgen. Sie blieb still liegen, denn ihr

Mann sollte noch ein halbes Stündchen schlafen können. Sie genoß die Wärme seines Körpers und das Geräusch seiner tiefen, regelmäßigen Atemzüge. Sie sog die kühle Morgenluft ein und seufzte leise. Einen Menschen neben sich zu wissen, der einen beschützte und einem Kraft schenkte, war sehr beruhigend. Zumal, wenn man selbst dazu neigte, überall Gefahren und Schwierigkeiten zu sehen und den Dingen mit Mißtrauen zu begegnen. Warum hatte sie zum Beispiel vor fünf Tagen eine so unsinnige Angst um ihr Kind befallen? Natürlich, da war die schrecklich-düstere Predigt des berühmten Franziskanerpaters gewesen, der vor den Juden und ihren bösen Taten gewarnt hatte ... Na ja, solche Juden mochte es geben, sie war schon davon überzeugt. Aber – anderswo, in anderen Städten, nicht jedoch hier in Trient!

Maria strich mit der Fingerspitze über die dichten Augenbrauen ihres Mannes. Er murmelte etwas. Schnell zog Maria ihre Hand zurück. Sie wollte ihn noch nicht aufwecken. Leise stand sie auf, kleidete sich an und ging in die Küche, das Frühstück zu machen.

Eine Stunde später waren Maria und Andreas für den Kirchgang bereit. Maria trug ihren Sohn vor das Haus und setzte ihn auf die Treppenstufen, die zur Eingangstür führten. Zwei Nachbarinnen saßen auf den Bänken vor ihren Häusern. Sie unterhielten sich quer über die Straße und beaufsichtigten ihre Kinder, die vor ihnen auf einem kleinen Rasenstück nahe dem schmalen Wassergraben spielten. Eine der Frauen hatte die Strümpfe bis über die Knöchel hinuntergerollt, so daß man ihre dicken, von blauroten Krampfadern überzogenen Unterschenkel sah.

»Liebe Nachbarin«, sprach Maria sie an, »könntest du vielleicht hin und wieder ein Auge auf mein Söhnchen werfen, solange wir in der Gründonnerstagsliturgie sind?«

»Ja, ja!« erwiderte die Frau. »Das ist doch kein Problem. Weit weglaufen kann der Kleine ja noch nicht, so unsicher, wie er noch auf seinen Beinchen ist.«

»Das ist wahr«, erwiderte Maria, gab ihrem Sohn einen liebevollen Kuß und sagte zum Abschied: »Mama kommt bald wieder.« Dann hakte sie sich bei ihrem Mann unter und ging mit ihm in Richtung des Domes.

Es war Abend geworden. Die Juden feierten ihr Pessachfest des Jahres 5235 nach jüdischer Zeitrechnung. Die kleine Gemeinde hatte sich nach den Abendgebeten in der Synagoge gerade im Wohnzimmer des Samuel zu dem traditionellen gemeinsamen Seder zusammengefunden. Alle waren gekommen, nur Tobias fehlte noch. Offensichtlich war er bei einem Krankenbesuch aufgehalten worden, denn er hatte schon längst zurück sein wollen. Der Tisch war prächtig gedeckt und geschmückt. In der Mitte stand die Sederschüssel mit den drei großen Mazzen, welche die drei Erzväter Abraham, Isaak und Jakob symbolisierten, jedes Brot mit einer schönen Serviette bedeckt. Darauf lag ein Knochen, an dem fast kein Fleisch war. Denn da seit der Zerstörung des Tempels kein Opferdienst mehr gehalten werden durfte, wurde auch kein Pessachlamm mehr aufgetischt. Aber ein vielsagendes Symbol mußte vorhanden sein ... In kleinen Schälchen standen dann noch auf dem Tisch: die bitteren Kräuter, Maror genannt, sowie Petersilie und Essig. Diese Kräuter erinnerten daran, wie die Ägypter den Juden das Leben in der Sklaverei bitter gemacht hatten. In einem Schüsselchen war der Charosset, eine lehmfarbige Mischung aus kleingehackten Mandeln, Äpfeln, Rosinen, Zimt, Zucker und Wein. Dieser versinnbildlichte den Lehm, aus dem die Kinder Israels in Ägypten die Ziegel herstellen mußten. Nicht fehlen durfte der Wein, von dem alle Anwesenden im Laufe des Abends die rituell vorgeschriebenen vier Becher trinken würden, zu Ehren der vier Verheißungen, die Gott Moses offenbart hatte:

»Ich will euch wegführen von den Lasten, die euch die Ägypter auflegen, und will euch erretten von eurem Frondienst und will euch erlösen mit ausgestrecktem Arm und durch großes Gericht; ich will euch annehmen zu meinem Volk und will euer Gott sein ...«

Auch ein fünfter Becher wurde gefüllt. Doch niemand trank davon. Das war der Becher für den Propheten Elia. Nachdem Samuel, als der Herr des Hauses, den Kiddusch gebetet und aus der Haggada, der biblischen Erzählung vom Auszug aus Ägypten, vorgelesen hatte, beteten alle den Hallel-Psalter. Dann aßen sie von den symbolischen Speisen, dem Maror und dem Charosset. Erst jetzt wurde die eigentliche Mahlzeit eröffnet.

Brunetta war mittlerweile in großer Sorge, denn Tobias war immer noch nicht gekommen. Gerade als Samuel die Nachspeise, den Afikoman, mit den vorgeschriebenen Worten austeilen wollte, läutete die Türglocke. Angelus stieg die Treppe hinunter und öffnete die Tür. Es war Tobias. In seinem Gesicht hätte jeder wie in einem offenen Buch lesen können: Furcht und Sorge standen darin.

»Was hast du, Tobias? Was bist du so aufgeregt?« fragte Angelus, indem er die schwere Tür weit aufhielt und Tobias hereinbat. Wortlos stieg Tobias die Treppe hoch und betrat das Zimmer, in dem sich die Freunde versammelt hatten. Tobias setzte sich nicht, entgegen der Aufforderung von Rabbi Moses. Er schritt nervös im Zimmer auf und ab, rang mit den Worten und blieb mit dem Rücken zu den anderen am Fenster stehen und sagte leise:

»Seit heute vormittag, als die meisten Christen in der Kirche Andacht hielten, wird ein kleiner, ungefähr zwei Jahre alter Knabe, Simon, der Sohn des Gerberehepaares Maria und Andreas – ihr kennt sie sicher – vermißt.«

Alle erschraken. Brunetta schlug die Hände vor das Gesicht und rief: »Mein Gott! Der kleine Simonino! Hoffentlich ist ihm nichts Böses geschehen!«

Nach einer Weile bedrückten Schweigens fragte Samuel endlich: »Was ist denn genau passiert?«

Tobias drehte sich nun herum und berichtete: »Der Knabe war, während die Eltern in der Kirche weilten, zu

Hause geblieben und hatte vor der Tür gespielt. Eine Nachbarin hatte wohl hin und wieder nach ihm gesehen, aber nachdem sie für einige Minuten in ihr Haus gegangen war, war der Knabe plötzlich verschwunden. Die Nachbarin dachte sich zunächst nichts dabei, vielmehr nahm sie an, daß die Eltern des Kindes zurückgekehrt seien und es ins Haus mitgenommen hätten. Als die Mutter dann aber tatsächlich nach Hause kam und ihr Kind nicht fand, verbreitete sich eine große Aufregung in der ganzen Straße. Unterstützt von Freunden, suchten die Eltern im ganzen Viertel nach ihrem Kind. Da man von dem Knaben keine Spur fand, mußte man annehmen, er sei in den Wassergraben gefallen, der durch die Färbergasse fließt. Der Vater suchte daher zusammen mit den Nachbarn und Freunden den Wassergraben in seiner ganzen Länge mit Haken und Rechen ab. Man fand nichts.«

Als Tobias schloß, stieß Rabbi Moses, der während Tobias' Bericht immer bedrückter dreingeblickt hatte, einen tiefen Seufzer aus, schüttelte den Kopf und seufzte dann noch einmal. Nach einer kleinen Pause sagte er mit leiser Stimme:

»Ich mache mir größte Sorgen. Ihr wißt, es ist in der Vergangenheit oft vorgekommen, daß irgendwo ein Kind verschwunden ist und man die Juden beschuldigt hat, das Kind aus Haß gegen Christus getötet zu haben.«

»Und daß das ausgerechnet in der Osterzeit geschehen muß!« ergänzte Angelus. »Ihr wißt doch alle, was sich die Christen erzählen. Daß wir Christenkinder fangen und qualvoll töten, weil wir das Blut für unser Osterbrot brauchen.«

»Aber so einen Unsinn denken doch unsere Mitbürger nicht!« protestierte Brunetta. »Ich mache mir große Sorgen um den kleinen Simon – aber daß man uns da etwas in die Schuhe schieben könnte, glaube ich nun wirklich nicht!«

»Vergiß nicht, Brunetta«, erwiderte Angelus, »daß Bernardino da Feltre in der Stadt war und vor fünf Tagen gegen uns Juden gepredigt hat. Er soll eine Untat prophezeit haben, die in dieser Stadt noch in der Karwoche von Juden begangen werden wird. Ich könnte mir sehr wohl vorstellen, daß man das Verschwinden des Knaben mit uns in Verbindung bringt.«

»Ja, die Stimmung schien mir sehr gereizt und gefährlich für uns«, bestätigte Tobias, »als ich durch die Färbergasse ging und fragte, was geschehen und der Grund der allgemeinen Aufregung sei, gab man mir wohl Auskunft, aber in den Blicken unserer Nachbarn lag etwas – ich kann es nicht recht beschreiben …«

Bedrückt und in Eile beendeten die Juden ihre Zusammenkunft mit dem Beten des Nischmat, ebenso bedrückt verabschiedeten sie sich voneinander, und jeder begab sich in seine Wohnung oder in sein Zimmer.

Am nächsten Tag, es war der Karfreitag, ging Andreas betrübt zum Dom, wo Bischof Hinderbach soeben die feierliche Kreuzesliturgie beendet hatte. Viel Volk strömte aus dem mächtigen Portal des Kirchenschiffs. Andreas kämpfte sich durch die nach draußen drängende Menge und begab sich zur Sakristei, weil er hoffte, dort dem Fürstbischof vom Verlust seines Sohnes berichten und ihn um Hilfe bitten zu können. Er wurde allerdings bereits an der Türe von einem Priester, der sich als der Sekretär des Bischofs zu erkennen gab, aufgehalten. Es sei auf gar keinen Fall möglich, den Bischof jetzt – unmittelbar nach den heiligen Zeremonien – zu stören, bekundete ihm Pater Raphael sichtlich verärgert. Als Andreas dem Priester mit tränenerstickter Stimme kurz den Anlaß seines Begehrens erläuterte, führte ihn dieser – nun sichtlich freundlicher – doch in die Sakristei des Doms, die ein großer, mit dunklem Holz getäfelter Saal war. Der Bischof entledigte sich gerade seiner liturgischen Gewänder, wobei ihm mehrere Diakone und Ministranten assistierten. Die Mitglieder des Domkapitels und einige Soldaten der bischöflichen Garde standen zu seiner

Linken. Gegenüber warteten Priester und weitere kirchliche Würdenträger der Stadt Trient: Äbte, Prioren, Meister und Oberen in den jeweiligen Ordensgewändern, die an der Zeremonie teilgenommen hatten und ihre jeweiligen Kongregationen vertraten. Daneben standen einige Adlige der Stadt Trient mit Mantel und Degen sowie weitere Repräsentanten der kirchlichen und weltlichen Hierarchie des Fürstbistums Trient. Noch nie hatte Andreas seinen Bischof aus der Nähe gesehen. Er wunderte sich über die geringe Körpergröße des Fürsten – Andreas hatte ihn sich immer viel größer und imposanter vorgestellt. Ungeschickt beugte der unglückliche Vater die Knie vor dem Oberhirten und küßte ihm den Ring. Dann berichtete er ihm unter Tränen vom Verschwinden seines Sohnes. Bischof Hinderbach hörte ihm geduldig zu, dann wandte er sich an den Stadtrichter Giovanni de Salis, der unter den Repräsentanten der Stadt stand:

»Podestà, veranlaßt sogleich das Erforderliche. Ein Gerichtsdiener soll in der ganzen Stadt ausrufen, es sei ein zwanzig Monate alter Knabe, Simon, der Sohn des Gerbers Andreas und seiner Frau Maria, gestern verlustig gegangen. Wer immer von dem Kinde etwas wisse, sei bei hoher Strafe verpflichtet, es bei Gerichte zu melden.«

Giovanni de Salis verneigte sich vor seinem Fürsten. Er hatte ein schmales, fein geschnittenes Gesicht, und seine roten Locken wehten gleich Federn im Wind, als er nun mit schnellen Schritten dahineilte, um dem Befehl des Bischofs nachzukommen. Hinderbach wandte sich dem unglücklichen Vater zu und sagte zu ihm:

»Nun geht nach Hause, guter Mann. Ihr seht, wir haben alles Nötige veranlaßt. Und betet, daß Gott Euch Euer Söhnchen wiedergebe …«

In der Zwischenzeit hatte sich in der Stadt das Gerücht verbreitet, die Juden könnten das Kind ergriffen und getötet haben. Hatte der Bußprediger Bernardino da Feltre nicht ein entsetzliches Unglück prophezeit, noch vor Beendigung der heiligen Tage? Wohin der Gerichtsdiener des Stadtrichters auch kam, er wurde auf diesen Verdacht hingewiesen. Schließlich begab er sich nach mehreren Stunden vergeblicher Suche zu seinem Vorgesetzten, Giovanni de Salis, und berichtete ihm von seinen erfolglosen Ermittlungen. Dabei erwähnte er auch den Verdacht, der sich im Volk gebildet hatte. Der Stadtrichter ging daraufhin zu Bischof Hinderbach und empfahl ihm, eine gerichtliche Hausdurchsuchung in den Häusern der Juden vornehmen zu lassen. Hinderbach erteilte ihm den Auftrag dazu und gab ihm die offizielle Vollmacht, diese Hausdurchsuchung in den Wohnungen der Verdächtigen vorzunehmen.

Es war mittlerweile acht Uhr abends. Die Familien des Samuel, des Angelus und des Tobias hatten sich wieder im Wohnraum Samuels zusammengefunden, um ihre Lage zu besprechen. Bis jetzt war zwar alles ruhig geblieben, aber sie spürten, daß diese Ruhe trügerisch war. Das Problem bestand darin, daß sie als Juden – mit Ausnahme des Arztes Tobias – über die Kartage das Haus nicht verlassen durften. So konnten sie die Stimmung in der Stadt nicht einschätzen, nicht wissen, welches Unheil sich vielleicht bereits über ihren Häuptern zusammenbraute. Tobias hatte das Haus wohl hin und wieder kurz verlassen, konnte aber nichts Rechtes in Erfahrung bringen.

»Die ganze Sache erinnert mich an den Vorfall, der sich vor vierzehn Jahren hier in Trient ereignet hat«, sinnierte der Rabbiner. »Eine Frau namens Margarethe – weil sie Deutsche war, wurde sie von allen die ›gelbe Grete‹ genannt – vermißte eines Tages ihr Kind und suchte es mehrere Stunden in der ganzen Nachbarschaft. Das Bübchen hatte mit anderen Kindern auf der Straße vor Samuels Haus gespielt und war auf einmal verschwunden. Plötzlich bildete sich die Frau ein, wir Juden hätten ihren Sohn in unseren Häusern versteckt. Sie wandte sich an den damaligen Fürstbischof Georg mit der Bitte, er möge in den Häusern der ›Ungetauften‹

nach dem Kinde suchen lassen. Das geschah auch unverzüglich – natürlich fand man nichts. Später – inzwischen war es Abend geworden – ging die Frau weinend und nach ihrem Knaben rufend die Etschpfadgasse hinab. Als sie in die Nähe von Samuels Haus kam, rief sie laut: ›Joachim, mein Sohn, mein Sohn Joachim!‹ Da hörte sie die Stimme ihres vermißten Kindes ›Mama, Mama‹ rufen. Sofort lief sie zu Gericht und meldete, daß sie die Stimme ihres Sohnes im Hause des Juden Samuel gehört habe. Bei der neuerlichen Untersuchung fand man den Knaben zwar nicht in unserem Haus, aber in unserem kleinen Stall. Der Junge saß wohlgemut und unbeschädigt auf einem Haufen von Holzspänen. Natürlich hatten wir nicht gewußt oder auch nur vermutet, daß sich das Kind in unserem Schuppen befinden könnte. Der Stall hatte eine unverschlossene Hintertür, durch die man leicht von der Gasse aus hineinkommen konnte. Später konnte nachgewiesen werden, daß das Kind beim Spielen unbemerkt in den Schuppen gelaufen und dort eingeschlafen war. Die Sache war dann auch kein Thema mehr. Aber ich weiß noch gut, wie uns damals sofort eine feindliche Stimmung und übelste Verdächtigungen entgegengeschlagen sind. Ich darf gar nicht daran denken, was passiert wäre, wenn dem Knaben durch einen Unfall wirklich ein Leid geschehen wäre. Ohne Zweifel hätte man uns Juden die ganze Sache zur Last gelegt und uns der schlimmsten Verbrechen bezichtigt.«

»Aber die erste Hausdurchsuchung hatte doch bereits ergeben, daß das Kind nicht in einem unserer Häuser war«, entgegnete Brunetta, »dadurch war unsere Unschuld doch bewiesen.«

»Liebe Brunetta«, erwiderte Moses, »das hätte uns wenig geholfen gegen den aufgestachelten blinden Volkszorn! Außerdem hatte der damalige Podestà die Hausdurchsuchung ganz alleine durchgeführt, ohne amtlichen Zeugen. Auch von Rechts wegen hätte uns die Hausdurchsuchung daher wenig genutzt.«

Während sich die Juden derart bedrückt und ängstlich unterhielten, klirrte plötzlich Glas. Ein Granitbrocken krachte auf den Holzboden. Bella fuhr zusammen, ließ vor Schreck fast die Schüssel fallen, die sie in den Händen hielt. Die Frauen schrien. Aneinandergedrängt standen sie und die Kinder am äußersten Ende des Zimmers und starrten voller Entsetzen auf den Stein. Als Samuel und Tobias gerade die Fensterläden schließen wollten, flog ein zweiter Brocken durch das Fenster und schlug ebenfalls auf dem Holzboden auf. Auch dieses Exemplar hatte niemanden getroffen, aber die Kinder fingen laut zu weinen an. Samuel bückte sich nach dem Stein und holte weit aus, um ihn wütend in die Dunkelheit der Nacht zurückzuwerfen. Aber Rabbi Moses trat dazwischen und schüttelte den Kopf. Er nahm Samuel den Stein aus der Hand.

»Wir wollen Gewalt mit Gewaltlosigkeit beantworten«, sagte er leise, aber bestimmt. Dann hob er die Arme betend empor und sprach: »Gott unserer Väter, wir vertrauen ...«

Das Wort blieb ihm im Halse stecken. Von draußen erscholl ein haßerfüllter Ruf: »Ihr Saujuden! Mörderjuden! Euch werden wir schon noch kriegen!«

Moses wurde so weiß wie die Wand und ließ die Hände sinken. Alle schwiegen und lauschten. Doch seltsamerweise war es nun still. – Bis wenige Augenblicke später eine große schwarze Kutsche vor dem Haus des Samuel vorfuhr. Giovanni de Salis kletterte in Begleitung zweier Gendarmen aus dem Gefährt, klopfte sich den Staub von der grünen Seidenhose, setzte das Federbarett auf die langen rötlichen Haare und ging auf das Haus der Juden zu. In der Dunkelheit sah er zwei Männer davonlaufen, die sich offensichtlich gerade am Haus der Juden zu schaffen gemacht hatten. Der Stadtrichter konnte aber nichts Verdächtiges entdecken und umrundete mit seinen beiden Begleitern einmal das Gebäude. Unterdessen fragten sich die Juden immer noch voller Angst, warum nun alles still und ruhig war. Dann ein lautes Pochen. Jemand hatte an die Tür geklopft, fest und bestimmt.

»Gott der Barmherzige!«

Alle starrten sich entsetzt an. Bella rang die Hände. Ihr Blick flatterte ängstlich umher. Das energische Klopfen ließ sich von neuem hören.

»Gott unserer Väter! Wer ist das? Was werden sie uns antun?«

»Ruhe!« fauchte Samuel. »So einfach kommt man nicht ins Haus hinein! Außerdem sind wir hier ein paar kräftige Männer!«

Er ging zum Fenster, öffnete es und rief hinunter: »Wer ist draußen?«

»Im Namen des Fürstbischofs! Öffnet die Tür!« antwortete eine dunkle Männerstimme. Samuel blickte die anderen fragend an. Schließlich murmelte er:

»Seht ihr! Kein Grund zur Aufregung. Es ist nicht der Pöbel. Sondern jemand vom Bischof!«

Doch das konnte die Frauen überhaupt nicht beruhigen. »Jetzt sind sie da. Vom Bischof!« schrie Sara, die Frau des Tobias. »Wegen des kleinen Jungen!«

»Wir haben doch gar nichts getan, also haben wir auch nichts zu befürchten!« schimpfte ihr Mann.

»Nein, nein! Das macht gar keinen Unterschied!« jammerte Sara.

»Sie werden uns das Verschwinden des Kindes zur Last legen und uns in den Kerker werfen! «

»Sei doch ruhig!« befahl Samuel, stieg die Treppe hinunter und öffnete die Tür.

Gut zwei Stunden später erschien Giovanni de Salis wieder vor Bischof Hinderbach.

»Nun? Habt Ihr etwas gefunden bei den Juden?« fragte der Bischof.

»Nein, nichts!« antwortete der Podestà. »Wir sind zuerst zum Hause des Samuel gegangen. Dieser zeigte sich sehr ungehalten ob unseres Verdachtes. Er weigerte sich zunächst, die Hausdurchsuchung vornehmen zu lassen, ohne Gegenwart eines amtlichen Zeugen. Erst als wir den Stadtrat Giovanni de Calepini geholt hatten, ließ er die Untersuchung zu, die wir sehr gründlich durchgeführt haben. Samuel, seine Frau Brunetta und sein Sohn Israel – aber auch alle anderen Juden – zeigten sich nun sehr bereitwillig und hilfsbereit. Sie führten uns in alle Zimmer des Hauses, den Keller und die Synagoge. Sie öffneten uns alle Schränke und Truhen. Wir fanden nichts. Wir haben sogar das Wasser aus dem Graben, der durch Samuels Haus, besser gesagt: durch seinen Keller fließt, abgelassen und den Graben durchsucht: vergeblich, nichts.«

»Was für ein Graben?«

»Der Wassergraben, der durch die Färbergasse fließt, grenzt an das Grundstück und Haus des Juden Samuel«, erklärte Giovanni de Salis, »und führt unter dem Haus entlang beziehungsweise durch seine Kellerräume, um am anderen Ende des Grundstücks wieder oberirdisch weiterzulaufen.«

»Nun gut«, meinte der Bischof, »habt Ihr aber auch die beiden anderen Judenhäuser untersucht?«

»Selbstverständlich! Mit dem gleichen Ergebnis. Auch in den beiden anderen Häusern war keine Spur von dem Kind zu finden. Wo immer der Knabe auch stecken mag, bei den Juden zumindest befindet er sich ganz sicher nicht.«

Hinderbach schien über diese Mitteilung nicht gerade erfreut zu sein. Das Blut schoß ihm in den Kopf, und er klopfte mit den Fingerknöcheln seiner rechten Hand nervös auf seinen Schreibtisch. Er überlegte angestrengt. Dann erteilte er dem Podestà den Befehl, die Stadttore zu schließen und in den Straßen ausrufen zu lassen, daß niemand ohne besondere Genehmigung die Stadt verlassen dürfe. Die Juden der Stadt aber hätten weiterhin in ihren Häusern zu bleiben, bis der verschwundene Knabe gefunden sei. Es bestehe ein absolutes Ausgehverbot für alle Hebräer – Männer, Frauen und Kinder! Außerdem sollten die Häuser der verdächtigen Juden ab sofort Tag und Nacht genauestens bewacht werden.

Am nächsten Tag, dem Sonnabend der Karwoche, blieb alles ruhig. Man hatte den Juden mitgeteilt, daß sie unter Arrest stünden und das Haus auch über die Karwoche hinaus und bis auf weiteres nicht verlassen dürften. Außerdem ließ man sie wissen, daß Gendarmen als Wache vor ihren Häusern Stellung bezogen hätten. Sosehr diese Maßnahmen die Juden auch beunruhigten – zeigte es ihnen doch, daß der Verdacht noch immer auf ihnen lastete –, waren sie über die Wache in keiner Weise unglücklich, schützte sie diese doch vor eventuellen Übergriffen des aufgehetzten Mobs. Unterdessen ging in der ganzen Stadt die Suche nach dem verschwundenen Knaben weiter.

In der Nacht vom Karsamstag zum Ostersonntag, einige Stunden nach Mitternacht, erwachte Brunetta plötzlich. Ein eigenartiges Geräusch war an ihr Ohr gedrungen; ein Geräusch, das nicht von der nächtlichen Natur verursacht worden war. Die Frau lauschte benommen und begriff nicht, warum sie plötzlich von einer eigenartigen Unruhe ergriffen wurde. Durch einen kurzen hellen Schrei wurde Brunetta restlos aus dem Schlaf gerissen. Hastig sprang sie hoch, rannte zum Fenster und starrte in die Dunkelheit. Sie lauschte angespannt. Sie war sich ganz sicher: Ganz leise und offenbar nicht sehr weit entfernt hatte ein Kind geschrien. Doch nun war alles wieder still, offensichtlich hatte auch niemand aus der Nachbarschaft etwas gehört, denn alle Fenster und Türen blieben geschlossen. Auch ihr Mann war nicht aufgewacht. Er drehte sich lediglich im Schlaf auf die andere Seite und dehnte seufzend seine Glieder. Brunetta legte sich wieder ins Bett. Wie spät mochte es sein? Ein erster Streifen Helligkeit schickte sich gerade an, die Dunkelheit der Nacht zu vertreiben. War dieses Kind, das da geschrien hatte, Simonino gewesen? Eine innere Stimme sagte ihr, daß es so war. Aber wenn es der kleine Simon war, bedeutete das, daß er noch am Leben war. Seltsamerweise beruhigte dieser Gedanke Brunetta nicht. Denn dieser

Schrei … das war nicht der Schrei eines Kindes gewesen, das nachts aus irgendeinem Grunde aufwachte und nach seiner Mutter rief … Brunetta war, als ob die Luft erfüllt sei von etwas Befremdendem und das Dunkel der Nacht sich schwer über die Stadt legte. Es preßte ihr die Seele zusammen, und sie begann zu beten. Doch ihre Angst legte sich nicht.

Schließlich stand sie auf und schlich leise zu den vor dem Haus wachenden Soldaten hinunter. Einer von den drei Gendarmen schlief zusammengerollt vor der Haustür, die zwei anderen spielten, etwas abseits sitzend, beim schwachen Licht zweier Laternen Karten. Mit finsterem Gesicht blickten sie auf die Jüdin.

»Was gibt es?« knurrte einer von ihnen.

»Ich habe soeben den Schrei eines Kindes gehört, da draußen, aber nicht weit von hier …«, antwortete Brunetta mit banger Stimme.

»Wir haben nichts gehört …«, erwiderte der Soldat unwirsch. »Was soll das? Schreit nicht öfters in der Nacht irgendwo ein Kind oder eine Katze?«

»Aber vielleicht ist es der verschwundene Knabe«, flüsterte die Frau. »Ich mache mir Sorgen. Dieser Schrei … es war ein Schrei der Angst …«

Die Soldaten blickten sie mißmutig an. Offensichtlich waren sie zu müde oder zu träge, um etwas zu unternehmen.

»Hör mal zu!« schimpfte nun der andere Soldat. »Was ist das für eine Tücke? Von was wollt ihr Juden uns ablenken? Wir haben Befehl, vor diesem Haus zu wachen – sonst nichts! Geh sofort wieder rein! Was da draußen geschieht, geht euch Juden nichts an. Ihr macht euch nur selbst verdächtig mit solchen Ablenkungen und Kniffen!«

Brunetta erschrak, sie nickte kurz mit dem Kopf und schloß die Haustür wieder. Betrübt stieg sie die Treppe zu ihrer Wohnung empor. Es hatte keinen Sinn! Die Soldaten waren nicht dazu zu bewegen, etwas zu unternehmen. Sie brachte durch ihre Hinweise nur ihre Familie in Gefahr. Unruhig und schweren Herzens legte sie sich wieder ins Bett.

Brunetta schlief in dieser Nacht nicht mehr ein. Still und bedrückt saß sie ihrem Mann beim Frühstück gegenüber. Über ihr nächtliches Erlebnis hatte sie nicht mit ihm gesprochen, und Samuel spielte absichtsvoll den Gutgelaunten und Fröhlichen, um seiner Frau die Angst zu nehmen. Aber er konnte ihr nichts vormachen. Sie spürte, daß das Verschwinden des Kindes und die Wachen vor dem Haus auch ihn sehr beunruhigten.

»Brunetta, schenk mir noch eine Tasse Milch ein und nimm dir auch eine. Du regst dich doch nicht auf, Liebes? So ein schöner Frühlingsmorgen heute. So – noch ein Stück Brot!«

Brunetta kam Samuels Wunsch nach und goß sich auch eine Tasse Milch ein, aber sie tat es wie eine Schlafwandlerin. Auf die Kanne und die Tassen blickte sie nicht; nur immerzu auf die Tür, als lauerte sie auf die böse Botschaft, die unweigerlich kommen mußte.

Gerade als sie den ersten Schluck Milch trinken wollte, ertönte ein gellender Schrei. Er schien von unten, aus dem Keller, zu kommen. Einige Augenblicke später stand Bonaventura, der Koch, kreidebleich im Türrahmen.

»Im Keller …«, keuchte er, »ein Kind … eine Kinderleiche …«

Samuel sprang auf, rief seiner Frau zu, daß sie in der Küche bleiben solle, und folgte Bonaventura in den Keller. Brunetta schlug die Hände vors Gesicht. Nein! Nein! dachte sie, mein Gott, laß es nicht wahr sein! Sie hörte Lärm im ganzen Haus – Rufen, eilige Schritte, Türenkrachen. Aber sie blieb wie erstarrt auf ihrem Stuhl sitzen. Nach einigen Minuten kam ihr Mann atemlos in die Küche zurück.

»Brunetta, reg dich jetzt bitte nicht auf«, rief er, »im Keller liegt tatsächlich die Leiche eines Kindes im Wassergraben.

Bonaventura hat sie gefunden, als er einige Vorräte holen wollte. Ich würde dir den Anblick gerne ersparen, aber du bist die einzige, die uns sagen kann, ob es sich bei dem Kind um den kleinen Simon handelt ...«

Brunetta nickte stumm und folgte ihrem Mann wie betäubt in den Keller. Alle Bewohner der drei Häuser – mit Ausnahme der Kinder – waren bereits dort unten versammelt. Auf einem Tisch lag ein kleiner Körper; Samuel hatte ihn mit einem weißen Tuch zugedeckt. Als Brunetta die Decke vom Gesicht des Kindes schob, sah sie, daß es wirklich der kleine Simon, der Sohn ihrer Nachbarn, war. Doch wie sah er aus? Aus seinen Wangen war die Farbe gewichen, seine sonst so blau strahlenden Augen waren weit aufgerissen und starrten sie stumpf und ausdruckslos an. Sein Mund war eigenartig verzerrt, aber geschlossen. Trauer preßte ihr mit brennendem Schmerz Kehle und Brust zusammen.

Sie spürte, wie sich ihr Gesicht im Wehklagen verzog, und sie ballte ihre Hände zusammen, bis sie ihr weh taten; sie schüttelte den Kopf, als ob sie verneinen wollte, was sie sah. Samuel drückte dem Kind die Augen zu. Warum tut er es erst jetzt? dachte Brunetta.

»Ist es der kleine Simon?« fragte Samuel.

Brunetta nickte.

»Dann muß ich dem Fürstbischof unverzüglich Meldung machen«, sagte Moses mit bebender Stimme.

»Israel und ich werden dich zum Bischof begleiten, Rabbi«, sagte Samuel, »aber irgend jemand muß bei dem Kind bleiben und aufpassen.«

»Ich werde das tun«, flüsterte Brunetta leise, aber bestimmt. Es waren die ersten Worte, die sie seit dem Anblick der Leiche gesprochen hatte.

»Nein, Brunetta, du nicht!« entgegnete Samuel.

»Doch! Ich bleibe hier!« erwiderte sie mit einer Heftigkeit, die alle verwunderte.

»Dann bleibt Bella bei dir!« sagte Samuel.

»Nein! Ich möchte mit dem Kind allein sein«, entgegnete

Brunetta, zwar nun weniger heftig, aber noch immer so bestimmt und deutlich, daß ihr Mann nicht mehr zu widersprechen wagte.

Nachdem die anderen den Keller verlassen hatten, setzte sich Brunetta neben den kalten Leichnam. Sie nahm das Köpfchen des Kindes in ihren Schoß und schlug dreimal das Zeichen des Kreuzes darüber, weil sie wußte, daß die Christen dies so taten – schließlich hatte sie mit eigenen Augen gesehen, wie Simon als Christenkind getauft worden war. Nachdem sie ihn solchermaßen dem Segen des Allmächtigen anempfohlen hatte, kniete sie sich neben den kleinen Körper und betete. Einmal küßte sie den kalten Mund des Knaben, hatte aber nicht das Gefühl, den kleinen Simon zu berühren. Das gleiche empfand sie, als sie versuchte, das Händchen des Jungen zu halten. Simonino war nicht mehr bei ihnen. Es war Brunetta bewußt, daß es jetzt ein anderes Kind war als jenes, das sie noch vor ein paar Tagen so fröhlich plappernd gesehen hatte. Es plapperte jetzt nicht mehr, es sah sie nicht mehr, und je länger sie es betrachtete, desto fremder und verwandelter erschien es ihr. Es war bleich geworden wie eine Wachsfigur, getrennt von ihr durch eine große Entfernung, in einen Schlaf versunken, der ihr verschlossen blieb.

Die Wachen an dem hohen Tor vor dem Bischofspalast blickten mißtrauisch auf die drei Männer, die ihnen in Begleitung eines bischöflichen Soldaten entgegenkamen. Das waren doch Juden? Hatte der hochwürdigste Herr Fürstbischof denen nicht untersagt, das Haus zu verlassen? Ein dicker Gendarm hob Halt gebietend eine Hand.

»Was wollt ihr? Wo wollt ihr hin?«

»Die Juden wollen zu Bischof Hinderbach«, antwortete der sie begleitende Soldat. »Ich habe vor ihrem Haus Wache gestanden. Es scheint wichtig zu sein!«

»Die wagen es, am heiligen Ostersonntag um eine Audienz beim Bischof zu bitten?« fragte der Gendarm verblüfft.

»Es geht um eine dringende Angelegenheit, die keinen Aufschub duldet«, bestätigte der Rabbiner.

Grinsend blickte der Gendarm auf die drei Juden. »Ich wette, Bischof Hinderbach wird mit euch umzugehen wissen, ob es nach eurem Geschmack ist oder nicht! Wartet hier!«

Der Gendarm verschwand hinter dem Tor. Kurz darauf kehrte er mit einem schlanken Priester zurück, dessen dunkles Haar mit einem leichten Grau durchzogen war. Der Priester bedachte die drei Juden mit einem hochmütigen Blick.

»Ich bin Pater Raphael, der Privatsekretär des Bischofs«, sagte er scharf, »ihr wollt den Bischof sprechen? Wer seid ihr?«

»Ich bin Moses, der Rabbiner der hiesigen jüdischen Gemeinde, und das ist Samuel, der Händler und Geldverleiher, Besitzer des Hauses, in dem sich unsere Synagoge befindet. Und das ist sein Sohn Israel. Wir haben dem Bischof eine wichtige Meldung zu machen wegen des verschwundenen Kindes.«

Der Sekretär strich sich mit der rechten Hand nachdenklich durch das Haar, dann sah er Rabbi Moses an und nickte.

»Folgt mir, aber Ihr allein«, befahl er, »vielleicht kann der Bischof eine kurze Weile für Euch erübrigen.«

Stumm folgte der Rabbiner dem Priester durch das Tor ins Innere des Schlosses. Obgleich von außen eine Festung, war die bischöfliche Burg von innen ein Palast. Dort gab es Gärten und schattige Wandelhallen, voll von seltenen Pflanzen aus allen Gegenden Europas, und Höfe mit weißen Marmorsäulen und bunten Mosaikfußböden umgaben die Burg. Doch Rabbi Moses beachtete die Schönheiten in diesem Moment nicht. Sie stiegen eine große Steintreppe empor, dann führte der bischöfliche Privatsekretär den alten Rabbiner durch einen dunklen Korridor. Als sie über den tiefbraunen Holzboden gingen, hatte Rabbi Moses das Gefühl, über einen Abgrund zu schreiten. Große Gobelins und Bilder hingen an den Wänden. Die Luft war stickig und schwer, nicht wegen der Wärme des Frühlings – nein, es war die Angst, die dem Rabbiner den Atem raubte und ihn um Luft ringen ließ. Der alte Mann schritt mühsam voran. Aus dem Augenwinkel sah er eine kleine Gruppe junger Kleriker. Ihr Gespräch verstummte, als sie die schmächtige Gestalt des Rabbiners nahen sahen. Verwundert blickten sie ihn an. Oder war das Haß in ihren Augen? Sahen sie in ihm bereits einen Mörder? Plötzlich blieb der bischöfliche Sekretär stehen, und Moses wäre fast gegen ihn gestoßen. Sie standen vor einer großen schwarzen Eichentür.

»Wartet hier!« sagte der Priester, dann betrat er das Arbeitszimmer des Bischofs, verbeugte sich vor Hinderbach, der an seinem Schreibtisch saß, und sprach demütig: »Ehrwürdigster Herr Bischof, ein jüdischer Rabbiner steht vor der Tür! Er bittet darum, mit Euch sprechen zu dürfen.«

»Sollte das wegen des verschwundenen Knaben sein?« fragte der Bischof und befahl nach einigem Zögern: »Bringt den Juden zu mir!«

Der Priester verbeugte sich wieder und führte Rabbi Moses in den Raum. Moses wußte nicht so recht, wie er dem Bischof die Sachlage schildern sollte. Die Leiche des Knaben im Wassergraben konnte die Juden entlasten, aber auch ihr Unheil bedeuten. Vor allem mußte er so mit dem Bischof sprechen, daß dieser keinen falschen Verdacht schöpfte. Hinderbach winkte den Rabbi zu sich.

Rabbi Moses ging langsam einige Schritte nach vorne, kreuzte die Arme vor der Brust und neigte das Haupt.

»Nun, was gibt es?« fragte der Bischof. »Versteht, es gehört sich für einen Priester Gottes nicht, mehr als das Nötigste mit einem Juden zu reden. Ich spreche also nur als Fürst dieser Stadt zu Euch. Faßt Euch daher kurz und sagt, was Ihr wollt.«

Moses zitterte am ganzen Körper. Die Furcht um die kleine, ihm anvertraute Gemeinde raubte ihm fast den Verstand. Der Bischof bemerkte sein verzweifeltes Zögern.

»Nun sprecht schon«, wiederholte er ungeduldig.

»Wir haben im Haus des Samuel die Leiche eines kleinen Kindes entdeckt«, sagte der Rabbi stockend und mit leiser Stimme, »sie lag im Wassergraben, der unter unserem Hause fließt. Offensichtlich ist der kleine Leichnam von draußen hereingeschwemmt worden.«

Obgleich der Bischof es für möglich gehalten hatte, daß das ungewöhnliche Audienzbegehren des Rabbiners mit dem Verschwinden des Knaben Simon zusammenhing, reagierte er jetzt doch sehr überrascht. Zunächst wurde sein Gesicht bleicher als die Knöchel seiner geballten Faust, um dann erschreckend rot anzulaufen; seine blauen Augen traten hervor, als wollten sie aus dem Gesicht quellen. Zu seinem Sekretär, der – von der Nachricht wie gebannt – neben ihm stand, sagte er erregt:

»Schickt mir sofort den Podestà, Giovanni de Salis, und den Stadthauptmann, Jacob von Spaur!«

Der Priester stolperte fast über seine Füße und rannte, so schnell er konnte, um die Befohlenen zu holen, aber auch, um den alten Rabbiner allein dem Zorn seines Herrn zu überlassen.

»Also«, sagte Hinderbach, »damit wir uns richtig verstehen. Ihr habt ein totes Kind im Wasserkanal Eures Hauses gefunden?«

»So ist es«, erwiderte der Rabbiner mit zitternder Stimme.

»Ihr habt das Kind umgebracht!« keuchte der Bischof.

»Nein! Nein!« erwiderte Moses mit flehender Gebärde. »Es war wahrscheinlich ein Unfall. Das Kind muß heute nacht durch den Wassergraben in unser Haus geschwemmt worden sein! Unser Haus ist doch vor zwei Tagen durchsucht worden, und ...«

»Du lügst«, brüllte der Bischof jetzt so laut, daß die Geistlichen, die vor der Tür seines Arbeitszimmers warteten, erschrocken zusammenzuckten.

»Nein! Nein!« rief der Rabbi verzweifelt, er stürzte vor dem Bischof auf die Knie nieder und hob flehend die Hände.

»Glaubt mir doch! Keiner von uns hat dem Knaben auch nur ein Haar gekrümmt! Der Knabe ist sicher beim Spielen in den Wassergraben gefallen und ertrunken!«

Samuel und Israel trugen den alten Rabbi vorsichtig in ihr Haus. Seine schmächtige Gestalt mit dem hageren Schädel hing kraftlos zwischen ihnen. Langsam hievten sie ihn die Treppe zu seinem Schlafgemach hinauf und plazierten ihn mühevoll auf seinem Stuhl, Rücken und Schulter von Kissen gestützt. Moses blieb steif aufgerichtet sitzen, seinen geschnitzten Stock wie ein Zepter quer über den Knien. Die Kerzenflammen warfen rötliche Flecken auf sein bleiches Gesicht und seinen langen weißen Bart. Samuel zog dem alten Rabbi vorsichtig das Hemd aus. Um ihn in seine Kissen zurücksinken zu lassen, ergriff er beide Hände des Rabbis. Es war, als fasse er zwei kleine zitternde Vögelchen an.

Brunetta saß in ihrer Küche und putzte Gemüse für das Abendessen. Man hatte sie schließlich nach einer Stunde doch überreden können, sich von Dulceta und Anna bei der Totenwache ablösen zu lassen. Die letzte halbe Stunde war sie entgeistert in der Küche auf und ab gelaufen. Dann hatte sie sich wieder zur Arbeit gezwungen, um sich abzulenken. Von Zeit zu Zeit war sie ans Fenster getreten und hatte ängstlich hinausgeschaut. Wo mochten ihr Mann, Israel und der Rabbi nur so lange bleiben? Immer wieder schickte sie Stoßgebete zum Himmel, daß Gott die Männer beschützte und ihnen Mut und Kraft gab.

Plötzlich stürzte Sara in die Küche. Noch blasser als sonst, bis auf ein Fleckchen hektischer Röte auf jedem der spitzen Backenknochen, begann sie aufgeregt zu rufen: »Komm schnell, Brunetta! Sie haben den Rabbi gebracht. Er ist zusammengebrochen. Die Aufregung, das tote Kind und die Meldung beim Fürstbischof, das alles war zuviel für ihn. Der Bischof hat den Rabbi brutal aus dem Schloß werfen lassen! Sie haben ihn in sein Zimmer getragen und nach Tobias gerufen.«

Brunetta wurde aus dem aufgeregten Gestammel nicht ganz schlau, fragte aber nicht weiter nach. Unverzüglich ließ sie ihre Arbeit stehen. Gleich zwei Stufen auf einmal nehmend, eilte sie die schmale Holztreppe empor, die zum Schlafgemach des Rabbiners führte. Im Zimmer des alten Mannes hatten sich bereits mehrere Leute eingefunden. In ihrer Mitte saß Moses auf seinem Stuhl. Sein Oberkörper war nackt. Auf seiner mageren Brust sprossen lange weiße Haare. Über ihn beugte sich Tobias, ein Ohr an seine Brust haltend. Brunetta stürzte mit einem kurzen Klageschrei auf Rabbi Moses zu. Sie nahm den mageren Körper in ihre Arme und vergrub ihren Kopf in seinem weißen Bart. Moses sah sie traurig an.

»Brunetta, liebe Brunetta«, flüsterte er. »Sie halten uns für die Mörder des Kindes!«

Der Rabbiner sprach langsam, wie gelähmt. Aber seine Augen öffneten sich weit, so daß die dunkelbraune Iris in ihrem ganzen Rund deutlich hervortrat.

»Das glaube ich nicht!« rief Brunetta. »Das kann nicht sein! Fürchte dich nicht, lieber Rabbi! Der liebe Gott verläßt uns nicht. Er beschützt uns, und er wird dafür Sorge tragen, daß die ganze Wahrheit ans Tageslicht kommt.«

»Gebe Gott, daß es so kommt«, flüsterte Moses. »Da wir einen solchen Engel in unserer Mitte haben, wird Gott uns sicher um deinetwillen verschonen.«

Brunetta küßte den alten Mann auf beide Wangen. »Um deinetwillen«, hauchte sie.

Moses lächelte traurig. Allmählich wurde er ruhiger. Langsam und behutsam ließ Brunetta das Haupt des alten Mannes in das Kissen zurückgleiten. Der Rabbi schloß die Augen. Die Männer trugen den Greis vorsichtig in sein Bett, und Brunetta deckte ihn liebevoll und sorgfältig zu. Als er eingeschlafen zu sein schien, verließen alle Anwesenden leise die Schlafkammer. Israel bezog Posten vor dem Zimmer des Rabbiners, damit dieser nicht gestört wurde.

Doch Moses schlief nicht. In dem weichen Federkissen

liegend, starrte er vor sich hin. Böse Ahnungen überfluteten ihn. Sie waren alle in großer Gefahr. Der Bischof hielt sie für die Mörder des Kindes, auch wenn er ihn – den alten Mann – noch einmal hatte nach Hause gehen lassen. Alle seine Verteidigungen und Erklärungen vor dem Bischof hatten nichts genutzt. Er hatte versagt.

Eine knappe Stunde später klopfte es kräftig an der Eingangstür des Hauses. Samuel öffnete. In Begleitung mehrerer bischöflicher Soldaten standen vor der Tür: der Stadtrichter Giovanni de Salis, der Stadthauptmann Jacob von Spaur und – der Fürstbischof persönlich. Samuel traute seinen Augen kaum. Hinderbach nahm den Fall offensichtlich äußerst ernst. Oder sah der Bischof in dem toten Kind bereits einen Märtyrer seiner Kirche, dessen heiliger Leichnam unverzüglich der geistlichen Gewalt und Obhut der Kirche zu übergeben war? Mit gebieterischer Stimme verlangte Hinderbach, zu dem toten Knaben geführt zu werden.

Samuel öffnete eine kleine Tür, die in den Keller hinunterführte. Samuel ging voran. Die Männer bückten sich, zogen den Kopf ein und kletterten über ein paar steile Stufen ihm nach. Ein großer, spärlich erleuchteter Keller nahm den Bischof und seine Begleiter auf. Samuel und Tobias führten sie zur Leiche des Kindes, vor der Anna und Dulceta noch immer Wache hielten. Die beiden Frauen verneigten sich voller Angst vor den hohen Herren, die näher an die Leiche des Kindes herantraten und das weiße Tuch, das sie bedeckte, herabzogen. Sie beugten sich über den Kinderkörper und nahmen ihn in Augenschein. Das Hemdchen des Knaben war zerfetzt. Ein Ärmel hing abgerissen herunter.

»Alles deutet darauf hin, daß man ihm die Kleider gewaltsam vom Leib gerissen hat«, murmelte der Bischof.

Das bläulich angelaufene Gesichtchen des Jungen zerriß einem das Herz.

»Sieht mir nicht nach einem Unfall aus«, flüsterte Jacob von Spaur.

»Das Kind ist sicher durch den Wassergraben in unser Haus geschwemmt worden«, sagte Israel ängstlich und zeigte auf eine große Öffnung in der Kellerwand, durch die das Wasser in den schmalen Graben hereinfloß. Jacob von Spaur näherte sich der Wandöffnung und rief Hinderbach zu sich.

»Seht, ehrwürdiger Herr Bischof! Der Graben ist gegen das Nachbarhaus aufwärts, von wo das Wasser fließt, durch sieben Pfähle zur Abhaltung etwaigen Unrats abgesperrt! Die Pfähle sind spannweit auseinander eingeschlagen und reichen fast anderthalb Spannen über den Wasserspiegel. Mir scheint es unmöglich, daß das Wasser den Leichnam des Kindes in das Haus der Juden geschwemmt haben könnte.«

Hinderbach nickte zustimmend. Dann beugte er sich wieder über den Leichnam und betrachtete ihn aufmerksam. Der kleine Körper war von zahlreichen Wunden bedeckt. Eine große Wunde klaffte am rechten Kinnbacken; sie war fast so groß wie ein Hühnerei. Eine ähnliche Wunde sah man am rechten Schienbein; außerdem war der ganze Körper von winzigen Wunden übersät, Nadelstichen gleich. Der Anblick des toten Kindes schien den Fürstbischof auf das heftigste zu erschüttern. Mit lauter Stimme rief er schließlich aus:

»Dieses Verbrechen kann nur ein Feind des christlichen Glaubens begangen haben! Ich rufe dich zum Zeugen an, Herr Jesus Christus, dessen glorreiche Auferstehung wir heute feiern, daß diese Schandtat nicht ungesühnt bleiben wird. Dir aber, unschuldiges Kind, verspreche ich, daß derjenige, der seine Hand mit deinem Blut befleckt hat, die seiner Grausamkeit gebührende Strafe erhalten wird!«

Die anwesenden Juden erschraken bei den Worten des Bischofs heftig. Nur ein Feind des christlichen Glaubens könne dieses Verbrechen begangen haben, hatte der Fürstbischof gesagt … Bischof Hinderbach wandte sich zu Giovanni de Salis:

»Stadtrichter Salis, als oberster Herr der Stadt und des Gerichtsbannes befehle ich Euch, eifrig Erhebungen vorzunehmen, um den Verbrecher aufzuspüren und mir das Resultat unverzüglich zu berichten.«

Darauf drehte sich Bischof Hinderbach zur Tür, würdigte die Juden keines weiteren Blickes und verließ das Haus. Giovanni de Salis wandte sich an den Stadthauptmann und die anwesenden Soldaten:

»Ist dieses Kind denn mit Sicherheit der verschwundene Knabe?«

Jacob von Spaur schüttelte den Kopf. »Ich kann es nicht sagen. Ich kenne das Kind nicht.«

»Kennt sonst jemand den Knaben?« fragte Giovanni de Salis.

Alle anwesenden Christen schüttelten den Kopf.

»Ob das gefundene Kind wirklich der vermißte Knabe Simon ist, kann also jetzt nicht konstatiert werden, da niemand von den Anwesenden es kennt. Auch ist es zu spät, um in der Sache heute weiter vorzugehen. Ich befehle daher, daß der Leichnam des Kindes einstweilen ins Spital bei der St.-Petrus-Kirche gebracht werden soll. Er wird dort heute abend noch oder morgen von den Gerichtsärzten unserer Stadt beschaut und genau untersucht werden.«

Dann wandte sich der Stadtrichter den Juden zu: »Da das Kind offensichtlich nicht im Wasser ertrunken ist, scheint ein schweres Verbrechen, ein Kindsmord, vorzuliegen. Auf euch Juden liegt daher ein schwerer Verdacht ...«

Inzwischen hatte sich die Kunde, daß der kleine Simon tot im Hause der Juden aufgefunden worden war und der Bischof bereits den Fundort der Leiche inspiziert und ein Untersuchungsverfahren eingeleitet hatte, wie ein Lauffeuer in der ganzen Stadt verbreitet. Als nun der Körper des Kindes eine Stunde später von den bischöflichen Soldaten vom Haus des Juden Samuel zum Spital des heiligen Petrus getragen wurde, strömte eine große Menschenmenge zusammen.

Im Spital bettete man den Leichnam auf eine mit weißem Linnen überzogene Bahre. Die Menge wartete indessen vor dem Siechenhaus. Viele weinten und bedauerten das Kind, andere forderten lauthals die strenge Bestrafung der Mörder. Ein altes Weib erzählte den Leuten marktschreierisch, was es über die Blutriten der Juden wußte. Normalerweise gab man nichts auf das Gerede der Alten, sie galt als verrückt, und man nannte sie überall nur die ›irre Albina‹, aber diesmal hörten ihr alle ernsthaft und erschüttert zu.

»Ja, ja …«, schrie Albina, »die Riten der Hebräer sind grauenhaft! Sie foltern unschuldige Christenkinder und stechen sie mit Messern! Wie ein hungriges Raubtier eine Fährte wittert, lechzen die Juden nach dem Blut unschuldiger Knaben! Und wenn die Kleinen mit dem Tode ringen, wird ihnen – während ihre Peiniger beten – das Herz aus der Brust gerissen! Schreckliche Folterriten gibt es bei der Judenbrut, die die Opfer tagelang auf den Altären ihrer Tempel am Leben hält, wo sich niemand ihrer schmerz- und grauenerfüllten Schreie erbarmt. Und dann, wenn das Knäblein tot ist, beginnen die Juden zu lachen und zu tanzen.«

Die irre Alte begann nun, sich um sich selbst zu drehen. Mit ausgestreckten Armen, verzerrtem Gesicht und offenem Mund sprang sie laut schreiend umher. Entsetzt wichen die Leute zurück, weniger aus Furcht vor dem Gebaren der Alten, sondern vielmehr, weil das ausdrucksstarke Schauspiel das Morden und Wüten der Juden plastisch vor Augen führte.

Da nahte der Vater des Kindes, der erst jetzt von der Auffindung der Leiche seines Sohnes erfahren hatte. Man führte ihn sofort in das Spital. Mit ängstlichem Gesicht trat er an sein totes Kind heran, suchte nach einer Stütze, sank langsam auf die Knie und strich über das Antlitz seines Sohnes. Apathisch betastete er die erkaltete Brust, rieb die erstarrten Beine Simons. Tränen liefen ihm über die Wangen, und er suchte auf den Gesichtern der Umstehenden zu lesen, was geschehen war.

Kurz darauf nahte auch die Mutter des Knaben. Weinend und klagend, mit aufgelösten Haaren, eilte sie herbei. Scheu und stumm wich die Menge zurück und machte der Unglücklichen Platz. Als Maria den kleinen Leichnam mit den entsetzlichen Wunden sah, stürzte sie mit einem herzzerreißenden Schrei zu Boden. Als sie aus ihrer Bewußtlosigkeit erwachte und das Entsetzliche realisierte, mußte man sie mit beiden Armen festhalten, um zu verhindern, daß sie durch das Spital raste. Eine Stunde bemühten mitleidige Ordensschwestern sich, sie zu beruhigen, sie zu trösten und ihr zu erklären, was geschehen sei, jedoch Maria hörte nicht zu. Sie wiederholte unablässig: »Ich will zu meinem Kind! Ich will zu meinem Kind! Ich will zu meinem Kind!«

Die Schwestern versuchten ihr zu sagen, der Mord an ihrem Kinde sei wohl das verbrecherische Werk der Juden. Ihr Sohn sei also ein Märtyrer und jetzt ein schöner Engel im Himmel. Maria verstand in diesem schmerzlichen Moment die Worte nicht, welche die Nonnen zu ihr sprachen. Aber sie brannten sich tief in ihre Seele ein und wirkten dort, um sehr bald – zur unerschütterlichen Überzeugung verdichtet – wieder in ihr Bewußtsein emporzusteigen.

Während Maria wie betäubt an der Bahre ihres Kindes Wache hielt, ihren Mann an ihrer Seite, betraten die Ärzte, die vom Podestà für das eidliche gerichtliche Gutachten ausgesucht worden waren, das Spital zur genauen Untersuchung und Obduktion des kleinen Leichnams: Es waren Arcangelo Balduini, Arzt aus Trient, Giovanni Mattia Tiberino, Doktor der freien Künste und der Arzneiwissenschaft, und Christoforo de Fatis, ein weit über die Grenzen Trients hinaus bekannter Chirurg. Der äußere Gegensatz zwischen diesen drei Männern hätte größer nicht sein können: Arcangelo Balduini war ein ziemlich großer junger blondgelockter Mann mit Oberlippen- und Backenbart, während man Giovanni Mattia Tiberino eher als klein und unattraktiv bezeichnet hätte. Sein runder Kopf mit den abstehenden Ohren und dem stark gelichteten roten Haar saß auf einem dürren Hühnerhals, dessen übergroßer Adamsapfel auf und nieder hüpfte, wenn er sprach. Christoforo de Fatis wiederum war ein kleingewachsener, äußerst hagerer Mann, der stets ein weites schwarzes abgenutztes Gewand trug. Er hatte einen spärlichen grauen Bart und kaum mehr Haare auf dem Kopf. Die Ärzte näherten sich der trauernden Mutter und ihrem toten Kind.

»Gute Frau«, unterbrach Christoforo de Fatis den schweigenden Schmerz der Mutter, »Gott der Allmächtige schenke der Seele Eures Kindes die ewige Seligkeit, aber der Körper ist tot, und Doktor Tiberino, Doktor Arcangelo Balduini und ich haben Anweisung, den Leichnam zu untersuchen, um die Ursache des Todes festzustellen. Wir bedauern, Euch in Eurem Leid stören zu müssen.«

Die Mutter sah sie mit bleichem Gesicht an, ihre Augen waren rot vom Weinen. Sie nickte stumm. Behutsam trugen die Ärzte den leblosen Körper in ein Nachbarzimmer und legten ihn auf einen mit einem weißen Tuch bedeckten Untersuchungstisch. Sie beugten sich über den kleinen Korpus und betrachteten aufmerksam das winzige Geschlechtsteil des Kindes.

»Das Gliedchen sieht aus, als sei ihm mit einem scharfen Messer die Spitze abgeschnitten worden«, bemerkte Christoforo de Fatis.

»Es sieht ganz danach aus, als wäre der Knabe beschnitten worden«, präzisierte Giovanni Mattia Tiberino.

»Damit der Kleine dem Judengott ein angenehmes Opfer sei«, ergänzte Arcangelo Balduini heftig, und seine Wangen glühten.

Dann beugte er sich über das tote Kind und entdeckte das große Loch an seiner rechten Wange.

»Es sieht außerdem so aus, als hätte man ihm ein Stück Fleisch mit einem Messer herausgeschnitten.«

»Seltsame Wunde«, bemerkte Christoforo de Fatis, »sie reicht fast bis zum Kieferknochen.«

»Und hier die große Wunde am rechten Schienbein unter der Wade, auch sie so tief, daß sie bis zum Knochen geht«, erklärte Giovanni Mattia Tiberino.

»Und die vielen kleinen Wunden am ganzen Körper«, überlegte Arcangelo Balduini, »als hätte man ihm mit einer Nadel unzählige Male in den Leib gestochen ...«

»Wahrscheinlich haben die Juden auf diese Weise dem Knaben das Blut entzogen«, bemerkte Tiberino. »Außerdem ist hier im Brustbereich eine größere Wunde, die bis zum Herzen geht.«

Christoforo de Fatis entkleidete den Oberkörper des Kindes vollständig und tastete ihn sorgfältig ab. Dann ergriff er sein Skalpell und führte es mit sicherer Hand, wie jemand, der penibel eine geometrische Figur zeichnet, über die weiß-bläuliche Haut des Knaben. Der Weg des Messers bildete einen roten Streifen, der wie eine Mohnblume klaffte. Nun lagen die rotschimmernden, in Sehnenstränge sich verästelnden und von Blutgefäßen durchschlungenen Muskeln der Lungenflügel frei. Darauf öffnete der Doktor die Lungenflügel geschickt mit einigen Schnitten und versenkte mit Hilfe eines Holzstäbchens ein kleines Büschel Baumwolle in der Öffnung, zog es wieder heraus und hielt es musternd gegen das Licht.

»Kein Wasser!« murmelte er. Dann wusch er sich die Hände in einem mit Essig und Wasser gefüllten Bronzebecken, das ihm eine Ordensschwester hinhielt.

»Bitte, meine Herren Kollegen«, sagte er, »untersuchen Sie den Leichnam des Kindes weiter. Für mich ist der Fall sonnenklar. Das arme Würmchen ist einem Gewaltverbrechen zum Opfer gefallen!«

Kurz darauf empfing der Fürstbischof die drei Ärzte. »Nun, meine Herren, was ist das Ergebnis Eurer Untersuchungen? Ist das Kind ertrunken, oder ist es einem Verbrechen zum Opfer gefallen?«

»Wir sind uns ziemlich sicher, daß das Kind nicht ertrunken ist«, antwortete Giovanni Mattia Tiberino, »Leichname von Ertrunkenen sind angeschwollen und aufgedunsen, der Leichnam des Knaben Simon allerdings ist zart und glatt.

Bei Ertrunkenen fließt aus Mund und Nase Wasser, das um so übelriechender ist, je länger sie im Wasser gelegen haben. Ihr Mund ist offen, die Kehle weit. Nichts von alldem demonstriert der Leichnam des Knaben. Außerdem haben wir die Lunge des Kindes geöffnet. Auch in ihr befand sich kein Wasser, wie es bei Ertrunkenen der Fall ist.«

»Dagegen deuten die Wunden des Kinderkörpers auf einen gewaltsamen Tod«, ergänzte Christoforo de Fatis eifrig. »Daß diese Wunden durch Ritzen an Steinen oder durch Annagen des Leichnams durch Ratten oder Mäuse entstanden sein könnten, ist durch die Beschaffenheit derselben nahezu ausgeschlossen.«

»Gibt es Kriterien, die auf eine jüdische Bluttat schließen lassen?« wollte der Fürstbischof weiter wissen.

»Das Kind scheint auf grausame Weise beschnitten worden zu sein, das Glied ist förmlich geköpft worden«, erklärte Tiberino, »außerdem weisen die vielen Wunden des Kinderkörpers darauf hin, daß ihm durch etliche Nadelstiche das Blut entzogen worden ist.«

»Und wann, glaubt Ihr, meine Herren Ärzte, ist der Mord geschehen?«

»Nun! Das frische Aussehen der Wunden und die Gelenkigkeit der Glieder scheinen darauf hinzudeuten, daß der Tod des Kindes erst vor kurzem erfolgt ist. Wir vermuten, in der Nacht von gestern auf heute!«

»Das kann nicht sein«, sagte der Bischof und runzelte die Stirn, »die Juden haben ihr Pessachfest ja bereits am Gründonnerstag gefeiert. Der Mord muß daher vor drei Tagen geschehen sein ...«

»Dann stehen wir vor einem Rätsel«, antwortete Tiberino, »aber vielleicht ließ Gott hier ein erstes Mirakel geschehen und erhielt den Leichnam des Kindes auf wunderbare Weise frisch und gelenkig.«

»Das wird es sein!« erwiderte der Bischof, und sein Gesicht erhellte sich sichtbar. Nach einer Pause sagte er: »Meine Herren Ärzte, Ihr habt Euch große Verdienste erworben um die Kirche und um die Stadt Trient. Ich danke Euch.«

Die Ärzte beugten vor Hinderbach die Knie und empfingen seinen bischöflichen Segen.

Es ging auf Mitternacht zu, als Samuel sich in der Hoffnung, seine Frau schliefe, vorsichtig dem Bett näherte. Im Dunkel machte er die vom Mondlicht bestrahlten Umrisse ihres Körpers aus. So konzentriert sah er auf die schlafende Gestalt, daß er einen Stuhl umwarf, der krachend gegen das Bett stieß. Die Konturen im Bett bewegten sich. Den Atem anhaltend, blieb Samuel still stehen, die Hand noch am Schemel, als ob er ihn nachträglich auffangen wollte. Er legte sich vorsichtig in das Bett, stützte sich auf seinen Ellbogen und sah seine Frau aufmerksam an. Er hatte sie lange nicht mehr so genau betrachtet. Wie schön sie war! Er mußte an das Kind zurückdenken, das sie gewesen war, als er sie zum erstenmal gesehen hatte. Sie war die Tochter eines alten Freundes, der mit seiner Familie in Ala, einem kleinen Dorf ungefähr dreißig Meilen von Trient gelegen, wohnte. Immer wenn Samuel beruflich in der Nähe war, besuchte er die Familie. Als Kind war Brunetta ängstlich und scheu gewesen, zudem entsetzlich dürr und blaß, doch im Laufe der Jahre war sie zu einer wahren Schönheit herangereift. Es war etwas an dem Mädchen gewesen, das Samuel angezogen hatte, sobald sie zur jungen Frau erblüht war. Und da er schon viele Jahre Witwer war, fragte Samuel – seinen ganzen Mut zusammennehmend – Brunetta eines Tages, ob sie nicht seine Frau werden wollte. Zu seiner Überraschung sagte sie erfreut ja und gestand ihm, ihn heimlich schon lange geliebt zu haben. Und so holte Samuel die junge Frau zu sich nach Trient und heiratete sie. Das war jetzt sieben Jahre her. Natürlich hatte er am Anfang einige Bedenken gehabt, immerhin war er fast fünfundzwanzig Jahre älter als Brunetta – seine Schwiegertochter Anna war nur einige Monate jünger als sie. Aber im

Laufe der Zeit hatte Samuel begriffen, daß seine junge Frau ihn wirklich innig liebte und er ihr Sicherheit und Geborgenheit geben konnte. Aber würde diese seine Fähigkeit nun ausreichen in den kommenden Tagen und Wochen, die Schweres und Unheilvolles über ihre kleine jüdische Gemeinde bringen mochten? Erstaunlicherweise war es den Rest des Tages ruhig geblieben. Die Soldaten vor dem Haus – ihre Anzahl hatte der Fürstbischof verdreifachen lassen – flößten offensichtlich soviel Respekt ein, daß es zu keinerlei Ausschreitungen und Vorfällen von seiten der christlichen Bevölkerung gekommen war. Aber würde es weiterhin so bleiben?

Am nächsten Morgen saß der Fürstbischof sehr früh an seinem Schreibtisch und verfaßte einen Brief an Bernardino da Feltre, der – so hatte er in Erfahrung gebracht – zur Zeit in Valdagno weilte. Hinderbach schilderte ihm in kurzen Zügen, was sich in den letzten Tagen in Trient ereignet hatte, und bat ihn, unverzüglich zu kommen, da seine Hilfe hier unerläßlich sei und er sich auch sicher nicht die Gelegenheit entgehen lassen wolle, an dem bevorstehenden entscheidenden Schlag gegen das Judentum beteiligt zu sein. Dann rief der Fürstbischof Jacob von Spaur zu sich und reichte ihm eine Liste mit den Namen der jüdischen Männer, die unverzüglich nach Beendigung des feierlichen Ostermontagsgottesdienstes zu verhaften seien.

»Es wird das beste sein«, meinte Hinderbach, »den Juden lediglich zu sagen, daß sie zu einem Verhör mitgenommen würden, um eventuelle Fluchtgedanken der übrigen Juden zu vereiteln. Die jüdischen Männer, die wir aufs erste noch in ihren Häusern belassen, bleiben weiter unter Arrest. Die Frauen und Kinder dürfen die Häuser nur mit besonderer Erlaubnis der wachhabenden Soldaten verlassen, um nötige Einkäufe oder ähnliches zu erledigen. Die Tore der Stadt sollen weiter streng bewacht werden, so daß kein Jude entkommen kann.«

Inzwischen war die Mittagsstunde nähergerückt. Brunetta hatte sich erschöpft ein wenig zur Ruhe gelegt. Doch die Schläge des Stadthauptmanns gegen die Pforte und das Geschrei der herbeiströmenden Leute rissen sie aus ihrem Schlummer. Warum nur war sie so feige, endlich ihre eigene Wohnungstür zu öffnen? Sie wurde zornig über sich selbst, aber auch ihr Zorn vermochte nicht, sie dazu zu bringen, die Tür zu öffnen. So legte sie ihr Ohr an die schwere Holztür, um zu hören, was unten im Erdgeschoß vor sich ging. Brunetta verstand die Worte des Stadthauptmanns nicht, aber sie hörte plötzlich Bella, die verzweifelt aufschrie.

Jacob von Spaur hatte das Haus betreten und verlas nun mit lauter Stimme die Namen der Männer, die zu einem Verhör mitzukommen hätten. Es waren Israel, Mohar und Samuel. Erst als Brunetta den Namen Samuels hörte, rannte sie in das Erdgeschoß hinunter und umarmte ihren Mann verzweifelt.

»Ihr braucht keine Angst zu haben, wenn ihr nichts getan habt«, erklärte Jacob von Spaur mit regungsloser Miene und gab einem seiner Soldaten durch einen Wink den Befehl, die lärmende Menge vor der Haustür zu vertreiben. Sofort schlugen zwei Soldaten mit Stricken und Lederriemen auf die Schaulustigen ein und drängten sie auf diese Weise zurück.

»Wohin geht es?« fragte Samuel den Stadthauptmann unbeholfen. »Ich meine, soll ich außer dem Mantel noch andere Dinge mitnehmen?«

»Ja, es wäre besser, ihr nehmt ein paar Dinge mit«, sagte Jacob von Spaur, »es kann sein, daß wir euch ein, zwei Tage behalten.«

In kurzer Zeit hatten sich auch Israel und Mohar für den Abtransport fertiggemacht und von ihren Frauen verabschiedet.

»Im Namen des Herrn«, flüsterte Samuel und nahm seinen Mantel vom Haken. Brunetta reichte ihm ein Päckchen, das sie für ihn wie eine Traumwandlerin zusammengeschnürt hatte. Samuel streichelte seiner Frau zärtlich übers Haar.

»Hab keine Angst, mein Täubchen. Ich bin bald wieder da«, murmelte er und ging mit den anderen hinaus. Als Brunetta das Rufen der Menge hörte, das sich augenblicklich erhob, als die verhafteten Juden ins Freie traten, wich die Lähmung von ihr. Sie stürzte hinaus und versuchte ihren Mann zurückzuzerren. Ein Soldat schlug auf sie ein, aber sie krallte sich fest und schrie um Erbarmen. Da stieß ihr der Soldat mit dem Ellbogen in den Bauch, und die Jüdin taumelte zurück.

»Laßt sie!« rief Samuel verzweifelt. »Sie ist doch so zart!«

Salomon, der Koch des Tobias, stürzte aus dem Haus und ging wütend auf den Soldaten zu, als wollte er ihn hindern, der Frau ein Leid anzutun, doch der Soldat grinste nur spöttisch, verdrehte Salomon kurzerhand den Arm und schlug ihm heftig ins Genick. Man hörte hämisches Lachen, dann schlug der Soldat noch einmal zu. Der Geprügelte fiel hin und kroch weinend auf allen vieren zum Haus zurück, während die Soldaten die verhafteten Juden vor sich hertrieben. Die Frauen trugen Salomon in das Haus und legten ihn vorsichtig auf ein Sofa. Brunetta hob seinen Kopf leicht an.

»Das ist ja schrecklich, Salomon! Durch deine Treue und deinen Mut hätten wir dich beinahe verloren«, sagte sie. »Bleib jetzt ein Weilchen hier liegen und ruh dich aus.«

Sie hauchte einen zarten Kuß auf seine rechte Wange. Salomon schloß die Augen. Brunetta betrachtete ihn still. Sein verzerrtes Gesicht wirkte seltsam krankhaft, aber seine Augen hatten einen warmen, manchmal intelligent und vernünftig wirkenden Glanz. Er hatte große Schwierigkeiten, sich verständlich zu machen. In der Art und Weise, wie er die Menschen oftmals ansah, war zu erkennen, daß er etwas Wichtiges sagen wollte, aber anscheinend begriff er, daß man ihn nicht verstehen werde, und so schüttelte er meist mißmutig den Kopf, brummte ein wenig und schwieg. Dann wieder wurde das Bedürfnis, sich mitzuteilen, übermächtig, und er begann, ohne Unterlaß leidenschaftlich und ungestüm zu reden. Was er sagte, war meist konfus und zusammenhanglos, wirr wie in einem Delirium, und nur manchmal schien ein Satz verständlich. Er war aber ungewöhnlich lieb, hilfsbereit und rücksichtsvoll gegen alle Menschen. Besonders Brunetta schien er zu mögen. Wenn sie einen Gegenstand fallen ließ, sprang er unverzüglich herbei und hob ihn mit einem glücklichen und zufriedenen Lächeln auf. Dann wieder kamen seine eigenartigen Anfälle. Er begann dann am ganzen Körper zu zittern und mit den Zähnen zu klappern, ging hastig hin und her und wirkte wie im Fieberwahn. Manchmal stürzte er dann plötzlich zu Boden und wälzte sich in schrecklichen Krämpfen.

Wie mutig Salomon soeben gewesen ist, dachte Brunetta. Normalerweise hatte er immer Angst. Nur selten verließ er das Haus. Er fürchtete sich vor der fremden Welt da draußen. Das hatte seinen Grund. Oft schon hatten die Kinder der Nachbarschaft ihre bösen Scherze mit ihm getrieben. Einmal war Brunetta gerade noch rechtzeitig dazugekommen, als eine Horde von Kindern auf der Straße schreiend auf Salomon eindrang. Sie bewarfen ihn mit Dreck und kleinen Steinen und riefen im Sprechchor: »Stotterjude! Trotteljude!« Der so Verfolgte kratzte, trat mit den Füßen und schlug wild um sich, aber es half nichts: Zu viele Fäuste schlugen gleichzeitig auf ihn ein und drängten ihn schließlich in eine Hausecke. Doch dann war etwas Seltsames geschehen: Der Gedemütigte rührte sich nicht mehr; er kauerte in der Ecke und ließ es über sich ergehen, daß man so viel Dreck und Kehricht auf ihn warf, so daß er vollkommen besudelt davon war. Zu diesem Zeitpunkt fuhr Brunetta zwischen die kleinen Ungeheuer. Diese ließen auch ab von Salomon, riefen aber nun voller Hohn der Frau, die den zitternden Koch ins Haus schleppte, böse Worte hinterher.

Warum fällt mir dieses Ereignis gerade jetzt ein? grübelte Brunetta. Hatte sich das, was jetzt geschah, schon viele Jahre lang vorbereitet? Waren die Predigt des Bernardino da

Feltre und der geheimnisvolle Todesfall des kleinen Simon nur der Funke gewesen, der alles zum Lodern brachte?

Anna unterbrach Brunettas Gedanken. »Was wird geschehen, wenn sie unsere Männer in den Kerker werfen?« fragte sie, »jedermann weiß doch, wie es in diesem Gefängnis aussieht und zugeht. Feuchtigkeit in jeder Ecke, Schimmel und Fäulnis überall. Die Gefangenen sind krank vor Erschöpfung und Unterernährung. Die Wärter gebrauchen oft die Peitsche. Sie sind launisch und gereizt, weil sie sehr schlecht bezahlt werden und unter solchen Bedingungen ihren Dienst tun müssen. Das Resultat sind Grausamkeit, Demütigungen, Alkohol und alle möglichen Arten von Exzessen.«

»Wenn sie unsere Männer anzeigen«, sagte nun Bella, »kommen sie vor Gericht, die Fanatiker werden ihnen den Tod des Knaben als Verbrechen zur Last legen, dann geht's unseren Männern an Leib und Leben. Laßt uns hoffen, daß sie ihnen die Tortur und die ›peinliche Frage‹ ersparen. Da ist noch keiner dem Todesurteil entkommen!«

Die verhafteten Juden wurden von den Soldaten zum St.-Petrus-Spital gebracht. Eine große Menschenmenge stand vor dem Siechenhaus und empfing die in Fesseln herbeigeschleppten Juden mit wütenden Rufen und Drohgebärden. Die Soldaten drängten die Menge zurück. Man führte die Juden in den Raum, in dem das tote Kind Simon aufgebahrt lag. Bischof Hinderbach, der Podestà und Jacob von Spaur waren ebenfalls anwesend, außerdem eine Reihe weiterer Zeugen. Nach der gängigen Überzeugung begannen bei der Gegenüberstellung eines Mörders und der Leiche seines Opfers dessen Wunden häufig wieder zu bluten. Und so schrieb die Rechtspraxis vor, unter der Aufsicht mehrerer Zeugen zu überprüfen, ob das Bluten der Wunden nicht die Nähe des Mörders verriet. Als die Juden nahe an die Leiche des Kindes herangeführt wurden, schrie Giovanni de Salis plötzlich gellend auf: »Blut! Blut! Seht doch seine Hand! Das Kind blutet wieder!«

Die Zeugen traten erschrocken näher heran. In der Tat, nun sahen es alle – auch die Juden. Die kleine weiße Hand des Kindes war mit glänzendem Blut bedeckt. Alle standen wie gebannt, starrten auf die dunkelrote Flüssigkeit, die von den Fingern des Kindes tropfte; starrten das dünne Rinnsal an, das sein Händchen färbte und aus der Wunde an seiner rechten Handwurzel drang. Bischof Hinderbach beugte sich über die Wunde. Der Blutfluß war echt, keine Täuschung, in wunderbarer Mißachtung des Naturgesetzes, ein Mirakel. Der Bischof richtete sich auf. Ohne die gefangenen Juden auch nur eines Blickes zu würdigen, gab er mit wütender Stimme den Befehl, sie unverzüglich in den Torre Vanga, das Männergefängnis der Stadt, zu bringen. Außerdem befahl er, sofort die folgenden Juden zu verhaften und ebenfalls ins Gefängnis zu schaffen: den Rabbiner Moses, den Arzt Tobias, Angelus und den Hauslehrer Moses. Die restlichen männlichen Juden sowie die Frauen und Kinder stünden weiterhin unter dringendstem Tatverdacht. Sie dürften ihre Häuser nicht verlassen, die Tag und Nacht auf das strengste zu bewachen seien.

Eine Stunde später standen die verhafteten Juden alle zusammen in dichter Reihe in einem niedrigen, dunklen und übelriechenden Kellerraum des Torre Vanga. Man hatte sie in sackleinene graue Gewänder gekleidet, die ein Strick um die Taille zusammenhielt. Fackeln und schwarze Kerzen verbreiteten ein unheimlich wirkendes Licht. Der Podestà und der Stadthauptmann Jacob von Spaur saßen vor ihnen auf Stühlen mit hohen Lehnen. Zu ihrer Seite saß an einem kleinen Holztisch ein noch sehr jung aussehender Gerichtsschreiber. Es war ein für die Jahreszeit ungewöhnlich warmer Tag, und das Feuer der Fackeln und Kerzen tat noch ein übriges, daß die Luft feucht und zum Ersticken war. Der Gerichtsschreiber notierte die Namen der Gefangenen, ihre Geburtsdaten und sonstige Angaben. Dann fragte Giovanni de Salis jeden einzelnen der Juden, ob er etwas mit dem Tod des Kindes Simon zu tun hätte. Alle beteuerten ihre Unschuld. Auf Befehl des Podestà betrat einer der Gefangenenwärter den Raum, ein breitbrüstiger sonnenverbrannter Herkules mit offenem Hemd und bis zu den Ellbogen aufgekrempelten Ärmeln. Er hatte einen riesigen Brustkorb, die Speckrollen in seinem Nacken waren von der Sonne feuerrot gebrannt; er war behaart wie ein Bär, sein Gesicht wirkte brutal und roh. Samuel registrierte erstaunt die an seinen Ohrläppchen blinkenden großen Goldringe, die seinen Stiernacken rahmten. Die Juden musterten den blonden Koloß und ahnten nichts Gutes. Was würde geschehen? Würde man sie foltern lassen? Zu ihrem Erstaunen erklärten Giovanni de Salis und der Stadthauptmann die Befragung für den heutigen Tag für beendet. Sie erhoben sich und verließen den Raum – kommentarlos. Der Gefangenenwärter führte die verhafteten Männer aus dem Raum, stieß sie vorwärts. Rabbi Moses stolperte. Der Wärter riß ihn hoch und stieß die Männer weiter, eine schmale Treppe hinunter. Moses stolperte abermals und stürzte auf die Knie. Auch Israel stürzte. Er stieß sich den Kopf, fühlte Blut seine rechte Schläfe herunterfließen. Der Gefangenenwärter riß die Männer wieder unsanft hoch. Riegel ächzten. Die Verhafteten wurden in einen dunklen, kalten Raum geworfen. Moses fiel zu Boden. Da war nasser Lehm, schmierig und kalt. Es roch nach Moder und Exkrementen. Wieder quietschte die Türangel. Die Zelle wurde von außen verriegelt. Der Rabbi lag auf dem kalten Boden, vollkommen erschöpft. Durch eine kleine Luke, hoch über seinem Kopf, drang ein wenig Licht in das Dunkel. Die anderen Männer setzten sich zu ihm. Sie begannen leise zu beten.

Am Abend saßen die Patres, Brüder und Novizen des Augustinerklosters zusammen. Sie hielten die Stunde der Rekreation. Natürlich sprachen sie lebhaft über die geheimnisvolle Bluttat, die sich in ihrer Stadt ereignet hatte, und über die Verhaftung der Juden.

»Und denkt euch«, erzählte einer der jüngeren Patres aufgeregt, »als man die Juden zur Leiche des Kindes führte, begannen seine Wunden wieder zu bluten! Wenn das kein Beweis für die Schuld der Hebräer ist!«

»Das tote Kind liegt jetzt im St.-Petrus-Spital aufgebahrt«, ergänzte ein anderer Pater, »zwei Wunder haben sich schon auf die Fürbitte des kleinen Märtyrers ereignet. Das Spital und der Platz davor sind ständig voll von Gläubigen, die das Kindlein sehen wollen.«

»Ich weiß nicht ...«, sagte Pater Paolo, »die Päpste haben die Juden doch bezüglich der Blutbeschuldigungen immer in Schutz genommen und im Laufe der Jahrhunderte mehrere Bullen erlassen, welche den Vorwurf des rituellen Mordes gegen die Hebräer mit schweren kirchlichen Strafen bedroht. Soweit mir bekannt ist, gibt es keinen Fall, in denen Juden eine solche Tat überzeugend und mit letzter Klarheit nachgewiesen werden konnte. Ich gebe zu, ich bin kein Kenner dieser besonderen Materie und habe mich mit diesem Gegenstand noch nie näher beschäftigt, aber handelt es sich bei den Blutbeschuldigungen nicht mehr um Ausgeburten der Volksphantasie und des Aberglaubens einfacher, ungebildeter Leute? Warum sollten die Juden solche Dinge tun?«

Nun meldete sich Pater Antonio de Crottis zu Wort. Alle wußten, daß er Paolo da Novara nicht ausstehen konnte. Er ließ keine Gelegenheit aus, Paolo beim Abt wegen angeblicher Verstöße gegen die Ordensregel und ähnlichem anzuzeigen. Auch äußerte er gegenüber den Mitbrüdern hin und wieder den Verdacht, daß Paolo da Novara unorthodoxe Ansichten vertrete und im Innersten wohl ein Ketzer sei. Woher diese tiefe Abneigung gegen Paolo rührte, wußten die Patres nicht zu sagen, wahrscheinlich reichte diese gegenseitige Antipathie weit in das gemeinsame Noviziat der beiden zurück. Offensichtlich aber witterte Antonio de Crottis an diesem Abend die günstige Gelegenheit, Paolo in der Gegenwart des Abtes unkatholischer und traditionswidriger Ansichten zu überführen.

»Ihr wißt vielleicht nicht, warum die Juden diese widerwärtigen Dinge zu tun pflegen«, sagte er, zu Paolo da Novara gewandt, »ich aber weiß es sehr wohl! Ich habe gelesen, wie die jüdischen Männer zusammen mit anderen ihrer ruchlosen Religion in den Stunden ihrer Weiber Niederkunft das Blut unschuldiger Christenkinder verwenden, um ihrer Weiber Geburtswehen und Schmerzen zu lindern. Denn furchtbar ist der Jüdinnen Niederkunft und furchtbar ihr Blutverlust, wenn sie gebären! Diese Strafe wurde ihnen zuteil für den Fluch, den sie auf sich luden mit den Worten vor Pilatus: ›Sein Blut komme über uns und unsere Kinder!‹«

»Ich kann alle diese Dinge nicht glauben«, entgegnete Pater Paolo, »mir scheinen das Volksmärchen ohne jegliche geschichtliche Substanz zu sein! Ich jedenfalls habe noch nie gehört, daß Jüdinnen anders gebären als andere Frauen ...«

Pater Antonio fuhr unbeirrt fort: »Noch vielerlei okkulte Verwendung findet bei den Juden das unschuldige Blut der Christenkinder, weil sie Ergötzung finden an monströsen und entsetzlichen Dingen, die in ihrer Phantasie umgehen und in ihrer Seele noch weit obskurere Dinge zeugen. Darum erfinden sie allerlei magische Praktiken, das Blut der unschuldigen Christenkinder zu verwenden.«

»Woher, habt Ihr das Gerede?« fragte Pater Paolo nochmals. »Woher, um Gottes willen, wollt Ihr das wissen?«

Nun mischte sich ein junger Novize in das Gespräch ein: »Das mit den jüdischen Weibern stimmt«, sagte er eifrig, wobei seine Wangen vor Aufregung glühten. »In dem Dorf, aus dem ich komme, haben sich die Frauen erzählt, daß die Jüdinnen unter entsetzlichen Wehen mißgestaltete, abstoßend häßliche und schauerlich gräßliche Kinder werfen, Ungeheuer und Bestien, die erst nachdem sie mit Christenblut bestrichen werden, ein einigermaßen menschliches Aussehen annehmen. Es scheint sogar, daß sie die widerliche Eigenart besitzen, die Gestalt ihrer Mißgeburten zu variieren. So werfen sie die verschiedensten Monstrositäten:

Wesen mit sechs Fingern an jeder Hand, bucklige Gnomen, Kreaturen mit Schwanz. Und da die jüdischen Weiber von einer verblüffenden Fruchtbarkeit sind, benötigen sie schon von daher eine nicht geringe Menge von Christenblut.«

Pater Paolo vergrub seinen schmerzenden Kopf in den Händen. Das war ein Alptraum, es konnte einfach nicht wahr sein. Waren seine Mitbrüder von Sinnen? Wie konnten sie solche Köhlergeschichten glauben?

»Ich kann nicht finden, daß sich die Juden äußerlich sehr von uns unterscheiden«, sagte er schließlich lakonisch.

»Ihr vielleicht nicht«, erwiderte Pater Antonio, »ich jedenfalls habe unter den vielen Juden, denen ich in meinem Leben zu begegnen genötigt war, nicht eine einzige Person getroffen, die nicht von widerlicher, abstoßender Physiognomie war. Kein Wunder also, daß sie bestrebt sind, ihrem Nachwuchs durch Christenblut ein einigermaßen humanes Aussehen zu geben. Aufgrund ihres permanenten Kontaktes mit dem Teufel haben die Juden neben anderen physischen Merkmalen vor allem einen starken widerlichen Körpergeruch, der von Satan ausgeht. Der Geruch vermindert sich allerdings auf geheimnisvolle Weise durch die Besprengung mit Christenblut ...«

Pater Paolo wollte etwas erwidern. Sein zornrotes Gesicht zeigte, wie sehr seine Erregung wuchs. Doch er fand die Worte nicht, die seiner Wut Genüge getan hätten. Schließlich sagte er:

»Haben die Päpste in ihren Verteidigungsbullen nicht immer wieder darauf hingewiesen, daß sich in den heiligen Schriften der Juden keinerlei Gebote oder Anweisungen finden, die auf einen rituellen Blutgebrauch schließen lassen?«

»Es versteht sich von selbst, Pater Paolo«, erwiderte Antonio de Crottis, »daß über den Gebrauch von Christenblut und auch von anderen Untaten gegen die Christen von den Rabbinern nicht offen und deutlich gesprochen oder gar geschrieben wird – um so weniger, als sie nicht in einem eigenen Reich, nicht unter eigener Herrschaft, sondern zerstreut inmitten anderer Völker leben. Der Jude, der in das Blutgeheimnis eingeweiht wird, schwört feierlich, alle diese Dinge geheimzuhalten und bei Verletzung dieses unbedingten Schweigegebotes keine geringere Strafe zu erleiden, als daß ihm die Kehle durchgeschnitten, die Zunge herausgerissen und sein Körper den Geiern zum Fraß vorgeworfen werde. Und so könnt Ihr Euch wohl denken, welchen Wert man unter diesen Umständen dem Fall beimessen muß, der sich in unserer Stadt ereignet hat. Die Stunde ist gekommen, wo das grausame Trachten der Juden Früchte tragen und ihre ganze Bosheit offenbar werden wird! Denn diesmal gibt es keinen Zweifel! Die Leiche des Kindes wurde im Haus der Juden gefunden, und die Wunden des Kindes begannen aufs neue zu bluten, als sich seine Mörder näherten ... Dieser Fall wird die ganze Welt überzeugen!«

Und zu Pater Paolo gebeugt, ergänzte er gedehnt: »Auch den päpstlichen Stuhl in Rom ...«

»Als Historiker muß ich feststellen«, erwiderte Paolo unbeirrt, »daß es in der Geschichte keine überzeugenden Belege gibt ...«

Weiter kam er nicht. »Als Historiker ... in der Geschichte keine überzeugenden Belege ...«, echote Pater Antonio mit ungewöhnlicher Heftigkeit.

Dieser Wutausbruch kam so überraschend, daß Pater Paolo das Wort im Halse steckenblieb.

»Laßt Euch Euer Schulgeld zurückzahlen, Paolo da Novara!« keifte Antonio de Crottis weiter. »Sagt uns denn nicht das Buch der Bücher, daß die Juden bereits im Alten Bunde immer wieder ihre Kinder dem Baal geopfert haben? Und sagt nicht unser gebenedeiter Herr Jesus Christus im Evangelium Sankt Johannis, daß die Juden Satan zum Vater haben? Das alles ist jedermann bekannt, und Ihr wollt uns sagen, es wäre anders ...? Wißt Ihr nicht, was Ihr sprecht? Und das Zeugnis des einfachen christlichen Volkes all diese Jahrhunderte hindurch hat keinen Wert? Nur wenige kennen die

Juden so wie die einfachen Leute, die ihr ganzes Leben lang unter ihrem Zinswucher und ihren übrigen Schikanen leiden!«

Nun mischte sich der alte Abt in den Disput ein, er runzelte die Brauen und sagte, zu Pater Paolo gewandt: »Ihr zweifelt daran, daß es jüdische Blutrituale gibt und Juden aus Haß gegen Christus schon häufig kleine Christenkinder getötet haben? Damit bezweifelt Ihr die einhellige Tradition unserer Kirche. Ich habe Euch bis jetzt schweigend zugehört, aber ich muß sagen, ich bin nicht sonderlich beeindruckt von den Einwänden, die Ihr vorgebracht habt.«

Pater Antonio grinste befriedigt. Der Abt fuhr fort: »In meiner Jugendzeit ist in unserem Nachbardorf ein Kind von einem Juden getötet worden – war noch ein ganz kleines Würmchen von gerade zwei Wochen ... Solche Morde sind immer wieder vorgekommen. Es gibt gar keinen Zweifel, daß Juden solche Greueltaten begehen!«

»Die Zweifelsucht hat Euch in den Klauen, Pater Paolo«, spottete Antonio de Crottis, »des Teufels Tochter! Wenn Ihr in einem solchen Punkt zweifelt, so begebt Ihr Euch langsam, aber sicher höllenwärts.«

»Wie? Was?« fragte Pater Paolo halb auflachend. »Es ist nicht Zweifelsucht! Ich prüfe nur gerne erst sorgsam. Außerdem ...«

Der Abt unterbrach ihn: »Was Ihr bewiesen haben wollt, Pater Paolo, ist schon bewiesen und schriftlich festgehalten. Viele bedeutende Männer haben über die Blutmorde der Juden berichtet und deren Blutmythen beschrieben. Es genügt, diese Zeugnisse zur Kenntnis zu nehmen. Keiner Eurer Gedanken und Einwände gegen die Existenz der jüdischen Blutrituale sind neu. Alle sind schon geprüft, erwogen und widerlegt, als Irrtum entlarvt, und Ihr zweifelt noch an der Tatsache des Christenblutopfers?«

Die jungen Fratres und Novizen, welche die Ellbogen auf den Tisch gestützt hatten, bekamen große Augen. Niemals hatten sie so hitzige Gespräche während der gemeinsamen

Rekreation gehört. Der Unglaube Pater Paolos ließ einige kichern und den Kopf schütteln.

»Ich leugne nicht«, erwiderte Pater Paolo, »daß es bedeutende und ehrbare Männer waren, die, tief von den jüdischen Blutmorden überzeugt, nach bestem Wissen und Gewissen über diese berichtet haben. Die Berichte gehen ins zwölfte Jahrhundert zurück. Der erste angebliche Fall, der überliefert wurde, ist der des kleinen Wilhelm von Norwich. Er soll im Jahre 1144 von Juden ermordet worden sein. Aber seit Hunderten von Jahren forderte das Gerücht vom jüdischen Blutopfer auch immer wieder den entschiedenen Protest von Gelehrten, Bischöfen und Päpsten heraus, welche die Juden gegenüber diesem Vorwurf stets in Schutz genommen haben. Von Jahrhundert zu Jahrhundert enthielten diese Vorwürfe und Legenden so viele Ungereimtheiten und Widersprüche, ganz zu schweigen davon, daß sie sich auf Ereignisse und Zeugnisse bezogen, die sich im Dunkel der Zeiten verloren, die dem Gedächtnis der Völker entschwunden und deren genaue Hintergründe verlustig gegangen sind, so daß von einem historischen Beweis schwerlich gesprochen werden kann.«

»Mein junger Freund«, knurrte der alte Abt, »Euer Unglaube verärgert mich langsam!«

Der Klostervorsteher schien allmählich wirklich die Geduld zu verlieren. Er sprach nun auf eine Art weiter, die keinerlei Widerspruch mehr duldete, und redete bisweilen so unzweideutig über die Borniertheit seines Gesprächspartners, daß die jungen Novizen sich verblüfft ansahen und Pater Antonio sichtlich triumphierte. Mit geschlossenen Augen, die Hände auf den Griff seines Knotenstocks gestützt, hielt der alte Abt eine wütende Rede über die Verworfenheit der Juden, ihre abscheulichen Riten und entsetzlichen Verbrechen an den Christen. Als er geendet hatte, sagte Pater Antonio zu Paolo da Novara:

»Und wenn Ihr schon meint, daß unser einfaches christliches Volk von den jüdischen Gebräuchen herzlich wenig versteht und alle Überlieferungen, die auf jüdische Blutmorde Bezug nehmen, nichts anderes sind als blinder Aberglaube, so beachtet bitte, daß die Juden Trients auf das Gutachten gebildeter Ärzte hin verhaftet wurden, die festgestellt haben, daß das Kind nicht ertrunken sein kann, daß ihm aber eine große Menge Blut entzogen und es schließlich nach jüdischer Sitte beschnitten worden ist. Es ist interessant, diese Schilderung mit einer Stelle aus dem Werk ›Bonum universale de apibus‹ des Thomas Cantimpratanus zu vergleichen, der im dreizehnten Jahrhundert gelebt und uns beschrieben hat, warum und wie die Juden Christenkinder töten. Dem Opfer wird unter anderem deshalb Blut entzogen, weil die Juden unter einem geheimnisvollen Blutfluß leiden, den sie durch das Christenblut zu kurieren hoffen. Außerdem wird das arme Opfer auf jüdische Weise beschnitten, um es dem hebräischen Rachegott angenehm zu machen. Kennt Ihr dieses große Werk denn nicht, Pater Paolo? Auf weißem Pergament geschrieben, wird es in der Bibliothek unseres Klosters aufbewahrt.«

Mit großem Eifer stürzten sich nun alle Patres und Brüder in die Diskussion, die ihnen sowohl Gelegenheit gab, ihre eigenen unheimlichen Begegnungen mit Juden wiederaufleben zu lassen, als auch ihr Wissen über deren Wesensart, diverse frühere Übeltaten und schaudererregende Gebräuche zur allgemeinen Kenntnis zu bringen.

Während seine Mitbrüder aufgeregt miteinander diskutierten, verließ Pater Paolo – fast unbemerkt – den Saal. Er stieg die Steintreppe empor, die zur Bibliothek des Klosters führte. Er suchte das Werk, von dem Pater Antonio de Crottis gesprochen hatte, und fand es bald. Es war ein altes, schweres, in Leder gebundenes Buch. Der Pater setzte sich und begann zu lesen.

Nach einer Stunde schlug er das Buch zu, stand auf und trug den schweren Band an seinen Platz zurück. Noch eine ganze Weile starrte er grübelnd auf den ledernen Buchrücken, dann wandte er sich ab. Er ergriff die Öllampe, die er mitgebracht hatte, löschte die übrigen Lichter in der Bibliothek und begab sich in seine Zelle. Unwillig runzelte er die Stirn. Seine Stimmung hatte sich erheblich verdüstert. Das Gelesene weckte in ihm Erinnerungen an die Geschichten des alten Pförtnerbruders, die er in seiner Knabenzeit zu hören bekommen hatte. Er sah sich wieder als kleiner Junge auf den Knien Bruder Valentinos sitzen. Vor ihnen flackerte das große Kaminfeuer.

»Die Juden zapfen kleinen Christenkindern Blut ab vom Hals«, hörte Paolo die Stimme des alten Mönchs flüstern, »sie trinken Christenblut, vermischen Blut mit ihrem Osterwein, backen Blut in ihren Osterkuchen; sie waschen sich mit Christenblut, um ihren angeborenen Gestank loszuwerden!«

Ein deutliches Phantasiebild, grausam in all seinen Einzelheiten, peinigte Pater Paolos Gedanken. Nach qualvollen Stunden fiel er in einen kurzen, unruhigen Schlaf.

Im Gefängnis herrschte ein Höllenlärm, der durch die schwere Tür in das düstere Verlies drang. Die Juden hörten ein ständiges Kommen und Gehen, die Wärter polterten und stampften treppauf und treppab – als wären sie Lastenträger, die schwere Geräte holten und brachten. Sie johlten, fluchten und lachten wild durcheinander, und es kam offensichtlich häufig zu Schlägereien, zum Teil untereinander, häufiger jedoch prügelten sie die Gefangenen. In einer Ecke der Kerkerzelle kauerte sich Samuel zusammen und schlang die Arme um die Knie, spannte die Muskeln an, um das Zittern zu unterdrücken, das von ihm Besitz ergriffen hatte. Der Kerker war jetzt in der Nacht feucht und kühl. Keiner von ihnen hatte eine Decke bekommen. Samuel horchte, ob die anderen eingeschlafen waren, denn er wollte mit Rabbi Moses sprechen, mochte aber die anderen nicht stören und wenigstens warten, bis sie eingeschlafen waren. Als er glaubte, daß alle schliefen, stand er leise auf und tastete sich an der Wand entlang, bis er zum Lager von Rabbi Moses kam. Samuel lauschte noch einmal auf die Atemzüge der anderen und suchte sich dann eine Stelle, wo es weniger feucht und schmutzig war, und setzte sich dort neben dem Rabbiner nieder. Das Mondlicht fiel durch das vergitterte Fenster in die Kerkerzelle.

»Was wird aus uns werden, Rabbi?« fragte Samuel flüsternd. »Ist dies das Ende? Wird Gott uns aus diesem schrecklichen Ort retten?«

»Laß den Kopf nicht hängen«, antwortete der alte Mann ebenso flüsternd, »wir werden zur Zeit sehr geprüft, daran gibt es gar keinen Zweifel, aber es wird alles gutgehen. Ich glaube nicht, daß unsere Lebensreise sich ihrem Ende nähert. Die Wahrheit wird offenbar und unsere Unschuld erkannt werden. Was soll uns geschehen? Was haben wir Böses getan? Worin besteht unser Verbrechen? Gott wird unsere Unschuld beweisen! Alles, was geschieht, geschieht, weil Gott es zuläßt. Denk an die Befreiung unseres Volkes aus der ägyptischen Knechtschaft. Oder an den Propheten Daniel, der in eine Löwengrube geworfen wurde und ohne allen Schaden davonkam. Wenn es Gott gefällt, wird uns kein Leid geschehen.«

Während er dies sagte, wunderte er sich selbst über seine Fähigkeit, die eigene Angst zu verbergen und Worte zu sprechen, an denen er selbst zweifelte.

Am nächsten Morgen ließ der Fürstbischof die restlichen jüdischen Männer verhaften. Es waren Bonaventura, der Sohn des Mohar, die Diener Vitalis und Isaak sowie die Köche Bonaventura und Salomon. In den Häusern der Juden, die von den bischöflichen Soldaten weiterhin streng bewacht wurden, befanden sich jetzt nur noch die Frauen und die Kinder. Man brachte die jüdischen Männer in den Torre Vanga.

Die Verhafteten blieben an der Treppe, die in die Kellerverliese hinabführte, zögernd stehen und starrten hinunter in die Finsternis. Die Treppe bestand aus wenig mehr als einer Reihe offener Steinstufen, die steil und gefährlich in einer Spirale an der Innenseite des Turms in den Abgrund führten. Die Stufen waren in Dunkelheit getaucht. Es gab hier nur einige wenige Fackeln oder Kerzen an der schwarzen, mit grünem Schimmel bedeckten Wand. Die Gefängniswärter trieben die zögernden Männer mit derben Worten weiter. Sie stolperten die glitschigen Stufen hinab. Unten angekommen, wurde eine schwere eiserne Tür aufgestoßen, und die Wärter schoben die Männer in einen dunklen Raum. Langsam gewöhnten sich ihre Augen an die Düsternis, die von einer schwach glimmenden Fackel hoch oben in der Wand kaum erhellt wurde. Sie hörten Ächzen und Stöhnen. Der üble Geruch nahm ihnen fast den Atem. Nach und nach konnten sie Umrisse wahrnehmen; vor ihnen, an den Mauern und in den Ecken, kauerten Menschen mit blassen Gesichtern und ausdruckslosen Augen. Einige wiegten ihre Oberkörper gleichmäßig hin und her. Sie schienen dem Wahnsinn nahe zu sein. Ein Gefängniswärter trieb die Juden an: »Geht weiter! Ihr bleibt nicht hier!«

Man drängte sie durch den dunklen Raum zu einer weiteren Eisentür. Diese wurde aufgesperrt, und die Juden betraten ein kleineres, nicht weniger düsteres Verlies.

»Bonaventura, Vitalis, Isaak …« Samuel trat ihnen aus der Dunkelheit entgegen. »Haben sie euch nun auch noch gefangengenommen!«

Hinter ihm erschienen Tobias, Israel, Mohar, Angelus und die beiden Moses. Die Männer umarmten sich in einer Mischung aus Wiedersehensfreude und tiefer Verzweiflung.

»Fürs erste bleibt ihr Juden zusammen«, verkündeten die Wärter, drehten sich um und sperrten die schwere Tür von außen zu.

Nachdem man Hinderbach die Verhaftung der Juden gemeldet hatte, ließ er Giovanni de Salis und Jacob von Spaur zu sich rufen.

»Es besteht der dringende Verdacht«, begann der Bischof, »daß die Juden unserer Stadt ein Christenblutopfer veranstaltet und zu diesem Zwecke ein unschuldiges Kind ermordet haben! Die Hebräer stehen ja bereits seit vielen Jahrhunderten im Verdacht, solche abscheulichen und gotteslästerlichen Rituale zu vollziehen! Doch noch immer gibt es Menschen, die an der Realität des jüdischen Blutrituals zweifeln! Zu undurchsichtig und schlau sind die Ränke und Umtriebe dieses Volkes! Selbst Kaiser und Päpste haben die Juden vor dem Vorwurf des rituellen Christenblutgebrauchs in der Vergangenheit oftmals in Schutz genommen und die Juden gegenüber diesen Vorwürfen verteidigt. Man sieht: Selbst bis zum kaiserlichen Thron und bis in die höchsten Hierarchien der Kirche reicht der Einfluß des jüdischen Geldes! Und dabei sind die historischen Belege für die Existenz des jüdischen Blutaberglaubens zahlreich und unwiderleglich!«

Bischof Hinderbach zog ein dickes Buch hervor, öffnete es und klopfte mit dem Handrücken auf die aufgeschlagene Stelle.

»Das ist eine christliche Chronik, welche mehrere jüdische Blutmorde verzeichnet.« Hinderbach nahm das Buch hoch und las vor: »A.D. 1144: Wilhelm, ein zwölfjähriger Knabe aus Norwich in England, wird von Juden gekreuzigt und zu Tode gemartert. Bei dem Versuch, die Leiche im Walde zu vergraben, werden die Mörder gestört. Sie entkommen. Die Reliquien des kindlichen Märtyrers befinden sich im Dom zu Norwich. A.D. 1180: Richard, aus Pontoise bei Paris gebürtig, wird von Pariser Juden in ein Haus gelockt, gekreuzigt und getötet. König Philippe II. läßt daraufhin alle Juden aus Frankreich ausweisen. A.D. 1250: Domenico del Val, ein siebenjähriger Knabe und Meßdiener aus Saragossa, wird von den Juden an der Außenwand der Kathedrale gekreuzigt. A.D. 1255: Hugo von Lincoln in England wird im Alter von zehn Jahren von den Juden in einer Art Schauspiel wie Christus verurteilt, dann gegeißelt, mit Dornen gekrönt und gekreuzigt. Schließlich mit einer Lanze durchbohrt. Die Leiche wird in einen Brunnen geworfen.«

Hinderbach blätterte die Seiten des Buches durch. Dabei

sagte er: »Nahezu jedes Jahrzehnt verzeichnet einen jüdischen Blutmord. Die Namen der kindlichen Märtyrer sind kaum zu zählen ...« Der Bischof hielt inne. Nach einer Pause sagte er: »Das alles ist wertvolles historisches Material! Doch was wir jetzt liefern werden, ist ein endgültiger und unwiderlegbarer Beweis der Jetztzeit für die Schändlichkeit und Blutrünstigkeit der Hebräer! Das ist Eure Aufgabe, meine Herren! Möge es Trient zu Ehre und Ruhm gereichen, daß in dieser kleinen Stadt der Untergang des gottlosen hebräischen Volkes eingeläutet wurde! Bringt die gefangenen Juden dazu, daß sie gestehen!«

»Bevor wir die Verhöre der gefangenen Juden beginnen können, müssen wir aber noch genauere Informationen über den jüdischen Blutgebrauch haben«, meinte Giovanni de Salis. »Wie sehen diese Riten genau aus? Wann und von wem werden sie ausgeführt? Gibt es dazu Schriftliches in den Büchern der Juden? Textstellen, mit denen wir vor der ganzen Welt diese abscheulichen Dinge belegen und beweisen können?«

»Ja, wer könnte uns Auskunft geben über Ursache und rituellen Vollzug der jüdischen Blutgebräuche?« überlegte Bischof Hinderbach. »Gibt es vielleicht irgendwelche zum Christentum bekehrten und getauften Juden in Trient?«

»Ja, es gibt einen«, antwortete Jacob von Spaur, »einen gewissen Giovanni da Feltre.«

»Giovanni da Feltre?« fragte der Bischof. »Stammt dieser Jude also aus derselben Stadt wie der große Franziskaner Bernardino da Feltre?«

»Wird wohl so sein«, meinte Jacob von Spaur, »aber unser hiesiger Sproß aus Feltre ist ein Tunichtgut, ein kleiner Schieber und Spitzbube. Er ist nie einer geregelten Arbeit nachgegangen und lebt von Taschendiebstählen und kleineren Gaunereien. Er kam vor sechs Jahren fünfundzwanzigjährig nach Trient, von wo, weiß keiner so recht. In der jüdischen Gemeinde konnte er damals irgendwie nicht Fuß fassen, vielleicht auch wegen seines unsteten Charakters und seines Lebenswandels. Kurz nach seiner Ankunft in unserer Stadt konvertierte er zum katholischen Glauben und ließ sich taufen, möglicherweise auch aus Enttäuschung über seine jüdischen Mitbrüder und um sich bei den Christen beliebt zu machen. Ich habe nie so richtig an seine Bekehrung geglaubt, auch wenn er seitdem zu seinen früheren Glaubensbrüdern so gut wie keinen Kontakt mehr hat. Dafür haben wir jetzt die Scherereien mit ihm. Zur Zeit sitzt er im Gefängnis, wegen irgendeiner seiner üblichen Gaunereien.«

Bischof Hinderbach überlegte. »Ich denke, Ihr solltet Eure Verhöre mit diesem Giovanni da Feltre beginnen. Mit Sicherheit kann er uns etwas über die jüdischen Blutgebräuche sagen, zumal ...«, der Bischof grinste, »... wenn wir ihm einen Straferlaß in Aussicht stellen ...«

Giovanni de Salis begab sich daraufhin in seine Amtsräume und gab den Befehl, ihm unverzüglich Giovanni da Feltre aus dem Gefängnis zu holen. Seinem Schreiber erteilte er den Auftrag, jedes Wort, das der getaufte Jude aussagen würde, festzuhalten.

Nur zwanzig Minuten später wurde ihm der verängstigte Mann vorgeführt.

»Giovanni da Feltre, du hast gewiß von dem entsetzlichen Mord gehört, der in unserer Stadt an einem unschuldigen Kind begangen worden ist?« begann Giovanni de Salis sein Verhör.

Giovanni da Feltre nickte.

»Nun«, fuhr der Podestà fort, »einige Indizien sprechen dafür, daß die Juden das Kind zu ihrem Pessachfest ermordet haben, um sein Blut für ihre religiösen Riten zu gewinnen.«

Giovanni da Feltre machte ein erschrockenes Gesicht. Aber er schwieg.

»Du bist doch ein bekehrter und getaufter Jude! Du kannst mir doch sicher sagen, ob es wahr ist, daß die Juden Christenkinder zu töten pflegen, um ihr Blut zu gebrauchen. Ist dir ein solcher Fall einmal zu Ohren gekommen, hast du vielleicht selbiges einmal in deiner Kindheit oder Jugend gesehen?«

»Um Gottes willen, hochverehrter Herr Podestà«, rief Giovanni da Feltre, »bei allem, was mir heilig, glaubt doch so etwas nicht! So wahr ich den jüdischen Glauben überwunden habe und für falsch und verderblich halte, schwöre ich Euch bei Gott und allen gebenedeiten Heiligen des Himmels, daß der Blutvorwurf gegen die Juden nichts anderes ist als ein dummer und unsinniger Aberglaube. Zu keinen Zeiten haben solche Blutgebräuche bei den Juden existiert. Noch nie hat ein Jude aus religiösen Motiven ein Kind ermordet!«

»Nun, mein lieber Giovanni da Feltre, ich könnte mir denken, daß die Angst vor den Juden dich so sprechen läßt. Aber du hast nichts zu befürchten! Sag die Wahrheit, und es wird dir nichts geschehen!«

»Nein, es ist nicht die Furcht vor den Juden!« stammelte der Gefangene. »Ich sage die Wahrheit: Die Juden begehen solche Verbrechen nicht!«

»So kommen wir nicht weiter«, murmelte der Podestà, und seine Stimme hatte nun jeden freundlichen Klang verloren. »Dann werden wir wohl andere Mittel anwenden müssen, um dich zum Sprechen zu bringen!«

Sofort trat ein großer, kräftig gebauter Scherge vor. Er packte Giovanni da Feltre und zwang ihn, sich so hinzuknien, daß sein Gesicht den Boden berührte.

»Wirst du jetzt endlich reden«, brüllte Giovanni de Salis, »oder sollen wir glauben, daß du dich nur zum Scheine hast taufen lassen und in Wirklichkeit noch immer ein verfluchter Jude bist, der die schändlichen Greueltaten seiner Glaubensbrüder deckt?«

»Nein, so ist es nicht«, jammerte Giovanni da Feltre, »ich bin Christ und habe mit dem hebräischen Aberglauben nichts mehr zu schaffen. Aber ich kann doch nicht etwas sagen, was nicht stimmt! Die Juden gebrauchen kein Christenblut! Ihnen ist jeglicher Genuß von Blut verboten durch ihr religiöses Gesetz!«

Der Scherge stand mit gespreizten Beinen über dem knienden Giovanni da Feltre und schlug ihm mit voller Wucht in den Rücken. Von dem Dahingestreckten kam ein halberstickter Schrei.

»Du lügst!« schrie Giovanni de Salis wütend. »Wenn du nicht gestehen willst, werden wir dich foltern lassen. Dann wirst du schon die Wahrheit bekennen und mit deinen jüdischen Volks- und Glaubensgenossen das Feuer der Scheiterhaufen schmecken! Solltest du aber sprechen und uns berichten, was du über die hebräischen Blutgebräuche weißt, verspreche ich dir in meiner Eigenschaft als Präsident und Deputierter des Fürstbischofs, daß du noch heute das Gefängnis verlassen darfst, deine Strafe wird dir erlassen! Und bedenke«, die Stimme des Stadtrichters wurde nun wieder um einiges milder und versöhnlicher, »deine Aussage entscheidet ja noch gar nichts. Die angeklagten Juden werden dadurch nicht in Gefahr gebracht. Denn mag es solche Blutriten auch geben, ist damit doch noch gar nicht bewiesen, daß alle Hebräer solche praktizieren, und vor allem ist noch gar nichts darüber ausgesagt, ob die Juden Trients diesen Knaben ermordet haben. Sind sie unschuldig, werden sie das beweisen können. Befürchte also nichts, deine Aussage gefährdet niemanden ohne Grund.«

Giovanni da Feltre hatte zu stöhnen aufgehört. Plötzlich versuchte er sich so weit aus dem Würgegriff des Schergen zu befreien, daß er sprechen konnte. Ein Strom von flehenden Bitten um Gnade sprudelte nun von seinen Lippen. Auf ein Zeichen des Podestà ließ der Scherge den Ärmsten los. Sofort warf er sich vor dem Stadtrichter zu Boden und stotterte unzusammenhängende Worte der Reue, wobei er erläuterte, daß er ja alles sagen wolle und bisher nur aus Angst vor den gottlosen Juden geschwiegen habe.

»Jetzt aber will ich die Wahrheit sagen, auch auf die Heilige Schrift schwören«, stammelte er.

»Nun gut, so sprich: Was weißt du über die jüdischen Blutgebräuche?«

Giovanni da Feltre grübelte verzweifelt. Da fiel ihm ein, wie sein Vater ihm vor vielen Jahren von dem furchtbarsten Erlebnis seiner Kindheit erzählt hatte. Die Ereignisse lagen damals schon an die vierzig Jahre zurück, da war sein Vater etwa sechs oder sieben Jahre alt gewesen und lebte in Süddeutschland, in einem Ort namens Landshut. Eines Tages kam das aberwitzige Gerücht auf, die Juden hätten ein Kind ermordet. Ein schreckliches Pogrom begann. Der Stadtherr ließ alle Juden ins Gefängnis werfen, nur einige konnten noch rechtzeitig die Stadt verlassen, darunter die Familie seines Vaters. Alle anderen wurden unschuldig zum Feuertod verurteilt und hingerichtet. Alles in Giovanni da Feltre sträubte sich dagegen, diese leidvolle Geschichte aus der Kindheit seines geliebten Vaters zu mißbrauchen, aber hatte er eine andere Wahl? Stockend begann er zu erzählen:

»Mein Vater – er hieß Sacheto – hat mir vor ungefähr fünfzehn Jahren erzählt, daß er als Kind zu Landshut in Süddeutschland gelebt hat und einige Juden ein Knäblein töteten, um sein Blut zu haben und um sich dessen zu bedienen. Die Sache wurde ruchbar und dem Herrn der Stadt mitgeteilt. Seinen Namen weiß ich nicht mehr. Der Stadtherr ließ daraufhin alle Juden in den Kerker werfen. Nur einige Juden konnten aus der Stadt fliehen, darunter die Familie meines Vaters. Fünfundvierzig Juden wurden ehedem des Mordes überführt und zum Tode verurteilt. Sie starben durch das Feuer. Die Ereignisse sind nun gut fünfundfünfzig Jahre her.«

Der Podestà war erstaunt und erfreut über diese konkrete Geschichte, ließ sich aber nichts anmerken.

»Gut«, sagte er und fragte seinen Schreiber, ob er auch jedes Wort des Geständnisses genau mitgeschrieben habe. Zu Giovanni da Feltre gewandt, fragte er: »Hast du selbst, wie du noch Jude gewesen bist, Christenblut gebraucht?«

»Ich selbst habe nie Christenblut gebraucht«, wehrte der Gefragte erschrocken ab.

»Oder hast du deinen Vater, wie war noch gleich sein

Name? Ach ja: Sacheto ... Hast du ihn im Laufe seines Lebens je solches Blut gebrauchen sehen?«

Voller Angst, selbst in den Verdacht zu kommen, als Jude solche Verbrechen begangen zu haben, war Giovanni da Feltre lieber bereit, seinen toten Vater – dem nichts mehr geschehen konnte – zu beschuldigen. Also erzählte er, um die Geschichte glaubhaft zu machen, von den Ostergebräuchen der Juden, wobei er von Blut faselte, wo der jüdische Ritus den Gebrauch von Wein vorschrieb, und die eigentlichen Pessachriten vollkommen verzerrt wiedergab:

»Ich selbst habe solche Dinge nie getan«, wiederholte er verzweifelt, »aber mein Vater hat immer am Ostertage der Juden zu Beginn der Mahlzeit ein wenig Blut in seinen Becher getan, der schon mit Wasser gefüllt war, sich damit die Hände übergossen und dann Kräuter in das Blutwasser getunkt.«

»Hat er dabei irgend etwas gebetet oder Fluchworte gesprochen?« wollte Giovanni de Salis wissen.

Was sollte Giovanni da Feltre sagen? Die Juden dachten bei ihren Osterriten an die Leiden, die ihrem Volk zur Zeit des Moses in der ägyptischen Sklaverei und Knechtschaft angetan worden waren. Aber sie sprachen dabei keine Verwünschungen aus – gegen niemanden. Dennoch sagte Giovanni da Feltre: »Die Juden sprechen bei dieser Gelegenheit Fluchworte gegen ihre Feinde ... die Christen ...«, stammelte er. Ihm wurde schwarz vor Augen.

»Aber tun die Juden das Christenblut nicht auch in ihre Osterbrote?« forschte der Podestà weiter.

»Ja! Ja!« keuchte Giovanni da Feltre mutlos. »Mein Vater hat von dem Blut auch ein wenig in den Teig gegeben, aus welchem er die Osterbrote buk, und von diesen Broten aßen wir alle am Ostertag.«

Giovanni da Feltre taumelte. Er glaubte, sich übergeben zu müssen. Plötzlich brach er bewußtlos zusammen.

»Schafft ihn hinaus«, rief der Podestà, »vielleicht fällt ihm in seiner Zelle noch mehr ein.«

Lächelnd wandte er sich seinem Sekretär zu, während Giovanni da Feltre aus dem Saal getragen wurde. »Bischof Hinderbach wird zufrieden sein mit diesem Geständnis! Ich werde ihm das Ergebnis unserer Befragungen sofort mitteilen.«

»Sehr gut!« Der Fürstbischof rieb sich die Hände. »Habt Ihr ihn aber auch gefragt, ob die Juden etwas Schriftliches in ihren Büchern über diese Blutgebräuche haben?« fragte er den Podestà. Dieser schlug sich verärgert mit der flachen Hand an die Stirn, um anzudeuten, daß er diesen wichtigen Punkt zu fragen vergessen hatte.

Kurz darauf ließ der Fürstbischof das Kellerverlies aufschließen. Nur mit einer kurzen Hose bekleidet, lag Giovanni da Feltre wie ein Häuflein Elend auf dem lehmigen Boden. Er war immer noch bewußtlos. Der Podestà stieß ihn mit der Fußspitze an.

»Giovanni da Feltre, der Herr Bischof will dir einige Fragen stellen.«

Er winkte einen der Gefängniswärter herbei. »Einen Eimer Wasser!«

Als ihn ein Schwall kalten Wassers an Kopf und Schultern traf, fuhr Giovanni da Feltre mit einem Angstschrei hoch.

»Nein, Herr, Gnade«, winselte er, »keine weiteren Schläge mehr, bitte nicht ... Ich habe doch bereits alles gestanden ...«

»Du kannst dir dein Gejammer sparen ...«, erwiderte der Podestà. »Der hochwürdigste Herr Bischof hat dir dein anfängliches Ableugnen und Schweigen bereits verziehen. Er will dir nur noch einige Fragen stellen.«

Giovanni da Feltre kroch auf allen vieren heran und wollte dem Bischof die Hand küssen, doch dieser verwehrte ihm das angewidert: »Laß das und höre mir zu. Du hast uns bereits gestanden, in deiner Jugend gesehen zu haben, daß die Juden Christenblutopfer zelebrieren. Du hast gestanden, daß dein Vater dem Judengotte gelegentlich ein Opfer brachte, ein Blutopfer, meine ich. Was wir jetzt noch wissen müssen, ist: Folgen die Juden dabei einem schriftlich festgelegten Ritual, und wenn ja, wo finden wir die entsprechenden Anweisungen? Im Talmud? An welcher Stelle? Weißt du etwas darüber? Und warum begehen die Juden diese Riten, von denen du berichtet hast? Was ist ihr religiöser Sinn?«

Giovanni da Feltres Blick ging ängstlich zwischen Giovanni de Salis und dem Bischof hin und her. Er wußte nicht, was er antworten sollte. Er hatte Angst, etwas zu erwidern, was den Herren nicht gefallen würde. Aber was sollte er sagen? Giovanni da Feltre schwieg.

»Wärter!« rief Giovanni de Salis wütend. »Hol ein frisches Bündel Ruten für diesen Mann, der nichts anderes ist als ein verkappter Jude, der insgeheim immer noch an seinem alten Aberglauben hängt und wahrscheinlich mit dem hebräischen Pack gemeinsame Sache macht.«

»Nein, Herr!« schrie Giovanni da Feltre. »Keine Schläge! Ich sage alles, was ich weiß, ich schwöre es bei Jesus Christus, den ich in der heiligen Taufe wirklich angenommen habe als meinen Retter und Erlöser. Ich bin Christ und verabscheue den jüdischen Glauben mit seinen widerlichen Riten und Lügen.«

»Na gut!« erwiderte der Bischof. »Dann sage uns, wo wir schriftliche Beweise für den Blutgebrauch der Juden in deren Schriften und Büchern finden können!«

»Es gibt keine bestimmten schriftlichen Anweisungen, Herr, mein Vater sprach die Gebete bei den Christenblutopfern immer frei aus dem Gedächtnis. Ich glaube, der Vater gibt die rituellen Gebete und Handlungen seinem ältesten Sohn mündlich weiter. Und was ihren Sinn angeht … Ich weiß nicht, weshalb diese Sachen so geschehen. Aber alle Juden tun ebenso, wie ich es bei meinem Vater gesehen und gehört habe, aber diese Dinge geschehen sehr geheim unter ihnen.«

Der Leichnam Simons war im Flur des Krankenhauses aufgebahrt worden, damit alle Bürger der Stadt von dem kleinen

Märtyrer – denn als solchen sahen sie den Knaben bereits an – Abschied nehmen konnten. Ein Meer von Blumen ergoß sich um die Bahre. In einer langen Schlange zogen die Trienter Bürger langsam und ehrfürchtig an der Bahre vorbei, um noch einen Blick auf den lieben Toten zu werfen, sie verweilten einige Ave-Maria lang, bekreuzigten sich, viele berührten die Bahre mit Tüchern und Rosenkränzen. Während die Männer und Frauen den kleinen Leichnam erschüttert passierten und sich stumm vor seiner Mutter verbeugten, die neben ihrem Kind kniete und ihren alten Rosenkranz betete, ertönten vom Nebenzimmer her Hammerschläge; die Leichenträger bereiteten den Sarg für die Überführung in die St.-Petrus-Kirche vor. Eine Gruppe kleiner Mädchen vom Waisenhaus der heiligen Elisabeth wurde von zwei Nonnen zur Bahre mit dem Leichnam des kleinen Simon geleitet. Die blassen Kinder blickten ängstlich auf den kleinen Blutzeugen und seine Mutter und knieten mit gefalteten Händen nieder. Die Nonnen entzündeten eine Totenkerze und begannen leise zu beten: »Sieben Ave-Maria zu Ehren des kleinen Simon, auf daß er, das selige Märtyrerkind, für uns Fürbitte leiste am Throne Gottes, daß wir rein bleiben und brav, damit wir, wenn einmal unsere Sterbestunde gekommen ist, von den Engeln in den Himmel geholt werden. Gegrüßet seiest Du, Maria, voll der Gnaden. Der Herr ist mit Dir. Du bist gebenedeit unter den Weibern, und gebenedeit ist die Frucht Deines Leibes …!«

Auch die Mutter des kleinen Simon kniete unbeweglich neben der Bahre, aber trotz ihres Schmerzes nahm sie das fromme Beten der Kinder wahr, und ein Lächeln belebte ihr Gesicht.

Die Leichenbestatter betraten den Raum. Maria warf ihnen einen ängstlichen Blick zu. Die Männer hoben den leblosen Körper von der Bahre in den Sarg; sie wunderten sich, daß der Leib des Knaben noch nicht in Verwesung übergegangen war. Noch nie hatten sie erlebt, daß ein Körper, den die Seele schon einige Tage verlassen hatte, noch so gut erhalten war. War das Kind nicht schon am Donnerstag ermordet worden – wie alle sagten? Als der kleine Knabenkörper eingebettet war in den Sarg, auf dem weißen Totenlaken, im weißen Hemd, das Gesichtchen weiß, die Beinchen weiß, brach Maria wiederum in herzzerreißendes Schluchzen aus. Noch einmal wollte sie ihr Kind in die Arme schließen. Die guten Nonnen mußten sie festhalten, damit die Männer den Sargdeckel aufsetzen konnten. Dann nagelten sie den kleinen weißen Sarg zu.

Am Abend traf Bernardino da Feltre in Trient ein – gerade rechtzeitig zu den für den nächsten Tag angeordneten Bestattungsfeierlichkeiten zu Ehren des neuen Märtyrers.

»Morgen werden wir also die sterblichen Überreste des Kindes Simon in der Kirche des heiligen Petrus der Erde übergeben«, sagte Bischof Hinderbach zur Begrüßung Bernardino da Feltres, »es wird kein Begräbnis, wie es einem Kind armer Leute entsprochen hätte – es wird ein Begräbnis sein, wie es einem Märtyrer und Seligen des Himmels gebührt. Denn für mich – aber vor allem auch für den sensus fidei des gläubigen Volkes – bestehen bereits jetzt keine Zweifel mehr: Das Kind ist ein Opfer des jüdischen Christushasses und damit ein Blutzeuge unserer heiligen katholischen Religion.«

»So ist es!« bestätigte Bernardino da Feltre. »Und nichts hätte mich hindern können, den Feierlichkeiten zu Ehren des seligen Kindes beizuwohnen. Ich werde die kommenden Wochen hier in Trient bleiben, um durch meine Anwesenheit die Wahrheit seines Martyriums zu bezeugen. Auch will ich den Verhören der Juden und dem Prozeß gegen sie beiwohnen, wenn Ihr erlaubt. Es wird Trient auf ewig zur Ehre gereichen, den endgültigen Beweis für die blutige Niedertracht der perfiden Hebräer geliefert zu haben! Der Himmel belohne die Stadt dafür mit einem mächtigen Fürbitter am Throne Gottes!«

Bernardino da Feltre hielt inne. Nach einer Pause sagte

Hinderbach mit Nachdruck: »Und morgen, in der Stunde, da der Sarg des Kindes in die Grube gesenkt wird, geschieht das erste Wunder. Hunderte von Menschen werden die geschmückten Straßen Trients säumen, die Glocken werden läuten, Soldaten und Wachen werden Spalier stehen, um die Menge zurückzuhalten, die sich auf den Straßen drängt. Und unter dem Jubel der Hunderten und Tausenden, die dem Begräbnis beiwohnen werden, werde ich in dieser Stunde des Abschieds von dem Kinde als einem Seligen sprechen, für den man sich einsetzen muß, damit er auch rechtmäßig den Segen und die Beatifikation des Papstes in Rom erhält. Der kleine Simon, Sohn armer unbedeutender Eltern, ist tot, ein neuer Heiliger ist geboren. Das Volk wird diesen Seligen und seine offizielle feierliche Verherrlichung mit Leidenschaft begehren. Es wird in dem Kind, das sein Blut für Christus vergossen hat, eine übermenschliche Gestalt sehen, ein Symbol seiner Träume und Hoffnungen.«

Das Leichenbegräbnis am nächsten Tag gestaltete sich – weil das heilige wie dramatische Gerücht eines Martyriums damit verbunden war – zu einem großen Ereignis, und Tausende strömten herbei, um zu sehen, wie der kleine Märtyrer zu Grabe getragen wurde. Die Feierlichkeit verlief so, wie Bischof Hinderbach sie sich gewünscht hatte. Die Menschenmenge reichte vom Platz vor der St.-Petrus-Kirche bis weit hinein in die Straßen und Gassen, die bis zum Domplatz führten. Die Gläubigen knieten auf dem Boden. In den Händen ihre Rosenkränze, ihr Blick zu der weißstrahlenden Kirche der Deutschen gewandt, wo die feierliche Zeremonie stattfinden sollte. Vor dem Kirchenportal war unter einem riesigen weißen Baldachin ein improvisierter Altarraum errichtet worden. Zu beiden Seiten standen lange Stuhlreihen für die Priester Trients und die Nonnen und Mönche der verschiedenen Orden. So schritten die Träger mit dem kleinen weißen Sarg zwischen Kreuzen, Kerzen, Fahnen durch die weihrauchgeschwängerte Luft vom Hospital hinaus auf die

Straße, wo die Priester und Ordensleute der Stadt bereits einen feierlichen Zug gebildet hatten. Hinter dem Klerus, der vom Fürstbischof und Bernardino da Feltre angeführt wurde, gingen die beklagenswerten Eltern des Knaben. Andreas stützte seine Frau. Sie hielt das Haupt gesenkt, ein schwarzes Kopftuch verdeckte ihr Gesicht. Die Menschen, die am Straßenrand standen, hatten echtes und tiefes Mitgefühl mit ihr. Viele weinten, als sie sie erblickten. Pater Paolo da Novara, der in der Prozession der Kleriker mitschritt, drehte sich zurück, um sie zu sehen. So ging man bis zur Kirche des heiligen Petrus, an deren Portal der Zug innehielt.

Ein Chor weißgekleideter Kinder war zusammengestellt worden. Der Bischof wandte sich an das Volk und segnete es mit feierlicher Gebärde. Vor dem Kirchenportal hatte man in der Zwischenzeit den Kindersarg aufgebahrt. Ein kleines Glasfenster ermöglichte den Blick auf das Gesicht des Knaben. Den Klerikern und Ordensleuten der Stadt, und nur ihnen, wurde es nun erlaubt, noch einmal einen Blick auf den toten Märtyrer zu werfen. Es bildete sich wieder eine kleine Prozession. Alle traten sie vor, dem kleinen Engel ihre Verehrung zu bezeugen: die Augustiner, die Dominikaner, die Franziskaner, die Weltgeistlichen, die Nonnen vom Orden der heiligen Klara, die Benediktinerinnen. Das Ganze vollzog sich sehr still und feierlich, man hörte nur das leise Trapsen und Schlürfen von Sandalen und das Rascheln von Soutanen auf den Steinplatten vor dem Portal. Auch Pater Paolo hatte sich eingereiht, einen Blick auf das Kind zu werfen. Als er sich dem Glasfenster des Sarges näherte, durch das verschwommen das Antlitz des Knaben schimmerte, ergriff ihn ein eigenartiges Gefühl. Sollte dieses Kind wirklich ein Blutzeuge sein? Pater Paolo war die letzten Tage in seiner Haltung sehr unsicher geworden. Alle seine Mitbrüder glaubten an die Schuld der Juden. Und nun das Gesicht des Kindes vor ihm ... Es war nur undeutlich zu erkennen, und doch ergriff den Pater eine solche Ehrfurcht, daß ihm die Knie zitterten. Instinktiv näherten sich seine Lippen dem kleinen Glasfenster. Irritiert küßte Pater Paolo die Scheibe.

Die Bestattungsfeierlichkeiten nahmen ihren Lauf. Die Kleriker und Ordensmitglieder der Stadt zogen in langsamer Prozession in die Kirche. Zu Füßen des rechten Seitenaltars hatte man ein schmales Loch geöffnet. Dort, in das Familiengrab der edlen Patrizierfamilie Alessandrini, neben den Gebeinen der Schwestern Assunta und Immaculata, die beide im Alter von nur zwei Jahren verstorben waren, wurde das Kind der armen Gerbereheleute hinabgelassen. Kränze und Blumengebinde mit Weiden- und Haselkätzchen, mit Forsythien und Kirschblüten, mit Narzissen und Schlüsselblumen türmten sich vor dem offenen Grab. Man hatte Heiligenbilder aufgestellt, den heiligen Vigil und die heilige Maxentia, die Schutzpatrone der Stadt. Kerzen brannten davor. Der Bischof trat an das Grab, sprengte Weihwasser und sagte: »Das Kind ist tot, es lebe der selige Märtyrer!«

In den folgenden Tagen wurde die Kirche des heiligen Petrus zu einer wirklichen Wallfahrtsstätte. Die Geistlichen der Kirche hatten dafür auch alle Vorbereitungen getroffen: Die Steinfliesen und die Sitzbänke der Kirche waren blank geputzt, und unzählige kleine und große Kerzen brannten. Sie beleuchteten mit vielfältigem Schein die Heiligenstatuen und Bilder der Kirche. Den ganzen Tag strömten Menschen aus Trient und den benachbarten Dörfern herbei. Einige beteten viele Stunden. Die Priester begrüßten die Gläubigen immer wieder, indem sie aus der Sakristei traten und sie segneten. Acht weißgekleidete Knaben standen neben dem Grabmal und sangen zu Ehren Gottes und der Pilger. Ein in Trient lebender Maler hatte in kurzer Zeit ein Bild von Simon, dem ihm unbekannten Kind, angefertigt: Das Bild wurde – entgegen allen kirchlichen Vorschriften, da solche Voreiligkeiten bei der Verherrlichung nicht kanonisierter Heiliger verurteilt wurden – in der Kirche aufgestellt. Es zeigte einen verklärten Knaben mit blonden Haaren, die bis zu den Schultern fielen, auf Wolken schwebend, gehüllt in weiße und rote Gewänder und umgeben von zierlichen Wolken und Engeln.

Auch das Geburtshaus des Kindes wurde zu einer Pilgerstätte. Der Bischof hatte seinen Eltern ein schönes Haus in einer besseren Wohngegend zur Verfügung gestellt und Andreas die Einrichtung einer neuen und größeren Werkstatt zugesagt. Dafür überließ er sein altes Haus der Kirche und den Gläubigen, die einen Kult um sein totes Kind entwickelten. Am Tag nach der Beisetzung errichtete man in den ersten Morgenstunden im Geburtszimmer Simons einen Altar, und einige Priester feierten dort das heilige Meßopfer. Dann kamen die einfachen Leute, näherten sich erschüttert dem Bette des Kindes und berührten Medaillen und kleine hölzerne Kruzifixe an diesem, um sie als kostbare Andenken und Reliquien aufzubewahren. Stets war das Zimmer voller Betender, und viele versuchten ein Andenken zu erhaschen. So verschwand nach und nach alles mögliche: ob kleine Stückchen Holz, herausgekratzt aus den armseligen Möbeln, oder Strohhalme aus der Matratze des Kinderbettes. Alles, was mit dem lieblichen Engel, den die Juden grausam getötet haben sollen, zusammenhing, alles, was seine Hand berührt haben mochte, war Gegenstand der Verehrung. Sämtliche Menschen, die ihn gekannt, ihn geherzt hatten, die Nachbarn, vor allem aber seine Eltern, waren plötzlich von einem überirdischen Nimbus umgeben. Auch die Bewohner der Färbergasse wurden von den Gläubigen bestürmt und befragt. Sie antworteten und erzählten, befangen, schüchtern, nicht recht wissend, was sie berichten sollten. Für sie war der kleine Simon ein Kind gewesen wie die anderen. Und so erzählten sie Alltäglichkeiten, sie blätterten das einfache, harte und arbeitsreiche Leben in ihrer Straße auf. Ihre Erinnerungen wurden von den Pilgern gleichsam aufgesogen, Wort für Wort, und schon jetzt verspannen sich die simplen Erzählungen mit den verklärenden Phantasien der Pilger zu den ersten golddurchwirkten

Legenden. Hatten Nachbarn den kleinen Simon nicht im zarten Alter von einem Jahr auf den Knien beten sehen? War nicht einmal ein geheimnisvoller Lichtschein um das engelschöne Kind gewesen, als es sorglos und fröhlich mit den Blumen im Grase spielte? War nicht eines Tages, als das Kind vor der Schwelle des Hauses in seinem Körbchen schlief, eine kleine Schar Bienen im Munde des Knaben ein- und ausgeflogen, ohne ihm auch nur das geringste anzutun?

Auch Pater Paolo begab sich am Tage nach der Beisetzung in die Färbergasse zum Haus des toten Kindes. Irgend etwas zog ihn wie magisch an. Das Sträßchen machte einen ärmlichen Eindruck und war mit schlammigen Löchern übersät, in denen die entsorgten Farbstoffe der Gerber und Färber schimmerten. Es stank nach Ruß und Feuer. Vor dem Wohnhaus des kleinen Märtyrers saßen Bettler herum, die auf Beter und Neugierige warteten. Der Pater warf ein paar Münzen in die nächste ausgestreckte Schale und eilte weiter, ehe einer der Bettler ihn jammernd aufhalten konnte. Er betrat das Haus der Eheleute Andreas und Maria, und fühlte sich sofort gefangen von einem geheimnisvollen Zauber. Das seltsame Gefühl, das einen Menschen befällt, wenn ihm etwas begegnet, das einen Wendepunkt in seinem Leben darstellt, bemächtigte sich seiner. Die armseligen Möbel des Zimmers, die Farben der Wände, das Licht, das durch das Fenster hereinfiel – über allem lag der Zauber des Geheimnisvollen und Unbegreiflichen. Vor dem Bett des Kindes wölbten sich Berge von Blumen, brannten Dutzende von Kerzen. Hierher kamen die Menschen, denen in dieser Welt keine Macht mehr helfen konnte, mit ihren Anliegen und Sorgen. Und man erzählte sich bereits die ersten seltsamen Dinge. Kranke Kinder seien gesund, von den Ärzten aufgegebene Patienten plötzlich geheilt worden, weil sie sich dem neuen Märtyrer anempfohlen hatten.

Während das Volk den kleinen Knaben Simon auf seine Art gleichsam kanonisierte, beteuerten die gefangenen Juden standhaft ihre Unschuld. Jeden Tag wurden sie vom Stadtrichter de Salis und vom Stadthauptmann, Jacob von Spaur, einzeln verhört. Der Bischof zögerte, die Folter in Anwendung zu bringen. Noch hoffte er, die Juden durch die schlechten Haftbedingungen zermürben zu können. Um das Beweisverfahren gegen die Juden in Form der »peinlichen Befragung«, also der Folter, überhaupt durchführen zu können, mußte zunächst einmal geklärt sein, ob der Fürstbischof von Trient überhaupt dazu berechtigt war. In der Tat ergaben sich hier diverse rechtliche Schwierigkeiten. Die Juden befanden sich nämlich überall im Reich prinzipiell unter dem Schutz des Kaisers. Das sogenannte Judenregal war eines der wichtigsten Rechte, die dem Kaiser zustanden, und zugleich eine wertvolle Einnahmequelle. Seit einiger Zeit war dieses Regal allerdings häufig an die Landesherren vergeben worden, außerdem strebten die Territorialherren vielerorts danach, selbst das Recht über die Hebräer auszuüben. Die Juden Trients hatten sich bereits vor fünfundzwanzig Jahren durch Privilegien zu schützen gesucht, die sie sowohl von Herzog Sigismund von Tirol als auch vom damaligen Fürstbischof von Trient erbaten. Letzterer hatte nicht reagiert, Herzog Sigismund aber nahm die Juden von Trient 1450 unter seinen offiziellen Schutz. In seinem Schutzbrief stellte er ausdrücklich fest, daß ihm – und nicht dem Bischof von Trient – die Herrschaftsrechte über die Juden Trients zukämen. Der Podestà konnte im Auftrag des Bischofs zwar den Prozeß gegen die Juden als Kriminalprozeß nach weltlichem Recht eröffnen, mußte aber permanent mit einer zweifachen Intervention rechnen, nämlich zum einen von seiten des Herzogs Sigismund, der die Oberhoheit über die Juden Trients innehatte und verteidigte, und zum anderen von seiten des Papstes. Da frühere Päpste wiederholt Prozesse gegen Juden wegen ritueller Blutmorde in Bullen und Dekreten als gegenstandslos verworfen hatten, konnte die Anwendung der Folter auch ein Einschreiten des Heiligen Stuhls zur Folge haben.

Bischof Hinderbach beriet sich also mit dem Podestà und Bernardino da Feltre, was zu tun wäre.

»Wir müssen die Folter in Anwendung bringen«, sagte der Franziskanermönch, »wir können nicht mehr länger warten. Wir brauchen ein erstes Geständnis. Wenigstens einer von denen muß sprechen, damit wir gegenüber dem Heiligen Stuhl und der ganzen Christenheit etwas vorweisen können. Sonst lassen Herzog Sigismund oder der Papst noch das ganze Verfahren einstellen. Aber ohne Folter werden wir diesen verstockten Juden nichts entlocken können. Bedenkt, daß der Teufel ihnen das Maul bindet!«

»Wenn wir wenigstens einen von ihnen dazu bringen könnten, wenn schon nicht den Mord zu gestehen, dann immerhin irgend etwas gegen unseren Herrn Jesus Christus oder gegen uns Christen zu sagen«, meinte Hinderbach, »das würde die boshafte Gesinnung der Juden belegen und uns vor aller Welt legitimieren, die peinliche Frage anzuwenden. Aber diese verstockten Juden leugnen ja nicht nur, etwas mit dem Kindstod zu tun zu haben, sie betonen darüber hinaus permanent, in Harmonie und Freundschaft mit uns Christen leben zu wollen ...«

»Man müßte einen von ihnen, den Schwächsten und Manipulierbarsten, so reizen und in Wut versetzen, daß er sich zu einer gotteslästerlichen oder christenfeindlichen Aussage hinreißen läßt«, überlegte Bernardino da Feltre.

»Isaak, der Diener des Angelus, beispielsweise scheint mir wenig standhaft zu sein«, meinte Giovanni de Salis nachdenklich, »aber man müßte einen Trick anwenden ...«

Hinderbach nickte: »Gut! Ich gebe Euch die Erlaubnis, jede geeignete Finte zu benutzen, um diesen Isaak zum Sprechen zu bringen.«

Am nächsten Morgen wurde der Diener des Angelus in den Gefängnisraum geführt, in dem die Verhöre gewöhnlich stattfanden. Vor einem großen, schweren Holztisch saßen Bernardino da Feltre, der Podestà, Giovanni de Salis, und ein Gerichtsprotokollant auf hohen Stühlen vor ihm.

Hinter ihnen standen, ein wenig abseits, drei weitere Franziskanermönche als Zeugen. Neben Bernardino da Feltre und dem Podestà ragte einer der gefürchtetsten Gefängniswärter auf. Er wurde von den Gefangenen meist nur der »blutige Dainesio« genannt. Dainesio war ein häßliches Wesen. Ein Muttermal bedeckte die eine Hälfte seines Gesichtes, und überdies besaß er einen entsetzlich großen Kropf.

Bernardino fragte den vor Angst zitternden Isaak mit ruhiger Stimme, ob er etwas mit der Ermordung des kleinen Simon zu tun habe. Als Isaak verneinte, wurde er auf einen Wink des Podestà hin vom blutigen Dainesio gepackt, aus dem Raum gezerrt und in ein kleines, kaum drei mal drei Schritte großes Kämmerchen unterhalb der Gefängnistreppe gesperrt. Daraufhin führten zwei weitere Wärter den getauften Juden Giovanni da Feltre, der sich immer noch in Gefangenschaft befand und vor Entkräftung kaum noch gehen konnte, an die Tür des kleinen Treppengemachs.

Mit lauter Stimme fragte Bernardino ihn, ob er als getaufter Jude noch einmal den schrecklichen Brauch der Hebräer, unschuldigen Christenkindern unter Todesqualen das Blut zu entziehen, bestätigen könne. Giovanni, der von der Nähe Isaaks nichts ahnte, bestätigte aus Angst abermals alles, was man von ihm hören wollte. Isaak verstand in seinem Versteck jedes Wort. Es dauerte allerdings eine Weile, ehe der Sinn der Worte in seinen Kopf eindrang, aber als er ihn endlich erfaßt hatte, wurde er rasend vor Zorn. Mit aller Kraft, die ihm noch geblieben war, drängte er einen Aufschrei zurück. Die Wahrnehmung der Worte des Giovanni da Feltre und die anwachsende Verzweiflung verschmolzen auf eigenartige Weise. Alles, was sich an Leid, Angst und Demütigungen in den letzten Tagen in Isaak aufgestaut hatte, brach plötzlich mit großer Heftigkeit aus. Er haßte diesen Feigling Giovanni für sein unfaßliches Lügen. Er haßte den Mönch Bernardino da Feltre und den Podestà, die ein Mitglied seines Volkes dazu gebracht hatten, eine so entsetzliche Verleumdung gegen seine ehemaligen Glaubensbrüder zu erheben. Alles Böse, das über sein Volk gekommen war, kam von den Christen, so schien es Isaak in diesem Augenblick, als wären sie nur erschaffen, um Unheil über die Juden zu bringen. Die Wärter brachten Giovanni da Feltre in seine Zelle zurück, holten Isaak heraus und führten ihn abermals zum Verhör. Isaak saß erschöpft auf seinem Stuhl, ganz gleichgültig und stumpf gegen die Schmerzen in seinem Kopf. Bernardino da Feltre ergriff die Bibel, die aufgeschlagen vor ihm lag, machte sie langsam zu und schlug sie leise auf den Tisch. Er schwieg eine Weile, dann sah er Isaak mit durchdringendem Blick an und sagte, wobei seine Stimme einen eigenartigen Ton annahm: »Nun erkläre uns doch, Isaak, warum ihr Juden uns Christen so haßt ...?«

Isaak mußte die Fäuste zusammenballen, so daß die Fingernägel in seinen Handballen schnitten, um das Zittern zu unterdrücken, das seine Wut und seine Anstrengung verraten hätte. Schließlich antwortete er mit gepreßter Stimme: »Wir Juden hassen euch Christen, weil der römische Kaiser Titus Vespasianus die Stadt Jerusalem zerstört hat und wir seitdem in der Fremde unter Menschen leben müssen, die uns feindlich gesinnt sind.«

Bernardino da Feltre war über die Worte Isaaks erstaunt. »Titus Vespasianus war kein Christ, sondern Heide«, entgegnete er verblüfft, »daher dürft ihr Juden aus diesem Grunde uns Christen nicht hassen!«

Isaak senkte den Kopf. »Meiner Ansicht nach ist Titus Vespasianus Christ gewesen«, erwiderte er, »wenn er es aber nicht gewesen ist, so glaube ich, daß es Christen waren, die ihm eingeredet haben, Jerusalem zu zerstören!«

»Und warum seid ihr Juden heute die Feinde der Christen?« fragte Bernardino da Feltre weiter.

»Weil die Christen sagen, daß wir Juden den Nazarener getötet hätten, und weil sie uns dafür quälen und verfolgen ...!«

»Aber ihr Juden habt Christus doch umgebracht«, sagte Bernardino mit deutlich haßgetränkter Stimme. Isaak blickte den Mönch nun scharf an. Wut und Verzweiflung kochten in ihm.

»Es liegt mir ferne zu lügen ... Ich bin entschlossen die Wahrheit zu sagen: So wahr wir Juden dieser Stadt das Kind Simon nicht getötet und nichts mit seinem Verschwinden zu tun haben, so wahr haben die Juden in Jerusalem vor über vierzehnhundert Jahren Jesus, den ihr Christus nennt, getötet, und sie haben ihn getötet, weil er von sich gesagt hat, er sei der Sohn Gottes, aber im Gesetz des Moses steht geschrieben, daß es nur einen Gott allein gibt!« Mit erhobener Stimme fügte Isaak hinzu: »Ja, wir Juden haben ihn getötet, weil er das jüdische Volk verwirrt und schließlich ins Verderben geführt hat – und wir würden es wieder tun ... denn er hat Gott gelästert!«

Ein entsetztes Murmeln ging durch die kleine Gruppe der Mönche, und sie schlugen das Zeichen des Kreuzes. Isaak sah das zufrieden grinsende Gesicht Bernardino da Feltres, und ein Schauer des Entsetzens lief ihm den Rücken hinunter. Er stützte seinen Kopf in die Hand und versuchte das Schluchzen zurückzuhalten. Das Blut schoß ihm brausend in die Schläfen, und in ohnmächtiger Wut und Verzweiflung erkannte er, daß er überlistet worden war.

»Mehr brauchen wir nicht zu hören«, sagte Bernardino da Feltre nach einer kurzen Pause, »ihr Juden wähnt uns also identisch mit dem größten Feind eurer Geschichte – dem Kaiser Titus Vespasianus, der euch euren Tempel genommen und euch aus Palästina in alle Herren Länder vertrieben hat. Wenn ihr uns so sehr haßt, dann trachtet ihr uns auch nach dem Leben ... Unseren Herrn Jesus Christus würdet ihr heute genauso töten, wie ihr es damals getan habt. Da ihr aber zu feige und zu armselig seid, uns Christen offen den Krieg zu erklären und euch dem Kampf zu stellen, schmiedet ihr in euren schmierigen Synagogen die niederträchtigen und feigen Pläne gegen das Leben unserer wehrlosen Kinder. Ihr vergiftet unsere Brunnen, eure Ärzte reichen unseren hilflosen Kranken Gift statt Medizin. Ihr beutet die Ärmsten der Armen aus mit eurem Wucherzins. Und da ihr unseren Herrn nicht mehr real kreuzigen könnt, verspottet ihr ihn in der wehrlosen Gestalt des eucharistischen Brotes.«

»Das ist alles nicht wahr«, schrie Isaak verzweifelt.

»Das werden wir ja sehen«, erwiderte nun Giovanni de Salis und erhob sich. »Nun werden wir unsere bisherige Behutsamkeit ablegen und euch in den nächsten Tagen der peinlichen Frage aussetzen, wenn ihr nicht gesteht ... Was du heute gesagt hast«, der Podestà zeigte mit der Rechten auf das Protokoll, das vor dem Schreiber lag, »genügt, um die Anwendung dieser Wahrheitsfindungsmittel vor dem Kaiser und aller Welt zu legitimieren. Euer Schutzbrief wird euch jetzt gar nichts mehr helfen ...«

Auf einen Wink des Stadtrichters führten die Wärter den verzweifelt protestierenden Isaak aus dem Raum. Zu dem Gefängniswärter gewandt, sagte Giovanni de Salis: »Ab heute werden die Juden in Einzelhaft gehalten. Morgen beginnen wir bei den ersten mit der Anwendung der Folter.«

Seit der Verhaftung der jüdischen Männer war eine Woche vergangen. Den Jüdinnen und ihren Kindern war es weiterhin streng verboten, das Haus zu verlassen. Sie hätten es allerdings ohnehin nicht gewagt, auf die Straße zu gehen. Die Soldaten des Bischofs, die vor ihrem Haus Wache hielten, versorgten die Frauen und ihre Kinder mit Nahrungsmitteln und Medikamenten. Für Brunetta hatten die Wachen vor dem Haus fast etwas Beruhigendes – so waren sie wenigstens vor Ausschreitungen der aufgebrachten Menge geschützt. Trotzdem konnte man manchmal – vor allem nachts – von der Straße her Schreie und Drohungen gegen die Juden hören, auch flogen hin und wieder Steine gegen die Hauswand.

Es war bereits dunkel geworden, als die Türglocke läutete. Als sich einer der bischöflichen Soldaten zu erkennen gab, öffnete Brunetta vorsichtig die Tür.

»Ich soll Euch zum Stadtrichter bringen«, sagte der noch recht junge Mann fast etwas unbeholfen, »er erwartet Euch im bischöflichen Palast.«

»Warum dort?« fragte Brunetta. »Warum empfängt mich der Herr Podestà nicht in seinen eigenen Amtsräumen?«

»Das ist mir nicht bekannt«, erwiderte der junge Soldat, »ich habe nur den Befehl bekommen, Euch in das bischöfliche Schloß zu bringen.«

Brunetta streifte sich ihren Mantel über und trat neben den Soldaten in die Dunkelheit der Nacht hinaus. Die wenigen Menschen, die ihnen auf der Straße begegneten, nahmen keine Notiz von ihr. So erreichten sie ohne Zwischenfall das bischöfliche Schloß. Der Bau des Palastes wirkte im Fahlgrau des Abendhimmels wie eine trutzige Festung. Was Brunetta schwindlig machte, war die Höhe, zu der die Burg aufragte, waren die vielgeschossigen Gebäudetrakte und Türme, die sich drängten und bedrängten. Die von Mauern umschlossene Burg schien nur eine Richtung zu kennen, in die sie wachsen konnte: gen Himmel – als symbolisierte sie das Streben der menschlichen Seele zur himmlischen Vollkommenheit. Aber ... wie wenig galten die himmlischen Tugenden, Glaube, Hoffnung und Liebe – diese Eigenschaften, die Juden wie Christen heilig waren – in diesen Tagen! Als sie vor dem Tor des bischöflichen Palastes standen, bekam Brunetta Angst. Sie spürte, daß jegliche Farbe aus ihrem Gesicht gewichen war, und kniff ihre Wangen, um ihnen wieder etwas Röte zu geben; einen Augenblick lang bedeckte sie ihre Augen mit einem Taschentuch und atmete tief ein. Auf gar keinen Fall sollte man ihr ihre Unruhe anmerken.

Der Soldat führte die mutig gegen ihre Angst Ankämpfende durch einen kleineren Eingang in ein Nebengebäude der fürstbischöflichen Burg. Die Treppen und Korridore des Palastes waren menschenleer und in ein graues, kaltes Licht getaucht. Die beklemmende Atmosphäre machte Brunetta zu schaffen, doch sie zwang sich, ihre Gefühle nicht zu zeigen. Der Soldat blieb vor einer großen Holztür stehen, öffnete sie und gebot der Frau einzutreten. Dann schloß er die Tür hinter ihr. Brunetta stand in einem großen, spärlich erleuchteten Raum. Vor sich erkannte sie, hinter einem mächtigen Schreibtisch sitzend, den Podestà und Bernardino da Feltre. Beim Anblick des fanatischen Judenhassers gefror der Frau das Blut in den Adern. Der Mönch musterte sie mit seltsamen, kalten Blicken. Brunetta verneigte sich. Der Podestà richtete an sie einige Fragen – ohne Gruß und ohne Erkundigungen nach ihrem Befinden. Nach ihrer Herkunft befragt, antwortete Brunetta, daß sie in Ala geboren und aufgewachsen sei; seit sieben Jahren sei sie mit dem Händler und Geldverleiher Samuel verheiratet und lebe seitdem in Trient. Kinder habe das Paar nicht. Schließlich beugte sich Giovanni de Salis vor und fragte die Jüdin unvermittelt, ob sie und die anderen Frauen an der rituellen Ermordung des unschuldigen Kindes Simon teilgenommen hätten. Brunetta überfiel ein Beben. Sie hatte eine aus ihrer Bestürzung und ihrem Entsetzen geborene feindselige Bemerkung auf der Zunge – aber sie schluckte sie hinunter und schwieg. Als der Podestà seine Frage in schärferer Form wiederholte, sagte sie schließlich:

»Wir haben an gar keiner Ermordung teilgenommen, weil es keinen Mord gegeben hat. Wir Juden sind vollkommen unschuldig am Tode des Kindes!« Nach einer Weile ergänzte sie mit leiser Stimme: »Ich habe Simon gekannt und sehr geliebt – wie könnt Ihr glauben, daß wir ihm auch nur ein Haar gekrümmt hätten …«

»Du hast den Knaben geliebt?« fragte Bernardino da Feltre verblüfft, und voller Haß und Zynismus fuhr er fort: »Hat dir wohl gefallen, das hübsche Kind, wo ihr Judenweiber nur solche Mißgeburten werft … wenn überhaupt etwas herauskommt …«

Der Franziskaner lachte hämisch. Seine rohe und brutale Bemerkung zwängte sich wie eine kalte Hand in Brunettas Inneres und drückte ihr das Herz zusammen. Sie mußte an ihre Fehlgeburt denken und fühlte sich hilflos und ohnmächtig. Tränen stiegen ihr in die Augen, ihre Lippen zitterten, aber sie versuchte, Haltung zu bewahren. Um ihres Mannes willen mußte sie stark bleiben und all diese Grausamkeiten und Gemeinheiten über sich ergehen lassen.

»Darf ich fragen, wie es unseren Männern geht?« brachte sie schließlich mit brüchiger Stimme hervor. »Wir haben seit ihrer Verhaftung keinerlei Nachricht erhalten. Wie lange wollt Ihr unsere Männer noch gefangenhalten? Ich schwöre Euch, daß sie alle unschuldig sind! Die Vorstellung, daß wir Juden Christenkinder töten, um ihr Blut zu gebrauchen, ist doch nichts anderes als ein vollkommen gegenstandsloser Aberglaube. Ihr werdet doch einen solchen Unsinn nicht glauben ...«

»Wir haben bereits ein erstes Geständnis, daß ihr Juden solche Morde verrichtet«, erwiderte der Podestà geradezu triumphierend.

»Ein Geständnis?« fragte Brunetta. Sie schaute von einem zum anderen und hatte das Gefühl, daß sie von dieser Nachricht überrollt wurde.

»Ja«, fuhr Giovanni de Salis fort, »der getaufte Jude Giovanni da Feltre hat ausgesagt, solche Blutgebräuche in seiner Kindheit und Jugend gesehen zu haben.«

Brunetta war wie betäubt.

»Wir haben also den klaren Beweis, daß es bei euch Hebräern solche Blutverbrechen gibt«, sagte Giovanni de Salis weiter. »Zugegeben: Eure Männer leugnen immer noch, etwas mit dem Tod des Simon zu tun zu haben. Aber wir werden sie schon zum Sprechen bringen! Verlaß dich drauf, Jüdin. Auch dein Mann wird singen wie ein Zeisig! Was wir aber noch gerne wüßten, ist, ob auch ihr Frauen an der Ermordung der unschuldigen Kinder teilnehmt ...«

Der Podestà verstummte. Hatte die Jüdin ihm überhaupt zugehört? In ihre Augen war ein Ausdruck von gänzlicher Abwesenheit getreten.

»Wie geht es meinem Mann?« fragte Brunetta wie im Traum.

»Noch gut«, erwiderte Bernardino da Feltre, »aber wahrscheinlich nicht mehr lange ... Morgen beginnen wir nämlich mit der Anwendung der Folter ...«

Der Franziskanermönch sprach weiter, doch Brunetta verstand ihn nicht mehr. Als die Deformation seiner Worte so weit gediehen war, daß bloß noch abgehackte Laute an ihr Ohr drangen, verschmolzen diese mit dem Rauschen ihres Blutes, das ihren Kopf durchtobte und zu zersprengen drohte, zu einem einzigen faßbaren Begriff, der immer wieder ihr Bewußtsein durchzuckte: Folter! Brunetta wurde schwarz vor Augen. Sie sah nichts mehr, auch die Männer nicht. Sie sind fort, dachte sie. Als sie nach einigen Momenten wieder zu sich kam, erblickte sie das Gesicht des Podestà vor sich. Sie schaute ihn unverwandt an, alle Fasern gespannt, als erwarte sie, von ihm geschlagen zu werden, aber ihr Blick war ruhig und starr wie der einer Schlafwandlerin. Brunetta ließ es geschehen, daß ihr der Umhang über die Schulter geworfen und sie durch den dunklen Gang und ganz hinaus geschoben wurde. Sie fand erst wieder zu sich, als das Tor hinter ihr ins Schloß gefallen war und die Kühle der Nacht sie aufnahm. Sie stand wieder vor dem Burgtor, neben ihr der junge Soldat, der sie verwirrt und stumm anblickte. Brunetta achtete aber nicht darauf. Sie sah sich um. Es mußte nach Mitternacht sein. Die Frau holte tief Luft und blickte zum Himmel. Er erschien ihr eigenartig finster und schwarz. Sie erinnerte sich an ihre Großmutter, die sich die letzten Jahre ihres Lebens beschwert hatte, daß die Sterne nicht mehr so hell strahlten wie früher. Wäre die Nacht für immer ohne Sterne, dachte Brunetta, wie viel dunkler wäre dann das Leben der Menschen! Sie atmete tief ein. Die kühle Luft drang in ihre Lungen und linderte den stechenden Schmerz in ihrer Brust. Anstatt den Umhang enger um sich zu schlingen, öffnete sie ihn weit. Sie mußte sich von dem Druck befreien, der auf ihr lastete. Neben dem Soldaten lief sie durch die Straßen des nächtlichen Trient in die Richtung, wo das Haus stand, in dem sie noch vor wenigen Tagen ein ruhiges, zufriedenes Leben geführt hatte. Die Stadt schlief, nur hier und dort kläffte ein Hund. Die Menschen ruhten, und mit ihnen ruhten ihre Ängste, ihre nun offen zutage getretenen Vorurteile und ihr Haß gegenüber ihren jüdischen Mitbürgern, ruhten bis zum nächsten Tag, um aufs neue zu erwachen. Noch regte sich nichts, dennoch war die Nacht voller Geräusche.

V.

Am nächsten Morgen wurde Rabbi Moses in aller Frühe in eine der Folterkammern des Torre Vanga gebracht. Giovanni de Salis, Jacob von Spaur und Bernardino da Feltre hatten beschlossen, die Tortur mit ihm zu beginnen. Sie glaubten, mit dem alten Mann leichtes Spiel zu haben. Er würde die Folter wohl nicht lange aushalten und bald reden, mutmaßten sie. Zunächst wollten sie aber noch einmal versuchen, ihn nicht mit Gewalt, sondern durch Drohungen gefügig zu machen.

Der Podestà, der Stadthauptmann und Bernardino da Feltre saßen vor Moses auf hohen Stühlen, neben ihnen ein junger, bartloser Franziskanerfrater, der das Protokoll schrieb. Ein beleibter Folterknecht stand ein wenig abseits, als warte er nur auf ein Zeichen, mit der blutigen Arbeit beginnen zu können. Er hatte lange blonde Haare und einen Vollbart. Es war unmöglich zu schätzen, ob er dreißig oder vierzig Jahre oder noch älter war. Sein feistes Gesicht war gezeichnet von den Spuren eines harten Lebens, das von Grausamkeiten, Schmutz und Elend geprägt war. Wenn man in seine hellgrünen Augen blickte, konnte es einem angst und bange werden. Der Mann war mit einer schwarzen Leinenhose, schwarzen Lederstiefeln und einem ausgewaschenen grauen Hemd bekleidet. Die Ärmel des Hemdes hatte er über seine zwei kräftigen, mit Narben übersäten Unterarme gekrempelt. Um den Kopf trug er ein eingerolltes feuerrotes Halstuch.

»Wir haben Beweise, daß bei euch Juden der Brauch herrscht, unschuldige Christenkinder zu töten, um deren Blut in eure Osterbrote zu mengen«, begann Giovanni de Salis das Verhör.

»Das ist nicht wahr!« erwiderte Moses mit fester Stimme, die nichts von der großen Angst verriet, die ihn aufwühlte. »Es steht geschrieben im Buch der Gesetze: ›Ihr sollt nicht essen irgendein Blut, weder vom Vieh noch vom Vogel. Welche Seele aber würde ein Blut essen, die soll ausgerottet werden von ihrem Volk.‹ Aus diesem Grunde töten wir Juden ja Tiere, die wir essen wollen, auch mit Durchschneidung der Kehle, so daß alles Blut ablaufen kann. Aber das Gebot ist uns nicht nur gesagt vom Blute der Tiere, sondern von allem Blut.«

»Warum habt ihr dann das Kind Simon ermordet?« brüllte nun Bernardino da Feltre. Moses hob seine Hände empor: »Unsere Hände sind rein von Blut. Wir haben jenem Knaben kein Leid zugefügt!«

»So kommen wir nicht weiter«, flüsterte Jacob von Spaur, dann beugte er sich zu Moses vor und fragte ihn unvermittelt, wie er über die christliche Religion dächte und warum die Juden die Christen so haßten.

»Wir Juden hassen euch Christen nicht«, antwortete Moses, »und über eure Religion wissen wir nicht viel. Mir selbst erscheint sie sonderbar, ich durchschaue sie nicht. Es gibt so viele Dogmen und Sakramente. Wir wissen beispielsweise, daß, wenn ein Priester während eurer Gottesdienste auch nur ein einziges Wort falsch sagt, Gott nicht gegenwärtig wird in euren Kirchen. Wir Juden verstehen das nicht. Nach unserem Glauben ist Gott allgegenwärtig und allmächtig. »

»Und warum haßt ihr unseren Herrn Jesus Christus so?« fragte der Stadthauptmann weiter. »Schreibt ihr in euren Büchern nicht die gotteslästerlichsten Dinge über ihn? Behauptet ihr nicht sogar, es sei der unehelich gezeugte Sohn eines römischen Soldaten und er sei gar nicht gekreuzigt, sondern gehenkt worden?«

Moses schwieg eine Weile, dann antwortete er: »Es gibt zwischen den Christen und den Juden einen unheilbaren Gegensatz. Dieser geht auf den Mann aus Nazareth selbst zurück. Vorausgesetzt, daß er wirklich gelebt hat, ist er für uns Juden weder Gott noch Sohn Gottes, weder Messias noch Prophet, weder Gesetzgeber noch Religionsstifter, weder pharisäischer Rabbi noch moralischer Lehrer.«

»Ja, darin besteht der jüdische Irrglaube«, brüllte Bernardino da Feltre, »ihr Juden wollt nicht anerkennen, daß unser Herr Jesus Christus der wahre, menschgewordene Gott ist! Deshalb habt ihr ihn getötet, und deshalb verfolgt ihr alle, die an ihn als ihren persönlichen Herrn und Retter glauben, mit solchem Haß! Und so ist dann auch der erste Grund, weshalb ihr Juden Christenblut gebraucht, euer Haß gegen uns Christen! In diesem Haß zieht ihr eure Nachkommenschaft groß, indem ihr ihr das Gift desselben von frühester Kindheit an einflößt. Ihr glaubt wirklich, daß dieser Haß euch von Gott geboten und daß es ihm wohlgefällig sei, wenn man die Christen ausbeutet und umbringt. So macht ihr gewissermaßen das Wort unseres göttlichen Erlösers zur Wahrheit: ›Wer euch umbringt, wird Gott einen angenehmen Dienst zu erweisen glauben!‹ Aber hin und wieder überfällt euch der schmerzliche Gedanke, es könnte vielleicht doch wahr sein, daß Jesus Christus, der Sohn der Maria von Nazareth, den eure Väter zum Tode verdammten, der wahre Messias ist, den die Patriarchen und Propheten so lange erwartet und ersehnt haben. Aber wegen eures satanischen Stolzes und eurer Herzenshärte wollt ihr nicht an Christus glauben, um durch sein heiliges Blut errettet zu werden. Und so habt ihr Rabbiner das Gebot ersonnen, nach dem ihr euch retten wollt durch das Blut der Christen. Kurz nachdem unser Herr Jesus in die himmlische Herrlichkeit seines Vaters zurückgekehrt war, wurde das jüdische Reich für immer zerschlagen, die jüdische Nation aufgelöst und in alle Weltteile zerstreut. Euer Tempel wurde zerstört, so daß die Opfer, ja der ganze tausendjährige Kult des alten Bundes für immer aufhörten. Erwägt man weiter die gewaltige Bedeutung des Auftretens Christi in der Weltgeschichte, da mit ihm eine neue herrliche Ära begann, in der nicht nur das Judentum, sondern auch das Heidentum überwunden wurde, bedenkt man, wie die weltüberwindende Kraft des Christentums sich seit Jahrhunderten und auch heute in allen Weltteilen betätigt, so begreift man, daß ihr Hebräer – und gerade ihr Rabbiner – von dem Zweifel mächtig gequält werdet, Jesus von Nazareth könnte doch der wahre Messias sein. Und als im Laufe der Jahrhunderte einerseits eure Hoffnung, der Messias würde noch erscheinen, immer mehr schwand, andererseits aber Jesus von Nazareth als der Erneuerer der Völker und als der wahre Erlöser im Gange der Weltgeschichte sich immer gewaltiger bezeugte, da wurde bei euch die Versuchung immer stärker, daß auch ihr in ihm euer Heil suchen wolltet.«

Rabbi Moses blickte den Franziskaner verständnislos an. Was sagte dieser Mann? Hatte der Mönch ihn nicht verstanden? Wie wenig kannte er die Festigkeit und Unerschütterlichkeit ihres jüdischen Glaubens! Aber Bernardino da Feltre fuhr in seinem Sermon unbeirrt fort:

»Und so seid ihr Rabbiner, um ein Überlaufen eurer Leute zum Christentum und damit den Untergang eurer eigenen Macht und Stellung zu verhindern, auf den teuflischen Gedanken gekommen, euren heilsbedürftigen Gläubigen in einer Weise Anteil an Christus zu beschaffen, daß sie nicht nötig hätten, aus dem hebräischen Religionsverbande zum katholischen überzutreten. Als Mittel hierzu erfandet ihr den Genuß von Christenblut, gewissermaßen in der Art eines jüdischen Sakramentes. Indem ihr euch das Blut eines Getauften einverleibt, hofft ihr, Anteil zu bekommen an der Erlösung und dem Blute unseres Herrn und Gottes Jesus Christus!«

Moses war erstaunt über die perverse Phantasie der Christen. Mit ruhiger Stimme antwortete er:

»Alles, was Ihr ausgeführt habt, ist gegenstandslos! Der Jude bleibt aufrecht stehen vor dem Berg Sinai, in Treue zu seinem Bund. Noch der letzte Jude am Ende der Zeiten wird seinen Glauben folgendermaßen formulieren und den Grund seines Durchhaltens in der Fremde angeben: ›Ich glaube nicht an die Gottheit des Jesus von Nazareth!‹ Noch der letzte Jude wird seinen Widerstand zu allen Zeiten und gegen den Druck der Kirche rechtfertigen mit den Worten: ›Das Glaubensbekenntnis der Christen ist für uns Juden ein Ärgernis. Es gibt nur einen Gott, und niemand ist ihm gleich!‹«

Nach einer Weile ergänzte Moses mit deutlicher Stimme: »Wir Juden haben nicht den geringsten Zweifel, daß Jesus von Nazareth weder der Messias noch der Sohn Gottes war!«

Bernardino da Feltres Gesicht zuckte, seine Nasenflügel zitterten, eine dicke, pochende Ader trat an seiner Schläfe hervor. Seine Züge, die zunächst eine bleiche Farbe angenommen hatten, wurden jetzt von einem tiefen Zornesrot überzogen. Sein Mund war mit schmalen Lippen fest und unnachgiebig geschlossen.

»Dann gib uns den Grund an«, durchbrach Jacob von Spaur das Schweigen, »warum ihr das Kind Simon ermordet habt!«

»Ich ... wir ... sind unschuldig am Tode dieses Kindes«, flüsterte Moses matt.

»Dadurch, daß die Wunden des unschuldigen Knaben wieder zu bluten begonnen haben, als ihr Juden an den Leichnam herangeführt worden seid, ist das Gegenteil bewiesen«, zischte Giovanni de Salis. »Bekenne, daß ihr Mörder seid und an dem Knaben euer Christenblutopfer vollzogen habt. Bekenne – im Namen des kostbaren Blutes unseres Herrn Jesus Christus, bekenne!«

»Nein!« schrie Moses und schüttelte sich heftig. »Wie kann ich etwas gestehen, was ich überhaupt nicht getan habe?«

Nach einer Weile fragte Giovanni de Salis lauernd: »Man sagt, daß du behauptest, das Ende der Zeiten zu kennen! Ist das wahr?«

Moses schüttelte den Kopf: »Ich kann nichts für die Dinge, welche die Leute schwätzen. Ich habe nie behauptet, das Ende der Welt zu kennen. Eines sicher hat mir das

Schicksal in die Wiege gelegt: Ich sehe manchmal Bilder, von denen ich glaube, daß sie aus der Zukunft kommen, doch nur manchmal, Herr! Und angenehm ist mir diese Gabe keinesfalls! Mich plagen dabei schreckliche Visionen, die mir schier das Herz zusammenpressen!«

»Aber wenn du eine solche Gabe hast, bist du in deiner Gemeinde doch sicher eine unantastbare Autorität ... Also stammt die Idee, in diesem Jahr ein Christenkind zu töten und sein Blut zu gebrauchen, von dir ... Also bist du nicht nur Mörder, sondern auch Anstifter zum Mord!«

»Ihr werdet mich nicht dazu bringen, falsche Geständnisse abzulegen«, erwiderte Moses. »Ihr glaubt, ich hätte Angst um mein Leben, aber bei Gott, ich habe sie nicht.«

Angesichts dieses unerwarteten Trotzes geriet Jacob von Spaur in Rage, seine Augen erglühten, er stand auf und begann, ohne ein Wort zu sagen, langsam um den Tisch zu gehen; er kam bedrohlich auf Rabbi Moses zu. Und doch, so erstaunlich das war, der alte Mann bewegte sich nicht.

»Gesteh endlich«, zischte der Stadthauptmann, »sonst wird es dir schlecht ergehen! Gesteh, daß ihr den kleinen Simon ermordet habt! Der Beweis ist ja ohnehin schon erbracht. Aber aus deinem eigenen Mund wollen wir's hören. Ihr braucht Christenblut, ja?«

»Nein! Das ist nicht wahr!« Wütend schleuderte Moses dem Stadthauptmann die Worte entgegen. Jacob von Spaur packte daraufhin den schmächtigen alten Mann und warf ihn zu Boden. Grausam stieß er dem Rabbiner den Fuß ins Gesicht. Die harte Sohle seines Stiefels riß das weiche Fleisch auf. Moses blutete. Es folgte ein Strom böser Worte, die der Rabbiner nicht mehr verstand. Er konnte nicht anders, als im Fieberwahn in die zusammengekniffenen Augen des Hauptmanns zu starren, der sich weit zu ihm heruntergebeugt hatte. Dann spürte er, wie ihm langsam das Bewußtsein schwand. Das Gesicht seines Peinigers verschwamm vor ihm, und plötzlich war alles um ihn leer und dunkel.

»Schafft ihn weg«, knurrte der Hauptmann wütend, »wenn er wieder zu sich kommt, peitscht ihr ihn aus, dann hinunter mit ihm in den Kerker, dort anschmieden! Damit er aber nicht verreckt, gebt ihm Schimmelbrot und Wasser zu fressen. Den führt ihr mir von jetzt an jeden Tag vor, bis er redet! Wenn er nicht spurt, gnadenlos die Peitsche, verstanden?«

»Was machen wir jetzt?« fragte Giovanni de Salis. »Es ist unglaublich, wie verstockt diese Juden sind!«

»Wir müssen härter vorgehen«, überlegte Bernardino da Feltre, »und wir müssen uns beeilen. Wir brauchen Geständnisse! Jeden Tag kann ein Protestschreiben des Papstes oder des Herzogs Sigismund hier in Trient eintreffen, das uns nötigen könnte, den Prozeß einzustellen.«

Nach einigen Augenblicken des Überlegens ergänzte er: »Ich werde mir einmal mit einem unserer Wärter den jungen Hauslehrer vorknöpfen, den der Jude Tobias für seine Söhne eingestellt hat. Wie heißt der noch gleich?«

»Moses«, antwortete Giovanni de Salis und fügte hinzu: »Keine schlechte Idee, mit diesem Moses zu beginnen. Dieser Hauslehrer ist höchstens zwanzig Jahre alt. Es müßte ein leichtes sein, ihn zum Reden zu bringen!«

Kurz darauf wurde Moses aus seiner Zelle geholt, die er sich mit Samuel teilte. Man führte ihn in eine der kleineren Folterkammern des Torre Vanga, einen runden, sehr düsteren Kellerraum. Bernardino da Feltre forderte den jungen Mann auf, sich auf einen niedrigen Holzhocker zu setzen. Er selbst blieb stehen und befragte Moses nach seinem bisherigen Leben. Der junge Franziskanerfrater, der bereits beim Verhör des Rabbiners protokolliert hatte, saß an einem kleinen Tisch im Hintergrund des Raumes und schrieb wieder jedes Wort eifrig und behende mit.

»Ich bin neunzehn Jahre alt«, antwortete Moses, der vor Angst zitterte. »Ich stamme aus einfachen Verhältnissen. Gebürtig bin ich aus einem kleinen Dorf in der Nähe von Ansbach. Ich habe ungefähr zehn Jahre in Nürnberg gewohnt, davon sieben Jahre in einem Hospital der Juden, wo ich von Almosen gelebt habe. Ungefähr vier weitere Jahre verbrachte ich im Hause des Juden Laff, wo ich als Diener und Koch gearbeitet habe. Dann bin ich nach Trient gekommen. Hier habe ich mich verpflichtet, im Hause des Tobias als Hauslehrer zu wirken, gegen freie Unterkunft und den Lohn von zwei Dukaten.«

»Und was für Aufgaben hast du im Hause des Juden Tobias?« wollte Bernardino da Feltre wissen.

»Ich bin für den Unterricht seiner drei Söhne Hachim, Jofla und David verantwortlich, auch kümmere ich mich um ihre leibliche Betreuung. Außerdem wirke ich während unserer Gottesdienste als Vorsänger. Das habe ich auch schon in Nürnberg gemacht.«

»Ach, Vorsänger bist du bei euren widerlichen Kulthandlungen«, überlegte Bernardino da Feltre, »dann bist du ja auch sicher dabeigewesen, wie ihr das Kind Simon rituell geschlachtet habt.«

»Wir haben diesem Kind kein Leid angetan«, erwiderte Moses entsetzt, »wir sind alle unschuldig! Wir Juden haben solche Gebräuche nicht, die ihr uns unterstellt.«

Auf einen Wink Bernardino da Feltres hin zog der Wärter plötzlich den Kopf des Moses so brutal an den Haaren zurück, daß dieser laut aufschrie. Während Moses den Franziskaner mit angsterfülltem Blick ansah und ihn flehentlich um Barmherzigkeit bat, betrachtete der Mönch den weißen Hals des Jünglings. Er war so zart, daß er ihn mit einer Hand hätte erdrosseln können. Der Gedanke erregte ihn auf sonderbare Weise. Doch er bezwang sich.

»Ich gehe jetzt«, teilte er dem Foltermeister mit, »macht hier alleine weiter ... Stellt mit ihm an, was Euch beliebt. Wenn er zu gestehen beginnt, dann ruft mich wieder!«

Kaum hatte Bernardino da Feltre die Tür hinter sich geschlossen, hörte er schon die gellenden Schmerzensschreie des Jünglings.

Eine Dreiviertelstunde später lag Moses gefesselt auf dem Boden seiner Kerkerzelle. Er war noch bei Bewußtsein, obwohl er furchtbar zugerichtet war, denn der Foltermeister hatte sich seiner in besonderer Weise angenommen. Moses stöhnte leise und stoßweise vor sich hin. Samuel kniete neben ihm, hüllte ihn in eine Decke. Moses schwitzte entsetzlich. Die Decke war bereits ganz naß und klebte ihm auf der Haut. Er hatte Schüttelfrost, so daß eine schwere Erkrankung, unter Umständen sogar eine Lungenentzündung, zu befürchten war. Moses blickte Samuel dankbar an.

»Armer Moses, was haben sie nur mit dir gemacht?« flüsterte Samuel und bewunderte die Tapferkeit des jungen Mannes.

»Ich habe kein falsches Geständnis abgelegt, sie haben nichts aus mir herausbekommen! Ich habe geschwiegen«, sagte Moses unter großer Anstrengung. Seine Stimme klang so heiser, als wenn sie jeden Moment versiegen würde. Samuel befürchtete, daß die schmerzliche Erinnerung an die zurückliegende Tortur Moses zu sehr anstrengen könnte. Liebevoll strich er dem jungen Lehrer besänftigend über die erhitzte Stirne und sagte leise:

»Du bist ein tapferer Mann, Moses! Und du wirst sehen: Es wird alles wieder gut werden. Versuch jetzt zu schlafen!«

Moses spürte einen faden, süßlichen Geschmack im Mund – er schluckte und begriff, daß das Blut sein mußte. Er stöhnte auf.

»Was kann ich nur für dich tun?« flüsterte Samuel sorgenvoll.

»Ich weiß nicht ...«, antwortete Moses röchelnd. »Es geht schon ... Geh wieder zu deinem Lager zurück. Mach dir bitte keine Sorgen!« Moses versuchte zu lächeln. Nach einer Weile sagte er leise: »Samuel, ich habe Angst ... Wenn sie mich morgen zur peinlichen Frage holen, werde ich reden. Ich werde jeden Unsinn bekennen, den sie von mir hören wollen. Ich bin schwach ... Verzeiht Ihr mir, wenn ich morgen zusammenbreche?«

Gut zwei Stunden später wurde Samuel von zwei Gefängniswärtern aus seiner Zelle geholt. Sie führten ihn durch den schmalen dunklen Gang. Dann betraten sie einen großen Raum, an dessen rußverschmierten Wänden Fackeln in eisernen Haltern steckten. In der Mitte stand ein großes eisernes Glutbecken, aus dem weiße Rauchschwaden in bizarren Mustern an die rauchgeschwärzte Decke stiegen. Samuel sah mit Entsetzen einen menschlichen Leib auf halber Raumeshöhe zwischen Stricken und Seilen gespannt, die an Händen und Füßen des Beklagenswerten geknotet waren, horizontal in der Luft schweben.

Mein Gott, es ist Vitalis, durchfuhr es Samuel. Die Glieder des Vitalis waren schon überdehnt, seine Gelenke aufs äußerste gestreckt. Sein Kopf hing nach unten, sein Haar war blutverschmiert. Er röchelte und stammelte wie im Fieberwahn Worte, die Samuel nicht verstehen konnte. An einem niedrigen Tischchen, etwas abseits von dem in der Luft hängenden Vitalis, saß ein Gerichtsschreiber und war dabei, jedes seiner Worte zu protokollieren. Neben dem Gerichtsschreiber standen Giovanni de Salis und Bernardino da Feltre.

»Dein Diener gesteht gerade«, kommentierte Giovanni de Salis, zu Samuel gewandt, die Szene. Doch es schien Samuel, daß der Schreiber das Geständnis überwiegend unabhängig von den Äußerungen des Gemarterten aufzeichnete. Auf jeden Fall brachte er offensichtlich sehr viel mehr Worte zu Papier, als Vitalis unter Schmerzen herausbringen konnte. Jedesmal wenn der Gemarterte nicht weitersprechen konnte oder augenscheinlich nicht wußte, was er sagen sollte, zischte ihm Bernardino da Feltre die notwendigen Brocken zu. Schließlich sank Vitalis' Kopf erschöpft herab. Er schien bewußtlos geworden zu sein. Der Schreiber stand auf und trat mit dem Protokoll vor Giovanni de Salis und den verzweifelten Samuel hin. Mit lauter Stimme wiederholte er, was sie aus Vitalis herausgeprügelt und erfoltert hatten:

»Ich, Vitalis, Diener des Samuel, wohnhaft zu Trient, gestehe, daß wir Juden dieser Stadt das Christenkind Simon aus Anlaß unseres Pessachfestes zu rituellen Zwecken ermordet haben, wie es unsere Religion befiehlt!«

»Das ist nicht wahr!« schrie Samuel verzweifelt. Einer der Wärter versetzte ihm daraufhin einen festen Schlag in den Rücken, so daß er verstummte. Der Schreiber verlas ungerührt das ganze Protokoll: eine lange Kette von Bildern und Worten aus Blut und Gewalt.

Samuel wurde schwarz vor Augen. Was mußten diese Menschen Vitalis angetan haben, daß seine Phantasie solche Dinge produzieren konnte!

»Ihr Schweine, ihr verfluchten Schweine!« schrie Samuel voller Verzweiflung.

Für einige Sekunden stand der Podestà unbeweglich da, dann sprang er mit einem haßerfüllten Gesicht vor und versetzte Samuel mit der geballten Faust einen fürchterlichen Schlag ins Gesicht. Samuel fiel zusammen wie ein geschlachtetes Tier und stürzte mit dem Kopf gegen das eiserne Glutbecken. Er spürte, wie aus seinem Hinterkopf warmes Blut sickerte. Wie betäubt blickte er zu Giovanni de Salis hoch.

»Morgen, Jude, morgen soll es dir genauso ergehen wie deinem Glaubensbruder … Morgen wirst du hier baumeln! Und gnade mir Gott, ich schwöre dir, morgen wirst du gestehen …«, brüllte der Podestà. Auf seinen Wink schleppten zwei Gefängniswärter Samuel in seine Zelle zurück. Die Zelle war leer.

»Wo habt ihr Moses hingebracht?« fragte Samuel.

»Den haben wir in eine andere Zelle verlegt!« antwortete einer der beiden Wärter.

Sie warfen Samuel auf sein Strohlager und verließen die Zelle. Krachend fiel die schwere Eisentür ins Schloß.

Kurz darauf wurde Samuels Sohn Israel in die Folterkammer geführt.

»Du bist der Sohn des Besitzers des Hauses, wo der Mord

an dem Christenknaben Simon geschah und wo wir seinen entstellten Leichnam gefunden haben«, begann Bernardino da Feltre das Verhör.

»Es hat überhaupt keinen Mord in unserem Hause oder in einem der Häuser unserer Glaubensbrüder stattgefunden«, antwortete Israel, »das ist die Wahrheit!«

»Das werden wir ja herausbekommen!« entgegnete Giovanni de Salis kalt. Und dem anwesenden Folterknecht befahl er: »Gebt ihm die eisernen Stiefel!«

Der Folterknecht steckte darauf Israels nackte Füße in zwei Kästen aus Eisen. Israel starrte sie mit weit aufgerissenen Augen an. Dann holte der Scherge aus und trieb mit dem Hammer einen Keil in den Eisenkasten an Israels rechtem Fuß. Israel schrie, Blut sickerte hervor. Der Folterknecht holte ein weiteres Mal aus und schlug einen Keil in den Kasten an Israels linkem Fuß. Auch bei diesem Schlag schrie der Gepeinigte gellend.

»Gestehst du jetzt?« fragte Bernardino da Feltre ungerührt.

»Ich habe bereits alles gesagt«, stöhnte Israel mit schmerzverzerrtem Gesicht.

»Den dritten Keil«, sagte der Franziskanermönch mit tonloser Stimme. »Seid ihr bereit, Meister?«

»Jawohl, Herr«, antwortete der Folterscherge, nahm einen Keil und hämmerte ihn wieder in den rechten Eisenstiefel.

Israel schrie abermals gurgelnd auf. »Wir sind unschuldig!« brüllte er.

»Gebt ihm Wasser zu saufen!« schrie der Franziskanermönch nun unwirsch.

Der Folterknecht drückte Israel auf den Stuhl nieder und zog ihm den Kopf an den Haaren zurück. Giovanni de Salis preßte Israel die Nase zu. Gleichzeitig rammte der Scherge ihm einen mächtigen Trichter in den Mund. Dann begannen sie, aus einem Kübel dreckiges Wasser in den Trichter zu gießen, das Israel über Gesicht, Nase und Haare floß. Als der Kübel schließlich leer war, zog der Scherge den Trichter aus seinem Mund. Die dreckige Brühe sickerte dem Geschändeten aus Nase, Mund und Ohren.

»Gestehst du jetzt, verfluchter Jude?« schrie Bernardino da Feltre, außer sich vor Wut.

»Ich habe alles gesagt, was ich weiß«, keuchte Israel.

»Noch mal Wasser!« brüllte der Franziskanermönch.

Der Scherge riß Israel, der sich heftig dagegen wehrte, ein zweites Mal gewaltsam den Mund auf. Der Trichter wurde ihm hineingestoßen und der Kübel allmählich entleert. Israels Leib trieb auf; der Bauch wurde dick wie bei einer schwangeren Frau. Israel würgte und erbrach sich. Der Folterer rammte ihm den eisernen Trichter schließlich so brutal in den Mund, daß einige von Israels Zähnen herausbrachen und die scharfen Kanten des spitzen Trichterendes ihm Zunge und Gaumen schwer verletzten.

»Hört bitte auf«, grunzte der Gemarterte nun mit unmenschlicher Stimme, »ich werde alles sagen.«

»Nun gut«, erwiderte Bernardino da Feltre, sichtlich erfreut, »wann habt ihr Juden beschlossen, einen Christenknaben zu töten?«

»Ich weiß nicht«, stöhnte Israel, »wann ist der Knabe denn gestorben?«

»Das weißt du ganz genau, Jude«, erwiderte der Franziskanermönch verärgert, »es war am Donnerstag in der Karwoche. Ihr habt den Plan, ein Christenkind zu rauben, sicher zwei, drei Tage vorher gefaßt. So war es doch?«

»Ja, alles, was Ihr wollt.«

»Wer war außer dir dabei, als ihr beschlossen habt, ein Christenkind zu rauben? Nenne uns die Namen!«

»Ich weiß nicht, ich weiß es wirklich nicht. Bitte sagt mir doch, wer anwesend war.«

»Moses … Samuel … Angelus … Tobias … Mohar …«, diktierte der Franziskaner. Bei jedem Namen nickte der Jude kraftlos mit dem Kopf, worauf ihn der Gerichtsdiener sorgsam notierte.

»Wofür braucht ihr das Blut? Gestehe!«

»Ich weiß nicht«, stöhnte Israel, »sagt mir, was ich antworten soll ...«

»Ihr braucht das Blut, um es in die Kuchen zu backen, die ihr zu Ostern eßt. Ist es nicht so?«

»Kuchen backen«, echote der Gefolterte.

»Gut! Schreiber, notiere für das Protokoll: In der verflossenen Karwoche, zwei oder drei Tage vor dem Donnerstag, befanden sich Moses, Samuel, Angelus, Tobias, Mohar und ich in der Synagoge zur Andacht. Nach Beendigung der Andacht stellten wir fest, daß wir die Kuchen, die wir Juden am Ostertag zu essen pflegen, nicht machen könnten, weil niemand von uns Blut von einem christlichen Kind hatte.« Und zu Israel:

»Und wer hat den Knaben dann geraubt? Es kann nur der Arzt Tobias gewesen sein. Er war der einzige, der das Haus verlassen durfte. Nicht wahr, er war es?«

Der Gemarterte nickte.

»Und wie hat die Ermordung dann stattgefunden?« wollte Bernardino da Feltre weiter wissen, »wer war anwesend?«

»Ich weiß nicht, sagt es mir bitte!« wiederholte Israel.

»Ihr Männer wart anwesend, nicht wahr? Moses, euer Rabbiner, dein Vater Samuel, Mohar, der Sohn des Rabbiners Moses, dessen Sohn Bonaventura, euer Diener Vitalis, euer Koch Bonaventura, Isaak, der Diener des Angelus, der Lehrer Moses, der Arzt Tobias und du selbst.«

Israel nickte.

»Und dann habt ihr angefangen, das Kind zu martern, nicht? Und ihr habt ihm das Blut entzogen! Mit Zangen und Nadeln! War es so?«

Der Franziskanermönch wartete nun das Nicken Israels gar nicht mehr ab.

»Wieviel Blut habt ihr auf diese Weise gesammelt?«

Israel schüttelte den Kopf.

»Wohl so etwa anderthalb Teller voll ...«, antwortete Bernardino da Feltre an seiner Stelle. »Und dann habt ihr das Blut in den Teig eurer Mazzen- und Osterbrote getan ...«

Sein dröhnender Kopf drohte zu zerspringen, und die Schmerzen in seinem Körper waren so entsetzlich, daß Israel die sonderbaren und wirren Worte des Franziskaners kaum mehr zu fassen und zu deuten vermochte.

Mazzenbacken am Ostertag? Was für eine Idee!

»Wir dürfen am Ostertag keine Mazzen backen«, stöhnte er. »An Pessach sind die Mazzen doch schon gebacken …«

Bernardino da Feltre hielt verblüfft inne. »Wo ist das Blut dann jetzt?« entfuhr es ihm. Sein Gesichtsausdruck nahm die Züge völliger Verwirrung und Ratlosigkeit an. Doch nach einigen Augenblicken fing er sich wieder.

»Nun gut«, sagte er, »dann habt ihr sicher beschlossen, von dem Blut an eure Angehörigen außerhalb Trients zu schicken … Irgend jemand von euch hat das Blut zur Aufbewahrung an sich genommen, um es später zu verschikken! War es vielleicht Moses, euer Rabbiner, oder Tobias, euer Arzt?«

Israel war wieder in den Zustand bleierner Lähmung zurückgefallen.

»In unseren Büchern steht«, fuhr der Franziskaner fort, »daß die jüdischen Familienväter am Pessachfest vor dem Mahle ein wenig Blut von einem Christenknaben in einen Becher mit Wein geben und damit den Tisch und alle Speisen besprengen. Hat dein Vater solches am Abend eures diesjährigen Pessachfestes getan mit dem Blut des unschuldigen Kindes Simon?«

Für einen kurzen Augenblick erwachte Israel aus seinem komaähnlichen Zustand.

»Mein Vater hat am Pessachfest abends den Tisch gesegnet und Wein in den Becher getan, so ist es bei uns Juden Brauch«, antwortete er.

»Und war Blut in dem Becher?« fragte Bernardino da Feltre begierig.

Blut? Blut? Was meint der Mönch? dachte Israel verzweifelt. Sein Schädel dröhnte und drohte zu bersten. Er sah zu seinen Füßen hinunter, die in den eisernen Stiefeln steckten. Mit Entsetzen bemerkte Israel, daß die Eisenkästen vollständig mit verkrustetem Blut überzogen waren.

»Blut«, stöhnte er. Dann wurde ihm schwarz vor Augen, und er verlor das Bewußtsein.

Am nächsten Tag wurde Samuel in aller Frühe – die Sonne war noch nicht aufgegangen – zum Verhör in eine der Folterkammern des Torre Vanga geschleppt. Bernardino da Feltre, Jacob von Spaur und der Podestà empfingen ihn. Die drei Männer waren, durch die ersten Geständnisse ermutigt, diesmal zum äußersten bereit, um den Juden Samuel zum Sprechen zu bringen.

»Wenn du gestehst, bereust und die christliche Taufe begehrst«, begann der Franziskanermönch – dem wegen der Öffentlichkeit daran gelegen war, wenigstens ein Geständnis ohne Anwendung der Folter zu erzielen –, »dann werden wir dir die Tortur ersparen, und deine Hinrichtung wird schnell und schmerzlos erfolgen ...«

»Wir sind unschuldig am Tode des Kindes. Daher habe ich nichts zu gestehen!« antwortete Samuel unbeeindruckt. »Außerdem werde ich niemals die christliche Taufe begehren!« fuhr er fort. »Für uns Juden ist die Bekehrung zum Christentum Götzendienst, weil sie die höchste Lästerung einschließt, nämlich den Glauben an die Gottheit eines Menschen.«

»Damit«, schrie Bernardino da Feltre hysterisch auf, »damit sagst du nichts anderes aus als das, was damals der jüdische Hohepriester gesagt hat, als Jesus seine Gottheit bekannte: ›Ihr habt die Lästerung gehört, was dünkt euch?‹ – Und die Juden riefen: ›Er ist des Todes schuldig, weil er sich selbst zum Gottessohn gemacht hat.‹ Wir haben also hier den Beweis. Des Juden Herz ist immer noch so verstockt wie zur Zeit Christi. Nun aber sind es wir Christen, die rufen: ›Ihr habt die Lästerung gehört! Der Jude ist des Todes schuldig, weil er die Gottessohnschaft unseres Herrn Jesus Christus leugnet!‹«

»Dann foltert und tötet uns dafür«, erwiderte Samuel, »aber legt uns nicht einen Mord zur Last, den wir nicht begangen haben!«

»Gefängniswärter! Zeigt ihm die Folterwerkzeuge, die wir anwenden werden, falls der Jude so verbohrt und hartnäckig bleiben sollte«, unterbrach Jacob von Spaur ungeduldig.

Die Schergen schleppten einige Geräte herbei. Der Stadthauptmann deutete nacheinander auf die Folterwerkzeuge und zischte: »Die Daumenschraube – nettes Spielzeug – die Peitschen mit den Eisenspitzen – niedliche Dinger. Na, Jude, welches dieser Mittel würde dich zum Sprechen bringen?«

»Was immer geschieht«, erwiderte Samuel, »was immer ich in der Schwäche meines Fleisches und unter den Qualen der Tortur sagen werde: Wir Juden sind unschuldig am Tode dieses Kindes!«

»Dann werden wir dich auf der Folterbank zur Wahrheit bringen«, brüllte der Podestà. Zu den Schergen gewandt, sagte er: »Bindet ihn auf die Streckbank!«

Die Gefängniswärter zwangen Samuel auf das Folterwerkzeug. Sie rissen ihm die Arme brutal nach hinten über den Kopf, schlangen derbe Stricke um seine Handgelenke, verknoteten die Seile an einem eisernen Ring am Ende der Streckbank. Sie banden ihm auch feste Gurte um die Fußgelenke, bis die Adern blau hervortraten. Das Seil, das die Beine streckte, lief über eine Walze und wurde mittels eines riesigen Holzspeichenrades angezogen. Als die Wärter fertig waren, griff einer von ihnen auf den Befehl des Podestà hin in die Speichen des großen Holzrades. Die hölzerne Folterbank knarzte. Die Stricke an Hand- und Fußgelenken spannten sich, vibrierten, und der Körper des armen Opfers streckte sich. Samuel bäumte sich auf im feurigen Schmerz, der ihn wie ein Blitz vom Scheitel bis zu den Fußsohlen durchzuckte.

»Wirst du jetzt gestehen?« fragte Bernardino da Feltre.

»Das kann ich nicht! Ich und alle anderen meines Glaubens sind unschuldig«, stöhnte Samuel.

»Es genügt dir wohl noch nicht! Wenn der Wärter noch einmal in die Speichen greift, das Rad auch nur noch eine halbe Umdrehung macht, werden deine Knochen brechen wie Zuckerguß!« höhnte der Franziskanermönch.

»Wir sind unschuldig! Glaubt mir doch!« keuchte Samuel.

»So! Wir werden ja sehen! Wir lassen dich jetzt eine Weile so gestreckt, damit du Zeit hast, deine Aussage zu überdenken«, sagte Giovanni de Salis.

»Herr Podestà«, flehte Samuel mit zitternder Stimme, »von wem habt Ihr denn gehört, daß Christenblut für Juden einen Wert habe und von uns benutzt werde?«

»Von einem Juden«, antwortete der Stadtrichter mit Häme. »Von einem Juden deiner Art! Der getaufte Jude Giovanni da Feltre hat zugegeben, daß dieser Brauch bei den Juden besteht!«

»Giovanni da Feltre?« flüsterte Samuel, als habe er diesen Namen zum erstenmal gehört.

»Außerdem hat unsere Überlieferung viele solcher Blutmorde verzeichnet«, ergänzte Bernardino da Feltre, »übrigens hat auch dein Sohn bereits gestanden ...«

»Israel?« stöhnte Samuel, und es war ihm, als würde sein Herz von eiserner Hand gepreßt. »Das kann nicht sein! Was habt ihr mit ihm gemacht?«

»Nun, Samuel, gestehst du jetzt, daß ihr Juden den Knaben Simon ermordet habt?« wiederholte der Podestà seine Frage. »Gesteh, und wir binden dich los!«

Samuel kämpfte gegen die Stricke, die ihm tiefe Wunden in die Handgelenke schnitten. »Wir sind unschuldig! Wir Juden gebrauchen kein Blut!«

Bernardino da Feltre winkte dem Folterknecht zu. Der riß die Speichen der Seilwinde weiter. Knackend brach etwas im Fußgelenk Samuels. Sein Schrei hallte furchtbar durch den ganzen Keller.

»Wir werden dir jeden Knochen deines verfluchten Judenkörpers zerbrechen, wenn du nicht redest«, keifte Jacob von Spaur.

»Ich will die Wahrheit bekennen«, keuchte Samuel schließlich. »Wenn nur Eure Magnifizenz, Herr Capitano, und Eure Magnifizenz, Herr Podestà, mir versprechen, daß ich enthauptet und nicht auf andere Weise getötet werde. Bitte! Dann will ich alles aussagen, was Ihr wollt ...«

»Ja! Ja!« Giovanni de Salis und der Stadthauptmann nickten eifrig, »wenn du gestehst, soll es so geschehen ... Ihr Juden habt also am Dienstag unserer Karwoche geplant, einen Christenknaben herbeizuschaffen?«

»Ja!«

»Wer hat den Knaben gefunden und in dein Haus gebracht? Es kann ja nur Tobias gewesen sein! Nicht wahr, er war es?«

»Antworte, Hund!« Jacob von Spaur schlug Samuel mit voller Wucht ins Gesicht.

»Ja, es war Tobias«, schluchzte der Geschlagene.

»Gut, und dann habt ihr das Kind gemartert, getötet und schließlich die Leiche in den Wasserkanal im Keller des Judenhauses gelegt! Darauf habt ihr dem hohen Gericht angezeigt, den Leichnam zufällig dort entdeckt zu haben. War es so?« fragte Giovanni de Salis bohrend.

Samuel nickte kaum merklich.

»Gut!« sagte der Podestà. »Details hierzu können wir uns jetzt sparen. Wir haben ja bereits die Geständnisse des Vitalis und des Israel, wie der Mord im einzelnen stattgefunden hat.«

»Wir müssen aber noch Genaueres über ihre Motive erfahren, weshalb sie christliche Knaben töten«, raunte Bernardino da Feltre dem Stadtrichter zu.

»Wann hat bei euch Juden dieser blutige Brauch angefangen, getaufte Knaben zu rituellen Zwecken zu töten?« fragte der Podestà.

Samuel begann zu phantasieren. Es war ihm, als hätte

sich seine Zunge selbständig gemacht und als spräche ein böser Geist aus seinem Munde:

»Vor vielen und vielen Jahren, ich weiß aber nicht, vor wie langer Zeit, jedenfalls bevor der christliche Glaube so verbreitet war wie heute, hielten die Rabbiner Babylons Rat und kamen überein, daß Blut von einem gewaltsam getöteten Christenknaben viel zum Heil unserer Seelen nütze und daß das Blut nicht helfen könne, wenn der Knabe nicht, während man das Blut extrahiert, in der Form getötet werde wie der, den die Christen als Gott verehren.«

»Unter welchen Umständen gebraucht ihr das Christenblut?« fragte nun Bernardino da Feltre.

Samuel wußte, daß die Christen glaubten, die Juden würden das Blut in den Mazzenteig rühren und auf diese Weise genießen. Daher antwortete er schließlich: »Wenn der Teig für die Mazzen bereitet wird, nimmt der Familienvater von dem Blut des Christenkindes und gibt es in den Teig, viel oder wenig, je nachdem, ob viel oder wenig Blut im Hause ist; es genügt, wenn soviel als ein Linsenkorn hineinkommt. Der Hausvater gibt das Blut manchmal unter den Augen derjenigen, welche den Teig zurüsten, hinein, meist aber ohne daß es jemand sieht. Wenn die, welche den Teig kneten, Eingeweihte sind, wird das Blut in ihrer Gegenwart hineingegeben, sonst heimlich.«

»Können Frauen wie Männer die Mazzen machen?« fragte Bernardino da Feltre weiter.

Samuel erkannte die Gefahr für ihre Frauen und antwortete daher schnell: »Prinzipiell können Männer wie Frauen die heiligen Brote bereiten. Bei uns waren es aber in den letzten Jahren immer die männlichen Diener, und ich habe das Blut immer heimlich in den Teig gegeben, dieses Jahr in der Gegenwart unseres Koches Bonaventura. Unsere Frauen wissen von dem Blutgeheimnis gar nichts, und sie haben auch noch nie die Mazzen bereitet. Auch von der Ermordung des Kindes Simon wissen sie nichts! Das müßt Ihr mir glauben!«

Bernardino da Feltre gefiel diese Aussage gar nicht. Er gab dem Protokollanten einen Wink, diese letzte Mitteilung nicht festzuhalten.

»Auf dieses Thema werden wir später noch zurückkommen«, knurrte er. »Jetzt sage mir erst einmal, welche Zeremonien ihr sonst noch mit dem Christenblut vollzieht!«

Samuel dachte an die katholische Messe und daß in ihr, nach christlichem Glauben, das Blut Jesu real gegenwärtig sei. Daher begann er nun unüberlegt daraufloszuphantasieren, und in seinen Fabeln mischten sich sein dürftiges Wissen über die katholische Meßfeier mit den tatsächlichen Pessachriten der Juden, und das alles war verwoben mit den abstrusesten Blutriten, von denen Samuel annahm, daß seine Folterer sie ihm in ihrem Wahn glauben würden. Und die Worte sprudelten jetzt geradezu aus seinem Munde:

»Am Pessachfest gebrauchen wir das Christenblut auch, indem der Hausvater sich vor der Mahlzeit oben am Tische aufstellt, einen Becher mit Wein nimmt, in diesen Blut von dem Christenknaben gibt und ihn vor sich hinstellt; und die umstehenden Familienmitglieder haben jeder einen Becher voll Wein vor sich. Und mitten auf den Tisch setzt der Hausvater ein Gefäß mit drei Mazzen, in welchen Blut von dem Christenknaben ist. Und der Vater taucht den Finger in seinen Becher, badet ihn in dem Wein, worin das Blut ist, und besprengt dann mit dem Finger alles, was auf dem Tische steht; indem er auf hebräisch die Worte ›Blut‹, ›Frösche‹, ›Schnaken‹, ›Mücken‹, ›Pest‹, ›Hagel‹, ›Heuschrekken‹, ›Finsternis‹, ›Tod der Erstgeburt‹ spricht, bittet er Gott, daß er alle diese Flüche auf jene sende, welche Feinde des jüdischen Glaubens sind.«

»Damit meint ihr doch uns Christen?« fragte Bernardino scharf.

»Ja«, stöhnte Samuel, der natürlich wußte, daß diese Worte lediglich an die Plagen erinnerten, die über Ägypten gekommen waren, bis der Pharao Moses und die Kinder Israels endlich hatte ziehen lassen. Samuel fuhr mit immer schwächer werdender Stimme fort: »Danach nimmt der Hausvater die drei Mazzen, teilt sie und gibt jedem davon ein Stück. Hierauf trinkt der Vater seinen Becher mit Wein und Blut, und ebenso tun es die übrigen.«

Samuel verstummte. Er war am Ende seiner Kraft.

»Wozu braucht ihr das Christenblut noch?« fragte der Podestà. Verzweifelt suchte Samuel in seinem Gedächtnis, wo in der Bibel der Gebrauch von Blut beschrieben wurde, um eine einigermaßen glaubwürdige Erklärung liefern zu können. In seiner Not dachte er an den Auszug der Juden aus Ägypten.

»Zweimal im Jahr bestreichen wir mit dem Christenblut unsere Türpfosten«, stöhnte Samuel.

»Warum tut ihr das?« fragte Bernardino da Feltre verblüfft.

»Wir erinnern damit an die wunderbare Nacht, wo der Würgeengel des Allmächtigen umging und die letzte Plage über die Kinder Ägyptens verhängte, wobei er diejenigen Hütten und Häuser, deren Türpfosten nach seinem Befehl mit Blut bestrichen waren, ausließ.«

»Sprecht ihr dazu irgendwelche Gebete?« fragte Bernardino da Feltre weiter.

»Ja, wir beten: ›Allmächtiger Gott, streite für uns Juden, dein Volk, wie du es für Moses und die Kinder Israels getan hast.‹«

»Das ist ja nicht gegen uns Christen gerichtet ...«, meinte der Franziskanermönch.

Lebenslang aufgestaute Frustrationen und Demütigungen von seiten der Christen, die Leiden der letzten Tage – innere Kämpfe und Ängste, die ertragen worden waren – brodelten nun in Samuel auf und ließen ihn in plötzlicher rasender Wut schreien: »Dann beten wir noch: ›Wie Pharao versenkt wurde im Roten Meer, so gib, Gott, gewaltiger Streiter, daß die Christen untergehen und in unsere Hand fallen!‹«

Bernardino da Feltre wurde blaß und bekreuzigte sich.

»Habt ihr Juden noch weitere Blutgebräuche?« fragte der Podestà nach einer Weile.

Samuel wußte, daß die Christen ein Sakrament hatten, das sie ›Letzte Ölung‹ nannten und bei dem sie Schwerkranken und Sterbenden Stirn und Hände mit geweihtem Öl salbten. Vielleicht würden es ihm seine Folterer abnehmen, wenn er von einem ähnlichen Gebrauch bei den Juden erzählte?

»Wenn ein Jude im Sterben liegt«, begann Samuel stöhnend, »bestreichen wir seine Augen mit Christenblut, und dazu spricht der Rabbiner: ›Wenn der Messias, den Moses und die Propheten verheißen haben, wirklich schon erschienen ist, so möge das Blut dieses unschuldigen Christenkindes, das im Glauben an ihn getauft worden ist, dich erlösen.‹«

»Erzähle uns weitere Blutgebräuche ...«, wiederholte Giovanni de Salis.

Samuel dachte an einen alten Ritus unter den jüdischen Frauen, den auch seine Mutter gepflegt hatte. Wenn die jüdischen Männer ein wichtiges Unternehmen vor sich hatten, vergruben ihre Frauen manchmal ein gekochtes Ei vor der Türschwelle. Das sollte Glück bringen.

»Wenn jemand einem wichtigen Geschäft entgegensieht«, begann Samuel stockend zu phantasieren, »so geht seine Frau zunächst zum Rabbiner und empfängt von demselben ein Ei, bestreut mit getrocknetem Christenblut, das sie vor der eigenen Türschwelle vergräbt. Davon erhofft sie sich Erfolg für die Unternehmungen ihres Mannes.«

»Weitere Gebräuche?« wiederholte der Podestà mit monotoner Stimme.

»Ich weiß nichts mehr«, stöhnte Samuel und fühlte, wie ihm die Sinne schwanden.

»Er ist ohnmächtig geworden«, knurrte Bernardino da Feltre.

»Macht nichts«, meinte der Podestà. »Was er uns gesagt hat, genügt und stimmt wunderbar überein mit dem, was uns der getaufte Jude Giovanni da Feltre mitgeteilt hat. Diese Übereinstimmung dürfte ein absolut überzeugendes Argument gegen eventuelle Einwände und Widerstände bezüglich unserer Prozeßführung sein!«

»Ihr habt recht!« bestätigte Bernardino da Feltre. »Lassen wir's gut sein!«

Eine weitere Woche war vergangen. Am frühen Nachmittag lief Giovanni de Salis in seinem Arbeitszimmer nervös auf und ab. Er hatte in seinem Amt als Podestà schon so manche peinliche Frage miterlebt, meist hatten die Gemarterten schnell das Gewünschte gestanden, aber die Festigkeit der Juden war erstaunlich. Seit neun Tagen waren sie den schmerzhaftesten Torturen ausgesetzt. Und doch waren erst Samuel, Israel, der Diener Vitalis und der Hauslehrer Moses geständig gewesen. Selbst der alte Rabbiner war aufrecht geblieben. Was den Podestà am meisten verärgerte, war die Tatsache, daß Tobias den Kindsmord bis jetzt beharrlich leugnete. Er mußte es doch gewesen sein, der das Kind in das Haus des Samuel gelockt hatte! Wir müssen mit dem jüdischen Arzt härter umgehen, dachte Giovanni de Salis bei sich, am besten beginnen wir sofort damit.

Kurz darauf wurde Tobias aus seiner Einzelzelle geholt und in eine der Folterkammern des Gefängnisturms gebracht, wo ihn der Podestà, Bernardino da Feltre und ein Gerichtsschreiber bereits erwarteten. Bei ihnen stand ein blonder und breitschultriger Folterknecht, der eine schwarze Lederschürze trug, neben ihm ein noch recht junger Bursche. Die zwei Gefängniswärter packten Tobias, warfen ihn zu Boden und knoteten Seile um die Gelenke seiner Hände und Füße. Die anderen Enden der Seile waren an Eisenringen befestigt, die aus den rußgeschwärzten Wänden hervorragten. Ein heftiger Ruck, und Tobias baumelte waagrecht in der Luft.

»So, Jude«, keuchte Bernardino da Feltre, »jetzt wirst du gleich gestehen!«

Mit bohrender Stimme stellte er dem Arzt wohl ein halbes dutzendmal die immergleiche Frage: »Gibst du zu, an der Ermordung des Kindes Simon beteiligt gewesen zu sein?«

Jedesmal wenn Tobias diese Frage verneinte, zogen die Wärter an den Seilen. Tobias stöhnte stoßweise vor sich hin, und jedes neue Stöhnen entlockte den Folterknechten ein hämisches Lachen. Mit einemmal begann sich das Gesicht des jüdischen Arztes wie im Krampfe zu verzerren. Seine Unterlippe zitterte heftig, er winselte fast vor Schmerz und Wut und rief Bernardino da Feltre mit verzweifelter Stimme zu, daß er in die Hölle fahren werde. Der Franziskaner schien überrascht und auch entsetzt über diesen Wutausbruch. Seine Hände zitterten. Plötzlich schlug er Tobias mit voller Wucht ins Gesicht. In den Augen des Mönchs blitzte der Haß. Tobias sah sich benommen nach den beiden Folterknechten um. Der Blonde in der schwarzen Lederschürze stand vor der offenen Feuerstelle. Und wie er sich so über die Flammen bückte, sah er aus wie der Leibhaftige, so schien es jedenfalls Tobias, der voller Angst zusah, wie im Feuer einige Kupfereier zu glühen begannen. Nach einiger Zeit drehte sich der Folterknecht um und näherte sich dem Gepeinigten. Mit eiserner Zange hielt er ein glühendes Kupferei empor. Er preßte es Tobias in die nackte Achsel. Die Schmerzwellen durchzuckten Tobias, und entsetzliche Bilder stiegen aus den Tiefen seiner Seele herauf. Die Fratzen der grauenhaftesten Dämonen umkreisten ihn. In seinen Ohren gellte ein markdurchdringender Schrei. Tobias begriff: Es war der Schmerzensschrei, der aus seinem eigenen Munde drang. Taumelnd stürzte er in ein abgrundtiefes Nichts.

Als er wieder zu sich kam, sah Tobias aus blutverkrusteten Augen die hagere Gestalt Bernardino da Feltres über sich gebeugt, in seinem mageren Gesicht den Ausdruck kalter Grausamkeit.

»Gestehe, Jude«, keifte der Mönch, »gestehe, daß ihr das Christenkind ermordet habt.«

»Ich gestehe alles, was Ihr wollt ... was Ihr wollt!« flüsterte der Arzt röchelnd.

Am nächsten Morgen holten zwei Folterschergen den alten Rabbiner aus seiner Zelle und schleppten ihn in die Folterkammer, wo der Podestà und ein Gerichtsschreiber bereits seiner harrten.

Nachdem die Schergen Moses eine Stunde lang mit Daumenschrauben gequält und seine beiden Hände zu blutigen Fleischklumpen verstümmelt hatten, war die Kraft des alten Mann gebrochen.

»Aber bitte helft mir«, flehte Moses, »sagt mir, was ich gestehen soll, denn ich kann mich nicht mehr genau erinnern, und ich bin auch nicht mehr in der Lage, sinnvolle Sätze zu formulieren.«

»Wir werden dir schon helfen«, grinste der Podestà, »ich sage dir alles Satz für Satz vor, und du brauchst nur mit einem Nicken zu bestätigen, daß es sich so verhalten hat. Das wirst du doch können?«

»Ja«, röchelte der Greis.

»Nun denn ... Gestehst du, daß ihr Juden an der Vigile eures jüdischen Osterfestes, also am Dienstag der heiligen Osterwoche des Jahres 1475 unseres Herrn, beschlossen habt, ein Christenblutopfer darzubringen? Daß du und die Juden Samuel, Tobias, Mohar, Israel und Angelus an eben diesem Tage in der Synagoge zusammengekommen seid und euch beratschlagt habt, auf irgendeine Weise ein Christenkind zu bekommen, dieses zu töten und sein Blut zu gewinnen? War es so?«

Moses nickte mühsam.

»Gestehst du weiter, daß ihr schließlich Tobias beauftragt habt, das Kind herbeizuschaffen, weil er mit den Christen der Stadt sehr vertraut war und wegen seiner ärztlichen Dienste mühelos in alle Häuser gelangen konnte? Stimmt das so?«

Wieder hob und senkte Moses resigniert den Kopf. Auf

diese Weise zog sich das Verhör eine Stunde lang hin. Ohne Widerstand und Zögern bestätigte Moses alles, was Giovanni de Salis ihm vorsagte, nur hin und wieder noch einige Worte und Namen murmelnd. Schließlich wartete der Podestà gar nicht mehr das mechanische Kopfnicken des Alten ab und diktierte dem Schreiber nach und nach das ganze Geständnis in die Feder. Irgendwann fiel der alte Rabbiner vor Erschöpfung in Ohnmacht. Der Podestà machte sich daraufhin eilends auf den Weg, dem Fürstbischof das Geständnisprotokoll zu überbringen.

Hinderbach war in ein ernstes Gespräch mit Bernardino da Feltre vertieft. Der Fürstbischof war in großer Sorge. Am Morgen hatte ihn ein Schreiben von Herzog Sigismund erreicht, in dem dieser den Befehl gab, den Prozeß gegen die angeklagten Juden unverzüglich einzustellen. Das Schreiben des Herzogs war begleitet von einer Verordnung des venezianischen Dogen Mocenigo, in dem auch dieser anordnete, den Prozeß gegen die Juden bis auf weiteres zu unterbrechen.

»Hört Euch diesen arroganten Ton an«, knurrte der Fürstbischof verärgert und las dem Franziskaner einige Sätze aus dem Schreiben Herzog Sigismunds vor:

»›Wie sehr Uns diese Angelegenheit mißfällt, peinlich und unangenehm ist, könnt Ihr bei Eurer Klugheit am besten einsehen. Wir wenigstens glauben, daß das Gerücht in betreff der Ermordung des Knaben eine lästige Erdichtung ist; zu welchem Zweck, mögen andere sehen. Wir aber haben immer gewollt, daß in Unseren Ländern die Juden sorglos und sicher wohnen, daß sie in gleicher Weise wie Unsere übrigen treuen Untertanen vor jeder Unbill geschützt seien. Daher befehlen Wir, daß der Prozeß gegen die verhafteten Juden Trients unverzüglich beendet wird und die Angeklagten aus dem Gefängnis entlassen werden.‹«

»Welche Unverschämtheit!« rief Bernardino da Feltre erbost.

»Der Brief des Dogen ist nicht viel besser«, bemerkte Hinderbach.

»›Es ist anzunehmen‹, schreibt Mocenigo, ›daß die Nachricht, die Juden hätten zu Trient ein Christenkind ermordet, nur aus ganz bestimmten Gründen kolportiert wird ... Da Wir, Mocenigo, Doge der Stadt Venedig, wünschen, daß die Juden in Unserem Herrschaftsgebiete ruhig und in Frieden leben mögen, so verbieten Wir hiermit, daß ihre Stellung irgendwie geändert werde, und gestatten es auch nicht, daß die Priester von der Kanzel herab oder überhaupt jemand Nachrichten über angebliche jüdische Blutmorde verbreite und dergestalt gegen die Juden agiere. Der Prozeß gegen die Juden aber ist unverzüglich zu unterbrechen.‹«

Der Fürstbischof ließ das Schreiben sinken. »Außerdem schreibt der Doge, daß er einen Gesandten nach Trient schicken wird, der über das Befinden der angeklagten Juden und über den Stand der Dinge Erkundigungen einziehen wird. Wenn nur schon alle Juden ihr Verbrechen zugegeben hätten, dann würden wir etwas Vorzeigbares gegen sie in der Hand haben ...«

»Es sind ja nur noch wenige Juden, die immer noch hartnäckig leugnen«, erwiderte Bernardino da Feltre, »vor allem der alte Rabbiner und der Familienvater Angelus, der Besitzer eines der Judenhäuser. Auf deren Geständnis kommt es an! Giovanni de Salis und Jacob von Spaur nehmen sich dieser beiden verstockten Juden seit dem frühen Morgen an. Ich denke, sie werden bald gestehen.«

In diesem Moment betrat der Podestà das Zimmer und meldete das Geständnis des alten Rabbiners. Der Fürstbischof und Bernardino da Feltre waren hocherfreut.

»Was hat der Alte denn nun genau ausgesagt und gestanden?« wollte der Franziskaner wissen. Immer wieder auf das Geständnisprotokoll blickend, berichtete der Podestà:

»Moses gestand und erzählte, daß er sich im Hause Samuels in die Kammer vor der Synagoge begab, als der Knabe gerade dorthin gebracht wurde. Dort hat er sich auf eine

Bank gesetzt, und Samuel hat ihm das Kind in den Schoß gelegt. Dann hat er selbst mit einer Zange aus dem Leib des Knaben kleine Fleischstücke gerissen, ebensolches haben Samuel und Tobias getan, worauf einer der Anwesenden mit einem zinnernen Teller das Blut aufgefangen hat. Moses und Samuel haben das Kind dann auf der Bank zwischen sich auf die Füße gestellt, Moses hat dessen rechten Arm ausgestreckt und Samuel den linken. Und während so der Knabe wie gekreuzigt dastand, wurde er von allen anwesenden Juden mit Nadeln durchstochen, indem einige auf hebräisch sagten: ›Du sollst so gepeinigt werden wie Jesus, der Gott der Christen, und so möge es allen unseren Feinden geschehen‹, und die anderen antworteten darauf: ›Amen‹. Während dies geschah, starb der Knabe. Es ist bis zu diesem Zeitpunkt ungefähr eine halbe Stunde oder etwas darüber vergangen. Auch hat Samuel ein Tuch um den Hals des Kindes gelegt und es mit Moses festgezogen; und bei allem haben Samuel, Israel, Tobias, Mohar, dessen Sohn Bonaventura, der Lehrer Moses, der Diener Vitalis, der Diener Isaak, der Koch Bonaventura und er, Moses, zusammengewirkt. Angelus ist bei der Tötungshandlung selbst nicht anwesend gewesen, wohl aber bei der vorausgehenden Beratung. Unterschrift: Moses von Trient.«

Bernardino da Feltre blickte auf: »Ich gratuliere Euch zu diesem klaren und vollständigen Bekenntnis, Giovanni de Salis«, sagte er, sichtlich befriedigt.

»Und wie eindrucksvoll es doch – fast wörtlich – mit den Geständnissen des Israel und des Tobias übereinstimmt«, fügte Bischof Hinderbach hinzu.

»Was uns allerdings jetzt noch fehlt, ist eine Aussage des Rabbiners über die Motive und Gründe der Juden, diese abscheulichen Blutmorde zu begehen«, sagte der Franziskanermönch.

»Habt Ihr den Alten dazu nicht befragt?«

»Selbstverständlich haben wir ihn zu diesem Punkt befragt!« antwortete Giovanni de Salis. »Im wesentlichen hat

Moses nur Motive benannt, die wir schon aus den Geständnissen Israels und Samuels kennen. Zudem hat Moses bestätigt, daß Frauen und Kinder unter dreizehn Jahren bei der rituellen Tötung nicht anwesend sein oder überhaupt etwas von dem Blutbrauch wissen dürften, da sie oberflächlich seien und das Geheimnis nicht bewahren könnten.«

Die letzte Mitteilung schien Bernardino da Feltre nicht zu gefallen.

»So?« murmelte er mißlaunig. »Die Frauen also nicht ... wir werden sehen ...«

»Und habt Ihr ihn examiniert zu der Frage, wie weit und allgemein der Blutbrauch bei den Juden verbreitet ist?« wollte der Fürstbischof nun wissen.

»Natürlich«, antwortete der Podestà, »Moses sagte aus, er selbst habe sich seit Jahren nicht um Christenblut gekümmert, da er bei Samuel wohne und kein Hausvorstand und Familienvater sei. Vor vierzig Jahren aber habe er in einer Stadt namens Schirterberg gewohnt und das Blut von einigen dort ansässigen Juden bekommen, deren Namen er allerdings nicht mehr wisse; und vor fünfzig Jahren habe er in Mainz gewohnt, wo er das Blut von einem Juden namens Sveschint aus Köln bekam. Gefragt, wie er an allen diesen Orten gewußt habe, daß er wirklich Blut eines Christenknaben empfing, sagte er, die Beglaubigungsschreiben der Oberen hätten es bezeugt.«

»Was hatten die anderen Juden eigentlich dazu ausgesagt?« wollte der Fürstbischof wissen.

Der Podestà holte die entsprechenden Unterlagen hervor: »Nun, Tobias, der Arzt und Besitzer des zweiten Judenhauses, ist gestern zusammengebrochen und hat gestanden. Er hat zu diesem Punkt ausgesagt, er sei vor vier oder sieben Jahren in Venedig gewesen, als der Kaiser dort war; und unter den Juden habe es geheißen, es sei ein großer jüdischer Kaufmann aus Kreta in Venedig, der eine große Menge Blut von Christenknaben zum Verkauf bei sich habe. Auch Samuel hat von zurückliegenden Blutkäufen gesprochen.«

»Hervorragend!« rief Hinderbach. »Damit beweisen wir der ganzen Welt die Universalität der jüdischen Blutmorde! Ich werde mir diese Geständnisprotokolle später genauer durchlesen. Aber ich danke Euch schon jetzt sehr herzlich dafür, lieber Giovanni de Salis. Ihr habt Christus und seiner Kirche einen großen Dienst erwiesen.«

In diesem Augenblick betrat der Stadthauptmann, Jacob von Spaur, den Raum. »Auch der Jude Angelus hat soeben gestanden, an der Ermordung des kleinen Simon beteiligt gewesen zu sein«, sagte er und überreichte Bischof Hinderbach das Folterprotokoll.

»Das kann nicht sein!« rief Bernardino da Feltre. »Israel, Moses und Tobias haben in ihren Geständnissen ausgesagt, Angelus sei bei der Ermordung nicht anwesend gewesen!«

»Das wußte ich nicht ...«, erwiderte Jacob von Spaur, sichtlich irritiert.

»Eigenartig«, murmelte Bischof Hinderbach, »solche Widersprüche in den Aussagen machen sich nicht gut im Protokoll. Wer weiß, vor welchen Herren dieser Welt wir unseren Prozeß und unsere Untersuchungen noch werden zu rechtfertigen haben!«

»Dann wird der Jude Angelus bei der nächsten Befragung aussagen, er sei bei der Ermordung des Kindes doch nicht anwesend gewesen!« sagte der Franziskanermönch und blickte den Stadthauptmann dabei scharf an.

»Ich verstehe«, antwortete dieser, »er war nicht anwesend!« Nach einer Weile meinte er ratlos: »Aber wird mein Geständnisprotokoll jetzt dadurch ganz wertlos? Zumal die Beschreibung des Tatherganges so vollständig mit den Geständnissen der anderen Juden übereinstimmt und Angelus auch über frühere Blutkäufe gesprochen hat. Ein Punkt, der Euch, ehrwürdigster Herr Bischof, doch sehr wichtig ist ...«

»Was hat er denn dazu ausgeführt?« fragte der Fürstbischof.

»Er gestand, daß er vor etwa vier Jahren trockenes Blut um vier Lire guter Münze gekauft habe von einem gewissen

Isaak aus Niederdeutschland aus dem Bistum Köln, aus einer Stadt Neuss. Er hat aber darüber hinaus die Namen von mindestens drei oder vier weiteren Bluthändlern genannt.«

»Wunderbar ...«, flüsterte Bernardino da Feltre, »diese Stadt, Trient, wird zur endgültigen Geißel der Hebräer werden! Unser Prozeß beweist, daß die Blutmorde keine Einzelfälle sind, sondern einem universellen religiösen Gesetz der Juden entsprechen, das ihnen überall auf der Welt den Genuß von Christenkinderblut befiehlt! Was das Protokoll des Angelus angeht, schlage ich vor, daß wir es trotzdem verwenden, auch wenn der Jude Angelus morgen sein Geständnis, bei dem Mord selbst dabeigewesen zu sein, widerrufen wird ... Die detailgenauen Übereinstimmungen in der Schilderung des Tatherganges erklären sich eben aus der Tatsache, daß die anderen Juden ihm davon erzählt haben, und zweitens dadurch, daß die Juden in ihren Blutmorden einem ganz bestimmten überlieferten Ritus folgen.« Und zu Bischof Hinderbach meinte er: »Nun haben wir genug Material in den Händen, um vor Herzog Sigismund und dem Dogen bestehen zu können – und wenn es sein muß, auch vor dem Papst.«

»Ihr habt recht«, bestätigte Hinderbach, »jetzt haben alle männlichen Juden, auf die es ankommt, gestanden! Wir können daher nun die Verhöre für einige Tage und Wochen unterbrechen – wie uns Herzog Sigismund befohlen hat. Wenn der Gesandte des Dogen hier in Trient eintrifft, werden wir ihm die gefangenen Juden zeigen. Wir müssen aber verhindern, daß er mit ihnen spricht. Es besteht sonst die Gefahr, daß die Juden in seiner Gegenwart ihre Geständnisse widerrufen. Es wird wohl das beste sein, die Juden jetzt aus ihrer Einzelhaft zu befreien und sie wieder in eine Gemeinschaftszelle zu verlegen. Auch sollen sie in den nächsten Tagen besseres Essen und medizinische Versorgung erhalten, damit der Gesandte nichts auszusetzen findet. Wir wollen ihnen keinen Vorwand bieten ... Sobald der

Venezianer aber die Stadt wieder verlassen hat, werden wir über die Juden das gerechte Urteil sprechen, und das kann natürlich nur der Feuertod sein!«

»Und was soll mit den jüdischen Frauen und Kindern geschehen?« fragte Giovanni de Salis. »Die Juden haben alle übereinstimmend ausgesagt, daß ihre Frauen an dem Kindsmord in keiner Weise beteiligt gewesen seien und nichts von ihm gewußt hätten!«

»Ich schlage vor«, sagte Bernardino da Feltre, »daß wir die Frauen und ihre Kinder dennoch verhaften, sobald der venezianische Gesandte wieder abgereist ist. Ich glaube den Aussagen der Juden in diesem Punkte nämlich nicht recht ... Ob eine gewisse Mitschuld oder Mitwisserschaft der Jüdinnen besteht, wird sich noch erweisen. Bis zu ihrer Verhaftung sollen die jüdischen Weiber unter strenger Bewachung in ihren Häusern bleiben. Auch hierbei ist darauf zu achten, daß der venezianische Gesandte nicht mit ihnen zusammentrifft. Das würde eine ungebührliche Einmischung in die internen Angelegenheiten der Stadt Trient darstellen, die wir nicht tolerieren und hinnehmen müssen.«

Der Fürstbischof erhob sich. »Meine Herren«, sagte er, »der heutige Tag war ein guter Tag für unsere Stadt und die gesamte Christenheit. Wir dürfen uns gratulieren!«

Es wurde Abend. Man hatte die Juden in der Zwischenzeit aus ihren Einzelzellen geholt und wieder in ihre alte Gemeinschaftszelle verlegt. Zu den Schmerzen der Folter kam in dieser Frühlingsnacht noch die Belästigung durch Fliegen, Flöhe und anderes Ungeziefer, das durch den Geruch frischen Blutes angelockt wurde. Die verwundeten Männer stöhnten schrecklich. Die Fliegen bedeckten ihre offenen Wunden, die Flöhe bissen sie, peitschten den Geist immer wieder aus dem Dämmerzustand und beraubten den Körper der notwendigen Ruhe. Einige der Männer schienen sich im Delirium zu befinden. Auch Samuel konnte nicht schlafen. Auch bei ihm forderten Hitze und Angst, das schmerzerfüllte Stöhnen seiner Glaubensbrüder und nicht zuletzt die Schmerzen seiner eigenen Verletzungen ihren Preis. Seine Gedanken kreisten unaufhörlich um die Qualen der bevorstehenden Hinrichtung. Daß sie alle zum Tode verurteilt werden würden, war ihm eine schreckliche Gewißheit. Sein Kopf schmerzte unmenschlich. Am furchtbarsten aber war, daß das Bild seiner geliebten Frau Brunetta zu verschwimmen begann. Er versuchte verzweifelt, sich ihr Gesicht in all seiner Schönheit und Lieblichkeit vorzustellen, es festzuhalten, aber es verlor seine Konturen und verblaßte. Samuel befürchtete, den Verstand zu verlieren. War er nicht schon seelisch und geistig tot, fuhr es ihm in dieser dunklen Stunde der Verzweiflung durch den Kopf, wenn es ihm ob all der vergangenen Qualen und Leiden nicht mehr gelang, sich das geliebte Antlitz seiner Frau zu vergegenwärtigen? Mußte der physische Tod, angesichts solcher Zerstörung und Qual, nicht eine zu ersehnende Befreiung sein?

Plötzlich schreckte Samuel hoch. Moses begann wie mit Zungen zu reden. Samuel stand auf und ging zu seinem Lager hinüber. Mohar kniete bereits neben seinem Vater. Der Rabbiner lag mit nacktem Oberkörper da. Samuel trieb es die Tränen der Verzweiflung in die Augen, als er die Verletzungen sah, die man dem alten Mann beigebracht hatte. Er glühte vor Wundfieber und Hitze. Sein Atem ging in kurzen Stößen, und er keuchte unverständliche Worte. Samuel verscheuchte vorsichtig die Fliegen aus dem Gesicht des Rabbis und kniete sich neben ihn. Mit dem wenigen Wasser, das er von den Gefängniswärtern zum Trinken bekommen hatte, benetzte Mohar seinem Vater die aufgesprungenen Lippen und das glühende Gesicht. Es war zu wenig Wasser, um ihm mit einigen Lumpen Wadenwickel anzulegen. Samuel bedeutete Mohar, den die Folterschergen ebenfalls entsetzlich gequält hatten, sich zur Ruhe zu begeben, um neue Kräfte zu gewinnen. Er würde neben dem Rabbi Wache halten. Nach einigem Zögern stimmte Mohar dankbar zu und legte sich wieder auf sein Lager. Samuel blieb neben dem alten Rabbiner sitzen und hielt ihm die zitternde Rechte. Allmählich wurde dessen Atem ruhiger, und er fiel in einen schlafähnlichen Zustand. Samuel kroch leise zu seiner Liegestelle zurück. Kurze Zeit später taumelte auch er vor Erschöpfung in einen traumlosen Schlaf.

Am nächsten Morgen erwachte er sehr früh. Sein erster Gedanke galt dem Rabbi. Doch der alte Mann rührte sich nicht. Samuel weckte Mohar und Tobias. Als sich der Arzt neben dem Lager des alten Mannes niederließ, erkannte er sofort, daß dieser tot war. Doch als Tobias den friedlichen Ausdruck auf seinem schon entseelten Antlitz sah, hätte er beinahe gelächelt, trotz des Schmerzes, der sein Herz ergriffen hatte. Die meisten Menschen fürchteten sich vor dem Tod, und zu Recht, denn er war das Tor ins Ungewisse, ins Dunkel, und manches Sterben, welches er als Arzt gesehen hatte, war voller Angst und Bangigkeit. Aber hin und wieder ging einer in Frieden und Gottvertrauen hinüber. Etwas von diesem Frieden und Gottvertrauen zeigte das liebe Gesicht des toten Rabbis. Auch die anderen schienen es so zu sehen, und sie litten daher weniger. Sie trauerten nicht, wie sie es unter anderen Umständen sicher getan hätten. Es war nicht so, daß die Angst vor dem eigenen Ende ihr Herz erstarren oder sie weniger füreinander empfinden ließ. Aber der Tod hatte einen anderen Stellenwert bekommen. Der Rabbi war gestorben. Aber es war ihren Feinden nicht gelungen, ihn der Schande einer öffentlichen Hinrichtung auszuliefern. Und insgeheim dachte jeder für sich: Welch eine Erlösung ist so der Tod für Moses. Welche Qualen bleiben ihm nun erspart! Die Bedauernswerten sind wir, die Überlebenden.

Drei Tage später traf der venezianische Gesandte in der Stadt ein. Giorgio de Federici, ein berühmter Rechtsgelehrter, dessen Ruf auch nach Trient gedrungen war, gehörte zu jenen großen, hageren, gebildeten Männern, die ihr nicht unsensibles Wesen hinter großer Gelehrsamkeit verbargen. Er machte dem Fürstbischof unverzüglich seine Aufwartung und erbat sich von ihm die Genehmigung, am nächsten Morgen das Gefängnis besuchen zu dürfen, in dem die Juden inhaftiert waren. Bischof Hinderbach erteilte sie ihm.

Währenddessen rang im Torre Vanga Salomon, der Koch, mit dem Tode. Salomon war jedesmal, wenn ihn die Gefängniswärter zu foltern begonnen hatten, von konvulsivischen Anfällen geschüttelt worden, so daß ihm kein verständliches Wort zu entlocken gewesen war. So hatte er folglich auch keinerlei Geständnis abgelegt. Dieser Umstand hatte die Folterknechte in solche Wut versetzt, daß sie sich seiner in besonders grausamer Weise angenommen hatten. Die letzten zwei Tage war Salomon die meiste Zeit bewußtlos gewesen. Doch nun hatte sich sein Zustand verschlimmert. Sein zerschundener Leib zuckte in unruhigem Delirium. Er war dem Tode näher als dem Leben. Samuel saß neben Salomons Lager und legte ihm die Hand auf die fiebrige Stirn. Der Gequälte bäumte sich auf und warf sich im verzweifelten Kampf gegen die feste Umarmung des Todes hin und her. Die Juden rangen im Gebet um das Leben ihres Glaubensbruders. Schließlich erklärte sich Tobias bereit, die Nacht über bei Salomon zu wachen, damit sich die anderen schlafen legen konnten. Nach ein paar Stunden übermannten ihn allerdings Müdigkeit und Erschöpfung, und er schlief gegen seinen Willen ein.

Am nächsten Morgen trat Samuel an das Lager des Salomon und blickte in sein bleiches Antlitz. Die Augäpfel waren nach oben verdreht, die dünnen, verkrampften Lippen entblößten die Zähne. Samuel erkannte sofort, daß er tot war. Im Unterschied zum friedlichen Antlitz des toten Rabbiners sah das Gesicht Salomons im Tode erschreckend aus. Welche Leiden und Qualen mußte er in seiner Sterbestunde durchgemacht haben, und keiner von ihnen hatte seinen Todeskampf bemerkt. Als Tobias sah, daß Salomon gestorben war und er selbst zu wenig Kraft besessen hatte, dem treuen

Diener in seinen letzten Stunden und Minuten beizustehen, ergriff ihn eine Panik. Er begann voller Wut und Verzweiflung zu randalieren. Ein ungeheurer Haß bäumte sich in ihm auf – ein Haß nicht nur gegen den Fürstbischof, den Podestà, Bernardino da Feltre und die Folterknechte, sondern gegen alle Christen dieser Stadt und in der ganzen Welt. Vier Gefängniswärter stürmten in die Zelle und überwältigten den wild um sich schlagenden Tobias. »Verdammter Jude«, fuhr ihn einer von ihnen an und fletschte die Zähne. »Es wird mir ein ungeheures Vergnügen bereiten, dich in Stücke zu zerlegen!«

In diesen Augenblicken betrat der venezianische Gesandte in Begleitung Giovanni de Salis' das Gefängnis. Ein durchdringender Schmerzensschrei erfüllte das ganze Gebäude. Während der Legat wie angewurzelt dastand und ihm der Schweiß in kleinen Tropfen auf die Stirn trat, erscholl ein zweiter Schrei aus der Kerkerzelle, in der Tobias gequält wurde; dieser Schrei wuchs zu einem durchdringenden Gebrüll so entsetzlicher Art an, daß Giorgio de Federici das Blut in den Adern zu gefrieren schien.

Entschiedenen Schritts betrat der Venezianer, begleitet von Giovanni de Salis, das Arbeitszimmer des Fürstbischofs.

»Verzeiht, hochwürdigster Herr Bischof«, sagte der Gesandte, »ich bin soeben im Gefängnis gewesen – dort sieht es furchtbar aus. Und ich habe die gefangenen Juden gesehen; die Männer sind in sehr bedenklicher und elender Verfassung. Zwei der Männer sind bereits verstorben.«

»Zwei?« fragte der Bischof. »Ich weiß nur von einem, dem Rabbiner, und der war alt ...«

»Diese Nacht ist ein weiterer Häftling gestorben – nicht an Altersschwäche, sondern an den Folgen seiner Torturen und weil die Haftbedingungen menschenunwürdig sind.«

»Beruhigt Euch, mein lieber Giorgio de Federici«, antwortete der Bischof, »Ihr kennt die Juden noch nicht so gut wie wir. Selbstverständlich sind sie nicht in allerbester Verfassung – schließlich sitzen sie seit über zwanzig Tagen im Gefängnis, und sie haben die peinliche Frage hinter sich. Aber glaubt mir bitte, alles, was geschieht, entspricht dem Gesetz und den üblichen Vorgehensweisen, wie sie das Recht für solche Mordfälle vorsieht.«

»Herzog Sigismund und der Doge Venedigs haben Euch befohlen, die Torturen unverzüglich einzustellen«, entgegnete Giorgio de Federici.

»Die Torturen sind eingestellt worden«, beharrte der Fürstbischof.

»Als ich soeben den Kerker betrat«, erwiderte Giorgio de Federici, »wurde einer der Juden von Euren Gefängniswärtern entsetzlich geprügelt.«

»Ich habe Euch erklärt«, mischte sich Giovanni de Salis in das Gespräch ein, »daß dieser Jude randaliert und die Wärter und Mithäftlinge bedroht hat. Er wurde somit von unseren Wärtern zu Recht gemaßregelt.«

»Trotzdem entsprechen Eure Handlungsweisen weder den Anweisungen Herzog Sigismunds noch denen des Dogen Pietro Mocenigo«, sagte der Gesandte.

»Ich bin an das Gesetz dieser Stadt gebunden und ihrem Wohl verpflichtet«, erklärte der Fürstbischof, »die Juden wurden nicht auf venezianischem Boden, sondern hier in Trient festgenommen, wo sie auch ihre Verbrechen begangen haben. Alle der Untat beschuldigten Hebräer befinden sich im Gefängnis, wir haben sie verhört, und sie haben gestanden. Und das ist erst der Anfang.« Bischof Hinderbach nahm eine Liste vom Schreibtisch. »Hier stehen die Namen der jüdischen Frauen und ihrer Kinder. Wir werden auch sie ins Gefängnis stecken und verhören, falls sich herausstellt, daß sie an der Ermordung des Kindes Simon beteiligt gewesen sind oder davon gewußt haben.«

»Ihr werdet größte Schwierigkeiten bekommen, Herr Bischof«, konterte der Gesandte. »Herzog Sigismund und unser Doge Mocenigo werden alles tun, was in ihrer Macht steht, um die angeklagten Juden, ihre Frauen und Kinder zu befreien und zu beschützen. Die gegen sie erhobenen Anschuldigungen werden sich als unhaltbar erweisen.«

»Das werden wir ja sehen«, sagte Hinderbach. »Ich werde schon achtgeben, daß kein Unschuldiger verurteilt wird. Aber ich bin zunächst und vor allem den Bürgern Trients verpflichtet und erst in zweiter Linie Herzog Sigismund.«

»Ich wäre Euch dankbar, wenn Ihr nun den Bitten und Befehlen des Herzogs nachkommen und die gefangenen Juden freilassen würdet«, erklärte Giorgio de Federici, und fragend fügte er hinzu: »Rechnet Ihr denn nicht mit einem Veto des Papstes? Es handelt sich hier nun einmal um ein Anliegen der Kirche, da die Blutschuldfrage eine Frage des Glaubens und der kirchlichen Disziplin darstellt! Es geht hier nicht um die Interessen Trients, Herr Bischof!«

»Ich soll die Juden freilassen, obwohl sie die Ermordung des Kindes bereits gestanden haben?« Hinderbach lachte trocken.

»Herr Bischof«, erwiderte der venezianische Gesandte, »laßt mich eins mit aller Deutlichkeit feststellen: Als ich gestern in Trient ankam, glaubte ich, daß Ihr nach der Lektüre des herzoglichen und venezianischen Schreibens unverzüglich Maßnahmen zur Freilassung der gefangenen Juden in die Wege geleitet hättet. Wenn Ihr Euch nun weigert, greift Ihr die verbrieften Rechte Herzog Sigismunds und des Kaisers an. Ich bin vom Dogen ausdrücklich ermächtigt worden, Euch mitzuteilen, daß Ihr mit härtesten Sanktionen von seiten Venedigs rechnen müßt.«

»Der Gedanke, der Herzog und der Doge könnten einen schweren Fehler begehen, scheint Euch nicht zu kommen«, erwiderte Hinderbach wütend.

»Der Herzog begeht keinen Fehler, er erinnert nur an seine im Jahre 1450 verbrieften Herrschaftsrechte über die Juden dieser Stadt. Bitte, veranlaßt daher nun die Freilassung der gefangenen Juden. Die herzoglichen Richter und Beamten werden das Verbrechen sorgfältig untersuchen. Wenn sich die Juden als schuldig erweisen sollten, werden sie mit dem Tode bestraft werden. Wer immer dieses Kind ermordet hat, wird mit seinem Leben büßen. Aber gebt jetzt die angeklagten Juden frei und laßt sie zu ihren Frauen nach Hause gehen, bis die Beamten Sigismunds in Trient angekommen sind.«

»Das geht nicht«, erwiderte der Fürstbischof, »das Volk würde die Juden in seinem gerechten Zorn erschlagen.«

»Dann behaltet sie in Schutzhaft. Ihr müßt aber unverzüglich alle Verhöre und Torturen einstellen und mir Zugang zu den unter Arrest stehenden Jüdinnen und ihren Kindern verschaffen.«

»Nichts von alledem werde ich tun«, erwiderte Hinderbach, ohne mit der Wimper zu zucken. »Diese Orders Herzog Sigismunds und Pietro Mocenigos sind null und nichtig, da sie die Interessen Trients und seiner Bürger verletzen. Außerdem darf ich darauf hinweisen, daß auch ich kurz nach meiner Amtsübernahme den Hebräern meiner Stadt einen Schutzbrief ausgestellt habe, sie also unter meiner Herrschaft stehen. Außerdem darf ich daran erinnern, daß Trient ein eigenständiges Bistum und Fürstentum ist, ich also auch weltlicher Herr über diese Stadt – inklusive seiner Juden – bin. Wir brauchen uns also nicht erpressen zu lassen und regeln unsere ureigensten Anliegen selbst.«

Giorgio de Federici ließ die Arme sinken. »Wenn Ihr Euch so verhaltet«, sagte er, »dann werden Sigismund und Pietro Mocenigo die Angelegenheit wohl vor die höchste Instanz der Christenheit bringen – vor den Papst!«

Mit diesen Worten verneigte sich der venezianische Gesandte und verließ ohne ein weiteres Wort das Arbeitszimmer des Bischofs. Wenige Tage später reiste er aus Trient ab.

Einige Tage später empfing Papst Sixtus IV. einen Boten, den der venezianische Doge Pietro Mocenigo mit einem Schreiben an den Heiligen Stuhl nach Rom geschickt hatte. Der Bote beugte seine Knie vor dem Papst und küßte ihm ehrfürchtig den Bischofsring. Dann erhob er sich und sagte:

»Der Doge Pietro Mocenigo und der Rat von Venedig haben einen Rechtsgelehrten nach Trient gesandt. Dieser verbrachte einige Zeit in der Stadt und im Palast des Bischofs, und nach seiner Rückkehr nach Venedig gewann der Doge aus seinem Bericht ein klares Bild über die Vorgänge in Trient. Hiermit übersendet er Euch, Heiligkeit, seinen Bericht.«

Der venezianische Bote überreichte dem Papst das Schreiben. Dieser öffnete es und begann zu lesen.

»Ich, Pietro Mocenigo, durch Gottes Gnade und Vorsehung Doge der Stadt Venedig, und der Rat von Venedig senden Euch, Heiligkeit, untertänigst folgenden Bericht, den der Rechtsgelehrte Giorgio de Federici über das, was er in Trient gesehen und gehört, abgegeben hat. In glühendem Haß und Zorn gegen die Juden wurden dieselben gefoltert, und weil sie zunächst nichts gestanden, wurden die verschiedenartigsten schrecklichen Folterungen erneuert und verdoppelt, namentlich die Streckbank, die Daumenschrauben, die glühenden Eier, welche unter die Arme gelegt wurden, so daß zuerst einer der den Folterungen Unterworfenen denselben erlag, ein anderer jetzt auf gleiche Weise zugrunde ging, und es war ihnen wohler, ihr Leben mit dem Tode zu beschließen, als tagtäglich mit den verschiedenartigsten schrecklichen Folterungen gepeinigt zu werden. Wenn man die Vorwürfe und alle die Verdachtsgründe, welche gegen die Juden fälschlich erdichtet wurden, überdenkt, muß man erkennen, daß sie, auch wenn sie glaubhaft wären, durch die verdoppelte, verdreifachte, vervierfachte Tortur widerlegt sind. Denn wer ist so standhaft, daß er vierzehn Tage hindurch beim Leugnen verharren könnte, wie das die Juden getan haben? Vierzehn Tage wurden sie gepeinigt, wovon freilich in Trient öffentlich nichts gesagt wird, was absichtlich geschieht, damit die Grausamkeit der Folterungen nicht offenbar werde. Wir bitten Eure Heiligkeit inständig, etwas gegen die ungeheuren Verbrechen zu unternehmen, die sich in Trient ereignen, und Bischof Hinderbach Einhalt zu gebieten.«

Papst Sixtus hatte den Brief mit wachsendem Zorn gelesen. Er berichtete den im Audienzsaal anwesenden Bischöfen und Aristokraten mit kurzen Worten den Inhalt des venezianischen Schreibens. Bestürzung, Aufregung und Unmutsäußerungen regten sich. Zweifellos lag hier nicht nur ein Verbrechen gegen die Menschlichkeit, sondern zugleich ein Affront gegen den Heiligen Stuhl vor. Papst Sixtus IV. hielt es jetzt, nach diesen besorgniserregenden Informationen aus Venedig, für höchste Zeit, an den Bischof Trients eine unmißverständliche Protestnote zu richten.

»Wir werden Uns der Sache annehmen«, sagte der Papst mit immer noch vor Wut zitternder Stimme zu dem venezianischen Boten. »Richtet das dem Dogen bitte aus. Der Bischof von Trient wird sich Unseren eindringlichen Worten nicht verschließen.«

Sobald der venezianische Bote den Saal verlassen hatte, erhob sich der Papst langsam, schob sich die goldbestickte Kappe aus weißem Samt zurecht, strich sich über den grauen Bart, faltete die Hände und sprach ein Gebet zur Rettung der gefangenen Juden. Als Sixtus IV. das Gebet beendet hatte, setzte er sich wieder und diktierte einem seiner Sekretäre unverzüglich ein inständiges Schreiben an Bischof Hinderbach. Er forderte ihn mit ernsten Worten auf, von seinem Vorhaben Abstand zu nehmen, den Prozeß zu beenden, die gefangengenommenen Juden freizulassen und sich ihm, dem Papst, in Gehorsam zu fügen. Außerdem teilte er ihm mit, daß er einen offiziellen Gesandten nach Trient schicken werde, der die ganze Angelegenheit im Namen des Heiligen Stuhles untersuchen solle.

Fast zur selben Stunde erteilte Hinderbach den schriftlichen Befehl, die Jüdinnen und ihre Kinder gefangenzunehmen und sie in den Torre Verde, das Frauengefängnis der Stadt, zu bringen. Als erster unterschrieb der Bischof das Dokument, dann gab er die Feder Giovanni de Salis, damit auch er seinen Namen hinzusetzte. Plötzlich dachte Hinderbach an den Teufel, an den er nicht glaubte, und drehte sich nach dem Kerzenleuchter um, auf dem mehrere Lichter brannten. Es schien dem Bischof, Satan selbst schaue ihn mit seinen blutroten Augen an.

Vier Tage später ließ Bischof Hinderbach Bernardino da Feltre zu sich in sein Arbeitszimmer rufen.

»Womit kann ich Euch dienlich sein?« fragte der Franziskanermönch, während er sich dem Stuhl näherte, auf dem Johannes Hinderbach saß.

»Ich habe ein Schreiben des Papstes erhalten«, erwiderte der Fürstbischof. »Er protestiert gegen die Verhaftung der Juden und unseren Prozeß. Er verlangt die sofortige Freilassung der jüdischen Männer! Außerdem will er einen Gesandten schicken, der untersuchen soll, ob in dem bisherigen Prozeßverlauf alles nach Recht und Gesetz abgelaufen ist.«

»Will der Papst auf diese Weise die Rechte des Ortsbischofs herabsetzen?« fragte Bernardino da Feltre wütend. »Ist die Untersuchung eines solchen Mordfalles nicht vornehmlich Aufgabe des Bischofs, in dessen Bistum die ruchlose Tat geschehen ist? Mögen die in Rom ihre eigenen Sachen regeln. Aber hier sind wir in Trient!«

»Ihr wißt, lieber Bernardino da Feltre, wie es um die ganze Angelegenheit bestellt ist, wenn Rom sich einmischt. Die Päpste haben sich immer schon als die besonderen Anwälte des jüdischen Volkes betrachtet. Vor allem haben sie in der uns interessierenden Blutopferfrage die Juden immer verteidigt und entsprechende Anschuldigungen als unbegründet verworfen. Denkt an die Bullen Calixtus II., Eugen III. und Alexander III. Zuletzt hat noch Papst Eugen IV. vor einigen Jahrzehnten die Bullen seiner Vorgänger bestätigt und erneuert.«

»Durch die Sache müssen wir nun durch«, sagte Bernardino da Feltre. »Das beste wird sein, wir ignorieren das päpstliche Schreiben einfach und machen mit den Juden endlich kurzen Prozeß! Wenn wir sie hingerichtet haben, kann uns keine Macht dieser Erde mehr in unser Verfahren hineinreden und den verdammten Juden womöglich noch die Möglichkeit geben, ihre Geständnisse zu widerrufen! Diese Geständnisse sind nämlich unser wichtigstes Kapital und unser Trumpf, der unser Handeln im nachhinein vollkommen rechtfertigen und legitimieren wird. Doch jetzt heißt es, keine weitere Zeit zu verschwenden – die Juden müssen so schnell wie möglich vom Diesseits ins Jenseits befördert werden!«

»Aber wie könnten wir vor der Welt eine solch eklatante Gehorsamsverweigerung gegenüber dem Heiligen Stuhl rechtfertigen?« überlegte Johannes Hinderbach.

»Wir wären im Recht, wenn wir uns auf eine diesbezügliche Offenbarung des göttlichen Willens berufen könnten«, erwiderte Bernardino da Feltre. »Haltet Ihr es denn für ausgeschlossen, daß Gott selbst durch ein besonderes Zeichen das Martyrium des Kindes Simon bestätigen und uns den Befehl geben könnte, die verdammten Mörder des Knaben ihrer gerechten Strafe zuzuführen?«

»Wem könnte diese Offenbarung zuteil werden?« fragte Hinderbach mit gerunzelter Stirn.

»Gott wird sie mir senden«, erwiderte der Franziskanermönch.

»So ...«, stellte der Bischof fest.

Bernardino da Feltre konnte nicht sagen, ob seine Stimme ironisch oder erstaunt klang.

Johannes Hinderbach stand von seinem Schreibtisch auf und ging im Raum auf und ab, als müsse er intensiv nachdenken.

»Wie lange werdet Ihr wohl noch brauchen, bis Ihr diese Offenbarung erhaltet?« fragte er.

»Das liegt bei Gott«, antwortete Bernardino da Feltre würdevoll.

»Mir scheint«, entgegnete Hinderbach trocken, »daß diese Offenbarung schon ein wenig überfällig ist. Schon jetzt würde der Himmel nur bestätigen, was unsere weltlichen Untersuchungen bereits festgestellt haben. Das Kind wird verehrt wie kaum ein Heiliger. Mirakel ereignen sich! Was braucht Ihr noch mehr?«

»Das liegt nicht an mir«, erwiderte der Franziskaner leicht ärgerlich.

»Es liegt bei Gott, meinetwegen!« rief Hinderbach. »Ich denke aber, daß er Euch diese Offenbarung heute oder morgen zukommen lassen sollte. Die Zeit drängt, und die Situation wird immer unangenehmer. In Bälde kann der päpstliche Untersuchungsrichter auf offiziellen Befehl des Heiligen Stuhles hier erscheinen, um unsere Untersuchungen und den ganzen Prozeßverlauf zu überprüfen, und – machen wir uns da nichts vor – die Juden endgültig freizusprechen. Von allen Fürstenhäusern Europas erhalte ich täglich Briefe, die mein Vorgehen gegen die Juden tadeln und mir raten oder sogar befehlen, sie freizulassen. Nur selten und zögernd treffen auch Schreiben der Unterstützung und Ermutigung ein.«

»Ich werde Gott im Gebet um das nötige Zeichen bitten«, sagte Bernardino da Feltre, verneigte sich würdevoll und verließ den Bischof.

Am nächsten Sonntag, zwei Tage nach dem Gespräch zwischen Hinderbach und Bernardino da Feltre, hielt der Franziskaner im Dom während des Hochamtes die Predigt. Die Kirche war zum Bersten voll. Die Predigt des Mönchs wirkte auf seine Zuhörer – unter denen sich auch Pater Paolo befand – ungewöhnlich sanft und ruhig. Der Franziskaner sprach über die christlichen Tugenden, von Glaube, Hoffnung und Liebe; mit keinem Wort erwähnte er die Juden oder gar den schrecklichen Mord, den sie in Trient begangen hatten. Schon breitete sich unter seinen Zuhörern eine fast spürbare Enttäuschung darüber aus. Plötzlich hielt der Franziskanermönch inne. Seine Augen schlossen sich. Er wurde sehr blaß. Ein leichtes Zucken erfaßte seinen Körper. Er holte tief Atem und schaute über die in der Kirche Versammelten mit seherischem, starrem Blick in die Ferne.

Es schien, als habe der Mönch eine Vision. Alle verharrten in angespannter Erwartung. Die Aufregung trieb vielen die Tränen in die Augen. Nach einer Pause hob Bernardino da Feltre seine Hände leicht empor und sagte: »Eine tiefe Dunkelheit ist um mich ... Der Schleier ist schwer zu durchdringen ... Aber jetzt sehe ich einen halberleuchteten Raum ... Es ist die Synagoge dieser Stadt ...«

Jetzt stöhnte Bernardino da Feltre in den Wehen seiner Visionen. »Ich sehe die Juden ... Sie führen einen kleinen Knaben herein.« Der Mönch zog pfeifend den Atem ein, dann weiteten sich seine Augen plötzlich vor Schrecken und Angst. Er wand sich, als hätte eine Viper ihn gebissen. »O Gott!« stöhnte er. Die Pein und Qual des Mönchs schienen unerträglich, als sein hellsehender Sinn die Bilder jenes unsagbaren Verbrechens wachrief. Bernardino da Feltre führte seinen Zuhörern eine Vision vor Augen, welche die blutigsten Gerüchte und grausamsten Phantasiebilder um den Mordfall des kleinen Simon bei weitem übertraf. Der Franziskaner krümmte sich in Schmerzen. Die Todeswunden des kindlichen Märtyrers schienen an seinem Leib zu brennen, die Fratzen der mörderischen Juden ihn haßerfüllt anzustarren. Die atemlos staunende Zuhörerschar glaubte die Fluchworte zu hören, welche die Mordjuden bei ihrem schrecklichen Verbrechen gegen Christus und seine Mutter ausgestoßen hatten.

Plötzlich schien die Vision zu Ende zu sein. Der Mönch schloß seine Augen, und man sah seine Lippen sich bewegen, während er einige Ave-Maria murmelte, um seiner Seele Ruhe zu verschaffen. Dann breitete er seine Arme aus, und hochaufgerichtet verkündete er: »Ihr seid Zeugen! Gott hat mir die Wahrheit über das Martyrium seines unschuldigen Himmelsknaben Simon offenbart und endgültig bestätigt, was wir ohnehin schon wußten. Wer will nun bezweifeln, daß Christus die Verherrlichung seines kleinen Märtyrers will, und wer wagt jetzt noch zu leugnen, daß der Knabe Simon von den Juden ermordet worden ist?«

Seine Stimme hebend, begann er aus der Offenbarung des Johannes zu zitieren: »› Die Frau war in Purpur und Scharlach gekleidet und mit Gold, Edelsteinen und Perlen geschmückt. Sie hielt einen goldenen Becher in der Hand, der mit dem abscheulichen Schmutz ihrer Buhlerei gefüllt war. Auf ihrer Stirn stand ein Name, ein geheimnisvoller Name: Babylon, die Große, die Mutter der Buhlerinnen und aller Abscheulichkeiten der Erde. Und ich sah, daß die Frau trunken war vom Blut der Heiligen und vom Blut der Zeugen Jesu‹!« Der Mönch hielt kurz inne, dann rief er: »Nun wissen wir endlich, wer die Frau in der Offenbarung ist und welcher Name auf ihrer Stirn steht! Die Frau ist das verworfene jüdische Volk, das trunken ist vom Blut unzähliger christlicher Märtyrer.«

Als die Leute das hörten, fielen viele auf die Knie und dankten Gott, daß er ihnen die Gnade gewährt hatte, diesen Tag und diese Deutung der Schrift erleben zu dürfen. Nicht ohne Ergriffenheit hörte Pater Paolo die Gebete und Hallelujarufe, die nun um ihn laut wurden. Er war hin und her gerissen zwischen gläubiger Begeisterung und Zweifel. War das nun wirklich der Beweis für das Martyrium des Kindes Simon? Aber wie sicher waren Visionen? Warnte nicht der heilige Augustinus davor, Gesichte vorschnell zu glauben und sie für sichere Beweismittel des Glaubens zu halten?

Bernardino da Feltre fuhr fort: »Unser Erlöser spricht: ›Durch den Mund der Kinder wirst du dir Ruhm bereiten. Wenn ihr nicht werdet wie die Kinder, werdet ihr nicht in den Himmel kommen! Wer einem dieser Kleinen ein Leid antut, dem wäre es besser, wenn er mit einem Mühlstein um den Hals ertränkt werden würde ...‹«

Plötzlich ließ sich seine Stimme dröhnend bis in den letzten Winkel des Domes vernehmen: »Wir haben nun einen göttlichen Beweis für die Schuld der verhafteten Juden! Sie sind Mörder! Laßt uns also nicht mehr länger warten, sie ihrer gerechten Strafe und dem Zorn Gottes zuzuführen!

Niemals mehr soll in dieser Stadt ein Christenkind unter ihrem Schächtermesser bluten!«

Frauen kreischten hysterisch auf, starke Männer zitterten vor Erregung, und ein einziger Racheschrei gegen die Juden stieg aus der Menge hervor. Nun gab es für Bernardino da Feltre kein Halten mehr – der Geist Gottes schien ihn berührt zu haben. Seine Augen traten funkelnd aus den Höhlen, während er rief: »Darf uns irgendeine Macht der Erde jetzt noch hindern oder auch nur aufhalten, den Willen Gottes zu tun – und seien es Kaiser oder Papst?«

»Nein! Niemals!« tönte es wie aus einer Kehle aus der Menge zurück.

»Soll der Judengott über Christus triumphieren?« schrie Bernardino da Feltre.

»Nein! Niemals!« brüllte die Menge abermals, und geballte Fäuste hoben sich in die Höhe. Dieses Fragen und Antworten ging weiter und schien seinen Höhepunkt zu erreichen. Welch ein Unterschied zu der ersten Predigt Bernardino da Feltres einige Tage vor Gründonnerstag, als seine Worte gegen die Juden zunächst noch ungläubiges Staunen und Zweifel hervorriefen. Diesmal hatte der Bußprediger die Menge ganz überzeugt und auf seiner Seite.

Er hatte sie in seiner Gewalt. Das unschuldige Blut des kleinen Simon hatte ihnen die Augen geöffnet. Als der Franziskanermönch herausfordernd rief: »Wollt ihr, daß euer Bischof Hinderbach die Hinrichtung der Mörder des Kindes auch ohne Mandat Roms vornimmt?«, rief die Menge ein ohrenzerreißendes: »Ja! Wir wollen es! Gott will es!«

Die blinde Hingabe der dichtgedrängten Menschen und die Ahnung eines kirchenrechtlich unerlaubten und gegen Kaiser und Rom gerichteten Aktes, den Pater Paolo da Novara unvermeidlich kommen sah, legten sich drückend auf sein Gewissen und Gemüt. Welchen Aussagewert, welche Beweiskraft hatte die Vision des Bernardino da Feltre? Wenn er ein Heiliger war, konnte es keinen Zweifel mehr geben, denn dann hatte Gott durch ihn gesprochen! Aber konnte man annehmen – durfte man glauben –, daß Gott durch Visionen und übernatürliche Einsprechungen zum Ungehorsam gegen den Heiligen Stuhl aufforderte? Den weiteren Verlauf der Messe verfolgte Paolo da Novara mit wachsender Unruhe und schmerzendem Unbehagen. Nach dem Schlußsegen verließ er schnell den Dom und begab sich voller quälender Fragen in sein Kloster zurück.

Am Abend ging Pater Paolo mit einem seiner Mitbrüder im Klostergarten spazieren. Sie verständigten sich mit wenigen Worten darüber, wie bemerkenswert und ungewöhnlich es war, daß die schwülwarme, fast dunstige Hitze zu dieser späten Abendzeit immer noch anhielt. Was für ein Frühling! Sie blickten nach Westen zum Himmel hin. In der abendlichen Diesigkeit sah die untergehende Sonne unheimlich aus, wie ein böses Omen, ungewöhnlich groß, dunkelrot, drohend. »Blutfarben«, meinte Pater Paolo.

»Gestern sah der Sonnenuntergang anders aus«, erwiderte sein Mitbruder leise und schüttelte den Kopf.

Am Nachmittag des nächsten Tages wurden den Juden das Todesurteil und der Termin ihrer Hinrichtung mitgeteilt. Die Männer nahmen die Mitteilung mit erstaunlicher Ruhe hin; sie hatten sich schon seit langem mit ihrem Schicksal abgefunden. Sie waren Gefangene eines furchtbaren Fatums; der Finsternis und dem Haß war es gelungen, das Licht der Wahrheit und der Liebe zu verdunkeln.

Den ganzen folgenden Tag hindurch wurde auf dem Domplatz gehämmert und gesägt. In regelmäßigen Abständen von mehreren Fuß wurden sieben Pfähle in den Boden gerammt und davor die Scheiterhaufen aufgeschichtet. Ungefähr zwanzig Meter davon entfernt erhob sich der Richtblock. Der Klotz war aus einem Eichenstamm gehauen. Die Platte oben hatte eine Mulde.

Nun griffen allmählich Angst und Verzweiflung mit eisigen Fingern nach den Herzen der gefangenen Juden und ließen sie in ihren Gesprächen verstummen. Sie glaubten schon rot-gelbe Flammen in der kalten Dunkelheit ihres Gefängnisses auflodern zu sehen.

Samuel saß in einer Ecke der Gefängniszelle und betete still für sich:

»Ach Herr, du weißt, es war nie meine Sache, sich den goldenen Himmel deiner Engel vorzustellen und meine Gedanken dem Paradies zuzuwenden. Meine Seele ist von einer ausgesprochenen Diesseitsschwerkraft, und mit jeder Faser meines Körpers hänge ich an dieser Erde. So suche ich, in der demütigsten Haltung, die ein Mensch einnehmen kann, jetzt meinen Geist auf dich und dein Reich hin auszurichten, welches ich bald schauen werde. Erinnere dich doch, als du meine Seele in meiner Mutter Schoß geschaffen hast, gedenke der Zeit meiner Kindertage, als du über mich wachtest. Immer warst du mir ein gütiger Vater. So sei mir nun auch in der letzten Stunde ein gütiger Vater und milder Richter. Verzeih mir meine Sünden und wache in Liebe über meine liebe Frau Brunetta, den wertvollsten Schatz, den ich auf dieser Erde besitze.«

Gegen Mitternacht erschien Bernardino da Feltre, begleitet von zwei Priestern, in der Kerkerzelle. Die beiden Priester hielten hohe brennende Kerzen in ihren Händen.

»Wollt ihr immer noch Juden bleiben und in eurem gottlosen Irrtum verharren?« sprach der Franziskanermönch die Männer an. »Euch bleibt der Feuertod erspart, und ihr werdet zum Tode durch das Schwert begnadigt, wenn ihr auf der heiligen Bibel eurem Irrtum abschwört, euch zu Christus, dem Erlöser, bekennt und ein Gebet zu seiner gebenedeiten Mutter Maria sprecht.«

Er hielt Samuel eine Bibel hin. Entsetzt wich Samuel zurück. »Das kann ich nicht, das wäre Gotteslästerung«, antwortete dieser. »Euer Ansinnen macht Euch auf ewig schuldig vor dem Gott Israels!«

Bernardino da Feltre lachte laut auf. Dann schrie er wütend: »Bekenne dich zu Christus, dem wahren Gott!«

»Ein Gott, der sterben muß, ist kein Gott«, antwortete Samuel ruhig, »was verlangt Ihr von mir? Daß ich das Sichere aufgebe für das Unsichere, das Bekannte für das Unbekannte, meinen Glauben an den Gott unserer Väter opfere, den Glauben an einen Gott, der über den Himmeln thront und mit den Sternen spricht, und an einen Gott in Menschengestalt glaube, der am Kreuze hängt und stirbt? Da erleide ich lieber hundertmal den Feuertod!«

Voller Wut wandte sich Bernardino da Feltre von Samuel ab und wiederholte sein Angebot gegenüber den anderen Juden. Bonaventura, der Koch Samuels, Vitalis, sein Diener, und Bonaventura, der Sohn des Mohar, hatten bereits bei ihrem »Geständnis« die Taufe begehrt, um wenigstens dem schrecklichen Feuertod zu entgehen. Sie wiederholten nun auch ihre Bitte, getauft zu werden. Sofort wurden sie in eine andere Gefängniszelle geführt, wo die religiöse Handlung in aller Eile vollzogen wurde. Sie blieben die ganze Nacht und bis zur Stunde der Hinrichtung am nächsten Tag von den übrigen Juden, die den christlichen Glauben standhaft verweigerten, getrennt.

Eine Stunde nach Mitternacht kniete Samuel neben seinem Sohn Israel nieder, und seine Augen füllten sich mit Tränen: »Findest du keine Ruhe, mein Sohn?«

»Ich kann nicht schlafen, nicht in dieser Nacht«, erwiderte Israel. »Wenn ich die Augen schließe, sehe ich schon die Flammen des Scheiterhaufens vor mir! Welch eine lange Reise ist das Sterben, und welch eine Last, dem Tod so ohne alle Hoffnung entgegenzutreten. Was wird aus meiner Frau werden, was aus meinen Kindern?«

Samuel hielt Israels kalte Rechte in seinen Händen. »Du wirst morgen nicht alleine sein, mein Sohn«, flüsterte er, und die Tränen erstickten seine Stimme.

Von überall, aus allen Straßen und Gassen, strömten die Menschen am nächsten Morgen auf den Domplatz, auf dem die Hinrichtung stattfinden würde. Einige geschäftstüchtige

Händler nutzten auch diese schaurige Gelegenheit und verkauften Wein, Brot und andere Dinge; andere boten Marienmedaillen oder eher heidnische Amulette an, während sich Taschendiebe durch die Menge schlängelten. Auch Pater Paolo war unter der Menge. Während er in Richtung Gefängnis schritt, fühlte er sich sehr unwohl. Er empfand eine große Verwirrung, und Zweifel zermürbten seine Seele. Noch immer war er sich nicht sicher, ob hier nicht ein furchtbarer Justizirrtum vorlag und die Juden zu Unrecht verurteilt worden waren. Er wollte vor dem Gefängnis warten, bis die Juden herausgebracht wurden, und dann den Weg zum Richtplatz neben ihnen herlaufen. Er wollte sie dabei beobachten. Würden sie echte Reue demonstrieren, die ihre Geständnisse glaubhaft erscheinen ließen, oder würde ihr Verhalten auf ihre Unschuld schließen lassen und darauf, daß ihre Geständnisse falsch und durch die Folter erpreßt waren? Der Pater wollte ein letztes Indiz ihrer Schuld erfassen, eine letzte Erhellung dieses eigenartigen Falles, der so viele Fragen aufwarf.

Paolo stellte sich an den Straßenrand, wo viele Schaulustige auf die verurteilten Männer warteten. In ihren Gesichtern war kein Zweifel zu erkennen. Sie waren von der Schuld der Juden felsenfest überzeugt.

Gegen zehn Uhr öffnete sich das Gefängnistor, und die verurteilten Juden wurden auf einen großen Holzwagen geschoben. Kurz darauf polterte ein großer Karren durch die Straße. In ihm saßen Vivorio de Vezano, der Oberhenker der Stadt, und drei seiner Helfer. Alle trugen große schwarze Kapuzen auf dem Kopf, die ihre Augen und das ganze Gesicht verbargen. Ein schwarzes Pferd zog den Karren. Gleich dahinter folgte der Karren mit den Juden, die hinter dem hölzernen Gitter standen, die Hand- und Fußgelenke mit dicken Seilen gefesselt. Die Leute am Straßenrand schrien auf und schmetterten den Männern entsetzliche Fluchworte entgegen. »Mörder! Bluthunde!« Steine flogen. Mit Mühe bahnten die Wagenlenker sich ihren Weg durch die dichte Menschenmenge, welche die Juden mit Johlen und Schreien verhöhnte. Ein berittener Henkersknecht drohte mit der Faust gegen die Menge, die aber nicht verstummte.

Schließlich kamen die beiden Holzkarren auf dem Domplatz an. Der Fürstbischof, Giovanni de Salis, Jacob von Spaur und weitere Amtsinhaber der Stadt saßen auf einem hölzernen Podest, das in der Nacht in aller Eile errichtet worden war. Neben ihnen standen, von bischöflichen Soldaten umringt, die jüdischen Frauen und ihre Kinder. Der Bischof hatte angeordnet, daß sie bei der Hinrichtung ihrer Männer anwesend waren. Auf diese Weise sollte ihr Widerstand gebrochen werden, denn bis zur Stunde hatten die Frauen standhaft geleugnet, daß ihre Männer etwas mit der Ermordung des Kindes Simon zu tun hatten.

Neben den Frauen stand eine Schar Franziskanermönche, die mit halblauter Stimme um das Seelenheil der Todeskandidaten beteten.

Pater Paolo weilte nun inmitten der Menschenmenge, die sich um die Scheiterhaufen und den Richtblock drängte. Er wartete, daß die Juden vom Schinderkarren heruntergeholt und zur Hinrichtung geschleppt wurden. Die Holzkarren hielten – der Henker und seine Gehilfen stiegen aus ihrem Wagen. Der Pater sah, wie drei der Juden vom Karren gezerrt und zu dem Richtblock hinübergeschleppt wurden. Sie hatten die Taufe begehrt, daher waren sie zum Tode durch das Schwert begnadigt worden und würden als erste hingerichtet werden. So sollten ihnen der Anblick der Feuerhinrichtungen und ein weiteres leidvolles Warten erspart werden.

Als erster wurde Bonaventura, der Koch, den Hinrichtungsblock hinaufgezogen. Bernardino da Feltre fragte ihn mit strenger Stimme, ob er noch einmal die Absolution erhalten wolle, und obgleich Bonaventura stumm blieb, interpretierte der Franziskaner das Schweigen als Zustimmung und begann die Bußformel zu sprechen: »Confiteor Deo omnipotenti, beatae Mariae semper Virgini, beato Michaeli Archangelo, beato Joanni Baptistae, sanctis Apostolis Petro et Paulo, omnibus Sanctis: quia peccavi nimis cogitatione, verbo et opere: mea culpa, mea culpa, mea maxima culpa ...«

Plötzlich hielt Bernardino da Feltre inne, da sein Blick auf das Gesicht des Kochs gefallen war, das kalt und unerbittlich war und voller Härte und Stolz. Bonaventuras Augen schienen spöttisch zu fragen, für wessen Seelenheil der Franziskanermönch wohl betete, für das der Delinquenten oder für das eigene. Den Franziskanermönch packten der Zorn und der Haß auf die Hebräer und die Verärgerung darüber, daß sie die Taufe begehrt hatten und ihnen nun die Gnadenmittel der Kirche zustanden. Das Judenpack war dieser heiligen Zeichen doch gar nicht wert, und es war nahezu eine Gotteslästerung, Mitglieder dieses von Gott verworfenen Volkes überhaupt zu taufen. Und so haspelte der Franziskaner nun, nur um den kirchlichen Vorschriften Genüge zu tun, den Rest der Beicht- und Absolutionsformel herunter, auf daß der barmherzige Gott um des unschuldigen bitteren Leidens und Sterbens Jesu Christi und der Tränen seiner gebenedeiten Mutter willen diesem armen, mit Sünde beladenen Menschen wolle gnädig und barmherzig sein und ihm die Sünden und Missetaten vergeben und ihm die nie verlöschenden Flammen des Höllenfeuers ersparen wolle. Amen.

Dann übergab er den Juden seinem Henker und wandte sich ab, wobei er dachte, nun sei's genug der frommen, aber in diesem Fall wohl überflüssigen und nutzlosen Worte, und die Gerechtigkeit und das schaubegierige Volk wollten nun auch zu ihrem Recht kommen.

Der Henker drückte Bonaventura in die Knie. Seine Schultern wurden gegen den Block gedrückt, sein Hals in die Mulde des Blocks gepreßt. Vivorio de Vezano hob das Schwert mit beiden Händen in die Höhe. Das Beten der Mönche schwoll an. Das Eisen fuhr blitzartig nach unten, rammte sich knirschend in Bonaventuras Genick. Sein Körper bäumte sich auf, zuckte heftig. Unter dem frenetischen Jubel der Menge riß der Henker das Schwert noch einmal hoch, ließ es wieder niedersausen, und diesmal wurde der Hals vollständig durchtrennt. Eine Fontäne von Blut schoß aus dem zuckenden Rumpf, der Schädel fiel mit dumpfem Geräusch zu Boden.

Als nächster wurde der Diener Vitalis von zwei Soldaten zum Hinrichtungsblock geschleppt. Offensichtlich konnte er nicht mehr gehen – seine Füße schleiften über den Boden. Entsetzt sah Paolo da Novara, daß der Jude vollkommen abgemagert war und fast kein Fleisch mehr auf den Knochen hatte. Sein Kopf ähnelte den Schädeln mumifizierter Leichen, wie man sie manchmal in alten Klostergrüften sehen konnte. Das völlig zerfetzte Hemd gab den Blick frei auf eine eingesunkene Brust und hervorstechende Rippen. Emotionslos, ja widerwillig leierte Bernardino da Feltre hastig die Worte der Absolutionsformel herunter. Der Henker ergriff Vitalis und zwang seinen Kopf auf den Holzblock. Dann hob er das Schwert schwungvoll empor und ließ es mit voller Wucht niedersausen. Das Eisen zertrümmerte den Hinterkopf. Vor entsetzlichem Schmerz stieß Vitalis einen gurgelnden Schrei hervor. Erst der zweite Hieb löste den Kopf völlig vom Rumpf. Vivorio de Vezano packte den blutüberströmten Kopf und zeigte ihn am ausgestreckten Arm der johlenden Menge.

»Tod der Judenbrut!« kreischten die Menschen.

Als letzter wurde Bonaventura, der Sohn des Mohar, zum Richtblock geschleift. Er war dazu verurteilt worden, die Enthauptung der anderen mitansehen zu müssen. Zwar hatte auch er schließlich gestanden und die Taufe begehrt, aber weil er der letzte war, der dies getan hatte, wollte man ihm diese Pein nicht ersparen. Sein Schädel wurde gegen das Holz gedrückt. Während ein Henkersgehilfe mit fester Hand das Opfer am Haarschopf hielt, tat der Henker einen kräftigen, schnellen Hieb durch den Hals. Der Kopf fiel diesmal beim ersten Schlag vom Rumpf. Die Menge tobte vor Begeisterung.

Doch nun sollte der Hauptteil der schaurigen Vorstellung beginnen: die Verbrennung der übrigen Juden! Sie wurden von dem Holzkarren gezerrt und vor Bernardino da Feltre geführt. Dieser trat nahe an die Verurteilten heran.

»Noch einmal ermahne ich euch, eurem jüdischen Aberglauben zu entsagen und in der Taufe Christus anzunehmen.«

»Wir bleiben dem Glauben unserer Väter treu«, erwiderte Samuel entschieden.

»Dann sei Gott eurer armen Seele gnädig!« zischte der Franziskanermönch, und seine Augen funkelten.

»Wir bleiben unserem Glauben treu«, wiederholte Samuel, »und der Gott unserer Väter, der Gott Abrahams und Jakobs sei Euch gnädig ...«

»Genug davon«, unterbrach Bernardino da Feltre Samuel wütend.

»Fangt an!« rief er.

Die Henkersknechte ergriffen zuerst Samuel und seinen Sohn Israel. Vivorio de Vezano band die verurteilten Juden eigenhändig an die Brandpfähle und hängte ihnen die übelriechenden Pechkränze um den Hals. Die Henkersgehilfen schichteten pechgetränkte Zweige um die Verurteilten. Noch einmal trat Bernardino da Feltre an den Scheiterhaufen heran. Er hob ein großes Holzkreuz empor und hielt es den beiden Juden zum Kuß hin. Diese wandten ihre Köpfe ab. Das alles konnte Pater Paolo von seinem Standort aus gut sehen, und wieder nagte der Zweifel in seiner Seele. Die Juden hatten gestanden, aber sie verweigerten bis zum Schluß die Taufe und hielten an ihrem jüdischen Glauben fest. Machte das ihr Geständnis nicht unglaubwürdig? Die Mönche des Franziskanerordens begannen nun zu singen, aber die Stimme Bernardino da Feltres übertönte sie. Er beschwor die Dämonen, die in die Herzen dieser verruchten Juden gefahren seien.

»Der gekreuzigte Herr Jesus Christus erbarme sich dieser Mörder in ihren Sünden. Seliger Märtyrer Simon, bitte von deinen Himmelshöhen für ihre Rettung!« rief er am Schluß und wandte sich mit theatralischer Geste ab.

»Zündet die Scheiterhaufen an!« befahl der Franziskanermönch. Vivorio de Vezano packte die Fackel, die einer seiner Gehilfen bereits entzündet und bereitgehalten hatte. Er senkte die Fackel in den Scheiterhaufen. Schnell leckten rote Flammen in dem Stroh auf, zündelten an den Holzscheiten. Die Henkersknechte gossen erwärmtes Pech über die an den Seiten herausragenden Holzscheite. Das Pech verbrannte, stinkender Rauch stieg in die Luft, das Harz schmolz, die Holzscheite begannen rot zu glühen. Die aufsteigende Luft war heiß und hatte einen betäubenden, beißend öligen Geruch. Die Mönche sangen nun noch lauter. Doch Samuel hörte nichts von dem Gesang. Er hörte nur das Tosen des Feuers in seinen Ohren und wußte, daß die Flammen nahe waren und seinen Körper erreichten. Er neigte den Kopf zur Seite und sah, daß die züngelnden Flammen bereits seine bloßen Füße umspielten. Dort, wo das Feuer die harzgetränkten Scheite berührte, zischte es, und grauer Rauch stieg auf. Das Feuer verzehrte Stroh, Harz und Holz. Der Rauch verstärkte sich derart, daß Samuel bald zu ersticken drohte. Die Atemnot versetzte ihn in Panik, und er unterdrückte mit Not den Wunsch, sich noch einmal mit Kraft aufzubäumen, da ihn das Seil um seinen Hals sonst erdrosselt hätte. Würgend rang er nach Luft. Seine Augen suchten das Antlitz seiner geliebten Brunetta. Aber er konnte sie nicht mehr sehen. Zu dicht umwogte ihn jetzt der Rauch des Feuers. Er drehte seinen Kopf zur Seite und sah durch den Qualm zu Israel hin, den man auf dem Scheiterhaufen zu seiner Rechten angekettet hatte. Auch sein Scheiterhaufen war bereits entzündet worden und loderte heftig. Die Blicke der beiden Männer trafen sich und verschmolzen in einem ohnmächtigen Grauen. Plötzlich verzogen sich Israels Gesichtszüge, es war, als wollte er etwas rufen, vermochte es aber nicht und brach mit einem unverständlichen Schrei zusammen. Leblos hing sein Körper in den Seilen.

Brunetta hatte bis jetzt heldenmutig und gefaßt dagestanden. So schien es jedenfalls. Mit ihren physischen Augen hatte sie alles gesehen, was um sie herum an Furchtbarem geschah: das Blut, das Feuer, den Haß der Menge. Aber sie hatte das alles nur wie durch einen Schleier wahrgenommen. Ein Gefühl der Unwirklichkeit hatte sie erfaßt. Es war, als hätte sie sich in zwei Personen aufgespalten. Die Frau, die mit ihren eigenen Augen sah, hatte die wirkliche Brunetta zu deren Schutz gleichsam verdrängt, sie fortgeschickt aus der schmerzhaften, schrecklichen Gegenwart.

Bilder der Erinnerung stiegen aus den Tiefen von Brunettas Seele auf, Erinnerungen an ihr glückliches Leben mit Samuel: Ihr erstes scheues Sich-Annähern in ihrem Heimatdorf Ala, ihre Hochzeit, ihr trautes liebevolles Leben in Trient, umgeben von den Freunden. Das alles war angesichts der grausamen Wirklichkeit auf unbegreifliche Weise mit dem Wiedererwachen vergangener Gefühle und Empfindungen verbunden: mit jener Freude, die sie erfüllt hatte, wenn Samuel von einer längeren Reise zurückkam, und der Unbeschwertheit ihres gemeinsamen Planens nie realisierter Reisen.

Den nahen Tod Samuels vor Augen, wollte Brunetta das Leben festhalten. Das war das einzige, was sie für Samuel tun konnte, um all dem Haß und der Gewalt um sie herum ein klein wenig Einhalt gebieten zu können. Das Leben, das war für Brunetta doch Samuel – und sie war es für ihn. Nichts in Brunettas Leben waren wichtiger und beglückender gewesen als die Entdeckung und der Besitz seiner Liebe. Als sie sich Samuels Gefühlen gewiß war, hatte Brunetta zunächst nur gehofft, diese Liebe, dieses Glück ein Leben lang festzuhalten. Erst als diese Liebe ein Kind unter ihrem Herzen wachsen ließ, hatte sie auch das Gefühl der Gewißheit gewonnen, es auch wirklich für immer zu können. Doch dann kam das

Furchtbare – das, was ihr damals das Furchtbarste schien: der Verlust ihres Kindes. Und es war allein Samuels Liebe, sein zarter Beistand gewesen, der sie nach der Fehlgeburt ihrer bodenlosen Trostlosigkeit hatte entkommen lassen, obwohl sein Schmerz gewiß nicht kleiner gewesen war als der ihre. Aber hat das nie geborene Kind nicht letztlich ein gnädigeres Schicksal gefunden als jener, der es gezeugt, und jene, die es unter ihrem Herzen getragen hatte? Denn es mußte nun nicht mitansehen, wie sein Vater unschuldig hingerichtet und seine Mutter aus dem Himmel in die tiefste Tiefe der Qualen gestürzt wurde. Dieser schmerzliche Gedanke riß Brunetta wieder in die grausame Gegenwart des Domplatzes zurück. Die Verzweiflung Hiobs kam Brunetta in den Sinn, und während sie starr in das Feuer blickte, das ihren Mann verzehrte, flüsterten ihre zitternden Lippen jene Worte, welche vom biblischen Dulder überliefert waren: »Ausgelöscht sei der Tag, an dem ich geboren bin, der die Pforte an meiner Mutter Leib nicht verschlossen, nicht das Leid verborgen vor meinen Augen. Warum starb ich nicht vom Mutterschoß weg, kam ich aus dem Mutterleib und verschied nicht gleich?«

In diesem Augenblick vermischte sich Samuels Todesschrei mit dem monotonen Gesang der Mönche und dem Knacken der rotglühenden Hölzer. Sekunden später stürzte der Scheiterhaufen mit Samuels brennendem Leib krachend in sich zusammen. Das Feuer schien nun nichts mehr als sich selbst zu brauchen, um emporzulodern.

Mit einem Aufschrei sank Brunetta auf ihre Knie. Tränen strömten über ihr Gesicht, und in ihrer Seele stieg eine solch tiefe Verzweiflung auf, daß sie laut schluchzte und erschütternd weinte. Sie vergrub ihr Gesicht an Bellas Brust. Anna, die Frau des Israel, war bewußtlos geworden. Sara kniete neben ihr und fächelte ihr frische Luft zu.

Nun wurden die übrigen Männer von ihrem Karren heruntergezerrt: Tobias, der Arzt, Moses, der junge Hauslehrer, Mohar, Angelus und sein Diener Isaak. Die Männer wurden auf die Scheiterhaufen gezogen und an die Holzpfähle gebunden. Bernardino da Feltre wandte sich zuerst an den jungen Lehrer und forderte ihn auf, Buße zu tun und sich Jesus Christus zu unterwerfen. Als Moses nicht reagierte, schleuderte der Franziskanermönch dem Jüngling eine Flut lateinischer Sätze entgegen, die sich wie eine Reihe von Flüchen anhörte. Darauf riß er die brennende Fackel empor und brüllte mit sich überschlagender Stimme: »Seliger Simon, siehe, wir rächen dein unschuldiges Blut!«

Dann legte er die Fackel an die Reisighaufen unter dem großen Holzstoß. Der Scheiterhaufen brannte diesmal besonders schnell. Kaum entzündet, erhob sich eine gelbrote, blendende Feuersäule und umhüllte und verzehrte die sich windende Gestalt des armen Jünglings.

Als nächstes wurde der Scheiterhaufen des Tobias entzündet. Sein mit Pech übergossenes Hemd brannte rasch – blaurote Flammen züngelten an ihm empor. Mohar hing mit gesenktem Haupt ganz unbeweglich an seinem Pfahl. Es schien, als sei er bereits gestorben. Auch sein Scheiterhaufen wurde jetzt entzündet. Das Feuer sprang an seiner Gestalt hoch, tanzte um seinen herabgebeugten Kopf, züngelte in seinem grauen Haar. Schließlich änderte das Feuer seine Farbe von hell loderndem Rot zu dunklem Grün. Auch die Scheiterhaufen von Angelus und Isaak brannten bereits, während die Mönche ihre dunklen Gesänge unter dem Krachen des Feuers unbeirrt fortsetzten.

Pater Paolo hörte die Schreie der brennenden Juden, sah die angstvollen und schmerzerfüllten Blicke der jüdischen Frauen, hörte das laute Gelächter und die spöttischen und haßerfüllten Rufe der Zuschauer, die sie in die Flammen der brennenden Scheiterhaufen warfen. Ab und zu flog ein Stein in die Flammen. Die Hitze der Todesflammen brandete ihm wie Flutwellen entgegen, brannte heiß in Gesicht, Nase und Augen, dörrte Hals und Kehle aus. Der Pater hielt die Zähne fest zusammengebissen, so daß ihn der Kiefer schmerzte, um nicht laut aufschreien zu müssen. Des Menschen Elend …, dachte er bei sich, des Menschen Elend …

Die Sonne verdunkelte sich im schwarzen Rauch, wechselte von einem trüben Rot ohne Glanz zu einem matten Weiß, als sei sie im Begriff zu erlöschen, todwund durch die Berührung mit dem über den Feuermassen aufsteigenden Rauch. Nach und nach erstarben die Schreie der brennenden Männer, und man hörte nur noch das laute Knacken der Holzscheite. Auch die Schreie der Menge waren verstummt. Es roch widerlich nach verbranntem Fleisch und Teer.

Allmählich wurde der Himmel über Trient von schweren schwarzen Wolken verhängt, die schnell von Norden her heraufzogen und sich verdichteten, bis die Umrisse des Trienter Domes grau und fahl mit dem immer dunkler werdenden Himmel verschwammen.

»Die Juden sind endlich tot!« jubilierte Bernardino da Feltre nach einer Weile. »Der Teufel hat sich sein Eigentum geholt. Danken wir unserem Herrn Jesus Christus. Mögen die Knochen der enthaupteten Juden von den Krähen aufgelesen werden, und mögen die Seelen der verbrannten Juden in der Hölle brennen, wie ihre Leiber gebrannt haben. Die ganze Welt ist voll von Juden und ihren schrecklichen Taten. Die Hand Gottes war bis jetzt ihnen gegenüber geduldig, doch nun wird sie gewaltig auf sie niederschlagen. Wir haben erst den Anfang erlebt ...«

Weiter kam er nicht. Donner rollte plötzlich über den Himmel, und strömender Regen prasselte auf den Domplatz nieder. Ein Sturm tobte. Erst jagte er nach Süden, dann nach Norden. Die Menge verlief sich schnell, jeder versuchte so rasch wie möglich ins Trockene zu kommen. Die bischöflichen Soldaten führten die jüdischen Frauen und ihre Kinder in aller Eile fort. Auch der Fürstbischof und die anderen hohen Herren zogen sich schnell zurück. Pater Paolo flüchtete sich indessen unter das große steinerne Domportal und wartete den Wolkenbruch dort ab.

Nach einer Viertelstunde hörte der Platzregen auf. Der Domplatz war nun fast menschenleer. Der Pater näherte sich langsam den noch immer schwelenden Scheiterhaufen. Ein zarter Rauch stieg von ihnen auf. Immer noch hing der Brechreiz erzeugende Gestank von verbranntem Menschenfleisch in der Luft. Die Soldaten und Schergen räumten die nassen Holzstöße weg, warfen die verkohlten Überreste auf einen Karren, um sie in eine der Abfallmulden draußen vor der Stadt zu entladen. In Kürze würde der Domplatz wieder aussehen wie immer, und nichts würde an das blutige Geschehen erinnern, das eben noch den Himmel erhellt und dann verdunkelt hatte.

Vier Tage später erschien ein schweißgebadeter venezianischer Bote an der Tür der päpstlichen Audienzhalle, stürzte vor dem Thron des Papstes auf die Knie und keuchte atemlos: »Heiliger Vater, Bischof Hinderbach hat die des Ritualmords beschuldigten Juden Trients hinrichten lassen! Zehn Männer! Sieben wurden verbrannt, drei mit dem Schwert hingerichtet! Die Frauen wurden verhaftet und schmachten mit ihren Kindern im Gefängnis!«

»Herrgott im Himmel!« rief Papst Sixtus IV. erschrocken und wütend zugleich. »Ist Bischof Hinderbach wahnsinnig geworden? Sie sind doch unschuldig – zehn Männer, habt Ihr gesagt? Und die Frauen und Kinder im Kerker? Mein Gott!«

Der Papst ballte seine Rechte zur Faust. Durch die Reihe der Bischöfe ging ein Raunen. Einhellige Empörung ergriff die anwesenden Prälaten. Seit Tagen erwartete man in Rom Hinderbachs Antwortschreiben auf den Brief des Papstes. Und statt einer schriftlichen Antwort nun diese schreckliche Nachricht! Leise, aber unüberhörbar wurden Schmähungen gegen den Bischof von Trient ausgestoßen. Der päpstliche Kardinalkämmerer, ein asketisch-strenger Prälat, ging auf den Papst zu und erklärte ihm eindringlich: »Das ist Verrat! Mit diesem ungeheuerlichen Ungehorsam verpfändet der Bischof von Trient seinen Treueid gegenüber dem Heiligen Stuhl, den er bei seiner Bischofsweihe geleistet hat! Eure

Heiligkeit, bei derartigen Umständen könnt Ihr nicht länger zögern ...«

Der Papst schien ihm gar nicht zuzuhören. Er erhob sich ungestüm, breitete weit seine Arme aus und rief in lebhaftem Zorn: »O schauervolle Tat! Unglückseliger Bischof von Trient, wer wird beim Jüngsten Gericht Fürsprache für dich einlegen, da deine mörderische Hand unschuldige Menschen ohne regelgerechtes Verfahren getötet hat?«

Der ganze päpstliche Hof stimmte den deutlichen Worten des Heiligen Vaters zu. Der Papst ließ sich in seinen Thron fallen.

»Verzeiht ...!« sagte er nach einer Weile mit vor Erregung bebender Stimme. »Dies sind schmerzliche Nachrichten – erschreckende Neuigkeiten. Beinahe hätten Wir Uns selbst vergessen.«

Schließlich richtete sich der Papst in seinem Thron auf. »Wir werden Uns eine adäquate Reaktion überlegen!«

Drei Tage später versammelten sich Kardinäle, Bischöfe und die wichtigsten Adligen Roms im päpstlichen Audienzsaal. Papst Sixtus IV. hatte sie zu sich gebeten. Trompetenstöße erklangen und kündigten den Pontifex an. Nach einer kurzen Weile erschien seine kräftige Gestalt. Der weißgekleidete Greis ging mit schweren Schritten durch den Saal zum päpstlichen Thron. Über seiner weißen Samtrobe trug er die mit Hermelin besetzte scharlachrote Mozzetta. Er stieg die niedrigen Stufen hinauf, die zu seinem Thron führten, wandte sich den versammelten Bischöfen und Adligen zu und breitete seine Arme in einer alles umfassen wollenden, weiten Geste aus, während er seinen entschlossenen Blick über die Anwesenden schweifen ließ. Dann erteilte er den Segen und nahm auf seinem Thron Platz. Als Ruhe eingekehrt war, begann Sixtus zu sprechen:

»Von überall her erreichten Uns die letzten Tage Briefe von Juden, die Uns anflehen, etwas gegen Bischof Hinderbach zu unternehmen. Das Entsetzen und die Trauer über die Hinrichtung der unschuldigen Hebräer zu Trient spricht aus den Briefen. Sie beklagen, daß der Bischof Trients die Juden hinrichten ließ, um mit ihnen die Wahrheit im Totenreich versinken zu lassen; sie berichten von der Angst, welche die Hebräer aller Lande jetzt befallen hat, ebenfalls Opfer eines solch unsinnigen Vorwurfs, wie des der Blutbeschuldigung, zu werden. Wir müssen daher handeln. Wir haben Bischof Hinderbach eine deutliche Protestnote gesandt und Unseren unendlichen Schmerz über den Tod der hingerichteten Männer, aber auch Unsere tiefe Empörung über sein treuloses und ungehorsames Verhalten zum Ausdruck gebracht.«

Der Papst schwieg einige Sekunden, dann fuhr er fort: »Wir haben beschlossen, Bischof Giovanni Battista dei Giudici, einen der gelehrtesten und dem Heiligen Stuhl ergebensten Prälaten, als päpstlichen Kommissär nach Trient zu senden, um die dortigen Vorgänge zu überprüfen, Licht in das Dunkel zu bringen, die Ehre der hingerichteten Männer zu rehabilitieren und ihre Frauen und Kinder zu befreien ...«

Alle Anwesenden bekundeten ihre Zustimmung mit Applaus und bejahenden Rufen.

Vier Tage später ließ Bischof Hinderbach Bernardino da Feltre zu sich rufen.

»Wie kann ich Euch dienen?« fragte der Franziskanermönch, während ihm ein Diener den braunen Umhang abnahm. Als Bernardino da Feltre sich dem Stuhl näherte, auf dem der Bischof saß, erwiderte dieser:

»Ich habe ein Schreiben des Papstes erhalten. Er protestiert gegen die Hinrichtung der Juden. Außerdem will er einen Gesandten schicken, der untersuchen soll, ob in dem Prozeß alles nach Recht und Gesetz abgelaufen ist. Des weiteren verlangt der Papst die Freilassung der jüdischen Frauen ...«

»Das wäre ja noch schöner ...«, erwiderte Bernardino da Feltre wütend.

»Wir haben uns in den Augen Roms schuldig gemacht, weil wir die Anweisung des Papstes, die Juden freizulassen, mißachtet und dieselben hingerichtet haben. Ich wundere mich ohnehin, daß die Protestnote des Papstes nicht schärfer ausgefallen ist ... Wir müssen nun geschickt und klug vorgehen! Vielleicht gelingt es uns, den päpstlichen Gesandten von der Schuld der Juden und der Korrektheit unserer gerichtlichen Vorgehensweise zu überzeugen.«

»Wen wird der Papst denn schicken?« fragte der Franziskaner.

»Einen gewissen Bischof Giovanni Battista dei Giudici. Kennt Ihr ihn?«

»Nein!« erwiderte der Mönch. »Welches Bistum untersteht ihm denn?«

»Heute keines mehr«, antwortete Hinderbach, »er lebt und arbeitet in Rom beim Heiligen Stuhl. Ihm obliegen verschiedene Aufgaben, unter anderem ist er Legat des Papstes für besondere Angelegenheiten. Da er für kurze Zeit Bischof von Ventimiglia gewesen ist, wird er auch oft einfach ›Bischof Ventimiglia‹ und ähnlich genannt.«

Nach einer Weile ergänzte der Fürstbischof: »Ventimiglia gilt in Rom als ausgesprochener Judenfreund ...«

»Dann müssen wir aufpassen«, überlegte Bernardino da Feltre, »auf gar keinen Fall darf der Mann mit den verhafteten Jüdinnen zusammentreffen. Überhaupt werden wir ihn scharf im Auge behalten müssen.«

VI.

Pater Paolo da Novara unternahm mit einem seiner Mitbrüder, Pater Serafino de Bustis, einen Abendspaziergang, der die beiden Priester zum bischöflichen Schloß führte. Knapp drei Wochen waren seit der Hinrichtung der Juden vergangen.

Der Palast Hinderbachs war von Hunderten von Fackeln erhellt, und zahlreiche Soldaten und Wachen standen vor den Toren des Schlosses. Paolo da Novara fragte seinen Mitbruder, wer der Ehrengast sei, der mit solchem Prunk empfangen werde.

»Lieber Pater«, antwortete Serafino de Bustis mit sorgenvoller Stimme, »es ist kein Geringerer als Bischof Giovanni Battista dei Giudici, Ventimiglia genannt, der vom Papst als Gesandter und Kommissär nach Trient geschickt worden ist, um die Untersuchungen und Prozesse im Falle des kleinen Simon auf ihre Rechtmäßigkeit hin zu durchleuchten.«

Während er diese Worte sprach, rollte eine große Kutsche an ihnen vorbei. Sie wurde von vier Reitern auf schwarzen Hengsten eskortiert. Pater Paolo erblickte auf dem Rücksitz der Kutsche einen großen Mann, der eine violette Soutane, einen gleichfarbigen Umhang und einen Bischofshut trug. Das muß er sein, dachte er. Die Gestalt in der Kutsche lehnte sich vor, grüßte leicht mit dem Kopf und segnete die beiden Priester am Straßenrand. Pater Paolo verneigte sich tief. Dabei blickte er auf Serafino de Bustis und erwartete, daß dieser den bischöflichen Gruß und Segen ebenfalls erwidern würde. Zu seinem Erstaunen jedoch verharrte sein Mitbruder betont hochmütig in seiner Haltung.

»Diesen Judenfreund grüße ich gewiß nicht zurück«, begründete Pater Serafino sein sonderbares Verhalten, als die Kutsche weitergerollt war. »Man sagt, Bischof Ventimiglia sei mit zwei jüdischen Gelehrten aus Rom gekommen. Er hat sie allerdings aufs erste in Rovereto gelassen! Könnt Ihr mir erklären, Pater, wie ein Christ und Priester die Gegenwart zweier Juden so lange Zeit ertragen kann? Mir wäre schon von ihrem Gestank übel geworden!«

Angespannt erwartete Bischof Hinderbach die Ankunft des päpstlichen Gesandten. Er stand am Kamin seines Arbeitszimmers und blickte in die Flammen. Die Politik und die Vernunft verboten es ihm, eine zu direkte und scharfe Kontroverse mit dem Mann zu wagen, der zu den engsten Vertrauten des Papstes gehörte. Diesen Part wollte er Bernardino da Feltre überlassen. Der kleine Hof vor dem Palast füllte sich plötzlich mit Lärm: Rufe, Befehle, das Wiehern von Pferden und eilige Schritte erklangen.

Der Franziskanermönch trat mit besorgter Miene ein. Er nickte dem Bischof bedeutungsvoll zu. »Er ist angekommen«, sagte er.

»Wir müssen ihm zur Begrüßung entgegengehen«, antwortete Bischof Hinderbach. Sie verließen den Saal und schritten die große Treppe hinab, die zum Schloßeingang führte. »Der Gesandte des Papstes!« rief ein Herold mit respektvollem Ton.

Ein großgewachsener Mann trat ein, würdevoll in einen violetten Umhang gehüllt. Es war Bischof Giovanni Battista dei Giudici. Die Ehrenbezeigungen der Wachen erwiderte er kaum und ging statt dessen mit raschen Schritten auf Hinderbach zu. Dieser betrachtete ihn mit kritischem Blick: Ventimiglia mochte gerade einmal fünfundvierzig Jahre alt sein, er war stattlich, brünett, von kraftvoller Erscheinung, mit einem schönen und angenehmen Gesicht und einem leicht spöttisch lächelnden Mund. Seine schwarzen Augen blickten Hinderbach durchdringend an.

»Ich bin entzückt, Eure Bekanntschaft zu machen«, sagte der Bischof von Trient.

»Die Freude«, antwortete Ventimiglia, »die Freude ist ganz auf meiner Seite.«

Nebenbei grüßte er den Franziskaner mit einem kühlen, fast unmerklichen Kopfnicken. Der Mönch musterte den jungen Bischof. Der Mann gefiel ihm nicht. Eine Gestalt wie Ventimiglia konnte unangenehm werden, er störte, paßte nicht in Bernardino da Feltres Konzept. Er hatte zu viel Charisma und schien sehr genau zu wissen, was er wollte.

»Kommt jetzt, und stärkt Euch erst einmal nach der anstrengenden Reise«, sagte Bischof Hinderbach. Er führte die beiden Männer die breite Schloßtreppe empor zu einem kleineren Zimmer, wo ein großer Tisch mit wilden Früchten, Brot, Honig und mehreren Platten mit Braten und gebackenem Fisch gedeckt war. Hinderbach nahm am Kopfende Aufstellung und forderte Ventimiglia und Bernardino da Feltre auf, mit den beiden anderen Stühlen vorliebzunehmen. Dann brummelte er mit gesenktem Kopf ein Benedicite, das sich Ventimiglia und der Franziskaner schweigend anhörten. Giovanni Battista dei Giudici war wegen des eiligen und schlampigen Gebetes des Fürstbischofs überrascht und unangenehm berührt. Galt Johannes Hinderbach nicht als frommer Mann? Der Franziskaner schien wegen der eigenartigen Gebetsweise ebenfalls verärgert, jedenfalls warf er Hinderbach einen kurzen wütenden Blick zu. Dieser schien jedoch nichts zu merken, und so setzten sie sich. Nach dem Austausch einiger höflicher Floskeln sagte Ventimiglia:

»Der Heilige Vater hat Euch, Bischof Hinderbach, seinen Protest wegen der Hinrichtung der jüdischen Männer übermittelt. Ich möchte daher zu diesem Eurem Vorgehen, den Prozeß gegen die Juden – trotz des Vetos des Papstes – fortzuführen und sie schließlich hinrichten zu lassen, nichts weiter sagen. Das ist eine Angelegenheit des Heiligen Stuhles. Meine Aufgabe hier in Trient besteht darin, die ganze Sachlage zu überprüfen und festzustellen, was an dem Vorwurf, die Juden hätten ...«

»... hier in Trient ein religiöses Blutopfer begangen ...«, unterbrach Bernardino da Feltre Ventimiglia unsanft, besann sich aber und sprach den Satz nicht zu Ende. Der päpstliche Kommissär blieb ganz ruhig.

»Was immer in Trient geschehen ist«, erwiderte er, »das eine steht fest: Die Hebräer haben keinen rituellen Mord begangen, weil es so etwas in der jüdischen Religion nicht gibt. Nicht das also kann Gegenstand meiner Untersuchung sein. Nicht auszuschließen ist aber, daß einer der Juden ein Mörder ist und das Kind beispielsweise aufgrund geschlechtlicher Verwirrung oder aufgrund eines anderen Motivs getötet hat. In diesem Sinne habe ich zu prüfen, ob tatsächlich einer der Hingerichteten oder aber auch mehrere von ihnen etwas mit dem Tode des Kindes zu tun haben. Erst wenn diese Frage geklärt ist, kann ermessen werden, ob, und wenn ja, in welchem Ausmaße, hier ein Justizirrtum vorliegt. Denn daß alle hingerichteten Juden etwas mit dem Tod des Kindes zu tun hatten, ist doch im höchsten Maße unglaubwürdig. Auszuschließen ist ein solches Kollektivverbrechen theoretisch natürlich nicht, wenn ich mir auch kein Motiv dafür denken könnte. Ich vermute daher, daß das Kind einem Unfall zum Opfer gefallen oder von einem Unbekannten – einem Christen – ermordet wurde ...«

»Aber mein lieber Bischof, wie könnt Ihr glauben, eines Christen Hand könnte dieses kaum erwachte unschuldige Leben auf so entsetzliche Weise zu Tode gewürgt haben?« rief Bischof Hinderbach aus. »Hättet Ihr nur wie ich das Gesicht des toten Kindes gesehen! Es war, als schreie eine entsetzliche Todesangst daraus. Nein! Das hat kein Christenmensch getan! Bedenkt außerdem die Verletzungen des Kindes! Sie ließen eindeutig auf einen jüdischen Blutmord schließen!«

Ventimiglia blieb von den Emotionen Hinderbachs ganz unberührt. Er wandte sich an einen der anwesenden Diener, streckte ihm ein leeres Glas entgegen und sagte: »Etwas kaltes Wasser bitte.«

Dann setzte er, zu Bischof Hinderbach gewandt, seine Ausführungen fort: »Ich gehe davon aus, daß die Indizien, die gegen die Juden zu sprechen schienen, falsch interpretiert worden sind. Dazu zähle ich in erster Linie die angeblich so charakteristischen Verletzungen des Kindes.«

Ein kurzes Aufblitzen kam unter Hinderbachs buschigen Augenbrauen hervor: »Ihr glaubt also, daß wir unsere Ermittlungen und Untersuchungen fahrlässig und oberflächlich durchgeführt haben, Bischof Giovanni Battista dei Giudici?«

»Ich bezweifle nicht, daß Ihr Euer Bestes gegeben habt. Aber kein Mensch ist unfehlbar, nicht wahr? Man hat Euch ärztliche Mutmaßungen vorgebracht, Ihr habt sie für echt gehalten – aber Ihr seid getäuscht worden ...«

Der Franziskaner knirschte mit den Zähnen.

»Wahrscheinlich haben Euch sogar«, fuhr Ventimiglia fort, »paradoxerweise gerade Eure eigene Aufrichtigkeit und Geistesschärfe getäuscht und in die Irre geführt. Bei der Euch eigenen weltbekannten Unterscheidungsgabe und Wahrheitsliebe, lieber Hinderbach, fällt es Euch schwer, zu sehen, daß die Menschen im allgemeinen dazu neigen, sich zu täuschen oder bewußt die Unwahrheit zu sagen, wenn sie sich einen Vorteil versprechen ... oder Angst haben.«

»Falschheit ist der Menschen zweite Natur«, murmelte Bernardino da Feltre.

»Seht Ihr!« rief der päpstliche Kommissär vergnügt. »Unser lieber Pater Bernardino kennt die Welt!«

»Ja, die Menschen sind falsch«, entgegnete der Franziskaner und warf Ventimiglia einen wütenden Blick zu.

»Zumindest schwach ... und abergläubisch«, erwiderte dieser, »und eine Ausgeburt des Aberglaubens ist diese ganze leidige Geschichte. Ich kenne die einfachen Leute, deren Hirngespinsten der Blutmythos entsprungen ist. In der Welt dieser Menschen leben Elfen in den flackernden Lichtern der Sümpfe. Leuchtkäfer sind arme Seelen aus dem Fegefeuer. Überall sind Gespenster, Kobolde und andere Naturwesen am Werk. Da hat es die Kirche schwer, das Ammenmärchen vom jüdischen Blutgebrauch auszurotten. Ihr wißt, daß die Päpste die Hebräer immer gegenüber diesem Vorwurf in Schutz genommen und die Anwendung der Tortur oder jede andere leidsame Behandlung der Juden in einem solchen Falle untersagt haben.«

Bernardino da Feltre schnalzte mit der Zunge: »Unsere Vorgehensweise gegen die Juden wird vollkommen gestützt durch das göttliche Wort Christi, der zu den Juden gesagt hat: ›Euer Vater ist der Teufel!‹«

»Aber mein lieber Pater! Das hat Christus doch nur zu seinen damaligen Anklägern und Verfolgern unter den Pharisäern und Schriftgelehrten gesagt, nicht zu allen Mitgliedern des hebräischen Volkes. Auch Christus war Jude, und die allerseligste Jungfrau, die Apostel und Jünger … Und was steht bei Paulus im Römerbrief über seine feste Hoffnung, daß alle Juden der Erlösung und des Heiles teilhaftig werden?«

»Wollt Ihr leugnen«, zischte der Franziskanermönch, »daß die Hebräer der Abschaum der Menschheit und zugleich ihr Unglück sind? Sie sind in die christlichen Staaten und Königreiche eingedrungen und bedrohen die mühsam befestigte Ordnung, sie beschimpfen in ihren vulgären Schriften unseren Herrn Jesus Christus und seine gebenedeite Mutter, verderben die Völker, versuchen die christliche Kultur zu zerstören, spotten über die katholischen Könige und die Priester. Darüber hinaus unterdrücken sie mit ihrem Wucherzins die Armen. Und sie begehen die abscheulichsten Verbrechen …«

»Was für Verbrechen meint Ihr?« fragte der päpstliche Kommissär.

»Sie vergiften Brunnen, schänden Hostien, töten unschuldige Christenkinder. Hunderte von Fällen dieser Art sind in den Chroniken der christlichen Völker und Königreiche überliefert. Das wollt Ihr doch nicht abstreiten?«

»Doch, das will ich!« erwiderte Ventimiglia.

»Es ist aber doch bewiesen«, die Stimme des Franziskanermönchs klang nun schärfer, »daß die Juden zur Verspottung Christi kleine Christenknaben morden und deren Blut gebrauchen für den Teig ihrer Mazzenbrote.«

»Das wird in der Tat vom Volksaberglauben behauptet, einem Aberglauben, der übrigens seit Jahrhunderten von ungebildeten und fanatischen Mönchen der Bettelorden eifrig geschürt und verbreitet wird.«

Der Franziskaner zuckte zusammen: »Zu bestreiten, daß die Juden seit vielen Jahrhunderten in vielen christlichen Ländern diesen Brauch – das Morden christlicher Kinder – ausgeübt haben, würde bedeuten, aus der Geschichte einige Dutzend Ereignisse und Begebenheiten, die in allen Einzelheiten und in aller Gründlichkeit bewiesen sind, zu streichen; das würde bedeuten, ohne Grund Leute der Lüge und des falschen Zeugnisses zu beschuldigen, die, wenn nicht mit eigenen Augen die Ausführung des Mordes, so doch unzweifelhafte Versuche zu derselben gesehen haben.«

»Aber habt Ihr Beweise für Eure Behauptung?« fuhr Ventimiglia ungerührt fort.

»Die Juden dieser Stadt haben es selbst so gestanden, wie Ihr wohl wißt«, erwiderte Bernardino da Feltre.

Der päpstliche Kommissär schwieg eine Weile und sah den Franziskanerpater prüfend an. Immer wieder hatte der Bischof die Erfahrung gemacht, daß ein fanatischer Judenfeind kaum vom Gegenteil zu überzeugen ist.

»Ich will für Verleumdung halten«, sagte er schließlich leise, »daß Ihr, mein lieber Bernardino da Feltre, ein notorischer Judenhasser seid, dem dieser traurige Unglücksfall des Kindes Simon ganz recht gekommen ist.«

»Ich wäre nicht der einzige Feind, den dieses Volk sich durch sein übles Tun gemacht hätte«, antwortete der Franziskaner im Tone geheuchelter Gleichgültigkeit. »Aber Ihr? Seid Ihr nicht ein ausgemachter Judenfreund? Man sagt, Ihr wäret in Begleitung zweier Juden aus Rom gekommen!?«

Bernardino da Feltre blickte den päpstlichen Kommissär mit zusammengekniffenen Augen an.

»Ich bin im Auftrag des Heiligen Vaters mit zwei jüdischen Gelehrten hierhergekommen, die mir als Berater zur Seite stehen, wenn es wirklich so weit kommen sollte, daß mit Hilfe der heiligen Schriften der Juden bewiesen werden muß, wie unsinnig der Vorwurf des religiösen Mordes ist. Um in der gereizten Stimmung, die augenblicklich in Trient herrscht, kein Aufsehen zu erregen, sind diese beiden angesehenen Gelehrten allerdings vorerst in Rovereto geblieben. Haltet Ihr die Tatsache, daß ich mit Juden Umgang pflege, schon für ehrenrührig? Wollt Ihr jetzt sogar schon behaupten, daß nicht nur einige oder viele, sondern sogar alle Juden Verbrecher sind?«

»Eure Worte scheinen unglaubwürdig, Bischof Giovanni Battista dei Giudici«, erwiderte der Franziskanermönch, »Ihr redet von den Juden, als hättet Ihr sie wirklich in ihrem wahren Wesen kennengelernt. Das tut man aber nicht, wenn man sie nur aus gewissen Kreisen und ihre Religion nur aus den Büchern kennt. Nur der kann wirklich etwas über sie wissen, der gegen sie gekämpft hat! Ihr seid den Juden offensichtlich nie in ihrer ganzen Ungeheuerlichkeit begegnet, noch habt Ihr Menschen gesehen, die von ihnen schwer geschädigt oder ausgebeutet worden sind.«

»Was Euren Vorwurf angeht, Juden töteten auf ein Gebot ihrer Religion hin Christenkinder und sie gebrauchten Blut für verschiedene Riten, habe ich tatsächlich jüdische Gelehrte befragt«, erwiderte Ventimiglia unbeeindruckt, »und ich habe jüdische Literatur gelesen.«

»Die Aussagen aufrichtiger Christenmenschen scheinen Euch nicht zu genügen«, konterte Bernardino da Feltre, »noch weniger die alte und einhellige Tradition des gläubigen Volkes, daß die Juden Christenblut gebrauchen. Ihr hört lieber auf die fadenscheinigen Verteidigungen von Juden. Eine schöne Theologie scheint man in Rom zu lehren ...«

Der Franziskaner sah den päpstlichen Gesandten durchdringend an, der seinen Blick jedoch kühl erwiderte.

»In Rom haben wir wenigstens soviel Rechtsgesinnung, unseren Angeklagten eine kompetente Verteidigung zuzugestehen! Außerdem: Ihr sprecht, lieber Bernardino da Feltre, von einer Entscheidung des Papstes, vergeßt das nicht! Der Papst ist nicht der Mann, der einen Auftrag unüberlegt erteilt! Es erschien ihm angebracht, einige jüdische Gelehrte hinzuzuziehen, und deshalb habe ich sie mitgebracht. Wollt Ihr eine Entscheidung des Heiligen Vaters in Frage stellen?«

»Ich fürchte, das muß ich«, entgegnete der Mönch wütend, »es gibt keinen Grund, unsere gute Bevölkerung hier mit weiteren Juden zu belästigen!«

Ventimiglias Augen blitzten: »Ist es Eure ›gute Bevölkerung‹, die belästigt wird, oder seid Ihr es selbst, Pater?« Der Mönch warf dem Bischof aus Rom einen haßerfüllten Blick zu.

Hinderbach mischte sich nun in den Streit ein, zu Giovanni Battista dei Giudici gewandt, meinte er: »Ihr habt es bei Juden mit Menschen zu tun, die ihre ganze Intelligenz und ihre ganze trickreiche Schlauheit dareinsetzen, ihre wahren Gedanken und ihr wahres Wesen zu verbergen. Überseht das bitte nicht!«

»Ihr meint die jüdischen Gelehrten, die ich aus Rom mitgebracht habe?« erwiderte Bischof Ventimiglia. »Ihr mißtraut ihnen. Ich verstehe, Eure Worte bringen es kaum verschleiert zum Ausdruck.«

»Ich weiß nichts von diesen Männern«, Hinderbach hielt kurz inne, »trotzdem, wenn ich Euch einen Rat geben darf ...«

»Bitte, sagt es ...«

»Trennt Euch von diesen Männern, in der Tat würde ihre Mitwirkung an Eurem Untersuchungsverfahren die hiesige Bevölkerung unnötig irritieren und erzürnen.«

Der päpstliche Kommissär hielt einen Moment inne, ehe er antwortete, und ließ die Finger seiner linken Hand über die Edelsteine seines Bischofsringes gleiten: »Wenn Ihr die Mitwirkung der jüdischen Gelehrten und ihre Anwesenheit hier in Trient nicht wünscht, kann ich darauf verzichten. Aber befürchtet Ihr nicht, daß eine solche Maßnahme als weitere, kaum hinnehmbare Provokation gedeutet werden und neue Spannungen hervorrufen könnte?«

Bernardino da Feltre sah Ventimiglia spöttisch an: »Wenn die Juden Krieg wollen, können sie ihn haben!« knurrte er. »Das würde ein für allemal alles entscheiden!«

»Ich spreche nicht von den Juden«, erwiderte Giovanni Battista dei Giudici, »die christlichen Fürsten sind von der Unschuld der hingerichteten Männer überzeugt!«

»Die christlichen Fürsten?«

»Der Doge von Venedig und Herzog Sigismund haben erklärt, daß sie Truppen entsenden werden, wenn den noch lebenden Jüdinnen ein Unrecht geschieht.«

»Das sind doch lächerliche Drohungen!« Der Franziskaner klopfte wütend mit der Faust auf die Armlehne seines Stuhles.

»Mit welchem Recht haltet Ihr die Jüdinnen übrigens gefangen?« fragte Ventimiglia, zu Hinderbach gewandt.

»Sie waren an dem Verbrechen beteiligt«, antwortete dieser, »das heißt genauer gesagt, nicht an der Ermordung selbst, aber an der blasphemischen Verspottung des Leichnams, die am nächsten Tag stattfand.«

»So ...«, sagte Giovanni Battista dei Giudici gedehnt. Sein Unglaube war nicht zu überhören.

»Ja!« erwiderte der Franziskanermönch scharf. »Diese Verspottung gehört zum festen Bestandteil der jüdischen Blutrituale. Die Juden bestreichen ihre Wangen dabei mit dem Blut ihrer unschuldigen Opfer, ehe sie die ekelhaften Verhöhnungsrituale beginnen. Es folgen orgiastische Tänze, unterbrochen von ekelhaften Mahlzeiten vor der Leiche, blasphemischen Flüchen auf Christus und seine gebenedeite

Mutter und anderen Widerwärtigkeiten mehr. Wenn Ihr es nicht glauben wollt, könnt Ihr es ja in den historischen Büchern nachlesen ...«

»Das werde ich tun«, erwiderte Giovanni Battista dei Giudici ironisch, »wenn ich diesen Volksmärchen – wie gesagt – auch keinen sonderlichen Wahrheitswert zugestehe. Übrigens, hattet Ihr, Bernardino da Feltre, nicht ein nahendes Unglück prophezeit, einige Tage vor der Ermordung des Knaben?«

Der päpstliche Kommissär hatte die Frage in gekonnter Beiläufigkeit gestellt. Der Franziskaner schien die in den Worten Ventimiglias enthaltene Unterstellung überhört zu haben. Der Mönch richtete sich auf, und ein ekstatisches Leuchten drang plötzlich aus seinen Augen.

»Ja! Ich wußte, daß die entscheidende Stunde nahe war«, erwiderte er und richtete einen scharfen Blick auf Bischof Giovanni Battista dei Giudici, »und ich hatte mich jahrelang für diesen Kampf gerüstet!«

Ventimiglia schwieg eine Weile, dann sagte er leise: »Ihr bemäntelt diesen unglücklichen Todesfall mit einem frommen Mythos ...«

Bernardino da Feltre zuckte zusammen, schwieg aber zunächst. Er trank seinen Becher leer, setzte ihn ab und hielt ihn einem der Diener hin.

»Ich weiß nicht, was Ihr mir unterstellen wollt, Bischof«, sagte er schließlich trocken, »die Juden haben den Mord außerdem gestanden!«

»Aber es war die Verzweiflung, welche die Juden zu diesem angeblichen Geständnis getrieben hat!« rief der päpstliche Kommissär nun wütend. »Was hatten sie zu verlieren, nachdem man sie, mit Verleumdungen und Lügen überhäuft, in den Kerker geworfen und durch die Folter halb verrückt gemacht hatte? Ich möchte wissen, wer diese Behandlung ertragen kann. Haltet Ihr die Tortur als Christ und Priester eigentlich wirklich für ein gutes Mittel, die Wahrheit herauszufinden – und Gerechtigkeit walten zu lassen?«

»Ja!« sagte der Franziskanermönch und lachte. Diesmal war sein Lachen der reine Spott. »So kann man es wohl auch sehen!«

Bernardino da Feltre warf den Kopf in den Nacken und trank in langen Zügen. Als er den Becher absetzte, tropfte ihm Wein über den Bart.

»Schon jetzt ist es äußerst schwierig, den katholischen Glauben rein zu halten in einer Stadt, wo die Judengesetze und Bestimmungen zum Schutz der christlichen Bevölkerung nicht penibel eingehalten werden und die ungläubigen Juden so ungehindert durch die Straßen laufen dürfen wie die Kinder des Lichts«, sagte der Mönch.

»Wenn man Euch so reden hört«, erwiderte Ventimiglia, »könnte man denken, Ihr glaubtet, die Juden hätten sich zur Vernichtung der katholischen Kirche und aller christlichen Staaten zusammengetan!«

Die Stimme des Franziskaners klang nun schrill und drohte, sich zu überschlagen: »So ist es! Die Juden trachten danach, die christlichen Völker zu unterwandern; sie geben sich nicht mehr – wie noch in den Zeiten des Alten Testamentes – zufrieden mit der Eroberung eines bestimmten Landes, sondern sie zielen auf die Eroberung der ganzen Welt.«

In Bernardino da Feltres Augen brannte ein gefährliches Feuer, als er diese Worte sprach. Er legte den Kopf weit zurück und ließ den Rest des Weines in seine Kehle rinnen. Dann hielt er dem Diener noch einmal den Becher hin und wischte sich mit dem Rücken der anderen Hand über den Mund, der vom Wein feucht glänzte.

Bischof Hinderbach wunderte sich, daß der päpstliche Kommissär den Franziskanerpater so sehr in Wut und Rage versetzen konnte, daß dieser – entgegen seiner sonstigen asketischen Lebenshaltung – an diesem Abend seine Zuflucht zum Genuß starken Weines nehmen mußte. Dennoch kam der Fürstbischof dem Mönch nicht zu Hilfe und griff in das Gespräch, das Ventimiglia und Bernardino da

Feltre in gereizter Stimmung fortsetzten, nicht ein. Bischof Giovanni Battista dei Giudici wurde nun rasch immer spöttischer und streitlustiger.

»Es steht jedenfalls fest«, erklärte der Franziskaner verärgert, »daß die Juden ihre Kinder von Jugend auf die entsetzlichsten Verwünschungen und Lästerungen gegen uns Christen lehren. Sie flößen ihnen den Haß gewissermaßen mit der Muttermilch ein. Man kann ohne Übertreibung feststellen, daß die Lästerungen gegen Christus, die gebenedeite Jungfrau und die heilige katholische Kirche das Brot der Judenkinder sind. Wenn die Ungetauften an einer christlichen Kirche vorbeigehen oder sie nur von weitem sehen, so sind sie streng verpflichtet zu sagen: ›Verflucht sei die unreine Wohnung der Unreinen, die abscheuliche Wohnung der Abscheulichen.‹ Der Talmud schreibt für den Fall vor, daß ein Jude, wenn er etwa aus Zerstreuung vergessen haben sollte, diese Worte zu sprechen, sich später aber derselben erinnert, zurückgehen muß, um sie nachzuholen, wenn er noch nicht weiter als zehn Schritte entfernt ist. Ist er schon weiter, so darf er die Worte sprechen, ohne umzukehren. Wenn ein Hebräer einem christlichen Leichenzug begegnet, so muß er sprechen: ›Das ist einer, morgen sollen es zwei sein!‹«

Ventimiglia schienen fast die Augen aus dem Schädel zu treten. »Wo habt Ihr denn diesen Unsinn her?« rief er entsetzt.

»Das … das haben mir fromme, weise Bauersfrauen erzählt«, erwiderte der Gefragte.

Über soviel offenherzige Leichtgläubigkeit und fast schon rührende Einfalt mußte der Bischof aus Rom lauthals lachen. Er erlaubte sich schließlich, darauf hinzuweisen, daß seine Geduld mit der menschlichen Dummheit an diesem Abend, wenngleich groß, dennoch nicht grenzenlos sei.

Der Franziskanermönch zuckte zusammen. »Ihr werdet es bereuen, sag ich Euch, und wie Ihr es bereuen werdet!«

schrie Bernardino da Feltre. Er stemmte seine knorrigen Hände auf die Tischplatte und sprang so zornig auf, daß er dabei den Stuhl umstieß. Flammenrote Flecken färbten ihm Stirn und Wangen. Vor Wut bebend, stand er da. Die Sehnen an seinem Hals traten hervor, sein Gesicht war rot angelaufen. Plötzlich machte er eine heftige Bewegung mit seiner rechten Hand, stieß dabei seinen Becher um, dessen Inhalt sich über die Tischdecke ergoß. Dann rollte er vom Tisch und fiel laut klirrend zu Boden. Ventimiglia erhob sich ruhig von seinem Stuhl. Er wußte, daß jedes Wort vergebens sein würde, und wandte sich zur Tür. Vor dem Hinausgehen drehte er sich noch einmal um, verneigte sich leicht und sagte: »Schalom!«

Bischof Hinderbach und Bernardino da Feltre standen wie erstarrt. Mit bleichen Gesichtern gingen sie zum offenen Kamin des Saales.

»Manchmal denke ich«, brummte der Franziskaner und blickte in die Flammen, »daß wir von den Judenfreunden unter den Christen mehr zu fürchten haben als von unseren Feinden, den Juden selbst.«

Bischof Hinderbach beobachtete den Mönch. In dem offenen Kamin prasselte die Glut. Flammen züngelten und flackerten empor, hinzuckend über das Gesicht des Mönches, der wütend und mit verkniffenen Augen in das Feuer starrte. Und intensiver wurde das Glühen. Das Licht sprühte im Gesicht des Ordensmannes, und seine Augen glühten wie die Kohlen der Hölle. Plötzlich drehte sich der Franziskaner um und ergriff mit seiner rechten Hand die halbvolle Weinkaraffe auf dem Tisch.

»Die nehme ich mir noch mit auf mein Zimmer, um meine Wut herunterzuspülen«, knurrte er, »gute Nacht!« Mit torkelnden Schritten verließ er den Raum.

Als Hinderbach allein war, machte er sich den Vorwurf, unüberlegt vor Ventimiglia geredet zu haben. Hatte er dem Mann, den er überlisten wollte, nicht zu rasch seine Absicht offenbart, auf gar keinen Fall ein anderes Ergebnis der

Visitation des päpstlichen Gesandten zuzulassen als die Bestätigung, daß die Juden Trients schuldig und das Gerichtsurteil und ihre Hinrichtung Rechtens und angebracht gewesen sind? Hinderbach ging in dem Zimmer auf und ab und wunderte sich über seine Ungeschicklichkeit. Warum hatte er sich in den Disput zwischen Ventimiglia und Bernardino da Feltre eingemischt? Die Rollen waren doch klar aufgeteilt gewesen: Bernardino, der geifernde Judenfeind, und er, Hinderbach, der souverän über den Dingen stehende Wahrheits- und Gerechtigkeitssucher. Warum hatte er diese geschickte Inszenierung durch seine unfreundliche Bemerkung bezüglich der zwei jüdischen Begleiter Ventimiglias gefährdet? Was hatte er davon, den Gesandten des Papstes gleich am ersten Tag gegen sich einzunehmen?

In der Zwischenzeit hatten Bedienstete den päpstlichen Kommissär in sein Schlafgemach geführt. In Trient ist Gefangenschaft offensichtlich nicht immer gleichbedeutend mit Kerkern, dachte der Bischof. Er jedenfalls war in einem Raum untergebracht, der kaum weniger luxuriös als Hinderbachs eigene Unterkunft sein konnte. Giovanni Battista dei Giudici ließ den Blick schweifen. Auf dem gemusterten Holzboden lagen edle Teppiche in buntester Farbenpracht nebeneinander, und wertvolle Bilder hingen an den Wänden. Das weiche Licht der Wachskerzen, das in verschiedenen Winkeln und Nischen auf gemeißelten Konsolen und Sockeln widerschien, erhellte die Gemälde. Der Kerzenschein flackerte über die Gesichter historischer Persönlichkeiten und Heiliger, über Tiere und Landschaften. Hohe Fenster in kunstvollen Formen mochten bei Tage den Blick auf den wunderschönen Garten freigeben, der in ganz Europa gerühmt wurde für die Vielzahl seltener Pflanzen aus aller Herren Länder, die in ihm wuchsen und gediehen.

Am nächsten Morgen ließ sich Bischof Ventimiglia durch die Stadt Trient fahren. Er wollte die Tatorte des geheimnisvollen Verbrechens sehen, das er im Namen des Heiligen Vaters aufklären sollte. Der Kutscher, der den Wagen fuhr, war ein gebürtiger Trienter, kannte also alle Straßen und Winkel der Stadt sehr gut. Die Menschen traten vor ihre Häuser und betrachteten mit großem Interesse den kostbaren Wagen, der über das unebene Pflaster gepoltert kam, eskortiert von vier Reitern auf edlen schwarzen Rossen. Solche vornehmen Gefährte sah man in Trient nur selten. Die Leute starrten auf den päpstlichen Gesandten in seinem prächtigen violetten Umhang aus dem fernen reichen Rom. Giovanni Battista dei Giudici übersah die halb neugierigen, halb feindseligen Blicke, mit denen er von den Menschen am Straßenrand gemustert wurde, und segnete die Schaulustigen mit freundlicher Geste.

Es gab hier viel Interessantes zu sehen. Vom Domplatz strahlten die Straßen nach allen Seiten hin aus, der Dom selbst war groß und prächtig. Hier mußte es gewesen sein, an diesem Ort mußten sie stattgefunden haben, die Hinrichtungen jenes finsteren Tages, an dem die christliche Nächstenliebe mit Füßen getreten und die Unschuld dieser Stadt ein blutiges Ende gefunden hatte. Hier hatten sie das Blutgerüst und die Scheiterhaufen errichtet, hier stand der Richtblock, über dem der Henker sein grausames Handwerk ausübte. Zehn unschuldige Männer waren an diesem schwarzen Tag hingemetzelt worden. Schuld hatten zunächst der Bischof, Bernardino da Feltre, der Stadtrichter Giovanni de Salis und der Stadthauptmann Jacob von Spaur, die das ungerechte Urteil zu verantworten und auf ihren Tribünen ungerührt dem blutigen Geschehen zugesehen hatten; schuldig geworden waren aber auch alle Bürger der Stadt, von denen offensichtlich keiner die Stimme des Protestes erhoben hatte. Bischof Ventimiglia bekreuzigte sich.

»Herr Jesus, Sohn einer jüdischen Frau«, betete er leise, »erbarme dich der Seelen der hingerichteten Juden. Zwar haben sie sich im Leben nicht zu dir und deiner Kirche bekannt, aber sie haben Gott, deinen Vater, geliebt und in der Weise des alten Bundes verehrt. Sie haben unschuldig ihr

Blut vergossen und sind mit einem Gebet auf den Lippen gestorben. Herr, so schenke ihren Seelen Ruhe, und das ewige Licht leuchte ihnen. Amen.«

Der Bischof blickte auf. Fern im äußersten Nordosten der Stadt schimmerten die Türme und Mauern des bischöflichen Palastes, während im Norden der Torre Vauga gegen den Himmel ragte. Ventimiglia gab dem Kutscher den Befehl weiterzufahren. Bei dieser ersten längeren Besichtigungsfahrt durch Trient, die ihn auch durch die ärmeren Viertel der Stadt führte, fand er die Gerüchte über die wachsende Not und Armut in Trient bestätigt, die in Rom die Runde machten. Bettler und sogar um Almosen flehende Kinder gab es in auffallend großer Zahl in der ganzen Stadt. Ohne Zweifel hatte Hinderbach viel für Trient getan, aber er hatte sich und die finanziellen Mittel seiner Stadt auch überschätzt.

Die Kutsche fuhr weiter und hielt schließlich vor einem Haus, dessen Fenster und Türen mit Brettern verriegelt waren.

»Das ist das Haus«, sagte der Kutscher, zum päpstlichen Kommissär gewandt, »hier in diesem Gebäude hat der Knabe Simon unter den Händen der Juden den Märtyrertod erlitten.«

Giovanni Battista dei Giudici betrachtete die kleine Gruppe von Pilgern, die betend vor den verriegelten und vergitterten Türen des Hauses kniete, und tiefes, mit Zorn vermischtes Mitleid für diese Menschen und ihren irregeleiteten Glauben erfüllte sein Herz. Dann gab er dem Kutscher Anweisung zur Abfahrt.

Während Ventimiglia die Stadt besichtigte, ließ Bischof Hinderbach Bernardino da Feltre zu sich rufen.

»Ich denke daran, Bischof Giovanni Battista dei Giudici einen Helfer und Sekretär zur Verfügung zu stellen«, sagte Bischof Hinderbach zu dem Franziskanermönch.

»Wie bitte?« entgegnete dieser entrüstet. »Ihr wollt diesen Mann noch in seiner Arbeit unterstützen?«

»Hört doch erst einmal zu, an wen ich gedacht habe, und warum«, erwiderte Hinderbach. »Es ist Pater Paolo da Novara aus dem Orden des heiligen Augustinus. Er ist der richtige Mann für diese Aufgabe – und keine Angst – er wird ganz in unserem Sinne arbeiten.«

»Wird Bischof Ventimiglia diesen Mann so ohne weiteres als Sekretär akzeptieren?« fragte Bernardino da Feltre.

»Er wird! Pater Paolo ist ohne Zweifel der bedeutendste Historiker unserer Stadt. Folglich bringt er für seine Aufgabe die besten wissenschaftlichen Voraussetzungen mit. Er ist das Kind edler Leute. Seine Eltern starben beide, als er noch Kind war, er hatte aber das Glück, von den Patres des Augustinerordens aufgenommen und gut erzogen worden zu sein, konnte studieren und wurde schließlich Priester des Ordens – wohl auch aus Dankbarkeit gegenüber seinen Lehrern. Der begabte junge Mann schien für die wissenschaftliche und historische Arbeit geeignet. Er wurde zum Magister promoviert und unterrichtet jetzt die Theologiestudenten und Novizen seines Ordens in kirchlicher und profaner Geschichte. Er rechtfertigt das in ihn gesetzte Vertrauen durch grundlegende historische Arbeiten und Forschungen, vor allem auch zur Geschichte Trients. Man sagt, daß er seine wenige freie Zeit selten in den Rekreationsräumen seines Klosters mit den Mitbrüdern, sondern in der Bibliothek verbringt, wo er seine Forschungen betreibt. Er hat die Bibliothek seines Klosters reformiert und erweitert, Grabungen in der Unterkirche unseres Doms geleitet, Studien über die frühe Kirchengeschichte Trients, so über die Heiligen Vigil und Alexander, veröffentlicht.«

Als Hinderbach die Lebensgeschichte des jungen Paters in kurzen Strichen gezeichnet hatte, meinte Bernardino da Feltre: »Aber weiß man, wie er zu den Juden steht?«

»Wie mir sein Abt und Oberer sagte, hatte er am Anfang wohl gewisse Zweifel, was die jüdischen Blutmysterien im allgemeinen und diesen Fall im besonderen anging. Doch in der Zwischenzeit ist er ein Verehrer des neuen Seligen unserer Stadt und fest von der Wahrheit der jüdischen Blutmorde überzeugt. Meine Überlegungen, ihn Bischof Ventimiglia zur Verfügung zu stellen, sind folgende: Entweder verstehen sie sich und können miteinander arbeiten, dann werden die feste Überzeugung Pater Paolos und seine Gelehrsamkeit den päpstlichen Kommissär beeinflussen und schließlich vielleicht ganz in unserem Sinne überzeugen. Oder, auch nicht schlecht, die beiden sind sich einander nicht grün, dann wird sich das störend auf die Schnüffelarbeit Giovanni Battista dei Giudicis auswirken.«

Paolo da Novara hatte den ganzen Tag außerhalb seines Klosters geweilt, da er in der Bibliothek des Franziskanerklosters gearbeitet hatte. Abends, wieder daheim in seinem Kloster, fand der Pater eine Botschaft vor: Der Sekretär des Fürstbischofs sei hiergewesen, um nach ihm zu fragen. Da er ihn nicht traf, habe er ausrichten lassen, daß Bischof Hinderbach ihn morgen früh um neun Uhr in der bischöflichen Residenz erwarte. Pater Paolo wurde nervös, und sein Herz schlug schneller. Was mochte der Bischof von ihm wollen, daß er ihm die Ehre zuteil werden ließ, ihn persönlich zu empfangen? Der Pater schlief die Nacht sehr unruhig. Nach der Morgenmesse ging er noch einmal in seine Zelle und suchte sein bestes Habit heraus, denn er fand es angebracht, im Bischofspalast in seiner besten Gewandung zu erscheinen. Dann ging er eilenden Schrittes durch die Straßen und Gassen zum bischöflichen Palast hinauf.

Die Soldaten am Schloßeingang ließen ihn unverzüglich durch, als er das Schreiben des bischöflichen Sekretärs zeigte. In der Mitte des Schloßhofes stehend, kam ihm schon der Sekretär des Bischofs entgegen:

»Pater Paolo da Novara?«

Der Pater nickte.

»Ich werde Euch führen, Pater. Erlaubt, daß ich vorangehe«, sagte der Sekretär. Er stieg eine steile Treppe empor, der Pater folgte ihm nervös. Dann schritten sie einen langen

Gang entlang, dessen Fenster den Blick zum Schloßhof freigaben. Schließlich stieß der bischöfliche Sekretär eine Tür auf: »Wenn Ihr hier bitte warten wollt. Der Bischof wird Euch gleich empfangen.«

Noch ehe der Pater etwas erwidern oder fragen konnte, stand er in einem geräumigen, luxuriös eingerichteten Zimmer. Große Bilder in schweren Rahmen hingen an der Wand. Sie stellten Szenen aus Heiligenlegenden dar. Ein großer Tisch aus dunklem Eichenholz, dazu passende Stühle mit Schnitzereien und samtbezogenen Lehnen, lud zum feierlichen Mahl ein. Der Pater preßte die Hand an sein Herz und begann unruhig im Zimmer auf und ab zu gehen, und schließlich blieb er vor dem Fenster stehen. Er öffnete es und schaute auf die Dächer und Gassen Trients hinunter. Die Menschen in den Straßen sahen von hier oben ungewöhnlich klein aus, die ganze Stadt wirkte wie eine ferne Welt. Paolo hörte hinter sich die Tür gehen. Es war der bischöfliche Sekretär.

»Der hochwürdigste Herr Fürstbischof läßt bitten«, sagte er und geleitete den Pater über den Gang zum Arbeitszimmer des Bischofs. Auch dieser Raum war sehr groß. Wertvolle Möbel, edle Samtstoffe, goldener Zierat und Gemälde bildeten den Hintergrund, wie ihn Bischof Hinderbach so schätzte. Durch die mundgeblasenen Scheiben der hohen Fenster konnte man verschwommen die Schloßmauer und dahinter die Dächer der Stadt ausmachen. Hinderbach saß auf einem reich geschnitzten Lehnstuhl an seinem schweren Schreibtisch aus schwarzem Ebenholz.

Bescheiden näherte sich der Pater dem Bischof, und mit einem »Gelobt sei Jesus Christus!« kniete er sich vor ihm nieder und küßte den goldenen Ring, den ihm Hinderbach gnädig darbot.

»Lieber Pater Paolo da Novara, ich freue mich, Euch zu sehen«, sagte Hinderbach und bot dem Pater mit einer einladenden Geste einen Stuhl an. »Wie Ihr sicher wißt, befindet sich zur Zeit ein päpstlicher Gesandter in unserer Stadt,

Bischof Giovanni Battista dei Giudici, der unsere Prozeßführung gegen die Mörder des Märtyrers Simon überprüfen soll. Ich habe beschlossen, Euch, werter Pater, dem päpstlichen Kommissär als Sekretär und Berater zur Verfügung zu stellen. Eure profunden historischen Kenntnisse werden uns allen von großem Nutzen sein. Da sich Rom immer noch auf den Standpunkt stellt, daß die Juden keine Morde aus religiösen Motiven begehen, habe ich angeordnet, in alle Orte, Städte und Dörfer der christlichen Lande, in denen in der Vergangenheit ein jüdischer Christenmord geschehen ist oder geschehen sein soll, Boten zu schicken, um bezüglich dieser Bluttaten nähere Informationen und historisches Material zu erhalten. Die gelehrte Sichtung und Auswertung dieser Fälle würde ich gerne Euch anvertrauen. Außerdem sollt Ihr Bischof Giovanni Battista dei Giudici zur Hand gehen, wo immer er Euch zur Aufhellung des Mordfalles benötigt. Seid Ihr zu dieser Aufgabe bereit?«

Pater Paolo schwieg eine Weile. Ihm war nicht sehr wohl bei dem Gedanken, diese Verpflichtung zu übernehmen. Zum einen war er selbst in der Vergangenheit immer wieder von Zweifeln gepeinigt worden, ob die hingerichteten Juden wirklich die Mörder des Simon waren, zum anderen war er selbst in den Fall sehr stark eingebunden. Der Kult des Simon war ihm – der Pater konnte sich selbst nicht recht erklären, warum – so sehr ans Herz gewachsen, daß er befürchtete, an die ganze Angelegenheit nicht neutral und vorurteilsfrei genug herantreten zu können. Aber war – wenn man es recht betrachtete – nicht gerade die Tatsache, daß ihm dieser Kult so lieb geworden war, ein wichtiger Beweggrund, dem Ansinnen des Bischofs nachzukommen? Wenn der Knabe ein Märtyrer war, war es dann nicht eine Ehre für ihn als Priester und seine moralische Pflicht, das Seine zur Verherrlichung des seligen Kindes beizutragen? Und war die Beschäftigung mit der ganzen Materie darüber hinaus nicht eine besonders günstige Gelegenheit, sich als Historiker über die geschichtlichen Grundlagen des in all den Jahrhunderten immer wieder gegen die Juden erhobenen Blutvorwurfs letzte Klarheit und Sicherheit zu verschaffen?

»Nun, lieber Pater?« fragte Hinderbach abermals. »Wollt Ihr die Aufgabe übernehmen?«

Pater Paolo nickte: »Ich bin bereit, mich dem päpstlichen Kommissär als Sekretär und historischer Berater zur Verfügung zu stellen.«

»Das freut mich«, sagte Hinderbach, »dann wird Euch einer meiner Diener sofort zu Bischof Giovanni Battista dei Giudici bringen, mit dem Ihr Näheres besprechen könnt.«

Nachdem Paolo sich mit einem Ringkuß vom Fürstbischof verabschiedet hatte, führte ihn ein Diener vor die Tür des Arbeitszimmers von Bischof Ventimiglia. Der Bedienstete klopfte an, lauschte eine Weile und öffnete dann die Tür. Pater Paolo trat in das Zimmer. Der Bischof saß, dem Eintretenden den Rücken zugewandt, an seinem Schreibtisch. Giovanni Battista dei Giudici beugte sich über ein großes, dickleibiges Buch, das fast den ganzen Tisch bedeckte. Er blickte nicht auf. Paolo da Novara stand unbeholfen da und wußte nicht, wie er sich verhalten sollte. Sollte der Diener sich getäuscht und sich das »Herein« nur eingebildet haben? Das Herz des Paters schlug heftig, und er wartete eine Reihe von Augenblicken, ohne daß er sich zu räuspern wagte. Schließlich schämte er sich seiner Schüchternheit und sagte mit nun fast zu lauter Stimme: »Hochwürdigster Herr Bischof ...«

Ventimiglia drehte sich um, stand rasch auf und kam dem Pater ein paar Schritte entgegen. Paolo trat vor den päpstlichen Kommissär, beugte sein Knie, ergriff die Hand des Bischofs und küßte seinen Ring. Giovanni Battista dei Giudici setzte sich wieder auf seinen Stuhl.

»Ich freue mich, Euch kennenzulernen, lieber Pater«, sagte er sehr freundlich, während er mit dem Fuß salopp einen gepolsterten Hocker zu Pater Paolo hinschob.

»Setzt Euch!«

»Danke, hochwürdigster Herr Bischof.« Nervös ließ sich Pater Paolo auf dem Polster nieder.

»Ihr seid also der Gelehrte, den mir Bischof Hinderbach als Berater und Helfer zur Verfügung gestellt hat«, begann Ventimiglia, »erzählt mir etwas von Euch, Pater!«

Paolo skizzierte dem Bischof seine Lebensgeschichte, wenn auch nur in jenen Umrissen, die er für ratsam und angebracht hielt.

»Wie steht Ihr denn persönlich zu dem geheimnisvollen Mordfall an jenem Knaben Simon?« fragte Bischof Ventimiglia ein wenig unvermittelt. »Seid Ihr davon überzeugt, daß dieses Kind ein Märtyrer ist und die Juden ihn aus Haß gegen Christus ermordet haben?«

Wenn es Pater Paolo auch verlockte, seine Überzeugung von der Wahrheit all der Geschehnisse aufzudecken, die zu klären der päpstliche Kommissär aus Rom gekommen war, so hielt er es doch für ratsam, darüber zu schweigen, solange er noch nicht wußte, was Giovanni Battista dei Giudici von ihm wollte und was vor allem Hinderbach veranlaßt hatte, gerade ihn für diese Aufgabe auszuwählen. So berichtete er nur ganz sachlich von den Wundern, die ihm zu Ohren gekommen waren:

»Das erste Wunder geschah an dem Tag, als der Leib des Knaben vom Haus der Juden, wo er im Keller gefunden worden war, in das St.-Petrus-Hospital gebracht wurde. Eine Prozession setzte sich in Bewegung, und eine große Menge von Leuten, die mit jedem Schritt wuchs, umwogte bald den Zug. Ein gewisser Angelo da Ponte hatte wegen heftiger Gichtschmerzen seit mehreren Wochen das Bett hüten müssen. Bei der Nachricht, der Leib des Knaben werde gerade unter seinem Zimmer vorbeigetragen, gelobte er, die Prozession zu begleiten, wenn er von seinem Übel befreit würde. Aber sogleich hatte er stärkere Schmerzen als je zuvor. Kaum aber vernahm er die Rufe der die Prozession begleitenden Menschen, so sprang er, mit lebhaftem Vertrauen auf die Fürbitte des Kindes, aus dem Bette.

Ungeachtet seiner Qualen ging er aus dem Hause; und wie er auf der Straße ankam und den in weiße Tücher gehüllten Leichnam des Knaben sah, verschwand sein Übel plötzlich. Das zweite Wunder geschah an einem Handwerker namens Sebastiano. Dieser mußte sieben Wochen lang wegen starker Lendenschmerzen das Bett hüten. Da ihn keine ärztliche Hilfe von seinem Übel befreien konnte, ließ er sich in das Spital tragen, in das Zimmer, in dem der Leib des Knaben lag – und er ging vollkommen gesund nach Hause.«

»Euer Glaube in Ehren, mein lieber Pater«, entgegnete Bischof Ventimiglia, »wohl hat Christus uns gesagt, wir sollen einfältig sein wie die Kinder, aber auch klug wie die Schlangen. Man darf nicht hinter jedem zunächst unerklärlich scheinenden Ereignis ein Wunder vermuten. Ich glaube nicht, daß Gott Wunder wirkt, die einen solch unglückseligen Aberglauben wie den um das Blutopfer der Juden unterstützen.«

Der Pater schwieg einen Moment. Dann erwiderte er fast trotzig: »Und wenn Ihr Euch über mich lustig macht – ich sage, das waren Wunder, und diese Wunder hat das unschuldige Kind erwirkt.«

»Ich mache mich keineswegs über Euch lustig«, erwiderte der Bischof und lächelte, »wer sagt Euch denn, daß ich nicht an Wunder glaube? Natürlich tue ich das. Und die Fälle, die Ihr eben geschildert habt, klingen eindrucksvoll. Aber um zu beurteilen, ob es sich hier um Wunder handelt, müßte ich schon genauere Details wissen.«

»Ihr habt mich gefragt, hochwürdigster Herr Bischof, ob ich glaube, daß die Juden das Kind umgebracht haben. Um es ehrlich zu sagen: Ich habe am Anfang gezweifelt. Aber in der Zwischenzeit glaube ich es. Die Juden haben doch gestanden!«

»Unter der Folter ...«, warf Giovanni Battista dei Giudici ein.

»Wollt Ihr sagen, daß kein Bekenntnis durch die Folter glaubwürdig sei?« entgegnete der Pater. »Daß alle auf diesem

Wege in der Vergangenheit erlangten Geständnisse wertlos und alle darauf basierenden Urteile somit ungerecht waren? Wollt Ihr sagen, daß die Folter stets nur Fabeln und Erdichtungen ans Licht bringen konnte? Wie aber könnten denn acht oder zehn Personen, die in Einzelhaft saßen und einzeln verhört wurden, ein und dieselbe Fabel mit den auffälligsten Einzelheiten übereinstimmend erfunden und formuliert haben?«

»Man wird sehen, ob die Aussagen wirklich in allen Einzelheiten übereinstimmten und ob ihr Zustandekommen tatsächlich so verblüffend ist und beweiskräftig von der Schuld der Juden zeugt«, entgegnete Ventimiglia. »Ich habe Bischof Hinderbach daher ersucht, mir die Untersuchungsprotokolle zur Verfügung zu stellen. Aber haltet Ihr, lieber Pater, unbescholtene jüdische Bürger, die viele Jahre lang friedlich mit ihren christlichen Mitbürgern in dieser Stadt gelebt haben, wirklich einer solchen Tat für fähig?«

»Warum sollten Juden solche Dinge nicht tun«, antwortete der Pater. »Sie haben ja schließlich auch unseren Herrn Jesus Christus getötet! Diese Schuld könnte jenen diabolischen Blutdurst in ihnen erzeugt haben …«

»Ich höre so etwas wie Haß aus Euren Worten, lieber Pater«, sagte Ventimiglia mit sanftem Tadel. »Das darf nicht sein. Ihr müßt als Christ und Priester allen Haß, alle Mißgunst in Euch auslöschen. Das ist das erste und höchste Gebot unseres Erlösers. Wir sind die Kirche der Liebe. Das Leben wird Euch lehren, daß es auch unter den Andersgläubigen, den Juden, wunderbare Menschen gibt. Ich bin in meinem Leben vielen liebenswürdigen und beeindruckenden Rabbinern begegnet.«

»Euch sind sie vielleicht in liebenswürdiger Weise begegnet«, erwiderte der Pater mit erregter Stimme, »aber: Cui bono? In unserer Stadt jedenfalls haben sie ein unschuldiges Christenkind ermordet!«

Die Worte hingen wie abgerissene Fetzen in der Luft, und schon bereute Paolo seine Offenheit. Wenn der Pater nun erwartete, daß Bischof Giovanni Battista dei Giudici sich durch die Heftigkeit und Direktheit seiner Erwiderung gekränkt fühlen würde, so sah er sich allerdings getäuscht. Ventimiglia nickte sichtlich verständnisvoll; dann erhob er sich, dankte Pater Paolo für das Gespräch, wünschte ihm einen guten Tag und entließ ihn sehr ruhig und höflich. Während Paolo in sein Kloster zurückging, wurde ihm klar, daß, obwohl der päpstliche Kommissär sehr wenig gesprochen hatte, die Richtung des Gesprächs von ihm bestimmt worden war. Er hatte ihn examiniert, unauffällig und konsequent. Nun, er war in die Falle getappt, die Bischof Ventimiglia ihm gestellt hatte. Ohne es zu wollen, hatte er seine Meinung über den geheimnisvollen Fall preisgegeben und seine Überzeugung bezüglich der Schuld der Juden offenbart. Jedenfalls erwartete Pater Paolo, nach jener ersten Unterredung mit Giovanni Battista dei Giudici von seinem Amt entbunden zu werden und nichts mehr von dem Bischof aus Rom zu hören. Doch auch die nächsten drei Tage schickte dieser immer wieder nach ihm. Eigenartigerweise sprachen sie dann recht wenig über den Fall des kleinen Simon; zu seinem nicht geringen Erstaunen stellte Paolo fest, daß Ventimiglia daran interessiert schien, mehr über das bisherige Leben des Paters und seine wissenschaftliche Arbeit zu erfahren. Das berührte Paolo eigenartig. Bei ihren Zusammenkünften sprachen die Männer auch über geschichtliche Fragen, über Philosophie und Theologie. Außerdem erzählte der Bischof eine Anzahl von interessanten Geschichten und Anekdoten über das ferne große Rom, über seine Gebäude und Kunstwerke, über seine Geschichte und über die ehrwürdigen alten Familien, welche die Ewige Stadt ihre Heimat nannten. Paolo war nie in Rom gewesen. Wißbegierig nahm er alle Erzählungen und Beschreibungen Bischof Ventimiglias in sich auf.

An den folgenden Tagen kamen die ersten Boten, die Bischof Hinderbach ausgesandt hatte, historische Belege und Zeugnisse für in der Vergangenheit verübte jüdische Ritualmorde zu sammeln, nach Trient zurück. Pater Paolo hatte nun die Aufgabe, diese Dokumente und Unterlagen zu sichten und auszuwerten. Unterdessen machte sich Bischof Hinderbach zunehmend Sorgen. Es hatte eine Weile gedauert, bis er begriffen hatte, daß Ventimiglia und Paolo da Novara mehr verband als die gemeinsame Arbeit, daß sie vielmehr so etwas wie Vertraute geworden waren, was er im höchsten Maße ärgerlich fand. Er hatte dem päpstlichen Gesandten mit Überlegung Pater Paolo zur Verfügung gestellt, weil er diesen für resistent hielt gegen die sophistischen Argumentationen und die Judenfreundlichkeit des päpstlichen Kommissärs. Hinderbach hatte erwartet, daß die beiden sich sehr schnell entfremden und im Streite auseinandergehen würden. Statt dessen schienen sie mehr Zeit denn je miteinander zu verbringen. Man beobachtete sie nicht nur bei der gemeinsamen Arbeit, sondern auch bei vertrauten Spaziergängen durch die Stadt. Der Standesunterschied zwischen Bischof und Pater schien keine Rolle zu spielen.

Am achten Tag nach der Ankunft des päpstlichen Kommissärs sandte Bischof Hinderbach einen Brief in das Augustinerkloster Trients, in dem er Pater Paolo bat, für die Zeit seiner Zusammenarbeit mit Bischof Ventimiglia im bischöflichen Schloß Quartier zu beziehen, da dies die Erledigung seiner Aufgaben erleichtere. Noch am selben Tag packte der Pater die notwendigsten Dinge.

Gegen neun Uhr abends begleitete ein junger Priester Pater Paolo eine kurze schmale Treppe hinauf und durch eine Reihe düsterer, aufwendig möblierter kleiner Räume mit winzigen Fenstern. Paolo fühlte sich nicht ganz wohl. Sein vertrautes Kloster zu verlassen – schon das war eine beunruhigende Veränderung. Außerdem war der Tag kühl und regnerisch gewesen, was bei Paolo immer Gefühle der Schwermut auslöste, und der Anblick der unbekannten Räume und Gänge steigerte seine Niedergeschlagenheit und Unsicherheit. Was würde ihn an diesem Ort erwarten? Im Kloster war alles schlicht und einfach. Hier nun fand er kostbare Leuchter, wertvolle Teppiche und Brokatkissen auf den Stühlen. Einzelheiten, die ihn einschüchterten wie eine vertrauliche Unterredung oder ein ihm geltendes Lächeln auf dem Gesicht eines Menschen.

An der Tür zu dem Gästezimmer, das er für die nächsten Tage und Wochen bewohnen sollte, blieb der Pater einen Moment lang überrascht stehen. Es war ein ungewöhnlich pompös ausgestatteter Raum. Der Fußboden war mit grünen Fliesen belegt, das Bett war breit und mit türkisfarbener Seide bespannt. Daneben befand sich ein kostbarer geschwungener Leuchter, dessen Kerzen alles in ein weiches, angenehmes Licht tauchten. Der Leuchter war auf einem wertvollen Sekretär mit kleinen vergoldeten Engeln zu beiden Seiten plaziert. Der Pater dankte dem jungen Priester und schloß die Tür hinter sich. Da es schon spät war, sprach er seine Abendgebete. Sobald Paolo im Bett lag, spürte er, daß ihm wieder einmal eine schlaflose Nacht bevorstand, denn eine unbestimmte Erregung und Beklemmung stiegen in ihm auf. Stundenlang wälzte er sich unruhig im Bett herum. Schließlich begann es auch noch zu regnen, der Wind fauchte und zischte durch die alten Gemäuer. Ja, es war wieder eine jener bleiernen Nächte, und obendrein quälte ihn eine Frage, die um jeden Preis beantwortet werden wollte. Sie drang aus den tiefsten Schichten seiner Seele empor, noch artikulierte sie sich undeutlich, doch Paolo fürchtete sie. Erst gegen zwei Uhr morgens kam er ein wenig zur Ruhe und nickte ein.

Nach wenigen Stunden eines unruhigen und oberflächlichen Schlafs erwachte er endgültig. Die ersten Sonnenstrahlen durchfluteten das Zimmer, und einen Augenblick lang meinte der Pater, als er zur hölzernen Decke hinaufstarrte, er sei noch immer in seinem Kloster. Doch er lag nicht in seiner schlichten Zelle, vielmehr hingen kostbare Heiligengemälde an den Wänden. Die Gesichter der Heiligen vertrieben die Unruhe und die Ängste der Nacht ein wenig, und auf diese Weise verlor das Zimmer für den Pater etwas von seiner einschüchternden Imposanz.

Der Luxus des bischöflichen Palastes freilich blieb auch in den folgenden Tagen etwas Fremdes für Paolo. Bereits der große Garten war von verschwenderischer Pracht. Der Schloßgarten war ein einziges Blumenmeer, und ein halbes Dutzend Gärtner war tagtäglich damit beschäftigt, die Beete zu harken, Unkraut zu jäten, gewisse Blumenstöcke zu veredeln oder umzusetzen, welke Blüten und Blätter zu entfernen, zu gießen und neue Stauden und Sträucher anzupflanzen. So wehte der intensive, süße Duft edelster Blumenarten durch Garten und Schloß, und der Blick aus einem der Fenster wurde zum beeindruckenden Erlebnis. Die ersten zwei Tage auf der bischöflichen Burg vergingen für den Pater wie im Fluge. Er hatte nicht viel zu tun, da die historischen Belege und Zeugnisse, welche die Boten Hinderbachs von ihren Erkundungsreisen mitbrachten, nicht zahlreich und wenig ergiebig waren. Außerdem war Bischof Ventimiglia immer noch mit der Auswertung der Geständnisprotokolle beschäftigt. So nutzte Paolo die Zeit, fleißig in der großen Bibliothek des bischöflichen Palastes zu stöbern und zu forschen. Er entdeckte einige kostbare und seltene Werke, die er mit großem Interesse zu studieren begann.

In der dritten Nacht im bischöflichen Palast erwachte Paolo aus einem unruhigen Schlaf. Es mochte drei Uhr in der Früh sein. Er stand auf, trat an das Fenster seines Zimmers und sah in die Nacht hinaus. Der Mond schien ungewöhnlich hell. Die Bäume im Schloßpark bewegten sich leise im Wind. Im Palast war es totenstill. Der Pater konnte über die Schloßmauer hinweg auf die abschüssige, zum Domplatz hinunter führende Straße und auf die Dächer der Stadt sehen. Bei weit geöffnetem Fenster legte er sich wieder ins Bett. Obwohl er todmüde war, konnte er nicht wieder einschlafen. Etwa eine halbe Stunde mochte vergangen sein, als Paolo aufstand und sich sein Habit überzog. Er zündete eine Kerze an. Was er wollte, wußte er selbst nicht. Er hielt es nur einfach in seinem Zimmer nicht mehr aus. Leise öffnete er die Tür und trat hinaus auf den Gang. Tiefe Stille. Mondlicht fiel in zarten silbernen Streifen durch die hohen Fenster und erhellte die hölzernen Balken, welche die hochgewölbte Decke des Korridors trugen. Leise und vorsichtig, Stufe um Stufe, schlich der Pater die Treppe hinunter. Dann stand er unten in der großen Halle. Wandteppiche, deren Farbenpracht im matten Mondlicht gedämpft wurde, hingen an den Wänden. Steinerne Standbilder wachten unbeweglich und stumm vor schweren Türen mit eisernen Beschlägen. Wenn das Licht der Kerze sie traf, schimmerten die Metallbeschläge. Behutsamen Schrittes ging Paolo da Novara durch die Halle, und das Licht seiner Kerze warf nervöse Schattenmuster auf den Boden. Während er über den Steinboden des an die Halle anschließenden Korridors ging, hörte er in der Stille das sanfte Rauschen seines Habits. Der Gang kreuzte sich mit einem anderen, und hier wandte sich der Pater nach links. Plötzlich erschrak er. Nur ein paar Meter vor ihm ging Bernardino da Feltre. Der Mönch bewegte sich langsam. Nichts war von ihm zu sehen außer der weiten Kutte und der Kapuze von der Farbe feuchter brauner Erde, die ihn völlig einmummten. Immer wenn er unter einer der an der Wand hängenden Fackeln vorbeiging, übergoß ihn das rote Licht des Feuers wie dunkles Blut. Bernardino da Feltre bemerkte den Pater nicht. Er schlich bis zum Ende des Ganges, bis er schließlich zu einer großen Tür aus dunkelbraunem Eichenholz gelangte, hinter der er verschwand. Pater Paolo zögerte, folgte ihm aber schließlich nach einigen Minuten. Er stand vor der dunkelbraunen Tür. Die eiserne Klinke gab nach. Paolo da Novara trat über die Schwelle und schloß die Tür hinter sich. Er befand sich in der sogenannten Magdalenenkapelle, einem der vielen Oratorien des Palastes. Pater Paolo zuckte zusammen. Ungefähr zehn Meter vor ihm stand Bernardino da Feltre. Er hatte seinen knochigen Rücken entblößt und hielt eine lederne Geißel in seiner Rechten, an deren Enden kleine Metallsplitter befestigt waren. Vor dem Gnadenbild der Schmerzensreichen Mutter stehend, schlug sich der Franziskanermönch unversehens mit dieser Geißel in wildem Grimm auf den nackten Rücken. Die Haut schwoll unter den wuchtigen Schlägen, und das Blut schoß dunkelrot daraus hervor. Die zischende Geißel, die sich einen Moment über seinem Kopf drehte, verbiß sich jedesmal in seinem Rücken wie die blitzschnellen Krallen einer beutereißenden Katze: Er riß sie mit der gleichen Heftigkeit zurück und hob sie von neuem, schnell und gleichmäßig sausten die Metallstückchen auf sein wundes Fleisch. Der stechende Schmerz entlockte ihm nur zu Beginn der Prozedur ein ersticktes Stöhnen, um dann in ein unheimliches Schweigen überzugehen, nur unterbrochen vom pfeifenden Geräusch der in der blutschwangeren Luft sich windenden Geißel. Ich habe kein Recht, das zu sehen, schoß es Pater Paolo durch den Kopf. Und doch blieb er, wo er war, stumm und starr an die Mauer gedrückt. Gebannt blickte er auf das, was vor seinen Augen geschah. Schon als Kind wollte er in den Himmel spähen und einen der Seligen schauen. Jetzt war ihm die Gnade zuteil geworden, schon in dieser Welt einen Heiligen zu erblicken.

Der Mönch hatte sein blutiges Opus Dei beendet, mit einem tiefen schmerzerfüllten Seufzer war er auf die Knie gesunken. Unauffällig verließ Pater Paolo die Kapelle und eilte auf sein Zimmer, voller Angst, er könnte von Bernardino da Feltre bemerkt worden sein. Er sperrte sich darin ein und lauschte, ob er ihn über den Gang kommen hörte. Er wartete eine ganze Weile, aber nichts rührte sich. Würde der Bußprediger die ganze Nacht in Gebet und Kasteiung verbringen? Das Erlebnis bebte noch heftig in Paolo nach. Bischof Ventimiglia mochte ein guter Mensch sein, aber für den Pater war Bernardino da Feltre nun ein Heiliger. Und wenn dieser Mann von der Wahrheit des Martyriums des kleinen Simon und von der Schuld der hingerichteten Juden überzeugt war, dann konnte es keinen Zweifel mehr geben.

Am nächsten Morgen überbrachte einer der bischöflichen Diener Giovanni Battista dei Giudici eine schriftliche Botschaft von Fürstbischof Hinderbach. Darin bat dieser Bischof Ventimiglia, in ungefähr einer Stunde in sein Arbeitszimmer zu kommen. Er wünschte – so hieß es ausdrücklich in dem Schreiben –, mit ihm, dem verehrten Gesandten des Heiligen Stuhles, noch einmal ganz offen und vorurteilsfrei über die geheimnisvolle Bluttat und all das, was danach geschehen war – das Untersuchungsverfahren, den Prozeß und die Hinrichtung der verurteilten Juden –, zu sprechen. Hinderbach räumte in seinem Schreiben ein, daß auch auf seiten Trients Fehler geschehen sein mochten – Voreiligkeiten und materialer Ungehorsam gegenüber Rom –, aber schließlich seien doch beide Seiten an der endgültigen Erhellung des Geschehenen und dem Sieg der Wahrheit interessiert. Was hat das zu bedeuten? überlegte Bischof Ventimiglia, als er das Schreiben Hinderbachs las. Sollte aller voreilige Fanatismus verflogen sein? Sollte die Vernunft Oberhand gewonnen und der infernalische Tanz der abergläubischen Vermutungen und Hirngespinste eine Pause eingelegt haben? Auf was für einen Empfang mußte er sich gefaßt machen? Oder glaubte der Fürstbischof vielleicht irrigerweise, die Lektüre der unvollständigen sogenannten Geständnisprotokolle hätten ihn, Giovanni Battista dei Giudici, reif gemacht für einen Gesinnungswandel?

Als Ventimiglia das Arbeitszimmer Bischof Hinderbachs betrat, stand dieser vor seinem mächtigen Schreibtisch. Ihm zur Seite Bernardino da Feltre und Jacob von Spaur. Am Fenster hatte ein arrogant wirkender rothaariger Mann Stellung bezogen, breitbeinig, die Hände in herrischer Pose hinter dem Rücken verschränkt. Bischof Ventimiglia wußte, daß es der Stadtrichter, Giovanni de Salis, war. Er war ihm bereits am Tage nach seiner Ankunft kurz vorgestellt worden. Sofort nach der Begrüßung der anwesenden Herren bat Giovanni Battista dei Giudici darum, daß Pater Paolo da Novara an dem Gespräch teilnehmen dürfe. Bischof Hinderbach ließ daraufhin nach ihm rufen, und die anwesenden Herren setzten sich.

»Lieber und hochverehrter Bischof«, begann Hinderbach, »wir haben Euch zu uns gebeten, um Euch noch einmal die Gründe darzulegen, warum wir von der Schuld der Juden im Falle des Kindes Simon überzeugt sind und ihre Hinrichtung daher auch im nachhinein für im Prinzip berechtigt und geboten halten. Wenn wir auch eingestehen, daß unser Übergehen des päpstlichen Vetos eine materiale Mißachtung und, äußerlich betrachtet, Ungehorsam gewesen ist, so glauben wir doch eigentlich – substantiell und bei Lichte betrachtet –, gehorsam und daher im Recht gewesen zu sein. Wie Ihr als Rechtsgelehrter wohl wißt, ist ein für das Gemeinwohl der Kirche schädliches Gesetz oder eine entsprechende Weisung nach geltender Lehre der Kirche ungültig, sogar wenn sie vom Papst selbst erlassen wurde. Ein Gesetz läßt sich umschreiben als eine vernünftige, von der rechtmäßigen Autorität erlassene Anordnung, die auf das Allgemeinwohl der entsprechenden Gemeinschaft hingeordnet ist. So definiert es der heilige Thomas von Aquin: ›Lex est quaedam rationis ordinatio ad bonum commune, ab eo qui curam communitatis habet, promulgata.‹ Diese unbestrittene Tatsache der notwendigen Hinordnung eines Gesetzes auf das Allgemeinwohl als sein oberstes Ziel bildet den Grundpfeiler unserer Rechtfertigung. Denn sie läßt sofort erkennen, daß ein Gesetz oder eine autoritäre Anweisung, die nicht dem Allgemeinwohl dient, kein Gesetz und damit ungültig ist. Ich darf noch einmal Thomas von Aquin zitieren: ›Jedes Gesetz ist auf das gemeinsame Wohlergehen der Menschen gerichtet, und insofern hat es die Kraft und das Wesen des Gesetzes.‹ Soweit es jedoch davon abweicht, hat es keinen Verpflichtungscharakter. Nun sind wir davon überzeugt, daß uns der Papst – hätte er alle Umstände und Gründe, die von der Schuld der Juden zeugen, gekannt – die Hinrichtung der Juden gestattet, ja befohlen hätte. Doch gewisse widrige Umstände – Fehlinformationen, falsche Aussagen und boshafte, intrigante Verzerrungen der Fakten – mögen dazu beigetragen haben, daß der Heilige Stuhl zu einem falschen Urteil bezüglich unserer Prozeßführung und der Schuld der inhaftierten Juden gekommen ist. Sein Befehl, die Juden freizulassen, jedenfalls war – objektiv betrachtet – ein gefährliches und verderbliches Votum. Wir konnten und durften ihm um unserer Stadt und ihrer Bürger willen nicht nachkommen. Wir befanden uns demnach im Zustande eines objektiven Notstandes, der den päpstlichen Befehl ungültig und unwirksam werden ließ. Es bestand die Gefahr, daß auswärtige Fürsten – geblendet von hebräischem Bestechungsgeld – die Befreiung der Mörderjuden planten. Damit wäre der Gerechtigkeit und der Wahrheit schwerer Schaden zugefügt und die Majestät Gottes und sein erhabenes Recht auf Rache wären beleidigt worden. Wir mußten daher unverzüglich handeln. Und handeln konnte hier nur die Hinrichtung der schuldigen Juden heißen. In einem gewissen und tiefen Sinne sind wir gerade dadurch dem Papst, der ja nichts anderes als die Gerechtigkeit und Wahrheit wollen kann, gehorsam und treu gewesen. ›Salus animarum suprema lex! – Das Heil der Seelen steht über allem Gesetz!‹«

Bischof Ventimiglia schien wenig überzeugt. »Und welches sind Eure Beweise, welche die Schuld der Juden so eindeutig und evident darlegen, daß sie Euren angeblichen Notstand und Ungehorsam gegen eine Anweisung des Papstes begründen?« fragte er.

»Nun, da sind zunächst einmal die Wunden und Verletzungen am Leichnam des Kindes«, antwortete Hinderbach. »Sie belegen, daß hier ein ritueller Mord stattgefunden haben muß!«

»Die Wunden des Kindes – ich habe den ärztlichen Bericht genau studiert – lassen sich ebenso durch Rattenbisse oder Dornenverletzungen und ähnliches erklären!« erwiderte Ventimiglia. »Das Kind könnte auch durch einen Unfall ins Wasser gefallen, ertrunken und in das Haus der Juden geschwemmt worden sein!«

»Und was sagt Ihr zu dem Gutachten der Ärzte, das Kind könne nicht ertrunken sein?«

»Wie mir der freundliche Kutscher, der mich durch Trient gefahren hat, erzählte, weiß jeder in Trient, daß Eure drei medizinischen Sachverständigen auf ihren gebildeten jüdischen Kollegen Tobias schon lange neidisch waren ... Und auf ihr Gutachten hin wurden die Juden verhaftet ... Man könnte sich also – wenn man boshaft wäre – eine andere Erklärung für Euer angeblich beweiskräftiges ärztliches Gutachten zurechtlegen!«

»Und was ist mit den Wundern, die am Grabe des Kindes geschehen sind?« mischte sich nun Bernardino da Feltre in das Gespräch ein. »Würde Gott auf diese Weise ein Kind verherrlichen, das kein Märtyrer, sondern lediglich das beklagenswerte Opfer eines Unfalls gewesen ist?«

»Es sind also Wunder geschehen?« fragte Bischof Ventimiglia, und die Ironie in seiner Stimme war nicht zu überhören.

»Ob Wunder geschehen sind?« konterte Bernardino da Feltre trotzig. »Jawohl! Die größten, die aufsehenerregendsten, die unbestreitbarsten, die wahrhaftigsten! Dutzende von Kranken wurden geheilt. Himmlische Musik ertönte, Wohlgerüche aus einer anderen Welt breiteten sich aus ...«

Ventimiglias Gemüt wurde immer schwerer und düsterer, während ihm der Franziskanermönch von den erstaunlichsten Gebetserhörungen und Mirakeln erzählte.

Das waren also die unerklärlichen Wunder, mit denen Hinderbach sich in der ganzen christlichen Welt brüstete! Bischof Ventimiglia hatte zu lange und zu nahe am Zentrum der Macht gelebt, um nicht zu wissen, wie weltliche und religiöse Machthaber es verstanden, sich Furcht und Aberglauben der einfachen Leute dienst- und nutzbar zu machen. Sogenannte Wunder konnten ihn nicht mehr in Erstaunen versetzen. Als Gesandter des Heiligen Stuhles und päpstlicher Delegat für besondere Aufgaben war er weit herumgekommen. Er hatte schon vergessen, wie viele angeblich weinende und blutende Madonnenbilder man ihm auf seinen Reisen gezeigt hatte. Wie viele Wunder mochten wohl schon der Fürbitte von Heiligen zugeschrieben worden sein, die mit Sicherheit nie existiert hatten?

Als Hinderbach sah, daß Giovanni Battista dei Giudici wenig beeindruckt war von den Schilderungen des Franziskanermönchs, unterbrach er dessen Redefluß und sagte: »Haltet Ihr es für vollkommen unmöglich, daß in den Schriften der Juden etwas über ihre Blutgebräuche steht?«

Als Bischof Ventimiglia resignierend den Kopf schüttelte, winkte der Fürstbischof einen Diener vom Ende des Saales herbei. »Bring mir das Buch …«

Der Diener eilte aus dem Raum und kam kurz darauf mit einem kleinen dicken Buch zurück, das er dem Fürstbischof reichte. Hinderbach befreite es von seiner Hülle aus gegerbtem Leder.

»Ich möchte, daß Ihr Euch das anseht«, sagte er, schlug das Buch auf und reichte es Ventimiglia. Dieser blätterte die ersten Seiten durch und sah die kleinen hebräischen Zeichen. Sie waren schon sehr verblichen. Bei dem schlechten Licht konnte er die einzelnen Buchstaben kaum unterscheiden.

»Das ist Hebräisch«, sagte der päpstliche Kommissär, und mit einem Blick auf Bernardino da Feltre ergänzte er: »Es ist doch ein Jammer, daß ich die Sprache des Alten Bundes nicht verstehe.«

Auf diese Bemerkung hin stieß der Franziskanermönch ein spitzes Lachen aus. Ventimiglia reichte Hinderbach das Buch zurück.

»Dieses Buch wurde in der Synagoge der Trienter Juden gefunden«, erklärte der Fürstbischof. »Wir wissen nicht, was es beinhaltet. Falls wir aber die Schrift entziffern und übersetzen können …«, er zeigte auf den rechten und linken Rand der Seiten, »… könnten wir es herausfinden. Leider beherrscht kaum ein christlicher Gelehrter diese Sprache. Nur ein paar zum Christentum konvertierte Juden sind dazu in der Lage. Man sollte das Werk übersetzen lassen, um seine Geheimnisse zutage zu fördern. Giovanni da Feltre, der konvertierte Jude, der in unserer Stadt im Gefängnis sitzt, ist vielleicht der Mann, der dazu imstande ist.«

»Warum meßt Ihr gerade diesem Buch so große Bedeutung bei?« fragte Bischof Ventimiglia.

»Nun, es handelt sich dabei doch wohl um den jüdischen Talmud ...«, erwiderte Hinderbach.

Über diese Antwort mußte Ventimiglia schmunzeln: »Ihr irrt Euch, Bischof Hinderbach. Der Talmud ist kein einzelnes Buch, sondern eine umfangreiche Sammlung verschiedener Werke.«

In diesem Moment erschien Pater Paolo mit einer Verbeugung in der Tür und setzte sich bescheiden auf einen der leeren Stühle.

Der päpstliche Kommissär fuhr in seiner Rede fort. Zurückgelehnt in seinem Stuhl, umklammerte er dabei mit der Rechten sein goldenes Brustkreuz:

»Der Talmud ist ein gewaltiges, umfassendes und großangelegtes Werk. Deshalb auch der bei den Juden gebräuchliche Ausdruck: ›Das Meer des Talmuds‹. Der Talmud ist, so wie wir ihn heute kennen, nicht die Schöpfung eines einzelnen Verfassers, noch ein einziges Buch. Der Talmud ist im Verlauf vieler Jahrhunderte entstanden und befaßt sich mit allen Themen des jüdischen Denkens. Er thematisiert unter anderem materielle, geistige, moralische, religiöse, mystische, politische und soziale Fragen. Er umfaßt die ganze Kultur des jüdischen Volkes, seit dem Ende des babylonischen Exils, also vom Zeitalter Esras bis ungefähr zum sechsten Jahrhundert der christlichen Zeitrechnung. Der Talmud gliedert sich in die Mischna, was ›zweites Gesetz‹ bedeutet, und die Gemara, was ›Vervollständigung oder Erklärung‹ heißt. Als der jüdische Staat nach dem Fall von Jerusalem im Jahre 70 zu existieren aufhörte, erkannten die geistigen Führer des Judentums, daß die Zeit reif war, diese hebräischen Weisheiten für die künftigen Generationen zu fixieren. Das Ergebnis dieser Arbeit war die Mischna als Grundlage und erster Teil des Talmuds. Die Mischna wurde zuerst zu Tiberias in Palästina gesammelt und ist in ihrer heutigen Bearbeitung das Werk des Rabbi Juda Ha-Nasi. Es stammt ungefähr aus dem Jahre 220 Unseres Herrn. In den Generationen danach wurde die Mischna in den jüdischen Schulen immer wieder diskutiert und erörtert. Diese laufende Erklärung und Bearbeitung der Mischna findet sich in besagter Gemara wieder. Die Gemara wurde um das Jahr 300 Unseres Herrn vom Rabbi Jochanan angelegt. Dieser war Schulvorsteher in Palästina. Bereits die Mischna besteht aus insgesamt sechs Sedarim oder ›Ordnungen‹. Jeder Seder besteht wiederum aus einer Reihe von Perakim oder Kapiteln. Der Babylonische Talmud, der im sechsten Jahrhundert kodifiziert wurde, umfaßt mindestens ein Dutzend voluminöser Bände ... Bestenfalls könnte dieser Band hier«, der Bischof hielt das Buch hoch, »einige Traktate der Mischna oder der Gemara enthalten.«

Ventimiglia hielt inne. Nach einigen Augenblicken fragte er: »Was also glaubt Ihr in diesem Buch zu entdecken? Anweisungen zum Christenmord?«

»Wir vermuten, daß dieses Buch rituelle Anweisungen enthält für den jüdischen Blutgebrauch«, antwortete Hinderbach kühl. Er wollte sich nicht anmerken lassen, wie sehr ihn die umfangreiche Bildung des päpstlichen Kommissärs auf einem ihm selbst völlig unbekannten Gebiet beeindruckt hatte.

»Aber den Juden ist doch jeglicher Blutgenuß verboten!« rief der päpstliche Kommissär erbost. »Daher schächten die Juden doch auch die Tiere, die sie verzehren. Dieses Verbot findet sich bekanntlich schon im Alten Testament, bei Moses in seinem dritte Buche. Das jüdische Gesetz verbietet den Genuß jeglichen Blutes, weil sich in diesem nach hebräischem Glauben die Seele befindet. Auf den Genuß von Blut hat Gott selbst die Todesstrafe gesetzt, wie Ihr ebenfalls im dritten Buche des Moses lesen könnt. Ihr seht also, wie ernst den Juden dieses Gebot sein muß! Und wenn schon der Genuß jeglichen Tierblutes den Juden untersagt ist, wie unsinnig ist es dann, zu meinen, sie würden Menschenblut trinken! Hat Gott den Juden etwa nicht durch Moses in seinem fünften Gebote das Töten unschuldiger Menschen verboten?«

»Die Juden haben den Kindsmord gestanden!« erwiderte Hinderbach unbeirrt.

»Unter der Folter!« rief Giovanni Battista dei Giudici, und zu Jacob von Spaur gewandt, sagte er: »Vielleicht könnt Ihr uns einmal erzählen, wie die Juden während der peinlichen Frage behandelt worden sind!«

»Meine Leute haben unglücklicherweise dem Vergnügen nicht widerstehen können, ihnen ein wenig das Fell zu streicheln«, erwiderte der Stadthauptmann. Ein breites Grinsen begleitete seine Worte, und er warf Bernardino da Feltre einen verschwörerischen Blick zu. »Anfangs waren die Juden auch nicht willens, auch nur eine Note zu singen«, fuhr Jacob von Spaur fort. »Nach einiger Zeit aber hat die Erwartung ihres traurigen Schicksals doch ihre Zungen gelöst ...«

»Was meint Ihr?« fragte Bischof Ventimiglia.

Der Stadthauptmann zog die Handkante über seine Gurgel. »Das!«

Bernardino da Feltre lachte kurz auf.

»Mit anderen Worten«, sagte Ventimiglia bitter, »Ihr habt die Angeklagten nicht gerade sanft behandelt.«

Jacob von Spaur grinste breit: »Und das Blut, das im Laufe der Verhöre aus ihren Nasen, Mündern und Ohren geflossen ist, hätte sicher einige große Eimer gefüllt.«

»Ihr wagt es auch noch, Euch in der Gegenwart des päpstlichen Gesandten über das Leiden dieser armen, unschuldigen Opfer lustig zu machen!« rief Ventimiglia mit wutrotem Gesicht.

»Ich kann nicht behaupten, daß ich viel Mitleid mit diesen Bestien empfunden hätte«, bestätigte Jacob von Spaur. »Jeder, der fanatisch genug ist, um seines wahnsinnigen Aberglaubens willen einen Mord zu begehen und dafür den Feuertod zu riskieren, verdient meiner Ansicht nach eine solche Strafe zu Recht. Aber ich meine auch, nachdem das Urteil gefällt worden war, hätte man es bei einigen dieser Juden nicht zu einer Hinrichtung durch Enthaupten umwandeln sollen. Es war ein Fehler, diese Juden vor ihrer Hinrichtung noch zu taufen, so daß sie letztlich als Christen gestorben sind. Eine solche Ehre haben diese Bluthunde durchaus nicht verdient!«

»Schluß damit!« unterbrach Hinderbach den Stadthauptmann, sichtlich verärgert. Und zu Bischof Ventimiglia gewandt, sagte er mit versöhnlicher Stimme: »Wir haben ja auch noch andere Beweise für die Schuld der Trienter Juden … Pater Bernardino da Feltre hat eine Zeugin gefunden, deren Aussage von entscheidender Bedeutung sein soll. Ich kenne die Frau nicht, weiß auch nicht, was sie zu berichten hat. Aber Pater Bernardino sagte mir vorhin kurz, daß die Aussage dieser Frau ausgesprochen glaubwürdig und überzeugend sei. Sie beweise nicht nur die Schuld der Trienter Juden …«

»… sondern die Universalität der jüdischen Blutriten …«, ergänzte der Franziskanermönch ungeduldig. »Ja, die Aussage dieser Frau wird sogar Euch verstummen lassen, Bischof Giudici.«

»Das werden wir ja sehen«, erwiderte dieser mit rauher Stimme.

Hinderbach läutete eine kleine goldene Glocke. In der Tür erschien eine ältliche, in Schwarz gekleidete Frau, deren Häubchen von einer weißen Borte gesäumt war. Auf einen Wink des Fürstbischofs trat sie zögernd näher.

»Nun, gute Frau«, sprach er sie an, »erzählt uns einmal, was Ihr erlebt habt.«

»Vor drei Jahren kam ein fremder jüdischer Händler zu mir ins Haus«, begann die Alte zu erzählen. »Es war – wie gesagt – ein fremder Jude … nicht aus Trient … von auswärts. Er bot allerlei Dinge in seiner Lade feil. Natürlich würde ich als guter Christenmensch, Gott stehe mir bei, niemals etwas von einem ungläubigen Juden kaufen noch einen solchen in meinem Hause dulden. Aber der Mann hatte irgend etwas Widerwärtiges, beunruhigend Hinterhältiges und irgendwie Unnatürliches, Heimtückisches an sich. Das schüchterte mich ein und machte mir angst. So ließ ich ihn gewähren und hoffte, ihn bald wieder loszuwerden. Er hatte mancherlei. Bunte Tücher und Decken, fremdartige Gewürze, süßes Konfekt. Mit schnellen Bewegungen breitete er diese Dinge vor mir aus, wobei er ohne Unterlaß auf mich einredete und mir seine Waren aufnötigte. Natürlich war mir seine jüdische Speichelleckerei zuwider, und ich überlegte die ganze Zeit, wie ich diese lästige Person wieder loswerden könnte. Als guter Christenmensch wollte ich ja auch gar nichts bei ihm kaufen …«

»Ihr braucht Euch hier nicht ständig zu rechtfertigen«, unterbrach Ventimiglia die Frau unwirsch, »was eigentlich wollt Ihr uns mitteilen?«

Ein wenig beleidigt fuhr die alte Frau fort: »Nun: Während der Jude so auf mich einredete, sah ich aus einer seiner Taschen eine grüne, interessant und edel aussehende Flasche hervorlugen. Ich fragte ihn, was das für eine Flasche sei und was sie enthielte. Dabei bückte ich mich schnell und holte sie aus der Tasche heraus, noch bevor der Jude mich daran hindern konnte. ›Tut die Flasche sofort wieder zurück‹, schrie der Krämer, nun sichtlich nervös und verängstigt! Er hob seine ungewöhnlich knochigen Hände und schwur Stein und Bein, diese Flasche stände nicht zum Verkauf, sie sei bereits verkauft und gehöre einem Trienter Juden, dem er sie gleich bringe. Das machte mich noch neugieriger, und ich besah mir die Flasche genauer. Sie war sicher eine Kostbarkeit und sehr wertvoll. Aus grünem Glas, mit bunten Steinen besetzt, fest verschlossen und versiegelt. Vom Hals der Flasche baumelte eine Kapsel, aus einem Stück, wohl aus Silber, mit goldener Inschrift an einer silbernen Kette. Ich hielt die Flasche gegen das Licht und versuchte durch das grüngetönte Glas zu schauen und zu erkennen, was da drinnen so dickflüssig herumschwamm. Der Jude versuchte plötzlich, die Flasche meiner Hand zu entwinden. Ich ließ mir das aber nicht gefallen, öffnete nun erst recht den Verschluß, hielt mir die Flaschenöffnung an die Nase und roch daran ... Es war Blut. Es war eindeutig der Geruch von Blut!«

Die Alte hielt sich theatralisch die Hände vors Gesicht: »Ich war so verblüfft und außer mir zugleich, daß es dem Händler nun gelang, mir die Flasche zu entwinden. Er entfernte sich nun auch rasch und verließ das Haus.«

»Und warum sollte ein Jude mit einer Flasche Blut herumlaufen?« fragte der päpstliche Kommissär spöttisch.

»Du meine Güte«, rief die Frau, »das weiß doch ein jeder guter Christenmensch, daß sie Blut unschuldiger Kinder gebrauchen, diese verdammten Juden!«

»Ihr gehört ja ins Tollhaus!« rief Bischof Ventimiglia verächtlich. »Wahrscheinlich habt Ihr Wein gerochen oder Essig!« Zu Hinderbach gewandt, meinte er lachend: »Das also sind Eure schlagkräftigen Beweise!«

Hinderbach schien diese Zeugin Bernardino da Feltres selbst peinlich zu sein. Er warf dem Franziskaner einen wütenden Blick zu. Der Mönch begriff, daß er mit dieser Zeugin keinen Eindruck machen konnte – weder beim Fürstbischof noch beim päpstlichen Legaten. Verstimmt entließ er die alte Frau wieder.

Als sie den Raum verlassen hatte, sagte Bernardino da Feltre trotzig: »Es ist immer Lehre der Kirche gewesen, daß die Juden Erfüllungsgehilfen des Teufels sind, ihr Tun ist Teufelswerk. Hilaire de Poitiers schreibt ausdrücklich, daß die Juden, bevor sie das Gesetz des Moses bekamen, vom Teufel besessen waren. Der heilige Johannes Chrysostomus schließlich weiß, daß die Seelen der Juden und die Orte, an denen sie sich treffen, von Dämonen bewohnt sind. Wollt Ihr diese einhellige heilige Tradition der Kirchenlehrer in

Zweifel stellen? In den Annales Marbacenses werden die Juden beschrieben als ›homines stature horribilis‹, als Menschen von schreckenerregender Gestalt, was sich sicher auf deren verdorbenen Charakter bezieht. Pierre des Blois schreibt in seinem Werk ›Contra perfidiam Judaeorum‹: ›Der Jude, dem Exempel seines Vaters, des Teufels, folgend, zeigt sich häufig in monströser Gestalt.‹ Auch das ist sicher wieder auf den dunklen und verdorbenen Seelenzustand dieses verfluchten Volkes bezogen! In der Chronik von Nowgorod, ich habe in meinem Heimatkloster eine beglaubigte Abschrift, steht: ›Niemand weiß, woher sie kommen, niemand weiß, welche Sprache sie sprechen. Sie sind eine Strafe Gottes für unsere Sünden.‹ Ihr seht, Bischof Giovanni Battista dei Giudici, die Meinung über die sittliche Verderbtheit der Juden ist universal und über die Länder der gesamten Christenheit verbreitet und sicher nicht nur der provinziellen Phantasie der Bürger unserer armen Stadt Trient entsprungen.«

Als Ventimiglia nicht antwortete, fuhr der Franziskanermönch unbeirrt fort: »Eine ganze Reihe von anständigen Christenmenschen, darunter auch Priester und Gelehrte, haben in der Vergangenheit gesehen und bezeugt, daß die Juden die eigenartigsten, abscheulichsten und abstoßendsten Riten praktizieren. Die Aussagen und Begründungen der Juden in unserem Trienter Fall sind doch sehr einleuchtend. Das müßt Ihr doch zugeben ...«

»O nein! Ich gebe nichts von all dem zu«, erwiderte der päpstliche Gesandte scharf. »Alle diese in den Untersuchungsprotokollen angeführten Praktiken, die den Juden souffliert und suggeriert worden sind, sind bloße Erzeugnisse überspannter Einbildungskraft und Auswüchse krankhafter Hirngespinste.«

»Es ist aber doch nicht zu bestreiten«, rief der Franziskanermönch, »daß im Talmud und in anderen Schriften der Juden widerliche und blasphemische Behauptungen stehen über unseren Herrn Jesus und seine gebenedeite Mutter!«

»Dann wollt Ihr also alle Juden dem Tod ausliefern?« fragte der päpstliche Gesandte. »Nicht nur die, die angeblich Christenkinder töten?«

»In der Tat!« bestätigte Bernardino da Feltre. »Es geht im letzten nicht mehr einfach darum, die angeklagten Juden als Einzelpersonen zu verurteilen, sondern jetzt geht es darum, ihnen ein für allemal das Handwerk zu legen.«

Voller Haß hatte der Franziskaner diese Worte gesprochen. Paolo da Novara sah erschrocken und irritiert in das Gesicht des Mönchs. Dessen Lippen waren so fest zusammengepreßt, daß sich die Mundwinkel nach innen zogen.

»Durch dieses schandbare Verbrechen, das in Trient geschah«, fuhr Bernardino da Feltre fort, »soll die ganze Welt erfahren, was ich schon immer wußte. Daß die Juden nicht Menschenkinder sind, sondern Teufelsbrut. Und als Teufelsbrut verdienen sie keiner Menschen Gnade.«

»Und Ihr wollt ein Christ und Priester sein!« sagte Giovanni Battista dei Giudici, nun sichtlich angewidert.

»Ja, ich habe die Priesterwürde empfangen«, erwiderte der Franziskaner wütend. »Pax der Welt! Aber Christus ist nicht gekommen, den Frieden zu bringen, sondern das Schwert! Die Kirche ist eine Armee! Und auch ich bin nicht auf Frieden eingestellt! Ich brenne im Eifer, die Feinde Christi unschädlich zu machen und Feuer an ihre Synagogen und Tempel zu legen! Das jüdische Volk ist unser Feind!«

Pater Paolo spürte geradezu körperlich, daß Bischof Ventimiglia nun genug hatte von Bernardino da Feltre und die unheilvolle Diskussion beenden wollte. Mit steifer Verbeugung zog Giovanni Battista dei Giudici sich zurück.

Pater Paolo beschäftigte der Disput so sehr, daß er spazierengehen mußte, um seine Nerven zu beruhigen. Als er die bischöfliche Burg verließ, stand die Sonne in ihrem Zenit.

Auf dem großen Domplatz verstauten die Händler ihre Auslagen und packten ihre Waren zur Mittagspause zusammen. Auf dem verödeten Marktplatz stritten sich abgemagerte Hunde um die Abfälle. Ein Hund, der an einem Kalbsschädel fraß, rannte mit diesem davon. Seit die geheimnisvolle Bluttat an dem Kinde Simon verübt worden war, rangen die widersprüchlichsten Gefühle in Paolos Brust. Zeitweise hatte er sich ausschließlich mit diesem Mordfall im besonderen und dem Blutvorwurf im allgemeinen beschäftigt, ohne eine Anstrengung zu scheuen. Er hatte unzählige Bücher gewälzt, angetrieben von einer ungekannten Leidenschaft. Irgend etwas faszinierte ihn am Kult des kleinen Simon, berührte ihn im Innersten seines Wesens. Irgendwie war er überzeugt davon, Licht in dieses geheimnisvolle und umstrittenste Rätsel bringen zu können.

Doch die Schönheit des Kultes zu Ehren des kleinen Simon war die eine Seite, der schreckliche Tod der jüdischen Männer und das unendliche Leid ihrer Frauen und Kinder, das er gesehen hatte, war die andere. Und dann die erschreckende Reaktion Bernardino da Feltres heute, sein haßerfülltes Gesicht. Pater Paolo konnte nicht den keifenden Mönch aus seinem Kopf verbannen, der schrie: »Ich brenne im Eifer, die Feinde Christi unschädlich zu machen und Feuer an ihre Synagogen und Tempel zu legen …« War das die Handlungsweise eines Heiligen, eines geläuterten Asketen? Der Pater konnte keine Antwort auf diese quälende Frage finden.

Nachts lag er auf dem Bette und fühlte wildes Pochen an seinen Schläfen und ein beängstigendes Ziehen in seinem Herzen. Das waren die gefürchteten Stunden der Nacht, in denen die Dinge sich aufblähten und eine ungewöhnliche Dimension annahmen. Und alle Geräusche des Dunkels schwollen an: das Seufzen des Windes, das Knarzen der Holzbalken. Diese ganze Sache hat mit dir zu tun, schienen die Stimmen der Nacht zu rufen, mit dir! Mit dir und deiner Unvollkommenheit und Schwäche allein! Blick der Wahrheit ins Gesicht. Es geht dir nicht um den Mordfall, es geht nicht um die Juden! Es geht um dich! Was konnte der Pater diesen quälenden Stimmen schon entgegensetzen?

Am nächsten Morgen schickte Ventimiglia nach Pater Paolo da Novara und bat ihn, er möge ihn zum Frauengefängnis, dem Torre Verde, begleiten, in dem die jüdischen Frauen und ihre Kinder inhaftiert waren. Der Bischof hatte diese wichtige Visitation so lange aufgeschoben, weil er sich erst anhand der vorliegenden Untersuchungs- und Befragungsprotokolle ein genaueres Bild vom Prozeßhergang hatte verschaffen wollen. Giovanni Battista dei Giudici und Paolo gingen den Weg zum Torre Verde zu Fuß. Die Leute auf der Straße starrten den Bischof aus dem fernen Rom erstaunt an, der es wagte, sich ohne Wache und ohne Begleitung von zahlreichen Prälaten und Höflingen unter das Volk zu mischen.

Nach kurzer Zeit hatten Ventimiglia und Pater Paolo den Torre Verde erreicht. Mit drei kräftigen Schlägen hämmerte Giovanni Battista dei Giudici an das Tor. Ein kleines Gitter wurde geöffnet, und dahinter kam das feiste Gesicht eines mißtrauisch blickenden Wachsoldaten zum Vorschein.

»Was wollt Ihr?« knurrte der Kerl und ließ seine wäßrigblauen Augen in den Höhlen rollen.

»Ich bin Bischof Giovanni Battista dei Giudici, Gesandter des Papstes. Öffnet mir das Tor.«

Das Gitter schloß sich wieder, und eine zähe Minute lang geschah nichts. Bischof Giovanni Battista wollte bereits wieder energisch gegen das Tor pochen, als die beiden Männer plötzlich knarzende Geräusche hörten. Das Tor öffnete sich langsam. Der Wachsoldat winkte die beiden Männer herein, und der Bischof und Paolo da Novara betraten den Gefängnisvorraum.

»Ich möchte den Vorsteher des Gefängnisses sprechen«, sagte der päpstliche Legat in deutlichem Befehlston.

Der Gefängniswärter entblößte seine gelben Zahnstummel, sagte aber nichts. Mit einer winkenden Gebärde führte er den Bischof und den Pater durch einen dunklen Gang in ein zweites Zimmer. Hinter einem imposanten Schreibtisch saß der Gefängnisvorsteher, ein fettleibiger Mann mit griesgrämigem Gesicht. Betont langsam erhob er sich von seinem

Stuhl und blickte Ventimiglia träge an, als wolle er demonstrieren, daß ihn dessen Autorität in keiner Weise beeindrucken konnte.

»Ich wünsche die gefangenen jüdischen Frauen zu sehen«, sprach der Bischof, sichtlich verärgert.

»Welche?« fragte der Gefängnisvorsteher gähnend.

»Alle!« Des Bischofs Stimme klang nun deutlich ungehalten, doch der Gefängnisvorsteher schien vollkommen unbeeindruckt.

»Wozu?« fragte er .

Pater Paolo stockte der Atem ob solcher Unverfrorenheit.

»Ich bin der Gesandte des Papstes«, antwortete Ventimiglia, »und Ihr wißt sehr gut, wozu ich mich in dieser Stadt aufhalte. Ich möchte die jüdischen Frauen sehen und mit ihnen über das ihnen zur Last gelegte Geschehen sprechen. Weitere Rechenschaft muß ich Euch, denke ich, nicht ablegen.«

Der Gefängnisvorsteher lächelte. »Müßt Ihr schon«, erwiderte er und setzte sich wieder auf seinen Stuhl. »Ich kann niemandem, schon gar nicht ohne die Erlaubnis des hochwürdigsten Herrn Fürstbischofs, erlauben, durch unser Gefängnis zu spazieren und Gefangene zu sprechen, vor allem nicht, wenn diese an einer Mordtat beteiligt waren.«

»Ich wünsche sofort die jüdischen Frauen zu sprechen«, wiederholte Bischof Ventimiglia seine Forderung.

»Ihr habt mir gar nichts zu befehlen!« entgegnete sein Gegenüber. »Mein Herr ist der Bischof von Trient. Ich werde nur seinen Befehlen nachkommen ...«

Giovanni Battista dei Giudici erkannte, daß es keinen Sinn hatte, weiter zu insistieren. »Gut, ich werde jetzt gehen«, sagte er, »aber heute nachmittag werde ich wiederkommen, und zwar mit der Vollmacht Bischof Hinderbachs, ordnungsgemäß von ihm unterschrieben und besiegelt. Und ich werde die gefangenen Frauen sprechen, verlaßt Euch darauf ...«

Der Gefängnisvorsteher grinste immer noch.

»Das glaube ich nicht«, sagte er und winkte dem Wächter, die beiden Herren hinauszuführen. Der päpstliche Kommissär drehte sich um. Ohne ein Wort des Grußes ging er hinaus. Pater Paolo folgte ihm wie betäubt. Die beiden Männer gingen zum bischöflichen Schloß zurück. Dort suchten sie sofort Pater Raphael, den Sekretär Hinderbachs, auf.

»Ich muß unverzüglich den Fürstbischof sprechen!« sagte Bischof Ventimiglia, und in seiner Stimme schwang immer noch die Erregung angesichts des Affronts mit. Pater Raphael blickte Giovanni Battista dei Giudici mit einem Ausdruck unverhohlener Abneigung an: »Ich muß Euch sagen, daß Bischof Hinderbach Euch heute vormittag nicht empfangen kann, da er mit dem venezianischen Architekten Andrea da Spalato verabredet ist.«

»Und heute nachmittag?« fragte Ventimiglia.

Da begann der bischöfliche Sekretär eine decouragierende Liste der Staatsgeschäfte und geistlichen Verpflichtungen des Bischofs für diesen Tag herunterzuleiern. Ventimiglias strenge Stimme zwang ihn allerdings, seine Litanei zu unterbrechen:

»Sagt Bischof Hinderbach, daß ich morgen wiederkommen werde. Und übermorgen, wenn es sein muß. Und immer wieder, so lange, bis er mich empfängt und mir die Genehmigung erteilt, die gefangenen Jüdinnen zu sehen und zu sprechen. Ich bin der Kommissär des Papstes und repräsentiere ihn folglich in dieser Stadt. Meine mir vom Heiligen Stuhl übertragene Aufgabe ist sehr ernst, und mir sind weitreichende Kompetenzen gegeben worden. Wenn mir Bischof Hinderbach diese nicht freiwillig zugestehen will, werde ich die Angelegenheit nach Rom melden.«

Mit diesen Worten drehte sich der Bischof um und verließ den Raum. Pater Paolo folgte ihm benommen.

»Ihr habt gesehen, wie meine Arbeit hier immer mehr boykottiert wird, lieber Pater!« sagte Ventimiglia. Mit einem leisen Seufzer lehnte er sich zurück und wischte sich mit dem Arm den Schweiß von der Stirn.

»Heute ist es ja schrecklich schwül«, meinte er schließlich, »laßt uns ein wenig spazierengehen, Pater. Am Fluß geht sicherlich ein angenehmes Lüftchen. Das wird uns erfrischen. Und unterwegs können wir uns ebensogut unterhalten.«

Als der Bischof und der Pater die Stadtmauern hinter sich gelassen hatten, begegneten ihnen zwei Frauen, die einen Eimer trugen, um das Vieh zu tränken. Beide waren jung und gingen barfuß. Sie hielten den Henkel mit je einer Hand und liefen gebeugt, um das Gewicht des Eimers nicht so sehr im Rücken zu spüren. Trotz der Anstrengung lachten beide vergnügt. Als sie an den beiden Priestern vorbeikamen, grüßten sie höflichst und begannen kurz darauf mädchenhaft zu kichern. Ventimiglia und Pater Paolo erreichten die Etsch. Das helle Grün der am Ufer stehenden Bäume spiegelte sich in dem träge dahinströmenden Wasser. Auf dem Fluß schwammen Enten im bunten Federkleid gemächlich hin und her. Auf der anderen Seite des Flusses breitete sich eine saftige Wiese aus, auf der eine kleine Herde Schafe graste. Einige herrenlose Hunde, alle knochendünn und unterernährt, durchstreiften die Landschaft. Keines der Schafe ließ sich von ihnen beim Grasen stören, manche hoben den Kopf, um den Duft des Tages zu schnuppern. Schwarze Vögel zogen darüber ihre Kreise. Ihr Gesang erfüllte die warme Luft des Trienter Tales. Der Bischof und Pater Paolo gingen auf eine kleine primitive Holzbank zu, die neben einem Baumstumpf aufgestellt worden war. Auf dem Baumstumpf saß träge eine Katze und streckte sich in der Mittagshitze. Gelangweilt betrachtete sie die beiden Männer, die erschöpft auf sie zuschritten.

»Entschuldige, Kleine«, sagte der Bischof, scheuchte die Katze mit seinem Hut von dem Baumstumpf, um selbst darauf Platz zu nehmen. »Einen Augenblick, Pater, laßt uns ein wenig ausruhen!«

Die Männer saßen einige Minuten schweigend nebeneinander und blickten auf das ruhig dahinfließende Wasser.

»Ich bin außer mir über das, was heute geschehen ist«, begann Pater Paolo das Gespräch. »Wie kann man Euch als päpstlichen Gesandten daran hindern, die gefangenen jüdischen Frauen zu sehen?«

»Oh, das ist noch gar nichts!« erwiderte Bischof Giovanni Battista. »Meine Arbeit hier in Trient wird auf mannigfache Weise behindert. So bitte ich Bischof Hinderbach schon seit Tagen, mir endlich die restlichen Befragungsprotokolle auszuhändigen. Er weigert sich strikt unter diversen fadenscheinigen Ausreden! Die Auszüge, die mir überlassen wurden, sind offensichtlich sehr bewußt und geschickt ausgewählt worden. Ich vermute, daß die fehlenden Protokolle Details enthalten, die über den Grad der Tortur Aufschluß geben, der die beklagenswerten Juden unterworfen worden sind. Wahrscheinlich gingen die Foltermaßnahmen weit über das Erlaubte hinaus. Vermutlich enthalten die restlichen Protokolle auch spezifische Widersprüche und Ungereimtheiten, die man vor mir verbergen will.«

Der Pater schüttelte den Kopf: »Das alles verwirrt mich! In einer so wichtigen Angelegenheit müßte doch die Wahrhaftigkeit das oberste Prinzip sein! Es geht ja nicht nur um das Leben und die Ehre vieler Menschen, die Sache hat doch darüber hinaus auch einen religiösen Aspekt. Wenn das Kind kein Märtyrer war, stellen seine Verehrung und sein Kult doch einen gleichsam gotteslästerlichen Betrug dar – einen Betrug an den einfachen Gläubigen und der Kirche! Ich verstehe nicht, wie Bernardino da Feltre das zulassen kann. Er ist doch ein heiligmäßiger Mann!«

Der Bischof warf dem Pater einen Blick zu, der jeden Zweifel darüber ausräumte, daß er den Franziskaner keinesfalls für einen Heiligen hielt.

»Könntet Ihr nicht versuchen«, erwiderte Ventimiglia, »diesen Mann einmal nicht im verklärenden Licht Eurer religiösen Verehrung zu sehen, sondern bei Tageslicht, in seiner tatsächlichen Erscheinung, als den sicher verdienten, auch frommen und den Armen zugewandten Mann, der er ist, der aber dennoch zu Jähzorn und Unduldsamkeit neigt, vor allem gegenüber den Juden? Die Haltung, die er diesen gegenüber einnimmt, kann nur noch als Verblendung und Fanatismus bezeichnet werden.«

»Ihr seht ihn so, ich weiß«, erwiderte der Pater, »Ihr wollt ihm auch sicher kein Unrecht tun, ich bin überzeugt davon. Aber ich weiß nicht, ob Ihr ihn wirklich ›bei Tageslicht‹ seht, wie Ihr es formuliert. Ihr nennt ihn fromm und ›sicher verdient‹ und wollt damit andeuten, daß er ein gewöhnlicher und nur mittelmäßiger Mensch und nichts Weltbewegendes an ihm ist. Aber ich glaube, daß er ein ganz außerordentlicher Mensch ist, dessen Heiligkeit kaum bezweifelt werden kann. Bedenkt seine edle Herkunft, wie er durch seine eherne Entschlußkraft zu einem der bedeutsamsten Prediger der Christenheit wurde, wie er sich stets mit großer Liebe und Opferbereitschaft den Armen und Unterdrückten zugewandt und für sie eingesetzt hat, und bedenkt seinen Mut, mit dem er stets den Feinden der Kirche die Stirn bot.«

»Wobei er fälschlicherweise vor allem in den Juden Feinde der Kirche sieht.«

»Immer wieder spielt Ihr auf seinen angeblichen Fanatismus an und wollt ihn als einen irregeführten und verblendeten Menschen sehen, der die Wirklichkeit nicht erfassen kann und zu Unrecht in den Hebräern Feinde der Kirche und der Menschenseelen erblickt. Aber Ihr vergeßt, daß dieser Argwohn zunächst Ausdruck seiner großen, stets auf die Ehre Gottes bedachten Liebe ist und sicher auch in der Erfahrung ihre Grundlage hat …«

»Ihr meint: Erfahrung mit den Juden?« fragte Ventimiglia.

»Nun, Bernardino da Feltre ist ein wirklicher Vater der armen Leute, und wenn er das einfache Volk liebt, so ehrt ihn das und zeichnet ihn aus. Für diese einfachen Menschen hat er die Monti di Pietà gegründet, damit die Christen nicht dem Zinswucher ausgeliefert sind. Bernardino da Feltre hat eben gesehen, wie Christen durch einige Juden in Not und Armut gekommen sind, und bei seinen hohen Idealen und seiner Liebe zu den Armen trieb ihn dieses in seine vehemente Gegnerschaft zu den Hebräern.«

»Ihr seht in Bernardino da Feltre einen Heiligen«, sagte der Bischof. »Gut! Er mag seine Verdienste haben. Aber sein krankhafter Judenhaß macht es mir unmöglich, in ihm einen heiligmäßigen Mann zu sehen! Da sind mir andere Männer eher Vorbild. Zum Beispiel Papst Innozenz IV. Welch eine große Gestalt der Kirchengeschichte! Er demonstrierte augenfällig, daß der Papst nicht nur der Vater aller Christgläubigen, sondern aller Menschen ist, denn als im Jahre 1247 in Valreas in Frankreich eines Tages ein zweijähriges Mädchen verschwand und man es tags darauf tot im Stadtgraben fand, legte man das Verbrechen den Juden zur Last. Als die Bevölkerung in Valreas und den umliegenden Provinzen sich in Pogromen gegen die Juden wandte und sie beschuldigte, Urheber des Mordes und vieler anderer Untaten zu sein, verurteilte Innozenz IV. in zwei Sendschreiben entschieden die Verfolgungen. Er tat sogar mehr, als er beschloß, die Juden unter seinen persönlichen Schutz zu stellen; er exkommunizierte unverzüglich alle, welche die Juden angriffen und bedrängten. Er bot verfolgten Juden darüber hinaus Asyl in seinen Ländern des Kirchenstaates.«

»Ich weiß nicht«, sagte der Pater nach einer Weile, »viele Menschen halten Bernardino da Feltre für einen Visionär.«

»Das macht ihn ja gerade so gefährlich«, erwiderte Ventimiglia. »Er steht im Rufe, Wunder zu wirken und göttliche Offenbarungen zu empfangen. Das gibt all seinen verblendeten Ansichten den Schein göttlicher Legitimität. Die Massen glauben ihm blind, und vielen unschuldigen Menschen bringt gerade das Tod und Verderben. Nichts ist gefährlicher als ein Fanatiker, den man für einen Heiligen hält.«

Pater Paolo starrte wortlos vor sich hin. Auch der Bischof schwieg einige Minuten. Er spürte, daß er den Pater wieder einmal verwirrt, vielleicht sogar verletzt hatte. Paolo da Novara hielt den Wundermönch für einen Heiligen, einen Gesandten Gottes ... Was nützte es, ihm weh zu tun?

Giovanni Battista dei Giudici lächelte den Pater an, als sei nichts gewesen.

»Außerdem höre ich aus Euren Worten immer wieder eine stark judenfeindliche Haltung, lieber Pater«, sagte er mit sanfter Stimme. »Ist das christlich? Ihr seht in den Juden immer die Feinde der Christen! Wäre es aber nicht biblisch, in den Juden unsere älteren Brüder zu sehen? Unser Neues Testament gründet doch auf dem Alten Testament, das wir mit den Juden gemeinsam haben, und dem Geiste nach sind wir Christen alle Juden. Abraham ist genauso unser Vater wie der der Juden, und wenn auch noch nicht alle Juden zu der Wahrheit gefunden haben, die in Jesus Christus zu uns gekommen ist, wir müssen sie trotzdem lieben; ja, vielleicht noch um so tiefer und inniger, weil sie das Volk sind, aus dem der Erlöser hervorgegangen ist und an das er sein Evangelium zuerst gerichtet hat!«

»Nun, vielleicht wissen nicht alle Hebräer von dem Blutmysterium, sondern nur die Rabbiner«, entgegnete der Pater. »Könnte man die rituellen Morde der Juden nicht als eine Art Opfer ansehen, das sie Gott für ihre Sünden darbringen? Schließlich obliegt das Opfer in allen Religionen den Priestern, nicht wahr? Und der Rabbiner ist ja wohl der Priester in der Religion der Juden!«

»Da irrt Ihr, lieber Freund!« erwiderte Ventimiglia. »Der Rabbiner ist in der jüdischen Religion eben kein Opferpriester. Was ist ein Rabbiner? Nun, nichts anderes als ein Gelehrter. Wie mir ein jüdischer Theologe einmal erklärt hat, bedeutet der Titel ›rabbenu‹ in der hebräischen Sprache ›unser Lehrer‹. Er ist also ein Ausdruck höchster Ehrerbietung gegenüber dem Wissen und der Bildung des so Geehrten. Ein Rabbiner ist ein Schriftkundiger, ein Theologe, aber kein Priester in unserem Sinne. Die jüdischen Opfer haben nämlich aufgehört mit der Zerstörung des Jerusalemer Tempels im Jahre 70 des Herrn. Und natürlich hat es sich bei den jüdischen Opfern des Alten Bundes immer nur um Tieropfer gehandelt. Lest doch im Alten Testament nach, wie streng Gott die heidnischen Kanaaniter verurteilt, die ihre Kinder dem Götzen Baal geopfert haben!«

»Aber eine Sache ist doch unbezweifelbar, daß nämlich der Antichrist am Ende der Zeit aus der Verbindung einer Jüdin mit dem Teufel entspringen wird.«

»Aberglauben und Köhlerglauben«, zischte Giovanni Battista dei Giudici.

»Aber es ist der bedeutende Theologe Adon de Toul, der das lehrt«, rechtfertigte sich der Pater. »Er schreibt auch, der Antichrist werde sich bei seinem Erscheinen als der Messias ausgeben, der gekommen sei, um die Juden zu erretten!«

»All dieser Unsinn bewegt sich in meinen Augen auf dem gleichen Niveau wie der finsterste Volksaberglaube, und wenn er sich in noch so hochtrabende theologische Begriffe kleidet«, entgegnete der Bischof. »Auf meinen Reisen als päpstlicher Legat haben mir die armen und ungebildeten Bauern oft von jüdischen Sekten erzählt, deren Mitglieder sich magischen Riten unterzogen haben sollen, die sie von dem Gestank befreien sollten, der ihnen angeblich anhaftete. Wohlgemerkt, das erzählten mir Bauern, die nie in ihrem Leben einen Juden gesehen haben! Tagsüber wären es ganz gewöhnliche Leute – so die Mär weiter –, aber nachts kämen diese Juden geheimbündlerisch zusammen, um Götzenbilder anzubeten und an okkulten Riten teilzunehmen, die in allgemeiner Raserei und Exzessen endeten, in deren Verlauf dann auch die Blutmorde stattfänden. Diese einfältigen Bauern glaubten sogar, daß die Juden durch den Verzehr des Christenblutes unverwundbar seien und übernatürliche Kräfte besäßen. Ihr seht, es gibt keinen Unsinn, der den Juden nicht nachgesagt würde! Da können sich hochgelehrte Theologen und ungebildete Bauern oft die Hand reichen!«

»Aber sind diese Überlieferungen unserer geheiligten Geschichte nicht auch irgendwie Teil unseres Glaubens,

Glaubensgut, das nicht ohne weiteres in Frage gestellt werden darf?« fragte Paolo.

»Aber nein, lieber Pater!« entgegnete Bischof Giovanni Battista. »Diese Dinge sind Aberglaube – nichts anderes. Und dieser Aberglaube muß in jeder Form bekämpft werden, denn jedem Menschen muß die christliche Freiheit gesichert werden, damit er den wahren Glauben unseres Herrn Jesus Christus und das sittlich Gute ungehindert nach seinem besten Wissen und Gewissen verwirklichen kann.«

Ventimiglia machte eine kurze Pause. Dann sagte er: »Ich werde Euch jetzt sagen, wie ich die Sache mit den angeblichen Blutmorden der Juden sehe: Es gibt ja weltweit unzählige Geschichten dieser Art – bizarre, ungeheuerliche Geschichten. Diese Gerüchte angeblicher jüdischer Blutmorde breiten sich in konzentrischen Kreisen aus, etwa wie Wellen es tun, wenn man einen Stein ins Wasser geworfen hat. Am Anfang steht immer der Umstand, daß irgendwo eine Kinderleiche gefunden wird, in der man das Opfer des rabbinischen Judentums zu erkennen glaubt. Da der Volksaberglaube meint, Juden verwendeten in der Regel nur das Blut von unschuldigen Kindern, wobei sie dem Blut von Knaben den Vorzug gäben, ist das charakteristische Judenmordopfer ein Knabe unter zehn Jahren. Doch muß es noch einige andere Merkmale aufweisen. Da, wie der Volksaberglaube meint, die Juden vor allem in der Zeit ihres Pessachfestes die rituelle Tötung vorzunehmen pflegen, ist es ein wichtiges Indiz, wenn die Kinderleiche gerade in dieser Zeit gefunden wird. Außerdem muß die Leiche Verletzungen und Wundmale aufweisen, von denen sich annehmen läßt, daß sie dem Kinde zur Verhöhnung Christi und zur Blutentnahme zugefügt worden sind. So erweckt also eine halb oder ganz entkleidete, mit Wunden bedeckte Kinderleiche alsbald den Verdacht eines hebräischen Blutverbrechens.«

»Daß solche Verletzungen an Leichen, die oft schon einige Tage im Freien oder, wie in unserem Falle, im Wasser gelegen haben, ganz natürliche Ursachen – Rattenbisse oder ähnliches – haben können, wird meist übersehen«, überlegte Pater Paolo.

»Richtig«, bestätigte Bischof Ventimiglia. »Eine wichtige Art von Verstümmelung bildet in diesem Zusammenhang die Verletzung am Membrum. Hier entzündet sich meist sofort die aberwitzige Idee, daß das Christenkind vor seiner Marter und Tötung auf grausame Weise beschnitten worden sei, um es so gewissermaßen ins Judentum aufzunehmen und seine Opferung auf diese Weise noch gottgefälliger zu machen.«

»Bei Mißhandlungen aus geschlechtlicher und widernatürlicher Leidenschaft könnten solche Verletzungen natürlich auch entstehen«, sagte Pater Paolo. »Weist also eine irgendwo gefundene Knabenleiche eines oder mehrere solcher Merkmale auf, entsteht schnell der Verdacht eines jüdischen Blutverbrechens.«

»Um den ersten, engen Kreis derer, die die Kinderleiche gefunden haben, bildet sich der zweite Kreis der Nachbarn und Gerüchteköche aus, die sich plötzlich an dieses und jenes zu erinnern glauben.«

Pater Paolo entsann sich vieler angeblicher Zeugenaussagen, die er in den von Bischof Hinderbach aus aller Welt zusammengetragenen Urkunden gelesen hatte: »Da will einer einen Juden in der Nähe des Kindes gesehen haben, kurz vor dessen Verschwinden. Da erinnert man sich an seltsames Singen und andere eigenartige Geräusche, die zur angeblichen Tatzeit aus der Synagoge gedrungen seien. Da soll kurz darauf ein Hebräer gesehen worden sein, der ein Bündel auf der Schulter über die Straße trug, so groß, daß gut eine Kinderleiche hineingepaßt haben könnte ...«

»So kommt es oft, ohne daß die Schuldfrage in irgendeiner Weise gerichtlich näher untersucht worden wäre, zur sofortigen Rachejustiz durch den Pöbel in Form von Plünderungen hebräischer Häuser und Geschäfte, Brandstiftungen und Lynchmord. Nur zu oft sind die wahren Motive derartiger Exzesse Konkurrenzangst, Neid, Rachsucht, der Wunsch, sich durch Plünderungen zu bereichern oder drückende Schulden loszuwerden, die man bei den Juden hat.«

Nach einer Weile fuhr der Bischof fort: »Schließlich – und das ist der dritte Kreis, von dem ich sprach – wird die Geschichte dieses angeblichen Mordfalls und Märtyrertodes in frommen Traktaten und auf Andachtsbildchen abgedruckt. So flattern diese Pamphlete zu Hunderten und Tausenden durch das Land. Zu den stets nach Klatsch und Sensationen lechzenden Frauen, zu den Wundersüchtigen und Leichtgläubigen, zu dem stets nach Rache dürstenden Pöbel. Hinaus auf das flache Land, in die Eintönigkeit der bäuerlichen Höfe und Dörfer, werden diese Schriften in Eile gebracht und in schnapsdunstigen Schenken den Bauern vorgelesen, die in ihrer oft erschütternden Armut und Unfreiheit nur zu gerne glauben, daß die Juden es seien, die schuld seien an ihrem Unglück.«

»Sehr oft werden die Hebräer als ›Blutsauger‹ bezeichnet – Bernardino da Feltre verwendet diesen Begriff in seinen Predigten immer wieder –, die als Beherrscher des Zinswesens den christlichen Schuldnern, besonders den Armen, den letzten Lebenssaft auspressen.«

»Hier handelt es sich um ein sprachliches Bild«, bestätigte der Bischof, »das in einem bizarren Analogieschluß Eigenleben gewinnt und auf für das volkstümlich-abergläubische Denken charakteristische Weise in die Wahnvorstellung einmündet, daß die Juden den Christen realiter Blut abzapfen. Daß diese Mythen sich so wirksam und bleibend in den Seelen der Menschen festwurzeln, hat einen einfachen Grund: Denn naturgemäß speisen sich diese Volkslegenden und Mythen aus der biblischen Leidensgeschichte Christi, die den Menschen tief in das Herz eingeprägt und in unser aller Vorstellungswelt stets gegenwärtig ist.«

Wieder hielt der Bischof für einige Sekunden inne. Dann sagte er leise:

»Aber das ist natürlich nicht der einzige Grund, warum die Menschen von den Geschichten und dem Kult um kindliche Märtyrer so sehr angezogen werden. Die Verehrung himmlischer Kinder befriedigt offensichtlich eine tiefsitzende Sehnsucht – eine Sehnsucht nach Unschuld, nach Geborgenheit … Ich habe am Grabe des Knaben Simon vor allem Frauen um Kindersegen beten sehen …«

Ventimiglia spürte, wie Pater Paolo bei diesen seinen Worten leicht zusammenzuckte. »Was habt Ihr?« fragte er.

»Herr Bischof«, begann Paolo da Novara zögernd, »da ist etwas, das ich Euch in diesem Zusammenhang schon lange erzählen wollte … Etwas Persönliches … Ich weiß nicht, wie ich es recht in Worte fassen soll …«

»Ihr habt etwas auf dem Herzen, mein Freund. Sagt es mir.«

Pater Paolo schluckte. Schließlich begann er zu reden. Er sprach von der Zufriedenheit, die ihm der Kult um den kleinen Märtyrer Simon gebe, eine Zufriedenheit und eine Ruhe, die er nur selten in seinem Leben verspüre. Er sprach davon, daß er sich diesen Zauber, den die Verehrung des Seligen auf ihn ausübe, selbst lange nicht recht erklären konnte. Sicher – da seien die Wunder, aber irgendwie beunruhige ihn, daß sein Herz und seine Seele so an der Verehrung dieses Kindes hingen. Bischof Ventimiglia begleitete die mühsamen Worte des Paters mit aufmunternden Kopfbewegungen. Aber es schien ihm, daß Paolo nicht auf den eigentlichen Punkt seines Problems zu sprechen kam.

»Euch quält etwas ganz Bestimmtes, mein lieber Freund, habe ich recht?« unterbrach er den Pater.

Dieser schwieg und blickte zu Boden.

»Dieser Kult hat etwas mit Euch zu tun, nicht wahr?«

Pater Paolo nickte und schluckte hörbar.

»Dann erzählt mir doch einfach, was Ihr empfindet, wenn Ihr am Grabe dieses Kindes betet. Es ist etwas sehr Intimes, das Ihr nur einem guten Freund erzählen wollt, nicht?«

Der Pater schluckte wieder.

»Und ich bin doch Euer Freund, nicht wahr?« fragte Giovanni Battista dei Giudici.

Pater Paolo nickte. »Ich würde mir das wünschen!« antwortete er leise. Seine Augen füllten sich mit Tränen.

»Dann erzählt mir, was Euch bedrückt. Indem Ihr es in Worte faßt, werdet Ihr Euch über Euch selbst klarer werden ...«

Der Pater sammelte sich. Bischof Ventimiglia hatte recht. Es war das beste, einmal über das zu sprechen, was ihn beschäftigte. Er sog Luft zwischen den Zähnen ein und begann:

»Ich glaube, ich werde mit dem Ehelosigkeitsgelübde nicht fertig. Ich sehne mich manchmal so danach, ein eigenes Kind zu haben, eine Frau, Familie ... Wenn ich zum seligen Knaben Simon bete, tröstet mich das ein wenig darüber hinweg, daß ich keine eigenen Kinder habe und nie haben werde. Ich denke, der Selige ist so etwas wie ein Kinderersatz für mich ... Ich weiß, es klingt lächerlich, wenn ein Mann so etwas sagt ... Ich war mir selber lange über diese Zusammenhänge nicht im klaren, aber jetzt sehe ich, daß meine Anhänglichkeit in dieser nicht eingestandenen Sehnsucht meines Herzens ihre Ursache hat.«

»Seit wann spürt und wißt Ihr, daß Euch die Ehelosigkeit so zu schaffen macht?« fragte der Bischof.

»Nun, natürlich ist mir das nicht mit einemmal aufgegangen«, antwortete der Pater. »Da war nur immer so eine Traurigkeit und Leere in mir, die ich mir nicht erklären, die ich nicht einmal richtig fassen konnte. Aber ich habe mir immer gesagt: Das geht vorüber! Ich muß nur ein guter Priester sein und meine Pflichten treu erfüllen, dann wird es mir bessergehen. Doch dem war nicht so. Immer schmerzlicher und heftiger nagte dieser Wurm in mir. Ich habe mich in die Einsamkeit geflüchtet, um mich zu sammeln. Ich habe mich in die Arbeit gestürzt, um mich abzulenken. Nichts half. Und selbst als ich verstand, daß ich mich nach einer Frau und eigenen Kindern sehnte – und so richtig klar ist mir mein Problem eben erst in den letzten Tagen und Wochen geworden –, da sagte ich mir immer noch: Das geht vorüber! Es ist eine Versuchung. Und ich habe mich damit getröstet, daß die größten Heiligen, selbst ein heiliger Wüstenvater Antonius, von solchen Versuchungen nicht verschont geblieben sind. Aber dann ertappte ich mich immer häufiger dabei, wie ich mir mein Familienleben ausmalte. Ich stellte mir vor, wie meine Frau und meine Kinder wohl aussehen könnten. Und dann habe ich diese verbotene Phantasie immer mehr gehegt und gepflegt wie ein giftiges Pflänzchen, das sie ja auch war. Schließlich ließen sich diese tückischen Gebilde nicht mehr verscheuchen. Selbst in meinen nächtlichen Träumen suchten sie mich heim. Ich habe Gebetsstürme zum Himmel entfesselt. Ich habe gefastet. Alles umsonst. Mein priesterlicher Eifer, meine Freude am Beruf kommen nicht wieder. Die mir in der heiligen Priesterweihe verliehenen Flügel sind nach kurzem Flug zur Sonne zerschmolzen. Und ich, der ich mich meiner Unfähigkeit und meiner Zweifel schäme, tue nach außen weiterhin so, als wäre alles in Ordnung.«

»Mein lieber Freund!« erwiderte Ventimiglia. »Es gibt nichts, wofür Ihr Euch schämen müßtet. Der Wunsch nach einer Frau und nach einer eigenen Familie ist doch ganz verständlich. Das alles ist eine Prüfung, die Gott zuläßt, um aus Euch einen noch besseren Priester zu machen. Einen menschlichen Priester, der die kleinen Schwächen unserer Herzen kennt und somit die Menschen, für die er da ist und die sich mit ihren Sorgen und Anliegen an ihn wenden, versteht.«

Pater Paolo schwieg eine Weile. Dann sagte er: »Aber ein Priester darf solche Gedanken nicht haben, er sollte sich nicht nach einer Frau und Familie sehnen. Gott und seine Berufung sollten ihn so erfüllen, daß er solche Wünsche nicht mehr hat. Es ist schrecklich …«

Paolo da Novaras Augen füllten sich erneut mit Tränen. Bischof Ventimiglia rückte näher an ihn heran und legte ihm freundschaftlich seinen Arm um die Schulter.

»Ihr seid unglücklich.« Giovanni Battista dei Giudici drückte ihn leicht an sich. Eine eigenartige Rührung, ja

Zärtlichkeit für diesen Priester durchströmte ihn. Pater Paolo sprach weiter:

»Ich komme immer mehr zu dem Schluß, daß ich nicht dafür geschaffen bin, ein Priester zu sein. Ich scheine nicht in der Lage zu sein, mit einem solchen Leben und mit einer solchen Verantwortung fertig zu werden und zu begreifen, was Gott von mir erwartet. Ich komme immer mehr zu dem Schluß, daß meine Berufung und Priesterweihe ein Irrtum gewesen sind. Ich bin jahrelang vor dieser Erkenntnis davongelaufen, habe mich und die anderen getäuscht.«

»Ihr beurteilt Euch zu hart!« erwiderte der Bischof.

»Meint Ihr?« Der Pater schluckte. »Ich fürchte, ich habe mich bislang nicht hart genug beurteilt!«

Der Bischof schüttelte den Kopf. »Ihr müßt aufhören, zurückzublicken und Mutmaßungen darüber anzustellen, was hätte sein können, wenn Ihr nicht Priester geworden wäret. Gott hat sicher alles so gewollt, wie es gekommen ist.« Die Stimme Ventimiglias wurde nun sehr ernst. »Glaubt Ihr, Ihr seid der einzige, der solche Schwierigkeiten kennt? Auch ich war in meinem Leben schon öfter bedrückt über meinen Verzicht auf Frau und Kinder. Meint Ihr, andere Priester und Kleriker seien immun gegenüber den Sehnsüchten und Gefühlen, die Euch bedrängen? Das glaubt nicht! Ich kenne Euch, lieber Pater. Ihr besitzt Charakterstärke, Ihr besitzt Mut und Entschlossenheit, auch wenn Ihr es anders seht und behauptet. Ihr werdet Eure Versuchungen überwinden, Eurer Berufung treu bleiben und weiterhin ein guter Priester sein. Diese Gefühle, die Ihr so beklagt, machen Euch milde und mitfühlend. Ein Mensch, der keine Versuchungen kennt, wird unbarmherzig und hart mit seinen Mitmenschen. Wer um seine eigene Gefährdung weiß, verzeiht, weil er versteht. Der Mensch, der Versuchung und Fall aus eigener Erfahrung kennt, wird dankbar gegenüber der unausschöpflichen Barmherzigkeit Gottes, der uns ohne unser Zutun aus reiner Freiheit und Gnade verzeiht. Und ist das nicht die frohmachende Wahrheit des Evangeliums, die wir als Priester zu verkünden haben?«

Pater Paolo schwieg. Die Worte des Bischofs bewegten ihn tief. Wenn Ventimiglia vom Evangelium sprach, fiel kein Wort von Hölle, Gericht und Strafe, nur Worte der Hoffnung und der Vergebung. Sein Glaube war hell und gütig. Sein Gott ein Gott der Liebe und der Menschenfreundlichkeit. Sah der päpstliche Kommissär deshalb im Menschen nur das Gute? War er deshalb so selbstverständlich von der Unschuld der Juden und von der Unsinnigkeit des Vorwurfs gegen sie überzeugt? Pater Paolo mußte daran denken, wie sich Bernardino da Feltre in der Kapelle des bischöflichen Schlosses blutig gegeißelt hatte. Und am nächsten Tag war dem Mönch nichts davon anzusehen gewesen. Offensichtlich deshalb, weil er solche Torturen gewohnt war und sich ihnen des öfteren, vielleicht sogar täglich unterwarf. Der Glaube des Franziskanerpaters war ein Glaube der absoluten Strenge und Unbarmherzigkeit, ein Glaube der lodernden Scheiterhaufen und des Blutes. Konnte es sein, daß diese so verschiedenen Männer, die der Pater beide in ihrer Eigenart bewunderte, ein und derselben Religion angehörten? Welcher von ihnen verwirklichte das Anliegen Christi?

»Hilft es nicht schon ein wenig, das Kind einmal beim Namen genannt und offen gesprochen zu haben?« unterbrach die Stimme Ventimiglias sein Grübeln.

»Ja, das tut der Seele gut!« bestätigte der Pater.

»Das ist ja gerade das zwiespältige Gefühl, das ich bei dem Kult um das Kind Simon verspüre. An sich ist die ganze Sache entsetzlich. Sie begann mit dem Tod eines unschuldigen Knaben. Und was ist furchtbarer als der Tod eines Kindes? Und dann die Hinrichtung der unschuldigen Juden, das Elend ihrer Frauen und ihrer Kinder. Und schließlich die Auswirkungen dieses Kultes, all der Haß, all der Aberglaube, der sich nun manifestiert und noch weiter verbreiten wird. All diese unseligen Lügen! Aber dieser ganze Kult hat auch seine rührenden und sympathischen

Züge. Mütter beten zu dem Seligen um Genesung ihrer kranken Kinder. Unfruchtbare Frauen bitten den kleinen Seligen um Kindersegen. Und dort, wo das Leid nicht gemindert wird, da tröstet die Verehrung des himmlischen Knaben doch die Menschen in ihrer Not … die Frau, die ihr Kind verloren hat, die Frau, deren Schoß unfruchtbar ist. Und auch Euch, lieber Freund, tröstet die Verehrung des kleinen Kindes in Eurem Schmerz, sie gibt Euch Kraft.«

Die beiden Männer schwiegen. Als Ventimiglia seinen Blick in die Ferne schweifen ließ, bemerkte er einen alten Mann, einen Bauern, der in gebückter Haltung auf einem Esel saß. Der Bischof sagte zu Pater Paolo: »Fragt den Alten dort drüben, woher er kommt!«

Der Pater nickte und rief dem alten Mann die Frage zu.

Der Alte antwortete, er komme aus der Gegend um Rovereto.

»Und wohin reitet Ihr?« fragte der Pater weiter.

»Nach Trient! In die Stadt hinein.«

Der Bischof war neugierig geworden und wollte wissen, was den Bauern veranlaßte, von Rovereto nach Trient zu reiten.

»Warum begebt Ihr Euch nach Trient?« rief er ihm zu.

Der Alte ritt näher an sie heran und entgegnete: »Ich will in die Stadt Trient, um dort zu dem neuen Heiligen zu beten. Mein kleines Enkelkind ist schwer krank, und da soll ihm der kleine Märtyrer helfen, den die Juden allhier ermordet haben.«

Da fragte Bischof Ventimiglia: »Warum wallfahrtet Ihr aber unbedingt nach Trient, wo doch der Weg weit und nicht ungefährlich ist? Habt Ihr zur ›Santa Maria delle Grazie‹, die in Eurer Stadt verehrt wird, kein Vertrauen oder zum heiligen Markus, dem Schutzpatron Roveretos?«

Da rief der Bauer, der zwar nicht wußte, wen er vor sich hatte, aber doch immerhin sah, daß es sich um einen hohen Geistlichen handelte, kopfschüttelnd aus:

»Da sieht man's! Die hohe Geistlichkeit hat halt von den

Selbstverständlichkeiten unserer katholischen Religion keine Ahnung, sonst müßtet Ihr wissen, daß ein Knabe, der bei Gott im Himmel thront, Patron ist für die Kinder und Kleinsten. Natürlich kann ich auch zur ›Santa Maria delle Grazie‹ oder zum heiligen Markus beten. Aber die haben ja schon so viel zu tun mit den Anliegen und Sorgen der Erwachsenen, mit Dingen des Berufes und der großen Politik. Darum haben sie die Anliegen und Sorgen der Kleinen den himmlischen Kindern übertragen, also hier in unserer Gegend dem kleinen Märtyrer zu Trient.«

Mit diesen Worten setzte der alte Bauer den Esel mit einem leichten Schlag seiner Rute wieder in Bewegung und steuerte ihn auf das Stadttor zu. Giovanni Battista dei Giudici drehte sich lächelnd um und blickte Pater Paolo an. »Seht Ihr!« sagte er. »Das meine ich ... Was wäre rührender als dieser simple und naive Glaube der einfachen Leute? Das ist die ansprechende und liebenswerte Seite am Kult um den kleinen Simon, und ich wünschte, wir hätten in unserer Kirche so einen kleinen Seligen, an dem das einfache Gemüt sich entzünden, bei dem es träumen und zärtlich sein kann ... Aber es müßte einer sein, an dessen Geschichte nicht so viel Blut klebt, dessen Liebreiz nicht verdunkelt ist durch das Leid so vieler unschuldiger Menschen!«

Nach einigen Augenblicken des Schweigens machte der Bischof eine kurze Kopfbewegung, um anzudeuten, daß sie aufbrechen sollten. Mit weit ausholenden Schritten gingen die beiden Männer zur Stadt zurück.

Gut eine Woche später saß Pater Paolo da Novara abends über seinen Abschriften, die angeblich jüdische Bluttaten bezeugten. Der größte Teil dieser »Zeugnisse« war unbrauchbar: ohne Angabe von Namen oder konkreten Daten. Die meisten dieser Ereignisse lagen Jahrzehnte und Jahrhunderte zurück, waren von fabulösem Beiwerk umrankt oder verloren sich ganz im Dunkel der Geschichte.

Plötzlich hörte Paolo Lärm und Aufruhr vor dem bischöflichen Palast. Verwundert stürzte er an das Fenster seines Arbeitszimmers und spähte hinaus. Von hier aus konnte man auf den weiten, großzügigen Platz blicken, der sich vor den Toren des Schlosses ausbreitete. Eine große Anzahl von Menschen hatte sich dort versammelt.

»Richtet die Jüdinnen und ihre Brut hin! Übergebt sie dem Feuer!« kreischte die Menge aufgeregt.

Hinderbach war auf den Balkon getreten und hob die Hand zum Zeichen, daß er zum Volke reden wollte. Der Lärm legte sich, und einige riefen: »Seid still! Hört den Bischof!«

Als es ruhig geworden war, sprach Hinderbach:

»Liebe Bürger und Mitchristen Trients! Wir verstehen eure Empörung sehr gut, doch es ist nicht eure Sache, über die gefangenen Jüdinnen zu richten. Es wird ein genaues Untersuchungsverfahren geben, um den Grad der Schuld der Jüdinnen und ihrer Kinder am Mord des Knaben Simon festzustellen. Stellt sich heraus, daß sie am Mord oder der Verspottung des Simon beteiligt waren, so seid versichert, daß sie tausendmal mehr leiden werden als dieses Kind, bevor sie in die Hölle fahren. Ihr wißt, liebe Bürger Trients, daß ein päpstlicher Legat vor zwanzig Tagen in unserer Stadt eingetroffen ist. Er hat die päpstliche Vollmacht, das ganze Verfahren gegen die Juden zu überprüfen. Das bringt natürlich auch eine gewisse Verzögerung mit sich. Wir verstehen sehr gut, daß ihr die angeklagten Jüdinnen ihrer gerechten Strafe zugeführt sehen wollt, aber seht und versteht, daß Uns derzeit die Hände gebunden sind …«

Plötzlich kläffte eine kräftige Stimme aus der Menschenmenge: »Der päpstliche Gesandte ist ein Judenknecht! Zur Hölle mit ihm! Wir wollen Gerechtigkeit!«

Augenblicklich fiel alles in diesen Ruf ein; der Mob rief Pest und Verderben so heftig auf Bischof Ventimiglia herab, wie er eben noch gegen die Jüdinnen gewütet hatte.

»Liefert uns die Jüdinnen aus, Bischof Hinderbach, und

den päpstlichen Gesandten gleich mit!« rief jemand. »Wir brauchen den Segen Roms nicht. Wir werden mit unseren Verbrechern selbst fertig! Schafft Brennholz herbei, und wir wollen diesem Trauerspiel ein Ende bereiten!«

Der Fürstbischof hob wieder die Hand.

»Leute!« rief er. »Seid gewiß, daß der päpstliche Gesandte seine Pflicht tun und der Gerechtigkeit zum Sieg verhelfen wird! Sicher wird er sehr bald eurem unverdorbenen Rechtsbewußtsein folgen und die Jüdinnen und ihre Kinder ihrer wohlverdienten Strafe zuführen!«

Pater Paolo drückte es vor Angst das Herz zusammen, als er dieses bedrohliche Spektakel sah. So schnell er konnte, lief er zum Zimmer Bischof Ventimiglias. Dieser stand bereits am Fenster und blickte auf die aufgeregte Menge hinunter, als der Pater in sein Zimmer stürmte.

»Regt Euch nicht auf, lieber Freund!« sagte der Bischof ruhig. »Diese Menschen werden mir nichts tun – ich bin sicher! Mir scheint dieser Protest inszeniert zu sein ...«

»Inszeniert?« fragte der Pater .

»Jawohl! Und zwar von niemand anderem als Bischof Hinderbach selbst! Er will mich offensichtlich einschüchtern! Seit einigen Tagen bitte ich ihn, mich die gefangenen Jüdinnen aufsuchen und eventuelle Zeugen – die früheren Nachbarn des Ehepaares Andreas und Maria in der Färbergasse beispielsweise – befragen zu lassen. Seit einigen Tagen jedoch verbietet mir Hinderbach strikt, das Schloß zu verlassen. Es sei zu gefährlich! Die Bevölkerung Trients sei über meinen Aufenthalt hier in der Stadt und über meine judenfreundliche Einstellung so sehr verärgert, daß er für meine Sicherheit nicht garantieren könne! Was für ein Unsinn! Was für eine niederträchtige Ausrede, um meine Arbeit hier in der Stadt zu behindern! Bin ich nicht oft genug durch die Straßen dieser Stadt gefahren und gegangen – sogar ohne jeglichen Schutz seiner Soldaten? Und dieses Theater hier ...«, der Bischof zeigte auf den Vorplatz des Schlosses hinunter, »soll mir nur Angst einjagen und mich gefügig machen!«

Der Bischof schwieg einige Augenblicke. »So geht es nicht weiter!« sagte er schließlich. »Von Trient aus kann ich meinen Auftrag nicht erfüllen! Wie sehr ich schon diese Burg und ihre Bauweise hasse – fast alle Räume führen auf den Burghof hinaus. Man fühlt sich ständig wie in einer Falle!«

Plötzlich schöpfte Pater Paolo einen schmerzlichen Verdacht: »Ihr wollt doch nicht etwa die Stadt verlassen?« fragte er mit zitternder Stimme.

»Doch, das werde ich tun müssen. Ich werde nach Rovereto gehen, da die Stadt unter venezianischer Herrschaft steht, und die Untersuchungen von dort aus führen.«

Pater Paolo blickte traurig und entsetzt zugleich.

»Jetzt bitte ich Euch, versucht mich zu verstehen«, sagte der Bischof. »Versetzt Euch an meine Stelle und versucht, diesen Fanatikern und Lügnern, Bischof Hinderbach, Bernardino da Feltre, Giovanni de Salis, Jacob von Spaur und wer sonst dazu zu zählen ist, zum Trotz aus diesem Geflecht von Lüge und Haß, Aberglauben und Verleumdung wieder einen nüchtern und fair geführten Prozeß zu machen. Könntet Ihr das, wenn Ihr wie ein Gefangener gehalten werdet und jeder Eurer Schritte überwacht wird? Ich kann keinerlei Zeugen befragen, und bis heute liegen mir die fehlenden Untersuchungsprotokolle nicht vor!«

Der Bischof hatte sich in Rage geredet. Doch plötzlich hielt er inne, trat vor Pater Paolo, lächelte und schüttelte ihn leicht an den Schultern. »Na, nun schaut nicht so verzweifelt und traurig«, sagte er.

Pater Paolo mußte lächeln. Die jugendliche Art Ventimiglias amüsierte ihn, zugleich schmeichelte es ihm, wenn der Bischof so partnerschaftlich und freundschaftlich mit ihm redete.

»So ist es recht«, sagte Giovanni Battista dei Giudici lächelnd, »und nun laßt uns die Zähne zusammenbeißen! Da habt Ihr meine Hand darauf: Ich komme wieder und behalte mir alle Rechte hier vor! Ich gebe den Fall nicht auf, ich gehe nur nach Rovereto, um aus sicherer Entfernung agieren zu können!«

In der Zwischenzeit hatte sich die Menge auf dem Platz vor dem bischöflichen Palast zerstreut, und es war Ruhe eingekehrt. Bischof Ventimiglia und der Pater wünschten sich eine gute Nacht. Nachdem Paolo da Novara gegangen war, machte der Bischof die Fenster seines Zimmers weit auf und rückte sich einen bequemen Stuhl heran. Er ließ sich auf den Stuhl sinken und genoß den Rausch der Ermattung. Wenn er doch für einige Minuten alles vergessen dürfte: Hinderbach, Bernardino da Feltre, den Kindsmord, die unschuldig hingerichteten Männer, ihre Frauen und Kinder im Kerker ... Aber nein, er durfte jetzt nicht nachlassen mit seinen Anstrengungen! Ventimiglia kämpfte gegen die Trägheit und erhob sich schließlich jäh. Es gab noch so viel zu tun! In Rovereto mußte er – unabhängig von den lästigen Nachstellungen Bischof Hinderbachs und Bernardino da Feltres – alles tun, um die Welt aufzuklären über die Intrigen und Lügengespinste, die den Fall durchzogen. Dieser Gedanke verscheuchte Battistas bleierne Schläfrigkeit ein wenig. Zuerst galt es, den Papst in Rom zu informieren! Vor allem über den bevorstehenden Umzug nach Rovereto. Auch mußte er Seiner Heiligkeit die Beweggründe seines Ortswechsels erklären. Bischof Ventimiglia schob seinen bequemen Sitz zur Seite, auf dem er gerade noch so angenehm vor sich hin gedöst hatte, und setzte sich an den Schreibtisch. Er holte einige Bögen Papier hervor.

Es war sehr still in dem Zimmer, nur das Kratzen des Federkiels war zu hören, der langsam über das Papier fuhr. Die Lampe blakte. Schatten tanzten über Tisch und Papiere. Nach etwa einer Stunde hielt der Bischof inne und verbarg den Kopf in seinen Händen. Er rieb sich die Augen und preßte die Handballen auf die geschlossenen Lider. Bald würde er zu Bett gehen müssen, denn er brauchte den Schlaf dringend. Morgen hatte er eine anstrengende Reise vor sich.

Am folgenden Tag fiel feiner, kalter Nieselregen auf den kleinen Trupp, der im dunklen Hof des bischöflichen Schlosses auf Bischof Ventimiglia wartete. Seine Kutsche war bereits zur Reise gerichtet. In dem von Fackeln erhellten Korridor an der Seite des Burghofes stand Bischof Hinderbach und sah den Dienern des päpstlichen Kommissärs zu. Die gefaßte Haltung vermochte seine Unruhe und seinen Mißmut noch zu verbergen. Schließlich kam Giovanni Battista dei Giudici in Begleitung Pater Paolos die Treppe herunter. Hinderbach trat auf den Bischof zu. Einen Schritt von ihm entfernt, blieb er stehen.

»Ich habe mit Bedauern vernommen, daß Ihr unsere Stadt verlassen wollt«, sagte er. »Gebt Ihr mir Euer Wort, weder selbst noch durch Dritte etwas zu unternehmen, das den Jüdinnen oder ihren Kindern zur Flucht aus Trient verhelfen könnte, bevor der Prozeß gegen sie beendet ist?«

Pater Paolo glaubte, seinen Ohren nicht zu trauen. Hinderbach wagte es, dem päpstlichen Gesandten solche Unterstellungen zu machen? Bischof Ventimiglia verharrte einen Augenblick lang. Dann stieß er die Luft pfeifend durch die Nase.

»Nein!« antwortete er.

»Ihr gebt mir Euer Wort nicht?« entgegnete Hinderbach.

»Ich gebe Euch mein Wort«, erwiderte Giovanni Battista dei Giudici, »daß ich alles tun werde, was in meinen Kräften steht, die Jüdinnen und ihre Kinder in Sicherheit zu bringen.«

Hinderbach schluckte: »Es ist ungemein menschenfreundlich von Euch, so ehrlich zu sein! Leider ist es auch unklug. Ihr zwingt mich zu Gegenmaßnahmen. Ich muß Euch bitten, Eure Abreise vorläufig zu verschieben.«

Ventimiglia verstand, was Hinderbach meinte. Die unterdrückte Wut in seiner Miene sprach deutlichere Worte als seine Lippen:

»Heißt das – ich bin Euer Gefangener? Damit bringt Ihr alle christlichen Fürsten der katholischen Welt gegen Euch auf, einschließlich des Heiligen Vaters, in dessen Mission ich hier bin.«

»Ihr versteht mich falsch. Ich möchte Euch nur weiterhin als Gast in meinem Hause beherbergen dürfen. Ich hoffe, daß es mir gelingen wird, Euren Aufenthalt auch weiterhin so angenehm wie möglich zu gestalten.«

»Ich verstehe Euch schon sehr richtig!« entgegnete Ventimiglia.

Er wußte, daß Hinderbach Angst hatte, weil er erkennen mußte, daß sein Plan, ihn hier in Trient unter Kontrolle und Beobachtung zu halten, nicht gelungen war. Der ungeladene und unangenehme Gast drohte, sich zu entfernen und an einem anderen Ort Schlimmes gegen den Gastgeber zu ersinnen ...

»Ihr befürchtet nichts so sehr, als daß ich mich Eurem Einflußbereich entziehe, Hinderbach«, sagte er. »Hier in Trient konntet Ihr mein Tun kontrollieren, meine Schritte überwachen. In Rovereto bin ich frei, kann empfangen, wenn ich will, korrespondieren, mit wem ich will ... Von Anfang an wart Ihr bestrebt, meine Untersuchungen zu unterlaufen. Doch nun erlaubt Ihr Euch auch noch diese Drohung. Ihr hättet mich nicht herausfordern sollen ...«

Schweigen. Der Fürstbischof zerbrach sich den Kopf, was er sagen oder tun sollte, aber er stand nur stumm da und verkrampfte seine Finger ineinander. Pater Paolo bewunderte die souveräne Gelassenheit Ventimiglias. Hinderbachs spürbare Hilflosigkeit flößte dem päpstlichen Legaten Verwegenheit ein. Er warf dem Fürstbischof einen Blick zu, der diesem durch Mark und Bein fuhr.

»Nein, Bischof Hinderbach«, sagte er, »das war ein Fehler von Euch! Bislang war ich geneigt, den Preis Eurer Torheit von Euch abzuwenden, da ich glaubte, Ihr hättet nur in maßloser Verblendung, aber subjektiv ehrlich gehandelt! Nun sehe ich, daß es Euch in keiner Weise um Wahrheit und Gerechtigkeit geht! Mit meiner Geduld ist es nun vorbei. Wer sich so wie Ihr der Aufklärung dieser Sache in den

Weg stellt, Bischof, muß zur vollen Verantwortung gezogen werden!«

Johannes Hinderbach zitterte vor Anspannung. Ventimiglia erwiderte sein verblüfftes Glotzen festen Blicks, weil er mit Genugtuung sah, daß Hinderbach keinen Ausweg mehr wußte. Dann schritt er mit aller Würde an ihm vorüber. Mit ruhigen Schritten ging er auf seine Kutsche zu, wo seine Eskorte bereits Aufstellung genommen hatte.

Mit lauter Stimme stieß der Fürstbischof seine Beschuldigungen hervor: »Wir haben Euch hier in Trient höflichst und gastfreundlichst empfangen. Aber Ihr wart von Anfang an nicht an der Wahrheit interessiert, sondern nur an der Verwirklichung Eures Planes: der Befreiung der Jüdinnen und ihrer Brut! Ihr seid selbst mit den Christusmördern auf das beste befreundet und steht unter ihrem Einfluß. Das ist alles deren Werk! Ihr habt nun offensichtlich im Verein mit den Hebräern Roveretos und mit Hilfe deren Geldes vor, mich und meine Prozeßführung in den Dreck zu ziehen. Ein jüdischer Plan und Schachzug! Aber es wird Euch nicht gelingen, Giovanni Battista dei Giudici, es wird Euch nicht gelingen ...!«

Pater Paolo war, als hätte man ihn geohrfeigt. Die plötzliche unverhüllte Wut Hinderbachs überraschte und erschreckte ihn zugleich. Noch nie hatte der Fürstbischof vor dem päpstlichen Legaten seine judenfeindliche Gesinnung und seine Abneigung gegen ihn selbst so unverblümt demonstriert.

Bischof Ventimiglia jedoch schien in keiner Weise überrascht über den cholerischen Ausbruch Hinderbachs zu sein. Ruhig drehte er sich um und entgegnete ihm: »Man wird sehen, was mir gelingen wird! Euch aber rate ich, keine weiteren Dummheiten mehr zu begehen! Wenn Ihr es wagen solltet, den Jüdinnen oder ihren Kindern auch nur ein Haar zu krümmen, werdet Ihr das bitter bereuen!«

Hinderbach machte den Mund auf, brachte aber keinen Ton mehr hervor. Sein Gesicht war violett angelaufen.

Einen Moment lang befürchtete Pater Paolo, er bekäme eine Herzattacke. Doch der Fürstbischof faßte sich wieder. Mit unübersehbarer Mühe brachte er die Andeutung einer zornigen Verbeugung zustande. Daraufhin drehte er sich um, durchschritt den Palastvorhof und stieg die große Treppe empor, ohne sich noch einmal umzusehen.

Der päpstliche Kommissär trat lächelnd auf Paolo zu. »Wir werden uns eine Zeitlang nicht mehr sehen, lieber Pater«, sagte er.

»Ehrwürdigster Herr Bischof, ich freue mich schon jetzt auf den Tag und die Stunde, wenn wir uns wieder treffen!«

Ventimiglia drückte dem Pater herzlich die Hand: »Sollte Hinderbach nun mißtrauisch sein, was Eure Person angeht – seid schlau! Bleibt auf jeden Fall auf Eurem Posten und erledigt die Aufgabe, die er Euch übertragen hat. Vielleicht könnt Ihr dadurch mehr zur Erhellung der Wahrheit tun als ich in Rovereto. Auf jeden Fall bleiben wir in Kontakt! Und vergeßt nicht, daß Rovereto nur zwanzig Meilen von hier entfernt liegt! Wenn Ihr wichtige Informationen habt oder Eure Lage hier in der Stadt unerträglich wird, dann kommt unverzüglich zu mir!«

Mit diesen Worten bestieg der Bischof seine Kutsche. Noch einmal nickte er dem Pater aufmunternd zu. Auf ein Handzeichen Ventimiglias setzte sich die Karosse in Bewegung und fuhr langsam aus dem Burghof hinaus.

Zwei Tage lang hörte und sah Paolo nichts von Hinderbach. Der Pater war in Sorge. Würde der Bischof ihm die Freundschaft mit dem päpstlichen Legaten verzeihen? Oder würde er nun auch in ihm einen Verräter sehen und ihm die übertragene Aufgabe wieder entziehen? Am Nachmittag ließ Hinderbach Paolo da Novara zu sich rufen.

»Ich habe Euch kommen lassen«, begann der Bischof, »um Euch zu fragen, ob Ihr Euch noch weiterhin an dem Fall des kleinen Simon und im speziellen an der Sichtung und Auswertung der geschichtlich überlieferten Blutmorde beteiligen wollt? Ihr müßt wissen, daß wir Eure – wie ich meine – immer noch ein wenig schwankende Haltung in der Blutschuldfrage stets toleriert haben. Solange sich Euer Suchen erklären ließ aus der grüblerischen und kritischen Geisteshaltung des Gelehrten, solange habe ich es hingenommen – konnte doch eine solch kritische Haltung nur zur Wahrheitsfindung dienen. Ich nahm an, daß Eure auf die Wahrheit hin gerichtete wissenschaftliche Suche Euch schon wieder zur Vernunft bringen und von der Richtigkeit der gegen die Hebräer erhobenen Anschuldigungen überzeugen würde – zumal Ihr ansonsten hervorragende Arbeit geleistet habt. So sah ich auch Eure Freundschaft mit dem päpstlichen Kommissär nicht mit allzu großer Sorge, ich vermutete, daß die Fakten für Euch bald schwerer wiegen würden als die ideologisch verzerrten Argumente des Bischofs aus Rom. Lag ich mit dieser Vermutung richtig, oder sollte ich mich getäuscht haben? Letzteres würde ich sehr bedauern, denn sehr gerne würde ich Eure fundamentalen historischen Kenntnisse weiterhin für unsere Sache nutzen. Solltet Ihr aber in der Zwischenzeit trunken geworden sein von den judendienerischen und unsinnigen Theorien und Unterstellungen Bischof Giovanni Battista dei Giudicis, würde ich Euch bitten, Eure Aufgabe in andere Hände zu übergeben und das Schloß zu verlassen. In Eurem Mutterkloster könntet Ihr dann, unbehelligt von meiner Seite, Euer bisheriges Leben und Arbeiten fortführen.«

»Der päpstliche Legat ist immer nett und freundlich zu mir gewesen«, antwortete Pater Paolo, »er gab mir stets Antwort auf alle meine Fragen, die mir in letzter Zeit so viele Sorgen bereiteten und mich umtrieben. Aber diese Zusammenarbeit verwirrte mich auch!«

Pater Paolo schwieg einen Moment und fügte dann hinzu: »Bezüglich der jüdischen Blutschuldfrage sind für mich noch so viele Fragen ungeklärt. Keinesfalls aber hat Bischof Giovanni Battista dei Giudici mich von seiner Meinung überzeugt. Daher würde ich sehr gerne weiterhin an dieser Materie arbeiten dürfen, um mitzuhelfen, Licht in diese entscheidende Frage zu bringen.«

Bischof Hinderbach überlegte einige Augenblicke. Schließlich sagte er:

»Ich will Euch verzeihen, falls Ihr in Zukunft gehorchen wollt und meine Wünsche wie bisher erfüllt, was Eure Arbeit betrifft.«

Paolo da Novara atmete erleichtert auf und bedankte sich für das Vertrauen, das der Bischof ihm weiterhin entgegenbringen wollte.

»Was den päpstlichen Kommissär betrifft«, sagte Hinderbach – und seine Stimme hatte einen hörbar sarkastischen Klang –, »ich habe Kunde aus Rovereto bekommen, bezeichnende Informationen über den wahren Charakter dieses Mannes: Bei seiner Ankunft ist ihm vor den Toren Roveretos eine Eskorte von einigen Dutzend Priestern und Patriziern entgegengekommen. In der bischöflichen Prachtkarosse, umgeben von den Priestern und Edlen der Stadt, unter dem Glockengeläut der Kirchen und den enthusiastischen Jubelrufen des spalierbildenden Volkes, zog er wie ein Volksheld in Rovereto ein. An der Ecke zum Judenviertel wurde er vom Rabbiner begrüßt, nicht nur im Namen der Hebräer der Stadt, sondern – wie es ausdrücklich hieß – im Namen der Juden überall auf der ganzen Welt, als ein von Gott gesandter Gerechter und Retter des hebräischen Volkes. Bischof Giovanni Battista dei Giudici hat sich bei dieser Gelegenheit vom Rabbiner der Stadt sogar den Segen erteilen lassen! Danach zog er in die Villa ein, die er für seinen Aufenthalt in der Stadt gemietet hat. Ihr seht, wie stark der Einfluß der Juden in Rovereto bereits ist! Und von dort aus will Ventimiglia die ureigenste Angelegenheit Trients kontrollieren und beeinflussen! Na, wir werden uns zu wehren wissen!«

Bischof Hinderbach hielt einen Augenblick inne, dann sagte er aufmunternd zu Pater Paolo: »Ihr aber, werter Pater, arbeitet weiter an der Sichtung und Aufarbeitung des historischen Materials zum Thema jüdischer Blutmorde. Unser Kampf muß möglichst breit und mit vielschichtigen Zeugnissen und Belegen geführt werden. Es geht nicht nur darum, was wir in unserem Fall erarbeitet und bewiesen haben, sondern auch darum, was eine Reihe anderer Zeugen und Autoren an vielen Orten der Erde zu den jüdischen Bluttaten zu erzählen hatten und haben.«

Die Tage vergingen. Bischof Hinderbach erwähnte gegenüber Paolo da Novara den Namen Bischof Ventimiglias nicht mehr. Der respektlose Pöbel ließ es freilich dem päpstlichen Gesandten gegenüber an Spottreden und Schmähungen nicht fehlen. Das ging manchmal so weit, daß Straßenkomödianten vor dem vergnüglich grölenden Volk Giovanni Battista dei Giudicis Gang und Gesten pantomimisch nachahmten und ihn in langen Spottgedichten das hießen, was er wirklich sei: Ein bestechlicher Judenfreund, dem das Schicksal unschuldiger Christenkinder vollkommen egal, das Gold der Hebräer aber sehr lieb sei. Pater Paolo war der Überzeugung, daß Bischof Hinderbach solche Verunglimpfungen eines päpstlichen Legaten streng bestrafen müßte. Der reagierte jedoch gleichgültig, ja sogar mit einem spöttisch-verständnisvollen Lächeln, als Paolo da Novara ihn auf diese Theaterdarbietungen des Pöbels ansprach.

»Aber mein lieber Pater«, antwortete der Bischof. »Natürlich sind die Leute verärgert über Bischof Giovanni Battista dei Giudici! Ist er nicht der größte und gefährlichste Gegner unseres unschuldigen Märtyrerkindes? Und das nicht aus Liebe zur Wahrheit oder aus Menschenfreundlichkeit, sondern weil das jüdische Geld ihn blendet, das sicherlich reichlich in seine Taschen fließt!«

»Habt Ihr Beweise für diesen schweren Vorwurf?« fragte Paolo da Novara.

»Gewiß, ich weiß es nicht absolut sicher«, antwortete der Bischof, »aber ich habe genügend Indizien und Anhaltspunkte, die dieser Information Glaubwürdigkeit verleihen. Seht, mein lieber junger Bruder in Christo – Ventimiglia pflegte immer schon freundschaftlichen Umgang mit Juden – und er gehörte immer schon zu den wohlhabendsten Bischöfen Italiens ...«

»Bischof Giovanni Battista dei Giudici ist immer noch der päpstliche Kommissär und Gesandte, hochwürdigster Herr Fürstbischof, Ihr dürft ihn nicht ohne weiteres einen Halunken heißen«, entfuhr es Paolo da Novara. Überraschenderweise reagierte Hinderbach nicht verärgert auf Paolos Bemerkung.

»Ich darf nicht?« fragte er ruhig. »Und was sagt Ihr zu den Unverschämtheiten, die sich Ventimiglia gegenüber meiner Person erlaubt? Oh, was für Ränkespiele er gegen mich ersonnen hat, seitdem er Trient verlassen hat! Wißt Ihr, was dieser Judenbischof und Verbrecher in Rovereto angezettelt hat?«

»Was ist es?« fragte Paolo, den die Wortwahl Hinderbachs immer mehr erschreckte.

»Er intrigiert gegen mich in unbekanntem Ausmaß und hetzt die Fürsten Europas gegen mich auf. Außerdem hat er – fragt mich nicht, wie ich das erfahren habe – an den Papst einen Brief geschrieben. In diesem erklärt er, daß er nicht eher wieder nach Trient zurückkehren werde, bis ich die jüdischen Frauen und ihre Kinder aus dem Gefängnis entlassen habe. Ferner verlangt er, daß ich ihm Einblick in alle Untersuchungsprotokolle ermöglichen soll und so weiter und so fort ...«

»Letztere Forderung erscheint mir nicht ungerecht. Muß er als päpstlicher Untersuchungsrichter nicht Einblick in diese Dokumente bekommen? Konnte man sie ihm während seiner Anwesenheit in Trient wirklich vorenthalten?« fragte Pater Paolo und wunderte sich selbst über seinen Mut. »Und was die erste Forderung angeht: Wäre ihre Erfüllung nicht eine souveräne Geste der Menschlichkeit gegenüber Rom, die sehr zur Entspannung der Situation beitragen würde? Man könnte die Frauen und Kinder ja wieder in ihren Häusern unter Arrest stellen!«

Der Pater verstummte. War er zu weit gegangen? Riskierte er nicht wieder eine gefährliche Auseinandersetzung mit Bischof Hinderbach? Dieser schwieg einen Augenblick vor Überraschung, den Mund halb offen. Dann sagte er mit etwas erhobener, aber ruhiger Stimme:

»Diese Forderungen Ventimiglias erscheinen Euch billig und Rechtens? Seid Ihr wahnsinnig? Würden wir die Frauen aus dem sicheren und gut bewachten Gefängnis entlassen, würde der Judenbischof doch sofort mit allen möglichen Tricks und Schlichen versuchen, die Hebräerinnen und ihre Kinder zu befreien. Nein! Die bleiben, wo sie sind, bis sie gestanden haben, um die Ermordung des unschuldigen Kindes Simon gewußt zu haben und an der Verspottung seines Leichnams beteiligt gewesen zu sein!«

Seit einigen Tagen machte in Trient das Gerücht die Runde, Bischof Hinderbach plane die feierliche Erhebung der Gebeine des Märtyrerkindes Simon. Pater Paolo wußte als Kirchenhistoriker, was das bedeutete. In den ersten Jahrhunderten der Kirche war die Kanonisation eines Märtyrers oder Bekenners, also seine Erhebung zum Heiligen, dadurch erfolgt, daß der zuständige Bischof das Grab des jeweiligen Dieners Gottes öffnen ließ und seine Gebeine feierlich in eine Kirche überführte, um sie dort unter dem Altar beizusetzen. War diese Art Heiligsprechung also viele Jahrhunderte lang die legitime und übliche gewesen, so fiel die Kanonisation etwa ab der Jahrtausendwende immer mehr den Päpsten zu. So hatte Papst Johannes XV. im Jahre 995 Ulrich, Bischof von Augsburg, in der heute gültigen Art und Weise feierlich kanonisiert. Seitdem galten Heiligsprechungen zunehmend als dem Heiligen Stuhl vorbehalten. Mit dem Dekretale ›Audivimus‹ Papst Alexanders III., der von 1159 bis 1181 regierte, das freilich erst 1234 durch die Veröffentlichung einer leicht veränderten Fassung in den

Dekretalen Gregors IX. formelle Gültigkeit erlangte, war dann endgültig der päpstliche Alleinanspruch auf die Kanonisation erhoben worden. Plante Hinderbach als Ortsbischof also die Erhebung der Gebeine des Kindes Simon ohne ausdrückliche Genehmigung des Heiligen Stuhles, sah er die Setzung eines Aktes vor, der sich zwar auf eine alte Tradition berufen konnte, aber seit nun fast zweihundertfünfzig Jahren einen formell verbotenen und mehr oder weniger schismatischen Akt darstellte. Sollte er seinen Plan wirklich realisieren, mußte das notwendigerweise die Spannungen und Konflikte mit Rom verschärfen. Doch Bischof Hinderbach schien fest entschlossen. Offensichtlich wollte er Rom vor vollendete Tatsachen stellen und den Heiligen Stuhl zwingen, die erfolgte Volkskanonisation des Kindes Simon zu akzeptieren, anzuerkennen und zu bestätigen.

Bernardino da Feltre war bestrebt, die geplante Erhebung der Gebeine des Kindes durch eine entsprechende Buchpublikation vorzubereiten. Er wollte ein Werk drucken lassen, in dem das Leben und Leiden des Simon mit kräftigen und eindrücklichen Worten geschildert werden sollten – eine Schrift, die weiteste Verbreitung finden und die Verehrung des neuen Seligen kräftig fördern würde. Nun mußte ein Autor für diese Hagiographie gefunden werden. Bernardino da Feltre schien der Trienter Arzt Tiberino, ein für seine Schreibkunst und geschliffene Sprache weit gerühmter Mann, hierfür der richtige zu sein. Er schien auch deshalb für diese Aufgabe besonders prädestiniert zu sein, weil er einer der drei Ärzte gewesen war, die den Leichnam des Kindes nach seiner Auffindung untersucht hatten. Also begab sich der Franziskanermönch mit seinem Anliegen zu Tiberino.

»Wenn ich Euch dieses Buch verfassen lasse«, sagte der Franziskaner zu dem Arzt, »müßtet Ihr es vorzüglich und sorgfältig ausführen. Ihr könnt Euch nicht vorstellen, wie viele jämmerliche Traktate ich schon gelesen habe, denen es nicht einmal ansatzweise gelungen ist, das zugleich furchtbare wie auch wunderbare Leiden des kleinen Märtyrers Simon adäquat darzustellen, geschweige denn, es mitreißend zu schildern und so die Menschen zu liebender Andacht und wahrhaftem Mitleid anzuleiten. Ihr wißt, wie sehr Bischof Hinderbach die Dichtkunst liebt und versteht, so könnt Ihr ermessen, welch eine Ehre es ist, daß Ihr ausgewählt seid, die Verse zu Ehren unseres Märtyrerknaben zu verfassen. Die Bilder des Buches und Eure Verse sollen dem Betrachter und Leser fromme Schauer bescheren, indem sie die Art der Marter und die Pein, die das Kind erlitt, penibelst beschreiben und sie zugleich, dank der Zauberkraft der Worte und der Poesie, in ein religiös verklärtes Licht tauchen. Ihr ahnt nicht, wie wichtig dieses Werk wird, lieber Doktor. Mit ihm müssen wir der Welt den eindrücklichsten Beweis liefern, daß die Juden Teufel sind, damit nie mehr ein Christenkind verblute unter ihren Mörderhänden. Zugleich soll dieses Buch der ganzen Welt von dem wunderbaren Helfer und Fürsprecher künden, der in Trient wirkt. Ihr werdet beides miteinander verweben: das arme Leben des Knaben in frommer Phantasie und im glücklichen Wissen, daß er jetzt ein Engel im Himmel ist, der von dieser Stadt aus der Welt Heil und Segen bringen wird; andererseits müßt Ihr die Zerfleischung eines armen Kindes im Gestank des jüdischen Tempels, sein Weinen, seine Tränen, seine kleinen flehenden Händchen, die Lüsternheit, die diabolischen Gesichter der Mörderjuden, wenn unter ihren Messern der zarte Kinderleib aufplatzt in blutigen Wunden, schildern. Ausdrucksstarke Andachtsbilder und anmutige Verse wird das Buch enthalten. Ich bin überzeugt, es liegt Euch viel daran, durch diesen Dienst an unserem Märtyrerkind zugleich auch den Ruhm Eurer Stadt zu erhöhen. Bedenkt, daß Pilger Geld bringen und daß sich viele Kranke und von den Strapazen der Pilgerfahrt Entkräftete unter ihnen befinden, die dringend eines Arztes bedürfen ...«

In kurzer Zeit hatte Tiberino das Manuskript fertiggestellt. Der beste Buchdrucker Trients veröffentlichte das Buch mit zum Teil anmutigen, zum Teil eindringlich-grausamen Holzschnitten. Das Buch trug den Titel »Corona triumphalis et martyrium sancti et innocentis pueris Simon Trientibus« – Triumphkrone und Martyrium des heiligen und unschuldigen Kindes Simon von Trient. Die italienische Übersetzung des Buches fand rasch weite Verbreitung. Nicht wenige Exemplare wurden selbst im fernen Venedig verkauft.

Auch der Doge der Lagunenstadt, der greise, fast achtzigjährige Admiral Pietro Mocenigo, der von der Unschuld der Trienter Juden überzeugt war, ließ sich ein Exemplar besorgen. Er wollte den Inhalt des Werkes prüfen, um dessen Verbreitung in seiner Stadt gegebenenfalls zu verbieten.

Während Mocenigo eines Nachmittags an seinem Schreibtisch saß und die Schrift las, fegte ein Sommergewitter, vom Meer herkommend, über die Inselstadt und schleuderte Regenschauer gegen die Mauern des Dogenpalastes. In der Lagune ging die See hoch, und in den Kanälen schlugen die Wellen klatschend gegen die hölzernen Stege und Anlegestellen der Gondeln und Boote. An der einen Spaltweit geöffneten Balkontür des Arbeitszimmers, in dem der Doge Seite für Seite des Buches las, bauschte sich der dunkelblaue Samtvorhang heftig. Kein Donnergrollen konnte Mocenigos Konzentration stören, so sehr zog ihn die Schilderung des Tiberino in den Bann. Der Doge spürte, wie sich allmählich sein ganzer Körper verkrampfte, und er fühlte, wie alles Blut seine Wangen verließ. Der Trienter Arzt hatte ein besonderes Talent dafür, mit Worten umzugehen. Sein Buch beschwor Szenen herauf, die so eindrucksvoll und schrecklich waren, daß Mocenigo glaubte, sie kaum ertragen zu können. Immer wieder mußte er seinen ganzen Mut zusammennehmen und sich zwingen weiterzulesen. Nicht der Inhalt des Buches an sich erschreckte ihn – es schienen ihm doch die Schilderungen gegenstandslos und unwahr –, vielmehr fürchtete er die Wirkung, welche die kunstvolle und eindrucksvolle Darstellung des Autors auf einfache und unkritische Seelen haben mußte.

»Ich werde mit dem Patriarchen sprechen«, sagte Mocenigo leise zu sich selbst. »Als das geistige Oberhaupt Venedigs muß er das Buch auf dem Gebiet seines Patriarchats verbieten lassen. Als der weltliche Fürst Venedigs kann ich dann im gesamten venezianischen Herrschaftsbereich, also auch in Verona, Padua, Udine, Friaul, Brescia, Bergamo, Ravenna und Cremona, den Besitz und die Verbreitung des Pamphlets mit schweren Sanktionen ahnden.«

Die Gelegenheit, mit dem Patriarchen und Kardinal von Venedig, Marco Barbo, über diese Angelegenheit zu sprechen, würde der Doge noch am gleichen Tage haben. Denn Mocenigo und der Patriarch von Venedig trafen sich regelmäßig jede Woche abwechselnd im Dogenpalast oder auf der Burg des Patriarchen, um einen Abend lang über die verschiedenen Anliegen und Probleme ihrer Stadt zu sprechen. Der alte Doge und der fünfundzwanzig Jahre jüngere Patriarch verstanden sich sehr gut. Sowohl in politischen als auch in kirchlichen Dingen hatten sie sehr ähnliche Anschauungen. Beide waren an einer größtmöglichen geistlichen wie politischen Unabhängigkeit Venedigs gegenüber dem Kirchenstaat interessiert. Die beiden Männer waren zudem von ihrem Naturell her freiheitlich denkende Praktiker, denen das Wohl Venedigs über alles ging. Und so dienten sie beide ihrem Staat, der eine mehr auf der weltlichen, der andere mehr auf der geistlichen Seite, wenn man eine solche Unterscheidung in einer Stadt wie Venedig überhaupt treffen konnte.

Mocenigo erhob sich und warf sich seinen seidenen Umhang über, denn der Weg zum Kastell des Patriarchen auf der weit im Osten der Stadt gelegenen Insel von San Pietro war weit.

In Begleitung von sechs Soldaten seiner Leibgarde verließ der Doge seinen Palast. Mocenigo blickte über die Piazzetta zwischen dem Meer und dem Markusplatz zum Dom hin. Die mächtigen Kuppeln des Markusdomes schimmerten im düsteren Dämmerlicht des zur Neige gehenden Tages; der

Campanile ragte schroff in den immer dramatischer werdenden Himmel. Überall in den Prachtbauten um den Markusplatz herum wurden Tonlampen und Bronzeleuchter auf die Terrassen und Loggien gebracht. Die Fahnen auf den Dächern der Häuser und die von den Balkonen herabhängenden Familienbanner knatterten im Winde. Rauch waberte aus den Kaminen und schien sich mit den düsteren Wolken am Himmel zu vermischen.

Um sich vor dem schlechten Wetter zu schützen, gingen der Doge und seine Begleiter zunächst ein Stückweit unter der hochgewölbten Decke an der Außenseite des Palastes entlang, welche von schmalen, zerbrechlich wirkenden Säulen getragen wurde. Dann überquerten sie die menschenleere Piazzetta. Hier, wo sich bei schönem Wetter viele Menschen tummelten, wehte der Wind kräftig und kühl von den Weiten des Meeres her. Die grauen Taubenfedern, die überall herumlagen, klebten wie kleine Stoffetzen auf den nassen Steinplatten. An der Anlegestelle der Lagune angekommen, bestiegen Mocenigo und seine Soldaten die bereitstehende große Gondel. Das Boot fuhr den Canale di San Marco entlang. Der Wind schlug unsanft gegen die Brokatvorhänge der Gondel, die Mocenigo mißmutig zuhielt. Der Inhalt des gerade gelesenen Buches erregte und empörte ihn immer noch. Erst der vertraute Geruch von Meersalz und feuchtem Tang sowie das langsame Schaukeln der Gondel beruhigten den Dogen ein wenig. Als das Boot in den Canale di San Pietro einbog, zog der Doge den Vorhang zurück und blickte hinaus. Die Umrisse der Insel von San Pietro, die auch Oliveninsel genannt wurde, tauchten in der Dämmerung auf. Allmählich erkannte man die Kirche San Pietro di Castello und dahinter das Burgschloß des Patriarchen. Im kleinen Hafen der Insel angekommen, stieg der Doge aus der Gondel und ging mit seiner Leibwache den Weg zum Kastell hinauf. Am Eingang der Burg salutierten die Soldaten des Dogen, als dieser das Kastell durch das mächtige Steinportal betrat.

Ein Diener des Patriarchen führte den Dogen durch die langen und hohen Korridore des Burgschlosses. Es war die Zeit des Vespergebetes. Mocenigo hörte aus den verschiedenen Kapellen und Oratorien Priester die vorgeschriebenen Psalmen des Alten Testaments sprechen. Selbst aus der Entfernung und durch die geschlossenen Türen konnte der Doge die Langeweile in den Stimmen hören, welche die Tausende Jahre alten Gebete einer anderen Religion psalmodierten – einer Religion, die in der Weltanschauung dieser Priester nur eine Vorläuferin ihrer eigenen Religion war.

Der Diener öffnete eine hohe Tür und bedeutete dem Dogen mit einer Verbeugung einzutreten. Es war das gemütliche Zimmer, in dem der Patriarch und der Doge meistens saßen, wenn sie sich im erzbischöflichen Kastell trafen.

In der Mitte des Raumes befand sich ein Tisch, auf dem zwei Gläser und eine Weinkaraffe standen, daneben mehrere Silberschalen mit kaltem Braten, Nüssen, Trauben und mancherlei Gebäck, dahinter, einladend mit seidenen Kissen drapiert, zwei hochlehnige Stühle.

»Das Vespergebet ist bald beendet«, sagte der Diener, »der ehrwürdigste Herr Kardinal wird in wenigen Minuten bei Euch sein.« Mit diesen Worten verneigte er sich abermals und verließ den Raum. Der Doge setzte sich auf einen der beiden Stühle. Kurz darauf hörte er den Gesang des Salve Regina, welcher die Vesper beendete. Die Priester erflehten den Segen der Himmelskönigin Maria, der mächtigen Schutzherrin der Kirche. Erst jetzt hörte man so etwas wie Begeisterung und Hingabe in ihren Stimmen.

Wenig später betrat der Patriarch und Kardinal von Venedig den Raum. Marco Barbo war ein kleingewachsener Mann, kleiner und schmächtiger als der greise Doge selbst, so daß man ihm kaum ansah, daß er so viele Jahre jünger als Mocenigo war. Tränensäcke und eingefallene Wangen ließen sein Gesicht schlaff erscheinen. Kaum ein graues Haar sproß auf seinem Kopf, aber seine Augenbrauen glichen dichten Borsten. Wenn er redete, spitzten sich seine schmalen blassen Lippen, als artikulierten sie einen lateinischen Vokal.

Nachdem die beiden Männer sich begrüßt und gesetzt hatten, zog Mocenigo das Buch des Tiberino aus der Tasche. »Kennt Ihr dieses Werk?« fragte er den Patriarchen.

»Ja, ich kenne es«, antwortete dieser. »Der venezianische Provinzial der Franziskanerobservanten, Giovanni Pietro, hat es mir zugesandt, verbunden mit der herzlichen Bitte, für ihn zu beten – seine chronische Gelbsucht ist schon wieder ausgebrochen ...«

»Habt Ihr das Buch schon gelesen?« fragte Mocenigo.

»Ja!« antwortete der Kardinal knapp.

»Wir müssen das Pamphlet verbieten!« stieß der Doge hervor. »Es ist imstande, Haß zu säen und gewalttätige Ausschreitungen gegen die Juden hervorzurufen.«

Der Patriarch saß mit regungsloser Miene da und schwieg eine Weile. Dann meinte er: »Laßt uns doch erst einmal essen und trinken ...«, wobei er nach der Weinkaraffe griff.

Der Doge spürte, daß der Kardinal etwas vor ihm verbarg, und Mocenigo war sich ziemlich sicher, daß es ihm nicht gefallen würde.

Während er seinem Gast und sich einschenkte, sagte der Patriarch wie nebenbei: »Nein, wir werden das Buch nicht verbieten. Wir werden vielmehr seine Verbreitung auf unserem Herrschaftsgebiet ausdrücklich gestatten.«

Der Kardinal hob eine Augenbraue. Er lehnte sich zurück und sah dem Dogen direkt in die Augen. Dieser saß, wie gelähmt vor Entsetzen, da und starrte in das Gesicht seines Gegenübers.

»Ihr werdet doch wohl nicht plötzlich an den Unsinn glauben, den die Trienter über ihr angebliches Märtyrerkind verbreiten?« fragte Mocenigo schließlich. »Die Juden Trients sind doch unschuldig! Sie haben lediglich gewagt, anders zu glauben als wir. Ihre Witwen und Kinder beten in ihrem Gefängnis denselben Gott an wie wir, nur auf andere Art. Aufgrund ihres Glaubens hat man die armen Juden zum Tode durch die Flammen und das Schwert verdammt. Denn ein anderes Verbrechen haben sie nicht begangen.«

»Das alles weiß ich doch«, erwiderte der Kardinal. »Aber dem erwähnten Buchgeschenk des Franziskanerprovinzials lag noch ein Schreiben bei – ein Schreiben seines Ordensgenerals Francesco Sansone. Der Ordensgeneral stellt in seinem Brief unserer Stadt ein größeres Geldgeschenk in Aussicht, das freilich an einige Bedingungen geknüpft ist ...«

Der Kardinal zog den gefalteten Brief aus dem purpurfarbenen Cingulum, das er um seinen Bauch geschlungen trug, entfaltete das Schreiben, dessen gebrochenes Siegel seitlich herabhing, und hielt es Mocenigo hin. Dabei sagte er:

»Könnt Ihr Euch erinnern, daß unserer Stadt jemals von einer Einzelperson oder einer Gemeinschaft eine so hohe Summe geschenkt worden ist?«

Der Doge blickte auf das Schreiben. Langsam weiteten sich seine Augen, und seine Augenbrauen hoben sich. Seine schmalen Lippen bildeten ein stummes Oh, dann erblaßte er.

Mocenigo blickte nachdenklich in sein Weinglas, nahm einen Schluck und stellte es mit leicht zusammengekniffenen Augen wieder auf den Tisch. Seine Finger folgten unbewußt den leicht zitternden Mustern, die das Kerzenlicht auf den Seidenstoff des Tischtuches malte. Der Doge wischte sich über die heiße Stirn. Er spürte es: Auf einmal rückten die Juden und ihr Schicksal in den Hintergrund. Immer deutlicher sah Mocenigo vor seinem geistigen Auge alle die schon jahrelang geplanten Projekte, deren Realisierung nun mit einemmal finanzierbar schien.

Als der Doge bemerkte, daß der Kardinal ihn musterte, blickte er auf.

»Wie herrlich, wenn man langgehegte Pläne verwirklichen kann, nicht wahr?« sagte der Patriarch, als habe er die Gedanken des Dogen gelesen.

»An welche Bedingungen knüpft der Ordensgeneral denn sein großzügiges Geschenk?« fragte Mocenigo und schluckte dabei den fahlen Geschmack in seinem Mund herunter. Er konnte den Blick nicht von dem Schreiben wenden, das nun vor ihm auf dem Tisch lag.

»Es sind drei … sagen wir: Wünsche«, erklärte der Kardinal. »Erstens bittet der Ordensgeneral der Franziskanerobservanten darum, daß wir den Verkauf beziehungsweise die Verbreitung des Buches des Tiberino auf unserem Herrschaftsgebiet erlauben. Zweitens bittet Sansone uns, daß wir in Rom und anderswo nicht mehr gegen den Kult des Simon von Trient oder das dortige Gerichtsverfahren Hinderbachs vorgehen, und drittens schließlich möchte er, daß wir dem Franziskanerpater Bernardino da Feltre und seinen Mitbrüdern gestatten, eine Volksmission in unserer Stadt abzuhalten.«

»Das können wir nicht tun«, erwiderte Mocenigo mit trockener Stimme. »Das Buch des Tiberino und diese Volksmission, welche ja mit Sicherheit den angeblichen Märtyrertod des Kindes Simon zum Inhalt hätte, würden die Gegensätze zwischen den Christen und Juden in unserer Stadt noch verhärten. Was, wenn es zu Ausschreitungen und Pogromen kommt?«

»Ja, die Lage könnte theoretisch außer Kontrolle geraten«, bestätigte der Kardinal, »aber wir werden dafür sorgen, daß es nicht so kommt. Die Juden leben in Venedig allesamt im Bezirk um die Eisengießerei. Dieses Viertel ist – wie Ihr wißt – eine Insel und so von Wasser umgeben, daß man nur über zwei Brücken in diesen Stadtbezirk gelangen kann. Es ist also relativ einfach, das jüdische Viertel von Soldaten abschirmen und bewachen zu lassen. Außerdem sind unsere Bürger nicht dumm. Sie wissen, daß unsere Juden für das Wirtschaftsleben Venedigs unentbehrlich sind. Außerdem: Wir erlauben den Franziskanern offiziell nur ganz allgemein, eine Volksmission in unserer Stadt abzuhalten. Wenn die Bettelmönche dann von ihrem Simon predigen – haben wir nichts damit zu tun …«

»Aber das Buch des Tiberino ist voller Lügen und voller Haß …«, entgegnete der Doge.

»Ja, natürlich ist es das«, bestätigte der Patriarch. »Aber ein Buch allein tötet nicht. Wir beide, Ihr als das weltliche und ich als das geistliche Oberhaupt Venedigs, werden schon dafür sorgen, daß es in unseren Städten und Dörfern nicht zu Ritualmordvorwürfen und entsprechenden Verfolgungen der Juden kommen wird.«

Mocenigo öffnete den Mund, aber kein Widerspruch kam über seine Lippen.

»Ich sehe die Sache so«, fuhr der Patriarch fort. »Unsere Interventionen konnten die Hinrichtung der Trienter Juden leider nicht verhindern. Weitere Interventionen unsererseits machen sie aber auch nicht wieder lebendig. Der Franziskanergeneral bittet uns ja nicht darum, uns in Rom positiv für Hinderbach und den Kult des Simon zu verwenden – wir sollen uns lediglich neutral verhalten. Ihr wißt, daß ich sehr darauf achte, Zuständigkeiten und Verantwortungsbereiche klar zu trennen. Auch glaube ich an eine Hierarchie der Verantwortlichkeiten. Was die in Trient gemacht haben, dafür müssen sie selbst geradestehen – wir werden dafür sorgen, daß so etwas bei uns nicht vorkommen wird. Der Heilige Stuhl hat die Überprüfung des Trienter Prozesses an sich gezogen – was also geht es uns noch an? Und was das schreckliche Buch des Tiberino anbelangt: Ich bin sicher, daß der Papst es verbieten lassen wird, so wie er die Hinrichtung der armen Juden Trients verurteilen und die Blutbeschuldigung als gegenstandslos zurückweisen wird. Was also geht es uns an? Auch hier bin ich für ein klares Auseinanderhalten der Kompetenzen und der Verantwortlichkeiten.«

Die Nüchternheit seiner Argumente verstörte den Dogen, und als der Kardinal fragte, ob er nicht recht habe, öffnete Mocenigo abermals den Mund, konnte aber wieder nicht antworten, weil er die Worte nicht fand und seine Gedanken sich verwirrten.

»Auf der anderen Seite«, fuhr der Patriarch fort, »haben wir nur Verantwortung für unsere Untertanen – auch für unsere Juden. Wenn die Franziskaner so dumm sind, sich ihre blutrünstige Phantasie so viel Geld kosten zu lassen – bitte schön. Wir können das Geld für unsere Stadt und unsere Leute gut gebrauchen. Für diese tragen wir Verantwortung – für das andere nicht.«

So, wie der Kardinal das Wort »Verantwortung« aussprach, klang es in den Ohren Mocenigos nach einer Obszönität, aber die Gedanken des Dogen hatten mittlerweile eine Richtung genommen, daß sein Gewissen nicht mehr in der Lage zu sein schien, zu fragen, wo ihre Verantwortung anfing oder wo sie aufhörte. Mocenigo ließ sich kraftlos in die Lehne seines Stuhles zurückfallen.

»Ich befürchte nur«, flüsterte der Doge schließlich mit leiser Stimme, »daß, wenn Verantwortung auf diese Art und Weise hin- und hergeschoben wird, sie eines Tages Schultern aufgebürdet werden könnte, denen diese Last zu schwer ist und die daran zerbrechen werden.«

Der Kardinal schien Mocenigo nicht richtig zugehört zu haben. »Außerdem«, fuhr der Patriarch fort, »geht es Hinderbach und den Franziskanern inzwischen gar nicht mehr um die Juden, sondern nur noch um ihr Himmelsknäblein.« Der Kardinal hatte das letzte Wort voller Spott ausgesprochen. »Die Franziskaner glauben, daß die Reliquie des Kindes ihren Orden beschützt und daß sich Gottes Segen von ihnen zurückziehen wird, wenn sie sich nicht mit aller Leidenschaft für die Heiligsprechung des Knaben einsetzen. Abgesehen davon, dürfte die Mehrheit der Bürger Trients bereit sein, sich lieber mit dem Papst und allen katholischen Fürsten anzulegen, als den Kult des kleinen Simon aufzugeben. Ganz zu schweigen von den zahlreichen Wallfahrern, die sowohl für die Stadt als auch für den Franziskanerorden, dem Hinderbach vor kurzem dic St.-Petrus-Kirche mit dem Grab des Kindes zur Wallfahrtsseelsorge übertragen hat, eine wichtige Einnahme- und Geldquelle darstellen. Für so albern ich diesen Kult um den toten Balg halte – gefährlich ist er sicher nicht …«

Der Patriarch redete noch lange auf den Dogen ein. In immer neuen Wendungen sprach er über Verantwortung und deren Grenzen, malte Mocenigo die Unternehmungen aus, die nun finanzierbar wären, wenn sie sich nur klug verhielten. Die Worte des Kardinals rauschten allmählich über den Dogen hinweg und kamen ihm wie ein ununterbrochener Trommelregen vor. Mocenigo hatte den Eindruck, sein Schädel müßte zerspringen. Schließlich fragte der Kardinal: »Nun, Admiral, was soll ich dem Ordensgeneral der Franziskaner antworten?«

Mocenigo schlug die Beine übereinander und schaute mit schmerzhaftem Gesichtsausdruck zur Decke empor. Nach einigen Augenblicken sagte er, ohne dem Patriarchen ins Gesicht zu sehen: »Antwortet ihm, daß wir auf seine Wünsche eingehen werden – und uns für das Geschenk an unsere Stadt bedanken ...«

Einige Tage später erreichte Bernardino da Feltre mit seinen Mönchen die Stadt Venedig. Der Patriarch von Venedig und ein Großteil seiner Kleriker kamen ihnen auf dem Markusplatz entgegen – der Doge hatte sich geweigert, es ihnen gleichzutun – und begrüßten den Franziskanerpater und sein Gefolge. Hunderte von Menschen waren zusammengeströmt, um den berühmten Prediger und Kämpfer gegen die Hebräer zu sehen. Viele knieten nieder und begrüßten ihn wie einen Boten Gottes. Es war bereits fünf Uhr nachmittags, und Bernardino da Feltre hielt der zusammengeströmten Menge, trotz der beschwerlichen Reise, die er hinter sich hatte, im Dom eine so flammende und mitreißende Predigt, daß vielen vor Erregung und Anspannung die Tränen in die Augen schossen. Die Zeit der Langmut und der Toleranz mit den Juden sei nun vorbei, rief er, jetzt, da bewiesen sei, daß die Hebräer unschuldige Christenkinder töteten; die Christen müßten sich nun wappnen und dem Treiben dieses verworfenen Geschlechts Einhalt gebieten. Nachdem er einige Zeit gesprochen und die Menge in

Erregung versetzt hatte, verkündete er den Venezianern unter allgemeinem Jubel, daß Bischof Hinderbach in nur zehn Tagen die feierliche Erhebung der Gebeine des Märtyrerkindes Simon vornehmen werde, und er bat alle Anwesenden um ihr Gebet zu diesem heiligen Unterfangen.

Am nächsten Tag strömten die Franziskanerbrüder, die Bernardino da Feltre nach Venedig begleitet hatten, in alle Viertel der Stadt aus. Sie nahmen an den verschiedensten Ecken und Plätzen Aufstellung und predigten der Menge vom Opfertod des Kindes Simon und der Verworfenheit der Juden. Einer von ihnen stellte sich in den Schatten des Dogenpalastes, hielt ein hölzernes Kreuz in die Höhe und ermahnte die Menschen zu Gebet und Buße; er riet ihnen, alle Juden in ihrer Mitte zu töten oder sie aus der Stadt zu vertreiben, da sie nicht nur Ungläubige seien, sondern Kinder Satans in der Gestalt von Menschen.

Mocenigo hörte in seinem Arbeitszimmer, wie mehrere Zuhörer laut ihren Beifall zum Ausdruck brachten. Die Erschütterung und Erregung unter der Bevölkerung Venedigs waren groß, Gegenstimmen gab es so gut wie keine. Um so größer war die Angst im jüdischen Viertel der Stadt. Wie durch ein Wunder blieben Ausschreitungen gegen die Juden Venedigs aus – freilich verfehlte auch die Präsenz der Soldaten, welche die beiden Brücken zum Judenviertel bewachten, nicht ihre einschüchternde Wirkung.

Bernardino da Feltre, der sehr zufrieden mit seiner Mission war, kehrte nach drei Tagen wieder nach Trient zurück; gerade noch rechtzeitig, um bei den letzten Vorbereitungen zur Erhebung der Reliquien des Märtyrerkindes mitwirken zu können.

VII.

Vom Ablauf der Feierlichkeiten, die dem Kult des kleinen Simon offiziellen Charakter geben sollten, hatte Johannes Hinderbach sehr genaue Vorstellungen. Er wünschte, die Gebeine des Kindes in einen gläsernen Schrein zu betten, damit sie von den Gläubigen gesehen und verehrt werden könnten. Dieser Schrein sollte am Tage des großen Ereignisses in einer feierlichen Prozession durch die Stadt getragen und schließlich auf dem Hochaltar der St.-Petrus-Kirche aufgestellt werden.

Am Vortag der großen Feierlichkeiten, gegen fünf Uhr am Morgen, fand sich eine kleine bischöfliche Kommission in der St.-Petrus-Kirche ein, um die feierliche Graböffnung vorzunehmen. Neben Bischof Hinderbach selbst waren es Bernardino da Feltre, die Äbte der verschiedenen Klöster Trients und die Domprälaten der Stadt. Dazu kamen die Ärzte Giovanni Mattia Tiberino, Arcangelo Balduini und Christoforo de Fatis – dieselben, die am 26. März den Leichnam des kleinen Märtyrers untersucht hatten. Außerdem hatte man die Eltern des Knaben und einige sehr nahe Angehörige dazugebeten. Die kirchliche Tradition schrieb vor, daß sie die Echtheit der Reliquien bezeugen mußten. Der Eingang der St.-Petrus-Kirche war mit grünen Zweigen bekränzt. Fahnen flatterten im Wind. Auch einige Zuschauer und Neugierige hatten sich eingefunden und standen in kleinen Gruppen vor der Kirche. Bischöfliche Beamte hielten aber die Unberufenen zurück. Vom Grab waren die Bilder, Kerzen und der Blumenschmuck bereits entfernt. Die Steinplatten wurden bis zur kleinen Gruft abgehoben. Dann wurde in der Kirche bei verschlossenen Türen der amtliche lateinische Bericht verlesen mit der Anordnung der Erhebung der Gebeine durch den Fürstbischof. Kniend legten die Ärzte und die mit der Erhebung Beauftragten sowie die Zeugen der Zeremonie den kirchlichen Eid treuer Pflichterfüllung und Wahrhaftigkeit auf das Evangelium ab. Sie schworen, keine Reliquien zu entfernen und nichts hinzuzufügen. Dann begaben sich alle an das Grab. Der feierliche und ernste Akt der Graböffnung begann. Mit Spannung erwarteten alle, nachdem etwas Erde abgetragen war, die Bergung des Leichnams. In welchem Zustand würde er sich befinden? Sollte er unverwest geblieben sein, wäre dies nach der kirchlichen Tradition ein unleugbares Zeichen für das Martyrium und die Seligkeit des Simon. Der Sarg war unbeschädigt. Mühelos konnte er geborgen und geöffnet werden. Zur großen Freude aller war der Leichnam des Kindes vollständig erhalten und unversehrt. Die Ärzte reinigten ihn mit kundiger Hand. Dann wurde der kleine Körper in einen bereitgestellten Glassarg gebettet. Das Haupt umkränzte man mit weißen Rosen, zum Zeichen der Unschuld des seligen Märtyrers. Es sah aus, als schliefe das Kind. Die Mutter des Knaben brach beim Anblick ihres Sohnes in Tränen der Rührung und des Schmerzes aus. Und auch der Vater zitterte am ganzen Leib.

Am nächsten Morgen ritten die Gesandten der Stadt Venedig in einem prunkvollen und großartigen Zug unter dem strahlenden, hellblauen Himmel in die Stadt ein. Hufe klapperten, funkelnde Gehänge, Gold und Silber schellten, Rüstungen schimmerten, Fahnen wehten. Pferde, Lastesel, Sänften, Diener und Soldaten bildeten einen langen bunten Zug. Es war eine prächtige Gesandtschaft, an ihrer Spitze die ersten Herren Venedigs, Adlige, Patrizier und hohe Geistliche. Sie hatten es nicht eilig, huldvoll ließen sie die bewundernden Blicke und den Beifall der gaffenden Menge über sich ergehen, besahen anerkennend und interessiert die kleine Stadt, die Hinderbach herausgeputzt hatte, und spendeten den neuen Gebäuden Lob, die der Bischof hatte errichten lassen, vor allem der Kirche, die dem heiligen Petrus geweiht war und die von nun an das Heiligtum des neuen Seligen sein würde.

Die ganze Nacht hindurch bis zum frühen Morgen waren noch unzählige Pilger aus allen umliegenden Dörfern und Städten, aber auch von entfernteren Gegenden und Ortschaften in die Stadt gekommen. Beim Aufgang der Sonne sah man, welch große Menge vor dem Dom genächtigt hatte. In allen Winkeln des Domplatzes saßen Menschen in Betrachtung und Gebet versunken. Mönche wandelten in ihren schwarzen und braunen Kutten umher, betend oder im geistlichen Gespräch. Bettler gingen mit ihren Almosenschalen herum und Händler mit ihren Körben, ihre Waren, vor allem Brot und Obst, anbietend. Andere verkauften wohl auch schon kleine Devotionalien und Kerzen. Auch Wahrsager und allerlei Scharlatane waren gekommen, die segnen und zaubern konnten, Menschen und Vieh besprachen und alle möglichen Geheimnisse wußten, womit bei den Leichtgläubigen ein einträgliches Geschäft zu machen war.

Wenige Stunden später drängten sich die Pilger in den schmalen, gewundenen Straßen der Stadt, Kinder auf dem Arm oder an der Hand; es war ein bunter Strom, der sich in den Straßen und auf den Plätzen um den Dom dahinwälzte.

Einer plötzlichen Eingebung folgend, verließ Pater Paolo den bischöflichen Palast und begab sich in die Stadt zum Domplatz hinunter. Er wanderte in dem Menschenstrom ziellos durch die Straßen. Überall hatten die Leute für ihr armseliges Mittagsmahl Tücher auf dem Boden ausgebreitet. Der Pater lauschte ihrem Lachen, ihren Liedern und Gebeten, den Stimmen der herumlaufenden Kinder und den Rufen ihrer Mütter. Überall unterhielten sich die Menschen über den Mord an dem seligen Kind. Paolo erhaschte beim raschen Vorbeigehen aus den Gesprächen und Unterhaltungen der Menschen ab und zu ein vernehmliches Wort: Juden – Kind – Blut – Opfer – Wunder – Rache. Mit einemmal überfiel ihn das so bekannte, drückende Gefühl des Zweifels, und Angst erfaßte ihn. Was war, wenn sie sich irrten? Immer wieder hatte der Zweifel an seinem Herzen genagt. Aber warum empfand er ihn gerade heute – am Tag des Triumphes des seligen Kindes und inmitten der Gläubigkeit und Begeisterung aller dieser Menschen um ihn herum – so besonders stark? Wieder einmal stieg der schmerzende Gedanke in ihm hoch, daß er ein Fremder war inmitten der Menschen.

Um drei Uhr nachmittags begann die feierliche Prozession, die ihren Ausgangspunkt in der St.-Petrus-Kirche hatte. Man trug den Glasschrein des Kindes aus der Kirche und hob ihn auf einen mit Blumen geschmückten Prozessionswagen, vor den vier weiße Pferde in silbernem Geschirr gespannt waren. Ernst und schweigend standen die vier Priester, die ausersehen waren, die Pferde durch die Straßen zu führen. Jubelrufe erhoben sich, als der Bischof aus der Kirche trat und seine Hand hob, um das Volk zu segnen. Die Prozession setzte sich langsam in Bewegung. An der Spitze des Zuges schritt der Klerus, Soldaten gingen neben dem Triumphwagen einher, auf dem – gleichsam über einer Wolke von Blumen – der Glasschrein mit dem Leichnam des seligen Kindes ruhte.

Hunderte von Frauen weinten ungehemmt; andere hielten ihre Kinder hoch, damit diese einen Blick auf den seligen Märtyrer in seinem goldenen Schrein werfen konnten. Viele Männer rangen die Hände und weinten leise oder schlugen sich büßend auf die Brust. Hinter dem Prozessionswagen schritt der Fürstbischof. Er war sich der Wirkung seines kostbaren Ornates bewußt, als er mit seiner Eskorte von zwei Dutzend in gelb-goldene Gewänder gekleideten Priestern durch das Spalier der salutierenden Soldaten schritt, welche die am Wegrand stehende Menge zurückhielten. Neben dem Fürstbischof liefen zwei Domherren. Zwei Subdiakone hoben den Saum seines Gewandes. Die bischöflichen

Knappen mit den goldenen Stäben folgten. Einer trug das bischöfliche Wappen. Hinter dem Fürstbischof und den ihn umgebenden Priestern hatten sich die Weltgeistlichen und Ordensleute Trients eingereiht, dahinter die Vornehmen der Stadt und die geladenen adligen Gäste der umliegenden Städte. Der ganze Prozessionszug war ein rauschendes Farbenspiel. Johannes Hinderbach sah nicht nur fürstlich aus, als er mit seinem geistlichen Hofstaat durch die Menschenmassen in Richtung Dom schritt. Er war ein Fürst, aber nicht nur der weltliche Fürst der Stadt Trient, sondern vor allem ein Fürst und Mittler des Himmels, Garant und Wächter der Ordnung, die Staat und Überwelt durchwirkt und zusammenhält. Im Vorbeigehen sah Hinderbach in die Augen der gaffenden Menschen. Der Mann aus Nazareth hat die Herzen der Menschen noch ohne Mitra, Krummstab und seidene Schleppe gewonnen, dachte der Bischof. Er wußte, daß er die Menschen nur erreichen konnte, wenn er es mit der Würde und dem vollen Glanz seines Amtes tat. Er würde in wenigen Minuten gleichsam eine Art Kanonisierung vornehmen, ein Recht, das nur dem Papst in Rom zustand. Wie konnte er es rechtfertigen, daß er die Gemeinschaft der Bischöfe und den Papst hinterging und das arme, unmündige Kind eines Gerbers zur Ehre der Altäre erhob? Diese Handlungsweise kam einem Sakrileg gleich. Doch der Glanz dieses Tages und die Zustimmung der Masse würden jenes Placet sein, das Rom verweigerte.

Schließlich erreichte der Zug den Dom. Der Prozessionswagen hielt vor seinem mächtigen Portal, und der Reliquienschrein des seligen Kindes wurde vorsichtig heruntergehoben. Vier Priester trugen den Glasschrein unter feierlichem Glockengeläute in das Dominnere. Sechs Meßdiener, in Weiß und Rot gekleidet, hielten die Enden des goldgestickten Bahrtuches. Der Bischof, die Kleriker und die Vornehmen zogen nun ebenfalls in den Dom ein, während der größte Teil des einfachen Volkes dem feierlichen Gottesdienst nur von außerhalb der Kirche lauschen konnte. Der

Bischof betrat die Sakristei. Er lächelte, als er das kostbare Meßgewand sah, das er zu dieser würdevollen Feier tragen sollte und das eigens zu diesem Anlaß gestickt worden war.

Zwei Ministranten hielten ihm die goldene Kasel hin. Geschickt stülpte Hinderbach sie sich über den Kopf, und mit geübten Griffen glätteten die Meßdiener sie. Dann legten sie dem Bischof die Manipel an und zogen ihm das Pallium zurecht. Zwei weitere Ministranten knieten vor ihm und streiften ihm die seidenen Pantoffeln über, einer reichte ihm den Krummstab. Bischof Hinderbach lächelte. Er genoß das Zeremoniell immer wieder und fand es amüsant, daß die Kirche alle diese kleinen Handreichungen mit speziellen Gebeten begleitet sehen wollte. Die Ministranten sprangen eilfertig und wispernd um ihn herum, glücklich, dem berühmten und edlen Fürsten dienen zu dürfen. Die mitzelebrierenden Geistlichen standen unterdessen etwas abseits. Die Hände würdevoll vor der Brust gefaltet, ernst und ohne zu lächeln, blickten sie über die geneigten Köpfe der emsigen Ministranten zu ihrem Bischof hin.

Die Priester, die den gläsernen Schrein mit den Gebeinen des Kindes trugen, waren am Domportal stehengeblieben, während die Menge den Dom füllte. Erst als Bischof Johannes Hinderbach die Sakristei verließ und sich in den Altarraum begab, trugen sie den Schrein mit feierlicher Würde durch das mächtige Kirchenschiff. Vom blendenden Glanz des kerzenbeschienenen Goldes umgeben, umhüllt von Gesang und Schellenklang und süßem Weihrauchdunst, schwebte das selige Kind gleichsam über die Köpfe seiner Verehrer hinweg. Das Volk fiel auf die Knie und faltete die Hände. Der Chor sang mit seltsam hochkehligen Stimmen einen unverständlichen lateinischen Choral. Der Glasschrein wurde auf den Hochaltar gehoben und mit einem goldenen Tuch verhüllt. Die Meßfeier begann. Obwohl er nun schon seit vielen Jahren Bischof war, wunderte sich Hinderbach immer wieder, wie viele Menschen benötigt wurden, ein bischöfliches Pontifikalamt zu zelebrieren. Der

Zeremonienmeister, ein dicker, schwitzender Prälat, machte bald dem einen ein Zeichen, näher zu kommen, bald bedeutete er dem anderen zurückzutreten, schlich sich neben den Bischof, um das Missale umzublättern, flüsterte ihm etwas ein, als es aussah, als bliebe er stecken, reichte hin und wieder einen liturgischen Gegenstand weiter, ließ dem Bischof die Mitra aufsetzen und abnehmen, scheuchte, wenn es not tat, zu dicht herandrängende Ministranten mit einigen giftigen Worten zurück. Zwischen Altar und Presbyterium vollzog sich so ein ständiges Schreiten und Deuten, Zurücktreten und Zuneigen – eine Art heiliger Tanz, wie Bischof Hinderbach stets ironisch dachte, wenn er ein Pontifikalamt feierte. Aber das ganze Spektakel schmeichelte seinem ästhetischen Empfinden. Alles war hier Form, jede Bewegung der Hand hatte einen geheimnisvollen Sinn. Beim Evangelium mußten alle stehen, bei der Opferung alle knien. Selbst die Anzahl der Schwünge des Weihrauchfasses waren genau vorgeschrieben. Bischof Hinderbach liebte das liturgische Beweihräuchern besonders, es sah hübsch aus und vertrieb den unangenehmen Geruch menschlicher Ausdünstungen. Außerdem liebte er die Poesie des Psalms Davids, der bei der Beweihräucherung des Altares gebetet wurde:

»Dirigatur, Domine, oratio mea, sicut incensum, in conspectu tuo: elevatio manuum mearum sacrificium vespertinum. Pone, Domine, custodiam ori meo, et ostium circumstantiae labiis meis: ut non declinet cor meum in verba malitiae, ad excusandas excusationes in peccatis.«

Bischof Hinderbach sang diesen Psalm fast, so sehr liebte er die Melodie dieser lateinischen Worte. Für ihren religiösen Sinn allerdings konnte er nur schwerlich Verständnis aufbringen: »Herr, laß mein Gebet wie Weihrauch vor Dein Antlitz dringen. Wie ein Abendopfer sei vor Dir das Erheben meiner Hände.«

Hinderbach mußte schmunzeln. Das Gebet … das war eine Episode seiner Kindheit. Wann hatte er das letztemal in persönlichen Worten zu diesem höchsten Wesen gesprochen, das alle Gott nannten? War es kurz vor oder bald nach seiner Priesterweihe gewesen? Johannes Hinderbach wußte es nicht mehr.

»Gib eine Wache, Herr, meinem Munde, eine schützende Tür meinen Lippen. So wird mein Herz sich nie zum Bösen neigen und niemals einen Vorwand suchen, sündigen zu müssen.«

Das Böse, die Sünde ... Wieder mußte Hinderbach schmunzeln. Die Sünde war nur eine Chimäre! Real, wirklich furchtbar real und schrecklich war allein die Freiheit, verdammte Freiheit, diese wahre Geißel der Menschheit.

Ein geflüsterter Hinweis des Zeremonienmeisters riß den Bischof aus seinen Gedanken. Hinderbach breitete die Arme aus und rief mit lauter Stimme: »Seht das selige Kind!«

Während eine helle Glocke erklang, wurde das Tuch, das den auf dem Hochaltar stehenden Reliquienschrein seit Beginn der Messe bedeckt hatte, herabgezogen. Mit lauter Stimme hatte die Schola das Sanctus angestimmt. Die Menge war indessen in Bewegung geraten. Alles drängte nach vorn, rückte auf den Knien näher an den Schrein heran. Es war, als krieche ein riesenhafter Leib auf ein Licht zu, das niemand sah. Der Leichnam des Kindes, die heilige Reliquie, war nämlich kaum zu erkennen, und doch zog der kleine goldene Kasten die Menschen magisch an. Der himmlische Knabe stieg im Rauch des Weihrauchs und der Kerzen aus seinem goldenen Sarg, weil er nie tot gewesen war. Er wurde zum Symbol, zur überirdischen Realität. Opferlamm und Himmelsknabe, dachte der Bischof, Paradox des Glaubens und der menschlichen Phantasie, Kind eines einfachen Gerbers, weißes Gebein im goldenen Schrein, vor dir kriechen die Weiber und Mannsleute nun im Staube.

Am vierten Tag nach den Erhebungsfeierlichkeiten wurde der Schrein des Kindes in stiller, aber würdevoller Weise in die St.-Petrus-Kirche zurückgebracht und dort auf den Hochaltar gestellt. Dort sollte er bis auf weiteres bleiben. Noch am selben Tag ließ der Bischof Pater Paolo zu sich rufen. Hinderbach griff nach einem Bündel von Entwürfen und reichte sie dem Pater. Paolo da Novara sah Türme, Kuppeln und Fenster. Minutenlang betrachtete er stumm die Zeichnungen und Skizzen. Unter jeder von ihnen standen die Worte »Beatus Simon Trientibus«.

»Ich verstehe, Ihr denkt an eine eigene Kirche zu Ehren des Märtyrers«, sagte der Pater schließlich.

Bischof Hinderbach lächelte und wies auf die Zeichnungen. »Ich bin eitel genug, um mir ein sichtbares Monument zu wünschen, zur Erinnerung an den unter meiner Regierungszeit gelungenen Sieg über die Juden. Nur bin ich der Meinung, daß ein Triumphbogen in Trient verfehlt wäre ...« Bischof Hinderbach mußte über seine gespielte Unbescheidenheit lachen. »Scherz beiseite! Die Geistlichkeit dieser Stadt wünscht sich eine große Kirche. Aber wenn ich diese Kirche bauen ließe, würde das im Augenblick wohl schwere Konflikte mit Rom hervorrufen. Auf der anderen Seite verdient dieses ganze historische Ereignis seine angemessene Gedächtnisstätte und der selige Märtyrer einen würdigen Kultort. Ohne Zweifel habe ich das Recht und die Pflicht, eine solche Kultstätte zu errichten. Schließlich handelt es sich um meine Bischofsstadt! Doch da im Augenblick eine große Kirche inopportun erscheint, habe ich einen anderen Gedanken: Ich könnte an die St.-Petrus-Kirche eine kleine Nebenkapelle bauen lassen. Nun, darüber dürfte sich niemand beklagen. Und noch aus einem zweiten Grund wäre die Wahl der deutschen Kirche vorzüglich ...« Der Bischof schwieg eine Weile. Dann sagte er: »Wenn meine Zeit kommt, könnte ich dort meine letzte Ruhestätte finden. Ihr habt doch so viel Sinn für Symbole, Pater. Bedenkt: Der Leichnam des Fürsten der Stadt unter den Steinen der Kirche, die zu Ehren des Kindes eines einfachen Gerbers erbaut wurde ...«

Plötzlich hielt der Fürstbischof inne, drehte sich um und überreichte dem Pater – zu dessen großer Überraschung – die Geständnisprotokolle der hingerichteten Juden.

»Lest diese Dokumente, Pater«, sagte Johannes Hinderbach, »und Ihr werdet endgültig einsehen, wie gerecht, vorsichtig und klug unsere Untersuchungsmethoden gewesen sind. Ich hoffe, daß Euch die Lektüre dieser Unterlagen vollständig auf unsere Seite – die Seite der Gerechtigkeit – bringen und Euch die Augen öffnen wird, was von der infamen Vorgehensweise des Judenbischofs zu halten ist!«

Paolo da Novara hielt nun jene Dokumente in den Händen, um deren vollständige Herausgabe Ventimiglia immer wieder vergebens gebeten hatte. Der Pater wußte nicht, was er zu tun hatte. Sollte er eine Kopie dieser Unterlagen anfertigen und diese so bald wie möglich zu Bischof Giovanni Battista dei Giudici nach Rovereto bringen? Obwohl Paolo im Fall des Kindes Simon immer noch von Zweifeln und widersprüchlichen Gedanken und Empfindungen hin und her gerissen wurde, war es für ihn doch keine Frage, daß diese Unterlagen dem päpstlichen Untersuchungsrichter zugänglich gemacht werden mußten. Aber konnte er es wagen, Trient zu verlassen, um dem päpstlichen Kommissär diese Papiere zu bringen? Würde Hinderbach ihm einen solchen Verrat jemals verzeihen? Noch sehr im Zweifel, was er tun sollte, war der Pater die nächsten Tage und Nächte damit beschäftigt, die Befragungs- und Geständnisprotokolle so schnell wie möglich abzuschreiben. Da er nicht wußte, wie lange er die mehrere hundert Seiten umfassenden Protokolle würde behalten können, arbeitete er sehr intensiv und unter großer Anstrengung.

Unterdessen plagte Bischof Hinderbach ein anderes Problem: Die gefangenen Jüdinnen hatten immer noch kein Geständnis abgelegt. Hinderbach ließ daher Bernardino da Feltre und Giovanni de Salis zu sich rufen, und gemeinsam überlegten sie, was zu tun sei.

»Warum versuchen wir es nicht mit der Folter?« fragte Bernardino da Feltre grimmig.

»Ich denke«, erwiderte der Podestà, »wir sollten unsere Verhandlungen mit Rom und damit den Fortgang unserer Sache nicht durch eine solche Maßnahme beeinträchtigen. Der Heilige Stuhl würde eine solch harte Vorgehensweise gegenüber Frauen sicher nicht gutheißen.«

»Man könnte es ja zunächst mit der Folterandrohung versuchen«, überlegte Bischof Hinderbach.

»Ich schlage vor«, sagte der Podestà, »daß wir uns nur eine der Jüdinnen vornehmen und diese der peinlichen Frage unterziehen! Und zwar die stärkste, stolzeste und starrköpfigste unter ihnen. Haben wir diese mürbe gemacht, werden dic anderen Frauen reden, ohne daß wir ihnen auch nur ein Haar krümmen mußten. Wir können dann vor Rom und aller Welt demonstrieren, daß die Jüdinnen ihre Geständnisse freiwillig und ohne alle Tortur abgelegt haben.«

»Wir müßten auch nicht gleich die Streckbank oder die glühenden Eier in Anwendung bringen«, überlegte der Franziskanermönch, »aber gegen ein paar kräftige Peitschenhiebe wird man ja nichts einwenden können. Ich selbst werde diese Maßnahme gerne vornehmen, und dann wird man sehen, ob die hebräische Hexe dann nicht singen wird wie ein Spatz.«

Am Nachmittag desselben Tages führte man Brunetta in die große Folterkammer des Trienter Frauengefängnisses. Der Raum war voll von Rädern, Schraubstöcken, Geißeln und Ketten, das Feuer loderte beängstigend, ein Folterknecht brachte, die Hemdsärmel hochgekrempelt, eiserne Zangen zum Glühen. Der scharfe Geruch des Feuers überlagerte die verbrauchte, schlechte Luft in dem engen, fensterlosen Raum. So stank es nunmehr nach Blut, Rauch und Schweiß. Die Flammen tauchten alles in einen roten Schimmer. Obgleich Brunetta sich auf das Schlimmste gefaßt gemacht hatte, stockte ihr bei diesem Anblick der Atem. Seit über drei Monaten saß sie nun mit den anderen Frauen im Gefängnis, oft waren sie verhört worden. Die Behandlung war rauh und menschenverachtend, die Zelle feucht und schwül, das Essen karg und schlecht gewesen. Aber dies hier – die Folterwerkzeuge, das Feuer ... Wie weit würden die Mörder ihres Mannes noch gehen?

»Nun, Jüdin«, keifte Bernardino da Feltre, »ob wohl diese glühenden Zangen dich zum Sprechen brächten?«

»Und wenn Ihr mir die Glieder verbrennt, ich werde nichts sagen als die Wahrheit«, erwiderte Brunetta, »und die Wahrheit ist, daß wir Juden alle unschuldig sind am Tode des Kindes Simon. Unsere Männer wurden unschuldig getötet!«

»Bindet sie an die Säule!« kreischte der Franziskaner mit hochrotem Kopf. »Ich werde das Geständnis aus ihrem Körper herausprügeln!«

»Sollen wir das nicht machen, Vater?« fragte einer der Folterknechte.

»Nein! Das wird mein Vergnügen sein! Ich habe mein ganzes Leben mit dieser Judenbrut gerungen und gekämpft. Mein Haß und meine Wut verleihen meinen mageren Armen mehr Kraft als eure Jugend und Geschicklichkeit den euren.«

So banden die Schergen die Frau an die Geißelsäule. Ohne jegliche Regung ließ sie es geschehen, daß man ihr das Kleid vom Rücken riß. Bernardino da Feltre trat hinter sie und hieb ihr mit der langen Lederpeitsche auf ihren nackten weißen Rücken. Bei den ersten Schlägen gab Brunetta noch keinen Laut von sich, doch dann begann sie zu stöhnen. Ihr Rücken verfärbte sich, und die ersten Blutstropfen quollen hervor. Der Franziskaner prügelte wie ein Besessener, peitschte seinen ganzen Haß in diesen Frauenkörper, der sich unter den Hieben wand und krümmte. Je lauter das Weinen und Klagen Brunettas wurde, desto wilder und kräftiger schlug der Mönch zu. Schließlich zog er ihr noch einen besonders heftigen Streich über und warf die vom Blut seines Opfers gerötete Peitsche heftig und voll Grimm zu Boden.

»Nun, Jüdin, gestehst du jetzt?« keuchte Bernardino da Feltre. »Oder soll ich dir deine verfluchte Seele aus dem Leib prügeln, daß sie in die Hölle fährt, wo sie hingehört?«

»Wir sind alle unschuldig!« stöhnte Brunetta mit letzter Kraft.

»Du hast also noch nicht genug, verfluchtes Weibsstück?« schrie der Franziskaner.

Voller Zorn hob er die Peitsche wieder auf, und mit gesteigerter Wut und Kraft schlug er abermals auf den zerschundenen Rücken der Frau ein. Deren Beine knickten nach einigen Schlägen ein, sie hing erschöpft an der Säule und gab keinen Laut mehr von sich.

»Haltet ein, Vater«, unterbrach einer der Gerichtsdiener die blutige Raserei Bernardino da Feltres. »Das Gesetz erlaubt nicht mehr Schläge oder weitere Torturen bei der peinlichen Befragung einer Frau. Außerdem glaube ich, daß die Jüdin ohnmächtig geworden ist.«

Der Franziskanermönch hielt tatsächlich inne und warf die Peitsche abermals zu Boden.

»Der Teufel sitzt in ihr!« fluchte er. »Der Höllenfürst gibt ihr die Kraft zu schweigen ...«

Brunetta war aber keineswegs ohnmächtig geworden. Man band sie los und reichte ihr ein Tuch, mit dem sie sich bedecken konnte. Die Frau stand aufrecht, sie schwankte und zitterte zwar, aber sie stand aufrecht. Ihre grünen Augen waren weit aufgerissen und glänzten wie im Fieber, an den zerbissenen Lippen hingen kleine Blutstropfen.

Der Franziskanermönch wandte sich ihr noch einmal zu: »Diesmal sollst du davonkommen. Aber du wirst noch gestehen, du hebräische Hexe!«

»Wenn ich das Feuer lodern sähe und den Henker, der bereitsteht, mich ins Feuer zu stoßen«, erwiderte Brunetta, »und wenn ich schon im Feuer wäre und brennte: Ich würde nichts anderes sagen, als was ich gesagt habe bis jetzt!«

Alle Anwesenden hatten es gesehen und gehört: Die Jüdin schwankte nicht. Es war plötzlich fast still im Raum, im Feuerschein leuchtete das Gesicht der Frau, es wirkte erschöpft – und unnachgiebig.

Fast eine Woche war vergangen. Brunetta hatte sich von ihrer Tortur halbwegs erholt. Den anderen Frauen war kein Leid geschehen, der Bischof hatte ihnen aber ausrichten lassen, daß sie und ihre Kinder im Falle eines Geständnisses frei wären, daß sie in ihre alten Wohnhäuser zurückkehren könnten und er ihnen ihre konfiszierte Mitgift zurückgeben würde. Die Jüdinnen, die mit ihren Kindern immer noch in einer einzigen Zelle zusammengepfercht leben mußten, überlegten, was sie tun sollten.

»Unser Barvermögen ist konfisziert, wir bekommen keinen Heller mehr davon wieder«, sagte Dulceta, die Witwe des Angelus. »Der Bischof hat alles verwendet für den Kult des Knaben Simon. Ich weiß nicht, was unsere Kinder einmal anfangen sollen, wenn wir nicht mehr sind … Unsere Häuser sind zum Besitz der Kirche erklärt worden – offensichtlich könnten wir aber ein Wohnrecht auf Lebenszeit für uns und unsere Kinder erbitten …«

»Wenn jetzt davon die Rede ist, daß wir wenigstens unsere Mitgift wiederbekommen könnten, wenn wir gestehen, ist das unsere einzige Hoffnung. Wir müssen jetzt vernünftig und klug sein und an die Kinder denken!« sagte Sara.

»Wir dürfen diese von uns verlangten Geständnisse nicht ablegen«, mischte sich Brunetta erregt in die Diskussion ein. »Solange man lebt, kann man handeln und etwas tun, sich gegen Lügen und Verleumdungen zur Wehr setzen. Wenn man tot ist, ist man ausgeliefert, die Beute der Lebenden … Daher müssen wir für unsere Toten handeln, der Lüge, die über sie verbreitet wird, entgegentreten. Wir dürfen dieses falsche Geständnis nicht ablegen! Wir sind es unseren Männern schuldig, daß wir standhalten! Sie können sich nicht mehr wehren! Jeder kann in Zukunft über sie verbreiten, was er will und was der Haß ihm gerade eingibt. Daß sie Kindermörder waren und Bestien. Wer tritt solchen Lügen entgegen? Sie sind ja tot!«

»Vielleicht hast du ja recht, Brunetta«, erwiderte Bella, »aber das macht unsere Männer nicht wieder lebendig! Und wir müssen jetzt an unsere Kinder denken!«

Brunetta schrie wütend auf: »Wollt ihr weiterleben mit beflecktem Namen und die Leute reden lassen: ›Die Juden Trients, diese fleischgewordenen Teufel, haben aus Gier nach Christenblut einen Knaben ermordet, und ihre Frauen haben angesichts des entseelten Leichnams des Märtyrers über Christus und seine Mutter gelästert‹? Das denn doch nicht! Das auf keinen Fall! Ich folge unseren Männern – wenn es sein muß – in den Tod, und der Himmel empfange meine Seele! Wir müssen die Schläge ertragen, die das Schicksal uns versetzt, und dürfen nicht zulassen, daß unser persönliches Leid das Schwert der Gerechtigkeit stumpf werden läßt!«

Ihre Schwiegertochter Anna brach in Tränen aus: »Uns bleibt nichts anderes übrig, als das falsche Geständnis abzulegen ... Um unsere Kinder zu retten! Brunetta, verstehst du denn nicht?«

Anna begann nun erbarmungswürdig zu schluchzen. Angesichts der hoffnungslosen Lage, in der sie sich befanden, auch unter dem Eindruck von Annas Weinen, das in Brunettas Ohren wie das Klagelied der Rachel klang, brach auch sie in Tränen aus. Mit erstickter Stimme fragte sie: »Und ihr wollt euch taufen lassen? Den Christenglauben annehmen und den Glauben unserer Väter mit Füßen treten?«

»Aber wir nehmen den Christenglauben doch nicht wirklich an!« antwortete Dulceta. »Nur zum Schein lassen wir uns taufen, um das Leben unserer Kinder zu retten. Der Gott unserer Väter wird das verstehen und uns verzeihen. Er wird sehen, daß wir in unseren Herzen und in unseren

Seelen dem Glauben unseres Volkes treu geblieben sind. Und so gut es geht, werden wir auch weiterhin versuchen, Gott im geheimen nach der Sitte unserer Religion zu dienen.«

»Und außerdem ...«, sagte nun Nochella, die Tochter Saras – sie hatte bis jetzt stumm dabeigestanden, und ihr Gesicht war eigenartig verzerrt –, »wer sagt, daß unser Glauben der richtige ist? Ich habe viel darüber nachgedacht. Wo hat Gott eingegriffen, als unsere Männer ermordet wurden durch das Feuer und das Schwert? Wo hat er eingegriffen, als unser Volk in der Vergangenheit dahingerafft wurde durch die Christen? Die stärkere Seite hat gesiegt. Die Christen haben gesiegt. Wir wurden vernichtet und zermalmt. Wäre das, was wir glauben, das Gute und Wahre, wäre dann nicht der Herr auf seiten der Gerechten gewesen? Aber Gott war auf der Seite unserer Feinde, er war immer auf der Seite der Christen. Es gibt nur einen Gott, sagt die Schrift – und somit ist unmißverständlich deutlich geworden, welche Religion er bevorzugt. Er bevorzugt die anderen, die Christen.«

Die Frauen hatten die Worte des Mädchens mit Entsetzen gehört. Anna, die Witwe des Israel, hielt sich verzweifelt die Ohren zu und schrie aus Leibeskräften.

»Du hast diese Worte nur aus Verzweiflung gesprochen«, sagte Brunetta und legte Nochella beruhigend den Arm um die Schulter.

»Nein!« erwiderte diese. »Ich glaube wirklich, was ich gesagt habe. Ihr habt am eigenen Leib erfahren, wie sehr Gott unser Volk liebt! Ihr habt es gesehen! Was ist geblieben von unserer glücklichen kleinen Gemeinde, die immer versucht hat, den Geboten unserer Religion gemäß, Gott treu zu dienen? Mein Stiefvater und eure Männer sind tot. Unser Rabbi starb an gebrochenem Herzen. Vielleicht hat auch er am Ende den Glauben verloren? Wäre Gott auf unserer Seite, könnte dann unsere Lage und die Lage unseres ganzen Volkes so sein, wie sie nun ist? Sagt mir das!«

Das junge Mädchen schluchzte. Aus ihren dunklen Augen troffen dicke Tränen. Ihre Brust bebte in heftigen Krämpfen, ihr schmaler Mund verzog sich zu erschütternden Grimassen. Weinend warf sie sich auf den Boden. Brunetta beugte sich zu ihr hinab.

»Schwester«, sagte sie, »alles ist nach Gottes heiligem Willen so gekommen. Damit wir bessere Menschen werden, hat er uns in diesem Schmelzofen der Leiden geläutert. Wir müssen glauben und das Vertrauen zu Gott bewahren. Denk an den heldenmütigen Märtyrertod unserer Männer!«

In einem herzzerreißenden Anfall wehklagender Verzweiflung umklammerte Nochella Brunettas Füße.

»Hilf mir, Schwester!« rief sie. »Ich werde durch dieses Leiden nicht geläutert und kein besserer Mensch. Vielmehr verliere ich den Glauben und die Liebe zu den Menschen! Ich werde im Haß und im Unglauben untergehen! Hilf mir!«

Ihr Weinen drohte sie zu ersticken. Brunetta warf sich jetzt völlig auf die Knie, zog den Kopf des Mädchens an ihre Brust und weinte ebenfalls.

Zwei Tage später ließen die Jüdinnen – mit Ausnahme von Brunetta – dem Fürstbischof mitteilen, daß sie nun bereit wären, ihre Geständnisse abzulegen. Hinderbach war hocherfreut. Er wollte allerdings, daß die Jüdinnen ihre Geständnisse vor aller Öffentlichkeit ablegen sollten.

Drei Tage später – es war ein Sonntag – strömte eine große Menge Volk auf dem Domplatz Trients zusammen. Man hatte ein hohes Podest errichtet, auf dem Fürstbischof Hinderbach sitzen und das öffentliche Schuldbekenntnis der Jüdinnen entgegennehmen sollte. Als Pater Paolo da Novara den Domplatz erreichte, saß Hinderbach bereits auf seinem Thron in der vollen Pracht der bischöflichen Gewänder. Sein Antlitz unter der großen goldenen Mitra, die er zu diesem Anlaß trug, war blaß, der Gesichtsausdruck undurchdringlich. In der linken Hand hielt er den großen goldenen Bischofsstab als Symbol seiner Amtsgewalt als weltlicher und geistlicher Richter in Trient. Hinter dem gewaltigen Thronsitz war zur Mahnung aller, der angeklagten Jüdinnen und der Bürger der Stadt, ein großes Bild des Erzengels Michael angebracht, der in einer goldenen Waage die Seelen der Verstorbenen zur ewigen Seligkeit oder immerwährenden Verdammnis wog. Das Gemälde sollte zum Ausdruck bringen, daß es hier nicht nur um weltliches Recht und irdisches Wohl oder Wehe ging, sondern um die Rettung unsterblicher Seelen vor der ewigen Verdammnis.

Bernardino da Feltre stand zur Rechten des Bischofs, umgeben von Patriziern und Priestern der Stadt. Man wartete auf die Ankunft der angeklagten Jüdinnen. Plötzlich ging eine Bewegung durch die Menge. Die bischöflichen Soldaten hielten eine Gasse frei, durch die zwei große hölzerne Karren fuhren, besetzt mit den Jüdinnen und ihren Kindern, die ängstlich in die gaffende Menge schauten. Vor der Tribüne des Bischofs hielten die Karren an. Ein Franziskanerbruder half den Frauen und den Kindern abzusteigen. Tiefe Stille legte sich über die herbeigeströmte Menschenmenge, als die Gefangenen unmittelbar vor den Thron des Fürstbischofs geführt wurden. Die Frauen trugen das Büßerhemd, und an ihren Fußgelenken klirrten die Ketten, mit denen man ihre Füße aneinandergebunden hatte. Hinderbach wandte sich ihnen mit strengem Gesichtsausdruck zu. Auf sein Zeichen traten einige der bischöflichen Soldaten hinter die Jüdinnen und befreiten ihre auf dem Rücken gebundenen Hände von ihren Fesseln. Die Frauen standen regungslos da. Auch ihre Kinder rührten sich nicht. Keines weinte, keines zeigte ein Gefühl. Alle unterwarfen sich der Gewalt der Situation, in die sie das Schicksal gebracht hatte. Mit monotoner Stimme wiederholten sie die Worte, die ihnen Giovanni de Salis laut vorlas. Auf diese Weise gestanden sie, zwar nicht an der Ermordung des Kindes Simon, sehr wohl aber an der anschließenden Verspottung seines Leichnams teilgenommen zu haben.

Nach diesem Schuldbekenntnis wurden die Jüdinnen und ihre Kinder in den Dom geführt und dort getauft. Am nächsten Tag wurden die Frauen und die Kinder aus dem Kerker entlassen und in ihre alten Häuser zurückgebracht. Auch Brunetta wurde die Freiheit zurückgegeben. Sie hatte bis zum Schluß keinerlei Geständnis abgelegt. Der Bischof ließ Wachen um die drei jüdischen Häuser stellen, zum Schutz der Frauen – wie es hieß –, und keine der Jüdinnen noch eines ihrer Kinder durften das Haus verlassen. Die Situation könne sich erst dann normalisieren, so ließ Hinderbach mitteilen, wenn die letzte von ihnen – Brunetta, die Witwe des Samuel – ebenfalls ihr Schuldbekenntnis abgelegt hätte. Auch könnte ihnen erst dann die konfiszierte Mitgift wiedergegeben werden, bis dahin seien sie auf die Gaben angewiesen, die er ihnen aus christlicher Mildtätigkeit zukommen lasse.

Als Brunetta ihr Schlafzimmer wiedersah, ihr Bett, ihre Möbel, das ganze Haus, in dem sie viele Jahre glücklich mit ihrem Mann gelebt hatte und in dem alles verblieben war, wie er es verlassen hatte, überfiel sie ein Gefühl großer Verzweiflung. All die Dinge, die vom Leben eines Menschen nach seinem Tode übrigblieben, die Wände, die sie umschlossen hatten, alles schien ihr wie durchdrungen von Schmerz und Elend. Sie ließ sich auf einem Stuhl in der Nähe des Fensters nieder und dachte verzweifelt nach. Sie hatte kein falsches Geständnis abgelegt, obwohl ihre Freundinnen sie immer wieder darum angefleht hatten. Und nun hatte der Bischof auch sie freigelassen – zu Brunettas größtem Erstaunen! Was bezweckte der Fürstbischof damit? Sie ahnte es. Im Gefängnis hätte sie niemals das verlangte Schuldeingeständnis abgegeben – und wenn man ihr die Seele aus dem Leibe geprügelt hätte. Aber hier … hier in diesem Haus, wo sie nun tagtäglich das Elend der armen, gefangenen Kinder mitansehen mußte, ihre vorwurfsvollen Augen, die Brunetta stumm, aber quälend anklagten, so starrköpfig und uneinsichtig zu sein …

hier würde sie nicht lange standhalten können. Ja, da waren die unschuldigen Kinder, an deren Wohl man denken mußte. Hatten die anderen Frauen nicht recht, wenn sie argumentierten, das Andenken ihrer ermordeten Männer werde am besten und ganz in deren Sinne bewahrt, wenn man jetzt ausschließlich an die Zukunft ihrer Söhne und Töchter dächte, und sei es zu dem Preis, zum Scheine den Glauben zu verwerfen und ein falsches Geständnis abzulegen? Irgend etwas in Brunetta wehrte sich heftig gegen diesen Gedanken, aber vielleicht, so grübelte sie, konnte sie diese Haltung der anderen Frauen nicht voll verstehen, weil sie selbst keine Mutter war und für kein Kind Verantwortung zu tragen hatte. Aber mußte nicht gerade sie, die den Schmerz einer Fehlgeburt und nun für immer das schwere Los der Kinderlosigkeit zu tragen hatte, an das Wohl und Schicksal der anderen denken? Durfte gerade sie sich als einzige der Entscheidung der Mütter widersetzen? Diese Gedanken förderten abermals bittere Bilder aus der Vergangenheit zutage, an die Tage, als sie ihr Kind verlor. Wie lange war das nun her? Waren es wirklich nicht einmal zwei Jahre? Ihr schien eine Ewigkeit seit damals vergangen zu sein. Sie sah sich selbst in der Stunde, als sie zum ersten Mal fühlte, guter Hoffnung zu sein. Alle Empfindungen von damals lebten von neuem auf, und in einer noch nie empfundenen Intensität spürte sie die Abgründigkeit des Lebens. Sie dachte an die Tage und Wochen ihrer Schwangerschaft, an das Bangen und Hoffen, an die Freude über die schöne Aufgabe, künftig das neue Leben zu hegen, zu pflegen und zu erziehen. Und dann all das Spätere: die Schmerzen der Fehlgeburt, das Bewußtwerden des Verlustes, die schwere Rückkehr zu dem, was man den Alltag nennt – was damals der Alltag war: das bescheidene Leben ihrer kleinen jüdischen Gemeinde. Und dann nach diesem Schicksalsschlag der entsetzliche und geheimnisvolle Tod des kleinen Simon, die Verhaftung der Männer, die Hinrichtung. In Brunettas Denken verwoben sich alle diese Ereignisse zu einem einzigen untrennbaren Ganzen.

Brunetta durchlebte Stunden des Schmerzes und der Verzweiflung. Unbeweglich saß sie auf ihrem Stuhl und blickte in die Dunkelheit hinaus. Mit beiden Händen hatte sie ihre Haare zu zwei Zöpfen gerafft. Sie ließ sie nicht mehr los bis zum Morgengrauen. Als sie sich schwerfällig erhob, wußte sie, was sie zu tun hatte. Sie ließ dem Podestà durch einen der wachhabenden Soldaten mitteilen, daß sie ihn zu sprechen wünsche.

Kaum hatte man Giovanni de Salis diese Nachricht überbracht, ließ er Pater Paolo zu sich rufen. Er wollte einen Geistlichen als Zeugen dabeihaben, der mit dem Mordfall befaßt war – und Bernardino da Feltre war gerade nicht zu erreichen. So gingen die beiden Männer gemeinsam zum Hause Brunettas. Sie mußten einige Minuten in der geräumigen Küche des Hauses warten, bis die Frau den Raum betrat. Pater Paolo fielen sofort ihre dunkel umrandeten Augen auf. Im matten Licht der Morgensonne, das spärlich durch das kleine vergitterte Küchenfenster fiel, wirkte ihr Gesicht milchfarben. Ihr Haar hing ihr lose um das Gesicht. Die Frau stand weiterhin einfach da und blickte die beiden Männer unverwandt an. Der Podestà holte das Schreiben des Bischofs aus seinem Wams.

»Dies ist ein Brief des Fürstbischofs an dich, Brunetta, den ich dir vorlesen soll. Es ist ein feierlicher Appell, nun, wo du frei bist und außerhalb der Gefängnismauern, zu gestehen, daß du an der Ermordung des unschuldigen Kindes Simon beteiligt gewesen bist oder doch immerhin davon gewußt hast. Nicht die Angst vor der Folter oder Schläge sollen nun der Beweggrund deines Geständnisses sein, sondern einzig die Furcht um dein Seelenheil soll dich leiten.«

Er brach das Siegel auf und las: »Brunetta, der Frau des verstorbenen Juden Samuel, Gruß von Hinderbach, Bischof und Fürst der Stadt Trient. Da inzwischen alle jüdischen Frauen ihre Teilnahme an dem schrecklichen Kindsmord in unserer Stadt gestanden und zum wahren Glauben gefunden haben und nur noch Du hartnäckig leugnest und im Irrtum der falschen Religion Deiner Vorfahren verharrst und die christliche Taufe verweigerst, richten Wir an Dich den ernsten und christlichen Appell, Du mögest nun, da Wir Dir trotz deines obstinaten Ableugnens die Freiheit wiedergeschenkt haben, ganz frei und ungezwungen gestehen, an der Verspottung des ermordeten Kindes Simon beteiligt gewesen zu sein oder doch zumindest von der rituellen Ermordung des seligen Märtyrers gewußt zu haben. Außerdem fordern Wir Dich auf, um Deines ewigen Heiles willen und zur Vergebung Deiner schweren Schuld Dich reumütig und, erleuchtet von der christlichen Wahrheit und bewegt von der christlichen Barmherzigkeit und Langmut, die Wir als Bischof dieser Stadt, aber auch das ganze christliche Volk Trients Dir entgegengebracht haben, unverzüglich in den Schoß der katholischen Kirche zu begeben und die heilige Taufe zu erbitten. Danach soll, was war, vergessen und vergeben sein, und Du mögest in Frieden und Freiheit in dieser Stadt leben bis zu dem Tag, den Gott als Dein Lebensende vorbestimmt hat.«

Die Frau schwieg zunächst, als der Podestà geendet hatte. Dann wiederholte sie monoton die Worte des bischöflichen Schreibens: »Danach soll, was war, vergessen und vergeben sein ...« Ihre grünen traurigen Augen richteten sich auf Pater Paolo.

»Was meint der Bischof damit?« fragte sie. »Soll ich den Tod meines Mannes und all der anderen Männer vergessen, soll ich das Gefängnis vergessen, die Schläge, all den Schmerz und das Leid – all das vergessen?«

Pater Paolo war überrascht, daß die Frau ihn angesprochen hatte. Es irritierte ihn. Leise sagte er: »Ich bin nicht der Bischof und maße mir nicht an, seine Worte zu interpretieren. Doch ich denke, nicht nur das soll vergessen sein. Auch der Mord am Kind Simon soll vergessen und vergeben werden.«

»Aber zur Erinnerung an den Knaben Simon plant der Bischof doch eine Kapelle erbauen zu lassen, als steinernes

Zeichen für die Schuld der Juden und als unzerstörbare, immerwährende Anklage der Verworfenheit und Bosheit des hebräischen Volkes«, erwiderte Brunetta.

Sie schloß die Augen und vergrub ihren Kopf in ihren Händen. Paolo da Novara wollte etwas sagen, der Podestà jedoch gebot ihm mit einer entschiedenen Handbewegung zu schweigen. Er war verärgert über die aufsässige Bemerkung der Jüdin und sagte scharf: »Weib, gibst du jetzt zu, von der Ermordung des Knaben Simon gewußt zu haben und an der Verspottung und Verhöhnung des kleinen Leichnams beteiligt gewesen zu sein oder nicht?«

Die Frau schwieg. Nach einigen Sekunden flüsterte sie mit unbewegtem Gesichtsausdruck ein leises »Ja ...«

»Du hast es also zugegeben!« rief Giovanni de Salis, als wäre er über dieses plötzliche Geständnis am meisten überrascht. »Du hast gestanden, und wir haben es gehört. Nicht wahr, Pater Paolo?«

»Ich habe es gehört«, erwiderte dieser mit belegter Stimme. Er schüttelte sich leicht. Aller Zweifel ist jetzt überwunden, dachte er. Bischof Ventimiglia hat sich geirrt – Bischof Hinderbach und Bernardino da Feltre hatten recht behalten.

Als könne er die Gedanken des Paters lesen, sagte Giovanni de Salis zu ihm: »Ihr seht, wir haben uns nicht geirrt! Vielleicht wird die Jüdin morgen wieder alles in Abrede stellen und ihr Geständnis widerrufen. Aber Ihr habt es jetzt gehört. Ihr seid Zeuge! Vollkommen freiwillig und ohne jeden Zwang hat sie uns zu sich gebeten und hat gestanden.«

Zu Brunetta sagte er: »Und bist du auch bereit, dich christlich taufen zu lassen, wie Bischof Hinderbach es verlangt?«

Die Gefragte schwieg einige Sekunden. Dann antwortete sie mit starrem Gesichtsausdruck: »Ja, ich werde mich taufen lassen. Ich nehme den christlichen Glauben an und entsage dem Glauben meines Volkes ...«

Der Fürstbischof nahm die Nachricht von Brunettas Schuldbekenntnis mit größter Genugtuung entgegen. Er umarmte Giovanni de Salis, dankte ihm für seine Mission und rief eilig den bischöflichen Hof zusammen.

»Die Kirche hat über die Synagoge gesiegt!« verkündete Hinderbach stolz. »Das letzte verirrte Schaf dieser Stadt ist in den Stall Gottes eingekehrt. Die Frau des hingerichteten Juden Samuel folgt dem Ruf der Gnade, bekennt ihre Mitschuld an der Ermordung des glorreichen Märtyrers Simon und läßt sich taufen.«

Alle Anwesenden zeigten sich freudig überrascht.

Hinderbach atmete tief durch, um seinen Worten den richtigen Nachdruck zu verleihen: »Die Jüdin muß das Geständnis jetzt noch einmal in der Öffentlichkeit ablegen. Auf dem Domplatz, damit es alle Welt hören kann und erkennt, daß wir hier in Trient durch unsere kluge und umsichtige Untersuchung, die sich weder durch hebräisches Geld noch durch den Druck einflußreicher Judenfreunde beeindrucken ließ, die Wahrheit enthüllt haben!«

Und so geschah es: Neben dem Dom wurden wieder einmal in aller Eile drei große Holztribünen gezimmert: die eine war für den Bischof und seine Geistlichkeit, die zweite für die Patrizier der Stadt und die dritte für die Botschafter und auswärtigen Gäste. Man erwartete eine Menge Schaulustiger aus den umliegenden Dörfern, und tatsächlich wartete, vier Tage nachdem Brunetta vor Pater Paolo und dem Stadtrichter ihr Schuldbekenntnis abgelegt hatte, eine lange Schlange von Menschen, Fuhrwerken und Tieren ungeduldig vor dem Stadttor. Die Bekehrung und das zu erwartende Schuldbekenntnis der Widerspenstigen, die trotz harter Haft und peinlicher Frage als einzige der jüdischen Frauen so lange Zeit kein Geständnis abgelegt hatte und es nun, in Freiheit gesetzt, ungezwungen tun wollte, faszinierten und zogen die Menschen an.

Es war ein warmer Sonnabendvormittag. Die Wachen schauten in Säcke und Kisten, lugten unter Wagenplanen, kontrollierten die Anreisenden und machten mit den Spitzen ihrer Piken hier und dort Stichproben. Hinderbach befürchtete nämlich, daß Bischof Ventimiglia versuchen würde, heimlich Soldaten in die Stadt zu schmuggeln, welche die Jüdin vor dem Ablegen ihres Geständnisses befreien sollten.

Hinter den Tribünen rannten die Lakaien und Domestiken des Bischofs und der geladenen Adligen nervös hin und her, Händler versuchten sich ihren Weg zwischen der sich dicht und bunt drängenden Menschenmenge zu bahnen und ihre Waren an den Mann zu bringen. Auch an den am Rande des Domplatzes aufgebauten Ständen boten Verkäufer marktschreierisch ihre Dinge feil, von kandiertem Obst bis zu bunten Stoffen und Heiligenbildern. Hinter diesen Ständen wiederum, ein wenig abseits, machten die Zigeuner, die von überall herbeigeströmt waren, und sonstiges fahrendes Volk ihre Geschäfte. Einige verkauften Obst oder Töpfe und Besen. Frauen weissagten aus Händen und Kristallkugeln oder aus geheimnisvollen bunten Karten. Nach einigen Stunden, am Domturm hatte gerade die zweite Stunde geschlagen, wurde aus der Richtung der Häuser der jüdischen Familien eine kleine Eskorte sichtbar – vier bischöfliche Soldaten zu Pferd, welche die Menge zurückdrängten, in ihrer Mitte die reuige Sünderin und sechs Franziskanerpriester, die sie begleiteten. Brunetta trug ein dunkelgraues hemdartiges Kleid. Das formlose Gewand hing in senkrechten Falten von ihren gebeugten Schultern herab und schleifte über den Boden. Aufrecht, aber mit gesenktem Haupt schritt sie durch die erwartungsvolle Menge, die nur unwillig zurückwich vor den Hufen der Rosse. Die Jüdin war totenbleich, ihr schwarzes Haar fiel offen herab, ihre Füße bewegten sich langsam. Zum erstenmal wirkte sie gebrochen. Sie sah an sich hinunter. Ihre Hände waren zu Fäusten geballt. Vor dem Thron des Bischofs empfing sie Jacob von Spaur und hieß sie stillstehen. Doch keine Regung belebte ihr Gesicht, und ihr Blick ging durch ihn hindurch.

Die Hände auf die Brüstung gelegt, stand Brunetta vor dem Fürstbischof und Bernardino da Feltre – ihren wahren Richtern. Giovanni de Salis begann die Anklagebulle zu verlesen. Zu Beginn versuchte Brunetta, sich auf das zu konzentrieren, was das Schreiben gegen sie vorbrachte. Aber sehr bald waren die Worte ein undeutliches Murmeln, das nicht mehr in ihren Geist drang. Sie vernahm nur noch die Laute der Unversöhnlichkeit und des Hasses – und sie wußte, es gab keine Hoffnung mehr. Sie hatten gesiegt.

Brunetta begriff plötzlich, daß der Stadtrichter eine Frage an sie gerichtet hatte, die sie beantworten mußte. Sie öffnete den Mund und versuchte zu sprechen. Doch sie hatte Angst davor, ihre eigene Stimme zu hören. Die Umgebung schien unwirklich und weit entfernt, wie in einem Traum: all diese Gesichter mit ihren gierig blickenden Augen. Der ganze Domplatz schien sich aufzulösen in ein Gewirr aus bunten Flecken und Punkten, die sich plötzlich zu drehen begannen. Die Frau taumelte. Sie stürzte auf die Knie und berührte mit der Stirn den Boden.

Bischof Johannes Hinderbach wartete anscheinend gleichmütig. Auch Bernardino da Feltre verharrte regungslos, mit steinernem Gesicht, aber wachsamen Augen. Jacob von Spaur jedoch packte Brunetta von hinten an den Schultern, hob sie hoch – wie leicht und zierlich sie doch war – und hielt ihren Leib fest an sich gepreßt, so daß sich ihr Kopf genau unter seinem Kinn befand. Er drückte sie so eng an sich, daß sie den Herzschlag des Mannes hörte. Brunetta spürte die Wärme seines Körpers. Seine Nähe war ihr unerträglich, besonders gräßlich war ein gewisser bitterlicher Gestank an ihm, der ihr in die Nase stieg und sie peinigte. Schließlich hob die Frau ihr Gesicht und öffnete die Augen. Sie stieß Jacob von Spaur leicht von sich und suchte sich aus seiner Umklammerung zu befreien. Die Hände in den weiten Ärmeln ihres Büßerkleides verborgen, versuchte sie nun mit klarer, ruhiger Stimme zu sprechen. Es kostete sie unendliche Kraft, und sie wußte auch, daß ihre ungeheure Anspannung zu spüren war. Nachdem sie all die Worte wiederholt hatte, die ihr der Stadtrichter vorgesprochen hatte – sinnlose Worte –, mußte sie noch ein Geständnisprotokoll unterzeichnen. Für diese Aufgabe hatte Bischof Hinderbach Paolo da Novara verpflichtet.

Der Pater führte Brunetta zu einem einfachen Holztisch und breitete das Dokument vor ihr aus. Dann reichte er der Frau eine Schreibfeder. Apathisch senkte sie die Feder auf das weiße Papier. Pater Paolo trat näher an die Frau heran und sah, daß sie die Feder so kraftlos hielt, daß sie auf diese Weise unmöglich schreiben konnte. Er nahm ihr die Feder aus der Hand, um sie ihr richtig in die Finger zu legen. Sie sah ihm mit traurigen Augen ins Gesicht. Ihre Lippen öffneten sich leicht, als wollte sie etwas sagen, aber sie schwieg. Der Blick Brunettas irritierte den Pater.

Brunetta begann ihren Namen zu schreiben. Die Feder kratzte über das Papier. Es zitterte unter der Bewegung ihrer Hand. Die Tinte floß sehr dünn, ein irisierendes, ins Blutrot spielendes Violett.

»Der Teufel hat sich lange gewehrt, bevor er aus deiner Seele und aus deinem Herzen gewichen ist«, rief der Bischof nun, »jetzt aber bist du frei, und Gott möge dir vergeben!«

Daraufhin führte man Brunetta unter den gaffenden Blicken der Menge in die St.-Petrus-Kirche, wo die Taufe stattfinden sollte. Sie geleiteten die Büßerin zum Reliquienaltar des Kindes. Als sie an den gläsernen Schrein herantrat, schossen ihr Tränen in die Augen. Nach all den Monaten sah sie den kleinen Leichnam des lieben Simonino wieder. Er lag in seinem prunkvollen Schrein auf einem blauen Samtkissen und war mit verschiedenen Goldketten und Edelsteinen behangen. Brunetta wunderte sich, daß man ihn so herausgeputzt und geziert hatte, als ob er ein Götze sei.

Vor dem Taufbecken stehend, legte Brunetta dann im Angesicht des Bischofs und einem halben Dutzend Kleriker das Taufgelübde ab. Hinderbach fragte feierlich, ob sie dem Teufel und all seinen Werken entsagen wolle. Pater Paolo assistierte der Frau und flüsterte ihr die lateinischen Antworten vor. Mit leiser Stimme wiederholte Brunetta diese. Daraufhin schritt man zur eigentlichen Taufzeremonie. Als Brunetta das Wasser über ihren gesenkten Kopf rieselte, war ihr, als wäre es warmes Blut, das ihr über Hals und Nacken floß. Nach Beendigung der Zeremonie legte man ihr ein weißes Taufkleid an und führte sie unter soldatischem Schutz wieder in ihr Haus zurück. Noch immer standen Wachen vor den drei Häusern der Juden.

Allein in ihrer Wohnung, ließ sich Brunetta erschöpft auf einen Stuhl fallen. Fort von hier, war der einzige Gedanke, der ihr immer wieder durch den Kopf ging. Die anderen Frauen hatten beschlossen, um ihrer Kinder willen in der Stadt zu bleiben und fortan als Christen unter Christen zu leben. Brunetta aber hatte keine Kinder. Ja, sie hatte sich taufen lassen, und sie fühlte, daß sie damit den Glauben ihrer Väter verraten hatte; unter Juden konnte sie also nicht mehr leben. Zu Recht würde kein Jude ihr das falsche Geständnis verzeihen, das ein ganzes Volk der wahnwitzigsten Verbrechen beschuldigte. Ihr Weg konnte jetzt nur noch einer sein, und sie konnte die Ratschläge der anderen Frauen nicht annehmen. Sie war jetzt gänzlich auf sich angewiesen, weder Jüdin noch Christin; sie hatte sich daran zu gewöhnen, ganz für sich zu stehen in dieser Welt. Sie mußte sich nun ihr Dasein allein einrichten. Brunetta wußte, daß ihre Freundinnen unglücklich sein würden, dennoch faßte sie Mut und bat die anderen Frauen zu sich.

»Ich habe die letzte Bedingung des Bischofs erfüllt«, begann sie. »Mein heutiges Schuldgeständnis wird euch vielleicht auf Dauer eine Existenz in dieser Stadt ermöglichen. Der Bischof hat euch und euren Kindern ein Wohnrecht in diesen Häusern auf Lebenszeit zugestanden. Er wird euch eure Mitgift wiedergeben, und die Wachen werden in ein paar Tagen abziehen ... Vielleicht werdet ihr so in diesen Mauern und in dieser Stadt leben können – ich weiß es nicht … Ich jedenfalls habe meinen Teil erfüllt, und ich habe jetzt nur noch den Wunsch, daß man mich in Ruhe läßt. Ich werde diese Stadt verlassen – noch heute nacht … Ich werde mich nicht zu Verwandten begeben und auch nicht in irgendeine jüdische Gemeinde. Ich möchte niemandem zur Last fallen. Vor allem aber kann und werde ich nicht hierbleiben.«

»Aber hier ist dir alles vertraut«, unterbrach Anna die Worte ihrer Schwiegermutter, »hier sind wir, deine Freunde! Und von uns willst du Abschied nehmen? Diese Stadt Trient ist die Heimat deines Mannes, und von dieser willst du dich losreißen? Aber du hängst ja nicht mit Seilen und Stricken an diesem Ort, die man einfach aufknüpfen und abwerfen könnte, auch du bist mit dieser Stadt verwachsen, mit jeder Faser deiner Seele!«

»Nein, ich will fort«, erwiderte Brunetta, »ich will nicht mehr in dieser Stadt leben, wo alle mich verachten, weil ich eine Mörderin bin – und Jüdin. Was habe ich hier noch verloren, frage ich euch? Diese Stadt hat mir meinen Mann und die Freunde genommen, vor allem aber meinen Glauben an die Menschen und – indem man mich gezwungen hat, meinem Glauben abzuschwören – auch meine Seele. Die Verachtung und der Haß gegen uns Juden lasten auf dieser Stadt, und ich will ihnen entgehen. Diese Stadt zu verlassen ist für mich die einzige Möglichkeit, um mein inneres Selbst zu retten. Sind wir nicht unschuldige Menschen, der Achtung der anderen, aber vor allem der Selbstachtung würdig? Wie könnte ich es hinnehmen, noch einmal das Lachen und die Unbeschwertheit der Menschen in dieser Stadt zu ertragen? Es ist nicht die Angst, die mich veranlaßt wegzugehen, liebe Freundinnen, es ist der Wunsch nach Selbstachtung. Ich werde mich in die Einsamkeit zurückziehen – irgendwo, und …«

Wieder unterbrach Anna sie. »Noch stehen Wachen vor unseren Häusern, Brunetta! Glaubst du wirklich, Bischof Hinderbach wird dich oder uns von dieser Stadt fortziehen lassen? Er muß doch befürchten, daß wir außerhalb seines Einflusses unsere Geständnisse widerrufen werden. Wie willst du also fortkommen – vorbei an den Wachen vor unseren Häusern und auf der Stadtmauer?«

»Laßt das meine Sorge sein«, antwortete die Gefragte, »ich werde über die Dächer fliehen. Unterschätzt mich nicht. Schon als Kind war ich in diesen Dingen sehr geschickt. Selbst ihr werdet von meiner Flucht nichts merken. Ich bin fest entschlossen!«

Nach diesen Worten umarmte Brunetta jede ihrer Freundinnen und drückte sie fest an sich: »Lebt wohl!« flüsterte sie. »Gott allein weiß, ob wir uns jemals wiedersehen!«

Am nächsten Morgen überbrachten Wachsoldaten dem Fürstbischof die Nachricht, daß die Jüdin Brunetta unerklärlicherweise aus der Stadt geflohen sei. Hinderbach tobte und gab Befehl, Reiter auszusenden, die nach der Geflohenen suchen sollten. Doch nach zwei Tagen kamen sie unverrichteter Dinge zurück – die Spur Brunettas hatte sich verloren, niemand konnte sagen, wohin sie sich begeben hatte.

VIII.

Fünf Wochen waren vergangen. Es war ein heißer Tag, und die Spätnachmittagsschwüle lag drückend zwischen den Steilhängen des Tales. Pater Paolo ruhte mit geschlossenen Augen auf dem Bett, das Gesicht in ein Kissen vergraben, das er mit den Armen umschlang. Von Zeit zu Zeit zerschnitt das Surren einer Wespe die Luft und verlor sich dann wieder in der Stille. Flüsternd stieß Paolo böse Verwünschungen aus gegen die Hitze des Tages, die Luft und die glühende Sommersonne. Pater Paolo versuchte mühsam, seine Gedanken zu ordnen: Zwischen Hinderbach und Ventimiglia hatte von Anfang an eine tiefe Abneigung bestanden – Hinderbach nannte den päpstlichen Gesandten nur noch den Judenbischof. Es war nicht nur deren unterschiedliche Meinung zum Fall des kleinen Simon, die diesen Haß nährte – der Fürstbischof konnte Giovanni Battista dei Giudicis triumphierenden und für ihn so demütigenden Abzug aus Trient nicht verzeihen und vergessen. Was ergab sich aus all dem? Bischof Hinderbach verweigerte dem päpstlichen Legaten die Zusammenarbeit, er betrachtete ihn als nicht mehr zuständig im Fall des Kindes Simon. Pater Paolos Bitten, dem päpstlichen Gesandten doch Kopien der Untersuchungsprotokolle zuzusenden, quittierte dieser nur mit einem scharfen »Nein!«. Bischof Ventimiglia wiederum konnte nicht wagen, nach Trient zurückzukehren. Die allgemeine Stimmung war zur Zeit so geladen und gereizt, daß ein Attentat auf seine Person nicht auszuschließen gewesen wäre. Der päpstliche Kommissär hielt zu den Juden. Damit war er für die Trienter Bevölkerung ein Ungeheuer, ein Teufel, der es nicht mehr wagen sollte, seinen Fuß in diese Stadt zu setzen. Wie konnte Ventimiglia also Kenntnis gewinnen vom Inhalt der Untersuchungsprotokolle? Es blieb nur eine Möglichkeit, und in Pater Paolo verfestigte sich immer mehr die Erkenntnis, daß er die Aufgabe hatte, dem päpstlichen Gesandten die von ihm in den letzten Tagen und Wochen angefertigten Kopien zu bringen. Er mußte Trient verlassen und nach Rovereto zu Ventimiglia gehen. Welche Konsequenzen das für ihn selbst haben würde, wußte er nicht. Er hatte keine Wahl, sein Gewissen sprach eine klare Sprache.

Der Pater erhob sich und begann einen Brief an den Fürstbischof zu schreiben. In diesem Brief versicherte er Hinderbach, er habe stets seine Pflicht ihm gegenüber getan – bis zu diesem Augenblick; und er verrate nicht einmal jetzt das Vertrauen, das der hochwürdigste Herr Bischof in ihn gesetzt habe, denn er kläre ihn hiermit über die Schritte, die er nun vorhabe, auf. Er werde nach Rovereto gehen zu Bischof Giovanni Battista dei Giudici, und dieser Akt dürfe ihm nicht als Verrat oder Vertrauensbruch angerechnet werden, denn schließlich sei Giovanni Battista dei Giudici immer noch der offizielle Gesandte des Papstes und an der Aufklärung der Vorgänge um die Ermordung des Kindes Simon genauso ernsthaft interessiert wie alle anderen Beteiligten auch. Weiterhin gestand der Pater Bischof Hinderbach, daß ein Zweifel ohnegleichen ihn übermannt hätte, daß er der mutloseste, gequälteste Mensch der Welt und sein Seelenfrieden dahin sei. Daß die Ereignisse der letzten Wochen so ungestüm und plötzlich über ihn hereingebrochen seien und er die Empfindung hätte, er müsse ein wenig Abstand gewinnen zu Trient und der hiesigen Darstellung des Mordfalles; auch wolle er noch einmal die Version der anderen Seite hören. Die Stunden vergingen. Das Abendrot begann bereits heraufzuziehen, als Pater Paolo seine Sachen packte. Es war nötig, für den langen nächtlichen Fußmarsch einiges mitzunehmen, etwa einen Mantel, denn nachts konnte es bereits ziemlich kühl werden; auch sollte er eine Decke dabeihaben und bestimmt einen Kompaß – und vor allem das Bündel

Abschriften, das er Ventimiglia bringen wollte. Die Originalgeständnisprotokolle legte der Pater auf den Tisch neben den Brief an Bischof Hinderbach.

Beim Licht der Sterne verließ Pater Paolo Trient. Gott sei Dank bereiteten ihm weder die Schloßwachen noch die Torwachen an der Stadtmauer Schwierigkeiten. Der Pater wollte die Verkehrs- und Handelsstraße nach Rovereto meiden. Er befürchtete, daß seine Abwesenheit vorzeitig entdeckt werden könnte und ihm Bischof Hinderbach seine Soldaten hinterhersandte. Also wollte er durch die Wälder nach Rovereto gelangen. Paolo wußte auch, daß es für den weiteren Weg noch Zwischenfälle genug zu befürchten gab. Sollte ein zu dieser Jahreszeit stets drohendes Gewitter losbrechen, würde man nachts im Gebirge weder Weg noch Steg finden. Ganz abgesehen davon, daß man naß werden würde, was angesichts der niedrigen Temperaturen in der Nacht sehr unangenehm werden konnte. Aber noch war der Himmel ruhig und wolkenfrei. Als er so weit marschiert war, daß die Lichter der Stadt nicht mehr zu sehen waren, drang Müdigkeit in seine Glieder. Es war, als wiegte die friedliche Nacht die Umgebung in einen sanften Schlummer. Doch der Pater schleppte sich weiter. Im nächtlichen Bergwald roch es nach Moos, Harz und den Blättern bitterer Pflanzen. Irgendwo plätscherte ein Bergwässerchen über das Gestein. Gegen den bestirnten Himmel hoben sich die Bergketten deutlich ab, deren Schluchten und Täler der Pater durchquerte. Ein leichter Wind wehte nun von den Bergen herab und fuhr ihm in seinen Umhang und seine Kleider, als wollte er ihm Mut machen und ihn erfrischen. Pater Paolo hüllte sich fester in seinen Mantel und schritt entschiedener voran. Im matten Licht der Sterne sah er seine Füße auf dem Boden dahinstapfen und fragte sich, wie lange er wohl noch nach Rovereto brauchen und ob seine Kräfte ausreichen würden. Von den Wäldern um Trient sagte man, daß es darin nicht geheuer und recht gefährlich sei; mancher Wanderer hatte sich schon in ihnen verirrt, und mancher war nie daraus zurückgekehrt, weil ihn entweder Wölfe zerrissen oder herumstreunende Räuberbanden ermordet hatten. Doch Pater Paolo versuchte seine Angst zu unterdrücken, er dachte nur an sein Ziel und stieg verbissen durch Wälder und Wiesen, kämpfte sich durch Busch und Strauch. Beim Morgengrauen sah er in der Ferne die Stadtmauern Roveretos, eine Stunde später hatte der Pater die Stadt erreicht. Diese war ein ähnlich geschäftiger Ort wie Trient. In den engen Straßen trabten Pferde und Maulesel, viele Menschen waren unterwegs. Alle Werkstätten und Läden waren geöffnet. Aus einem Haustor tönte das knarzende Geräusch des Webstuhls, aus einem anderen schallte das Hämmern der Schmiede, aus einem dritten war der Hobel eines Zimmermanns zu hören; hier zeigte der heiße Luftzug an, daß gerade Tongefäße im Feuerofen gebrannt wurden, dort ließ der beißende Geruch erahnen, daß ein Gerber seiner Arbeit nachging. Auf einem großen runden Platz boten Bauern und Händler, hinter ihren Verkaufsständen stehend, temperamentvoll und laut schreiend ihre Waren, Gemüse, Obst, Käse, diverse Haushaltswaren und Kleider zum Verkauf an. Wer essen wollte, dem wurden an vielen Ständen gebratenes Fleisch oder gekochtes Gemüse und Brot offeriert. Die Düfte, die durch die Luft zogen, waren köstlich. Kühle oder heiße Getränke, aus Schläuchen oder großen Kochtöpfen angeboten, mundeten durstigen Händlern und Kunden gleichermaßen. Da spürte Pater Paolo, welch großen Hunger und Durst er hatte. Aber er wollte jetzt keine Pause einlegen. Er mußte zuerst zu Bischof Ventimiglia. Paolo fragte einen Gendarmen nach der Villa, in welcher der päpstliche Gesandte lebte. Respektvoll wies ihm der Gefragte den Weg.

Vor der stattlichen Villa angekommen, nannte Paolo einem der wachhabenden Diener seinen Namen und äußerte den Wunsch, zum päpstlichen Kommissär vorgelassen zu werden. Der Diener verschwand für einige Minuten, um ihn kurz darauf zu Bischof Ventimiglia zu geleiten. Dieser empfing den Pater freudestrahlend und mit ausgestreckten

Armen. Nachdem er ihn freundschaftlich umarmt hatte, bat er Paolo, Platz zu nehmen, und setzte sich ihm gegenüber. Die Worte sprudelten förmlich aus Paolo da Novara hervor. Er erzählte, was sich in Trient seit dem Fortgang Ventimiglias ereignet hatte, wie er selbst immer noch hin und her gerissen war in bezug auf den Mordfall des kleinen Simon und was ihn schließlich bewogen hatte, nach Rovereto zu kommen. Dabei zog der Pater die Kopien der Befragungsprotokolle hervor, auf die der päpstliche Legat so lange vergeblich gewartet hatte. Dieser hatte die Hände auf die Armlehnen seines Stuhles sinken lassen und den Pater während seines Redeflusses mit verständnisvollem Blick stillschweigend angesehen. Als ihm der Pater die Papiere überreichte, bedankte er sich herzlich und sichtlich erfreut. Dann sagte er zu Paolo da Novara: »Religion kann Kräfte wecken, die wir nicht kennen und von denen wir nicht wissen, woher sie kommen. Wir beherrschen sie nicht und sind ihnen oft vollständig ausgeliefert. Ihr müßt aufhören, Euch in dem gegenwärtigen Durcheinander der Emotionen von diesen treiben zu lassen. Bekämpft diese endlose Aufeinanderfolge von widerstreitenden Gefühlen, sonst reibt Ihr Euch noch ganz auf. Bleibt ein wenig hier in der Stadt, ordnet Eure Gedanken, nehmt Abstand zu den Vorgängen in Trient. Wenn Ihr wollt, braucht Ihr Euch auch hier überhaupt nicht mit dem geheimnisvollen Todesfall zu befassen. Wenn Ihr es aber wollt, dann könnt Ihr Euch jederzeit an mich wenden und um Auskunft bitten. Heute am späten Nachmittag zum Beispiel statte ich dem jüdischen Viertel dieser Stadt einen Besuch ab. Wenn es Euch interessiert, könnt Ihr mich gerne begleiten!«

Pater Paolo stockte der Atem – der Gedanke, ein jüdisches Viertel zu besuchen, jagte ihm ein wenig Angst ein. Doch er wollte sich nichts anmerken lassen: »Sehr gerne …«, murmelte er, dann stand er plötzlich auf. »Entschuldigt mich, bitte. Ich spüre die Anstrengungen meiner weiten Wanderung. Ich bitte, mich zurückziehen zu dürfen, um für ein paar Stunden bis zur Fahrt ins jüdische Viertel ausruhen zu können, hochwürdigster Herr Bischof.«

»Aber natürlich, Pater«, erwiderte Giovanni Battista dei Giudici. »Ich werde Euch ein Zimmer zuweisen lassen, außerdem müßt Ihr ja einen fürchterlichen Hunger haben …«

Er ergriff eine kleine goldene Glocke und läutete sie. Ein hochgewachsener junger Diener betrat den Raum.

»Das ist Pater Paolo da Novara – mein besonderer Gast!« erklärte der Bischof, und zu Pater Paolo gewandt, sagte er: »Dieser junge Mann steht Euch zu Diensten, um Euch die Räumlichkeiten des Hauses zu zeigen und Eure Fragen zu beantworten. Dann wird er Euch in Euer Zimmer führen und Euch auch etwas Feines zum Essen servieren. Wir sehen uns dann gegen fünf Uhr nachmittags. Ruht Euch gut aus!«

In der Zwischenzeit war Pater Paolos Verschwinden in Trient bemerkt worden. Hinderbach tobte. Er ließ Giovanni de Salis zu sich rufen.

»Mich wundert das nicht«, bemerkte dieser, »Paolo da Novara ist düsterer geworden in den letzten Wochen und Tagen. Mir war das schon aufgefallen! Man konnte kaum mehr mit ihm reden, seit der Flucht der Jüdin Brunetta. Über seinem ganzen Wesen lag ein Schatten. Er brütete etwas aus!«

»Dieser Wahnsinnige, dieser gottverfluchte Wahnsinnige!« rief Hinderbach. »Er hatte Einsicht in die Untersuchungsprotokolle! Was soll geschehen, falls er tatsächlich Bischof Ventimiglia all diese Informationen zukommen läßt?«

Die Hände auf dem Rücken verschränkt, schritt Bischof Hinderbach erregt auf und ab. »Wir müssen etwas unternehmen! Er wird noch unsere ganze Sache in Gefahr bringen!«

»Ich fürchte«, entgegnete der Podestà, »daß er uns schon die ganze Zeit nicht mehr genug Vertrauen entgegengebracht hat. Er gehörte immer zu den wenigen in Trient, die noch an die gute Gesinnung Giovanni Battista dei Giudicis und seine legitime und ordentliche Mission in der Sache glaubten. Pater Paolo hält sich an den Grundsatz: Solange der Papst Ventimiglia noch nicht abberufen hat von dieser Aufgabe, bleibt er der offizielle Gesandte und Bevollmächtigte des Heiligen Stuhls. Giovanni Battista dei Giudici ist ein brillanter Mann, gebildet und schlagfertig. Er hat offensichtlich einen tiefen Eindruck bei Pater Paolo hinterlassen. Der Pater glaubt im Prinzip an die hebräischen Blutgebräuche, auch ist er dem Kult des kleinen Märtyrers Simon sehr zugetan. Sein einziger Fehler ist sein unmäßiger Wahrheitsdrang. Solange man ihm die Blutschuld der Trienter Juden nicht mit letzter Sicherheit bewiesen hat, ist die ganze Sache für ihn offen.«

»Gerade weil er an die jüdischen Blutgebräuche glaubt, hatte ich ihn ja ausgewählt, das historische Material, das ich überall sammeln ließ, auszuwerten. Und vor allem hatte ich ihn aus diesem Grunde ohne Sorge Giovanni Battista dei Giudici als Sekretär zur Verfügung gestellt. Ich glaubte, er sei immun gegen die Spitzfindigkeiten und Kniffe Bischof Ventimiglias. Es ist ein Elend!«

Als Pater Paolo sein Zimmer verließ, um zu Bischof Giovanni Battista dei Giudici hinunterzugehen, war es bereits später Nachmittag. Die Tür zu Ventimiglias Arbeitszimmer stand offen. Paolo näherte sich dem Türbogen und beobachtete den Bischof unbemerkt. Er saß, mit dem Rücken zu ihm, an seinem Schreibtisch über großformatige Urkunden gebeugt. Es waren die Kopien der Untersuchungsprotokolle, die Pater Paolo mitgebracht hatte. Wie hart und unermüdlich Giovanni Battista dei Giudici doch an diesem Fall arbeitet, dachte der Pater.

Paolo räusperte sich, und Ventimiglia drehte sich lächelnd um. »Ich habe schon auf Euch gewartet«, sagte er, packte die Dokumente zusammen und verließ mit dem Pater das Haus. Die beiden Männer bestiegen eine große Kutsche, um in das Judenviertel zu fahren.

»Ich bin Euch sehr dankbar für die Kopien!« sagte der päpstliche Legat während der Fahrt. »Sie werden für unser heutiges Gespräch mit den jüdischen Honoratioren sehr nützlich und interessant sein! Mir sind einige Ungereimtheiten aufgefallen, welche die Unschuld der Juden belegen! Lest doch beispielsweise hier im Protokoll die unsinnigen Erklärungen, die Samuel unter der Folter abgegeben hat, bezüglich der seltsamen Art der Verletzungen, die dem Kind Simon angeblich zugefügt worden seien. In der Tat konnten die Ärzte, die den Leichnam des Kindes untersucht haben, und die Ankläger und Richter der Juden keinen Grund für diese Art von Wunden am Körper des Kindes erkennen, insofern man von einem rituellen Mord ausgeht. Weder sind diese Wunden besonders gut geeignet, eine größere Menge Blut zu extrahieren, noch konnte man sich einen rituellen Grund für diese Art Wunden und ihre Lage am Körper des Kindes denken. Samuel wurde also gefragt, weshalb die Juden das Fleisch an Wange und Bein des Kindes mit der Zange abrissen, warum sie es nicht an anderen Stellen ebenso getan und warum sie es mit Nadeln gemartert hatten. Samuel antwortete darauf, sie hätten es so gemacht, damit nicht, wenn die Christen nachher den Leichnam fänden, der Gedanke aufsteige, die Hebräer hätten es getan, um das Blut zu haben; man könne aus jedem Teil des Körpers das Blut extrahieren, sie hätten aber aus den genannten Gründen Wange und Bein gewählt. Weiter sagte Samuel, man hätte das Kind mit Nadeln durchstochen zur Verachtung dessen, den die Christen Gott nennen. Gefragt, weshalb sie eine Zange und kein Messer genommen hatten, antwortete er abermals, das sei geschehen, damit bei Auffindung des Leichnams nicht der Gedanke aufkomme, man habe es getan, um das Blut zu bekommen usw. Eine arg sonderbare und hilflose Antwort, findet Ihr nicht, Pater? Und dann die eigenartige Geschichte mit dem geheimnisvollen Bluthändler ... Bischof Hinderbach und Bernardino da Feltre hatten ja von Anfang an das Problem, zu erklären, warum die Juden viele Jahre lang in der Stadt Trient gelebt haben, ohne daß je ein unerklärlicher Kindesmord geschehen ist! Hatten sie all die Jahre kein Blut benötigt? Also mußten die gefolterten Männer die Mär vom hebräischen Bluthandel erfinden. So gesteht dann beispielsweise Samuel, er habe jährlich mit Angelus und zuweilen auch mit Tobias verhandelt, einen Christenknaben zu töten und sein Blut zu gewinnen, aber sie hätten ihr Vorhaben nie ausführen können. Erst jetzt sei es gelungen. Aber es gäbe unter den Hebräern und besonders unter den Weisen oder Erfahrenen die Rede, das Blut eines Christenknaben nütze viel zum Heil der jüdischen Seelen, aber man müsse stets Geduld haben und den besten Moment abwarten, um an ein geeignetes Opfer zu kommen. Vor etwa vier Jahren habe er zu Trient eine kleine Glasflasche mit Blut eines Christenknaben um vier Dukaten gekauft, von einem Juden namens Bär, der aus unbekannter Gegend kam, aber die Sprache Sachsens gesprochen habe. Dieser Bär trug ein Beglaubigungsschreiben mit sich, womit bezeugt wurde, daß er sein Geschäft legal betreibe und echt sei, was er mit sich führe. Auf Befragen sagte Samuel dann, unter anderem habe in dem Schreiben auf hebräisch gestanden: ›Es sei allen versichert, daß richtig ist, was Bär bei sich trägt‹; unterzeichnet war das Schreiben angeblich von einem Moses de Saxonia, Oberrabbi der Juden. Bär habe das Blut – so Samuel weiter – in einem inwendig verzinnten Gefäß mitgeführt, es sei pulverisiert und das Gefäß mit weißem Wachs verschlossen gewesen, worin hebräisch die Worte ›Moses – Oberrabbiner der Juden‹ eingedrückt gewesen seien, zum Zeugnis, daß auch er den Inhalt als Christenblut beglaubige. Und so geht es weiter … Es ist müßig, den ganzen Unsinn vorzulesen …«

»Warum haltet Ihr diese Geschichte vom jüdischen Bluthändler für nicht glaubwürdig?« fragte der Pater.

»Ist Euch denn nicht aufgefallen, daß die gefangenen Juden unter der Folter ganz verschiedene Namen dieses ominösen Bluthändlers genannt haben? Jeder einen anderen! Es sind nicht weniger als sieben Namen: ein Bär, ein Isaak aus der Gegend von Köln, ein Rizardo aus Brixen, ein geheimnisvoller Abraham, ein Rotpoch aus dem Elsaß, ein Sveschint aus Köln und jener fürchterliche Jude aus Kreta, der geradezu als Blutgroßhändler bezeichnet werden kann! Offensichtlich ein schwer harmonisierbares Durcheinander, nicht wahr?«

»Nun, vielleicht gibt es eben so viele jüdische Bluthändler«, gab der Pater zu bedenken.

»Ich bitte Euch«, erwiderte der Bischof. »Und noch nie hätte man von so einem Bluthandel gehört? Noch nie einen Händler erwischt? Das kann ja wohl nicht sein! Ich denke, daß man die anderen Juden, nachdem Samuel die groteske Geschichte mit dem Bluthändler erfunden hat, unter der Folter gezwungen hat, diese Geschichte zu bestätigen. Dabei phantasierten die armen Gefolterten aber die unterschiedlichsten Namen zusammen – eben weil es diesen Bluthändler überhaupt nicht gibt. Oder seht Euch das Geständnis des Angelus an. Nach den Untersuchungsprotokollen gesteht er am 16. Tag des Aprils, er sei bei der Ermordung des Kindes anwesend gewesen. Am nächsten Tag bereits sagt er aus, er sei bei der Mordtat nicht zugegen gewesen. Was könnte nun der Grund für diesen eigenartigen Widerruf sein? Und vor allem: War er nun dabei oder nicht?«

»Vielleicht war er anwesend«, überlegte Pater Paolo, »aber am Tage nach seinem Geständnis bereits wieder so verstockt, daß er das Geständnis widerrufen hat.«

»Das wäre möglich, aber warum gaben sich Giovanni de Salis und Bernardino da Feltre dann mit diesem Widerruf zufrieden? Erinnert Ihr Euch an die Geständnisse von Israel, Moses und Tobias? In diesen sagen sie übereinstimmend aus, Angelus sei bei der Mordtat nicht anwesend gewesen! Später gesteht Angelus dann, an dem Verbrechen selbst aktiv beteiligt gewesen zu sein. So ein Widerspruch macht sich nicht gut in den Untersuchungsunterlagen, nicht wahr?«

»Ich weiß nicht«, Pater Paolo zuckte hilflos mit den Achseln.

»Und dann am nächsten Tag beim Widerruf – welche Ungereimtheiten: Auf die Frage, weshalb er seine Anwesenheit behauptet habe, entgegnete er, daß er es aus Furcht vor der Verschärfung der Folter getan habe – und gefragt, weshalb er denn dann so genau angeben konnte, wo er den Knaben gestochen habe, sagte er, ›gehört zu haben, daß man so zu verfahren pflege, wenn man Blut haben müsse‹. Welch seltsame Aussage! Wenn Ihr das Geständnis des Angelus genau durchlest, werdet Ihr feststellen, daß er, der also nicht anwesend war, den Vorgang der Ermordung, abgesehen von geringfügigen Einzelheiten, im wesentlichen genauso darstellt wie die Juden, die angeblich an der Tat beteiligt waren. Wie kam Angelus zu solch präzisen Aussagen, wenn er doch nicht anwesend war? Und warum stimmen seine Aussagen im wesentlichen mit denen der anderen Juden überein?«

»Vielleicht folgten die Juden eben doch einem bestimmten Ritus für derartige Morde, einem Ritus, den Angelus kennt«, entgegnete Pater Paolo. Doch seine Stimme verriet, daß er sehr unsicher geworden war.

»Nein, mein lieber Pater!« rief Ventimiglia. »Diese Übereinstimmungen beweisen, daß die angeblichen Geständnisse vom Podestà oder Bernardino da Feltre suggeriert worden sind und die armen Juden unter den Qualen der Folter alles gestanden, was ihre Untersuchungsrichter hören wollten, bis in alle Details.«

»Aber ist es denn denkbar«, entgegnete der Pater, »daß Menschen unter den entsetzlichen Qualen der Tortur und Folter eine solche Phantasie entwickeln können, alle diese Dinge zu erfinden?«

»Ich denke: Ja! Wie der Mensch am Rande des Verderbens noch die letzten Kräfte anstrengt, ein Rettungsmittel zu ersinnen, alle Winkel und Ecken seiner Phantasie durchleuchtet, Hilfe und Rettung vor dem drohenden Unheil zu finden, so haben auch die Juden, um ihre Frauen und Kinder zu retten, bei ihren falschen Geständnissen eine schier unglaubliche Einbildungskraft und Erfindungsgabe entwickelt und diese abwegigen und absurden Hirngespinste und Fabeleien hervorgebracht.«

Die Männer schwiegen eine Weile. Als der Bischof Pater Paolos ratloses und trauriges Gesicht sah, sagte er: »Ihr werdet gleich sehen, welch reizende Menschen es unter den Juden gibt, und Eure Vorurteile werden sich abbauen. Das war mein Glück: Ich bin in meinem Leben vielen Juden begegnet – und jedesmal konnte ich nur den Menschen sehen. Vielleicht eine eigenartige Sichtweise, wenn ich sie auch für die einzig christliche halte, die mir aber in meiner kirchlichen Laufbahn noch nie von Nutzen war, das kann ich Euch sagen. In Rom erwartet man von einem, daß man in erster Linie die Rechtgläubigkeit in Betracht zieht. Aber ich konnte dafür nie ein besonderes Gespür und Einsehen entwickeln. Versteht mich nicht falsch: Natürlich sehe ich die Glaubensunterschiede zwischen Juden und Christen. Aber ich muß in diesem Zusammenhang immer an meinen alten Lehrer Antonio de Beatis denken, seines Zeichens Professor der Dogmatik, ein gelehrter und scharfsinniger Geist, der die schwierigsten theologischen und philosophischen Fragen glänzend zu beleuchten und zu diskutieren wußte. Am Ende seines Lebens zitierte er immer häufiger die Worte des heiligen Johannes über die Liebe Gottes: ›Gott ist Liebe … Kindlein, liebet einander.‹ Für diesen Mann, der sein ganzes Leben der Verteidigung und intellektuellen Durchdringung des rechten Glaubens und der Widerlegung der Häresie gewidmet hat, war im Alter die ganze Religion allein in diesem Wort ›Liebe‹ enthalten. Im Angesicht des Todes erkannte er, daß alle Dogmen und alle Zeremonien unserer Religion nichtig sind, wenn die Liebe fehlt. Ich sage nicht, daß unsere Glaubenswahrheiten und Riten unwichtig seien und unsere christliche Religion im Liebesgebot aufgeht, aber was ich sage, ist dies: Die Liebe ist der Maßstab für all unser Glauben und Tun. Die Wahrheit dessen, was wir glauben, muß sich in der Liebe beweisen. Der Glaube an die jüdische Verworfenheit im allgemeinen und an die jüdischen Blutmysterien im besonderen fördert diese Liebe nicht. Also ist er falsch – Köhlerglaube, Aberglaube, Ketzerei gegen die christliche Liebe und daher schlimmstes Heidentum.«

Der Bischof sah aus dem Fenster. »Wir nähern uns dem jüdischen Viertel«, sagte er.

Pater Paolo blickte mit angespannter Aufmerksamkeit um sich, als der Kutscher von der breiten Hauptstraße abbog und in eine dunklere Gasse fuhr, in der die Häuser deutlich ärmlicher und schlichter wirkten. Noch nie war Paolo in einer Gegend gewesen, die ausschließlich von Juden bewohnt wurde. Im Gegensatz zu den anderen Bauten und Anwesen der Stadt fielen die Häuser des Judenviertels niedriger aus. Ummauerte Höfe, miteinander verbunden durch bogenförmige Durchgänge, und kleine Kräutergärten umgaben die Häuser; Zierbäumchen und grüne Sträucher in Töpfen verschönerten die tristen Wände und Gäßchen ein wenig. Wasser plätscherte in geschmackvoll angelegten Brunnen; im Winde schaukelnde Holzkäfige mit Singvögeln waren über den Hauseingängen aufgehängt. Die dunklen, engen Gassen des Judenviertels wurden vom Gold der Sonne überdacht; und all das gab dem Viertel trotz seiner Schlichtheit das Gepräge klarer Harmonie.

Die Kutsche näherte sich langsam einem Gebäude, das der Pater als Synagoge erkannte und vor dem eine größere Menge Menschen stand. Als der Kutscher vor dem jüdischen Gotteshaus anhielt, kam der Rabbiner der Stadt herbeigeeilt, um den Kutschenschlag aufzureißen. Mit freudigem Lächeln verschränkte er die Hände in den Ärmeln seines schwarzen Kittels und verbeugte sich tief, als Giovanni Battista dei Giudici und Pater Paolo sich erhoben. Dann reichte der Rabbiner Bischof Ventimiglia den linken Arm. Dieser ergriff ihn und stellte sich auf das Trittbrett. Auf beiden Seiten reckten sich die Menschen, Dutzende Gesichter hoben sich, die Freude über den Besuch des päpstlichen Legaten – des mutigen Freundes und Helfers der Juden – erzeugte einige Momente tiefer Stille.

Giovanni Battista dei Giudici, der immer noch auf dem Trittbrett stand, nickte den Menschen freundlich zu, hob die linke Hand und rief: »Schalom …«

Dann stieg er mit eleganten Bewegungen hinab, während die Menge sich verneigte und ebenfalls mit einem herzlichen »Schalom« antwortete.

Der Rabbiner geleitete den Bischof, Paolo und die ausgewählten Mitglieder der jüdischen Gemeinde in sein Wohnhaus. Im Empfangsraum waren mehrere Stühle im Kreisrund aufgestellt. Ventimiglia forderte den Rabbiner mit freundlichen Worten auf, zu Beginn des Gespräches zum gemeinsamen Gott Abrahams zu beten. Der Rabbiner flehte daraufhin um Errettung der Jüdinnen Trients und ihrer Kinder, er klagte und weinte mit einer klaren, tiefen, zitternden, melodischen und herzbewegend gläubigen Stimme. Während des Gebetes schlugen sich die anderen Juden heftig an die Brust, in ihren Gesichtern spiegelte sich eine tiefe Sorge um ihre Glaubensgeschwister in Trient wider, eine verzweifelte Sorge, die sich – Paradox des Glaubens – mit Hoffnung und inständiger Zuversicht verband.

Nach dem Gebet setzte man sich. Der Bischof nahm auf einem leicht erhöhten Ehrenstuhl Platz. Seine Hände ruhten auf den Armlehnen. Seine dunklen Augen waren auf den Rabbiner gerichtet. Aufmerksam hörte er ihm zu.

»Hochwürdigster Herr Bischof«, begann dieser, »wir danken Euch für Euer Kommen und vor allem für Euren mutigen Kampf und Einsatz zugunsten von uns Juden. Ihr seid wahrhaft ein mutiger Mann, ein Gerechter in einer Welt der Dummheit, des Hasses und des Aberglaubens. Gott der Allmächtige – heilig ist sein Name – bewahre uns vor der Leichtgläubigkeit der Menschen! Wie schnell wurden in vergangenen Zeiten die abstrusesten Berichte über angebliche

Untaten und Verbrechen der Juden nur zu gerne für wahr gehalten! Ihr setzt auf die Stärke von Vernunft, Argumenten und Beweisen – und dafür danken wir Euch und hoffen, daß Ihr die Welt überzeugen könnt. Aber ach! Wie oft schon hat letztendlich der Giftdunst abergläubischer Vorurteile noch immer über das klare Denken des Verstandes gesiegt! Als Angehöriger des Volkes, das sich rühmen kann, als erstes unter allen Völkern den wahren und einzigen Gott, gepriesen sei sein Name, erkannt zu haben, das unter anderem auch das Volk ist, in dem die Lehre des Moses und der Propheten in deren eigener Sprache bis heute aufbewahrt und verstanden wird, als Nachfahre jener Männer und Frauen, die dem Heidentum und der Vielgötterei der Ägypter und der Babylonier widerstanden haben und somit der ganzen Welt fast alle Wahrheiten schenkten, die auch den Christen heilig sind, als Jude, mit einem Wort, frage ich mich, wie es kommen konnte, daß sich bei so vielen Christen, die mit uns den Glauben an den Gott Abrahams, Moses' und der Propheten teilen, Lüge, Haß und Gewalt einnisten konnten.«

Ventimiglia nickte. »Ich gebe Euch recht«, sagte er, »was Ihr sagt, galt aber nie für die ganze Christenheit. Vergeßt nicht, daß die Päpste immer Anwälte der Juden gewesen sind und diese auch gegenüber dem Blutopfervorwurf in Schutz genommen haben. Es mag sein, daß Bischof Hinderbach viele täuschen und blenden konnte. Ich bin aber sicher, daß der Papst die Unschuld der Juden Trients bestätigen wird. Aus dieser Überzeugung ziehe ich meine Hoffnung und meine Kraft! Zumal es neue und wichtige Hinweise und Indizien gibt, welche die Unschuld der Juden Trients belegen. Pater Paolo da Novara zu meiner Seite hat ohne Rücksicht auf eigene Interessen und Sicherheiten Trient verlassen, um mir Kopien der Prozeßakten zu bringen, die mir Bischof Hinderbach immer vorenthalten hat.«

Die anwesenden Juden lächelten Pater Paolo freundlichst zu. Bischof Ventimiglia fuhr fort: »In diesen Unterlagen finden sich einige interessante Ungereimtheiten und Widersprüche, die von der Unschuld der Hingerichteten zeugen. Die Akten sind keinesfalls wertlos. Sie geben Aufschluß über Art und Weise des Verfahrens selbst, auch über die Grausamkeit der Foltermethoden, mit denen man die Männer gequält hat. Doch trotz aller grausamen Bemühungen ist es in Trient nicht gelungen, die Aussagen der Gefolterten völlig aufeinander abzustimmen. Der wichtigste innere Widerspruch – und es gibt derer noch einige – ist der, daß nach dem Untersuchungsprotokoll der von Hinderbach bestellten Ärzte der Knabe erst kurz vor der Auffindung seines Leichnams, also frühestens am Karsamstag, möglicherweise aber auch erst im Laufe des Ostersonntags umgebracht worden sein könne, denn die Wunden wurden als frisch bezeichnet. Im Prozeß aber wird als Tag des angeblichen Mordes der Abend des Gründonnerstags angegeben, eben weil an diesem Tag die Juden Pessach gefeiert haben. Einige der Angeklagten, so Israel, der Sohn des Samuel, wiesen übrigens darauf hin, wie widersprüchlich die Behauptung ist, daß sie das Blut des Simon für Mazzen hätten haben wollen. Dann sei die Ermordung am Pessachfest wenig sinnvoll gewesen, da zu diesem Tage die Mazzen bereits hergestellt waren. Da den Juden unterstellt wurde, sie hätten den Brauch, pulverisiertes Christenblut zu gebrauchen, fragt man sich, was eigentlich die Juden hätte veranlassen sollen, ausgerechnet an den Kar- und Ostertagen, die für sie ja besonders gefährlich waren, weil durch antijüdische Passionspredigten nur allzu leicht Haßgefühle bei den Christen geweckt werden konnten, ein Verbrechen zu begehen, das nicht unentdeckt bleiben konnte. Und warum sollte sich überhaupt eine so kleine Gemeinde in die Gefahr begeben, wo doch angeblich ein schwungvoller Handel mit Christenblut bestand? Völlig ungeklärt bleibt auch, wo denn das Kind in der Zeit zwischen der Tötung und dem Ostersonntag geblieben ist, da die Untersuchung im Hause des Samuel am Karfreitag nichts ergeben hatte. Auch konnten die Richter die Mordwerkzeuge nicht nachweisen. Sie begnügten sich damit, zum Beispiel dem Vitalis Messer vorzulegen, ob eines darunter dem ähnlich wäre, mit dem das Kind verletzt worden sei. Seltsamerweise – oder vielmehr bezeichnenderweise – zeigt man aber heute in Trient das Messer, mit dem das Kind angeblich ermordet worden sein soll. Das Blut, das dem Kind von den Juden abgezapft worden sei, konnte gleichfalls nicht gefunden werden. Zusammenfassend kann man sagen, daß nirgends auch nur der geringste Beweis für einen rituellen Blutmord erbracht werden konnte.«

»Wie, glaubt Ihr, ist das Kind umgekommen?« fragte der Rabbiner.

»Ich vermute, daß es einem Unfall zum Opfer gefallen ist. Das Kind ist meines Erachtens in den Bach gefallen und ertrunken und einige Tage später in das Haus der Juden geschwemmt worden«, antwortete der Bischof.

»Aber dann stehen wir doch wieder vor dem gleichen Problem«, erwiderte der Rabbiner. »Wie kommt es dann, daß der Körper des Knaben bei seiner Auffindung noch keine Totenstarre zeigte und die untersuchenden Ärzte einen späteren Todeszeitpunkt vermuteten? Und warum wurde das Kind nicht am Abend des Gründonnerstags im Kanal aufgefunden, als alle Nachbarn diesen mit Rechen und Stangen absuchten?«

»Ich weiß es nicht«, erwiderte der Bischof, »mag sein, daß diese Suche nur oberflächlich durchgeführt worden ist. Aber ich gebe zu: In der Tat bleiben noch viele Rätsel und Fragen offen.«

»Und wie konnte der Leichnam des Kindes in das Haus des Samuel geschwemmt werden«, fragte der Rabbiner weiter, »wo doch mehrere Holzpfähle dieses angeblich würden verhindert haben – wie Hinderbach behauptet?«

»Nun: Die Juden haben später ausgesagt, daß diese Holzpfähle einen nur ungenügenden Schutz darstellten und oft größere Gegenstände in den Keller des Hauses gespült worden seien«, antwortete Ventimiglia. »Eine genauere Untersuchung – beispielsweise ein Versuch mit einem Modell –, ob das Kind nicht doch von außen in das Haus geschwemmt worden sein könnte, hat offensichtlich nicht stattgefunden. Ich bleibe daher bei meiner Unfalltheorie. Natürlich ist es aber auch möglich, daß das Kind von einem Christen ermordet worden ist – aus welchen Motiven auch immer –, der dann den Verdacht auf die Juden lenken wollte und die Kinderleiche über das Holzgitter in den Keller der Juden geworfen hat! Für diese Theorie gibt es aber keine Belege. Aber Ihr habt recht, Herr Rabbiner: Die von Euch angesprochenen Schwierigkeiten mußten die Unruhe und den Zweifel selbst der Menschen wecken oder verstärken, welche die Juden eines solchen Verbrechens für unfähig halten. Dennoch sehe ich es als erwiesen an, daß die Juden Trients unschuldig und einem furchtbaren Irrtum zum Opfer gefallen sind!«

Mit diesen Worten erhob sich Giovanni Battista dei Giudici von seinem Stuhl und ging zu einer Wand hinüber, die mit schweren dunkelbraunen Folianten mit hell schimmerndem Goldschnitt bedeckt war.

»Hier stehen einige Bücher Eures Volkes, meine Herren, Bücher Eurer Religion«, Bischof Ventimiglia deutete auf die umfangreichen Folianten und nahm einen Band in seine Hände. »Bücher des Talmuds ... Wir Christen würden das Judentum sicher besser verstehen, und alle diese furchtbaren Unterstellungen und Lügen würden nicht vorkommen, wenn wir diese Bücher lesen könnten. Aber diese Bücher sind in Hebräisch geschrieben, einer Sprache, die ich leider nicht beherrsche – und die praktisch kein christlicher Theologe heute beherrscht. Aber selbst wenn wir ihrer mächtig wären, würden wir diese Werke wohl nur richtig verstehen, wenn sie uns von jüdischen Gelehrten erklärt würden.«

Der Bischof stellte das Buch, in dem er gerade geblättert hatte, mit einem Ausdruck des Bedauerns in das Regal zurück: »Vielleicht wird einmal eine Zeit der Toleranz und der Freiheit anbrechen, wo sich Christen und Juden in Liebe und gegenseitiger Achtung ihre Religionen und Glaubensüberzeugungen erklären und über sie wissenschaftlich und duldsam disputieren können …«

Eines Abends, kurz nach dem Abendessen, bekam Giovanni Battista dei Giudici durch einen Boten aus Trient einen Brief von Hinderbach zugestellt. Nachdem Ventimiglia das Schreiben gelesen hatte, ließ er Pater Paolo, der nun schon sechs Wochen in Rovereto weilte, zu sich rufen.

»Hinderbach hat es geschafft«, rief dei Giudici. »Er fordert mich in diesem Pamphlet auf, zur Vernunft zu kommen und meine Pläne zur Befreiung der gefangenen Jüdinnen zu Trient aufzugeben. Daß er das mir – dem päpstlichen Legaten – gegenüber in schriftlicher Form wagt, zeigt, wie sicher Hinderbach sich inzwischen fühlt.«

Pater Paolo nahm den Brief und las ihn mit wachsendem Schrecken:

»Ich, Johannes IV. Hinderbach, durch Gottes Gnade Bischof der Stadt Trient, beschwöre Euch, Bischof Giovanni Battista dei Giudici, im Namen des dreieinigen Gottes, Euer Planen und Trachten zur Rettung der schuldigen Jüdinnen und ihrer Kinder aufzugeben. Ihr schützt und verteidigt diejenigen, die nachweislich begonnen haben, unschuldige Christenkinder zu foltern und zu töten! Ihr habt den frommen Glauben guter Christen an das selige Martyrium des Kindes Simon zu Trient mit kindischem Geschwätz und Köhlerglauben verglichen! Ihr Verräter an Gott und seiner Kirche, die in ihren geheiligten Traditionen viele solche entsetzliche Morde und Greueltaten der Juden überliefert, wie kommt Ihr dazu, das Volk zu verhöhnen, das durch Christi kostbares Blut erlöst ist? Ich fordere Euch auf, vor Papst und Kirche zu beweisen, daß Ihr des katholischen Namens und Eures hohen Priesteramtes noch würdig seid.«

Was war das für eine ungeheuerliche Wortwahl gegenüber einem Bischof und Legaten des Heiligen Stuhls? Mit zitternden Händen überflog der Pater die weiteren Sätze des Briefes. Der Fürstbischof teilte Giovanni Battista dei Giudici mit dürren Worten mit, daß er sich beim Papst für die baldige Heiligsprechung des Märtyrerkindes Simon eingesetzt habe. Außerdem habe er beim Heiligen Stuhl die Abberufung Ventimiglias als päpstlicher Untersuchungsrichter beantragt, da er sich durch seine Judenhörigkeit und Bestechlichkeit disqualifiziert hätte. Pater Paolo ließ den Brief sinken und blickte den Bischof an. Dieser Brief Hinderbachs an den Papst war tatsächlich ein Dokument ungetrübter Selbstgewißheit! Der Pater wußte, daß dieser Brief schwer auf der Seele des päpstlichen Kommissärs lastete. Er hatte im Augenblick keinen Plan, ja nicht einmal eine vage Idee, was er nun noch tun sollte. Der bisherige Mißerfolg seiner Mission hatte ihn tief getroffen und sein Selbstvertrauen erschüttert. Plötzlich lachte Bischof Ventimiglia freudlos und vergrub das Gesicht in seinen Händen: »Alle Anstrengungen waren vergeblich, und ich kann das Unheil nicht mehr aufhalten. Hinderbach verleumdet und denunziert mich ungeniert! Der Papst wird darauf hereinfallen, und dann ist alles verloren.«

»Aber der Heilige Vater wird diese Lügen doch nicht glauben! Er hat immer zu Euch gehalten!« rief der Pater erschrocken und empört zugleich. »Der Heilige Vater wird der Tradition seiner Vorgänger folgen und die Juden gegenüber dem Blutschuldvorwurf verteidigen.«

Giovanni Battista dei Giudici sah den Pater mit seltsam zweifelndem Blick an. Paolo spürte schon seit einigen Tagen, daß Bischof Ventimiglia allmählich den Mut verlor und einer nie an ihm gesehenen Hoffnungslosigkeit verfiel. Seit Wochen hatte er, trotz verschiedener Schreiben von seiner Seite, keinerlei Nachricht mehr aus Rom bekommen – weder vom Papst noch von einem seiner Mitarbeiter.

Nach einer Weile sagte Paolo bedrückt: »Ihr könnt nicht hierbleiben! Ihr solltet nach Rom gehen. Dort habt Ihr einflußreiche Freunde, die Euch helfen werden, den Papst zu überzeugen.«

»Ja, Ihr habt recht!« erwiderte der päpstliche Legat. »Ich empfinde auch tatsächlich Heimweh nach der Ewigen Stadt. Ich will das Kolosseum wiedersehen, die Kirchen Roms; ich freue mich auf meine Bücher und sehne mich nach meinem vertrauten Hauswesen. Auch neigt sich meine Arbeit hier dem Ende zu, die Recherchen, die mir unter den gegebenen Verhältnissen möglich waren, sind abgeschlossen – ich kann nichts mehr tun ... Und ich brauche Ruhe und Sammlung für den endgültigen Bericht an den Heiligen Vater. Ich möchte nicht unerwähnt lassen, daß ich einen Umweg über Trient erwogen hatte, um vielleicht letzte Informationen zu bekommen und eventuell noch einmal zu versuchen, Bischof Hinderbach Vernunft beizubringen. Aber das wird wohl unmöglich sein.«

Bischof Ventimiglia blickte Pater Paolo nun mit festem Blick an. »Geht Ihr aber zurück nach Trient, geht zu Bischof Hinderbach. Meine schriftliche Empfehlung wird Euch wieder die Türen dort öffnen. Denn ich bin immer noch der offizielle Gesandte des Papstes und kann darauf bestehen, einen Mitarbeiter meines Vertrauens in Trient zu haben. Ihr werdet mich über die Vorgänge in Trient unterrichten.«

»Aber ...«, wollte der Pater protestieren.

»Ihr braucht keine Furcht zu haben«, unterbrach ihn Giovanni Battista dei Giudici. »Hinderbach wird es nicht wagen, Euch auch nur ein Haar krümmen zu lassen. Außerdem seid Ihr der bedeutendste Historiker Trients. Der Fürstbischof wird vielleicht sogar daran interessiert sein, Eure Mitarbeit wiederzugewinnen und Euch abermals auf seine Seite zu ziehen ... Wenn das eintreten sollte, dann seid klug und spielt das üble Spiel mit. Vielleicht könnt Ihr auf diese Weise weiterhin auf die Rehabilitation der ermordeten Juden und die Befreiung ihrer Frauen und Kinder hinwirken.«

Der Bischof rieb sich mit beiden Händen die Augen und streckte sich leicht.

»Laßt uns für heute, lieber Pater, den Fall Trient vergessen«, sagte Ventimiglia. »Laßt uns die letzten gemeinsamen Stunden hier in Rovereto einfach nur genießen und ein Gespräch zwischen Freunden führen – weder über Theologie noch über Politik, oder was der Welt sonst noch wichtig erscheinen mag, sondern über das, was das Herz alltäglich bewegt.«

Mit diesen Worten schob der Bischof den immer noch traurig und verwirrt blickenden Pater mit sanfter Gewalt aus dem Raum und führte ihn durch einige von Kerzen erhellte Gänge auf den großen Balkon des Hauses ins Freie hinaus. Die Kühle der Nacht tat dem Pater gut und beruhigte ihn ein wenig. Der Himmel war wolkenfrei und das Firmament übersät mit hell und klar funkelnden Sternen.

»Was für ein herrlicher Abend!« sagte Bischof Ventimiglia und sah auf die Häuser Roveretos hinab.

Die beiden Männer blickten nun einige lange Minuten schweigend auf die Stadt hinunter. In der Ferne – jenseits der Stadtmauer – leuchteten schwach die Lichter der umliegenden Bauernhöfe. Die Gipfel der Berge ragten tiefschwarz in den Nachthimmel. Sie sprachen nicht, aufgrund der spürbaren Vertrautheit zwischen ihnen waren in diesem Moment Worte überflüssig.

Plötzlich drehte sich Ventimiglia um, sagte: »Ich komme gleich wieder!« und ging ins Haus. Nach wenigen Minuten kam er mit einer Karaffe Rotwein und zwei kristallenen Gläsern zurück. Mit den zwei Gefäßen in seiner Rechten zeigte er auf zwei bequeme Stühle, die an einem niedrigen Tisch in der Ecke des Balkons standen, und forderte Pater Paolo auf, sich zu setzen. Ventimiglia nahm eine Kerze, die auf dem Tisch stand, zündete sie an der Tonlampe an, die von der Balkondecke herabhing, und stellte sie wieder auf den Tisch zurück. Während dieser Verrichtung senkte sich ein Gefühl der Geborgenheit in das Herz Pater Paolos. Er lehnte sich bequem in seinem Stuhl zurück. Ja, es würde Bischof Ventimiglia gelingen, den Papst zu überzeugen, dachte er. Es würde so kommen, weil es so kommen mußte. Gott würde einen Menschen, der sich so selbstlos und liebevoll für die Rechte und die Ehre fremder Menschen einsetzte, nicht im Stich lassen.

Nachdem sich auch der Bischof gesetzt hatte, nahm er die Weinkaraffe und schenkte seinem Gast und sich selbst ein. Seine Finger berührten leicht die des Paters, als er ihm das Glas reichte. Ventimiglia suchte dabei Paolos Blick, und dieser schenkte ihm ein gelöstes, zuversichtliches Lächeln. »Auf unser Wohl«, sagte der Bischof und hob sein Glas leicht in die Höhe.

Die beiden Männer unterhielten sich noch bis tief in die Nacht hinein. Hin und wieder konnte man ein auf die nachtschlafende Stunde Rücksicht nehmendes, aber herzliches Lachen hören.

Bereits am Nachmittag des nächsten Tages hatte sich Ventimiglia zur Abreise gerüstet. Der Bischof und der Pater trafen sich zum Abschied im Hofe des Hauses.

»Ich hoffe, daß wir uns als Freunde trennen, Pater Paolo«, sagte Ventimiglia und reichte dem jungen Priester die Hand. »Ein paar Streitigkeiten gab es ja hin und wieder zwischen uns, vor allem zu Beginn unserer Bekanntschaft. Aber wir tragen nichts nach, nein?«

»Natürlich nicht«, antwortete Pater Paolo, »wir waren die letzten Monate wie Freunde. Gott weiß, wie gut und freundlich Ihr zu mir gewesen seid!«

Er verneigte sich leicht vor dem Bischof.

»Es tut mir leid, Euch als Mitarbeiter und Gehilfen zu verlieren. Ganz bestimmt«, sagte Vetimiglia, »aber um unserer Aufgabe willen muß es so sein. Und ich hoffe, daß Ihr mir bald schreiben werdet und mich wissen laßt, wie es Euch weiterhin ergangen ist und vor allem was Ihr in unserer Sache ausrichten konntet ...«

Mit diesen Worten drehte er sich um und verabschiedete sich noch von den Patriziern und Geistlichen der Stadt, die sich zu seiner Abreise versammelt hatten. Dann schritt er auf seine Kutsche zu. Plötzlich hielt er noch einmal inne und sah zum blauen Himmel empor. Die Worte, die der päpstliche Legat mit halblauter Stimme aussprach, klangen wie ein heiliger Schwur: »Eines Tages wird Bischof Hinderbach aufhören, Intrigen gegen mich zu ersinnen. Trient wird seine Lügen zunächst noch weiterverbreiten und den blutigen Kult fortsetzen, der Geldsegen wird das Gewissen seiner Bürger einlullen. Aber im Augenblick ihrer größten Ruhe und satten Sicherheit werde ich zurückkehren und ihre Lügen vernichten.«

Mit diesen Worten bestieg der Bischof die Kutsche und gab seinem Gefolge den Befehl zur Abfahrt.

Paolo da Novara wechselte mit den Noblen Roveretos noch einige Worte, dann galt es auch für ihn aufzubrechen. Der Pater band das Pferd los, das ihm zur Verfügung gestellt worden war, stieg auf und bohrte ihm die Sporen in die Flanken. Das Tier bäumte sich auf und stürmte davon, hinaus aus der Stadt, in Richtung Trient.

Tief über den Hals des Pferdes gebeugt, jagte der Priester über Wiesen und Felder. Er wollte vor Sonnenuntergang in Trient sein, um noch am selben Tag mit Bischof Hinderbach sprechen zu können. Er trieb das Tier zur Eile an. Paolo da Novara war kein ungeschickter Reiter. Mit sicherer Hand lenkte er das Pferd an umgestürzten Baumstämmen und Sträuchern vorbei, über Mulden und Gräben, steinige Hügel hinunter und wieder hinauf. Die Äste und Ranken schlugen ihm unsanft ins Gesicht, während aus den Schlammpfützen und Furchen dreckige Brühe zu ihm heraufspritzte. Aber der Pater galoppierte unverdrossen weiter durch die Kühle der Bergwälder. Einige Male wäre das Pferd beinahe gestürzt, konnte jedoch im letzten Moment noch einer Erdspalte oder einem Baumstamm ausweichen, der quer über dem schmalen Pfad lag. Nach drei Stunden hatte er die Berge hinter sich gelassen, und die Stadtmauern Trients waren zu sehen. Pater Paolo zügelte das Pferd, streichelte ihm über den schweißbedeckten Hals und lobte es mit sanfter Stimme. Kurz darauf trabte er durch das Stadttor und lenkte sein Pferd in Richtung des bischöflichen Palastes. Paolo versuchte, seine Furcht vor den salutierenden Wachen zu verbergen, die ihn erstaunt und auch haßerfüllt anstarrten. Im Burghof band er das Pferd fest und begab sich in die Amtsräume Pater Raphaels.

Der Sekretär Hinderbachs nickte Pater Paolo zögernd zu, ohne sich von seinem Schreibtisch zu erheben, und murmelte etwas wie »Erfreut, Euch wiederzusehen«, aber es war deutlich, daß er die unerwartete Rückkehr des Paters als Störung empfand, und dieser verstand die unverhohlene Verachtung, mit welcher der Sekretär ihn anblickte. Wärst du doch geblieben, wo du warst, schien sein Gesicht auszudrücken. Aber Pater Paolo achtete nicht weiter darauf.

»Ich möchte Bischof Hinderbach sprechen«, sagte er. »Ich habe ein Schreiben des päpstlichen Kommissärs bei mir, das ich ihm überbringen soll!«

»Der Bischof kann Euch nicht empfangen«, antwortete der Sekretär, »er ist beschäftigt ...«

»Ich gehe erst weg, wenn ich mit Bischof Hinderbach geredet habe«, erklärte Paolo da Novara entschieden.

Der Sekretär öffnete den Mund, doch sah er einen Ausdruck in den Augen Pater Paolos, der ihn veranlaßte, den Mund wieder zu schließen. Pater Raphael war unsicher. Mit seiner behaarten Hand strich er sich über das glatte Kinn und kaute dabei am Federhalter. Schließlich nickte er kurz.

»Gut! Wartet hier!« sagte er. Damit verließ er den Raum.

Nach einiger Zeit kam er wieder und führte Pater Paolo durch die langen Korridore zum Arbeitszimmer des Bischofs.

Auf dem Weg dorthin ließen Paolo beinahe die Beine im Stich. Was wäre, wenn Hinderbach seiner Zurschaustellung von Reue und Loyalität keinen Glauben schenkte – was, wenn er selbst seine Furcht nicht zu überwinden imstande wäre und dadurch wenig vertrauenswürdig wirkte?

»Erzählt mir alles, was Ihr von den Plänen des päpstlichen Kommissärs zur Verteidigung und Befreiung der Juden wißt«, fuhr Bischof Hinderbach den Pater ohne große Umschweife an. »Ihr habt Euch in Eurem Wahn, den Trienter Juden und Eurem Freund Giovanni Battista dei Giudici helfen und Euren Bischof verraten zu müssen, auf ein irrwitziges Abenteuer eingelassen, das Euch Kopf und Kragen kosten kann. Nur die Enthüllung von Ventimiglias judenhörigen Plänen kann Euch jetzt noch retten! Also sprecht!«

»Bischof Giovanni Battista dei Giudici hat keine diesbezüglichen Pläne«, begann Pater Paolo stockend und voller Angst, nicht die richtigen Worte zu finden. »Auch hat er Rovereto bereits verlassen und ist auf dem Wege nach Rom, um dem Heiligen Vater Rede und Antwort zu stehen ... Aber laßt mich doch«, fuhr der Pater nach einigem Zögern stockend fort, »laßt mich Euch doch die Beweggründe meines Fortgehens aus Trient erklären ...«

»Das alles interessiert mich nicht«, unterbrach ihn Bischof Hinderbach zischend, »ich habe es Euch schon einmal gesagt: Eure Zweifel bezüglich der Schuld der Juden und die dadurch hervorgerufenen Handlungen sind nicht nur Hochverrat – sondern auch Häresie! Die Entscheidung über Euer weiteres Schicksal liegt also gar nicht mehr bei uns – sie wird in Rom gefällt. Der Heilige Stuhl ist über die Umtriebe Bischof Ventimiglias unterrichtet, dessen dürft Ihr sicher sein. Es gilt bereits an den meisten Höfen Europas als sicher, daß er mit den Juden zusammen eine Verschwörung gegen mich plant, ja wahrscheinlich sogar ein Attentat gegen mein Leben. Ihr erschreckt? Ja sicher, der Verdacht einer solchen Verschwörung ist schwerwiegend und bestürzend! Aber wir haben Beweise, und wir bekommen täglich neue, so daß wir sie bald vollständig dem Heiligen Stuhl unterbreiten können. Nun, was Euch angeht, Pater Paolo da Novara ... Ich habe keine Lust nachzuforschen, ob Ihr an einem Komplott gegen mich beteiligt seid, ob Ihr vielleicht gar nach Trient zurückgekehrt seid, um ein finsteres Spiel zu treiben. Mir genügt, daß ich Eure Haltung zu den Judenprozessen und den Blutvorwürfen im allgemeinen kenne. Selbstverständlich werdet Ihr mit der Causa des seligen Simon in Zukunft nichts mehr zu tun haben! Ihr werdet Euch in Euer Kloster zurückziehen und Euch ruhig verhalten. Dann soll Euch nichts weiter geschehen! Sollte ich aber erfahren, daß Ihr weiterhin im Interesse der Mörder Christi gegen Papst, Bischof und Kirche arbeitet – dann wird sich meine Toleranz wandeln in grimmigste Wut. Und dann gnade Euch Gott!«

IX.

Bereits zwei Tage nachdem Bischof Ventimiglia nach Rom zurückgekehrt war, wurde er zu einer der täglich stattfindenden Vormittagsaudienzen in den päpstlichen Palast befohlen.

Der Audienzsaal war voller Menschen und entfaltete die ganze Pracht des päpstlichen Hofes. Die geladenen Gäste erwarteten gespannt den Heiligen Vater. Seide knisterte, Goldbrokat und Atlas rauschten. Schleppen, Bänder, funkelnde Edelsteine auf Halsketten, Schuhspangen und Hutbändern, schimmernde Silberspitzen und Goldknöpfe irritierten die Augen Ventimiglias, der sich auf das bevorstehende Gespräch mit dem Papst konzentrieren mußte. Leises Degenklirren auf dem Marmorboden vermischte sich mit dem gehaltenen Murmeln der wartenden Gäste. Die vornehmen Damen in ihren langen bunten Gewändern voller Bänder und Spitzen, mit makellosen, perlweißen Ausschnitten und unübertrefflich aufgeputzt, tuschelten in gespannter Erwartung des Ereignisses, das sie gleich erleben sollten. Die Priester und Prälaten, die Präfekten und Offiziere der päpstlichen Garden sowie wohlhabende und adlige Pilger aus aller Welt standen Kopf an Kopf. Es blieb nur ein schmaler Weg frei zum Thron. Plötzlich wurde es ruhig. Das Gemurmel, das den Saal wie einen Bienenstock hatte summen lassen, verstummte. Alle schauten neugierig zur Tür. Der Papst war soeben eingetreten. Wohlwollend lächelnd, ging er mit langsamen Schritten die Reihe der niederknienden Gläubigen entlang, im Rauschen der Gewänder der ihn begleitenden Kardinäle. Seine Bewegungen waren von besonderer Eleganz. Mit jedem der Anwesenden sprach er ein paar Worte und reichte huldvoll den Ring zum Kuß. Schließlich drehte er sich um und ging auf seinen Thronsessel zu. Über der schneeweißen Soutane hing das schwere goldene Kreuz, das Sixtus IV. mit seiner rechten Hand umklammerte.

Nach etwa einer halben Stunde war Bischof Ventimiglia an der Reihe. Er durfte vortreten und den Ring des Papstes küssen. Dann tat er ein paar Schritte zurück und sagte: »Heiliger Vater! Gestattet mir Apologie und Rechtfertigung!«

Papst Sixtus blickte seinen Legaten mit ernstem Gesichtsausdruck an.

»Nun! Sprecht!«

Giovanni Battista dei Giudici räusperte sich. »Der Bischof von Trient hat mich in einem Schreiben an Euch einen judex suspectus, einen nicht vertrauenswürdigen Richter, genannt. Er hat behauptet, ich sei bestochen worden von jüdischer Seite und daß ich nur gekommen sei, um zugunsten der Juden zu wirken. Bischof Hinderbach hat in seinem Brief sogar geschrieben, ich hätte einseitig zugunsten der Juden Partei ergriffen und ich hätte mich an zweifelhafte Orte begeben, während er mich doch ehrenhaft und großzügig aufgenommen habe. Sanctissime Pater! Es ist Euren Kardinälen bekannt, daß ich gegenüber der jüdischen Religion und dem jüdischen Volk immer eine objektive Haltung bezogen habe, deshalb habt Ihr mich ja auch zum Kommissär berufen und für diese diffizile Angelegenheit auserwählt. Ist es denn dann glaubwürdig, wenn behauptet wird, ich hätte mich den Einflüsterungen von jüdischer Seite kritiklos zugänglich gezeigt?«

Der Papst beugte sich leicht nach vorne und fragte: »Warum habt Ihr Trient so bald wieder verlassen?«

»Ich habe Euch am Abend vor meiner Abreise nach Rovereto die Gründe hierfür in einem ausführlichen Schreiben mitgeteilt, Sanctitas Vestra. Die Behauptung Bischof Hinderbachs, ich hätte mich an verdächtige oder zweifelhafte Orte begeben, ist vollständig unwahr. Vielmehr ist es so gewesen, daß der Fürstbischof mich auf seine Burg eingeladen hat, mich aber dort fast ununterbrochen bewachen ließ, so daß mir gar kein Kontakt mit den Jüdinnen möglich war. Ich bin daher genötigt gewesen, mir eine andere Bleibe zu suchen. Die mir in Trient zugebilligten Räume im bischöflichen Palast waren permanent von Wachen des Bischofs umstellt. Außerdem bekam ich nur von den Behörden Trients ausgewählte Zeugen zu Gesicht. Ich aber war daran interessiert, nicht nur die Zeugen zu hören, die gegen die Juden aussagten, sondern ich wollte auch die Juden beziehungsweise ihre Frauen selbst hören. Nur so war es doch möglich, die Wahrheit zu erfahren. Ein freies und objektives Verhör aber ist in Trient nicht möglich gewesen. Ununterbrochen sah ich mich mit Einschränkungen, ja Drohungen konfrontiert. Deshalb, und nur deshalb bin ich nach zweiundzwanzig Tagen vergeblichen Mühens von Trient nach Rovereto übersiedelt.«

Einer der anwesenden Kardinäle wandte sich an Ventimiglia und fragte ihn, ob ihn denn die von Bischof Hinderbach vorgelegten Beweise nicht überzeugt hätten.

»In der Tat bin ich der festen Überzeugung, daß die Belege, die innerhalb des Prozesses für die Richtigkeit der These des jüdischen Blutmordes angeführt wurden, sehr zweifelhafter Art sind«, erwiderte der Gefragte. »Man kann mir nicht vorwerfen, daß ich einseitig um die Freisetzung der Juden gekämpft habe, aber es war meine Pflicht, und ich hatte kraft meines päpstlichen Auftrages die Autorität, die Freilassung der Frauen und Kinder zu verlangen, die ich für unschuldig befunden habe. Es ging mir keinesfalls nur oder in erster Linie darum, die Juden zu schützen, sondern ich wollte der Auctoritas sanctae sedis dienen und diese verteidigen, die durch das Vorgehen der Obrigkeit Trients so offensichtlich verletzt wurde.«

Nun wandte sich Giovanni Battista dei Giudici wieder direkt an den Papst.

»Beatissime Pater! Wer wüßte besser als Ihr, daß der Heilige Stuhl die Juden vor dem unsinnigen Vorwurf des rituellen Mordes immer in Schutz genommen hat?! Wenn der Vorwurf des Blutmordes aber ungerecht und bösartig ist, dann kann auch im Falle des Kindes Simon ein solcher nicht vorliegen. Nie konnten diejenigen, die den Juden solche blutigen Sitten und Gebräuche nachsagten, derartiges beweisen, und auch im Fall Trients liegen keine Beweise vor. Vielmehr konnte sich Bischof Hinderbach in seinen Gutachten, in denen er das Vorliegen eines jüdischen Blutmordes behauptete, nicht auf Fakten stützen, sondern nur auf Vermutungen, Annahmen, unter der Folter erpreßte sogenannte Geständnisse und zweifelhafte Zeugenaussagen.«

»Aber was ist mit den Wundern?« rief der Papst. »Den Gebetserhörungen, die das Kind gewirkt haben soll?«

Der Gefragte ließ sich nicht aus der Ruhe bringen. »Nicht weniger, als ich für die Unschuld der Juden eintrete, behaupte ich die Falschheit der Wunder, welche die Bürger Trients dem Knaben Simon zuschreiben. Ja noch mehr: Ich erkläre, die Behauptungen der Bürger Trients stellen eine Gefahr für die christliche Religion dar. Handelt es sich bei den Wundern doch um vorgespielte, mit Menschenkunst hervorgebrachte Erscheinungen oder auch um die Hirngespinste einfacher Weiber. Gott hat solche Lügen und Scheinwunder nicht nötig und ebensowenig die Kirche und der christliche Glaube, da er auf dem Leiden Christi gegründet ist und durch das Blut der Apostel, Märtyrer und Jungfrauen bezeugt und durch die Lehre der Heiligen und Kirchenväter bestätigt wird.«

»Und wie erklärt Ihr Euch die Unverweslichkeit von Simons Leichnam bis zum heutigen Tag? Ist das nicht ein überzeugendes Mirakel?« fragte der Papst.

»In Trient geht das Gerücht um, daß Fürstbischof Hinderbach die Leiche des Kindes vor seiner Beisetzung einbalsamieren und damit konservieren ließ«, antwortete Ventimiglia. »Arcangelo Balduini, einer der Ärzte, die den Leichnam des Kindes nach seiner Auffindung im Wassergraben untersucht haben, soll diese Kunst beherrschen. Ich konnte in

Trient allerdings – aufgrund der genannten Hindernisse – diesem Gerücht nicht weiter nachgehen. Immerhin böte sich hier eine naheliegende Erklärung an. Außerdem ist der Körper des Kindes nicht gänzlich unversehrt. Er wirkt heute in seinem Glasschrein, wie mir ein befreundeter Priester aus Trient berichtet hat, stark mumifiziert und von leicht gebräunter Farbe.«

Der Papst nickte. Dann sagte er: »Wir werden morgen Unsere Entscheidung in dieser Sache bekanntgeben.«

Sixtus IV. erwartete für den späten Abend noch Besuch. Bernardino da Feltre war auf Wunsch des Ordensgenerals der Franziskanerobservanten, Francesco Sansone, inkognito nach Rom gekommen, um gewissermaßen als Augenzeuge der geheimnisvollen Ereignisse zu Trient mit dem Papst zu sprechen und – so hoffte man allgemein im Franziskanerorden beziehungsweise in den verschiedenen Orden des franziskanischen Zweigs – Sixtus IV. zu überzeugen.

Bernardino da Feltre war nur ungern nach Rom gereist. Diplomatie, so wußte er, war nicht seine Stärke. Und Fingerspitzengefühl würde das Gespräch mit dem Papst erfordern. Außerdem gehörte der Franziskanermönch nicht zu denen, die in dieser Angelegenheit unbedingt und um jeden Preis den Segen des Heiligen Stuhls erlangen wollten. Rom sollte sich einfach, so dachte Bernardino, aus den Angelegenheiten Trients heraushalten und ihn seinen Kampf gegen das Judentum ungestört führen lassen. Freilich wußte er, daß die Dinge in der Kirche so einfach nicht liefen und daß es nötig war, wenigstens ein Stillschweigen Roms zu erreichen. Bernardino da Feltre beruhigte der Gedanke, daß er, der sich weniger auf Fingerspitzengefühl und diplomatisches Geschick verlassen konnte, noch einige psychologische Druckmittel in der Hinterhand hatte. Diese gegenüber dem Papst in Anwendung zu bringen, würde ihm nicht schwerfallen. Der Franziskaner schätzte seinen Ordensbruder auf dem Papstthrone nämlich nicht sonderlich. Seit Jahren flüsterte man sich im Orden zu, daß sich Sixtus IV., sosehr er bekanntermaßen jederzeit zugunsten der Franziskaner entschied und handelte, innerlich schon lange von seinem Orden distanziert hätte. Außerdem ermutigte es Bernardino da Feltre, daß bereits verschiedene andere führende Franziskaner – Bischöfe, Professoren, Provinziäle und die Generalminister sowohl der Franziskanerkonventualen als auch der Franziskanerobservanten – versucht hatten, in der Angelegenheit des Simon von Trient Einfluß auf den Papst zu nehmen. Ob Sixtus IV. seine Haltung zum Trienter Fall bereits der Überzeugung der Franziskaner angenähert hatte, würde Bernardino da Feltre spätestens bei dem Empfang zu spüren bekommen, den der Papst ihm bereiten würde. Auf herzliche Gastfreundschaft allerdings sollte er sich besser nicht gefaßt machen.

Ein Priester mittleren Alters und mit einem blasierten Gesicht holte Bernardino da Feltre zu später Stunde in jenem römischen Franziskanerkloster ab, in dem der Pater untergebracht war. Nachdem sie den päpstlichen Palast erreicht hatten, geleitete der Priester den Franziskanerpater zu den Privatgemächern Sixtus' IV. Bernardino da Feltre stieg hohe Treppen hinauf, folgte dem Priester über einen großzügig gestalteten Treppenabsatz, welcher von antiken Marmorstatuen eingerahmt wurde, und dann gingen sie einen langen und breiten, mit kostbaren Teppichen belegten Flur entlang, dessen hohe Fenster rot-goldene Brokatvorhänge säumten. Der Priester blieb vor einer großen hölzernen Tür stehen, die von zwei Offizieren der päpstlichen Leibgarde bewacht wurde, öffnete diese und bedeutete Bernardino da Feltre einzutreten. »Der Heilige Vater wird in wenigen Augenblicken erscheinen«, sagte er und verbeugte sich leicht. Die Tür schloß sich hinter dem Mönch.

Der Raum war groß, die mit Fresken bemalte Decke hochgewölbt. Der Franziskaner blickte sich neugierig um. Auch in seinen Privatgemächern hielt der Papst – immerhin Mitglied eines Bettelordens – offensichtlich nichts von schlichter Bescheidenheit. Die Möbel und die Gemälde an den Wänden waren von kaum zu schätzendem Wert. Zusammen mit den kostbaren Vasen und geschnitzten Heiligenfiguren, die überall im Raum auf Konsolen und Regalen standen, hatten sie gewiß mehr gekostet, als er zur Gründung einer seiner Monti di Pietà benötigte. Der Mönch trat ans Fenster und befühlte mit einer Mischung aus Neugier und Verachtung den teuren Stoff der Vorhänge. »Wir haben es weit gebracht«, flüsterte er spöttisch und dachte daran, daß der Papst aus einer zwar angesehenen, aber vollständig verarmten Familie stammte und er der Sohn eines Fischers war. Mit einer heftigen Geste ließ der Franziskanermönch den Stoff wieder los. Er war schließlich nicht hier, um über die Dekadenz der Welt nachzudenken. Von draußen hörte er Schritte. Bernardino da Feltre stellte sich in Position und räusperte sich leise. In diesem Moment öffneten sich die Doppelflügel, welche den Raum mit dem Nachbarzimmer verbanden, und Papst Sixtus IV. erschien im Türrahmen. Er hatte sich einen schneeweißen goldbestickten Schlafrock übergezogen, der bis zur Erde hinabreichte und auf dem Boden schleifte, als der Papst mit ruhigen, aber entschlossenen Schritten den Raum betrat. Seine finstere Miene und die in tiefe Falten gelegte Stirn gaben Bernardino da Feltre deutlich zu erkennen, daß sich das Gespräch nicht einfach gestalten würde. Der Franziskaner ging mit raschen Schritten auf Sixtus IV. zu, während er wahrnahm, daß die hohe Flügeltür von außen geschlossen wurde. Es wird also keine Zeugen unseres Gespräches geben, dachte der Mönch befriedigt, beugte vor dem Papst die Knie und küßte mit devotem Gesichtsausdruck den Ring des Pontifex.

Der Papst setzte sich auf einen hochlehnigen Stuhl und stellte seine mit roten Seidenpantoffeln bedeckten Füße auf einen gepolsterten Schemel. Mit einer eleganten Geste wies er auf einen Stuhl ihm gegenüber. Bernardino da Feltre setzte sich.

»Pater Bernardino«, begann der Papst mit ernster Stimme.

»Wir wissen, was Ihr für die Kirche Gottes auf Erden getan habt, und Wir danken Euch dafür, wenn Wir auch bedenken, daß Euch nicht an der Ehre und dem Dank dieser Welt gelegen ist.«

Du Heuchler! dachte Bernardino da Feltre. Hochmütig preßte er die Lippen zusammen, nicht bereit, sich von seinem Vorhaben abbringen zu lassen. Dann sagte er: »Ich danke Eurer Heiligkeit für die freundliche Begrüßung. Und ich hoffe, daß Ihr mir aufgrund meiner bescheidenen Verdienste um die Kirche glaubt, daß wir in Trient ehrlich und gewissenhaft vorgegangen sind und nur das Wohl und Interesse der Kirche im Auge hatten.«

»Es war aber sicher nicht im Interesse der Kirche«, erwiderte der Papst, »daß Bischof Hinderbach sich Unserem Befehl, die Juden ungeschoren zu lassen und dem Heiligen Stuhl die Untersuchung jener geheimnisvollen Vorgänge in Trient zu überlassen, widersetzt hat.«

»Wir befanden uns im Zustand eines kirchlichen Notstandes«, erwiderte der Franziskanermönch, »es bestand die Gefahr, daß gewisse Kreise die gerechte Bestrafung der Mörder des kleinen Simon vereiteln würden. Tatsächlich waren Bischof Hinderbach und ich der festen Überzeugung, und wir sind es immer noch, daß Eure Heiligkeit die Wahrheit um die Geschehnisse in Trient umfänglich erkennen und unser Vorgehen im nachhinein rechtfertigen werden.«

»Nun«, erwiderte der Papst, »wir sind keinesfalls von der Schuld der Juden Trients überzeugt. Zwar haben Uns die Belege für eine solche, welche Bischof Hinderbach Uns übermittelt hat, erschüttert, auch finden Wir die Berichte über angebliche Wundertaten des Kindes Simon sehr bemerkenswert. Auf der anderen Seite hat Uns aber die feste und unerschütterte Überzeugung von der Unschuld der Trienter Juden beeindruckt, die unser verdienter Legat, Bischof Giovanni dei Giudici, Uns heute gegenüber bekundet hat.«

»Ventimiglia – dieser Judenknecht«, entschlüpfte es dem Franziskanerpater.

Sixtus IV. zuckte leicht zusammen. Er lehnte sich zurück und sah dem Franziskaner direkt ins Gesicht, kommentierte aber dessen Entgleisung nicht. Noch hoffte er, mit Bernardino da Feltre ruhig und objektiv sprechen zu können.

»Pater Bernardino«, sagte der Papst schließlich, »aufgrund Eurer bereits erwähnten Verdienste für die Kirche bitten Wir Euch ...« Weiter kam er nicht. Der Franziskaner hielt sich plötzlich die geballten Fäuste an die Schläfen, als müßte sein rot angelaufener Schädel zerspringen.

»Heiligkeit«, preßte er mühsam hervor, »ich bin nicht der Mann diplomatischer und ausgewogener Worte, wie man sie in den feinen Gesellschaften beherrscht. Meine Brüder und Schwestern sind die einfachen, armen Leute – die Bauern und Knechte, die Bettler und die Tagelöhner –, mit denen ich das Brot der Tränen esse. Und ich spreche ihre Sprache und sie die meine: klar und direkt, derb und ungeschminkt. Mit mir müssen Eure Heiligkeit so reden, wie Ihr es aus Eurer Kindheit noch in Erinnerung haben dürftet ...«

Deutlich war die Wut im Gesicht Sixtus' IV. zu erkennen. Dieser zweite Affront innerhalb weniger Minuten ließ ihn zittern. Der Papst konnte sich angesichts dieser unverschämten Anspielung auf seine Herkunft nicht mehr beherrschen. »Gut!« sagte er wütend, »wenn es der Wahrheitsfindung dient, will ich mich auf die gossenhafte Redeweise von euch Bettelbrüdern herablassen.«

Bernardino lächelte über diese Spitze. Der Franziskanermönch genoß, daß er es geschafft hatte, den Papst aus der Reserve zu locken und zu verunsichern. In dieser Welt blieb ein Fischersohn auf dem Papstthron eben ein Fischersohn. Und wenn der Sohn einer der wohlhabendsten Familien Italiens es wagte, den Fischersohn im seidenen Papstgewand an dessen Geburt aus einfachsten Verhältnissen zu erinnern, mußte das notwendigerweise Ressentiments wecken, mochte der im Wohlstand geborene Provokateur inzwischen auch das bescheidene Kleid des Bettelmönchs tragen.

Bernardino da Feltre hatte richtig gerechnet: Seine niedere Herkunft war in jeder Hinsicht der Stachel im Fleische des Papstes. Sie war ihm nicht nur zeit seines Lebens Antrieb und Quelle eines unbeschreiblichen Ehrgeizes gewesen – wie schnell war Francesco della Rovere, wie er eigentlich hieß, aufgrund seiner unbestreitbaren intellektuellen Fähigkeiten die kirchliche Karriereleiter hinaufgeklettert –; sie speiste auch sein unbändiges Verlangen, seine unbedeutende, aber vielköpfige Familie gleichsam durch Titel und Bereicherungen zu erhöhen. Seine Angehörigen hatten es in den letzten Jahren vortrefflich verstanden, sich den Umstand zunutze zu machen, daß Sixtus ungern eine Bitte abschlug sowie, den Wert des Geldes nicht kennend, dieses mit vollen Händen ausgab. Bisher an recht dürftige Verhältnisse gewöhnt, hatten diese Nepoten in kürzester Zeit Reichtümer sowie geistliche und weltliche Würden erlangt, an die sie früher nicht im Traume gedacht hätten.

Schon bald nach seiner Krönung hatte Sixtus IV. zwei seiner Neffen zu Kardinälen erhoben und sie mit reichen Pfründen ausgestattet: den prunksüchtigen, ganz weltlich gesinnten Giuliano della Rovere und den schwelgerischen, vollkommen sittenlosen Piero Riario, dem der Papst sogar das Patriarchat von Konstantinopel verliehen hatte. Freilich war Piero sehr bald danach, erst achtundzwanzigjährig, an irgendeiner Geschlechtskrankheit verstorben. Der Ekel, der Bernardino da Feltre erfaßte, wann immer er an die Fleischessünden seiner Ordensbrüder dachte – Piero Riario war ebenfalls Franziskaner gewesen –, riß ihn aus seinen Gedanken.

Der Papst zitterte immer noch und preßte die Lippen zusammen. Am liebsten hätte er der hageren Gestalt gegenüber seine tiefe Verachtung zum Ausdruck gebracht und ins Gesicht gesagt, daß er ihn für die unverschämteste Kreatur auf Gottes Erdboden hielt, aber er bezwang sich.

»Gut«, sagte er statt dessen, »dann laßt uns offen miteinander sprechen. Auch Wir werden kein Blatt vor den Mund nehmen.« Und nach einer Weile ergänzte er: »Empfindet Ihr eigentlich keinerlei Schuldgefühle gegenüber den hingerichteten Juden, ihren Frauen und Kindern? Seid Ihr Euch ihrer Schuld wirklich so sicher?«

»Die Juden haben das Kind Simon ermordet ...«, antwortete Bernardino da Feltre, »aber selbst wenn sie es nicht getan hätten: Die Juden Trients haben nur das bekommen, was alle Juden schon dafür verdienen, daß sie die Armen ausbeuten mit ihrem Wucherzins: Feuer und Schwert!«

Der Papst saß regungslos und blickte hinauf zur Decke mit ihren von einem imaginierten Himmel herabschauenden Engeln. Dann sagte er: »Pater Bernardino, Wir verurteilen, was Wir soeben gehört haben. Wir verurteilen Eure Denkweise, Eure kalte, herzlose Menschenverachtung. Ihr glaubt von Euch, ein guter Christ zu sein. Gewiß: Ihr habt ein politisches Ziel, eine unermüdliche Energie und eine berühmte Rednergabe, die Euch überall Einfluß verschafft hat, und das Wichtigste, Ihr habt eine große suggestive Wirkung auf das einfache Volk. Aber meint Ihr, das bedeute etwas vor Gott? Die Juden aber, die durch Euch zu Tode gekommen sind, werden Euch – wenn sie unschuldig waren – anklagen am Jüngsten Tag ...«

»Sie sind in der Hölle«, antwortete Bernardino da Feltre gelassen.

»Nach Eurer Ansicht sind also nicht nur diejenigen Juden, die angeblich Christenkinder töten oder Hostien schänden, Verbrecher«, fragte der Papst, »sondern alle Juden, weil sie – wie Ihr meint – die Armen ausbeuten?«

»So ist es!« antwortete Bernardino da Feltre. »Die Liebe zur Armut und die Liebe zu den Armen sind nämlich das Wesensmerkmal eines Franziskaners ...«

»Liebe zur Armut und Liebe zu den Armen ...«, wiederholte der Papst mit spöttischer Stimme.

»Man munkelt seit Jahren«, erwiderte der Franziskanerpater, »daß sich Eure Heiligkeit innerlich schon lange von unserem Orden und seinen Idealen entfernt haben ...«

»Ob Wir uns davon entfernt haben, ist nicht die entscheidende Frage«, sagte Sixtus IV., »da Wir gar nicht versuchen, Armut zu heucheln. Wesentlicher ist: Die Franziskaner haben sich schon lange von diesen Idealen entfernt.«

»Das ist eine schwerwiegende Beschuldigung«, Bernardino da Feltre schien wirklich bestürzt zu sein. »Trotzdem wäre ich Euch sehr verbunden, wenn Ihr mir Eure Meinung über unsere Ordensgemeinschaft mitteilen könntet.«

»Aber gerne«, sagte Sixtus IV. und lächelte, als könne er dem Mönch endlich für seine Unverschämtheiten Kontra geben. »Die Franziskaner sind wahrscheinlich der verkommenste Orden in der Kirche überhaupt, weil sie wie kein anderer Orden die Ideale ihres Stifters mit Füßen treten. Und vergeßt nicht: Wir wissen, wovon Wir sprechen, weil Wir die verschiedenen Kongregationen des franziskanischen Zweigs inwendig und auswendig und aufgrund Unserer Stellung in ihrer weltweiten Dimension kennen ... Franziskus hat die Armut gepredigt, aber der Franziskanerorden ist steinreich. Er hat es immer verstanden, sich an altehrwürdigen und neueren Wallfahrtsorten festzukrallen und dort die Spenden und Meßstipendien der Pilger reichlich einzusacken. Die Franziskaner haben sich überall bei den Reichen und Mächtigen als Beichtväter angedient und lassen sich ihre Seelsorge mit goldener Münze bezahlen.«

»Wenn ich mir vergegenwärtige«, erwiderte Bernardino da Feltre, »wie mühsam sich meine Monti di Pietà finanziell über Wasser halten, dann erscheint mir, was Ihr über den ungeheuren Reichtum unseres Ordens ausführt, stark übertrieben.«

»Wenn Eure Oberen Eure Unternehmungen materiell nicht ausreichend unterstützen, liegt das wohl daran, daß diesen andere Dinge wichtiger sind ...«, entgegnete der Papst.

Bernardino da Feltre nickte gegen seinen Willen, als er an die bescheidene Ausstattung seiner Monti di Pietà dachte und daran, wie mühsam er von überall das Geld für sie zusammenkratzen mußte.

»Der Franziskanerorden«, fuhr der Papst fort, »gibt sein Geld lieber für repräsentative Kirchenbauten und die Errichtung burgenartig befestigter Klosteranlagen aus, und vor allem natürlich dafür, überall an Macht und Einfluß zu gewinnen. Für die Armen fallen doch bestenfalls Brosamen vom Tische der franziskanischen Familie.«

»Mag der Orden auch reich sein«, gab Bernardino da Feltre zu bedenken, »so lebt aber doch der einzelne Mönch arm und bescheiden.«

Der Papst schüttelte den Kopf: »Einem Franziskaner kann alles mögliche zustoßen, nur nicht, daß er wirklich arm wird. Wir, die Wir – wie Ihr schon zu bemerken pfleget – aus einer tatsächlich bedürftigen Familie stammen und die Sorge um das tägliche Brot aus unseren Kindertagen kennen, wissen, was Armut wirklich ist: Kein Franziskaner ist arm im eigentlichen Sinn des Wortes. Sein Orden versorgt ihn doch mit allem, was er braucht. Der Franziskaner mag ein schlichtes Gewand tragen, und einige Ordensmitglieder ernähren sich in der Tat bescheiden, aber er kennt nicht die Angst um das Morgen. Diese Ungesichertheit aber ist das Wesen der Armut. Die Armutsgelübde sind insofern pure Heuchelei, da jeder Franziskaner justament durch diese Gelübde bis zu seinem Tode materiell versorgt ist und ohne Sorgen leben kann. Jeder Franziskaner könnte tatsächlich, weil sein Orden alles zahlt, problemlos, wie Franziskus es angeordnet hat, ohne Geld in der Tasche herumlaufen, was freilich kaum geschieht.«

»Nun, es mag stimmen, was Eure Heiligkeit sagen«, der Blick Bernardino da Feltres hatte sich erheblich verdüstert, »aber wenn wir Franziskaner schon die Liebe zur Armut vergessen haben, müssen wir um so mehr die Liebe zu den Armen pflegen und fördern ...«

»Die Liebe zu den Armen ...«, die Stimme des Papstes – der spürte, daß er wieder Oberwasser gewann – klang immer spöttischer, »diese Liebe zu den Armen ist Uns noch suspekter als alles andere im Franziskanerorden. Aus welchen dunklen und gärenden Abgründen der menschlichen Seele wird diese Liebe zu den Armen denn oftmals geboren? Euer Mitleid mit den Armen beispielsweise ist nicht größer, Euer Gerechtigkeitswille nicht stärker und Eure Motive sind nicht reiner und lauterer als die Eurer Mitmenschen.« Und mit bohrendem Blick ergänzte Sixtus IV.: »Haßt Ihr die Juden, weil Ihr die Armen liebt, oder liebt Ihr die Armen, weil Ihr die Juden haßt, Bernardino da Feltre?«

Der Mönch zuckte mit den Achseln: »Ich hasse die Juden, weil der heilige Franziskus geboten hat, die Armen zu lieben. Insofern sind der Haß auf die Juden und die Liebe zu den Armen zwei Seiten ein und derselben Medaille. Insofern kann man auch sagen, daß der Judenhaß ein Wesenszug des franziskanischen Geistes ist.«

»Obwohl Wir persönlich geneigt sind anzunehmen, daß Ihr damit Franziskus von Assisi ein wenig Unrecht tut, kommen wir der Sache schon näher ...«, sagte Sixtus IV. »Die Geschichte der Franziskaner ist immer schon wie ein überladener, bunter Bildteppich gewesen: voller in krankhaftem Wahn fastender und sich geißelnder Fanatiker – bereits der Ordensgründer wälzte sich in Schnee und Dornen –, ungewaschener Bettelmönche, deren Gestank nur noch von ihrer Dummheit und Ungebildetheit übertroffen wird – weil sie meinen, mangelnde Hygiene und geistige Unbedarftheit bereiteten den Weg zum Himmel; und nicht zuletzt sind da die in grausamer Lüsternheit glühenden Gesichter derjenigen Ordensbrüder, die sich – in ihrem Blutrausch mit den Dominikanern wie in einem Dauerwettstreit liegend – bevorzugt der Folterung und Hinrichtung von Hexen und Ketzern widmen. Oder ist es etwa nicht so, daß es in erster Linie Franziskaner sind, die sich gern zur Verfügung stellen, wenn die Diener der Kirche foltern und töten lassen?«

Wütend öffnete Bernardino da Feltre den Mund, aber kein Widerspruch kam über seine Lippen. »Eure Heiligkeit haben bemerkenswert offen gesprochen«, meinte er schließlich. »Was mich wundert, ist dieses: Trotz Eurer offensichtlichen Entfremdung vom Franziskanerorden habt Ihr stets die Wünsche unseres Ordens erfüllt: Ihr habt mehrere Franziskaner zu Bischöfen und Erzbischöfen ernannt und sie mit reichen Bistümern belehnt. Mehrere verstorbene Ordensmitglieder habt Ihr zu Ehren der Altäre erhoben.«

Der Papst ließ sich leicht in die Lehne seines Stuhles zurückfallen: »Dankbarkeit oder Nostalgie vielleicht ...«, meinte er lakonisch.

»Zur Dankbarkeit haben Eure Heiligkeit jeden Grund«, bestätigte Bernardino da Feltre. »Der Franziskanerorden hat Euch aus Barmherzigkeit eine gute Ausbildung und später ein teures Studium in Padua, Bologna und Florenz ermöglicht. Sicher, als Professor an verschiedenen italienischen Universitäten und als Generalminister der Franziskanerkonventualen habt Ihr unserem Orden gute Dienste erwiesen. Aber jede Etappe Eurer kirchlichen Laufbahn hat den Orden auch viel Geld gekostet: Papst Paul II. hat Euch den Kardinalspurpur nicht umsonst verliehen. Und es ist ohne Zweifel so, daß Ihr neben der göttlichen Vorsehung der finanziellen Potenz des Franziskanerordens Euer Papsttum verdankt. Euer Papsttum ist erkauft, was nichts Ungewöhnliches ist in diesen wirren Zeiten. Bischofsstühle und Kardinalshüte sind wohlfeil in der Kirche. Man macht sich kein Gewissen daraus. Eure Heiligkeit verdanken Euer Amt den pekuniären Versprechungen Eures Neffen Piero Riario, welche dieser den Konklaveteilnehmern machte. So, und nur so, seid ihr am 9. August 1471 als der Nachfolger von Paul II. aus der Papstwahl hervorgegangen. Das Geld freilich für diese Versprechungen kam zu einem guten Teil aus den Kassen des Franziskanerordens.«

Bernardino da Feltre spürte, daß er auf dem richtigen Weg war. Daher legte er nach: »Aber richtig teuer ist den Orden erst Euer Pontifikat gekommen. Im Jahre 1471, kurz nach Eurem Regierungsantritt, habt Ihr Eure kostbare Sammlung antiker Skulpturen gegründet. Dann habt Ihr 1473 für vierzigtausend Dukaten dem Galeazzo Maria die Stadt Imola in der Romagna abgekauft, um Euren Neffen Girolamo Riario damit zu belehnen. Darauf habt Ihr die Bibliotheca Apostolica kostspielig erweitern lassen. Bei allen Euren Unternehmungen kam ein Großteil des benötigten Geldes aus franziskanischen Quellen. Und seit einiger Zeit führen Eure Heiligkeit Krieg mit Florenz ...«, ergänzte der Mönch.

»Diese Auseinandersetzung dient der Freiheit und Unabhängigkeit des Heiligen Stuhls, welche durch die Familie der Medici bedroht ist«, erwiderte Sixtus IV. »Wir müssen um Christi willen bestrebt sein, dem Papsttum eine gleichberechtigte Stellung unter den kraftvollen Monarchien Europas zu verschaffen und es zu einer starken Macht auszubauen.«

»Ein Krieg kann sowohl nützen als auch schaden, gerecht sein oder nicht«, meinte Bernardino da Feltre achselzuckend. »Immer aber ist er eine kostspielige Sache. Eine Armee konsumiert alles, was man überhaupt nur verspeisen kann und dessen sie habhaft wird – Soldaten sind wie Heuschrecken oder Ratten in dieser Hinsicht: Brot, Fleisch, Butter, Käse, Wein und Bier, die in so großer Menge immer viele Goldtaler verschlingen, werden in Kriegszeiten von gerissenen Händlern ausschließlich zu Höchstpreisen abgesetzt. Und dabei ist das alles nur der geringste Teil der entstehenden Kosten. Der Sold der gedungenen Söldner, die benötigten Waffen und Zelte, die Uniformen, das alles verschlingt den Löwenanteil. Und da Ihr nicht ständig die Steuern und Abgaben Eurer Untertanen im Kirchenstaat erhöhen könnt, zahlen Eure Heiligkeit auch das alles zu einem großen Teil mit dem Gold der Franziskaner ...«

»Wie Ihr schon bemerkt habt, Pater Bernardino, handelt es sich hier um ein Geschäft auf Gegenseitigkeit ...«, erwiderte Sixtus IV.

»Richtig«, bestätigte der Franziskanermönch, »und so soll es auch bleiben.«

»Habt Ihr die Absicht, Uns einen lohnenden Vorschlag zu unterbreiten?« fragte der Papst verblüfft.

»So ist es«, bestätigte der Mönch und richtete sich leicht auf. »Wie Eure Heiligkeit wissen, liegt unserem Orden das Martyrium des Kindes Simon von Trient sehr am Herzen – alle unsere Priester predigen es in der ganzen Christenheit. In unseren Kirchen werden dem Kind immer mehr Altäre geweiht ...«

»Unerlaubterweise ...«, unterbrach der Papst. Doch seine Stimme war leiser geworden. Die Litanei der franziskanischen Wohltaten und Gefälligkeiten ihm gegenüber, die Bernardino da Feltre heruntergebetet hatte, hatte ihn sichtlich verunsichert. Außerdem wußte Sixtus IV., daß er auch in Zukunft auf den Geldsegen des Ordens angewiesen bleiben würde.

»Darum muß, was noch unerlaubt ist, erlaubt werden«, sagte der Franziskanerpater. Und nach einer kurzen Pause ergänzte er: »Selbstverständlich trage ich in einer so delikaten Angelegenheit nichts Schriftliches bei mir, zumal mein Rombesuch nicht bekannt werden soll, aber ich bin in der glücklichen Lage, Euch von unserem Ordensgeneral Francesco Sansone versichern zu lassen, daß unser Orden auch weiterhin alle Unternehmungen Eurer Heiligkeit mit Gebet und blanker Münze unterstützen wird. Man erzählt sich, daß Ihr im Zuge der Neugestaltung des Vatikanischen Palastes mit der Errichtung einer Kapelle begonnen habt, die Euren Namen tragen soll. Seid gewiß, Heiliger Vater: Es wird die schönste Kapelle der Welt sein, wenn sie einmal fertig ist. Noch in Jahrhunderten werden die Menschen Eurer gedenken, um der Schönheit ihrer Fresken wegen und weil sie Euren Namen tragen wird – unserem Orden aber wird die unbekannte Ehre frommer Großzügigkeit bleiben, mit der wir alles bezahlt haben.«

Bernardino da Feltre war wieder in den süßlichen Stil diplomatischer Rede verfallen, die ihm eigentlich so fremd war – so sicher war er sich seines Sieges. Daher ergänzte er selbstgewiß: »Unser Orden erbittet von Euch nichts, was Euer Gewissen belasten müßte, Heiligkeit. Entgegen früheren Gesuchen erbitten wir nicht mehr die Heiligsprechung des Kindes Simon, sondern lediglich, daß Ihr den Kult bestätigt und ihn sich ungestört entfalten laßt. Wir fordern auch nicht weiter die Bestrafung Eures Legaten Giovanni Battista dei Giudici – wir wissen, wie sehr Euch ein solcher Schritt schmerzen würde –, sondern nur, daß Ihr ihm jede weitere Einmischung in die Causa Trients verbietet. Außerdem erbitten wir, daß Ihr das Verfahren Bischof Hinderbachs für rechtmäßig erklärt.«

Noch eine mutige Geste wagte der Franziskaner. Er warf sich vor dem Papst auf die Knie, küßte dessen beringte Rechte und flüsterte: »Außerdem soll alles das, was wir in dieser Stunde besprochen haben, in meinem Herzen verborgen sein und bleiben – wie ein Beichtgeheimnis.«

»Und Wir werden alles, was Ihr Uns gesagt habt, sorgfältig erwägen«, erwiderte Sixtus IV. mit leiser und trockener Stimme.

Während Bernardino da Feltre noch einmal den Ring des Papstes küßte, hauchte er: »Danke, Heiliger Vater – und Gottes Segen.« Dann verließ er unter vielen Verbeugungen den Raum.

Der Papst vergrub sein Gesicht in den Händen.

Am nächsten Morgen stand Bischof Ventimiglia wieder im päpstlichen Audienzsaal inmitten einer größeren Anzahl von Priestern, Bischöfen und Adligen.

Es wurde gewispert und geflüstert, bis die Tür endlich aufging und alle sich Papst Sixtus IV. zuwandten, der langsam in ihre Mitte schritt. Mit ernstem, verschlossenem Gesicht ging er diesmal durch die Reihen, ohne jemanden anzusehen, ohne ein Wort zu sprechen, auch nicht mit seinem Kardinalpräfekten, der gleich am Eingang an die Seite des Papstes trat und ihn zu seinem Thron begleitete. Nachdem der Papst sich gesetzt und der Kardinalpräfekt Ventimiglia ein Zeichen gegeben hatte, trat dieser vor den päpstlichen Thron. Der Papst begann zu sprechen: »Wahrhaft, es ist schwer zu glauben, daß inmitten unserer christlichen Staaten Götzendienste geübt und Menschenopfer dargebracht werden sollen, und das von jenem Volk, aus welchem unser Herr Jesus Christus hervorgegangen ist. Dennoch ist Uns vom Bischof von Trient eine solche Fülle von Beweismaterial zugesandt worden, nebst unzähligen Berichten über glaubwürdige Wunder und Gebetserhörungen, die auf die Fürbitte des kleinen Märtyrers Simon geschehen sind, daß Wir nicht mehr zweifeln können!«

Ventimiglia stand wie erstarrt.

»Wir sind nach gründlicher Prüfung zu der Erkenntnis gekommen, daß die Juden Trients schuldig sind am Tod des Kindes Simon. Was Euch angeht, Bischof Giovanni Battista dei Giudici«, fuhr der Papst fort, »so entziehen Wir Euch hiermit in dieser Sache jegliche Befugnis und Vollmacht. Wir machen Uns zwar ausdrücklich nicht jenen Vorwurf des Bischofs von Trient zu eigen, daß Ihr von den Juden bestochen worden und ihnen hörig seid! Bischof Hinderbachs Untersuchungen aber scheinen Uns untadelig! Wir haben bereits eine Kardinalskommission einberufen, welche die juristische Korrektheit der Vorgehensweise Hinderbachs untersuchen wird ...«

Durch die Reihe der Anwesenden ging ein leises Murmeln. Der vatikanische Hof hatte erwartet, daß der Papst seinen Günstling Ventimiglia vor den Anschuldigungen Hinderbachs in Schutz nehmen würde. Doch nun entzog er Giovanni Battista dei Giudici ein Stückweit sein Vertrauen. Jedermann wußte, daß es nicht der Vorwurf der Bestechlichkeit sein konnte, der diesen Umschwung beim Papst bewirkt hatte, schließlich hatte sich Sixtus IV. selbst des öfteren der Unsitte des Nepotismus schuldig gemacht, auch wußte man um seine Bestechlichkeit und Simonie. Papst Sixtus IV. schien wirklich von der Schuld der Juden Trients fest überzeugt. Die ihm von Bischof Hinderbach vorgelegten Beweise mußten folglich tatsächlich unantastbar und unwiderleglich sein.

»Ihr, Bischof Giovanni Battista dei Giudici«, fuhr der Papst fort, »seid von allen Rechten und Pflichten bezüglich des Falls entbunden. Wir wünschen nicht, daß Ihr noch irgend etwas in dieser Angelegenheit unternehmt. Ansonsten sollt Ihr unbehelligt hier in der Ewigen Stadt verbleiben und dem Heiligen Stuhl weiterhin treu und ergeben dienen.«

Giovanni Battista dei Giudici glaubte, seinen Ohren nicht zu trauen. Hinderbach hat gesiegt, dachte er verbittert. Benommen verließ der Bischof den Audienzsaal.

Unterdessen lebte Pater Paolo zurückgezogen in seinem Kloster. Überraschenderweise begegneten ihm seine Mitbrüder mit Verständnis und Nachsicht. Es war fast, als wäre er nie fort gewesen. Nur mußte er sich dauernd beschäftigt halten, um die schmerzliche Verzweiflung und Sorge zu unterdrücken, die er in sich fühlte, wann immer er an Bischof Ventimiglia dachte. Würde es ihm in Rom gelingen, den Papst von der Unschuld der Juden und der Lauterkeit und Objektivität seiner eigenen Untersuchungen zu überzeugen?

Nach einigen Tagen kam die Nachricht aus Rom: Für jedermann war das Umschwenken des Papstes vollkommen überraschend – Pater Paolo traf es wie ein Donnerschlag. Der Papst hatte sich von seinem Gesandten Ventimiglia distanziert, die Untersuchungen Hinderbachs für untadelig erklärt und entschieden, daß die weiteren gerichtlichen Ermittlungen wieder in die alleinige Vollmacht des Bischofs von Trient zurückgegeben seien, in dessen Verantwortung in Zukunft alle weiteren Schritte lägen. Die Folgen dieses Umschwungs ließen nicht auf sich warten. Die Fürsten und Bischöfe der katholischen Lande, die noch auf der Seite Giovanni Battista dei Giudicis gestanden hatten, schlossen sich nun zögernd der Meinung derer an, welche die Juden für schuldig hielten. An den Höfen der christlichen Welt breitete sich allmählich die Überzeugung aus, Bischof Ventimiglia sei getäuscht oder sogar bestochen worden.

Zwei Monate später riefen die Herolde des Bischofs die Bevölkerung Trients auf, sich auf dem Schloßplatz einzufinden. Bald darauf füllte das Volk den Platz wie ein Meer. Da ertönten Fanfaren und kündigten das Erscheinen des Fürstbischofs an. Als Hinderbach auf dem großen Balkon des bischöflichen Palastes erschien, begrüßte ihn die Menge auf dem Vorplatz der Burg mit lauten Jubelrufen. Nur langsam legte sich der fröhliche Lärm, und Pater Paolo sah, daß Hinderbach an die Brüstung des Balkons getreten war und seinen Untertanen Ruhe gebot. Stille trat ein.

»Meine lieben Bürger und Mitchristen von Trient. Heute haben wir allen Grund, uns zu freuen!«

Wieder brandete Jubel auf.

»Der Heilige Vater, Papst Sixtus IV., hat Uns und der Stadt folgendes Breve zukommen lassen, das den Titel ›Facit nos pietas‹ trägt und welches Wir euch jetzt verlesen: ›Sixtus, durch Gottes Gnade Bischof von Rom und oberster Pontifex, entbietet allen getreuen Christen der Stadt Trient Segen und Gruß! Wie ihr alle wißt, wurde das Kind Simon aus Trient vor Vollendung des zweiten Lebensjahres im Jahre 1475 von Juden aus Haß gegen den christlichen Glauben auf das grausamste hingemetzelt. Unter Beiziehung von legitimen Beweismitteln konnte zusammen mit der Mordtat auch deren Motivation erwiesen werden, und ebenso steht fest, daß die Mörder Juden gewesen sind, was aus dem gerichtlichen Verfahren hervorgeht, welches Unser geliebter Bruder im Apostelamt, Johannes IV. Hinderbach, Fürstbischof zu Trient, in vorbildlicher Weisheit, Klugheit und Gerechtigkeit geführt hat. Sofort nach dem Martyrium hat die Verehrung des Kindes begonnen, und sie entfaltete sich, nachdem seine Gebeine in einem Altar der dem heiligen Petrus geweihten Kirche der genannten Stadt geborgen worden sind. Da aber hierauf zugleich mit Kunde von den Wunderwirkungen die fromme Hinwendung des Volkes immer mehr gewachsen ist und da insbesondere die kostbaren Reliquien des Kindes mit Wissen und Billigung des

Ortsbischofs durch eine permanente fortdauernde öffentliche Verehrung bedacht worden sind, hat dies in den letzten Wochen und Monaten Unseren Ehrwürdigen Bruder im Apostelamt, den Fürstbischof von Trient, sowie verschiedene verdiente Kirchenmänner, darunter den gesamten Klerus der Stadt Trient, dazu bewogen, vom Heiligen Stuhl untertänig die Genehmigung zu erbitten, diesen öffentlichen Kult weiterhin zu gestatten und gutzuheißen. Wir haben nun alles genau erwogen und dann unter Vermittlung der Ritenkongregation und auf Bitten Unseres ehrwürdigen Bruders, des Bischofs von Trient, sowie Unseres geliebten Sohnes, des Franziskanerpaters Bernardino da Feltre, beschlossen, die bestehende öffentliche Verehrung des seligen Kindes weiterhin zu gestatten und gutzuheißen und ihm den Titel ›venerabilis‹ zuzuerkennen. Zwischen dem jedoch, was Wir hiermit für die Verehrung des seligen Kindes Simon genehmigen, und dem, was von Bischof Hinderbach und den genannten anderen Persönlichkeiten zu einem noch früheren Zeitpunkt erbeten worden ist, besteht der Unterschied darin, daß Wir den Namen des seligen Simon noch nicht in das römische Verzeichnis der Märtyrer aufgenommen haben. Wir wollen eine solche Bestimmung sowie eine wünschenswerte feierliche Heiligsprechung späteren Päpsten vorbehalten, leiten aber hiermit ein entsprechendes Kanonisationsverfahren in der Ewigen Stadt ein. Wir haben eine solche feierliche Heiligsprechung noch nicht vornehmen wollen, um dem öffentlichen Kult des Kindes, den Wir ausdrücklich gutheißen, noch weitere Zeit für seine Vermehrung und Stärkung zu geben. Gezeichnet: Sixtus, Servus Servorum Dei. Gegeben zu Rom am Fest des heiligen Abtes Johannes im Jahre 1475 unseres Heils und des fünften Jahres Unserer Regentschaft.‹«

Als der Bischof seine Verkündigung beendet hatte, applaudierte die Menge frenetisch. Nachdem das päpstliche Breve auf dem Schloßplatz verlesen worden war, wurde die Verkündigung von den bischöflichen Herolden auf dem

Domplatz und auf dem Platz vor der St.-Petrus-Kirche wiederholt; in Trient läuteten die Kirchenglocken stundenlang, während das Volk auf die Nachricht vom päpstlichen Breve hin Freudenfeuer entzündete: Endlich war nun Friede geschlossen mit Rom und die Wahrheit über die geheimnisvollen Vorgänge in Trient vor aller Welt festgestellt.

Der späte Nachmittag dunkelte in den Abend, kühler Bergwind kam von der Alpenkette her auf. Pater Paolo ging ruhelos durch die Straßen der Stadt, die an diesem Abend trotz der einbrechenden Nacht noch ungewöhnlich belebt war. Bischof Hinderbach hatte sich großzügig gezeigt und den Bürgern Trients zur Feier des päpstlichen Breves eine große Menge kostenlosen Wein und Bier ausschenken lassen. Auf den Straßen wurde getanzt. Musikanten spielten an vielen Häuserecken auf. Fröhliche Fidel- und Flötenweisen erfüllten die Straßen und Gassen. Doch von dieser Fröhlichkeit sprang nichts auf Pater Paolo über. Er fühlte sich von aller Welt verlassen. Der Papst hatte den Kult des Kindes Simon gestattet. Welche Bedeutung kam einem päpstlichen Urteil zu? Für den Pater gab es keinen Zweifel mehr an der Unschuld der hingerichteten Juden – und nun das … Paolo überfiel das Gefühl völliger Leere und Gleichgültigkeit. Sollte er sich noch weiter um diese ganze Angelegenheit kümmern, die Wahrheit herausfinden wollen? Er fühlte sich ausgezehrt und gleichzeitig angespannt; er wünschte, die ganze Sache los zu sein, nichts mehr davon zu hören und zu sehen. Er flüchtete sich in Erinnerungen, in die Zeit vor dem geheimnisvollen Mord, in die Zeit, in der er alles ohne innere Beteiligung verfolgen konnte. Ganz am Anfang hätte er sich noch zurückziehen und heraushalten können. Aber er hatte den Jüdinnen und Bischof Ventimiglia helfen wollen und war nun mit der Sache so fest verankert wie die Wurzel einer alten Eiche mit der Erde – und zugleich doch zur Untätigkeit verurteilt …

X.

Ungefähr vier Wochen später hörte Pater Paolo bereits in den frühen Morgenstunden in der Augustinerkirche die Beichte. Eine alte Frau betrat den Beichtstuhl und kniete nieder. Sie hatte ihr Kopftuch tief ins Gesicht gezogen, so daß Paolo da Novara durch das Gitter ihre Züge kaum erkennen konnte.

Der Pater machte das Kreuzzeichen: »In nomine Patris ...«

»Ich bin nicht nur gekommen, um zu beichten«, sagte die Frau leise. »Ich bin vor allem zu Euch gekommen, weil Ihr Euch doch mit dem Mordfall des Knaben Simon beschäftigt und den Jüdinnen helfen wollt ...«

»Ich bin mit dieser Sache nicht mehr betraut«, erwiderte der Pater überrascht und vorsichtig zugleich – er befürchtete eine Finte des Bischofs.

»Ich weiß, wer der Mörder des kleinen Simon ist«, sagte die Frau unbeeindruckt. Der Pater glaubte, seinen Ohren nicht zu trauen.

»Es waren die Juden nicht«, fuhr die Frau leise fort, »es war mein Nachbar Zanesius Schweizer. Glaubt mir, ich weiß, was ich sage ...«

Dem Pater stockte der Atem. »Warum habt Ihr das – Euren Verdacht – damals nicht gemeldet?« wollte er wissen.

»Hab ich doch ...«, erwiderte die Alte trotzig – ihre Stimme klang verärgert –, »bin damals zum Stadthauptmann Jacob von Spaur gegangen. Der Zanesius ist auch verhört worden, aber man hat ihn nach wenigen Stunden wieder gehn lassen. Seine Frau hat ihm ein Alibi gegeben; sie hat gesagt, ihr Mann wäre zu der Zeit, wo das Kind verschwunden ist, auf ihrem Weinberg, ungefähr zwei Stunden von der Stadt entfernt, gewesen ...«

»Nun, und was läßt Euch an dieser Aussage zweifeln?« fragte Pater Paolo.

»Es war so«, begann die Alte zögernd, »auch ich habe zunächst geglaubt, Nachbar Zanesius wäre am heiligen Gründonnerstag und Karfreitag in seinen Weinbergen gewesen. Der Schweizer hatte ja die ganzen Tage zuvor schon davon gesprochen, er werde die heiligen Tage nicht in der Stadt, sondern eben in seinen Weingütern verbringen, um dort zu arbeiten. Gewundert hat sich ja schon jeder – was ist das für ein Christ, der an den Kartagen die Gottesdienste schwänzt und den Boden umgräbt und Weinstauden stutzt? Ich habe Nachbar Zanesius dann erst wieder am Ostersonntag auf der Straße getroffen. Gerade hatte man erfahren, daß der unschuldige Simonino im Haus der Juden gefunden worden ist ... Ich glaubte, der Nachbar käme soeben von seinen Weinbergen, jedenfalls hatte es den Anschein, war er doch voller Dreck und ganz zerrissen und zersaust, auch hat er gesagt, er käme justament von dort ... Nun gut: Da ich so ergriffen und meine Stimme ganz erstickt war von Tränen, konnte ich nicht sprechen, stammelte immer nur ›Simonino, Simonino ...‹ – ›Was ist denn mit dem Knaben, Nachbarin?‹ fragte der Schweizer, der aus meinem Gejammer nicht ganz schlau zu werden schien, schließlich etwas ungehalten. ›Hat man ihn im Wassergraben des Judenhauses mausetot aufgefunden?‹ Diese bissige Frage war ihm offensichtlich unversehens entschlüpft. Ich sah ihn entgeistert an. ›Aber, wie kannst du das wissen?‹ frage ich, ›du warst doch bis eben zwei Stunden Fußmarsch von hier entfernt ...‹ Da beginnt ihn ein panisches Lachen zu erschüttern. ›Hab ich nur geraten‹, sagte er, ›haben ihn wirklich die Juden ermordet?‹ Und verschwindet in seinem Haus. Ich wundere mich, ahne aber noch nichts Böses. Abends erzähle ich die Geschichte meinem Mann. Der wird bleich: ›Weib!‹ sagt er, ›der Zanesius Schweizer ist am

Karfreitag früh hier in unserer Stadt gewesen ... Ich hab in der Nacht vom Gründonnerstag zum Karfreitag mal wieder nicht schlafen können und bin ungefähr um vier Uhr in der Früh spazieren gewesen, da hab ich ihn gesehen, wie er in den Holzschuppen neben seinem Haus gegangen ist – mich hat er freilich nicht bemerkt ... Ich hab mich eigentlich nicht gewundert, ist er halt früher zurückgekommen von seinen Weinbergen, denk ich mir noch ... aber jetzt das, was du mir erzählst ... Sollte der Nachbar etwas mit der Ermordung des kleinen Simon zu tun haben?‹«

Die Alte räusperte sich. »Natürlich waren wir uns noch nicht sicher. Ich habe unseren Verdacht dann Jacob von Spaur gemeldet und ihn beschworen, daß Zanesius nicht erfahren darf, wer ihn angezeigt hat. Der Schweizer ist dann – wie gesagt – auch verhört, aber bald danach wieder entlassen worden. Immerhin wußten mein Mann und ich jetzt, daß der Schweizer vor dem Stadthauptmann gelogen hat, denn er hatte ausgesagt – so erfuhren wir später –, vom Mittwoch der Karwoche bis zum Ostersonntag nicht in Trient gewesen zu sein. Einige Wochen nach der Ermordung des Kindes – die Juden waren schon längst ins Gefängnis geworfen worden – hat mein Mann den Schweizer zu uns eingeladen und ihn mit recht viel schwerem Wein bewirtet. Als der Zanesius vollkommen betrunken war, hat mein Mann ihn dann geschickt befragt, und da hat der Schweizer geredet – besser gelallt –, daß er das Kind ermordet habe. Wir haben den Nachbarn dann zu sich nach Hause getragen, und am nächsten Tag hat er nicht mehr gewußt, daß er gesungen hat ... Mein Mann hat mich beschworen, niemandem von dem Geständnis des Nachbarn zu erzählen, schon gar nicht durfte ich es der Obrigkeit melden ... ›Wir können es nicht beweisen ...‹, sagte mein Mann immer wieder, ›man wird den Zanesius wieder freilassen, und er wird sich an uns rächen ... Jemand, der ein kleines Kind tötet, ist zu allem fähig ...‹ Und so haben wir geschwiegen, haben mitangesehen, wie die Juden unschuldig hingerichtet worden sind ... Ja, wir haben große Schuld auf uns geladen – aber was hätten wir tun sollen? Ich wollte es ja immer wieder zur Anzeige bringen – aber mein Mann hat mir stets schwer zugesetzt ... Erst jetzt kann ich sprechen, denn mein Mann ist vor einer Woche von uns gegangen. Meine Schuld lastet so schwer auf mir – Pater, gebt mir Absolution ... und macht mit diesem Wissen, was Euch gut dünkt. Rettet, was noch zu retten ist. Schont mich, wenn es geht. Obwohl mir jetzt auch das egal ist. Wenn der Zanesius Schweizer mir jetzt was tut, nehme ich das als Sühne auf mich, da ich mitschuldig bin am Tod der Juden ...«

Pater Paolo beruhigte die Alte mit sanften, aber nervösen Worten, erteilte ihr die Lossprechung, sprang förmlich aus dem Beichtstuhl und eilte aus der Kirche. Sein Weg führte ihn direkt zum Hause des Zanesius in der Färbergasse. Das Haus des Schweizers lag direkt gegenüber dem Haus, in dem die Familie des kleinen Simon gewohnt hatte. Der Pater klopfte an die Tür; als niemand antwortete, drückte er die schwere Klinke. Die Tür öffnete sich – ohne lange zu überlegen, betrat der Pater das Haus. Im Wohnraum des Erdgeschosses saß ein fetter Mann mit lichtem Haar, der gerade dabei war, seine Schuhe zu reparieren. Verdutzt blickte er auf.

»Beim heiligen Kreuz, was soll das bedeuten?« rief der Mann mit tiefer, dröhnender Stimme. »Wer seid Ihr, und wie kommt Ihr in mein Haus?«

»Der Friede Christi sei mit Euch und mit Eurer Familie«, begann Pater Paolo und trat, die Hand grüßend erhoben, auf ihn zu. »Seid ihr Zanesius, genannt der Schweizer?«

»Ja! Was wollt Ihr von mir?« erwiderte der Gefragte.

»Ich bin Pater Paolo da Novara, Priester dieser Stadt. Ihr habt wohl mein Anklopfen nicht gehört, da habe ich Euer Haus betreten. Die Tür war offen. Ich bin – besser: ich war – mit den Untersuchungen zum Mordfall des kleinen Simon betraut. In diesem Zusammenhang habe ich einige Fragen an Euch.«

Als der Pater näher an Zanesius herantrat, sah er, daß dessen sehr bleiche Haut ständig Feuchtigkeit absonderte, die der Schweizer mit seinem rechten Arm abtupfte. Jedesmal, wenn er die Hand hob, den Schweiß von seiner Haut abzuwischen, sah der Priester seine dicken, von der Gicht gekrümmten Finger. Die Hände eines Mörders?

»Zu diesem Thema bin ich schon befragt worden. Ich habe nichts mehr dazu zu sagen«, erwiderte Zanesius und sah den Pater mit nervösem Gesichtsausdruck an. »Jedermann weiß doch, wer den kleinen Knaben ermordet hat. Die Juden waren es, und sie sind zum Tode verurteilt worden. Was wollt Ihr also noch?«

»Sie sind verurteilt worden, ja«, erwiderte der Pater. »Aber es gibt noch ein paar ungeklärte Punkte, einige Ungereimtheiten. Es sind neue Verdachtsmomente aufgetaucht.«

»Das interessiert mich nicht, braucht mich nicht zu interessieren«, brummte der Schweizer. »Ich habe alles gesagt und zu Protokoll gebracht!«

»Ihr habt zu Protokoll gegeben, daß Ihr vom Mittwoch der Karwoche bis zum Ostersonntag in Euren Weingütern, zwei Stunden Fußweg von hier, gearbeitet habt ...«

»Hört, Pater«, erwiderte der Gefragte zornig. »Wer gibt Euch das Recht? Schickt Euch der Fürstbischof?«

»Nein«, antwortete Pater Paolo ehrlich, »ich komme aus eigener Initiative. Also: Könnt Ihr Eure Aussage von damals bestätigen?«

»Verflixt und zugenäht! Wieso laßt Ihr mich nicht in Ruhe?« kreischte Zanesius Schweizer. »Habe ich Euch denn nicht deutlich genug erklärt, daß ich nichts sagen werde!«

»Nicht doch«, erwiderte der Pater mit mildem Vorwurf. »Bewahrt doch Gleichmut!«

»Wenn Ihr nicht geht, gehe ich«, brummte Zanesius und begab sich in ein Nebenzimmer. Wütend krachte die Tür hinter ihm ins Schloß. Pater Paolo ließ sich nicht abschütteln und folgte ihm.

»Es ist nicht zu fassen«, stöhnte Zanesius schwach. Er starrte seinen Verfolger feindselig an, öffnete den Mund, um etwas zu erwidern, sah aber dann die Vergeblichkeit jedes weiteren Protestes ein.

»Also gut … Was wollt Ihr?« giftete er den Pater an.

»Nun …«, erwiderte dieser – und wunderte sich selbst, wie ruhig er blieb – »ich vermute, daß Ihr etwas mit der Ermordung des Kindes zu tun habt, zumindest den Mörder kennt …«

»Natürlich kenne ich die Mörder … alle Welt kennt die Mörder des Kindes … Warum beschuldigt und verfolgt Ihr mich?« fragte Zanesius Schweizer nach einer Pause heiser, den Tränen nahe. »Seid Ihr verrückt, oder was wird hier gespielt?«

»Ich will deutlicher werden …«, erwiderte der Pater mit scharfer Stimme, »ich weiß, daß Ihr der Mörder des kleinen Simon seid!«

Zanesius stand zunächst wie erstarrt. Sein Gesicht wurde erst aschfahl, dann krebsrot. Plötzlich packte er einen Stuhl. Er schickte sich an, auf den Priester loszugehen, zitternd und mit vor Wut verzerrtem Gesicht. Die Sehnen an seinem Hals traten beängstigend hervor.

»Verlaßt auf der Stelle mein Haus«, brüllte er, »raus mit Euch, und kommt nie wieder, wenn Euch Euer Leben lieb ist. Verschwindet, sonst schlag ich Euch zum Krüppel.«

Die geschwollenen Adern auf seinen Armen und die vor Wut angespannten Sehnen an seinem dunkelrot angelaufenen Hals reizten den Widerstandsgeist Paolos, und er entschloß sich, diesmal nicht feige zu sein, sondern der Gefahr die Stirn zu bieten. Er war zeit seines Lebens vor Gespenstern und Chimären davongelaufen, war vor seinen Gefährten im Waisenhaus und seinen Mitbrüdern im Kloster, vor betenden Weibern, Menschenansammlungen jeder Art und vor seinen eigenen Einbildungen geflohen. Aber jetzt, da er in ernster, wirklicher Gefahr war, überwand er seine Furcht. Auf einmal meldeten sich sein Stolz und seine moralische

Empörung angesichts der primitiven physischen Gewalt, die ihn und damit die geschichtliche Wahrheit um die Ermordung des kleinen Simon zerschmettern wollte. Und die Empörung darüber, daß pure Gewalt die Rehabilitierung unschuldiger Menschen verhindern sollte, verwandelte sich in eine grimmige Kraft.

Der Schweizer stand vor ihm und holte mit dem Stuhl zum Schlag aus. Der Pater duckte sich. Der Stuhl flog über ihn hinweg und krachte gegen die Wand.

»Wenn Ihr ein Mann seid ...«, rief Pater Paolo, »... diesmal habt Ihr kein kleines Kind vor Euch! Na los! Fürchtet Ihr Euch? Zeigt mir, was Ihr könnt, oder habt Ihr keinen Mumm in Euren Fleisch- und Fettpolstern?«

Zanesius stürmte auf den Pater los und schlug blindlings mit dem Handrücken zu. Paolo da Novara wehrte sich – zum erstenmal in seinem Leben benutzte er seine Fäuste. Der Schweizer stieß den Pater schließlich so brutal gegen die Wand, daß dieser beinahe stürzte. Plötzlich blitzte in der Hand des Zanesius ein Messer. Er mußte es aus seinem Gürtel gezogen haben und stolzierte jetzt, siegessicher und zu allem bereit, auf den Pater zu.

»Nun, Paterchen«, sagte der Schweizer spöttisch, »seht Ihr diesen Dolch? Es ist dasselbe Messer, mit dem ich Simon getötet habe ... Aber was nützt Euch dieses Wissen jetzt? Denn Ihr werdet dieses Haus nicht mehr lebendig verlassen ... Und keine Angst, mir wird nichts geschehen. Mich schützt eine höhere Macht hier in der Stadt ...«

Zanesius hob das Messer empor, um damit zuzustoßen. Aber der Pater bückte sich blitzartig und ergriff das auf dem Boden liegende Stuhlbein. Mit zornrotem Gesicht und funkelnden Augen holte er aus und traf des Schweizers messerbewehrte Hand. Der Zanesius schrie auf, das Messer fiel klirrend zu Boden. Als er es aufheben wollte, zielte der Pater mit dem Stuhlbein auf seinen Kopf. Des Paters Hiebe verfehlten jetzt ihr Ziel nicht mehr. Eine nie gekannte Wut bemächtigte sich seiner. Er schlug nun hemmungslos zu, bis der Schweizer zusammenbrach und kraftlos liegenblieb. Der Pater preßte ihm das Holzstück gegen die Kehle, daß dieser zu ersticken drohte.

»Ihr habt das Kind also getötet«, rief Paolo, »nun gesteht mir noch die Details ... Warum habt Ihr das getan?«

»Ich hatte viele Schulden bei den Juden – bei dem Juden Samuel«, röchelte Zanesius, »da wollte ich mich an den Hebräern rächen und sie loswerden – und meine Schulden mit ihnen ...«

»Ihr habt also den kleinen Knaben in Euer Haus gelockt und ihn an jenem Gründonnerstag getötet?«

»Ich habe das Kind nicht sofort getötet ...«, stammelte Zanesius, nachdem der Pater den Würgegriff ein wenig gelockert hatte, »ich habe das Kind zunächst in meine Scheune gelockt, dort gefesselt und geknebelt ... Erst in der Nacht vom Karsamstag zum Ostersonntag habe ich das Kind getötet. Glaubt mir: Es ist mir nicht leichtgefallen ... Das Kind tat mir leid – ich werde es nie vergessen: Der Geruch von Leder, Farbe und ranzigem Fett überfiel mich sofort beim Eintreten in die Scheune. Noch nie war mir der Gestank hier so aufgefallen, auch die Tage zuvor nicht, wenn ich die Scheune betreten hatte, um dem Kind etwas zum Essen und Trinken zu bringen ... Tastend schob ich mich in dem Halbdunkel vor und stolperte über Ballen, stieß an einen Tisch. Deutlich hörte man den Bach rauschen, der neben unseren Häusern fließt. Ich habe dem Kind die Tücher vom Kopf genommen, die ihm Augen und Mund verbunden hatten. Der Junge sah mich mit riesigen, erschrockenen Augen an. Ich konnte es nicht ertragen. Ich stieß mit meinem Dolch zu. Die Schreie schienen mir das Trommelfell zu zerreißen. Doch dann: Es war viel schwerer, das Messer herauszuziehen, als es hineinzustoßen. Des Kindes Fleisch hielt es zurück. Und dann das, was ich so gefürchtet hatte, das Warme, Feuchte, Klebrige an meinen Händen. Körperwarm rann das Blut zwischen meinen Fingern ...«

»Was habt Ihr dann mit der Leiche des Kindes gemacht?« unterbrach der Pater die geröchelten Worte angewidert. »Sprecht, oder ich erwürge Euch mit meinen eigenen Händen …«

»Die Leiche des Knaben? Ich habe die Dunkelheit ausgenutzt, um mich ihrer zu entledigen; ich konnte sie ja nicht länger in meiner Scheune lassen, denn vielleicht wären die Häuser der ganzen Stadt untersucht worden. So habe ich die Kinderleiche weggeschafft. Erst wollte ich den Knaben nur einfach in den Bach werfen, in der Hoffnung, daß das Wasser die Leiche in das Haus der Juden schwemmen würde. Aber dann fiel mir ein, daß ein hölzernes Pfahlgitter den Wasserzufluß zum Haus des Samuel absicherte. Ich trug das tote Kind also zum Haus des Juden Samuel, kroch unter Mühen durch das Wasser zu diesem Pfahlgitter, hob die Leiche über das Gitter und warf sie in den Keller des Judenhauses. Niemand hat mich dabei gesehen – zwei der wachhabenden Soldaten vor dem Haus des Juden Samuel spielten Karten, ein dritter schlief. Unbemerkt kam ich wieder in mein Haus zurück.«

Nach diesem Geständnis des Schweizers erhob sich Paolo. Eine ungeheure Wut überfiel ihn. Außer Kontrolle, schlug er nun mit dem abgebrochenen Stuhlbein auf den Mörder des unschuldigen Kindes ein, bis dieser bewußtlos war. Außer Atem, warf der Pater das Stück Holz in die Ecke und verließ das Haus. Er ging geradewegs zum Dienstgebäude des Stadthauptmanns.

Jacob von Spaur begrüßte den Pater mit mißtrauischer und unfreundlicher Miene.

»Ich habe den Mörder des kleinen Simon entlarvt …«, sagte der Pater mit lauter Stimme – und noch ehe der Stadthauptmann ihn unterbrechen konnte, fuhr er fort: »Es war Zanesius Schweizer. Er hat mir gegenüber den Mord gestanden. Wenn Ihr Euch jetzt sofort zu seinem Haus in der Färbergasse begebt, könnt Ihr ihn dort festnehmen. Er liegt bewußtlos in seiner Wohnung. Und damit Ihr es wißt: Ich war es, der ihn zusammengeschlagen hat ... Ich begebe mich jetzt in mein Kloster. Ihr könnt mich dort für weitere Fragen – oder eine eventuelle Verhaftung – erreichen. Ich warte auf Eure Nachricht ...«

Mit diesen Worten drehte sich der Pater um und verließ die Amtsstube.

Mehrere Stunden war Pater Paolo nun bereits nervös in seiner Zelle auf und ab gegangen. Es war kurz nach Mittag. Keine Nachricht vom Stadthauptmann ... Was war geschehen? War Zanesius verhaftet worden? Hatte er bereits gestanden? War der Fürstbischof schon benachrichtigt? Noch etwas anderes stürzte den Pater in einen quälenden Zustand der Verwirrung: Wen hatte der Schweizer gemeint, als er sagte, eine höhere Macht schütze ihn hier in der Stadt? Wußte noch jemand, daß der Schweizer der Mörder des Knaben Simon war? Vielleicht gar der Fürstbischof? Oder Bernardino da Feltre? Wie hatte letzterer sonst in seiner Predigt vor dem Palmsonntag ein schwerwiegendes Verbrechen der Trienter Juden vorhersagen können? Sollte der Franziskaner irgend etwas gewußt haben, was ihm zur Annahme Anlaß bot, daß Zanesius Schweizer den Sohn der Eheleute Andreas und Maria umbringen würde? Selbst nach all dem, was schon geschehen war, schien dem Pater dieser Gedanke wenig glaubwürdig. Eine andere, wahrscheinlichere Erklärung bestand darin, daß der Franziskanermönch seine Prophezeiung rein zufällig gemacht und an gar nichts Besonderes dabei gedacht hatte; dann geschah der Mordfall, und Bernardino da Feltre beschloß, die Gunst der Stunde für eine Anklage gegen die verhaßten Juden zu nutzen. Vielleicht erfuhr er später, wer der Mörder war – etwa durch die Anzeige der Nachbarin beim Podestà, vielleicht auch durch ein Geständnis des Zanesius, der sich hilfesuchend an ihn gewandt haben konnte? Dann hätte der Franziskanermönch einen Mörder gedeckt, um den Juden die Schuld in die Schuhe schieben zu können. Das war, wenn man diesen Mann und seine unglaubliche Hartherzigkeit kannte, eine vernünftige Erklärung – aber dennoch bestand auch die beklemmende Möglichkeit, daß er etwas über den Mordplan gewußt, den Mord vielleicht sogar selbst angeregt und Zanesius dafür gedungen hatte. So viele Fragen – wie sollte er nur Klarheit bekommen?

Währenddessen fand im bischöflichen Palast ein heftiges Streitgespräch statt.

»Ich habe es Euch von Anfang an gesagt«, sagte der Fürstbischof zu Bernardino da Feltre, »ich weiß von der Sache nichts – und darf nichts davon wissen ... Bereits an dem Tag, an dem Ihr zu mir gekommen seid und mir von dem Geständnis dieses Zanesius, er sei der Mörder des Kindes, berichtet habt, habe ich Euch gesagt, daß dies Eure Sache ist. Zu Euch ist dieser Schweizer gekommen – nicht zu mir ... Wir hatten die Juden damals gerade zum Tode verurteilt und sie standen kurz vor der Hinrichtung ... Wir waren uns einig, daß wir nie mehr eine so günstige Gelegenheit bekommen würden – Ihr, Euren Kampf gegen das Judentum mit solch einem glänzenden Sieg zu krönen, und ich, meiner Stadt Ruhm und Ehre sowie materiellen Nutzen zu bescheren. Seht also zu, Pater Bernardino! Was geschehen ist, ist geschehen. Wir müssen jetzt aber mit allen Mitteln verhindern, daß Pater Paolo Trient verläßt und mit seinen Neuigkeiten nach Rom zum Papst oder zu Bischof Ventimiglia gelangt. Diese neuen Indizien würden dem Judenbischof das unverhoffte Recht geben, den ganzen Prozeß von neuem zu beginnen. Unser gerade errungener Sieg wäre dahin!«

»Ihr habt die Befehlshoheit über diese Stadt«, erwiderte Bernardino da Feltre, »laßt diesen Pater Paolo doch einfach ins Gefängnis werfen!«

»Nein«, entgegnete Bischof Hinderbach. »Das wäre unklug und keine Lösung ... Ihr werdet einen Weg finden, Paolo da Novara zum Schweigen zu bringen! Jedes Mittel kann und muß Euch dabei recht sein!« Bischof Hinderbach blickte Bernardino da Feltre intensiv in die Augen: »Ihr versteht: Sollten wir in diesem Fall verlieren, gewinnt das Judentum eine Macht und ein Ansehen vor den christlichen Nationen und dem Heiligen Stuhl, daß man ihm eine sehr, sehr lange Zeit nicht wird beikommen können. Euer Lebenswerk, der Kampf gegen das Judentum, würde zerstört werden, Euer Name, Euer Ruf, den Ihr Euch aufgebaut habt, vernichtet und Ihr selbst von den kirchlichen Oberen bestraft, vielleicht in irgendein Kloster verbannt werden, wegen dieses Priesters Paolo da Novara ... Es ist erschütternd, daß ein einziger kleiner, unbedeutender Augustinerpater unsere ganze Sache zunichte machen kann.«

Bischof Hinderbach schwieg einige Augenblicke. Dann sagte er langsam, und er betonte jedes Wort: »Ich wäre als weltliches Oberhaupt dieser Stadt gezwungen, einen Mord an Pater Paolo gerichtlich untersuchen zu lassen. Ein Unfall oder Selbstmord wäre natürlich eine andere Sache!«

Mit diesen Worten drehte sich der Fürstbischof um und ließ Bernardino da Feltre allein zurück.

Fieberhaft nachdenkend, ging der Franziskaner in Hinderbachs Arbeitszimmer auf und ab. Die Heftigkeit seines Zorns loderte zu einer Hitze hoch, die seinen Gedanken eine böse Richtung gab. Er würde es diesem Priester, Paolo da Novara, schon zeigen, sich ihm und seiner Sendung in den Weg zu stellen! Es war doch der Weg, den er seit seiner Kinderzeit in aller Deutlichkeit vor sich gesehen hatte. Ja, bei Gott, er würde diesem Priester zeigen, wie man mit solchen Judenfreunden und Verrätern umgehen mußte ... Plötzlich sah Bernardino da Feltre scharf umrissen einen Plan vor sich, seine Ehre und sein Lebensziel zu verteidigen. Jedes Mittel war nun erlaubt!

Je länger Pater Paolo auf eine Antwort wartete, desto stärker wurde in ihm die Gewißheit einer bevorstehenden Katastrophe. Die seelische Anspannung der letzten Tage, die unter

Alpdrücken durchwachten Nächte, die Angst vor dem, was noch geschehen würde, taten ihre Wirkung: Er erbrach grün-gelbe Galle, entkräftet, gleichgültig der Welt und sich selbst gegenüber. Paolo hätte nie gedacht, daß es ein solches Ausmaß von Verzweiflung in einem Menschen geben könnte, wie er es in sich empfand. Als er sich sein Gesicht erfrischen wollte, sah er in der Wasserschale sein Spiegelbild schimmern: das Gesicht eines gebrochenen Mannes, die ziellos blickenden Augen waren matt. Mit der Hand zerstörte Paolo das Bild ... Mit letzter Kraft schleppte er sich hinaus auf den kleinen Balkon seines Zimmers. Er brauchte frische Luft, mußte nachdenken, zur Besinnung kommen ... Erschöpft ließ er sich auf einen kleinen Holzschemel fallen und atmete tief durch. Da bislang jede Reaktion auf seine Aussage bei Jacob von Spaur ausgeblieben war, sah er nun den Fall des kleinen Simon klar wie in einem Kristall, die Tatsachen standen sicher vor seinem geistigen Auge wie die Wolken dort, die am windstillen Nachmittagshimmel festgefroren schienen. Der Fürstbischof und Bernardino da Feltre hatten gewußt, wer der Mörder des Kindes war. Zwar hatten sie den Zanesius wohl nicht zu dem Verbrechen angestiftet – dieses war allein die Ausgeburt seiner eigenen Bosheit gewesen –, aber das Verbrechen war ihnen ganz recht gekommen, bot es ihnen doch die Gelegenheit, die verhaßten Juden zu eliminieren. Habsucht und Verblendung waren ihre Motive gewesen. Aber waren dieser Judenhaß und der damit verbundene Aberglauben nicht zu festen Bestandteilen der Kirche geworden, die der Jude Jesus von Nazareth einst gegründet hatte? Und wie schwach war sein Evangelium, seine Botschaft von Feindes- und Nächstenliebe, wenn sie menschliche Habsucht, Ehrgeiz und Dummheit nicht zu überwinden vermochte? Der Pater sah auf die Häuser und Dächer der Stadt, wie der Himmel sich dem Rauch der Kamine öffnete. Ja, es war derselbe Ort, in dem er zeit seines Lebens gewohnt hatte. Es war seine Stadt Trient, es war der immergleiche Himmel über ihm – und doch war alles anders geworden. Wie heftig Paolo in diesem Augenblick das Elend der menschlichen Existenz erfaßte, wie klar er jetzt das Wesen der Dinge erkennen konnte: Die hauchdünne, trügerische Schicht einer christlichen Welt über einem Abgrund menschlicher Bosheit und Grausamkeit war vom Licht der Sonne wie weggebrannt worden. Der Pater träumte nicht mehr. Das also war die Realität. Grausame Realität, mit blanken Augen und einem nüchternen Geist betrachtet, einem Geist, der nicht mehr hoffte, dem die Welt nicht mehr rettbar schien. Einige Stunden hatten das Blendwerk seines ganzen Lebens zusammenstürzen lassen. Paolo schloß die Augen und fiel in eine unendliche Leere, die ihn zu verschlingen und auszulöschen drohte. Eine große Müdigkeit überfiel ihn, doch es war keine gewöhnliche Müdigkeit. Sicher, in den letzten Nächten hatte er kaum noch Ruhe gefunden. Viel hätte er in den letzten Wochen und Monaten dafür gegeben, nur eine einzige Nacht ungestörten Schlafs genießen zu können. Alpträume hatten seinen Schlummer bedrängt, ihn gequält und gepeinigt. Jede Nacht waren sie wiedergekehrt und boshaft durch seinen Schlaf gegeistert, so daß er immer wieder wach geworden war, bis endlich die Morgendämmerung diesem Kampf ein Ende bereitete. Doch die Müdigkeit, die ihn nun überfiel, war mehr als nur das Resultat wochen- und monatelanger Schlaflosigkeit. Das war jene Müdigkeit, die das Leben raubt.

Kinderstimmen drangen zu ihm und verstummten. Ein hölzerner Karren polterte und quietschte über die holprige Steinstraße. Paolo hatte zuviel gesehen. Verhaftungen und Hinrichtungen, festliche Prozessionen und bunte Pilgerzüge, das inbrünstige Hoffen und Beten verzweifelter Menschen, Täuschung und Trug. Ja, es war alles anders geworden. Er spürte ein Ziehen im Herzen, wie eine Sehnsucht, die alles vergessen und fliehen wollte in die Gesichertheit seiner gläubigen Kindertage, die träumerisch-dämmrigen Zeiten, wo Gott im Himmel war und der Teufel gebunden in den Tiefen der Hölle, wo der Mönche Gebet ihn behütete und schützte und ihm das ewige Heil sicherte, wenn er mit den anderen Knaben in dem großen Schlafsaal des Klosters lag und von der Kapelle der feierliche Gesang der abendlichen Vesper herüberklang. Paolo wußte: Er hatte den Glauben verloren! Dumpfe Verzweiflung erfaßte ihn. Hilflos ballte er die Fäuste kräftig gegen die geschlossenen Lider, bis es schmerzte und helle Punkte vor seinen Augen zu tanzen begannen. Der Schmerz brachte ihn in die Gegenwart zurück. Vielleicht war sein ganzes bisheriges Leben ein einziger tiefgründiger Verrat an sich selbst gewesen? Sein permanentes Bestreben, sich seine Unschuld zu bewahren, stets auf dem rechten Weg zu bleiben – hatte es ihm die Wahrheit über die Realität der Welt vorenthalten? Die Wahrheit war immer furchtbar! Die Wahrheit war häßlich – der Betrug und die Illusion waren angenehm. Solange er in einem Traum gelebt hatte, war das Leben erträglich gewesen. Der Pater spürte einen tiefen Schmerz; so weh tat nur die Wahrheit, die er nie hatte sehen wollen. Jetzt waren die Fundamente seines Ichs und seiner Welt zerbrochen. Wozu noch leben? Paolo fuhr sich mit der Hand über die Stirn und schloß die Augen. Ein plötzlicher Schüttelfrost ließ ihn zittern.

»Um Gottes willen, was soll ich nur tun?« brach es aus ihm heraus. »Ich muß weg aus Trient, nach Rom zum Papst ... zu Bischof Ventimiglia. Ich muß sie über alles das aufklären, was ich erfahren habe ...«

Eine entsetzliche Angst stieg in der Seele des Paters hoch. Er wußte, daß er in großer Gefahr war. Bischof Hinderbach und Bernardino da Feltre würden ihn sicher nicht aus der Stadt fortlassen.

»Ich muß erst einmal weg von hier«, murmelte Paolo vor sich hin, »nach Rovereto, dort wird man mich gerne aufnehmen. Dort bin ich in Sicherheit und kann mich ausruhen und entscheiden, was zu tun ist. Noch heute muß ich fort!« Seine Gedanken verwirrten sich, und er mußte an die Jüdinnen und ihre Kinder denken und ihre Gefangenschaft in den kalten Kerkern des Bischofs und wie sie schließlich den Mord an dem kleinen Simon gestanden hatten. Brachte er diese Frauen jetzt durch seine Flucht wieder in Gefahr? Würde der Bischof sie vielleicht nun umbringen lassen, um unerwünschte Zeugen zu beseitigen?

Plötzlich hörte der Pater einen Laut hinter sich. Blitzschnell drehte er sich um und sah das Gesicht eines der bischöflichen Soldaten knapp drei Meter vor sich. Wie kommt der Mann hierher? schoß es Paolo durch den Kopf. Er sah, wie der Soldat einen kurzen Dolch hervorzog. Paolos kurzer Schreckensschrei durchschnitt die Stille. Der Pater begann zu zittern. Er konnte den Blick nicht abwenden, auch nicht fortlaufen, obwohl jede Faser seines Leibes danach verlangte. Der Soldat bewegte sich langsam auf ihn zu. Dann stach er zu. Der Dolch traf den Pater in der Herzgegend. Der Schmerz war wie Feuer. Als wäre er aus seinem eigenen Körper herausgetreten, sah sich Paolo zu Boden stürzen, dann fühlte er das raue Holz des Fußbodens an seinem Gesicht. Er hörte die eilenden Schritte des Soldaten, das Krachen der zufallenden Tür. Ich muß aufstehen, dachte der Pater, ich darf nicht sterben. Ich muß nach Rom ... Noch immer lag er mit dem Gesicht nach unten auf dem Fußboden. Instinktiv griff er nach dem Dolch, als ob er ihn herausziehen wollte. Der Schmerz in seiner Brust breitete sich wie eine glühende Welle im ganzen Körper aus. Paolo zwang sich, sich herumzudrehen. Diese Anstrengung verursachte entsetzliche Qualen. Ich muß nach Rom ... die Wahrheit ... Gerechtigkeit, dachte er. Er spürte, wie flach und unregelmäßig, immer schwächer werdend, sein Atem ging. Um ihn herum verschwamm alles, es wurde dunkel, finster. Eine sonderbare Finsternis, die am Rande seines Gesichtsfeldes begann und sich durch die Augen tief in sein Innerstes hineinzog, um dort alle Lebenskraft auszulöschen ...

XI.

Sechs Reiter galoppierten durch Trient und hielten an der bischöflichen Burg, der höchsten Stelle der Stadt, an. Dort schweifte ihr Blick über das vor ihnen liegende Panorama. Mittägliche Ruhe lag über den sonnenbeschienenen Dächern.

»Wir haben es geschafft, Euer bischöfliche Gnaden«, sagte der Anführer des Trupps.

»Trient! Geliebtes und gehaßtes Trient«, erwiderte der Angesprochene, »Stadt, die ich seit neun Jahren nicht mehr betreten habe!«

Bischof Ventimiglia sprang aus dem Sattel und warf die Zügel über den Hals des Pferdes. Einen Augenblick verweilte er, schaute hinunter auf die Häuser, als zögerte er, die Stille des Mittags zu stören. Der Himmel flimmerte und wirkte fast durchsichtig, die heiße Luft stand unbewegt über den Dächern und in den Straßen. Die Gefährten des Bischofs verharrten achtungsvoll vor den Erinnerungen, die den hohen Geistlichen heimsuchten.

Ventimiglia hatte in den vergangenen Jahren oft an die Geschehnisse und Menschen in dieser Stadt gedacht, er hatte aber allmählich feststellen müssen, daß die Gesichter der Beteiligten in seinen Gedanken immer mehr zu unklaren Konturen verschwammen. Nachdem der Papst ihm die Untersuchungen zum Fall des Simon entzogen und Hinderbachs Prozeßführung gegen die Juden für rechtmäßig erklärt hatte, war er zur Untätigkeit verurteilt gewesen. In keiner Weise durfte er sich weiterhin mit den Vorgängen in Trient beschäftigen – ein ausdrückliches Rede- und Schreibverbot war über ihn verhängt worden. Nun aber war Papst

Sixtus IV. vor zehn Tagen, am 12. August 1484, gestorben. So bald wie möglich hatte Giovanni Battista dei Giudici der Ewigen Stadt den Rücken gekehrt, einige Soldaten als Begleiter gedungen und sich auf den Weg nach Trient gemacht.

Mit den in der Sonne flimmernden Konturen Trients stiegen auch die Bilder von damals wieder deutlich empor; der Bischof dachte an Pater Paolo da Novara, seinen Freund. Ventimiglia schloß die Augen und sah das Antlitz des sensiblen Priesters vor sich. Paolo hatte etwas Verschlossenes an sich gehabt, einen steten Ausdruck von Traurigkeit. Doch dann hatte dieser ängstliche junge Mann sich bezwungen, mutig und selbstlos Trient verlassen und war nach Rovereto gegangen, um den Jüdinnen und ihren Kindern zu helfen – und ihm, dem damaligen päpstlichen Untersuchungsrichter, die vorenthaltenen Befragungsprotokolle zu bringen.

Fürstbischof Hinderbach hatte in den letzten Jahren in der ganzen christlichen Welt verbreiten lassen, Pater Paolo da Novara habe Selbstmord verübt, nachdem sein Plan, den Podestà Giovanni de Salis zu vergiften, aufgedeckt und vereitelt worden sei. Er habe sich mit einem Dolch selbst gerichtet, so lautete die offizielle Version. Giovanni Battista dei Giudici wußte, daß das nicht stimmen konnte, und er vermutete, daß Paolo ermordet worden war. Des Paters Schicksal aufzuklären und seine Ehre wiederherzustellen war einer der Hauptgründe, warum Ventimiglia nach Trient gekommen war. Er wußte, daß das nicht leicht sein würde. Außerdem mußte er sich beeilen: Es hieß, daß Bischof Hinderbach schwer erkrankt und jeden Tag mit seinem Ableben zu rechnen sei. Was war, wenn mit ihm die Wahrheit um die nun neun Jahre zurückliegenden geheimnisschwangeren Vorgänge ins Grab sanken?

Bernardino da Feltre war bereits vor einem Jahr gestorben und in Pavia, der Wirkungsstätte seiner letzten Lebensjahre, beigesetzt worden. Auch er galt dem einfachen Volk als Heiliger. Als Begründer zahlloser Monti di Pietà, die in den letzten Jahren weite Verbreitung gefunden hatten, wurde er schlicht der heilige Geldverleiher genannt. Sein marmornes Grabmal war pausenlos von unzähligen Verehrern umlagert. Wunder ereigneten sich. In Rom war sein Heiligsprechungsprozeß offiziell eröffnet worden und schritt ungewöhnlich schnell voran. Man wußte, daß Papst Sixtus IV. an einem raschen und glücklichen Verlauf des Prozesses und einer baldigen Heiligsprechung Bernardino da Feltres – seines Ordensbruders – interessiert war; das Geld der in der Zwischenzeit zu Vermögen gekommenen Monti di Pietà tat noch ein übriges. Sixtus IV. hatte in den letzten Jahren seines Pontifikates immer dringender Geld gebraucht: Ein nicht enden wollender Krieg gegen Ferrara, Neapel und Florenz hatte ebenso Unsummen verschlungen wie die Förderung diverser kultureller Einrichtungen in Rom – die Erneuerung vieler Straßen, die Verbesserung der Wasserversorgung und der Befestigungsanlagen, die Errichtung sowie die Ausschmückung der nach ihm benannten Kapelle. Außerdem hatte der Papst 1482 die Kirche Santa Maria della Pace errichten und die Kirche Santa Maria del Popolo kostspielig erweitern und umbauen lassen.

Zwei Entwicklungen hatten die Persönlichkeit und das Schicksal des Papstes in seinen letzten Lebensjahren geprägt: Zum einen verfiel der Pontifex einer immer stärker werdenden Hörigkeit gegenüber dem Franziskanerorden, zum anderen wurde er immer gewalttätiger und kriegslüsterner. Ein römisches Sprichwort besagte, der Heilige Vater sei so kriegsbegeistert, daß er schon beim Wort Frieden tot umgefallen wäre. Ein Kreuzzug gegen Sultan Mohammed II. und die Türken war zwar nicht zustande gekommen, dafür hatte Sixtus IV. 1478 die Spanische Inquisition ins Leben gerufen, die in erster Linie grausam gegen die Marranos vorging, die getauften Juden also, denen man vorwarf, heimlich ihre jüdischen Gebräuche zu pflegen.

Eine halbe Stunde später schritt Giovanni Battista dei Giudici durch die Straßen der Stadt. Die Eskorte der berittenen Leibwache hatte er in dem Gasthaus, in welchem er abgestiegen war, zurückgelassen. Sie hätte in der Stadt nur Aufsehen erregt. Und ein solches wünschte Ventimiglia zu vermeiden. Er ging zum Amtsgebäude des Stadthauptmanns und betrat den Dienstraum. Es waren nur drei Männer anwesend. Einer von ihnen saß an einem mächtigen Schreibtisch und unterzeichnete gerade ein Dokument. Der Mann hob den Kopf, und seine grünen Augen schossen einen erstaunten Blick auf den Eintretenden.

»Bischof Giovanni Battista dei Giudici ...«, flüsterte er.

»Der bin ich! Gott zum Gruß!« antwortete der Bischof und gewahrte erst jetzt, daß sein Gegenüber Jacob von Spaur war. Er hätte ihn fast nicht mehr wiedererkannt. Bis auf einen dünnen grauen Haarkranz war sein Kopf kahl geworden. Er hatte ein paar Zähne verloren, und sein Leibesumfang hatte sich beträchtlich vergrößert. Aus dem einst jungen und kühnen Mann war fast ein Greis mit leicht aufgedunsenem Gesicht und Doppelkinn geworden. Jacob von Spaur saß in gebückter Haltung auf seinem Stuhl, und als er auf den Bischof zuging, bewegte er sich mit schleppenden Schritten. Die Klarheit des Blickes war fortgewischt, das Feuer der Augen, die einst so forsch und verwegen blickten, war erloschen.

Auch der Stadthauptmann unterzog sein Gegenüber einer langen, schweigenden Prüfung; voller Neid stellte er fest, daß Ventimiglia, jetzt Mitte Fünfzig, noch immer kräftig wirkte. Nur sein ehemals brünettes Haar war silbern-grau geworden, aber sein Gesicht hatte eine frische, wettergebräunte Farbe.

In dem Augenblick betrat Giovanni de Salis das Amtszimmer. Ventimiglia erkannte ihn sofort wieder. Im Unterschied zu Jacob von Spaur hatte er sich nur wenig verändert. Auch der Podestà erkannte Giovanni Battista dei Giudici sofort, geriet ein wenig aus der Fassung, blieb einige

Sekunden auf der Türschwelle stehen und sah den Bischof mit undefinierbarem Blick an, schließlich mußte er sich aber notgedrungen entschließen, etwas zu sagen.

»Ehrwürdigster Herr Bischof, welch angenehme Überraschung«, murmelte er nun mit gespielter Gleichgültigkeit und trat auf Ventimiglia zu. »Ihr seid wieder einmal in unserer Stadt? Nach all den Jahren?«

»So ist es«, erwiderte Giovanni Battista dei Giudici und lächelte. »Ich habe einiges hier zu erledigen ... Unter anderem würde ich gerne mit Bischof Hinderbach sprechen. Heute oder morgen – wenn sein Gesundheitszustand es ermöglicht ... Würdet Ihr das dem Herrn Fürstbischof bitte mitteilen und einen Termin für mich vereinbaren?«

Giovanni de Salis nickte. »Darf ich außerdem fragen, wie es den Jüdinnen und ihren Kindern geht?« wollte Ventimiglia wissen.

»Natürlich dürft Ihr«, meinte der Podestà gönnerhaft, im Bewußtsein, daß der Bischof der Stadt und ihrem Schutzpatron nicht mehr gefährlich werden konnte. »Die Witwe des Juden Samuel, Brunetta, hat die Stadt in der Nacht nach ihrem öffentlichen Schuldbekenntnis verlassen ...«

»Ich hörte davon ...«, erwiderte Giovanni Battista dei Giudici.

»Wahrscheinlich hat sie ihr Schuldbewußtsein aus der Stadt getrieben«, fuhr Giovanni de Salis fort. »Niemand weiß, wo sie sich aufhält und ob sie überhaupt noch am Leben ist ... Die anderen Jüdinnen mußten wir bald wieder in das Frauengefängnis, den Torre Verde, zurückbringen lassen. Ihre Sicherheit konnte nicht gewährleistet werden, solange sie noch in ihren früheren Häusern wohnten. Sie befinden sich seitdem in Schutzhaft.«

»Könnt Ihr mir das ein wenig genauer erklären?« bat Bischof Ventimiglia.

»Die Jüdinnen leben im Torre Verde nicht als Gefangene, sondern sie befinden sich zu ihrer Sicherheit an diesem Ort. Die Trienter Bürger und auch die Pilger können diesen

Frauen ihre Verbrechen nicht wirklich verzeihen, und so waren sie in der Vergangenheit des öfteren Gewalttätigkeiten und anderen Unannehmlichkeiten ausgesetzt. Wir hielten es daher für klüger, sie in Schutzhaft zu nehmen.«

Man befürchtet wohl eher, daß die Frauen eines Tages ihr unsinniges Geständnis widerrufen könnten, und für den Fall hat man sie lieber in Gewahrsam, dachte Ventimiglia.

»Eine der Jüdinnen, die Mutter des hingerichteten Juden Angelus, ist schon gestorben«, fuhr der Podestà fort. »Nur noch fünf der jüdischen Frauen sind am Leben. Der Jüdinnen Kinder, die ja damals zum Teil noch sehr jung und unmündig waren, wurden in verschiedenen Klöstern aufgezogen. Sie sind alle gute Christen geworden. Die Gnade Gottes und die hervorragende Erziehung haben ihnen die Augen geöffnet über die Verworfenheit der hebräischen Religion. Sie haben sich nicht nur von dem Aberglauben ihrer Eltern restlos abgewandt, sondern auch von diesen selbst. Sie wollen heute nichts mehr mit ihren Müttern zu tun haben. Es besteht keinerlei Kontakt mehr. Hachim, der Sohn des hingerichteten Juden Tobias zum Beispiel – seit seiner Taufe trägt er allerdings den Namen Urbano –, ist ein rechtschaffener und vorbildlicher Katholik geworden. Er hat neulich die Tochter eines angesehenen Bürgers unserer Stadt geheiratet. Sein jüngerer Bruder Servantio, als Judenbengel hieß er Jofla, ist sogar Novize des Augustinerordens geworden. Auch Nochella, die Stieftochter des Juden Tobias und leibliche Tochter der Jüdin Sara, hat den Schleier genommen ...«

Das Gesicht des Podestà verdüsterte sich ein wenig, als er fortfuhr: »Im Kloster stellten sich dann aber bei ihr sehr bald seltsame seelische Zustände ein, die manche zunächst übernatürlicher und mystischer Natur hielten, die sich dann aber doch als krankhaft herausstellten ... Jedenfalls mußten wir die Ärmste schließlich in unseren Narrenturm einliefern ... Sie ist dann sehr schnell – vor fünf Jahren ungefähr – verstorben ... Wahrscheinlich waren das die Nachwirkungen einer geheimnisvollen jüdischen Erbschuld, die auch die heiligen Sakramente nicht immer zu beseitigen vermögen. Wie auch immer, von diesem tragischen Fall einmal abgesehen, hat sich die göttliche Gnade der Kinder überreich angenommen. Sie sind gewissermaßen wandelnde Zeugen der Fürbittmacht unseres seligen Stadtpatrons ...«

»Kann ich die in Schutzhaft gehaltenen Jüdinnen sehen?« unterbrach Giovanni Battista dei Giudici die Ausführungen des Podestà ein wenig ungeduldig.

»Warum nicht?« antwortete Giovanni de Salis. »Ich bezweifle zwar, daß Ihr noch irgendeine Vollmacht in dieser Angelegenheit besitzt, aber wir haben hier in Trient nichts zu verbergen. Die in Schutzhaft gehaltenen Frauen sind immer noch bußfertige und gläubige Christinnen, auch stehen sie ohne Abstriche zu ihrem Schuldeingeständnis von damals. Heute am späten Nachmittag könnte Euch Jacob von Spaur in das Frauengefängnis führen, wenn Ihr wollt ...«

»Ja, das würde gut passen!« erwiderte der Bischof, dann nickte er zum Gruße und verließ das Amtsgebäude.

Sein nächster Gang führte ihn zur Kirche des heiligen Petrus. Ventimiglia wollte die Kapelle besichtigen, die Hinderbach als Anbau zum Gotteshaus der Deutschen hatte errichten lassen und in der die Reliquien des Kindes Simon verehrt wurden. Die St.-Petrus-Kirche sah noch immer so aus, wie der Bischof sie in Erinnerung hatte. Nur die Fassade schien ihm restauriert worden zu sein. Giovanni Battista dei Giudici betrat das Gotteshaus. Eben war eine Messe zu Ende gegangen. Der Duft von Weihrauch schwebte über den Betenden, zog als kleine graue Wölkchen zur Decke der Kirche empor. Ventimiglia durchschritt das Kirchenschiff. Links an der Evangelienseite fand er den Eingang zur Kapelle des Simon. Über der Tür hing eine plastische Darstellung seiner Marter: das Kind von jüdischen Männern umgeben, die an ihm ihr blutiges Werk vollbrachten. Links und rechts neben der Tür hingen Votivtafeln, die von den verschiedenen Wundern erzählten, die auf die Fürbitte des Knaben geschehen sein sollen. Es schien noch immer so, als sei das Kind Simon geradezu spezialisiert auf Mirakel, die mit Kindern zusammenhingen. Er schenkte unfruchtbar geglaubten Frauen Mutterfreuden, half bei Schwangerschaft und Niederkunft, schenkte kranken Kindern Genesung, und er half geplagten Müttern bei der Erziehung schwieriger und unfolgsamer Sprößlinge.

Ventimiglia öffnete die schwere Holztür und betrat die Kapelle. Sie war voller Menschen, die inbrünstig und hingebungsvoll beteten. Der Hauptaltar war durch ein goldenes Gitter vom übrigen Teil der Kapelle abgeschlossen. Auf dem Altar ruhte ein prächtiger Glassarkophag, der die Gebeine des Knaben enthielt. Oberhalb desselben erhob sich eine silberne Statue des seligen Märtyrers: eine liebliche Kindergestalt, die Kehle mit einem Tuche umwunden, in der Hand die Triumphfahne. In der Kapellenkuppel bemerkte Giovanni Battista dei Giudici eine Reihe von Fresken, die offensichtlich nicht ohne Kunstwert waren und die sich auf Leben und Tod des Santo Bambino bezogen.

Im Schiff der Kapelle waren weitere wertvolle Gemälde, die auf berühmte Wunder Bezug nahmen, welche der Fürbitte des Kindes zugeschrieben wurden. Daneben hingen silberne und goldene Votivgaben, welche die Mirakel symbolisierten, die für den kleinen Simon so typisch waren: winzige Wiegen und Fatschenkinder, goldene Rasseln und Löffelchen. Oben an der linken Seite der Kapellenwand las Ventimiglia die wichtigsten, Simon betreffenden Daten: Sein Geburts- und Sterbedatum, den Tag seiner Beisetzung und den Tag der feierlichen Überführung seiner Gebeine in die neuerrichtete Kapelle.

Giovanni Battista dei Giudici blieb lange in der Kapelle des seligen Kindes stehen, mitten unter den Gläubigen, zwischen Männern, Frauen und Kindern, zwischen Bettlern, Bauern, Handwerkern und reichen Städtern, zwischen Kranken, Krüppeln und frisch getrauten Eheleuten. Er erlebte die inbrünstige Frömmigkeit dieser Leute, die bewegend war und rührend. Einige riefen dem Seligen ihre Anliegen laut entgegen. Andere weinten hemmungslos, um dem kleinen Patron ihre Not und Verzweiflung zu zeigen.

Nach einem letzten Blick auf den goldenen Reliquienschrein verließ der Bischof die Kapelle. In der Kirche selbst entdeckte er noch einen Seitenaltar, der gleichfalls dem seligen Simon geweiht war. Das Altarbild stellte ihn dar, wie er von einem Engel dem Himmel zugeführt wurde.

Auch die Mutter des Simon war bereits gestorben – bei der Geburt ihres vierten Kindes, wie man erzählte. Man hatte sie ehrenhalber in der St.-Petrus-Kirche beigesetzt. Giovanni Battista dei Giudici entdeckte das marmorne Grabmal, das zu ihrem Gedächtnis errichtet worden war, gleich links neben dem Eingang zur Kirche.

»Hier ruht Maria, die Mutter des unschuldigen Märtyrers Simon, Mutter eines Seligen und selige Mutter ...«, übersetzte Ventimiglia die lateinische Grabinschrift. Viele Blumen schmückten das Grab, und Kerzen brannten davor. Offensichtlich sah das Volk auch in ihr eine Heilige und verehrte sie. Die Logik der einfachen Leute war simpel: Diese Frau hatte dem seligen Kind das Leben geschenkt. Sie nährte es an ihrer Brust, sie plapperte und spielte mit ihm, wie es eine Mutter zu tun pflegt, sie lehrte ihn gehen, ihr galt sein erstes kindliches Wort: »Mama«. Sie kochte und sorgte für ihn. Wie ein Schwert durchdrang sein grausamer Tod ihre Seele. Sie mußte eine Heilige sein. Kinderlose Frauen riefen sie nun um ihre Fürbitte an. Mütter erzählten ihr die Sorgen um ihre Sprößlinge. Hier war sie wieder, diese menschliche und sympathische Dimension des ganzen Kultes, der um die Gestalt des Knaben Simon gewoben wurde.

Nachdem er alles gesehen und seine Neugierde einigermaßen befriedigt hatte, verließ der Bischof die Kirche. Nach den Gerüchen von erkaltetem Weihrauch und Kerzenwachs schien ihm die frische Sommerluft köstlich. Ein neuer Gedanke beschäftigte ihn jetzt. All die Jahre war seine größte Sorge gewesen, was wohl aus der Jüdin Brunetta geworden sein mochte. Diese zarte Frau, die so mutig gewesen war, die alle Foltern und Strapazen standhaft ertragen hatte und als einzige von den Jüdinnen zu keinem falschen Geständnis zu zwingen war. Und die dann, aller Gefahr entronnen, zurückkehrte und plötzlich dasselbe Geständnis ablegte wie die anderen. Was mochte sie zu dieser Tat bewogen haben? Ventimiglia hatte Brunetta nie gesehen, aber ihr Schicksal hatte ihn immer besonders beschäftigt. Er mußte herausbekommen, ob die Frau noch lebte und, wenn ja, wo.

Giovanni Battista dei Giudici lenkte seine Schritte in Richtung des Geburtshauses des Simon, im nordöstlichen Teil der Stadt, welcher immer noch das enge, schmutzige Viertel beherbergte, das er in Erinnerung hatte. Neugierige Gesichter zeigten sich in den Türen und Fenstern, die Kinder hielten im Spiel inne, die Händler in ihren Geschäften; einige alte Frauen bekreuzigten sich wie vor dem Allerheiligsten zur Fronleichnamsprozession. Die meisten erkannten Giovanni Battista dei Giudici nicht, sahen nur den hohen Bischof und Herrn, der ohne Begleitung und soldatischen Schutz durch ihre Straßen schritt. Hatte die Stadt in den letzten Jahren, seitdem sie einen so berühmten Märtyrer und Heiligen in ihren Mauern beherbergte, auch viele hohe Damen und Herren als Pilger gesehen, so war der Anblick eines Bischofs doch immer noch ein bemerkenswertes Ereignis. Einige Menschen jedoch erkannten Ventimiglia wieder, und so folgten ihm auch mißgünstige Blicke, ihm, der nach so vielen Jahren wiedergekommen war, um – so mutmaßten einige finster – den so lieb und teuer gewordenen Kult des seligen Märtyrers zu stören. Giovanni Battista dei Giudici hatte die schmale Straße erreicht, in der sich das Geburtshaus des Kindes befand. Die Leute kamen und gingen. Ihr Ziel war das frühere Wohnhaus der Eheleute Andreas und Maria. Bischof Hinderbach hatte es zu einer Kapelle umbauen lassen. Man hatte den einfachen zweistöckigen Bau neu verputzt und mit vielerlei Ornamenten versehen. Über der Haustür war ein großes Oberlicht mit bunter Glasmalerei angebracht worden, vor dem sich eine große bronzene Statue des Märtyrers erhob und gleichsam zum Gruße auf die ankommenden Pilger und Verehrer herunterblickte. Auf der Höhe des zweiten Stockes war zwischen zwei kleinen Fenstern eine große Wandmalerei angebracht worden, die den seligen Knaben in seiner himmlischen Glorie darstellen sollte, die Märtyrerpalme in der Rechten. Auf der Seite las man: »In hac domo natus est B. Simon, cujus corpus quiescit in ecclesia Sancti Petri, a. D. J. Chr. 1475 in hac contrada raptus.«

Nachdenklich beobachtete Ventimiglia die dunkle Gasse. Die sonderbare Geschichte des kleinen Simon hatte ihr nicht nur eine Kapelle geschenkt. In dieser Gasse aus Staub und Dreck, in der sich bislang im Schatten engstehender Häuser und Baracken nur das Leben harter Arbeit und Armseligkeit abgespielt hatte, erhob sich nun ein kleines Heiligtum, das Pilger aus vielen Städten und Ländern anlockte. Armut und Reichtum durchmischten sich hier auf seltsame Weise. Das Licht der Kerzen und des Goldes warf gelbliche Streifen auf die lehmige Erde – jedesmal wenn die Tür der kleinen Kapelle geöffnet wurde.

Ein paar schwarz gekleidete Nonnen betraten gerade die Kapelle, der Bischof folgte ihnen. Die Zwischenwände des Hauses waren entfernt worden, so daß man einen großen Raum geschaffen hatte. In diesem hatte man einen wertvollen Altar errichtet und mehrere Sitz- und Kniebänke aufgestellt. Alles wirkte sehr kostbar und würdevoll. Die Nonnen knieten sich auf dem polierten Marmorboden nieder. Sie griffen nach ihren hölzernen Rosenkränzen, die an ihren Gewändern baumelten, schlugen wie auf ein unsichtbares Signal hin das Zeichen des Kreuzes, und unversehens begannen ihre Lippen, sich schnell zu bewegen. Nach einiger Zeit waren die Nonnen in seliger Ekstase, mit verzücktem Gesicht blickten sie auf das Bild des kleinen Märtyrers auf dem Altar. Von Zeit zu Zeit küßten sie den Boden an der Stelle, an der das Bett des kleinen Märtyrers gestanden hatte, bekreuzigten sich von neuem und setzten ihr Gebet fort.

Auf seinem Rückweg kam Ventimiglia an den Häusern vorbei, in denen die jüdischen Familien einst gelebt hatten. Zwei der Häuser schienen noch bewohnt zu sein – vielleicht von Kindern der hingerichteten Männer? Das ehemalige Haus des Samuel aber, in dem sich die Synagoge befunden hatte, glich einer Ruine. Offensichtlich war es als angeblicher Tatort vom Pöbel gestürmt und verwüstet worden. Der Bischof näherte sich dem zerstörten Haus, drückte gegen die morsche Eingangstür. Knarrend öffnete sie sich. Giovanni Battista dei Giudici schritt durch dunkle Korridore und leere Zimmer, stand vor zugeschütteten Türen und Bergen von Dreck; er stieg Treppen hinauf und hinunter, bis er im Erdgeschoß jenen Raum betrat, der einst die Synagoge gewesen war. Im Halbdunkel wirkte der Gebetsraum auf den ersten Blick fast noch unbeschädigt. Aber als des Bischofs Augen sich an das Dämmerlicht gewöhnt hatten, sah er die Verwüstung: Eine Anzahl zerbrochener Scheiben waren mit Ölpapier verschlossen worden. Bruchstücke zertrümmerter und verkohlter Sitzbänke bildeten in einer Ecke einen Trümmerhaufen, nur zwei Bänke standen rußgeschwärzt noch an ihrem Platz. Zentimeterdick bedeckte schwarze Asche die Kanzel und den Thoraschrein. Giovanni Battista dei Giudici wandte sich mit Schaudern ab.

Der Stadthauptmann wartete bereits auf Ventimiglia, um ihn zum Torre Verde, dem Frauengefängnis, zu geleiten. Eine feiste Gefängniswärterin schloß eine der Zellen auf. Der Bischof ließ seinen Blick herumwandern. Wenn man es – aus welchen Gründen auch immer – für nötig hielt, die Jüdinnen einzusperren, hätte man dann nicht wenigstens eine menschenwürdigere Unterkunft finden können? Für einen unbußfertigen Verbrecher wäre dieses dreckige Loch angemessen gewesen, nicht aber für Menschen, deren einziges

Verbrechen darin bestand, eine Bedrohung zu sein für das Gespinst aus Lügen und Betrug, welches die Herrschenden dieser Stadt gewoben hatten.

»Welch abscheuliches Loch«, murmelte Ventimiglia.

»Das ist unser bester Zellentrakt«, erwiderte Jacob von Spaur erstaunt, und sichtlich verärgert ergänzte er: »Wenn die Jüdinnen auch gestanden und die Taufe begehrt haben, darf man doch nicht vergessen, daß sie an einem entsetzlichen Verbrechen beteiligt gewesen sind ...«

»Wo sind die Frauen?« fragte Giovanni Battista dei Giudici.

»Wohl im Schlafzimmer, das hier ist nämlich der Wohn- und Aufenthaltsraum.«

Kaum waren Jacob von Spaurs spöttische Worte verklungen, öffnete sich die Tür zu der weiter hinten gelegenen Zelle. Giovanni Battista hielt den Atem an und glaubte einen Augenblick lang, einer Täuschung zum Opfer zu fallen. Die fünf Frauen, die den Raum betraten, wirkten wie unwirkliche Schatten. Sie trugen zerschlissene schwarze Kleider, wirkten klein, sehr dünn, zerbrechlich; ihre erschreckend blassen Gesichter waren von dunklen Kopftüchern umrahmt und hatten einen starren, maskenhaften Ausdruck. Am erschreckendsten jedoch waren ihre ausdruckslosen und trüben Augen. Sie waren ohne Seele und Gefühl, und das Leben spiegelte sich nicht mehr in ihnen wider. Ein sonderbares Gefühl erfüllte den Bischof. Er schwankte zwischen Mitleid und Neugier. Er war sich nicht sicher: Waren diese Frauen Heldinnen und Märtyrerinnen, oder waren sie doch unverzeihlich feige und schwach gewesen, als sie die falschen Bekenntnisse abgelegt hatten? Sicher: Sie mußten an ihre Kinder denken, aber mit ihren Geständnissen hatten sie die furchtbare Geschichte vom jüdischen Blutmord besiegelt und der Legende vom hebräischen Blutgebrauch endgültig zum Durchbruch verholfen; zum Schaden wie vieler unschuldiger Juden – das wußte allein Gott.

»Da sind sie, die jüdischen Weiber, bekehrte Sünderinnen …«, sagte der Stadthauptmann und deutete auf die Frauen. Diese blickten auf Jacob von Spaur und den ihnen unbekannten hohen Geistlichen.

»Was wollt Ihr von uns?« fragte eine der Frauen.

»Ich bin Bischof Giovanni Battista dei Giudici«, erwiderte der Angesprochene.

Bei der Nennung seines Namens blitzte ein schwaches Zeichen der Erinnerung in den Augen der Frauen auf. Sie hatten den ehemaligen päpstlichen Legaten nie zu Gesicht bekommen, aber sie wußten sehr wohl, wie selbstlos er sich für ihre Befreiung und die Rehabilitierung ihrer Männer eingesetzt hatte.

»Ich wünschte, Euch kennenzulernen. Als ich vor neun Jahren als päpstlicher Legat hier in der Stadt weilte, war mir eine Begegnung mit Euch nicht möglich gewesen. Doch nun, nach all den Jahren, wollte ich Euch sehen und mit Euch sprechen …«

»Warum?« fragte eine der Frauen, es war Anna. »Wir haben alles gestanden! Unsere Männer haben den seligen Märtyrer Simon ermordet, und wir haben vor seinem Leichnam gelästert. Wir danken Gott, dem ehrwürdigsten Herrn Fürstbischof und allen Bürgern Trients, daß sie uns vergeben haben und wir ohne Sorge hier in dieser Stadt leben dürfen.«

Der Bischof trat an die Frau heran. Sie hatte die Worte leise und monoton gesprochen. Wie alt mochte die Frau sein? Höchstens vierzig Jahre. Aber wie blaß und verhärmt sah sie aus?

»Wißt Ihr, welche Auswirkungen die geheimnisvollen Geschehnisse hatten, die sich hier in Trient vor neun Jahren abgespielt haben?« fragte Giovanni Battista dei Giudici und erwog angesichts der Anwesenheit des Stadthauptmanns vorsichtig jedes Wort.

»Überall in der Christenheit gibt es seitdem vermehrt gegen Juden erhobene Vorwürfe des rituellen Mordes, unzählige Prozesse und Hinrichtungen. Vor allem auch in der näheren und weiteren Umgebung … Vor vier Jahren, 1480, soll in der zur Republik Venedig gehörenden Ortschaft Portobuffole der siebenjährige Knabe Sebastiano Novello aus Bergamo von mehreren Juden geschächtet worden sein. Die Beschuldigten wurden auf dem Markusplatz in Venedig öffentlich verbrannt. Im selben Jahr wurde in Motta, ebenfalls auf venezianischem Gebiet, ein totes Kind aufgefunden. Wieder wurden mehrere Juden hingerichtet. Ein dritter Fall ereignete sich in Treviso, und so weiter ...«

Anna verstand, was der Bischof damit zum Ausdruck bringen wollte.

»Wir können nichts anderes sagen ...«, flüsterte sie mit gesenktem Kopf, »unsere Kinder leben glücklich in dieser Stadt ...« Doch plötzlich trat sie nahe an Giovanni Battista dei Giudici heran und flüsterte schnell: »Geht nach Grigno. Dort lebt, südlich der Ortschaft, in einem einsamen Haus und inkognito meine Schwiegermutter Brunetta. Sie hat keine Kinder, die gefährdet wären. Vielleicht wird sie tun, was Ihr für richtig haltet ...«

Der Stadthauptmann hatte das Flüstern der Jüdin gehört, ihre Worte allerdings nicht verstanden. »Ruhe!« brüllte er. »Keine geheimen Botschaften ...«

Zu Ventimiglia gewandt, sagte er: »Wenn das so ist, muß ich Euch bitten, wieder zu gehen ...«

Giovanni Battista dei Giudici nickte den Frauen noch einmal zu und verließ mit dem Stadthauptmann das Gefängnis.

Am Vormittag des nächsten Tages wurde Ventimiglia von einem Boten Hinderbachs im Gasthaus, in dem er abgestiegen war, abgeholt und zum bischöflichen Schloß gebracht. Der Fürstbischof hatte sich sehr schnell bereit erklärt, Bischof Giovanni Battista dei Giudici zu empfangen. Nachdem sie verschiedene Treppen emporgestiegen und Korridore entlanggegangen waren, blieb der Bote vor einer schweren dunklen Eichentür stehen und stieß sie auf, so daß sie sich mit einem langen knarrenden Laut öffnete.

»Ihr werdet erwartet«, sagte er und verbeugte sich leicht.

Ventimiglia betrat das Zimmer. Der Raum war abgedunkelt. Hoch wölbte sich das Deckengebälk. Große Gemälde in schweren goldenen Rahmen hingen neben dunklen Gobelins an den Wänden, geschnitzte Heiligenstatuen und meterhohe Bücherregale standen in den Ecken. In einem riesigen geschnitzten Bett aus schwarzem Ebenholz mit Verzierungen und Schnörkeln ruhte ein alter Mann. Es war Bischof Hinderbach. Mit blutleerem Gesicht lag er auf seinem Kissen. Er war ungewöhnlich dick geworden. Über seinem aufgedunsenen Leib dehnte sich der Hals in mehreren Falten, Wulst auf Wulst, ohne erkennbaren Übergang zu den Wangen; Wasser und Fett hatten alle Konturen verwischt.

Giovanni Battista dei Giudici setzte sich auf den samtbezogenen Stuhl, der vor dem Bett bereitstand. Hinderbach rührte sich nicht, aber seine Augen waren geöffnet und fixierten den ehemaligen päpstlichen Legaten. Die Männer betrachteten sich schweigend. Der Fürstbischof erkannte mit Neid, daß sein Gegenüber kaum gealtert war. Er war immer noch voller Gesundheit und Kraft – ganz im Gegensatz zu ihm selbst: Er war ein todkranker Mann; das verrieten seine blaß-bläuliche Gesichtsfarbe, die Schweißtropfen auf der Stirn, das trübe, unruhige Augenflackern, die zitternden Hände auf der Bettdecke; er konnte nicht mehr gerade sitzen, wurde mit Polstern gestützt. Hinderbach zog unter seinem Kopfkissen ein kleines Fläschchen hervor, öffnete es und ließ ein paar Tropfen des Elixiers auf einen silbernen Löffel rinnen. Dann setzte er den Löffel an seine Lippen, hob den feisten Kopf nach hinten und schloß ein wenig die Augen. Allerdings hielt er dabei seinen Blick zwischen den Wimpern hindurch unverwandt auf Ventimiglia gerichtet. Seine rotgeränderten, tränenden Augen rutschten in den tiefliegenden Höhlen hin und her, als die bittere Medizin seine Kehle hinunterrann.

Der Fürstbischof schwieg immer noch und blieb ganz ruhig, die schweren Lider über seinen entzündeten Augen hoben sich kaum, während er Giovanni Battista dei Giudici mit seinem Blick zu durchbohren schien. Schließlich unterbrach die Stimme Ventimiglias das unerträglich werdende Schweigen.

»Ich grüße Euch«, begann er, und ohne eine Erwiderung Hinderbachs abzuwarten, fuhr er fort: »Mit dem Tode Bernardino da Feltres seid Ihr der einzige unter den Lebenden, der weiß, was hier in dieser Stadt vor neun Jahren wirklich geschehen ist ... Ich bin zurückgekehrt, um Eurem Gewissen noch einmal die Gelegenheit zu geben, die Wahrheit zu enthüllen und Eure Schuld zu sühnen. Ihr habt viel Leid über die Juden gebracht, nicht nur über die Juden dieser Stadt, deren Tod Ihr zu verantworten habt. Sprecht also jetzt, ersetzt die Lüge durch die Wahrheit, bevor es für Eure Seele zu spät ist, denn bald werdet Ihr vor Euren ewigen Richter treten ...«

Immer noch lag der Fürstbischof ganz ruhig und regungslos. »Ihr habt recht ...«, erwiderte er schließlich, seine Stimme war angegriffen und bisweilen kaum zu verstehen. »Ich bin der letzte, der weiß, wie es wirklich gewesen ist ... Aber mich werdet Ihr nicht dazu bringen, öffentlich zu widerrufen ... Da wäre es besser gewesen, Ihr wäret zu Bernardino da Feltre gegangen. Denn er war nur ein Fanatiker, und Fanatiker kann man verändern – wenn es auch sehr schwer ist. Ich aber habe nicht aus Fanatismus gehandelt, sondern aus einer unwiderleglichen Einsicht heraus. Außerdem: Bernardino da Feltre glaubte, sich durch seinen Kampf gegen das Judentum Verdienste vor Gott zu erwerben und sich den Himmel zu verdienen. Ihm hättet Ihr also vielleicht ein schlechtes Gewissen und Angst vor jenseitigen Strafen einreden können, ich aber weiß, daß es Gott und Hölle nicht gibt, womit wollt Ihr also mich hier auf meinem Totenbett unter Druck setzen?«

Der über diese Rede erstaunte Ventimiglia wollte etwas erwidern, doch Hinderbach ließ ihn nicht zu Wort kommen.

»Es war eine unglaubliche Art von Starrsinn, der Bernardino da Feltre stets getrieben hat. Zeit seines Lebens wehrte er sich fanatisch gegen etwas, was unabweislich und unveränderbar ist, nämlich die Tatsache, daß es Armut gibt und stets geben wird. Der Franziskanermönch begriff nie die vielschichtigen Zusammenhänge, die zu Armut und Ungerechtigkeit führen, und vor allem verstand er nicht, daß es Armut geben muß und daß das gut so ist, weil die hierdurch entstehende Hierarchie Ordnung schafft und bewahrt. Während seiner klösterlichen Ausbildung hat er viel gelehrtes Wissen in sich aufgenommen, dessen Notwendigkeit ihm nie besonders klargeworden ist. Er hat sein Wissen nie wirklich durchdrungen, nie geordnet, nie in seinen Zusammenhängen erfaßt. Aber er besaß ein Ziel, das am Ende dieser beschwerlichen Fahrt durch philosophische und theologische Labyrinthe seiner harrte. Ohne jemals wirklich am Leben der Menschen und der Welt teilzunehmen, hatte er nur das eine vor Augen: die Armen von ihrer Not zu befreien. Die Erklärung, die er für die Not in der Welt parat hatte, war simpel: Die Juden waren schuld und die Dummheit der christlichen Fürsten, die ihnen hörig waren. Ebenso simpel seine Lösung: Die Macht des jüdischen Zinses mußte ein für allemal gebrochen werden. Aus diesem Grunde errichtete er überall seine Monti di Pietà. Aber das genügte nicht … Nicht nur der Einfluß der Juden mußte beseitigt werden, sondern diese selbst …«

»Ihr wußtet also, daß die Juden das Kind nicht umgebracht haben …«, unterbrach Ventimiglia den plötzlichen Redefluß des Fürstbischofs.

»Natürlich!« erwiderte der Gefragte, »meint Ihr, ich glaube an so einen Blödsinn wie den des Blutvorwurfs? Bernardino da Feltre hat sicher an solche Dinge wirklich geglaubt – keine Frage –, aber in unserem Fall wußte auch er um die Unschuld der Juden. Aber er wußte auch, daß er ein Zeichen setzen mußte, und er bereitete sich darauf vor, nicht nur durch Gebete, Fasten und Bußübungen, sondern auch durch kühle Überlegungen, wobei Bernardino da Feltre nie

Probleme damit hatte, seine eigenen Überzeugungen mit dem Willen Gottes gleichzusetzen. Da kam ihm der geheimnisvolle Todesfall Ostern 1475 ganz recht. Ein tödlicher Gedanke entwickelte sich in seinem Kopf. Langsam nahm ein grausamer Plan in ihm Gestalt an, doch dazu brauchte er meine Hilfe ...«

»Aber was kann Euch bewogen haben, dieses böse Spiel mitzuspielen, wenn Euch offensichtlich nicht antijüdischer Aberglaube trieb?« fragte Ventimiglia. »War es nur das Geld, das dieser neue Märtyrerkult versprach?«

»O nein«, erwiderte Hinderbach. »Ihr macht es Euch zu einfach ... Hört mir zu, Bischof Giovanni Battista dei Giudici, ich möchte, daß Ihr alles versteht. Ich will versuchen, ganz offen mit Euch zu sein. Ich möchte, daß Ihr die Wahrheit über die Sache erfahrt, einfach alles. Und wißt Ihr, warum?« Hinderbach richtete sich jetzt ein wenig auf und sah Ventimiglia durchdringend an. »Weil Euch dieses Wissen nichts nutzen wird. Wer könnte Euch meine Worte bestätigen? Wer würde sie Euch glauben? Sie haben für Euch und Eure edlen Anliegen keinerlei Wert. Aber ich möchte Euch meine Motive erklären. Denn Ihr müßt wissen, Euer Mut und Eure Ehrlichkeit haben mich immer beeindruckt. In Eurem geradlinigen Streben seid Ihr mir nicht unähnlich ... Also hört mir zu. Vielleicht werdet Ihr verstehen. Ich habe meinen Glauben an Gott, Teufel, Engel und Jenseits schon seit langem begraben. Wie kann man überhaupt längere Zeit über das Sein und die Welt nachdenken, ohne den Glauben an diese außerweltlichen Gestalten zu verlieren? Aber ich habe nie aufgehört, an den Wert und Nutzen zu glauben, den diese religiösen Vorstellungen für die Stabilisierung und die Regelung des allgemeinen Miteinanders haben ... Es sind keine geheimnisvollen Musikanten, welche die Melodie unseres Lebens spielen, sondern diese Melodie des Daseins heißt Zufall und Grundlosigkeit, und nur wenige strauchelnde Füße finden dabei einen glücklichen und zufriedenstellenden Schritt – die meisten Menschen träumen bei diesem Tanz durchs Leben nur vom Glück und wie schön das Leben sein könnte, und ab und zu seufzen sie darüber. Aber dann drehen sie sich weiter und weiter im Tanz nach dem Willen blinder Zufälligkeiten. Einmal in ferner Zukunft, wenn die Sterne erloschen sein werden und die letzten Winde über die entvölkerte, wüst und leer gewordene Erde fegen, wird Ruhe sein mit diesem sinnlosen Tanz der Hoffnungen und der Enttäuschungen. Bis dahin aber müssen wir eine feste Ordnung haben und eine Ideologie, die uns hindern, aus Verzweiflung und Enttäuschung über unser sinnloses Dasein übereinander herzufallen ...«

»Und diese Ideologie ist der katholische Glaube?« fragte Bischof Ventimiglia.

»Nun ja, die bestmögliche Religion zur Stabilisierung der gesellschaftlichen Ordnung scheint mir das Christentum an sich nicht zu sein. Da ließen sich geeignetere denken ...«, überlegte Hinderbach. »Irgendwo nagt ein gefährlicher Wurm der Freiheit und Individualität im Stamme dieser Religion. Aber sie ist nun einmal die vorhandene und fest in den Herzen der Menschen verwurzelt. Außerdem ist es der kirchlichen Hierarchie weitestgehend gelungen, das freiheitliche Moment in der Botschaft des Nazareners zu verdunkeln und zu bändigen ... Aber ich habe Angst, schreckliche Alpträume suchen mich heim: Die Tage der Inquisition könnten einmal vorbei sein. Einmal wird es keine Folter und keine Scheiterhaufen mehr geben. Die Menschheit wird sich von diesen Unterdrückungs- und Disziplinierungsinstrumenten befreien. Doch die damit gewonnene Freiheit wird entsetzlicher sein als die furchtbarste Folter. Und auch die Hölle wird es einmal nicht mehr geben. Die Menschen werden an diese Gespenster nicht mehr glauben. Sie werden die wahren Kräfte entdecken, welche die Welt bewegen.«

Hinderbach hielt inne, sein Blick wurde starr. Plötzlich lachte er laut auf: »Die so viel gerühmten Wunder des kleinen Simonino! Ha! Es gibt keine Wunder! Es gibt nur die realen Naturgewalten: Feuer, Wasser, Erde und Luft; und die bekannten Erscheinungsformen der Natur: fest, flüssig, gasförmig; die Naturkräfte: Anziehung und Abstoßung, Bewegung und Ruhe. Aus diesen Elementen und mechanischen Gesetzen erklärt sich alles, was geschieht. Ich weiß es. Und die ganze Welt wird es einmal wissen. Doch furchtbar wird diese Welt dann sein. Wenn es Gott nicht gibt, ist alles erlaubt, sagt der Mensch. Was für ein Irrtum: Ohne Gott ist nichts erlaubt, nichts! Denn ohne Gott gibt es niemanden, der dem Menschen verzeihen könnte, niemanden, der ihm sagt, was er tun und was er lassen soll. Der Mensch müßte bis zum Ende seiner Tage in der Hölle seiner eigenen Willkür und damit seines nie entlastbaren Gewissens leben.«

Hinderbach umfaßte mit der Hand sein dickes Kinn, knetete mit den Fingerspitzen die feucht-teigige Backe. Als er sie losließ, zeigte sie wie eine überreife Birne gerötete Vertiefungen und Druckstellen. Dann fuhr er fort:

»Ein jeder rettet sich vor dieser entsetzlichen Freiheit durch das Gesetz, das er befolgt. Alle Gesetze sind hier gleich geeignet, Christus so viel wie Moses oder Mohammed, das Evangelium so viel wie der Talmud oder der Koran, das Gesetz der Kirche so viel wie das Gesetz der weltlichen Macht. Gut und Böse gibt es nicht als objektive Größen, was zählt, ist nur dieser Effekt, sich von der Angst und der Freiheit zu befreien ... Angst hat man nur vor dem, was man nicht begreift, sagt man. Auch das ist ein Irrtum: Wirkliche Angst hat man nur vor dem, was man versteht! Bei Dingen, die uns rätselhaft sind, können wir immer noch ein dahinterliegendes Geheimnis vermuten. Wird die Welt in ihrem mechanischen Funktionieren aber einmal erforscht und verstanden sein, wird die Sinnlosigkeit der Wirklichkeit uns übermannen und erschlagen. Das ist mein Alptraum, meine Hölle: Die Menschen werden beginnen, die Natur nüchtern zu erforschen. Und sie werden ihre Zusammenhänge verstehen. Verstehen aber heißt verachten. Dann wird dem Menschen nichts mehr heilig sein, vor allem nicht das Leben. Nimm dem Menschen seine unsterbliche Seele, was bleibt da noch? Ein häßliches, armseliges und gejagtes Tier. Es ist ein gewaltiger Unterschied, ob man glaubt, die Menschen seien nicht mehr als Schaumblasen auf einem Bach, die vom Strudel wieder verschlungen werden, Wolken am Himmel, die der Wind zerfleddert und auflöst, die Ergebnisse von Zufällen, Mücken, die ein wenig im Sonnenlicht tanzen und dann verschwunden sind; oder ob man glaubt, daß der Mensch eine unsterbliche, von Gott erschaffene und gewollte Seele besitzt, die von der Allmacht ins Fleisch gehüllt wird, damit sie auf Erden geprüft und vollendet werde. Es ist ein großer Unterschied, ob der Tod das Nichts ist, oder lediglich eine Pforte, welche zu der endlosen Herrlichkeit führt, die für uns bereitet ist.«

»Es scheint, Ihr seht im Glauben eine Art Rauschmittel für die Massen, zu ihrer Befriedung und Befriedigung ...«, unterbrach Bischof Ventimiglia.

»Ja, der Glaube ist ein solches Rauschmittel«, bestätigte der Fürstbischof, »der Glaubende erträumt sich eine schönere, buntere und edlere Welt, er erhofft ihr Kommen durch Gott im jenseitigen Leben. Der Ungläubige jedoch will diese Welt erschaffen, hier in dieser materiellen Wirklichkeit, und zwar bald!«

»Aber warum glaubt Ihr, daß diese von ›sehenden‹ und verstehenden Menschen erbaute Welt so furchtbar sein wird, daß sie mit Feuer und Schwert, mit kirchlicher Gewalt, Inquisition und dem Ausstreuen von Aberglauben verhindert werden muß?« fragte Ventimiglia. »Warum fürchtet gerade Ihr diese neue Welt, wo Ihr doch geradezu einen Vorläufer dieses neuen Menschentyps verkörpert?«

»Diese neuen Menschen werden eine Diktatur errichten, die viel furchtbarer sein wird, als es eine kirchliche Herrschaft je sein könnte«, antwortete Hinderbach erregt. »Jedermann wird, oberflächlich betrachtet, frei scheinen, aber in Wirklichkeit leben alle in der größten Unfreiheit, die es gibt: der Unfreiheit des eigenen Ichs! Sie werden hungern, hungern nach einem Lebenssinn ... Auf die Kirche aber, die einen solchen metaphysischen Lebenssinn anbieten könnte, wird man nicht mehr hören. Man wird sie verspotten, über sie lästern. In einigen Ländern werden die politischen Machthaber die Kirche erniedrigen, verfolgen und gewaltsam ausrotten. In anderen Ländern werden die Menschen ihren Glauben freiwillig über Bord werfen. Die neuen Menschen, frei und autonom, werden keine Tempel, keine Altäre, keine Dogmen mehr brauchen. Sie werden meinen, es nicht mehr nötig zu haben, Gott zu lieben und von Gott geliebt zu werden ...«

»Der Nutzen der Religion besteht also allein darin, dem Menschen die Angst vor seiner eigenen Freiheit zu nehmen, indem sie ihm gerade diese Freiheit nimmt?« fragte Giovanni Battista dei Giudici.

»Die Angst vor der Freiheit«, bestätigte Hinderbach, »und die Angst vor dem Tod ... Haben die Menschen nicht Angst vor dem Tod? Fürchten sie ihn nicht fast so wie die Freiheit?«

»Und Ihr?« fragte Ventimiglia. »Fürchtet Ihr nicht den Tod, jetzt, wo Ihr ein solches Verbrechen zu verantworten habt?«

Hinderbach schloß die Augen und schüttelte unwirsch den Kopf. »Nein, überhaupt nicht«, antwortete er, »weil der Tod gleichbedeutend mit dem Nichts ist. Ich verachte den Tod nur. Die meisten Menschen aber fürchten den Tod, diese unbekannte, dunkle Seite unseres Seins. Um mit dieser Angst fertig zu werden, wird der Tod mit dem Licht phantastischer Ideen umgeben, eine davon heißt ›Religion‹. Es gibt für diese armselige Menschheit nur eine Hoffnung, durch den Tod nicht elend vom Dunkel verschluckt zu werden, sondern vielmehr durch ihn in leuchtendem Glanz emporzusteigen, und diese Hoffnung heißt ›Unsterblichkeit‹. Durch diesen Glauben erst ist den Menschen der Lebenskampf und der Lebensgenuß möglich. Versteht: Der Atheismus ist nur von einigen wenigen Heroen des Geistes lebbar. Für die Masse ist er gefährlich, ein Sprengstoff, der die

Grundfesten unserer Zivilisation zu zerstören droht. Vielleicht gibt es ein paar Menschen, die sich nicht vor dem Tod fürchten; aber eines ist sicher: Jeder Mensch fürchtet sich vor der Freiheit.«

»Ihr habt es für Eure Aufgabe gehalten, Blut zu vergießen, um die etablierte Ordnung aufrechtzuerhalten«, erwiderte Ventimiglia nun mit scharfer Stimme. »Ihr habt es getan, obwohl Ihr wußtet, daß Eure Opfer unschuldig waren. Ihr habt es getan um einer eigenartigen Idee vom Menschen willen. Ihr haltet Euch für so erhaben über den Rest der Sterblichen und seid so überzeugt von der Richtigkeit Eurer Weltanschauung, daß Ihr Euch im Recht und ohne Schuld glaubt. Ja, aus Eurer angeblichen Überlegenheit über die Blindheit und Dummheit der Masse gewinnt Ihr Euer tragisches Selbstbewußtsein. Ihr trauert nicht um Eure unschuldigen Opfer, Ihr trauert um Euch selbst.«

Unter den anklagenden Worten Ventimiglias nahm Hinderbachs Gesicht einen tumben Ausdruck an. Er kratzte sich abermals Wange und Kinn. Wieder blieben rote Streifen und Druckstellen zurück.

»Ach! Ihr versteht nichts«, rief Hinderbach schließlich aufgebracht. In seinen Augen lag jetzt ein Ausdruck, den man für Müdigkeit und Altersschwäche hätte halten können, es war aber nichts anderes als das Gefühl eines an Lebensüberdruß erstickten Zynismus.

»Jawohl, nicht der Tod ist, was ich fürchte. Aber die Freiheit ...«, Hinderbach stöhnte, »die Freiheit, die ist eine reale Bedrohung. Und ich fürchte die Freiheit – auch meine eigene. Und ich trauere ... Wenn ich an die Juden denke, die ich hinrichten ließ ... Nicht die Hölle, nicht die Verdammnis fürchte ich dafür. Aber die quälende Stimme meines Gewissens. Ich kann mein Gewissen nicht entlasten durch Reue und Beichte wie Ihr, ich kann nicht auf die Vergebung durch eine höhere Macht hoffen, weil ich weiß, daß es eine solche Macht nicht gibt. Ich muß selbst fertig werden mit meiner Tat, mit meiner Entscheidung, die ich ganz allein und frei getroffen habe. Glücklicher Giovanni de Salis, glücklicher Jacob von Spaur. Sie haben nur auf meinen Befehl hin gehandelt. Sie sind entschuldigt. Glücklicher Bernardino da Feltre. Er hat nur im Interesse der Kirche gehandelt. Er ist entschuldigt. Aber das ist ja gerade das, wofür ich mein Leben lang gekämpft habe. Die Menschen vor diesem allerschlimmsten aller Leiden zu bewahren ... der Freiheit und dem Gewissen.«

Hinderbach schwieg einige Sekunden. Dann sagte er bitter: »Es gibt nichts Einfältigeres auf der Welt als den Willen zu glauben. Und je törichter der Glaube, desto stärker und unerschütterlicher wird daran festgehalten. Der christliche Glaube – das, was wir daraus gemacht haben – ist von dieser herrlichen Einfältigkeit. Unser Gott sitzt in kleinen Brotscheiben! Wie haben sich die Juden dieser Stadt gerade immer wieder über diesen Punkt unseres Glaubens befremdet gezeigt – keine ihnen zugefügte Qual konnte so groß sein, daß sie sich nicht über dieses christliche Dogma gewundert hätten, sooft wir darauf zu sprechen kamen – und sie hatten recht ... Ich habe immer folgenden Vergleich vor Augen: Die Kirche ist ein Schloß, unermeßlich alt, zeitlos, erstarrt in Riten und Zeremonien, deren Sinn längst verloren ist, deren Vollzug jedoch den Geist und das Lebenswerk eines gewissen Jesus von Nazareth fortführen soll. Außerhalb des prächtigen, reichen Schlosses, an den Fuß seiner Außenmauer gedrängt, stehen die erbärmlichen Hütten der Gläubigen und Anhänger dieses grandiosen Kultes, die ihr kümmerliches Leben in Armut und Schmutz zubringen. Hin und wieder öffnen sich die Tore des Palastes, lassen die Priester die Armen und Zerlumpten hinein, und man zeigt ihnen ein paar der kostbaren und wertvollen Kunstschätze, mit denen das Schloß angefüllt ist. Fast scheint es, als führte die Kirche, die ihre eigentliche Grundlage – den Geist des Mannes aus Nazareth – eingebüßt hat, das Leben eines wandelnden Leichnams, dessen unechte Existenz dadurch künstlich verlängert wird, daß man ihm immer wieder eine Dosis Sentiment, Ritus und Mystizismus verabreicht. Und wo das nicht genügt, greifen wir zu den Mitteln der Zensur, der Kirchenzucht, der Inquisition, um die Ordnung aufrechtzuerhalten. Natürlich, vom Standpunkt eines gemeinen Humanismus sind die Juden- und Ketzerverfolgungen zu tadeln, die scharfen Maßnahmen zur Verteidigung der Orthodoxie, die Plünderung und Verbrennung verdächtiger Bücher und Schriften, das Überwachungssystem der Inquisition; aber vom Standpunkt eines kritischen Menschenbildes, das um die Gefährdung des Menschen weiß, betrachtet man alles das mit Wohlgefallen. Denn diese Dinge sind Ausdruck der höchsten Weisheit und Menschenliebe der Kirche.«

Wieder hielt der Fürstbischof inne. »Doch diese Kirche ist heute bedroht von zahlreichen Feinden«, sagte er schließlich mit bitterer Miene. »Dabei sind es nicht zunächst ihre äußeren Feinde, die Anhänger des Propheten Mohammed, die Türken, die sie bedrohen, wie noch zur Zeit der Kreuzzüge, vielmehr sitzen ihre Feinde heute innerhalb ihrer eigenen Mauern. Der männliche Kampfgeist der Kirche, ihre religiöse Einheit, die sie unverwundbar machte, werden heute untergraben, indem man in ihren Schoß Auseinandersetzungen, Zersplitterung und Ungehorsam brachte. Der Glaube selbst wird heute in Frage gestellt.«

»Was könnte Euch die Orthodoxie des Glaubens bedeuten?« fragte Ventimiglia mit trockener Stimme.

»Der Glaube an sich bedeutet mir nichts«, entgegnete der Fürstbischof, »da ich gar nichts glaube. Aber den Glauben der Kirche verletzen bedeutet, ihre Kraft zu schwächen. Wenn aber die Kirche an Kraft und Einfluß verliert, wird das Gemeinwesen erschüttert. Seht doch, wie überall das Ketzertum sein Gift versprüht. Böhmen ist die Brutstätte des Husitentums, in England verbreitete ein gewisser Wiclif seine Häresien. In unseren Landen ist das freie Beginentum noch nicht ausgerottet. An den Universitäten wagt man es, gegen den heiligen Thomas von Aquin zu argumentieren.

Dieser Mangel an theologischer und spiritueller Einheitlichkeit schwächt das Mark der Kirche. Die geringste Auseinandersetzung könnte die Christenheit zerreißen. Aber was würde aus ihr werden, wenn sie von einem Glaubensstreit zerrissen würde? Ihre Feinde würden diese günstige Gelegenheit nicht vorübergehen lassen. Und alle diese Häresien und Streitigkeiten in Theologie und Philosophie sind vielleicht erst die Vorboten einer noch viel radikaleren Umwälzung. Bei all diesen Mängeln und Uneinigkeiten in Kirche und Gesellschaft sollte es mich nicht wundern, wenn bald irgendwo in der Christenheit jemand aufsteht, der den Lauf der Dinge noch viel grundsätzlicher verändert, die Ordnungen zerstört, die Hunderte von Jahren bestanden haben, und den Bau der Orthodoxie und den Wall der Gesetze niederreißt; wenn das geschieht, dann rauschen die Fluten dahin und reißen alles mit sich fort, hin zu den Abgründen der menschlichen Seele und der menschlichen Freiheit, und vergeblich stemmen sich dann Kirche, Papst, Kaiser und Fürsten dem entgegen. Um diese gefährlichen Pestbeulen der Häresie, die bald zu tödlichen Geschwüren werden können, herauszubrennen, braucht es eine starke Inquisition; um die Einheit der Kirche wiederherzustellen, aber einen gemeinsamen äußeren Feind, und das müssen im Bewußtsein aller Christen die Juden sein, die Mörder unseres Erlösers, die unsere Kinder morden und unsere Brunnen vergiften. Versteht Ihr nicht, Giovanni Battista dei Giudici? Wenn der böhmische Ketzer Hus die wirkliche Gegenwart Christi in der konsekrierten Hostie leugnet und verkündet, Brot und Wein seien nur äußere Zeichen, und sich dieser neue Glaube dann ausbreitet in den Köpfen der Menschen, ja, verehrter Bischof, wie sollen der Klerus und die kirchliche Hierarchie dann ihre Autorität bewahren, wenn das Volk nicht mehr glaubt, daß Gott nur auf die Worte des gesalbten Priesters hin herabsteigt auf die Altäre unserer Kirchen, um die Gebete zu erhören, die der Priester aufopfert im Namen der Seelen? Meint Ihr, theologisch gelehrte Reflexionen über die

Transsubstantiation bringen dann den Glauben des Volkes zurück? Nein! Aber erzählt den Leuten von den schauerlichen Sakrilegien der verruchten Juden, welche diese an den geweihten Hostien begehen. Erzählt, wie sie in Hostien stechen, um Jesus zu durchstoßen, erzählt, wie sie das heilige Brot ins Feuer werfen, um Jesus zu verbrennen. Der einfache Gläubige wird sich sagen: Ja, wenn selbst die verworfenen Juden an Gottes Gegenwart in der Hostie glauben, wie sollten wir Christen dann daran zweifeln, nicht wahr? Und erzählt den Menschen von den Wundern, die bei diesen scheußlichen jüdischen Freveltaten geschehen: Hostien beginnen zu bluten, die perfiden Juden schauen in der geweihten Oblate das weinende Jesuskind. So, lieber Bischof, so und nur so erhalten wir der Masse den Glauben!«

»Und zur Aufrechterhaltung dieses angeblich notwendigen Aberglaubens mußten in Trient auch ein paar unschuldige Männer sterben?« fragte Ventimiglia bitter.

»Schuldig! Unschuldig! Was für Begriffe!« zischte der Fürstbischof. »Gut und Böse, das sind doch relative Größen. Was gut oder böse ist, definiert die Mehrheit, die Gemeinschaft. Wenn die Mehrheit festlegt, daß Juden ›böse‹ sind, dann ist das so! Aber wenn Ihr wollt: Gut, sie starben ›unschuldig‹«, Hinderbach hatte das letzte Wort ironisch gedehnt ausgesprochen. Dann fuhr er fort: »Wenn die Juden aber unschuldig starben, dann sind sie nicht sinnlos gestorben. Ihr durch die Folter erzwungenes Geständnis, daß sie Kinder des Teufels sind, erfüllt einen guten Zweck. Mit diesem Geständnis ist die moralische Weltordnung wiederhergestellt. Indem sich die Juden als Kinder der Finsternis anklagen, verhindern sie, daß die Menschen Gott die Plagen des Lebens anlasten. Wenn die Hebräer verantwortlich sind für alles Leid in der Welt, Hunger, Pest und Krankheit, dann kommen die Menschen nicht auf den dummen Gedanken nachzugrübeln, und so bemerken sie nicht, welch ein unsägliches Chaos die Welt ist. Sie bleiben gottesfürchtig und fromm, und indem sie das bleiben, bleiben sie auch gute

Bürger, gehorsame Landeskinder und demütige Schafe der Kirche. Wenn Ihr wollt, Bischof Giovanni Battista dei Giudici, verhelfen wir den Juden dazu, auch für ihren Gott und ihre Religion zu sterben. Lassen wir ihnen die Möglichkeit zu einem solch erhabenen Opfer! Ich, der ich nicht an Gott glaube, würde es anders formulieren: Die Hebräer opfern sich für ihre Mitmenschen, denn unsere Gemeinschaft – jede menschliche Gemeinschaft – braucht einen Sündenbock, den sie für alles verantwortlich machen kann. Die Juden bieten sich für diesen Dienst einfach an, nichts weiter ... Gleichwohl sind die Hebräer der größte Feind der Menschheit, weil sie das falsche Ideal der Freiheit verkörpern. Man braucht sich nur zu vergegenwärtigen, daß die Juden, zerstreut in alle Himmelsrichtungen, es fertiggebracht haben, sich über tausendvierhundert Jahre hindurch ohne Staat und ohne Territorium als religiöse Gemeinschaft zu erhalten; daß sie in dieser ganzen Zeit durch persönliche Einflußnahme eine zum Teil alles andere als unbedeutende Rolle in den Fürstenhäusern der christlichen Welt gespielt haben und daß sie völkerumfassend durch religiöse und familiäre Bande miteinander verknüpft sind. Das alles beweist die Stärke der jüdischen Religion und Idee. Wir brauchen kirchliche und politische Macht, um die christliche Idee wachzuhalten, wir brauchen festumgrenzte Territorien und kirchliche Organisationen, um Glauben zu erzeugen. Bei den Juden waren es allein ihr Stolz und ihre Eigensinnigkeit, die sie befähigt haben, die Jahrhunderte der Diaspora und Verbannung zu ertragen. Obgleich das Judenvolk zerstreut ist, bleibt es eine Gemeinschaft; trotz aller Verfolgung ist seine Vitalität ungebrochen; trotz der Feindseligkeit, mit der man ihm begegnet, ist sein Daseinswille unangetastet. Die große Gefahr, die vom Judentum ausgeht, ist nicht, wie Bernardino da Feltre in seiner entsetzlichen Dummheit und Verblendung glaubte, daß sich die Juden eines Tages in verschiedenen Winkeln der Erde zu separatistischen und geheimen Bünden sammeln, die unsere christliche Gesellschaft direkt bekämpfen, sondern daß die ganze Welt durchtränkt wird von der jüdischen Geisteshaltung und daß dieses alle getrennten Rassen und Religionen zum Verschwinden bringt. Das wäre in der Tat der größte Judaismus.«

»Aber muß das Judentum dann nicht bewundert werden für diese Kraft und Weltanschauung?« fragte Bischof Ventimiglia. »Beweisen die Hebräer nicht – entgegen Eurer Theorie –, daß Freiheit und Ordnung keine Gegensätze sein müssen?«

»Ja, es ist etwas Bewunderungswürdiges in der Geisteshaltung und in der Kraft des Judentums«, gab Bischof Hinderbach entschieden zu. »Aber gerade weil ich diesen Wesenszug des Judentums bewundere und immer bewundert habe, ist es mir eines Tages klargeworden: die Hebräer sind die Feinde unserer Ordnung und damit unsere Feinde. Vielleicht kann man von ihnen lernen, aber in unserer Mitte dürfen sie nicht bleiben. Und wenn ich mich umsah, wer die judenfeindliche Haltung am deutlichsten vertrat, dann entdeckte ich einen Mann, der bisher eine ganz erstaunliche Energie und Leidenschaft an den Tag gelegt hatte in der Bekämpfung des Judaismus: Pater Bernardino da Feltre. Natürlich konnte ich nicht ahnen, welche Entwicklung die ganze Sache nehmen würde. Nachdem die Bluttat an dem Kinde Simon aber geschehen war, erkannte ich ihre Bedeutung für unsere Sache und ließ den Franziskaner gewähren. Ich sagte mir – gerade weil ich die unheimliche und bedrohliche Größe und Stärke des hebräischen Volkes immer erkannt und anerkannt habe –, daß dieses Volk auch von einer größeren Leidensfähigkeit ist. Daher ist es besser, dieses Volk ist Verfolgung und Repressionen ausgesetzt, als daß das ganze christliche Volk in das schrecklichste aller Leiden, das diabolische Wagnis der Freiheit und der Ungesichertheit, gestürzt werde.«

»Ist das Kind Simon einem Unfall zum Opfer gefallen oder von einem Christen ermordet worden?« fragte Ventimiglia mit heiserer Stimme.

»Das Kind ist von einem Christen ermordet worden ...«,

antwortete der Fürstbischof, »aber nicht das ist es, was Euch wirklich interessiert …«

»Und Pater Paolo da Novara? Hat er Selbstmord begangen?« fragte Ventimiglia weiter.

»Natürlich nicht! Er ist uns in die Quere gekommen, und deshalb mußte er eliminiert werden.«

Giovanni Battista dei Giudici sprang auf, als er diese Worte hörte.

»Fürstbischof Hinderbach!« rief er nun mit energischer Stimme. »Ihr habt viele unschuldige Menschen einer wahnwitzigen Idee geopfert! Euer Gottesbild beleidigt unseren Schöpfer und Erlöser, Euer Menschenbild seine Schöpfung … Es bleibt nicht mehr die Zeit, Euch und Euer Denken zu korrigieren. Ihr seid zu alt und zu verbohrt! Außerdem bin ich nicht menschenfreundlich genug, daß mir Euer Gesinnungswandel an sich wichtig sein könnte … Aber ich werde Euer Lebenswerk zerstören! Verlaßt Euch darauf! Ich weiß, wo die Jüdin Brunetta lebt. Ich werde sie aufsuchen und sie dazu bringen, in diese Stadt zurückzukehren. Sie wird Euch ins Angesicht Widerruf leisten. Und so wird sie es tun vor dem nächsten Papst und der gesamten Christenheit. Die Wahrheit über Trient wird siegen!«

Mit diesen Worten drehte sich Ventimiglia um und verließ den Fürstbischof.

In der Stadt mietete Giovanni Battista dei Giudici unverzüglich eine Kutsche.

»Wißt Ihr, wo Grigno liegt?« fragte der Bischof den Fahrer. »Wie viele Meilen ist es von hier entfernt?«

»Grigno? Ungefähr dreißig Meilen«, antwortete der Kutscher, »wenn wir jetzt losfahren, werden wir in ungefähr sechs oder sieben Stunden dort sein.«

»Ich möchte zu einem bestimmten Haus südlich dieser Ortschaft. Werdet Ihr es finden?«

»Warum nicht?« erwiderte der Kutscher und bat seinen hohen Gast, den Wagen zu besteigen.

Kurz darauf verließ die Kutsche die Stadt in östlicher Richtung. Nach ungefähr sechs Stunden durch das Gebirge kamen sie an eine große Halde, die mit unzähligen blühenden Herbstzeitlosen bedeckt war.

»Ist es noch sehr weit?« fragte Ventimiglia, der langsam müde wurde.

»Noch ein Stückchen, Herr Bischof«, antwortete der Kutscher und trieb die Pferde an.

Die Straße begann noch einmal zu steigen und führte in eine fruchtbarere Gegend. Auf der einen Seite lag ein üppiges Feld, auf der anderen eine Schiefersteinmauer, die aus dem Felsen gehauen war. Darüber erhoben sich ergiebige Weinberge. Sie fuhren weiter, und man hörte nur noch das einschläfernde Quietschen der großen Wagenräder. In der Ferne rauschte die Brenta. Der Bischof drohte einzunicken. Plötzlich hielt die Kutsche.

»Hier ist es«, sagte der Kutscher. »Schaut, hochwürdigster Herr Bischof!«

Sie standen an einer Wegbiegung, von der man in die Tiefe sehen konnte. Ventimiglia erblickte ein kleines Haus, das flach in der Ebene zu liegen schien. Gegenüber dem kleinen Haus sah er eine alte windschiefe Hütte. Hinter dem Haus erstreckte sich ein gepflügter Acker. Weit und breit kein anderes Gebäude. Nur in der Ferne sah man eine kleinere Ortschaft. Das mußte Grigno sein.

»Hier, so einsam wohnt die Frau?« fragte der Bischof ungläubig und erschüttert zugleich. Sie fuhren weiter, in die Ebene hinunter. Der Wagen hielt vor dem kleinen alten Hof. Das Haus war aus gelblichem Backstein erbaut, der Verputz schon lange heruntergebröckelt.

»Bleibt Ihr hier«, sagte Ventimiglia zu dem Kutscher und öffnete die Wagentür. »Ich werde allein hineingehen.«

Als er das Tor in der kleinen Mauer um das ärmliche Haus öffnete und in den Garten trat, verbreitete die Sonne ihr mildes Abendrot. Der Bischof ging durch den Garten um das Haus herum. Da sah er eine Frau stehen, die offensichtlich gerade damit beschäftigt gewesen war, trockne Wäsche von der Leine zu nehmen. Nun stand sie aufrecht, mit dem Rücken zu ihm, und lauschte gespannt dem Ruf des Kuckucks im nahe gelegenen Wald. Zu ihren Füßen döste ein alter Hund. Als Ventimiglia näher kam, begann sein Herz zu klopfen. Auf seine knirschenden Schritte hin drehte sich die Frau jäh um, schrie leise auf und wich unwillkürlich einen Schritt zurück, dabei den weitschwingenden Rock mit beiden Händen zusammenraffend. Der Hund sprang auf und trat zwischen seine Herrin und den Bischof, indem er ein dumpfes Knurren von sich gab. Brunettas Gesicht war von Röte überzogen, ihre Augen blickten irritiert auf den Herannahenden.

»Wer seid Ihr?« fragte sie entsetzt, denn sie erkannte, daß ihr ein Bischof entgegentrat.

»Ich habe Euch erschreckt, bitte verzeiht mir«, sagte der Angesprochene bestürzt.

»Ach nein«, Brunetta verneigte sich unsicher und immer noch ängstlich. Ventimiglia blickte die Frau lächelnd an.

»Ich bin Bischof Giovanni Battista dei Giudici, Ventimiglia genannt«, sagte der Bischof schließlich. »Und Ihr müßt Brunetta sein ...!«

Ventimiglia hatte sie nie vorher gesehen. Sie glich allerdings erstaunlich dem Phantasiebild, das er sich von ihr gemacht hatte.

Brunetta zuckte zusammen. Sie stand vor dem mutigen Mann, der sich so sehr – wenn auch vergeblich – für die Juden Trients eingesetzt hatte. Oft hatte sie sich gewünscht, diesem guten Menschen die Hand zu drücken. Doch nun fand sie nicht Worte des Dankes, sondern nur der Verwunderung.

»Ich bin es ... Aber was macht Ihr hier in dieser Gegend, nach all den Jahren?« fragte die Frau. »Warum seid Ihr hierher gekommen?«

Ihr Gesicht drückte höchstes Erstaunen, ja Fassungslosigkeit aus.

»Warum seid Ihr gekommen?« wiederholte sie nach einigen Augenblicken der Stille. Ihre Stimme klang jetzt etwas kräftiger als zuvor; dabei schlang sie ihr Gewand fester um sich.

»Zunächst einmal – niemand hat mich geschickt. Ich bin aus eigenem Entschluß hier«, antwortete der Gefragte, und nach einigen Augenblicken ergänzte er: »Ich bin gekommen, Euch zu bitten, mit mir nach Trient zurückzukehren.« Ventimiglia machte eine kleine Pause. »Ihr müßt Euer Geständnis widerrufen! Ihr müßt die Unschuld Eurer hingerichteten Glaubensbrüder bezeugen, der Lüge die Maske vom Gesicht reißen und dem Aberglauben von der jüdischen Blutschuld entgegentreten! Die Dämonen der Lüge und des Hasses sind losgelassen, und überall verbreitet sich mit der Märtyrergeschichte des Knaben Simon die Kunde, die Juden schächteten kleine Christenkinder, das sei durch den Prozeß in Trient und das Geständnis nicht nur der angeklagten Juden, sondern auch ihrer Frauen belegt und bewiesen. Ihr, Brunetta, wenigstens müßt zurückkehren und bezeugen, daß es nicht wahr ist und wie es zu diesen erzwungenen Geständnissen gekommen ist! Bedenkt, wie vielen Eurer Glaubensbrüder dieses Märchen Leid und Tod bringen wird! Nur Ihr könnt die Ausbreitung dieser entsetzlichen Lüge verhindern.«

»Nur ich ...«, flüsterte die Frau. Ihr Gesicht erstarrte. »Was ist das für eine Bitte, Bischof? Was für eine Bitte ...« Die Stimme versagte ihr, als Tränen in ihre Augen traten. Mit einer ungeduldigen Bewegung wischte sie sie fort.

»Ihr müßt mich nach Trient begleiten, Brunetta«, wiederholte der Bischof.

Energisch schüttelte sie den Kopf.

»Nein! Durch die Taufe bin ich keine Jüdin mehr. Ihr wißt das sehr wohl!«

»Eine Taufe, die Ihr nicht gewollt habt, die man Euch aufgezwungen hat ...«

»Durch das falsche Geständnis und durch die Taufe habe

ich Verrat an meinem Volk und an meinem Glauben begangen! Kein Jude wird mich noch als seinesgleichen anerkennen!«

»Gott hat Euch in sein auserwähltes Volk berufen«, widersprach Ventimiglia ruhig und mit zarter Stimme. »Er wird darüber befinden, ob Ihr diese Würde noch innehabt oder nicht. Er wird darüber befinden, ob Ihr Eurem Volk Verräterin seid oder Judith, die dem Holofernes das Haupt der Lüge und des Hasses abschlägt und die Ihren rettet.«

»Ich begleite Euch nicht nach Trient«, erklärte Brunetta fest.

»Ihr müßt!«

»Aber ich werde es nicht tun. Niemals werde ich zurückkehren. Hier ist jetzt mein Zuhause, in der Einsamkeit. Die Blumen hier sind meine Familie, meine Nachbarn, Freunde und mein Volk!«

»Wie könnt Ihr das sagen, Brunetta?« sagte Ventimiglia, fast ein wenig erschrocken. »Habt Ihr Euer Volk vergessen?«

Brunetta schluchzte plötzlich verzweifelt. »Versteht mich doch! Ich weiß, was Ihr alles für uns Juden getan habt und daß Ihr uns immer noch helfen wollt. Die Gerechten aller Völker werden teilhaben an Gottes Reich. Ihr, Bischof, seid ein gerechter Mann. Gott möge Euch segnen. Aber ich kann nicht tun, was Ihr sagt. Ich kann nicht.« Brunetta senkte den Kopf.

»Ihr müßt eine schlechte Meinung von mir haben, nicht wahr?« fügte sie schließlich leise hinzu.

Ein kleines Schweigen entstand, lastend trotz seiner Kürze.

»Nein!« sagte Ventimiglia schließlich. »Ich verstehe Euren Schmerz und Eure Verzweiflung. Ich sehe, daß Ihr unglücklich seid.«

»Es ist wahr«, gestand Brunetta mit schmerzerfülltem Lächeln. »Ich leide, aber ich möchte nicht, daß es anders wäre. Ich habe gelernt, daß auf Erden nichts umsonst geschieht, und ich bin bereit, für meine Schuld zu zahlen, auch wenn der Preis sehr hoch ist.«

»Ihr habt Schuldgefühle, weil Ihr das falsche Geständnis abgelegt und die christliche Taufe empfangen habt. Ihr glaubt, Verrat begangen zu haben an Eurem Volk und an Gott. Aber das habt Ihr nicht! Ihr habt es nur für die Frauen und ihre Kinder Eurer kleinen jüdischen Gemeinde getan, nicht wahr? Ihr habt großen Starkmut bewiesen, sogar unter der Folter. Ihr seid eine Heldin und Bekennerin Eures Glaubens. Wenn Ihr aber wirklich meint, nicht in allem richtig gehandelt zu haben, und wenn Ihr jetzt unter der Taufe leidet, dann habt Ihr doch nun die Möglichkeit, alles wiedergutzumachen und Eurer Religionsgemeinschaft den vielleicht größten Dienst zu erweisen. Ihr könntet dann auch wieder mit Euren jüdischen Brüdern und Schwestern zusammenleben, irgendwo. Ist es denn nicht schwer, so ganz alleine zu leben?«

»Natürlich ist es sehr schwer. Ohne die Menschen meines Glaubens kann ich nicht ordentlich zu Gott beten, nicht die religiösen Gebräuche pflegen, und es ist schwierig, die Speisegesetze einzuhalten. Aber ... ich kann nicht zurückkehren. Alle Eure Worte nützen nichts, hochwürdigster Herr.«

»Da ist noch etwas, Brunetta, das ich Euch sagen muß«, der Bischof zögerte. »Eure jüdischen Freundinnen werden in Trient gefangengehalten. Es ist mir gelungen, sie zu sehen und mit ihnen zu sprechen. Sehr bald nach Eurem Weggang aus Trient wurden sie in den Torre Verde gebracht, und sie leben dort unter unwürdigsten Bedingungen. Man hat ihnen ihre Kinder weggenommen und diese in verschiedenen Klöstern aufwachsen lassen. Man hat sie dort so sehr ihrer jüdischen Kultur und ihrem früheren Glauben entfremdet, daß einige den katholischen Ordensstand gewählt haben. Ihre Mütter haben sie alle nie mehr wiedergesehen.«

»Wie schrecklich ...«, sagte Brunetta. »Aber was könnte ich dagegen machen?«

»Ich habe gedacht, Ihr könntet mir vielleicht helfen, die Frauen aus dem Kerker zu befreien, ihnen wieder die Freiheit zu geben.«

Die Jüdin riß entsetzt die Arme hoch. »Wie stellt Ihr Euch das vor, gnädigster Herr? Das würde doch nie gehen!«

»Doch, es besteht die Möglichkeit! Bischof Hinderbach liegt im Sterben. Ich habe mit ihm gesprochen ... Im Angesicht des Todes quält ihn nun doch sein Gewissen. Wenn es mir gelingen würde, Euch zu ihm zu bringen, und wenn Ihr ihm ins Angesicht Euer Geständnis von einst widerrufen würdet, vielleicht ließe er Eure Glaubensschwestern dann frei – um wiedergutzumachen, was er verbrochen hat ... Ich weiß nicht, ob es gelingen wird, aber vielleicht besteht die Möglichkeit ... In Trient herrscht wegen des bald zu erwartenden Endes Hinderbachs eine sonderbar unsichere Stimmung. Vielleicht löst der Tod des Bischofs eine solche Verwirrung aus, daß es uns gelingen wird, Trient zu verlassen. Wenn die jüdischen Frauen mit uns herauskämen, könnten sie mit Euch in Rom das falsche Geständnis von einst widerrufen und berichten, was damals wirklich geschehen und wie es zu den falschen Bekenntnissen Eurer Männer gekommen ist ... Die Lüge von den jüdischen Blutgebräuchen würde zurückgewiesen, und Euch und Euren Glaubensbrüdern auf der ganzen Welt würden Friede, Glück und Würde wiedergegeben.«

»Aber die anderen Frauen werden nicht mitmachen, sie werden ihre Geständnisse nicht widerrufen ... Sie haben resigniert. Außerdem haben sie doch noch immer Angst um das Leben ihrer Kinder.«

»Ihre Kinder sind alle erwachsen und nun angesehene Bürger der Stadt. Ich glaube kaum, daß man sich heute noch an ihnen rächen würde.«

»Aber Euer Plan erscheint mir so unrealistisch, so gefährlich und aussichtslos ...«

»Nein«, antwortete Ventimiglia. »Denn ich habe mir alles gut überlegt, alles genau geplant. Ich war an Ort und Stelle.

Ich kenne Bischof Hinderbachs momentanen seelischen Zustand und die Stimmung in der Stadt. Ich weiß, worauf wir uns einlassen. Ich habe die Gefahren und Risiken abgewogen: Sie bestehen. Aber die Aussichten auf Erfolg sind gut.«

Brunetta schlief neben Ventimiglia, fest in Decken gehüllt und den Kopf gegen das geschlossene Wagenfenster gelehnt. Sie war völlig erschöpft von den Anstrengungen der zurückliegenden Stunden und brauchte den Schlaf im Hinblick auf die zu erwartenden Ereignisse. Auch Giovanni Battista dei Giudici fühlte sich sehr müde, obwohl es ihm normalerweise nicht viel ausmachte, eine Nacht ohne Schlaf auszukommen. Vielleicht, dachte er, half da ein Schluck kühlen Wassers. Er hatte gerade in tiefen Zügen aus seiner Metallflasche getrunken, als die Frau erwachte. Freundlich nickte sie dem Bischof zu, sagte aber nichts. Gedankenverloren blickte sie aus dem Kutschenfenster in die Dunkelheit hinaus.

Wie viele Stunden hatte der Bischof noch auf sie eingeredet, ehe sie losgefahren waren? Wieder stiegen Zweifel in Brunetta hoch, ob das, was sie im Begriffe stand zu tun, richtig war. Würde sie nicht mit einem öffentlichen Widerruf das Leben ihrer Freundinnen und deren Kinder gefährden? Und wem würde ein solcher Widerruf nützen? Ihren Mann machte er nicht wieder lebendig ... Doch was hatte Bischof Ventimiglia erzählt? Ein Evangelium des Hasses breitete sich aus von Trient. Niemals hatte die Stadt so viele Fremde gesehen. Hunderte kamen Woche für Woche als Pilger: Männer, Frauen und Kinder, mit ihren Anliegen, die sie dem kleinen Heiligen anvertrauen wollten, die Mühen und Strapazen der Pilgerreise nicht scheuend. Rompilger aus Deutschland auch, die in Trient Zwischenstation machten. Und alle diese Pilger trugen die fürchterliche Geschichte weiter von den grausamen Juden, die in Trient ein Christenkind geschlachtet haben. Brunetta spann ihre Gedanken weiter: In endlosen Pilgerzügen wallten die Menschen zu Simon, sehr verschieden von Stand und Alter, Adlige, Geistliche, Bauern, Bürger, aber alle gläubig, bestürzt, erschüttert und voll Abscheu und Ingrimm gegen die Hebräer. Auf der anderen Seite: Der kleine Simon war doch wirklich ein Engel geworden. Dieser Gedanke hatte auch Brunetta, die den Jungen so sehr geliebt hatte, immer getröstet. Der Knabe, der so entsetzlich früh sterben mußte, jetzt war er ein kleiner Engel in der Herrlichkeit der Himmel. Denn was sollte ein unschuldiges Kind sonst werden? War es doch ganz rein und unschuldig geblieben, war es doch aus der unbefleckten und wunderbaren Kindheit nicht herausgetreten und so würdig geblieben, in die hehre und lichte Gemeinschaft der lieben Engel aufgenommen zu werden. Dieser Gedanke ließ Brunetta lächeln.

Im Sonnenaufgang eines strahlenden Tages sah Brunetta Trient im Tal liegen, die Stadt, die einst ihre Heimat gewesen war; die Stadt, die aber auch der Ort ihrer größten Qual war, die Stadt, die ihr alles genommen hatte, ihren Mann, ihre Freunde, ihren Glauben an das Gutsein des Menschengeschlechts. Von den weitausladenden Bergketten umschlossen, lag Trient mit seinen Kirchtürmen, mit den steilen Dächern und den hohen Stadtmauern da. In sanften Mäandern wand sich die Etsch durchs Tal, von hohen Bäumen umsäumt, und je näher sie der Stadt kamen, um so deutlicher hörte die Jüdin die Glocken Trients läuten und sah den Rauch von den Kaminen aufsteigen. Die Kutsche passierte die Stadtmauern und nahm den Weg in die Stadtmitte. In manchen Häusern wurden die Fensterläden gerade geöffnet. Nicht wenige Kinder spielten bereits in den Straßen, einige winkten der Kutsche vom Straßenrand fröhlich zu. Frauen und Männer standen vor den Türen ihrer Häuser und schwatzten miteinander. Einige blickten auf, als der Bischof und die jüdische Frau sich näherten, die Männer finster und mißtrauisch, die Frauen mit einem Anflug von Neugier. War das nicht die Jüdin Brunetta, die vor vielen Jahren hier in Trient gelebt hatte? überlegten sie. Was wollte diese Frau hier? Was hatte der Bischof vor? Brunetta spürte die argwöhnischen Blicke der Menschen.

»Jetzt bin ich froh, daß Ihr mich hierhergebracht habt, Bischof«, flüsterte sie Ventimiglia zu. »Ich mußte meine Stadt noch einmal sehen, damit ich nun endgültig keine Hoffnung mehr auf eine Rückkehr nähre. Hier ist alles anders geworden. Sicher, die Häuser haben sich nur wenig verändert, wenn sie auch etwas wohlhabender und solider wirken als früher. Aber die Menschen ... Hier sind die Leute älter geworden, ich kann mich kaum an sie erinnern; die Kinder, die kenne ich alle nicht. Es hat sich wirklich alles verändert. Es ist wie eine ganz andere Stadt. Vor langer Zeit haben mir das schon meine Freundinnen und Glaubensschwestern klarzumachen versucht ... In meiner Jugend sehnte ich mich immer nach der weiten Welt, nach fremden Ländern und Städten. Ich träumte stets von den Orten, die mein Mann als Händler bereist und von denen er mir erzählt hatte. Aber wenn man nur das kennt, was man sein eigen nennt, sucht man eines Tages nicht mehr nach anderen Dingen, mögen sie vielleicht noch so erstrebenswert sein. Mein Herz und mein Glück waren hier, in Trient, so daß ich den Rest der Welt ganz vergessen hatte. Als ich dann diese Stadt verlassen mußte, war das eine bittere Lektion für mich. Der Verlust Trients hat mich gelehrt, daß kein Glück sicher ist in dieser Welt und keine Geborgenheit.«

Der Bischof hatte der Frau stumm und aufmerksam zugehört. Er überlegte, was er ihr sagen könnte. Noch ehe ihm etwas Tröstliches eingefallen war, fuhren sie bei der St.-Peters-Kirche vor.

»Gehen wir in die Kirche«, sagte Giovanni Battista dei Giudici zu Brunetta gewandt. »Bindet Euch ein Tuch um den Kopf, dann werdet Ihr sehen und hören können, ohne selbst erkannt zu werden!«

Als sie sich der Kirche näherten, hörten sie von drinnen

her Kindergesang: Ein Choral stieg in klaren, hellen Klängen zum Himmel empor.

»Kinder singen an dieser Stätte des Hasses?« flüsterte Brunetta entsetzt.

»Es sind vor allem Kinder, die – meist von ihren Eltern – an diesen Ort gebracht werden. Der kleine Simon ist natürlich vor allem zum Patron der Kleinen geworden. Und so wird die Lüge von der Blut- und Mordlust der Juden schon früh in die arglosen Seelen gesenkt – und damit Haß in ihre unschuldigen Herzen gesät«, antwortete der Bischof.

Als Brunetta sich dem Eingang der Kirche näherte, war ihr, als tauchten die vom weißen Marmor reflektierten Sonnenstrahlen die Kirche, die ganze Umgebung und die Menschen in eine hell glänzende, funkelnde Aureole.

»B. B. Simonis Trientibus, Martyr et puer«, buchstabierte Brunetta die Worte, die am Haupteingang der Kirche in Stein gemeißelt waren.

»Geweiht dem seligen Simon von Trient, Märtyrer und Knabe«, übersetzte der Bischof und nahm die Frau leicht am Ellbogen.

Brunetta ließ sich von ihm in die Düsternis der Kirche ziehen, wo es nach Kerzen und Weihrauch duftete. Trotz ihrer Selbstbeherrschung befiel die Jüdin ein Schwindel. Sie umklammerte des Bischofs Arm, um besser gegen ihre Unruhe ankämpfen zu können. Ihr Herz schlug wie rasend, und es schien ihr, als versagten ihr die Beine den Dienst. Ein wenig Sonnenlicht fiel durch die bemalten Glasfenster und durchzog das düstere Kirchenschiff mit bunten Streifen und Mustern. Brunetta blinzelte. Rechts von der Kirchentür stand ein marmornes Taufbecken, das vom Rest des Raumes durch ein kunstvoll geschmiedetes goldenes Gitter abgetrennt war. Viele Eltern wollten ihre Kinder gerade in dieser Kirche taufen lassen.

Die Reliquien des seligen Märtyrerkindes ruhten allerdings in einer separaten Kapelle, deren Eingang sich zur Linken des Hochaltars befand.

Während Brunetta mit dem Bischof auf dem Marmorboden des Kirchenschiffs dahinschritt, an vielen betenden Pilgern vorbei, die gekommen waren, dem seligen Märtyrer ihre Aufwartung zu machen, kräuselte Weihrauch aus goldenen Räuchergefäßen empor und mischte sich mit den matten Lichtstrahlen, die durch die bunten Fenster fielen. Hintereinander betraten die Jüdin und der Bischof das kleine Heiligtum, dessen kerzenwarme, nach Weihrauch riechende Luft sie wie ein schwerer Mantel einhüllte. In bunten bleigefaßten Scheiben war auf einem der Fenster der Kapelle Christus dargestellt, wie er seine Hand auf das Haupt des Simon legt. Auf dem Altar stand der Glasschrein mit den Reliquien des Kindes. Neben dem Sarkophag waren die angeblichen Marterwerkzeuge in sechs kostbaren Gefäßen aufgestellt: ein Messer, eine Zange, drei große Nadeln, ein Becher, worin – nach der Legende – das Blut des Knaben aufbewahrt worden war. Als Brunetta die angeblichen Marterwerkzeuge sah, schauderte es sie, und für den Bruchteil einer Sekunde dachte sie: der arme Simonino … Sie zuckte zusammen. Es war doch alles nicht wahr! Ergriff dieser böse Mythos, diese furchtbare Lüge nun auch Besitz von ihr? Benommen sah Brunetta sich weiter um: Die Wände waren überall mit wertvollen Weihegaben geschmückt. Es waren Votivgaben reicher Verehrer des seligen Kindes: Goldene Kronen, besetzt mit Edelsteinen, Reliquienkästchen aus Gold und Silber, verziert mit Heiligendarstellungen in feinsten Ziselierarbeiten oder Elfenbeinschnitzereien. Aber auch die weniger wertvollen Gaben der einfachen Wallfahrer waren zu sehen: Viele Rompilger aus Deutschland kamen hierher, um eine sichere Weiterreise zu erflehen. Sie ließen ihre Wanderstäbe, an die Wände der Kapelle gelehnt, zurück, um den Seligen an ihr Anliegen zu erinnern. Eltern, die dem kleinen Heiligen ihren Nachwuchs empfohlen hatten, legten Windeln, Kleidungsstücke, Spielsachen und Schuhe ihrer Kinder auf den Altar oder auf die Stufen, die dorthin führten. Von Zeit zu Zeit wurden diese Dinge von den Kirchendienern wieder entfernt.

Der Glasschrein mit den Gebeinen des Kindes stand zwischen vier Säulchen aus Gold und Silber, überdacht von einem Giebelfeld voller Amethyste und Türkise, das Ganze gekrönt von einer silbernen Statue. Sie stellte den kindlichen Märtyrer dar, seinen rechten Arm hatte er nach oben erhoben, die Linke hielt Kreuzstab und Siegesfahne. Unter dem Glasschrein mit den Reliquien des Kindes sah Brunetta ein elfenbeinernes Diptychon. Auf dem einen Bild sprangen die Juden auf das Kind zu, stachen mit dem Messer auf den Knaben ein und durchschnitten seine Kehle. Auf einem anderen Bild sah man den bethlehemitischen Kindermord.

Während Brunetta die Bilder betrachtete, dachte sie über die Logik des Hasses nach. Wenn ich jemanden hasse, der Mensch ist wie ich, bedeutet das, daß ich mein eigenes Ebenbild hasse. Ich hasse mich selbst. Wenn ich mein Ebenbild verachte oder unterdrücke, bedeutet das, daß ich mich selbst verachte oder unterdrücke.

Die Frau schloß die Augen. Sie atmete mit einer eigenartigen Inbrunst den Duft der weißen Weihrauchwolken ein, die zur Kapellenkuppel emporstiegen. So stand sie eine kleine Weile. Dann trat sie an einen Nebenaltar, dessen Bild ebenfalls den Trienter Märtyrer darstellte. Die Kerzen auf dem Altar brannten ruhig und feierlich, fast unbewegt mit ihren makellosen Flammen. Die Gestalt des Kindes auf der Leinwand, dieses zarte Gesicht, war umgeben von einem Leuchten, das aus dem Bild selber zu kommen schien, eine warme, sonnenfarbene Helligkeit. Unter den Füßen des Simon sah man einige prononciert jüdisch aussehende Gestalten in einem Feuerpfuhl sitzen. Wütend und mit häßlich verzerrten Gesichtern versuchten sie noch immer, nach dem Knaben zu greifen. Er wurde jedoch von dem goldenen Licht, das ihn umfloß, geschützt, so daß sie ihn nicht erreichen konnten. Plötzlich nahm Brunetta mit Schrecken wahr, daß sie dieses Bild des über seine Feinde triumphierenden Kindes gefühlsmäßig ansprach, sie für den Bruchteil einer Sekunde über den himmlischen Sieg des Knaben Genugtuung empfand. Diese Erkenntnis schmerzte sie sehr. Eine eigenartige Beunruhigung befiel Brunetta. Sie hatte die Empfindung, sich ganz in den Bildern und Vorstellungen der Simon-Legende aufzulösen, so lebendig wurde die Fama, so sehr erfüllt war der Raum von der Dichte des Mythos. Irritiert sah sie vom Altarbild weg und wieder auf das Bild zurück. Nur langsam nahm sie abermals die Umrisse auf dem Bild wahr, noch langsamer die Gesichtszüge des Kindes. Falsch geboren in der falschen Welt, das war der traurige Satz in ihren Gedanken; sie zwang sich, die schmerzenden Augen vom trügerischen Licht zu wenden, und drehte sich um.

In diesem Moment betrat eine Frau die Kapelle. Sie mochte ungefähr fünfzig Jahre alt sein, aber wie abgehärmt und kränklich sah sie aus! Die Frau trat an das Gitter, hinter dem sich der Altar des Simon erhob. Sie weinte und lächelte zugleich durch ihre Tränen. Ein leiser Seufzer kam aus ihrem Munde, und dann blickte sie flehentlich zum goldenen Reliquienschrein, in dem der Gegenstand ihrer Sehnsucht und ihrer Hoffnung ruhte – er, der in seiner kindlichen Unschuld so viel lieblicher und milder war als alle übrigen Heiligen ihrer Religion, die heiligen Bischöfe und Könige, mit deren Lebensgeschichten sie nicht viel anfangen konnte, weil sie so ganz anders waren als ihre eigene Situation, die auf Erden schon zu den Reichen und Mächtigen gehörten und es wohl auch jetzt im Himmel taten. Dieses Kind aber war einer von ihnen, der Sohn armer Leute. Die Frau hob ihre Arme, als wollte sie den kleinen Märtyrer in seinem Schrein umarmen. Ihre von der vielen Arbeit zerfurchten Hände klammerten sich um das schmiedeeiserne Gitter.

Irgend etwas tief in ihr berührte die Jüdin beim Anblick dieser Frau. Plötzlich gab Brunetta – sie konnte sich selbst nicht erklären, warum – einer inneren Regung nach und beugte sich zu der Knienden hinab.

»Betet Ihr für Eure Kinder?« fragte sie die ihr ganz Unbekannte. Diese hob ihr Gesicht, und es war von einem freundlichen Lächeln erhellt – ein Lächeln, das mit einem seltsamen Schmerz vermischt schien.

»Ich habe keine Kinder«, antwortete die Frau. Und nach einer kurzen Pause fuhr sie fort: »Siebenmal hat Gott meinen Leib gesegnet, und siebenmal ist die Frucht unter meinem Herzen wieder abgestorben …«

Brunetta war erschüttert: Sieben Fehlgeburten hatte die Arme durchgemacht? Unwillkürlich mußte sie an den Tod ihres eigenen ungeborenen Kindes denken. Wie konnte man noch leben, wenn man ein solches Schicksal so oft durchgemacht hatte?

Als die Kniende Brunettas Entsetzen und Mitgefühl sah, fuhr sie fort: »Als ich das letzte Mal schwanger war, konnte ich es erst gar nicht glauben … Ich war schon über vierzig Jahre alt, und meine vorherige Schwangerschaft lag schon Jahre zurück. Ich hoffte und betete. Dachte, Gott sei gütig und schenkte mir die Gnade der heiligen Anna, welche im hohen Alter ihre Tochter, die allerseligste Jungfrau Maria, empfangen und geboren hat. Zunächst ging auch alles gut. Ich hoffte und betete noch mehr. Doch im fünften Monat ist mir das Kind im Leibe abgestorben. Ich selbst wäre beinahe daran zugrunde gegangen …«

»Mein Gott!« flüsterte Brunetta. »Wie konntet Ihr das nur verkraften?«

»Oh, der da hat mir beigestanden …«, sagte die Frau, und ein Leuchten blitzte in ihren Augen; sie zeigte mit dem Finger ihrer Rechten auf den goldenen Reliquienschrein. »Das Himmelskind hat mich immer getröstet. Es ist jetzt mein Kind. Ihr ahnt nicht, wie sehr er mir ans Herz gewachsen ist, was er mir bedeutet … Bei meiner letzten Fehlgeburt hatten wir ja schon unseren lieben kleinen Engel im Himmel. Jeden Tag habe ich stundenlang an seinem Grab gebetet. Ich hatte doch soviel Angst um das jenseitige Schicksal meiner toten Kinder. Da sie nicht getauft worden waren, wähnte ich sie in der Vorhölle. Aber ich wollte doch, daß auch sie in den Himmel kämen. Also bestürmte ich den kleinen Märtyrer, sich meiner Kinder anzunehmen und sie in das himmlische Paradies zu geleiten. Da, eines Nachts ...«, die Augen der Frau weiteten sich, »... eines Nachts ist mir Simon im Traum erschienen ... Seine Gestalt hatte keine Farbe, sie wirkte durchscheinend und flimmernd wie heiße Luft, die an einem warmen Sommernachmittag von der steinheißen Erde aufsteigt. Es war eine zierliche Gestalt, reizend und schön, gekleidet in ein weißes Hemd, die nackten Füßchen ein wenig darunter hervorkommend. Der Knabe lächelte mich an, ohne zunächst ein Wort zu sprechen. Er war heraufgestiegen aus seinem kleinen Grab, und trotz der blutenden Wunde an seiner rechten Wange lächelte das liebliche, blasse Gesichtlein unendlich süß. In einer Art zarten Schwebens näherte er sich und verweilte etwa drei Ellen vor mir. ›Deine Kinder sind gerettet‹, sagte der himmlische Knabe jetzt. Wie das Geflüster aus den Zweigen der Bäume kam mir seine Stimme vor, wie von fern und aus einer anderen Welt. Simon lächelte noch einmal, dann verschwand er in einer Lichtkugel, die allmählich verging. Ich aber erwachte schluchzend. Jetzt wußte ich, daß meine Kinder im Himmel sind. Auf einer goldenen Wolke spielen sie mit dem kleinen Simonino und warten auf den Tag, an dem ich zu ihnen komme ...«

Das Gesicht der Frau wirkte plötzlich glücklich und um Jahre verjüngt. Sie nickte noch einmal freundlich, dann wandte sie ihr Gesicht wieder dem Kleinod ihrer Sehnsucht zu. Brunetta aber wurde schwarz vor Augen. Sie taumelte. Plötzlich stürzte sie wie von Sinnen aus der Kapelle, rannte durch die Kirche hinaus ins Freie. Nach dem Aufenthalt in dem dunklen Gotteshaus traf das milde Licht der Sonne ihre ans Dämmerlicht gewöhnten Augen wie gleißendes Gold. Als sie nach oben schaute, mußte sie die Hände schützend vors Gesicht halten. Sie kniff die Augen vor der Sonne zusammen, die wie ein Feuer leuchtete, das sich über den ganzen Platz bis zu den Häusermauern ausbreitete.

Giovanni Battista dei Giudici war Brunetta nachgeeilt. »Was ist mit Euch?« fragte er sie in großer Sorge.

»Verzeiht!« flüsterte sie. »Ich kann den Widerruf nicht leisten. Ich kann es nicht! Verlangt es nicht von mir, nicht von mir! Meinen Mann macht es nicht wieder lebendig, und ich kann diesen Frauen nicht den einzigen Trost nehmen, den sie haben. Ich kann nicht ...«

Bischof Ventimiglia berührte Brunetta leicht am Ellenbogen. »Ihr werdet doch jetzt – so kurz vor dem Ziel – nicht aufgeben«, sagte er.

»Nein! Ich werde nicht tun, was Ihr wollt.« Brunetta trat einen Schritt zurück. Sie blickte Ventimiglia mit festem Blick an und sagte mit einer Entschiedenheit, die den Bischof verwunderte: »Ich trage nicht Verantwortung für alle Übel dieser Welt. Ich bin auch nicht verantwortlich für die Verbrechen der Christen – für all das Leid und Elend, das aus dem Aberglauben von Christen erwächst. Die Grenzen der Verantwortlichkeit sind dort erreicht, wo man etwas tun müßte, das die eigenen Kräfte übersteigt. Ich bin nur verantwortlich für die Frauen und ihre Kinder, die hier in dieser Stadt meine Familie und meine Freunde gewesen sind – nur für diese kleine Welt, die einmal die meine gewesen ist. Meine Freundinnen haben zum Wohle ihrer Kinder so entschieden, wie sie entschieden haben. Ich werde diese Entscheidung respektieren, und ich bitte Euch von Herzen, das gleiche zu tun!«

Mit diesen Worten stürzte Brunetta davon. Bischof Ventimiglia rief ihr noch nach, doch die Frau achtete nicht mehr auf ihn. Sie passierte die Stadtmauern. Niemand hielt sie auf, niemand folgte ihr.

Ventimiglia stand noch lange schweigend und nachdenklich vor den Pforten der St.-Petrus-Kirche. Was waren Brunettas Beweggründe, so zu handeln? fragte er sich immer wieder. Welches unaussprechliche Geheimnis hatte sie in ihrer Seele und in ihrem Herzen verborgen gehalten? Der Bischof wußte es nicht, aber er begriff, daß er nun nichts mehr tun konnte.

»Himmlischer Vater, Du Gott Abrahams, Isaaks und Jakobs, ich überlasse die ganze Angelegenheit Dir«, betete der Bischof leise. »Und gib der Seele dieser Frau Frieden ...«

* * *

Zwanzig Jahre später, an einem kalten Märztag des Jahres 1504, fand ein herumziehender Händler in einem einsamen Haus südlich von Grigno die Leiche einer zwei Tage zuvor verstorbenen Frau.

Die Tote, die der Händler auf Anfang bis Mitte Fünfzig schätzte, lag vollständig bekleidet und mit gekreuzten Armen vor der Brust auf dem nackten Lehmboden ihrer kargen Küche. Neben ihr lag ein Stück Papier, das mit zarter und gebrochener Schrift beschrieben war. Der Händler war Analphabet – den zuständigen Behörden aber enthüllte das Schreiben die Identität der Toten. Was sonst noch auf dem Blatt stand, durfte auf ausdrücklichen Befehl des regierenden Fürstbischofs von Trient, Ulrich IV. von Lichtenstein, nicht bekanntgegeben werden.

Das Kind Simon von Trient wurde, mehr als hundert Jahre nach seinem Tod, am 8. Juni 1588, feierlich von Papst Sixtus V. – auch er ein Franziskaner – mit der Bulle ›Regni Coelorum‹ heiliggesprochen und sein Name in das römische Verzeichnis der Märtyrer eingetragen.

Im Jahre 1888 erklärte die Jesuitenzeitschrift ›Civilta Cattolica‹ im Hinblick auf die Heiligsprechung des Simon von Trient jüdische Ritualmorde als historisch bewiesen – gerade als in Osteuropa neue Ritualmordprozesse stattfanden. Denn im Jahre 1867 hatte Papst Pius IX. ein weiteres Kind namens Lorenzino von Marostica, das nach der blutrünstigen Legende im Jahre 1485 Opfer eines jüdischen Ritualmordes geworden sein soll, zum »Seligen« erklärt und seinen kirchlichen Kult gestattet.

Auch die Nationalsozialisten benutzten die Ritualmordlüge (etwa in ihrer Zeitschrift Der Stürmer*). Noch im Kriegsjahr 1943 ließ Heinrich Himmler ein entsprechendes Buch drucken und an alle Einsatzkommandos, die an der Deportation und Ermordung jüdischer Männer, Frauen und Kinder beteiligt waren, kostenlos verteilen. Im Mittelpunkt des Pamphlets stand der angebliche Ritualmord am Kind Simon von Trient.*

Der kirchliche Kult des Simon von Trient überstand den Holocaust. Erst im Jahre 1965 wurde er – im Zuge des II. Vatikanischen Konzils – abgeschafft. Die Kapelle, die Hinderbach zu Ehren des Kindes hatte erbauen lassen, wurde geschlossen, und die Gebeine des Simon wurden an unbekannter Stelle auf dem Zentralfriedhof Trients beigesetzt.

Am 12. März 2000 sprach Papst Johannes Paul II. in seiner historischen Vergebungsbitte von den Sünden, die nicht wenige Christen »gegen das Volk des Bundes und der Seligpreisung begangen haben«. Kurz darauf erneuerte er diese Vergebungsbitte an der Jerusalemer Klagemauer.

Lion Feuchtwanger: »Seine Romane sind alle eine Empfehlung wert.« MÜNCHNER MERKUR

Die Jüdin von Toledo
La Fermosa, die Schöne, so wurde im mittelalterlichen Spanien Raquel, die Tochter des angesehenen Juden Jehuda Ibn Esra genannt. Bei König Alfonso erwacht bald eine tiefe Leidenschaft für die gebildete, tolerante junge Frau, und was für Raquel als politisches Opfer im Interesse der Vernunft und des Friedens begann, wächst auch bei ihr zu einer stürmischen Liebe für den kühnen, lebensfrohen König.
Roman. 511 Seiten. Mit einer Nachbemerkung von Gisela Lüttig. AtV 5615

Die häßliche Herzogin
Margarete, Herzogin von Tirol, zwingt selbst ihren Gegnern Achtung ab. Doch ihre groteske Häßlichkeit, die ihr den Namen »die Maultasch« einträgt, vergiftet ihr Leben und macht sie zum Gespött der Leute. Im Kampf gegen ihr abstoßendes Gesicht sucht Margarete auf grausame Weise zu erlangen, was der Schönheit von selbst zufällt: Anerkennung, Macht, Liebe.
Roman. 270 Seiten. Mit einer Nachbemerkung von Gisela Lüttig. AtV 5605

Jud Süß
Der ehrgeizige, in die Intrigen am württembergischen Fürstenhof verstrickte Finanzmann Jud Süß gehört zu den schillerndsten Figuren aus Feuchtwangers historischen Romanen. Sein Schicksal erscheint als Gleichnis für die Sinnlosigkeit allen Machtstrebens. Das mehrfach verfilmte Buch wurde ein Welterfolg.
Roman. 540 Seiten. Mit einer Nachbemerkung von Gisela Lüttig. AtV 5600

Goya
oder Der arge Weg zur Erkenntnis
Der spanischen Inquisition sind die »Caprichos« des Malers Francisco de Goya überbracht worden, ketzerische Zeichnungen, Impressionen des Schreckens, visionäre Bilder der Anklage. Es scheint eine Frage der Zeit, bis das Heilige Tribunal den Ketzer und sein Werk vernichten wird. Aber die kühne, eigenwillige Kunst Goyas triumphiert über den Geist klerikaler Willkür.
Roman. Mit einer Nachbemerkung von Gisela Lüttig. 661 Seiten. AtV 5613

Mehr Informationen über die Bücher von Lion Feuchtwanger erhalten Sie unter www.aufbau-verlag.de oder bei Ihrem Buchhändler

AtV

Audienz am Dresdner Hof.
Ignacy Kraszewski bei AtV

JÓZEF IGNACY KRASZEWSKI (1812-1887), in Warschau geboren, stammt aus einer wenig begüterten polnischen Adelsfamilie. Als Anhänger der polnischen Unabhängigkeitsbewegung flüchtete er nach dem Januaraufstand 1863 ins Exil nach Dresden, wo er zwanzig Jahre lebte. Kraszewski hinterließ ca. 240 Romane und Erzählungen, aus denen die Sachsen-Romane zu den bis heute meistgelesenen gehören.

König August der Starke
Kraszewski erzählt vom prunkvollen Dresdner Hof, den rauschenden Festen und unzähligen Mätressen Augusts des Starken, eines der schillerndsten Herrscher des europäischen Barocks.
Historischer Roman. Aus dem Polnischen von Kristiane Lichtenfeld. 320 Seiten. AtV 1309

Gräfin Cosel
Ein Frauenschicksal am Hofe August des Starken
Anna Constantia von Brockdorff (1680-1765), als Geliebte August des Starken zur Gräfin Cosel erhoben, war eine der schönsten Frauen ihrer Zeit. Neun Jahre lang war sie die mächtigste Frau Sachsens, danach wurde sie 49 Jahre auf der Festung Stolpen gefangengehalten. Kraszewski erzählt ihr anrührendes Schicksal und zeichnet ein prachtvolles Bild der königlichen Residenz in Dresden.
Historischer Roman. Aus dem Polnischen von Hubert Sauer-Żur. 305 Seiten. AtV 1307

Graf Brühl
Heinrich Graf Brühl (1700-1763) begann seine Karriere am sächsisch-polnischen Hof als Page Augusts des Starken. Bereits mit 31 Jahren war er Geheimrat und Minister. Auch nach dem Tod des Kurfürsten gelang es Brühl, sich unentbehrlich zu machen. Er übernahm die politischen Geschäfte für den trägen Friedrich August II. und diente sich an die erste Stelle im Staat.
Historischer Roman. Aus dem Polnischen von Alois Hermann. 303 Seiten. AtV 1306

Aus dem siebenjährigen Krieg
1757: Am Hofe Friedrichs II. ist man besorgt über die vielen Geheimdepeschen, die zwischen Dresden und Wien kursieren. Ziemlich naiv begibt sich ein junger Schweizer auf das spiegelglatte höfische Parkett. Brühls Pläne werden verraten, und die Preußen marschieren ohne Kriegserklärung in Sachsen ein.
Historischer Roman. Aus dem Polnischen von Liselotte und Alois Hermann. 311 Seiten. AtV 1308

Schwester Fidelma ermittelt. Keltenkrimis von Peter Tremayne bei AtV

Der Historiker und Romancier Peter Tremayne gilt gegenwärtig als einer der wichtigsten Botschafter der alten keltischen Kultur. Im 7. Jahrhundert, einer Zeit zunehmender Auseinandersetzungen zwischen dem frühen Christentum der Kelten und der Kirche Roms, löst Schwester Fidelma die schwierigsten Kriminalfälle. Sie ist eine Nonne von könglichem Geblüt und gleichzeitig Anwältin bei Gericht. Damit hat die kluge und selbstbewußte junge Frau eines der wichtigsten Ämter im Lande inne. Ihr treu zur Seite bei vielen ihrer gefährlichen Abenteuer steht Bruder Eadulf, ein angelsächsischer Mönch von großer Toleranz.

Die Tote im Klosterbrunnen
Irland 666. In einer Schwesternabtei findet man im Klosterbrunnen eine junge Frau, nackt und enthauptet. Unter der wohlgeordneten Oberfläche in der Abtei stößt Schwester Fidelma auf allerlei Ränke, Eifersüchteleien, ja sogar Haß. Noch viel undurchsichtiger ist das Verhältnis der Äbtissin zum Herrn der Festung in unmittelbarer Nähe.
Historischer Kriminalroman. Aus dem Englischen von Bela Wohl. 440 Seiten. AtV 1525

Der Tote am Steinkreuz
Als man Schwester Fidelma nach Araglin ruft, um die Morde am dortigen Fürsten und seiner Schwester aufzuklären, scheint über die Schuldigen kein Zweifel zu bestehen. Doch schon auf dem Weg in die Berge geraten sie und ihr Begleiter, der angelsächsische Mönch Eadulf, in einen Hinterhalt.
Historischer Kriminalroman. Aus dem Englischen von Friedrich Baadke. 387 Seiten. AtV 1527

Tod in der Königsburg
Aus dem Kloster Imleach sind Reliquien verschwunden, die für Irland Symbolcharakter tragen. Mit Geschick und scharfem Verstand gelingt es Schwester Fidelma, einer Gruppe von Verschwörern auf die Spur zu kommen.
»Spannung und Humor – das ist die unwiderstehliche Mischung dieser irischen Krimis.« NDR
Historischer Kriminalroman. Aus dem Englischen von Friedrich Baadke. 429 Seiten. AtV 1528

Tod auf dem Pilgerschiff
Schwester Fidelma ist nach Iberia mit einem Pilgerschiff unterwegs, das in einen furchtbaren Sturm gerät. Nach dem Unwetter stellt man fest, das Schwester Muirgel wahrscheinlich über Bord gegangen ist. Trotzdem beginnt Fidelma nach ihr zu suchen, und bald entdeckt sie Muirgel in ihrer Kabine: mit durchschnittener Kehle.
Historischer Kriminalroman. Aus dem Englischen von Friedrich Baadke. 411 Seiten. AtV 1529

AtV